芳草萋萋

林婷婷　劉慧琴　王詠虹　主編

世界華文女作家選集

The Songs of Grass

Selected Works of World Chinese Women Writers

臺灣商務印書館

萬卷書籍，有益人生

——「新萬有文庫」彙編緣起

臺灣商務印書館從二〇〇六年一月起，增加「新萬有文庫」叢書，學哲總策劃，期望經由出版萬卷有益的書籍，來豐富閱讀的人生。

「新萬有文庫」包羅萬象，舉凡文學、國學、經典、歷史、地理、藝術、科技等社會學科與自然學科的研究、譯介，都是叢書蒐羅的對象。作者群也開放給各界學有專長的人士來參與，讓喜歡充實智識、願意享受閱讀樂趣的讀者，有盡量發揮的空間。

家父王雲五先生在上海主持商務印書館編譯所時，曾經規劃出版「萬有文庫」，列入「萬有文庫」出版的圖書數以萬計，至今仍有一些圖書館蒐藏運用。「新萬有文庫」也將秉承「萬有文庫」的精神，將各類好書編入「新萬有文庫」，讓讀者開卷有益，讀來有收穫。

「新萬有文庫」出版以來，已經獲得作者、讀者的支持，我們決定更加努力，讓傳統與現代並翼而翔，讓讀者、作者、與商務印書館共臻圓滿成功。

臺灣商務印書館前董事長 王學哲

芳草萋萋

林婷婷

新世紀以來，海外華文女性作者的作品倍受關注和重視，許多重要有關文集相繼出現，譬如二〇〇六年由周芬娜主編，上海三聯書局出版的《旅緣》和臺灣唐山出版社出版的《旅味》，二〇〇七年白舒榮主編的《環肥燕瘦》及二〇一一年出版的《海海人生》，二〇〇八年吳玲瑤和呂虹合編由海外華文女作家協會和中國現代文學研究會女性文學委員會聯合策畫出版的《女人的天涯》，二〇〇九年由加拿大華人文學學會策畫臺灣商務印書館出版由劉慧琴和林婷婷合編的《漂鳥——加拿大華文女作家選集》（簡體版由北京中國致公出版社出版）及二〇一二年的《歸雁——東南亞華文女作家選集》，二〇一〇年由石麗東主編臺灣九歌出版社出版的《全球華文女作家散文選》及秀威出版社的《全球華文女作家小傳及作品目錄》，加上本屆二〇一二年會議文集《芳草萋萋——世界華文女作家選集》等等，均展現了無論是生長在海外，或者是移民海外當代華裔女性作者們的豐富多元的創作，將她們不同時期的作品匯集，建立了頗富歷史性的文庫，可以說為海外華文文學、女性文學、和世界華文文學的比較研究提供了不斷更新的重要資料。在這些出版品的作者當中，雖說不全是，但可以說大部分都是海外華文女作家協會的成員，而大多數的文集，也都是為配合本會幾屆的雙年會議的出版品。因此，我們很自豪地說，二十多年走來，「海外華文女作家協會」，在世界漢字文學的長河裡，已經一步一腳印地留下了印記，為中華文化在世界各地的傳承與發揚，扮演了重要的角色。

「女性文學」有別於「女性主義文學」。我們這個組織並非為提倡女性主義文學而設立，陳若曦會長一九八九年創會時就強調本會的宗旨乃是為了團結海外的女性華文作家，提供一個聯誼的橋樑，讓來自全世界不同地方的會員們每兩年有機會見一次面，到不同的國家和城市交流寫作成果和經驗，互相激勵，也有機會一起遊覽各地的名勝古蹟，採集各地的景觀民風，讓彼此心靈碰撞出更美麗的文學火花。我們是非牟利團體，除了微薄的象徵性會費外，每次開會經費經常是來自熱心會員們的捐款以及由不同國家的會外機構贊助。沒有固定的會所，我們開會的場地曾經在會員家裡，也借用過佛寺、餐廳、或旅館。赴會會員們的機票旅費、食宿費用都是自掏腰包，每次開會，不論從西半球到東半球，或是東方到西方，參與的會員們都是滿懷熱情，千里迢迢地赴約，精神實在可敬可佩！見面時文學姊妹們互相擁抱，洋溢著驚喜和雀躍的笑聲。「文學女人」親切的話語就這樣溫暖了每一個風塵僕僕的旅人。在這文學的大家庭裡，彼此互勉，創作不輟，以女性獨特的筆觸勾畫她們的生活風貌，傾訴心中所感，寫出愛的篇章，為建立一個更和諧的世界而共同努力！因此今年會議將探討「二十一世紀女性文學作品的女性意識及生活風貌」，正是當今社會所關注的議題。

從爬格子到滑鼠寫作，從鉛字到電子出版，從郵寄到電郵投稿，從書刊報紙到網路發表，我們已一起走過。如今讓我們再次跟進大時代的腳步前進，從不同的地域，帶著各地多姿多彩的種族文化，攜手走向一個邊界正逐漸消失的地球村。

今年文學姊妹們相聚湖北，同登黃鶴樓，極目眺望，芳草正茂，吟詠唐朝崔顥的詩句：

昔人已乘黃鶴去，此地空餘黃鶴樓。
黃鶴一去不復返，白雲千載空悠悠。
晴川歷歷漢陽樹，芳草萋萋鸚鵡洲。
日暮鄉關何處是，煙波江上使人愁。

儘管心中難免有鄉關何處的惆悵，但姊妹們都能因為在每一次用漢字的寫作中，找到了共同的心靈故鄉而感到踏實，繼續努力為世界各地繁榮的華文文學吐露芬芳！

《芳草萋萋》文集正體版的順利出版，要感謝臺灣商務印書館全力贊助，感謝總編輯方鵬程先生鼎力促成，感謝商務葉幗英主編，以及編輯部責編。感謝本屆祕書長劉慧琴和副祕書長王詠虹（海倫），以她倆資深編輯的經驗負責了所有實際編務。當然更要感謝所有賜稿支持我們的會員姊妹們，她們的熱情是給我們最大的鼓勵，然而遺憾的是限於字數的考量，在文稿的取捨中有許多遺珠之無奈，不少較長的文稿，也給了作者刪節的困擾，諸多的美中不足，都要請姊妹們海涵。願大家珍惜每一次的文學緣聚，藉著這本文集彼此想念。

二〇一二年四月二十五日於溫哥華

目錄

小說篇 349

世界各地區華文文學創作剪輯 661

離離原上草，春風吹又生／王詠虹 劉慧琴 724

散文篇

胡仄佳

四川人，現居澳洲。四川美院油畫專業畢業，曾做過描圖工、攝影記者、美編等職。一九九七年開始寫作，數年前開始網上博客寫作，在中、港、臺、紐、澳、美國等地的華文報刊發表數百萬字文章，已出版散文集三本，曾獲《世界日報》第一屆新世紀華文文學獎首獎等多次獎項。

如夢令

「日程？日程是啥東西？人是活的嘛，改一下日程不就行了嘛！來來來來，慢慢喝！」

說話的是縣裡來的農機局副局長，三十郎當的年紀，話已說得有點霸道。土生土長的苗人進城當了官，回到自己的鄉下，那種自在才叫如魚得水，到處都有人請他吃飯喝酒。他說今晚喝第三家了。

到苗鄉來采風的漢人不知怎麼的跟副局長走進了同一苗家門，副局長反客為主的拉著漢人勸喝酒，不喝不讓走。喝一兩杯還不算，還要拼酒，好玩嘛！

漢人喝不慣苗家的泡酒，頭兩口寡淡，不知不覺的就要上頭。曉得泡酒厲害的漢人咬緊牙關不鬆口，說要趕去幾十里外的偏寨，說約好了老歌師唱苗家的「大歌」。苗人無文字，民間「大歌」裡唱出的歷史遠古史口耳心傳，會唱「大歌」的苗人越來越少，漢人想把難得的歌錄下來。又何況，漢人的回程車票早買好，出來十幾天早出晚歸的忙碌，漢人也想家想老婆、娃娃了。

副局長不依不饒的拍胸脯保證：

「就喝一杯，喝了我陪你們走，正好順路，一路上我給當你們的嚮導翻譯該成？」

現在不走好久才走？走夜路磕磕絆絆的，但沒聽說有賊人劫道。漢人曉得去偏寨順門前的機耕大道一直走下去，半夜總是走得到的，現在出發還來得及。看副局長擺開的不醉不算贏的架勢，漢人哪有心思聽他鬼扯陪他海喝？趁主人家和副局長互相勸酒勸得不亦樂乎，漢人提起腳邊的背包奪門而出，撲進清涼曠野。

走不多遠，渾身酒臭的副局長氣喘吁吁趕來，說走夜路還是有伴的好。他自己來不算，還拉了兩個苗男女同行。

漢人注意到這一帶地貌精怪，公路的一側是尖削的筆架山勢，另一側卻是圓呼呼的女人乳房般的饅頭山，綿延不斷的山不高，公路在其間拐來穿去，路緩上緩下，本來涼悠悠的好走。走了二十來分鐘，人身上還是出汗。

副局長酒嗝不斷，連說泡酒不醉人，不過喝了酒嗓子有點癢，想唱歌，悶路走來不好耍！大聲清清嗓，副局長要請漢人先。

反正有夜色遮臉漢人不覺羞怯，唱就唱！

先唱〈革命不是請客吃飯〉，再唱〈大刀向鬼子的頭上砍去〉。漢人邊唱自己邊驚訝，幾十年前的老歌，唱詞脫口而出還沒跑調，雄糾糾唱出聲時，眼前浮現一片當年的紅海洋景象。

但到底不是慣用嗓之人，在曠野裡吼，饅頭山筆架山都無回聲，副局長等人也沒叫好，漢人的底氣漸弱下來。

一路莫名其妙相跟來的小苗女早按捺不住地張嘴接著唱，唱的卻是〈冬天裡的一把火〉？苗腔苗調演譯費翔的火爆勁歌，小苗女唱得來勁，漢人聽得不入耳，央求她還是唱苗歌。

小苗女與副局長低語幾句，果然對起歌來，唱的是當地苗人最愛的「飛歌」調，苗歌裡最悅耳的那種。

除去依依喂喂的歌頭詞尾，漢人聽不懂苗語，悟得出是阿哥阿妹在互表柔情。副局長吼起情歌來，身上的官場霸氣味不覺消散，還原出苗家小夥子的本色，暗夜裡兩眼灼灼生光。

一首接一首的對唱緩慢了步幅，月亮從公路的這邊移到公路的那頭，再鑽到雲後不肯出來時，副局長焦躁起來，說口渴得要死要找地方喝口水。

說著說著腳下的路開始拐彎，糊塗中竟彎入了黑壓壓的苗寨。副局長夜貓子熟門熟路地捶門，大聲武氣的苗話喚人開門的瞬間，漢人眼皮子打架，昏頭昏腦得像被巫師催了眠。

迷糊中只覺有幾隻手拉扯助他跨過高門檻，跨進遠比野地黑一頭的房間，半天才見地上火塘裡有微弱暖光。倦眼在黑暗中沒參照物的左右轉看一圈，使勁睜大眼又依稀發現牆上有財神爺像？再努力聚焦，恍惚看出神像神龕下有幾挑穀子之類東西橫擔著，旁還有潑墨筆法畫出的老者攏手微笑坐。漢人頓覺身前身後都是人形，昏暗中還有好些個人擠擠挨挨跟自己坐在一條長凳上。

暗黑中人都在極親的說話，像在談家常理輩分也像是在議論漢人自己。不時有人拍拍他的肩，細酸的酒味夢樣瀰漫開來，人果真在以酒解渴。

不知是急走夜路引發的倦，還是苗話聽來有如會做法的瞌睡蟲作怪，漢人被推拉起來，人領他小心繞過火塘再走入漆黑，有聲音溫和說：

「先睡，飯好了再喊你起來。」

漢人大腿碰到木床沿，腰一軟，就頭重腳輕倒入床上空檔中。

睡死前漢人本能的左右惚擼了一把，兩邊似有人的肩頭和腿，窄睡房裡厚重熱呼呼的汗味粥稠了空氣，漢人立刻不知人事的睡了過去。

睡夢裡，人聲鴨叫的細微嘈雜聲牽跘著在漢人耳裡搗鼓，夢說是青天白日鄉場上的熱鬧嘈雜就是如此這般。

被拉起床來的漢人依然未醒，四周確實還無邊無際的黑，就乾脆不睜眼的隨人浮游回先前的屋裡，直到屁股安頓在長凳上。

肉身混沌又輕如浮雲，心裡還曉得傻氣自問：

「屋裡為什麼不點盞燈？」

有人塞給他雙筷子，又擱了只滿滿的暖呼呼大碗在他掌中。漢人用筷子戳了塊東西送進自家口，甦醒的味蕾知會大腦：嘴裡的是塊煮得半熟的、毛腥味重的老鴨肉。

漢人腦中貪吃的筋強不過管睡覺的筋，苗家難得的美味助陣都無用。那碗鴨肉飯到底有多少進了嘴？自己睡了回頭覺沒？漆黑的夜把漢人的思維記憶全抹沒了。

在單人床上清醒過來的漢人發了好一陣呆，死活想不起來怎麼住進這鎮上招待所的？更想不起昨晚到底走了多遠的夜路，居然累成這樣子？漢人記起隨副局長在人家喝泡酒吃鴨肉飯的地方叫牛腳寨，精神一來，從床上翻身下地，開門去找招待所的苗女服務員問個子曰。

招待所面目清秀的苗女噗哧笑出聲：

「你以為好遠喔？出鎮十分鐘都不到就是牛腳寨嘛，怪不得昨天半夜副局長和他的親戚把你背來，醉得喔……笑死人欸！」

被笑得難堪的漢人分辯說自己哪裡喝了酒，半高聲的喊：

「把你們副局長喊起來，問他，我是不是真的喝醉了？」

幾個苗女腰都笑彎，嘰喳回嘴：

「喊他呀？人家天亮就起床，他兩個親戚帶他往河那邊的唐龍鄉喝酒去了。副局長走前還打招呼說不要吵醒你，說你醒了曉得去追他們的。他還說房錢該你交，兩個人的房錢喔！」

漢人勃然大怒：

「啥呢？我交他住的房錢？撞到鬼了！我們是一路走但不是一路人。狗日的好賴皮！」

稀里嘩啦連吼帶罵到氣都接不上時，漢人突然自己住嘴笑起來。招待所幾個鬼女子嗤嗤亂笑的樣子點醒了他，這些互相知曉底細的本鄉苗人，怕是串通好了來戲耍他的？一個同副局長同行一夜路的外鄉漢人，當然不該代付副局長的房錢。

「狗日的一路耀祖光宗的下鄉走一遭，公差出成這樣，好耍得很呢？」丟下話，漢人獨自往偏寨行去。

漢人眼前的山走勢極窮又極俊，清江彎過山腳，那水色真是有生命的一灣碧玉。在這種地方，時間是另一種轉法，人也該是另一種生死活法罷？

・散文〈夢迴黔山〉獲世界日報二〇〇五年的第一屆新世紀華文文學獎首獎，及中國成都二〇〇六年第一屆金芙蓉文藝獎。

鳳西

本名郭鳳西，出生在溫馨開明的眷村家庭。父親郭岐是抗日將領。與黃志鵬成婚。鳳西性情活潑開朗，經營了一個井井有條、溫暖可愛的家。勤於閱讀之餘，也興之所至的寫作，著作〈旅比書簡〉、〈黃金年代的震撼歲月〉、〈歐洲剪影〉、〈牽手天下行〉曾得中央日報創作獎。現任「歐洲華文作家協會」祕書長、比利時比京長青會會長、比利時中山學校校長。

他

那一天忽然接到他的電話，十年了沒有他們的信息，自從九年前接到以良中風的消息，接著就是這長長的沉默。

「鳳西，以良前天去了。」

「啊！怎麼發生的？我一年前就該聯絡你們，你大哥去年四月因肝癌走了。」

「哦，現在就剩下我和妳了。」

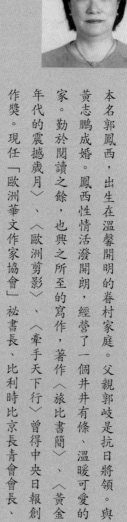

「真的。」

「我下個月來看妳，保重啊！」

放下話筒，我凝望著窗外風吹動剛發的葉芽，眼淚兩行。

幾天後我收到他寄給我的信，信裡沒有別的，只是一首他為亡妻寫的詩。

四十年相知，生活中的真摯
三十年扶倚，廚房裡的紅火
十年的堅持，輪椅上的沉默
我相信，你累了
因為我知道，我累了
別了，以良。在彼岸你還會一如以往的關注著我
別了，以良，我的妻

大約四十年前，我們兩家是比京聖心女中對面一座小樓的上下鄰居。以良有一雙亮亮的眼睛，有才氣，是俠女。他高高的，有一份安然信心的自在。我們相處得像一家人。

二十五年前，他們一對江湖散人去了加拿大，在那冬天冷到零下三十度的凍原開飯店，為那裡的人們點上一支溫暖的火把，定居下來。每隔三五年我們見次面。

是的，「將來」那曾經擁抱著憧憬的未來，對我們這些折翅的雁，不再鮮明如昔。

到機場接他，是我開刀後第一次開長途，而他所剩不多的頭髮一半白了。到停車場，

他點著一支菸。

「別在我家抽菸，我對菸敏感。」

「我知道。」仍舊是多少年前的自在。

過了一星期，他在比京的老朋友也多，夠忙的好不容易有一天空閒，去海邊走走，藍天、白雲、海鷗、長堤，走在沙灘上，有很久沒有的放鬆，舒散。

回來路上，我們溜下火車，拜訪Brugge古城，坐船遊兩岸古建築林立的運河，沉澱在懷古的情懷中，遐想歲月。

當天吃過晚飯，他一本正經的說以後要和我一起過日子。

「為什麼我？」

「弱水三千只取一瓢。」

「我們都是六十多歲的人了，不能隨便做決定，因為我們沒法重新再來，要多想想，有人陪著過晚年多幸福，但如合不來就非常麻煩。」

於是他走了，回到生活三十多年，開過四家飯店，為侍候半身不遂老妻九年凍原上的家。

他來信說：「年底我將再來，帶著健康的身體和有利的條件，來追求妳，在妳附近照顧妳，做妳的好朋友為妳解憂。誰說年紀大了就什麼都不能做了？」

還是那份安然的自信。人生之無常誰能把握？故事的結尾誰能預料？隨緣吧。

王昭英

汶萊居民。一九六二年新加坡南洋大學中文系畢業，後赴英國倫敦大學中文系攻讀。曾任第五屆冰心文學獎評審委員。主編《東南亞華文文學選集：汶萊卷》。著作：《洒向人間都是愛》、《跨越時空的旅程》、《雙飛集》、微型小說集《一凡微型小說及其賞析》等。現為「亞洲華文作家協會」副會長。

老調重彈婦女問題

如果有一天婦女被詢問從事什麼行業時，能自豪地說：「我是家庭主婦——家務工作者！」而對方則以肅然起敬的口吻回答：「呵，家務工作者，真了不起！」那就是婦女真正解放的時候。婦女至此再也不必面對家庭與事業的矛盾，因為養兒育女，打理家務的工作，也像教育工作一樣，是一份神聖的職業，一樣受到社會的肯定，因此也有成就感。

現代婦女可以與男子一樣受高等教育，一樣有能力到社會上工作，發揮所長，在經濟上也可以獨立自主。但一旦結婚，就要面對家庭與事業難以兼顧的困境。她們既要扮演傳統女性賢妻良母的角色，又要扮演事業女性力爭上游的角色，往往疲於奔命，心力交瘁。雖然家務與看顧孩子的工作可假手傭人，但養兒育女是一項十分需要耐心及愛心的工作。幼兒的教育，關係著一個人的健康成長及人格的完善。把稚齡的兒女交給一個背景不清楚，或教育水平低下的女傭，是相當令人擔憂的事。

社會既要婦女與男人一樣，學以致用，貢獻所長，在這方面卻沒有給予妥善的安排。有些婦女，在家庭與事業難兼顧的情況下，考慮在兒女年幼時，當全職家庭主婦，卻面對另一方面的困擾，那就是：由於家庭工作不能像其他行業一樣有酬勞，因此在經濟上不能獨立，連帶人格也不能獨立了。除非丈夫能改變我賺錢養家，「我養你」的傳統觀念，在觀念上把自己工作所得視為共同的收入，妻子可以不必當「伸手將軍」。儘管作為一個稱職的家庭主婦，必須身兼數職：她除了是妻子和母親外，還同時是褓母、廚師、教師、清潔工人及車夫等，但她們的工作除了沒有酬勞外，得不到人們的肯定，更談不上得到賞識與尊敬。她們的社會地位往往低人一等。

像這樣一個必須負起多項任務的通才，在經濟上得不到應有的報酬，在社會上得不到肯定，沒有成就感，怎能使一個受過高深教育的婦女，樂於走入廚房呢?!有些婦女在完成養兒育女的任務後，打算重新投入職業女性的隊伍時，卻發現社會已不太樂意接納她們，雖然她們並非跟不上時代的步伐！

婦女問題不是簡單的走出或走入廚房可以解決的。它實際上是一個社會問題，在社會觀念還沒有改變之前，在家庭主婦的作用和地位沒有被肯定之前，婦女並不能得到真正的解放。婦權實際上是人權。爭取婦女的權益，實際上是爭取婦女應有的人權，而不是挑戰男人的權益，或像一些女性主義者那樣以打倒男人為目標。

舉例來說許多潛意識裡有大男人主義傾向的丈夫，以婚姻是合二為一為由，要求妻子把自己的所有納入所謂的「我們的」，而實際上許多時候所謂「我們的」是丈夫掌控的。這就是為什麼不少婚後婦女都要偷偷的藏私房錢，因為婚姻一旦出現危機，比如丈夫有外遇或家暴傾向，婦女會由於沒有屬於自己個人的財產，而造成離異的障礙。就算在相對美滿的婚姻關係中，由於夫妻倆金錢觀念的不同，比如你認為該花的，他卻認為這是浪費。你認為浪費的，另一方卻是花得天經地義。

面對金錢觀及價值觀的不同而引發的爭吵，實際上是很無謂的。如果雙方能認同保持各自擁有及使用金錢的權力，則可少了許多因財務的支配使用而發生的爭執。舉個簡單的例子，有些婚後的婦女，拿錢孝敬或接濟娘家，引發丈夫的不滿而時生齟齬。有些丈夫把「我們的」錢，尤其是其中有妻子省吃儉用及辛勤工作的成果，拿去支持自己某個依賴成性、不事生產的家人，都會引發夫妻為錢爭吵。

如果夫妻倆能夠保有「你的」「我的」權益，就不會產生因錢而爭吵甚至離異的局面。婚姻關係不應該扼殺個體的人權，雙方在將所得的一部分或大部分（視情況而定）奉獻給「我們的」這個家庭共同經濟體的情況下，保有「我的」和「你的」。夫妻結合，不是讓雙方喪失個體的權益，而是在尊重個體權益的基礎上，為共同的目標作出奉獻。婚後婦女為了能保障自己自由支配及使用自己工作所得的人權，而偷偷藏私房錢是不得已的事，是不想為錢與丈夫爭執。若不是有此需要，誰願意瞞著對方這樣做？其實也有男人藏私房錢，因為財政大權落在妻子手上。說到底，國家不能大一統，家庭亦不可大一統。

婦女在經濟上獨立，不僅是指有能力、有機會到社會上工作掙錢，更應該是指自由擁有及使用自己耕耘所得的權力。

現代社會婦女申請離婚的案件比往日多，主要是因為她們不必像往日一樣依賴丈夫。由於在經濟上可以獨立自主，可以選擇不再受壓迫，不再對丈夫外遇或家暴等惡行忍氣吞聲，逆來順受。

最理想的婚姻模式，也是最能保障婦女權益的婚姻模式應是：我的+你的+我們的。如果現代婚姻能如季伯倫在《先知》一書中所描述的：「為了支撐愛之屋，你們不要緊握著站立，且看廟宇的柱石是分別佇立著，橡樹和樟樹也不是在彼此的陰影下成長。」

夫妻攜手並行，但不要為了合二為一而把你的一邊腳與我的一邊腳綁在一起前進。這樣的關係不頻頻摔跤者幾希。

只有肯定妻子也是支撐婚姻之屋的另一根一樣重要的柱石，不管她留在廚房還是走出廚房，婦女才能真正解放！

張翎

浙江溫州人。一九八三年畢業於復旦大學外文系。一九八六年赴加拿大留學，現定居於多倫多市。著有《張翎小說精選集》（六卷本），長篇小說《睡吧，芙洛，睡吧》、《金山》、《郵購新娘》、《交錯的彼岸》、《望月》，中短篇小說集《餘震》、《雁過藻溪》、《盲約》、《塵世》等。小說多次獲獎並入選各式轉載本和年度精選本。

妞妞小傳

妞妞是一隻非純種的波斯貓，她來到我們家的時候，只有四個星期大，躺在我的手裡，蓋不滿我的掌心，還不會吃東西。我們不知該怎樣餵食，最後只好用一支廢棄了的注射器，給她往嘴裡注射從超市裡買來的牛乳。

妞妞甚至不知道怎樣睡覺。她躺在地毯上，頭和尾兩頭高高翹起，像是冬天枯死在枝頭的一隻僵硬的蟲子，讓人擔憂她在這樣的姿勢裡，怎樣能得到嬰兒貓該有的優質睡眠。

於是我杞人憂天地給她的脖頸之下墊了一塊軟布，權作枕頭。有時甚至讓她躺在我的肚皮之上，用我身體的凹凸，作為她安歇的嬰兒床。

但是她很快就跳出了嬰兒狀態，長成一隻能正常飲食睡眠且叫聲強壯的健康小貓，而她的淘氣也就此全面鋪展開來。

妞妞小時候最喜歡做的一件事，就是和我們捉迷藏。每當聽見我們下班回家車庫門開啟的聲音，她就飛快地躲藏起來。一座五層複式的小樓有無數形跡可疑的小角落，在這樣的角落裡尋找一隻刻意不想被找見的小貓，真可謂艱難。最極端的一次，我們找了她整整一個晚上。最後終於發現，她其實一直就在我們的眼皮底下：她鑽進了我先生的一隻大鞋子，身子朝裡，臉朝外，粉紅色的小頭舒適地擱在鞋後幫上，露出一臉蔫淘的壞笑，任憑她的兩個主人像得了失心瘋似地滿屋亂竄。

妞妞不願見生人，家裡一來客人她就躲避。我的朋友都知道：妞妞如果在誰的褲腳上磨蹭幾下，那就是這隻傲慢的貓肯給此人的莫大恩寵了。可是等她略長大些的時候，也許是情竇初開，她見了客人，尤其是男客，只要那人看她一眼，呼她一聲，她就開始歡快地滿地翻滾，不知羞恥地露出一片粉紅色的肚皮，在地板或地毯上留下一團一團雪白的毛。貓毛就成了我們的註冊商標。我們的每一件衣服每一樣傢俱甚至我們的頭上身上，到處都是絲絲縷縷的白毛。我們終於與深色的服飾道別。

妞妞始終是一隻淘氣但卻膽小的貓，她像孫猴子一樣在唐僧劃定的那個圈子裡無法無天，卻不敢越雷池一步。她怕雷電，怕聲響，怕窗外爬過的任何一隻野貓野狗，怕秋葉落

世界華文女作家選集

在玻璃屋頂上的怪異形狀。有一回，我們在設置家庭影院的時候不小心犯了一個錯誤，音響被調到了極限發出了一聲炮彈似的巨響。過了一會兒，我們才發現妞妞站在樓梯口，一動不動，渾身的毛炸成了一朵蒲公英。

妞妞不總是那樣沒心沒肺的，有時也有心眼。有一回我和先生在家裡為一件如今都記不得緣由的瑣事發生了激烈的爭執。妞妞在越來越大的聲響中走過來，怯生生地站在我們中間，隨著我們的話語，一會兒看我，一會兒看他，細細的頸脖擰得像個電動娃娃。那雙灰綠色的大眼睛裡，充滿了驚惶無措。我終於被一隻貓純真無瑕的眼光看得羞愧起來，而退出了當時感覺像一場聖戰一樣的無謂爭執。

妞妞也很固執，固執起來的時候她不再像貓，而像是一頭扔了犁具站在田裡頭堅決不肯前行的犟牛。比如在我們給她洗澡的時候。妞妞怕水，幾乎跟怕死一樣的怕。給妞妞洗澡，簡直是一件砂紙磨心的難受經歷，每次都需要有極其強大的心理準備。從把她放入溫水的第一秒開始，她就開始聲嘶力竭的喊叫，那些尖利的聲音幾乎可以把浴室的天花板鑽出無數個洞。當我們用最快的速度心驚膽顫地草草把她抱出浴缸的時候，她通常會在地毯或浴巾上屙上一泡稀黃的屎。看到她在令人冒汗的暖氣裡渾身濕透瑟瑟發抖的樣子，我終於理解了她的害怕。後來我們不再強迫她洗澡，而是換了一種寵物店推薦的乾洗方法，她總算是勉強接受了。

妞妞漸漸長成一隻成年貓，她的個性也變得漸漸溫順慵懶起來。我們下班回家，她不再熱衷於捉迷藏。她會悠悠地從溫熱的貓窩裡走出來，迎到門口，叼著我們的褲腳，發出半是抱怨半是滿足的喵嗚聲。我們在家的時候，她極少緊緊地跟隨我們，而是遠遠地躺在我們視線可及的角落裡，滿足地看著我們擇菜做飯洗碗看電視。她一天裡最開心的時刻，莫過於看見我躺在沙發上看電視。常常還沒容我把靠墊整理好，她就已經蹭地一聲跳上來，臥到了我身上。她躺在我身上的時候，會把四肢幹扯得極長，額頭直直地頂著我的下頷，發出響亮的呼嚕聲，身子軟得如同一條撒了鹽的大螞蟥。我寫作的時候，她會爬過來蹲在我的腳邊，久久地仰臉看著我手中的電腦鍵盤發出叮叮哐哐的奇怪聲響。有時候，她會表現得很不耐煩，伸出前爪不停地扒拉我的手，彷彿在哀求我：「停一停，陪我玩一會兒吧，我都在家待了一天了。」於是，不忍心的我只好把她抱起來，放在我的膝蓋上。

就在她七歲的那一年，她開始生病了，東一灘西一灘地撒尿。開始時我以為她患上了糊塗症，曾經狠狠地打過她。那是平生我第一次對她動粗。她受了委屈，卻沒有控訴，只是一聲不吭地看著我，眼中是隱忍和哀求的流光。至今想起她那天的目光，我心裡依舊傷痛。後來我才發覺，她的尿裡有著深深淺淺的血色。我們終於決定帶她去看獸醫。

「膀胱結石，是貓食裡含了過多的石灰粉引起的。」獸醫說。

我一下子明白了，這是動物世界裡的三鹿奶粉事件。

「幾乎沒有完全治癒的可能性，會時好時壞。」

妞妞真能忍啊。一泡又一泡的血尿，她小小的身體上到底還留下多少血液呢？還有疼痛。那是一種據說比生產還要煎熬的疼痛。她卻一直保持著高貴的隱忍。她一天到晚躺在自己的窩裡，不動，不吃，也不發出聲音。我們把消炎藥碾碎了放在濕食裡餵她，她有氣無力地抬起眼睛看著我們，似乎在說：「好吧，為了你們，我就吃一口吧。」藥味是古怪的，她嚥下了那份古怪，因為她讀懂了主人眼光裡的哀求。

正如獸醫所言，妞妞時好時壞。我們再也不能放任她在樓層裡自由出行。她只能一天到晚待在暗無天日的地下室。在寬敞的天地裡行走慣了的她，如今圈囿在狹小黑暗的空間裡，不時發出聲聲哀叫，並用前爪抓打著門——她不過是想要她一直就享有的那一份自由啊。

妞妞的病持續了半年多，每天早上起床時，打開通往地下室的門，心都揪到了喉嚨口。如果看到地板上沒有血尿痕跡，就如同上帝用一根手指挑起了壓在頭頂的陰雲，連來家裡探親的老婆母，都有了豔陽天的快樂。可是這樣的日子越來越少，妞妞的狀況越來越差。

我們面臨了一個極其艱難的抉擇：是與妞妞如此無奈而痛苦地相守，還是把她交給動物收養所，讓他們的獸醫控制妞妞的病情，最終給她找一戶好人家撫養？

經過了幾個星期的反覆商議，我們終於決定和妞妞分別。

臨行的前一天，我們把妞妞放到了樓上，任由她到任何她喜歡去的地方走動。可是她卻不想走了。似乎她已經預見到了，這將是她在我們家裡的最後一天。一整天她只是柔若無骨地躺在我的懷抱裡，用她粉紅色的舌頭，一次又一次地舔著我的臉頰。我拿了一把梳子，給她梳毛。皮毛是動物健康狀況的寫照，我的妞妞瘦了許多，壓在我身上，不再沉重，身上的毛，也掉得斑斑點點，梳子很容易就走通了。我給她梳了幾遍毛，還給她細瘦的脖子上拴了一根紅色的領圈，她看上去隱隱多了幾分精神氣。

送妞妞走，是在一個有了寒意的秋晨。日頭是無色無光的，風很大，滿街都是蜷成了團的落葉。收容所後邊是條大鐵路，火車轟隆隆地開過，籠子裡的妞妞一動不動。冰雪聰明的她，已經明白了和她生活中將要發生的事相比，噪音實在是無關緊要的一樁小事。

我一遍又一遍地對自己說，不要哭啊，不要哭。填表的時候，有一個問題是：「你的寵物有什麼習慣？」我剛寫了半句「她喜歡打滾……」眼淚就洶湧地流了下來。「請你，務必，給她找一個，好人家。」我泣不成聲。

我們從此再也不用操心一日三餐乾濕食物的搭配，再也不用想方設法把難吃的藥物混在好吃的濕肉裡餵食，再也不用為深嵌在每一件衣服上的貓毛煩惱了，再也不需要每天早晨在上班之前瘋狂地趕著時間清理地下室地板上的血尿。可是，屋子是那樣的空，那樣的冷。你從來不會想到，一隻小貓會帶給一戶人家這樣多的體驗和溫熱啊。

葛逸凡

出生在河北省樂亭縣，一九四九年由上海到臺灣，一九六五年和丈夫女兒移民加拿大，三年後在Kelowna定居，近年長住在溫哥華。曾獲臺灣文壇雜誌第一屆文學獎短篇小說第一名，一九八九年獲海華第一屆文學獎第一名，二〇〇八年獲冰心文學獎。著有《欣欣向榮》、《加拿大的花菓山》、《時代命運人生》、《金山華工滄桑錄》。喜愛旅行、古典音樂、歌劇、看畫展及種花。

中化？西化？

幾十年前在海外定居的家庭，據統計他們的後代有三分之一與異族通婚，在我們的親友中，證實了這個數字。阿德和阿蕙在六〇年代末期從臺灣移民加拿大，在BC內陸一小鎮定居，以加幣三百元的本錢，創始了事業。七〇年他們就買了房子，數年後遷入五英畝的莊園，在八〇年代中我們去逛逛的時候，參觀了他們的倉庫。剛走進去，我就嚇了一跳；再看看頭就疼起來了。規模像大超級市場似的，兩人怎麼經營？阿德表示其實比超級市場複雜，單單釣魚工具就不止一千種。我喊了一句：「老天爺呀！」

這麼忙的人，卻在兩個兒子稚齡的時候就想到了他們的終身大事，非常在意種族的純粹，早做計畫。阿蕙到臺灣探親、談生意的時候，同時收才、智、貌、人品俱佳的乾女兒，每逢寒暑假請她們來住自己家，由兒子招待。兩個兒子品學兼優，一心要做專業人士，在溫哥華念大學期間，沒空交女朋友，畢業後兩人都到東部著名學府深造，然後就在那邊工作了。當我們見到阿德親自送來的老大成婚的喜帖，非常興奮，想起當年他們來玩的時候，我會心驚肉跳。兩個孩子要起來像獅子滾繡球，下樓梯要頭朝下爬，一轉眼到山坡找瓦片去了！當我看到新娘姓氏不是炎黃後代，立刻想起了成行成列的乾女兒，很自然地為阿蕙難受。阿德喜氣洋洋地表示他倆都是現代的父母，歡迎洋媳婦，曾提供了兒子認識華女的許多機會，可是兒子沒有興趣，因為沒有交談的話題。

婚禮在東部新娘的故里舉行，然後回到BC小城在中式餐館宴請親友。我們全家去慶賀，先到多年未見的老友家園，已是舊地新景象；房屋新建，大幅的菜園和幾隻牛都不見了，長著我沒見過不認識的植物，全是草藥。外子問：「你們種這麼多草藥幹什麼？」阿德微笑道：「可值錢了！」阿蕙出來相迎，一臉光彩的滿意神情。走進屋子，見到了「精英風範」的新郎，金髮碧眼、穿粉紅緊身鑲珠鑽長旗袍的新娘，和新娘的白髮祖父母，兩人的英語，都有濃重的法語口音。當大家還在寒暄的時候，新娘笑眯眯地端著有托盤茶杯請我們用茶。我立即緊張的全身發熱，因為沒有準備紅包！我們當然送了禮物，可是照規矩，像我們這麼老的朋友，應該在新娘敬茶的時候送件首飾的。我倆都沒有想到娶洋姑娘還守古禮。原來阿蕙將她家鄉臺灣本地習俗帶到加拿大，要跪拜磕頭，還要拜菩薩。我的心在收緊，因為剛剛聽到新娘的祖父母說他們是講法語的天主教徒。新娘的臉上幸福的光采煥發，她祖父母的眼中充滿了喜悅，讚揚他們的孫女婿是何等的優秀。當外子說起阿德將菜園改種中藥時，老先生連聲說：「阿德有創造性，新主意太多了！太多了！」我們深受感動，優秀與真情摯愛會使人接受不同的文化，新娘中化了！

一晃又過了很多年，我倆回小城時巧遇鄰鎮的阿蕙，她問起我孫輩的中文程度，很高興地說她的兩個孫子都在週六念中文學校，還參加過演講比賽。又說起洋媳婦的炒米粉、麻油雞做得可道地了！他們到大兒子家小住的時候，每天早上吃稀飯！

外子和我談起朋友群中下一代與異族通婚的情況，有的娶或嫁了就全盤西化，現在中化的例子增多，或成為綜合的。在婚姻的道途上，中化、西化，要看個人的造化！

林婷婷

祖籍福建晉江，出生於菲律賓馬尼拉，菲律賓大學文學碩士。曾獲臺灣僑聯總會一九九三年「華文著述獎」散文類首獎，二〇一〇年冰心文學新作獎。一九九三年移居加拿大，曾任加拿大華裔作家協會會長，現為加拿大華人文學學會副主任委員之一，也為海外華文女作家協會副會長，為該會第十二屆會員雙年會承辦人。

「時光的當鋪」——《PAWN》劇本賞析

美國史丹福大學英國文學系三年級的加拿大華裔學生，二十一歲的曹禪，在寫作班創作的一部音樂劇《PAWN》，二〇一一年在美國劇藝界掀起了一股旋風，被一份關注未來年輕領袖的雜誌評為十五名「最具影響力的大學生」之一。該劇是年在美國、加拿大、英國、韓國、和中國作了好幾場巡迴演出，場場爆滿，佳評如潮。

我在觀賞《PAWN》的舞臺演出之前，有機會讀到這部音樂劇最初版本的劇本。在還沒有臨場觀賞前，已有了掩卷拍案叫好的激動。這的確是一部令人「驚豔」的好劇本，是一部令人刮目相看的優秀戲劇文學作品。它的創作技巧有現代前衛戲劇Avant-garde之風。更令人驚訝的是這部音樂劇的劇本編寫和導演，以及劇中全部音樂的譜曲和作詞，都全是出自這位年輕的創作者曹禪，是她繼二〇〇九年創作的《忘記提波倫》和《亞伯拉罕牛與友情之火》後的第三部劇作。這齣戲的演員都是從史丹福大學裡各科各系也包含了各族裔的學生選拔出來的，演員都說他們這些非職業演員能有傑出的舞臺表現，傾力投入該劇本的演出，主要是受了劇本的感動。

這部作品在時空的處理上，採取擺脫現實生活的時間和空間邏輯，運用了電影蒙太奇的剪輯技巧，讓時空交叉轉換跳躍，讓劇中人物內心的活動，流動似的呈現在舞臺上。在明確指出人類唯一的出路是往前走，而不盡是往後看的同時，留給觀眾和讀者的，是省思和補白的空間。

《PAWN》這齣音樂劇分兩幕，每一幕六景。時間從二〇一〇年的九月十、十一日，到二〇一一年九月十一日。故事發生地點包括阿富汗、加拿大的阿爾伯達（Alberta）省、虛幻的時間當鋪、以及紐約。主要人物有六個加上整個劇團團員（亦即本劇的合唱團），音樂部分的獨唱和合唱共有二十首歌的創作，樂器卻是只用一把吉他和一架鋼琴。簡單象徵性的道具，很隨意的日常服裝，都是現代派劇場的特色。於是一個夢景掀開了序幕，在阿富汗某個軍營裡，一個姓牛名亞伯拉罕的年輕士兵，躺在軍床上夢見了他童年時的母親。夢中母親躡手躡腳地走到小孩的床邊，在床前跪下，一邊摺疊小孩的衣裳，一邊檢視一件玩具，然後輕撫摸著小孩的頭髮，把玩具放在他身邊，慈祥地看著他，依依地抱著一疊摺好的衣服離開。橘色夢幻的燈光轉換成現實黑夜的暗藍。士兵醒了，穿好軍服，搖醒旁邊其他三個同伴，然後各自背著槍桿走向沙漠。他們邊走邊唱，亞伯拉罕憶起了加拿大故鄉的山脈和草原。舞臺上的時空轉到了第二幕加拿大阿爾伯達省的一個叫Cold Lake的小鎮。

從第二景牛家夫婦和女兒的對話中，作者交代了這個華人家庭所經歷的悲劇和一家人永無法癒合的傷痛。這個家庭的大兒子也就是亞伯拉罕的哥哥在一年前的暑假為了去紐約打工，九一一事件發生時，二十歲的他在大樓裡被炸死了，成為恐怖分子無辜的犧牲品。這家庭的老二亞伯拉罕為了替哥哥報仇，毅然參加加拿大派駐阿富汗的軍隊去作戰，妹妹每年都吵著要去九一一現場悼念哥哥。

第三景描寫阿富汗Kandahar反恐聯軍空軍基地的黃昏中，亞伯拉罕和另外一位指揮官的對話，那種屬於士兵們比較隨意粗曠的語言，以及軍方在戰場中所用的暗語，都被作者寫得很生動傳神。反恐聯軍得到情報，正要採取行動炸毀布滿恐怖分子的村莊。村莊不遠，執行任務的亞伯拉罕決定去探視究竟，在距離小村莊約六十呎的地方，他發現有敵方的小孩在他們要轟炸目標的地點玩耍。他立刻通知指揮官，孩子們畢竟是無辜的，請他轉告上司延遲一分鐘，好讓他把孩子先轉移到安全的地方。但是太遲了，他聽到飛機的聲音。一名受傷的阿富汗婦女急忙把懷中的嬰兒託付給他，請他保護嬰兒。指揮官要他立刻逃跑以保住自己的性命，亞伯拉罕的良知在萌動，他猶豫了。就在這千鈞一髮的時刻，他的母親突然出現，他驚叫一聲「媽」！一聲尖銳的巨響，一顆炸彈從天空掉下，舞臺布幕上端露出一節三分之一的炸彈，就這樣懸掛在那裡。時間停止，舞臺鴉雀無聲，臺上的演員都似凍結般地定格在他們各自的位置上，此時代表童年玩具的Lego和時間當鋪的引導者Hasti出場，歡迎母子倆進入一個虛幻的時間當鋪。

亞伯拉罕會做出什麼樣的選擇？炸彈為什麼要懸掛在空中？作者在玩荒謬？Lego和Hasti是誰？作者為何要安排一個時間的當鋪？我的腦海裡一下子冒出了許多問題，可見作者已成功地把劇本帶到一個高潮，注入疑雲重重的緊張氣氛，呈現著豐富的戲劇性。

Lego是一件拼裝組合誇大的士兵玩具，Hasti是一個阿富汗少女，他倆是亞伯拉罕在時間當鋪的嚮導。時間當鋪聽起來是個空間，其實它是時間。也是一枚棋子在考慮如何前進時的一個臨時驛站。Lego和Hasti幽默活潑的對話，顯示了它們正代表亞伯拉罕的兩個選擇──往後逃可以救自己或是往前跑冒險去救懷抱中以及在玩耍的幾個敵人的孩子？他像許多臉上貼著郵票在迷失中穿梭的人一樣，等待傳送者的指引。在當鋪裡亞伯拉罕用生命最後一秒鐘的選擇，換取一天的時間。

母親的出現當然是要說服孩子，她告訴兒子「恐怖」不單單是指被炸死的人體，或是倒塌的大樓，人質或黑色的蒙面巾。其實「恐怖」就是日常生活中的法西斯壓迫，是每天生活在沒有法律保障，被歧視排斥所造成的那種分分秒秒不安全感的懼怕中。於是母親講述了隱藏在心中一段悲哀的創傷。亞伯拉罕的曾祖父是修築加國鐵路的華工，曾經因受傷被遺棄在工地，一邊流血一邊掙扎爬行才免死於荒野。當時加拿大政府以城市建設為藉口，要徵用並拆毀華工們所辛苦建設的唐人街，亞伯拉罕的父親曾經勇敢帶領反抗示威遊行。母親也因參加遊行，被三個白人抓去毆打，把她的臉倒栽在沙灘上，幾乎憋死，而許多觀望者沒有一個伸出援手。她也追憶第一次懷孕臨產前，丈夫出差，她還去一家製作浴缸的工廠打工，因為是唯一加班人，竟被白人老闆鎖在倉庫裡。那天晚上在嚴寒的冬夜裡，她在浴缸裡生下了孩子，那是多麼恐怖的一夜呀。如果不是剛好浴缸接了熱水，這位產婦和嬰兒很可能凍死。亞伯拉罕也向母親坦白自己和哥哥小時候在學校受到歧視被毆打的侮辱，他們慶幸得上天保佑，總算走過了這段連狗都不如的日子。第一幕就在母親演繹生產這場景落幕。或許有人會覺得母親在浴缸生產這一場景表現過於細膩寫實，但我覺得作者有意揭開這血淚斑斑的瘡疤，來對觀眾說：「請看！我們能容許這樣的事再發生嗎？」

在第二幕的第一景母親正在教Lego怎樣和麵。Hasti對亞伯拉罕談起了她的傷心史。三十年前當她十五歲時候，蘇聯攻打阿富汗。在她哥哥的婚禮上，侵略者把新娘子抓走，把十八歲的新郎和她共二十七個人關在屋子裡，放一把火把他們全燒死了。阿富汗人也曾是恐怖的犧牲品。

母親包好了餃子，煮好，端給兒子吃，希望兒子走後會再平安回家。當亞伯拉罕吃著餃子的時候，懸吊在空中的炸彈一點點在下降，已需被Lego托著。他急忙吃完了十個餃子，擁抱告別淚眼汪汪的母親，亞伯拉罕選擇了他應該走的道路。此刻劇本已提升到第二個高潮。當反恐聯軍的炸彈落地，他用自己的身體掩蓋著敵人的孩子，成為拯救十二個阿富汗孩子的英雄。最後一個場景是在二〇一一年九一一十週年紀念日紐約被炸毀的雙塔夷平場地，亞伯拉罕的父母和妹妹已能面對傷痛去參加遇難者的紀念會。亞伯拉罕的魂靈顯現，對家人唱著：「我會從死裡興起，用我的手，將石頭推走。」「這一天將是何時呢？但願是今天……。」

美國九一一事件激發了這位年輕作者對生命、對種族歧視與仇恨、也對全人類的未來發抒她的關懷及省思。在演出的節目單上，附有一封曹禪寫給弟弟的信作為引介。她說她希望盡自己微薄的力量，能為弟妹們改善這個世界，讓它更加美好更適宜居住。「在將來的世界裡，只有盼望而沒有灰燼，只有愛而不怕失去。孩子們將不再被教去歧視、仇恨、和傷害其他小孩。因為我們實在有能力運用智慧、同情、和創造力取代暴力。」這是作者肺腑之言，也是《PAWN》要傳達的訊息。是的，人類唯一的出路就是要往前走，而只有寬恕、包容、和愛才能讓我們走出去。

《PAWN》的劇本是一部英文的創作，卻同時呈現西方和東方的文化元素，是跨越文化和族群，揉合歷史和現代的創作。劇作者曹禪出生於中國，後來移居加拿大，受過東西方教育和文化的薰陶，尤其是基督教的影響。就拿主角來說吧，作者給了他一個中國姓「牛」，也即象徵最早農業社會勤勞淳樸的中國人。主角名字叫亞伯拉罕，與西方基督教《聖經》中人類的始祖同名。堅強的母親被稱讚為「北國風雪中的梅花」；她的「天知道」的宿命觀反映了許多中國傳統婦女逆來順受的求生意志和美德。父親為反對政府要拆毀華人移民在異國的一小方「家園」——唐人街而發動遊行。華工所受的屈辱和剝削，作者感同身受，然而在這蒙恩的世代，基督教博愛的訓戒，叫她懂得如何寬恕和包容。因此在故事的結尾我們看到亞伯拉罕的母親在兒子離開之前，給他包餃子，兒子吃著母親的餃子，母子相看無語，對最後的抉擇各自心照不宣，母子都知道亞伯拉罕為了救贖必須選擇死亡。曹禪就是這樣把她的中國心和基督教精神，細細的織入了這部音樂劇的畫布上。

上帝給了人類如此美好的地球，人類卻用暴力、恐怖和反恐怖、仇恨和戰爭在彼此傷害，無理性地在摧毀在醜化這個地球。然而《PAWN》告訴我們，每日的天光雲影在變化，時代在變，人類必須往前走，走向一個和平的陽光世界。正如亞伯拉罕的哥哥凱所表達：已死去被犧牲的人都是恐怖和戰爭悲劇的見證者，他們也正「在用雙手推動這個星球，讓人們的臉能轉向太陽」。

二〇一一年九月，我有機會觀賞「時光的當鋪」參加紐約實驗劇場戲劇節的演出，發現作者在劇本方面，作了一些修改。譬如懸掛在空中的炸彈，以及母親在浴缸生孩子的舞臺畫面都被刪掉，但增加了亞伯拉罕捐軀後隆重的葬禮，士兵們抬著亞伯拉罕的屍體，然後把蓋在他身上的楓葉國旗掀起摺疊交給家人，一幕悲壯的場面，令人震撼不已！整部劇的音樂背景也改採Rock節奏的舞蹈和音樂，由曹禪親自打鼓指揮，使整部音樂劇更專業結構更緊密地一氣呵成。在臺下聽那鼓聲，好像每一節拍都打到觀眾的心坎裡。後來更驚訝地知道，全劇的歌唱舞蹈和音樂都是沒有正規的樂譜，而是曹禪從腦子裡哼出來美妙動人的旋律和調子的組合。

「時光的當鋪」見證了這位年輕華裔女作者的成長和努力。據最近消息，曹禪於今年二〇一二年又創作了一部新劇本《給坐在黑暗中的弟兄》，二月二十、二十五日在美國史丹福校園首演成功。這位年輕作者更成熟更豐富的創作是可以拭目以待的。

二〇一一年九月完稿

二〇一二年三月修訂於溫哥華

劉慧琴

筆名阿木，加拿大華裔作家。二〇〇八年獲加拿大卑詩省政府「慶祝卑詩省建省一百五十週年：表彰有影響的婦女、耆英及長者項目」撥款，以英語攝製專題紀錄片《為子女的成長和成就作出奉獻》。移民前已在大陸發表譯作，移民後著有《胡蝶回憶錄》、《尋夢的人》、《被遺忘的角落》及影視劇翻譯《白求恩》、《宋慶齡的兒童》等。曾主編多種文集。

胡蝶晚年說往事

相識於溫哥華

溫哥華是藏龍臥虎的地方，一九七八年，剛從北京移民的我，就是在這裡認識了心儀已久的三〇年代影后——胡蝶。

那時我在溫哥華的中僑互助會工作，負責婦女組的英語學習，是我的責任之一。一天英語教師請假，我去代課，班裡二十來個人，年齡從二十來歲到六、七十歲不等，都在學習基本英語。我注意到班裡一位年約五十的中年婦女；臉型很熟悉，但說不上在什麼地方見過。她的衣著、打扮頗有大家風度，衣服色彩、款式很適合她的身分和年齡，樸素中含有雍容華貴的氣質。大家稱她為「大家姊」，對她很尊敬。而她卻很謙虛，和藹可親。點名時我知道她叫「潘寶娟」。後來很快就知道她是三〇年代風靡了整個神州大地和東南亞影壇的電影明星——胡蝶。

移民加拿大前，我曾在中國文藝界工作了二十多年，對胡蝶三〇年代在影壇的活動是熟悉的，知道很多關於她的傳說。想不到我們會在遠離故土的天涯海角相識，成了忘年之交。

溫哥華氣候宜人，花草茂盛，即使在冬天，草地也是綠茵茵的。胡蝶住在英吉利海灘一座濱海大廈的二十五層，不管樓下海灘多麼喧鬧，她家裡卻永遠是那麼寧靜。從窗口望出去，可見遠處的山，近處的海，令人心曠神怡。胡蝶生活很有規律，早睡早起。天氣晴朗的日子，她會帶一些爆米花或花生米下樓，在海邊散步。撒下爆米花和花生米，引得一大群鴿子和不停跳躍的松鼠圍在她的身邊。她常說，這裡的自然景色和這些可愛的小動物給她晚年的生活帶來了不少滿足和樂趣。

我喜歡聽胡蝶的聲音和她那銀鈴般的笑聲。歲月雖然磨去了她的青春，但並沒有磨去她依然年輕的聲音和開朗的性格。人們都說，聽她的聲音，很難想像出她那時已是年近八十的老人。也許是她的聲音，使我常常忘記了我們之間的年齡差距，總是天南地北，陳年往事，新鮮見聞，無所不談。胡蝶不但很健談，也很幽默風趣，沒有時下名人的架子。也許正因為這樣，她能和任何階層的人相處融洽。

她常說：「我退出了電影舞臺，但未退出生活。在人生的舞臺上，我也得要演好我的角色。」她將「人生如戲，戲如人生」兩者融合在一起，實在是個永久的演員。

洗淨鉛華，安於平凡

移民加拿大前，胡蝶曾在香港、臺北、東京三地居住。一九六六年，她應著名導演李翰祥之邀去臺灣，在《明月幾時圓》和《塔裡的女人》兩片中客串母親的角色。這是胡蝶息影前在電影中最後的身影。儘管盛名不衰，一九七五年移民加拿大後，她謝絕了各種社交應酬，踏踏實實地過起一個平凡老人的生活。當年在溫哥華除了老華僑，香港移民占了華人移民的大多數，其中不乏她的影迷，還曾多次在公共汽車上跟蹤她。有一次她乘車，一位老太太跟在她後面上了車，並在她身旁就坐，笑著和她打招呼。胡蝶也就和她寒暄起來，但心裡納悶，這是誰呢？總也想不起，又不好意思問。就這樣坐了一路，直到胡蝶下車，老太太也跟著下了車。這時老太太才說：「很高興和你同坐一輛車，你一點大明星的架子都沒有。我從小就仰慕你，看你的電影。沒想到會在溫哥華見到你！我是從你的眼神裡認出了你，跟你上了車，其實我回家是該坐相反的路線的。」胡蝶的可貴之處，在於不以名人自居，總是平等待人。

她晚年交了一班過去認為她是可望不可即的老姊妹，享受平常人的真情友誼。大家一起打打輸贏不超出五加元的小麻將，每人將帶來的食物和牌友們分享，或是一起到唐人街

ＡＡ制吃飯。胡蝶常說：「老人金是加拿大政府照顧老人，讓老人可以安享晚年，無經濟之憂，我們該知足惜福。」

胡蝶晚年的摯友——朱大哥

初識胡蝶時，我曾應當年《華僑之夜》雜誌之約為她寫過一篇訪問刊登在雜誌上。後來我因工作和兒女上學等故去了東部三年，這期間也一直和她保持聯繫。一九八二年八月，我和小兒子又回到溫哥華，與胡蝶的交往就更多了些。我週末帶兒子去斯坦利公園時就順道去探望她，有時約出來一起散散步。她總帶上一包花生或是爆米花，在公園裡和我九歲的兒子一起餵鴿子和松鼠。在藍天白雲下的大海邊，一老一小的歡笑聲，常引得遊人駐足，那真是一段令人懷念的日子。

胡蝶喜歡像老朋友一樣和我談她的前塵往事，把我當作可信賴的忘年朋友（她是我母親一輩的人）。那時我就起了要為她寫傳的念頭，曾在不經意中提到為她撰寫回憶錄，她不置可否。

有一天她打電話給我，說朱大哥會來溫哥華，想約我一見，我早在初識她時就知道朱大哥是她的摯友，他們的友誼可追溯到胡蝶最初成名的二十世紀三〇年代。那時胡蝶是當紅明星，朱坤芳是小場記。當朱坤芳挨導演張石川訓斥時，總是胡蝶替他解圍打圓場。為同事解圍這種小事，對胡蝶來說是家常便飯，而朱坤芳對她的暗戀和感激，卻直到二十年後方有機會表白。斯時，兩人都已不再年輕。因方方面面的考慮，使他們只保持了一份可以依託及信賴的友情。

胡蝶口中的朱大哥其實比胡蝶小，當年胡蝶也只是拿他當小弟弟看的。但如今在生活及社會閱歷上，特別是對於胡蝶無微不至的關懷，朱坤芳是可以當得起「大哥」這個稱呼的。

朱坤芳是寧波人，中等個子。一經接觸，就能感到他是個精明能幹的商人，但也不乏正直誠懇。他是為給胡蝶寫回憶錄一事來和我見面的，對我說他對胡蝶要寫回憶錄一事很慎重。這我才恍然大悟，胡蝶當時的「不置可否」是要徵求朱大哥的意見。他們兩人的這份信任，使我有一種重任在身的責任感，既要為中國電影史留下一份第一手的歷史資料，又要不負他們二位之託。

記得和朱坤芳一起午餐，他說將由他出資出版胡蝶回憶錄。在和他握手道別時，他還說：「我比胡蝶小四歲，我是能照顧她到老的。」我當時很為胡蝶晚年有這樣一位摯友高興。

誰料第二年春天，朱坤芳因商務來西雅圖，竟因突發心臟病在西雅圖辭世。朱坤芳的突然去世，是胡蝶晚年所受到的最大打擊。我趕去看她時，她那種欲哭無淚，強自鎮定的神情，真個令人心痛。此時，任何勸慰的話語都是蒼白的，我默默無言地擁著她的肩膀。她曾經是那麼堅強，生命中那麼多坎坷、挫折都闖過來了，可這次她似乎是真的要崩潰了。

其後的日子裡，表面上胡蝶似乎沒有太大的變化，其實她內心的傷痛是巨大的。朱坤芳的死帶走了她生命中最後的樂趣。以致當她的兒子告訴我「媽媽走了」時，我的心情是麻木的。我理解，她那漫長的人生路走得太累了，即使是永遠的演員，也總得有謝幕的時候，是她自己拉上了人生最後的帷幕。

撰寫胡蝶回憶錄

大凡名人，人們對於他們的一切，姓名、出身，乃至生活瑣事都有種種傳說、猜測和推理。而久而久之，竟變成了事實，以致當事人百口莫辯。這對於胡蝶，更不例外。一九八六年我開始寫胡蝶回憶錄時，胡蝶尚健在，所以有很多傳言，都盡我所能，跟她一一核對。每當我看到舊時的報章雜誌有很多與事實不符的報導，甚至同一時期的報紙都互相矛盾，會在驚訝之餘，頗感不平。胡蝶總笑著勸我：「我向來不太在乎這些空穴來風，如果對每個傳言都那麼認真，我也就無法全心全意地從事電影演員的工作了。」她就是這樣一個小事隨和，大節不含糊的人。

那些傳言中最可笑的是說胡蝶是東北的滿族人。實際上胡蝶是道道地地的廣東女子，但她的庶母（胡蝶父親的妾，胡蝶親生母親是漢人）是滿族旗人，庶母的母親，胡蝶也尊稱為姥姥，在胡蝶從影後，很多時候都跟在身邊，照料胡蝶的生活。胡蝶一口幾可亂真的京白口音也是跟姥姥學的。也許這是她被誤解為滿族的原因吧！

還有胡蝶和張學良跳舞一事，當年也曾傳得沸沸揚揚，事後證明這完全是子虛烏有。那是日本通訊社造謠中傷張學良，以引起國人對他的憤恨，轉移目標。當時胡蝶正在北平拍外景，由於拍攝時間緊迫，外景隊吃住都在一起，根本沒有個人活動的時間。後來明星影片公司及演職員曾聯名登報聲明澄清。而受輿論傷害的張學良和胡蝶，後來雖然也曾在同一個城市生活過，卻是終其一生從未謀面。

關於她和戴笠，這是謠傳得最多的一則緋聞，起於原中統特務沈醉的文章。時至今日，這樣的謠傳不但在各種已出版的傳記、回憶文章乃至影視片中出現，且以訛傳訛，可謂謊言說一千遍也成了真理。我在和胡蝶交往十多年後，綜觀她的個性和為人，認為這是莫須有的造謠中傷，但還是認真地向胡蝶求證。胡蝶承認和戴笠認識，也有過一般的交往，但並沒有如謠傳所說的種種情事。戴笠另有情人，但不是胡蝶。謠言止於智者，我撰寫胡蝶回憶錄時，重在胡蝶對中國電影事業的貢獻。清者自清，這是我拒絕將這段謠言的辯解寫入胡蝶回憶錄的原因。

沈醉在他的回憶錄裡面，也曾寫過戴笠跟電影演員白楊的所謂風流韻事，白紙黑字寫了出來，印刷成書。為了這個不白之冤，白楊在「文革」中被關押八年，受盡苦難折磨！最後事實證明：並無其事，還了白楊以清白。但是受害者白楊卻已因此被折磨得死去活來！我慶幸胡蝶「文革」時沒在中國，否則這段謠言足以使胡蝶陷入萬劫不復之地。

也許正是這段謠言，使八〇年代的大陸出版界，對胡蝶回憶錄的出版曾抱觀望態度。在這裡，我得感謝時任溫哥華《世界日報》總編的徐新漢先生和臺灣《聯合報》副刊主編、著名詩人瘂弦的大力支持。是他們促成了該書在胡蝶生前首先在臺灣出版，為我們留下了影后本人見證的第一手的資料。

胡蝶忠於電影事業，電影就是她的生命，為此她錯過了生育年齡。她和先生潘有聲從近親中過繼了一雙兒女，愛如己出，甚至可以說勝如己出。看到她和兒孫三代同堂，其樂融融，我對胡蝶多了一層敬佩。胡蝶既未曾生育，又何來「私生女」以及「遺棄」之說？

胡蝶生前對我說過：「（阮）玲玉死於人言可畏，而我是在流言蜚語下掙扎求生。」她又何曾料到流言蜚語於她過世之後都不放過她，使她連聲辯的可能都沒有，豈非對往生者太不公平太失敬了?!

美國被刺殺身亡的前總統甘乃迪遺孀賈桂琳在她去世前，封存了一批文件，遺囑要在她逝世五十年後才能啟封，那時有關人物均已謝世，歷史疑團的解密不會再引起紛擾。在我撰寫胡蝶回憶錄時，胡蝶也曾囑我下筆時留情，不要傷害到有關在世人的感情，她囑我有些事可以在她身後再寫。如今胡蝶過世已經二十多年，和她同時代的人均已走進歷史，連我這個晚輩也垂垂老矣，對她的囑託卻未敢相忘，定會將她傳記的史實補寫。這是她未了的心願，也是我今生的承諾。

胡蝶最後的日子

和胡蝶逾十年的忘年相交，我們早已成為無話不談的摯友。後來胡蝶搬來和她兒子一家同住，剛好和我在同一條街，一個月總能見上幾次面。和胡蝶最後一次通電話是一九八九年三月二十二日晚，像往常一樣，她那銀鈴般的聲音，充滿歡樂，充滿幽默，她約我兩天後在我們經常午敘的餐館見面。誰知第二天中午，我因車禍受傷進了醫院。出院後，在家中臥床不起養傷，還一直惦記著和她的約會，可她家的電話卻總也沒有人接。最後好不容易接通，才知道她竟也於我車禍同日的中午外出，就在她家對面的商場跌倒昏迷，引起中風送入醫院。

一九八九年四月二十三日晚七時許，我在夢中似乎聽到電話的鈴聲。醒來後正在納悶，電話鈴真的響了，是胡蝶兒子的聲音，他母親剛去世。魂也有知，沒想到她是用這樣的方式在夢中向我告別。時過二十多年，那個黃昏，那猶如她笑聲般的電話鈴聲，卻仍深深地刻進我的心田，永難相忘。

一九八九年四月二十八日葬禮上，胡蝶身著淡紫色的中式上衣，安詳地躺在棺木的花叢中。想起她一九八一年回香港，將先夫潘有聲的骨灰移葬於風景如畫的溫哥華科士蘭公墓。在那裡，她的摯友朱坤芳生前已為胡蝶和潘有聲置辦了永久安息處。胡蝶曾說過：「也許有一天，我會在世界的那一面，向他訴說三十年來的離別之情。」現在，她終於了結塵世的一切，無憾地去見她久別的親人、友人了。

胡蝶有過絢麗輝煌的歲月，也經歷過辛酸寂寞的時光，但無論生活的遭遇如何，她都能冷靜面對。未因富貴榮華和成名而傲視一切，對誹謗和流言，她也能坦然面對，安之若素。她那一貫謙虛謹慎的善良品德，是她最不平凡的感人之處。

二〇〇八年十月二十三日初稿於溫哥華
二〇一二年二月二十五日修改於加拿大列治文

汪文勤

一九九七年移民加拿大。曾任某學院學報編輯、中央電視臺記者、編導。著作：長篇小說《生死流》、《冰酒窩》等；中短篇小說集《最後五十步》、《赤潮》等近十部；《汪文勤詩集》等多部；散文隨筆集《捕風的日子》。主編長篇報告文學《耳蝸》；監製美國音樂劇《時光當鋪》；策劃出版《平民史記》系列；攝製紀錄片《四月的九天》等。作品多次在海內外獲獎。散文《童話裡的童話》榮獲二〇〇八年冰心兒童文學新作獎。

自由之風永遠吹——史丹佛

親愛的史丹佛，這一次，我還是忍不住要仰望你的藍天，那一種藍一直叫我啞口無言，多少次我試著想描述那種藍，但我不能夠，我所有的語言加起來也沒有那麼藍，我僅有的墨水，我所有的眼淚，我全部的歌加起來，都不夠你那麼藍；多少次我設想自己頭朝下，把你看作是海洋，是我飛來又飛去的太平洋，是水域清澈泛綠的大西洋，是太平洋和大西洋加起來的藍，比她們加在一起還要藍的藍。

聽說過藍會把人融化掉嗎？聽說過藍讓人的雙眼會無端地盈滿淚水，用筆蘸著這淚水寫出的詩行也是叫人不忍卒讀的嗎？看過血脈在皮膚下的顏色嗎？也是這樣的藍，藍色的網罩著我們，這生命的藍，火焰一樣點燃，給我們生的機會和活的動力。

每天，每個時刻，都可以看見有人向你舉著相機，深情又豔羨地吮吸著你的藍，好像在一小口一小口地品嘗著，饕食著，那麼，在遇見你之前，他們可曾看見過這樣的藍？有沒有想過藍的味道呢？薄荷的味道？檸檬的味道？水的味道？比水濃了一小點，濃的那一點不鹹，也不甜，有一點點涼，舌尖被細細的芒刺扎痛了，痛得很舒服。你的藍是濃厚的，所以低垂下來，彷彿把手舉過頭頂再踮一下腳尖就可以抓得到，柔滑的藍色波浪，緞子一樣由指尖滑過。縱然是天的高遠，卻不會失去仰望，不會仰望一生之久，而不被波光雲影回照。在這樣一片可以一抬望眼即可抵達的藍天下生活的人，該有多麼幸運，多麼被看重，多麼有尊嚴，又多麼被寶貝著呢？這種被寵愛，被看顧的感覺，讓他們擺脫了螻蟻一樣的生涯，從終身匍匐吃土的宿命裡跳出來，由面朝黃土背朝天的姿勢變成是可以仰望藍天，可以仰兒八叉躺在大地上，和天空對視、對話。這才是革命吧，這才是復活和重生。

世界上著名的學府都有校訓，那是奠基石，是初衷，是目的，是為什麼會有這樣一所學校存在的緣由。比如哈佛大學的校訓是「讓真理與你為友」。普林斯頓大學的校訓是「為國家服務，為世界服務」。耶魯大學的校訓是「真理和光明」。而德國洪堡大學的校訓則用了馬克思的一句話：「哲學家們只是用不同的方式解釋世界，而問題在於改變世界」。一個詞，一句話，但是都帶著人文的體溫，令人感懷。但是，最喜歡的還是史丹佛大學的校訓「自由之風永遠吹」。

我知道，我也有感受，這個自由不是人們嘴角上常掛的那一種輕賤的自由，這個風更不是風尚的風，這裡有靈性的指向和涵義。

親愛的史丹佛，你的魂魄，你的精神，你的夢，你對未來世界的憧憬都隱含在這自由吹拂的風中。

吹吧，自由的聖靈的風！這一陣風吹過，人的身體會為之顫慄，沉睡的甦醒，衰殘的復生，枯木逢春，鐵樹開花，生生不息的生命的種子，被風帶到哪裡，便在哪裡落地生根，開花結果。親愛的史丹佛，這不就是你的最初的心意嗎？

往事越百年，一八八七年的春天，您，史丹佛先生拄杖站在這一片土地上，遠山靜穆，正好有風吹過，風吹過猶如您愛子的手輕撫著您傷痛的心，把一個無與倫比的美夢放在了您心中。那是一八八四年，您攜夫人和愛子小史丹佛在歐洲旅行，到了義大利，你們所疼愛的唯一的兒子因患傷寒在一家酒店裡病逝，您和夫人陷入巨大的哀慟當中，您甚至還昏迷了過去。等您醒過來時，您向朋友們求告：「請為我們禱告吧！」同時，您也宣告說：此後，加利福尼亞州的孩子就是你們的孩子。

您的愛子，小史丹佛，那個自幼便精通歷史，熱愛考古收藏並在音樂藝術上表現出超凡才能的天才少年，唇紅齒白，雙目如星子的形象似乎只停留在油畫布上，他的猝然離世，將你們夫婦拋進巨大而無邊的虛空中間。似乎今天我們依然能看見你們哀傷而浮腫的臉停在某個黃昏的空氣中間……

但是，就在那個春天，風是那麼柔和，空氣中有松子的清香和眾多的難以分辨的花草的清香，時而交織著，時而又疏離開，您在這一陣風中擁抱著遠去的兒子的背影，您想設法留住他，用一座天底下最美的校園留下他繼續讀書，用一條棕櫚的大道從天邊鋪到地極，招引他的魂靈在此逗留，在此徘徊。棕櫚樹，是不是一個特別的記號？是不是從前的某一段旅途中，兒子的小手曾指著這樣一種披戴著千萬米陽光的樹說過一句稚嫩的話，被你們記下來，所以才栽下這一棵棵風情萬種的樹，那盛開的樹冠好似杯盞，又好似火焰，有噴薄的姿勢，又有盛開和怒放的傾瀉，那自然長成的弧線，沐風櫛雨，含著無限的生機，寓意著無法言語的愛和深情和牽連，有煙花的形態，卻又經久不衰。起初你們試著用這樣的方式來追思愛子，或許是想永遠留住他，又或許是要讓碎了的心得著慰藉。總之，那一陣風吹過後，這座無與倫比的校園就拔地而起。接著，就是如您愛子年紀一般大小的莘莘學子們逐風而來，從地球的每一個角落，被召聚在這裡，讓自由而靈性的風薰陶，於是，這裡聚集了世界上最智慧的大腦，最優秀的人才，他們從棕櫚大道上走出來，不必太遠，沿著舊金山的海岸，蜿蜒過去，便有了一條影響世界的矽谷，在矽谷，有三分之二的高管畢業於史丹佛。不僅如此，你的風吹拂著，風中帶著多少自由和愛的種子，播撒去世界的各個角落。您的第一任校長喬丹說：「每顆心都懷有希望，奔放的自由激情帶動我們大步向前。」

一八九一年的九月，在史丹佛大學的揭幕儀式上，校長喬丹說：「黃色的門和迴廊，蔚藍色的天空下的紅色屋頂，構成難以忘懷的圖畫，這本身就是史丹佛教育的一部分。」永遠不能夠忽略自然之力，風遊歷於天地之間，如同大地山川，江河湖海的呼吸，一呼一吸之間，釋放多少生命的能力，風成城，風叫河流有了自己的走向，風挪動星群，風改變植物的性情，風把浪從此岸擲向彼岸，風以她無比自由的習性，無所不至，無所不能，那是看不見的造化之工，一日一日做在我們居住的星球上。

在人們談論靈性世界的時候，就好像在談論著風。因為沒有任何一個事物能夠準確地命名靈的樣式，描繪那種狀態。看不見卻又無所不在的靈啊！自由的靈啊！只有風，只有風是他的外衣，也只有風可以打一個比方，只有風自己才能做靈的風向標。所以，在您以愛，以深情奠定了根基的百年老校裡，歷久彌新的是對人的關懷和愛。您曾經說過這樣的話，「教育應該使孩子們受到人道和文明的薰陶，明曉法律約束下的自由的可貴。懂得熱愛和尊重人生而享有生存、自由和尋求幸福權利的神聖原則，從而推進公眾福祉。」

所以，今天的我們得以看見，即便是最尖端的科技產品，仔細端詳之下，從手機上細小的螺絲，和超薄的機身裡無限的存儲功能，處處在在，無不浸透了對人的體貼和關懷。創造力實現並且延伸了人類的想像力。

親愛的史丹佛，您是對的，如今，偌大的校園裡來回穿梭的這麼多的孩子，多麼像你的兒子小史丹佛，那個站在油畫裡的雙目如星子般的小男孩，一樣的弱冠之年，一樣的對世界充滿了好奇，他們一樣地探索未知、收藏美好。在這所自由如風，聖靈如火一樣發旺的校園裡裝備自己，好迎向明天的風雨。您真的用這樣的方式留住了你的愛子。好像一粒麥子，撒進了原野。

風，在藍天和生長棕櫚樹的大地之間自由運行。校園沒有圍牆，沿著樹的排列，沿著草，自然而然地和世界相接相融，沒有界限。校園本身就如同一本打開的大書，每個角落都可以用心去閱讀，去品評，去思索，去叩問。校園中心部分的建築，不僅僅有特色，還有深深的寓意。沿著長廊從東到西，從北到南，無論從哪一個角度出發都有意義，都有方向。沿著方磚鋪設的路前往，每一處都可以駐足觀看，沉思。似乎有數不清的門都洞開著，好像人生有無數的可能性，人可以不停地嘗試，不停地給自己機會。世界是完全打開的，所有的封閉、障礙都不能在此存留。風在每一個門洞裡穿行，帶出了什麼，又帶回來什麼。無人能夠知曉，無人數算得清。

每每黃昏時分，漫步校園，心中都有一個衝動，彷彿在此間的某一道門裡，某一扇窗裡貯存了最初的那些時間的種子，明亮、光潔、飽滿，是太初伊始的氣象，真的，好想用手推開那道門，和那樣的光相遇、重逢、緊緊相擁。心底深處有一個相思，早已凝結如豆，不是對人的，不是對事的，乃是與生俱來的，是有約在先的，在我們的雙足尚未踏上人間，尚未蒙塵之前，生命受了差遣，轉山轉水，為著和這樣的一個美相見。沒錯，我們在這個世界上看見過各種的門，門將我們帶出，又將我們迎回。但也有一些門將我們隔絕起來，封存起來，我們痴痴佇足在一個有限的空間，等待一把失而復得的鑰匙，一徘徊就是一生之久。史丹佛這個校園好像看不見門，那些不得已的牆壁上，是一個接一個的拱形的門洞，門洞開著，黃金一樣的太陽猛烈地灌進來，只有光，只有光的剪影，沒有內外，沒有遠近，沒有隔絕。這一座校園用她的美，用她的自由的精神，用她的靈，日復一日雕刻著人生，打磨、修剪一顆又一顆年輕的心，使他們心存悲憫和愛，當然還有力量。在這裡，智慧開啟，渾然天成。

親愛的史丹佛，每一次走在這個校園裡，心都向著你肅然起敬，久遠以前的您，一定不會想到，今天，一個來自遙遠東方的母親，將自己心愛的女兒帶到你的面前，陽光下，你的美叫人暈眩和沉醉，半醉半醒之間，不覺四年已逝，年華似水，你的美卻是與日俱增，中間看過許多的學生們因為愛和留戀，一直在校園盤桓，似乎並不急於畢業，畢業了也還不想遠離，在校園旁租屋居住求職或繼續學習，相信是因為他們在心裡有對你的依賴和不捨。相信你帶給孩子們的絕不僅僅是知識和技巧，是愛的能力和生之動力，你是一座校園，更是一座精神的家園。

親愛的史丹佛，我真的不知道，還有哪一座校園像你一樣，溫和、包容、陽光燦爛。四年下來，我家女兒已長成。從當年牽手進到校門裡的青澀的年紀，到今天這樣的身量，有成熟的香氣和美，對世界有擔當，對身邊的人有愛和關切，對未來的世界有一份祝福和心力，僅僅是完成了一段教育嗎？是自己的天資得到了發揮嗎？是因為有可以把朽木雕成藝術品的大師巧匠嗎？是，但絕不僅是。史丹佛，您的名字沒有湮滅在時間的煙塵裡，因為愛，因為信心，因為盼望，因為博愛，正如為紀念您而建的教堂牆壁上的四幅油畫，您實在把不朽的精神留在了這裡，化作風，化作陽光和雨露，化作春日清晨，從天邊飛來的不同族群，不同種類的鳥兒，在已經結實百倍的無名果樹的枝頭，吮吸瓊漿，享受、飽足。心靈的世界是要餵養，要熏染，要浸潤。史丹佛，你重技巧，但你更看重每個生命內在的經歷和成長。你把校園做成這個樣式，可以盛裝這些年輕的心靈，日復一日，夜復一夜，歲歲年年，他們或鷹擊長空，或魚翔海底，或像我這樣，因為有一個女兒在這裡讀書的緣故，有幸一次又一次徜徉在你的深處，做逍遙遊，但這一次，不寫遊蹤，我的心要發出禮讚。

親愛的史丹佛啊！輕風吹起，靈歌低吟，我心事浩茫，發出喟嘆，盼望你可以聽見。這一嘆，比歌詠沉靜，卻比謝意深遠。

附註：史丹佛大學（Stanford University）又譯作史丹福或斯坦福大學。

申慧輝

編輯，學者，翻譯家，作家。曾任北京大學西語系講師，美國哈佛大學訪問學者，《世界文學》常務副主編，編審。中國作家協會、中國翻譯家協會會員。加拿大華人作家協會永久會員，海外華文女作家協會永久會員。著有《世界文壇潮汐錄》，並主編數種多卷本文集。旅居加拿大後，繼續論文著述及文學創作，並翻譯劇本、詩詞（中譯英）數種。

灰姑娘，女性形象的永恆原型

——文學中的女性及其社會意義

從古到今，女性的喜怒哀樂，愛恨情仇，悲歡離合，都是文學藝術家筆下的熱門話題。不論作家是男性還是女性，他們妙筆生花的故事裡都離不開女性角色。根據當代文學批評的原型論，「灰姑娘」是文學中一個具有普遍意義的女性原型形象。研究統計證實，世界各國不同版本的灰姑娘的故事竟多達三百四十五種①以上！儘管有的讀起來與原版灰姑娘差異較大，但它們的基本故事框架都一樣：一位受苦受難的女主角和一件能夠幫助她實現願望的物品。

無論如何，這樣一個以女性為主角的故事原型能出現在不同文化、不同語言乃至不同種族的童話故事裡，不免令人驚訝，因為這至少說明了一個事實：不同的歷史，不同的社會環境和不同的地理地域，均可催生出類似灰姑娘的故事；也就是說，灰姑娘的故事反映了全世界普遍的女性經驗和生活理想。

根據西方文學的歸類，童話和民間故事一樣，均源於民間，是勞動者工餘娛樂的產物。童話最初是由說故事者講述給眾人，然後歷經多年的流傳和修改，直到近代才由作家搜集整理，成為今人讀到的童話。我們熟悉的德國格林童話、法國佩羅童話就是其中的代表。另一點有趣的專家發現是，童話最初並不是為兒童創作的。兒童文學形成於十世紀初，而灰姑娘的故事則早在十世紀前就已經開始流傳。而那個時代，童話和民間故事的分類還不很明確。甚至童話的英文 FAIRY TALE 一詞都不盡科學，只能視為一種約定俗成，因為並不是每一個童話故事裡都有一個仙女。這些研究結果證實，童話故事原本不是為兒童、而是為成年人創作的，因此它們的文學價值和社會學意義就更為廣泛，更加值得深入研究。那麼，灰姑娘的故事究竟有什麼特質使它超越地域文化、並長久流傳於世呢？

眾所周知，《灰姑娘》講的是一個失去了母親的女孩子；她備受後媽和後媽兩個女兒的虐待欺辱，每天穿破衣，幹重活。後來她終於得到仙女的幫助，繼而贏得了王子的愛情，從此擺脫困苦，過上幸福的生活。據研究統計，不同版本裡，灰姑娘的恩人不同，有的是仙女，如法國佩羅的版本；有的是家庭教師，如羅西尼的同名歌劇；有的則是一棵能夠實現願望的仙樹，如德國格林童話。《灰姑娘》故事中的其他區別，如兩個苛毒的姊姊受到嚴厲懲罰（格林童話）、或得到灰姑娘的原諒（佩羅童話），儘管在當代故事中得到統一版本，卻依然反映了原初文化背景留下的不同痕跡。不過，研究者指出，不論如何改變，灰姑娘的善良本性以及幫助她實現願望的那雙鞋，卻是所有版本不曾改變的。這雙鞋的確舉足輕重，是它們最終確定了灰姑娘的身分，使王子和她相認並娶她為妻。灰姑娘作為女性形象的文學原型，具有多重的社會學意義。首先，它代表了人類最初的宗教意識，表現了人類必須經歷困苦，方能在精神上與神溝通；猶如灰姑娘受盡磨難，才得以被王子娶為妻子。此外，社會學家證實，在十六世紀的歐洲，性別意識和性別角色已經是廣泛認知的社會價值觀念

灰姑娘的性別色彩極為突出，反映了當時社會對女性角色的認識和期待，而灰姑娘從一貧如洗的苦孩子一躍而成為公主的故事，也反映了整個社會對階級地位和經濟差異等現象的認知，以及對提高社會地位的努力與肯定。研究者還從佛洛伊德的精神分析理論中，尋找到灰姑娘形象的另一層性別意義。他們指出：鞋，不論是金鞋，銀鞋，還是玻璃鞋，實際上都是一種「性別符號」或者「性象徵」；而穿鞋的動作，就是對「性行為」的具體暗示。個別女性主義批評家還進一步指出，鞋子實際上是女性生殖器的象徵，而穿鞋這個動作恰恰代表了對女性性能力的啟動，是對女性存在的肯定[2]。

歷史地看待女性的社會角色和社會作用，應該追溯到遙遠的母系社會。儘管人類的文

明史以父系社會為主，但是，社會生活的正常進行從來都離不開女性。特洛伊戰爭是因美女海倫而開戰的；而戰爭結束後，英雄尤利西斯漫長的歸途同樣也是為了一位女性——那位忠實於他的妻子。中國文學中的女性，無論是補天的女媧（母系時代的原型）還是獨守寒窯的王寶釧（父系時代的原型），也都是被讚美歌頌的女性形象。不過，還有一點不應被忽略：中外文學中的女性在史詩中多數是配角，而在傳說故事和童話故事中，才是主角。例如，除了《灰姑娘》，《白雪公主》、《睡美人》、《小紅帽》、《美女與野獸》等等，都是女性為主角的著名故事。雖然民間故事比起史詩來是較次要的藝術形式，卻由於它植根民間而影響廣泛，社會意義同樣重要。甚至可以這樣說：神話故事表現了當男性在砥礪征服大自然的時候，女性則更多地在為創造美好生活而努力。

也許正是因為這個原因，女性主義的批評家對童話表現了更多的關注，其研究成果也確實大大地豐富了當代童話研究。尤其是女性童話研究中的幾個代表性觀點，有助於我們理解灰姑娘這個女性文學原型的社會學意義。

首先，一些學者認為，童話代表了一種不幸的根源③。這一觀點得到了從西蒙德波娃到白蒂佛理丹等著名女權思想家的理論支持，影響廣泛。

其次，持「積極建設說」觀點的研究者認為，童話故事裡實際上存在著不少積極的女性形象。單純地批評那些流行的消極女性角色是於事無補的，應當去「從不太為人所知的各國童話故事裡，搜集那些女主人公積極行動的故事」，來代替文學中消極的女性形象。持這種觀點的人還認為，積極的女性形象會「制衡那些消極的小公主原型，為女性意識提供一個新的範例。」④他們甚至親自動手，積極編輯出版這類文集，例如：羅斯瑪麗・米納德的《女性民間故事和童話故事》（一九七五）⑤，以及愛瑟爾・菲爾普斯⑥的《北方的女僕：世界女性民間故事》（一九八一）。麥克米蘭公司甚至還為女性小讀者出版了一本名為《政治正確的睡前故事》（一九九四）。

「否定批評說」是另外一種較有影響的觀點。它實際上是對女性童話批評的否定。這些學者認為，女性童話批評的作用很可能是有弊而無利的。因為把灰姑娘、白雪公主和睡美人這些文學形象拿出來反覆討論，會使這些消極的女性形象成為研究中的一門「顯學」，無形中提高了她們的知名度，幫助傳播了她們所代表的消極價值觀念，進一步擴大了這些童話故事的影響，從整體上不利於當代女性的健康成長。因此，這類研究應當停止⑦。

以上三種觀點大致代表了二十世紀六〇年代以來的女性童話批評研究，至今仍然具有影響力。只是在發達的現代社會裡，女性的社會角色越來越重要，文學中的灰姑娘所代表的女性原型還有多少現實意義呢？灰姑娘還仍然能被視為具有普遍意義的女性文學形象嗎？

我們無法否認，即使當今世界經濟已經發展到全球化的後工業文明階段，男女平等仍然是相對而言的現象。女性對家庭和事業的雙重追求往往意味著雙重的壓力。如果再考慮到女性受虐待的普遍存在、尤其是印度女童還會被虐待致死等極端現象，世界婦女的真正解放依然是一個大問題，女性在追求自我實現的道路上仍然困難重重。一九八一年，瑪多納・考本史萊格出版《吻別睡美人：解除女性神話和榜樣的魔咒》⑧一書，通過寫信給想像中的青蛙王子，表現了對當代男女關係及婚姻家庭等倫理問題的關注和擔憂。她認為，女性的解放會影響到整個世界的社會結構，包括男性。換句話說，只有在男女雙方共同進步的社會裡，女性才能得到根本解放。

也許正因為如此，灰姑娘的魅力至今不減，仍然是女性追求幸福生活的典型代表。的確，當代職場上的成功女性下班後，回到自己的單身家居，面對鏡子裡消瘦的紅顏，難道看不到傳統女性的代表——灰姑娘，正從鏡子後面向她招手嗎？灰姑娘的王子有經濟實力和社會地位，同時還深愛著她，這難道不是當代女性所需要的嗎？

灰姑娘這個文學中的女性原型，仍然是女性幸福的象徵——即使在當代。

---

①瑪麗安・阿・考克斯（Marian R Cox）：《灰姑娘：三百四十五種版本》，美國克饒斯重印，一九六七年。

②佩羅（Charles Perrault，1628～1703）：法國十世紀重要作家，童話文學奠基人，法蘭西學院成員。其作品後被格林兄弟改寫出版（一八一二年）並使其廣泛流行。

③另一種分析是：灰姑娘的兩個後姊姊為了選上皇后，爭穿那雙鞋，一個削去腳跟，一個剁去腳尖；這反映的是男性對女性的性嗜好，並不是女性的自我肯定。

④同註③。

⑤羅斯瑪麗・米納德（Rosemary Minard）：《女性民間故事和童話故事》編輯，美國波士頓H，

米夫林出版。

⑥愛瑟爾・菲爾普斯（Ethel Phelps）：《北方的女僕：世界女性民間故事》編輯，美國紐約H，R及W出版。

⑦同註③。

⑧瑪多納・考本史萊格（Madonna Kolbenschlag）：《吻別睡美人：解除女性神話和榜樣的魔咒》，美國雙日出版社出版，一九八一年。

池元蓮

一九四〇年生於香港，臺灣大學外文系學士，美國加州柏克萊大學碩士，與丹麥人結婚，長居丹麥四十年，本為英文作家，一九九〇年回歸華文寫作。在美國紐約、新加坡、中國大陸、臺灣等地出版了《春之影》、《黑色祕密》、《歐洲另類風情——北歐五國》、《北歐繽紛》、《兩性風暴》、《多元的女性》等英、中著作十餘種。

一個女人的生命奮鬥交響曲

在我所認識的丹麥華人中，有一位女士是我最敬佩的女子之一。她在戰爭的動亂時代一個人逃生到丹麥。她沒有丈夫、沒有財富、沒有高深的學問；但她有的是高尚的人格、堅強的鬥志、無畏的勇氣。

她的人生猶如一首生命的奮鬥交響曲：她從豔陽普照的高原陡然落到烏黑的洞穴，在黑暗中勇敢地掙扎、摸索、前進，終於走到一個明亮寧靜的山谷。

今天，這位女士已經接近九十高齡，而且得了阿茲海默氏症（Alzheimer's Disease），把親友們的名字都忘記了，把她自己的過去忘記了。再過一段時間，她連自己是誰也不會再有記憶。所以，我認為，她的生命奮鬥交響曲有寫下來的價值，讓別人傾聽。

這位女士是印尼華僑，有一個印尼文的姓名，我則一向把她稱呼為「碧姐」。她的祖先遠在清朝便從廣東移民到印尼。到了碧姐自己出生的時候，她是第十代的華僑了，全家人都不再說華語。

她的父親是一所英文學校的校長。一天，有一個歐洲人問他：「你是中國人，為什麼不會說中國話呢？」這一問彷彿給她的父親打了當頭一棒，羞愧之心如洪水氾濫，立刻把自己的兒女改送入華語學校。因此，碧姐除了印尼話、英語以外，還能說一口流利的普通話。

她從小便愛好音樂，十歲開始彈小提琴，跟著又學鋼琴。她天生具有優美的歌喉，在十七歲時跟隨當地一位有名的義大利聲樂家學唱女高音。後來她常常到各種社團和學校演唱，成為當地小有名氣的女高音歌唱家。

這時，碧姐的父親從中國邀請了一位男作曲家到印尼來，替他的英文學校編寫校歌。這樣，碧姐與那位年輕的作曲家志趣相同、情投意合，兩人結成夫妻，婚後生下一個兒子，生活過得相當的幸福。

當他們的兒子三歲的那一年，碧姐的丈夫返回中國。那時適逢中國的內戰烽火蔓延，在戰亂中碧姐與他的丈夫失去聯絡，後者音訊杳無，生死不明。這樣，那一別成了他們夫妻的永別。

碧姐本有到中國去尋找失蹤丈夫的計畫，但計畫屢次被外界環境砸碎。於是她帶著幼兒在印尼過活，繼續從事她的歌唱事業。那時她青春漂亮，追求她的男士多得很，但她一直沒有再婚，心裡活著一個企望，她的先生會有一天突然出現，回到她的身邊。

到了一九六〇年代的初期，印尼發生激烈的排華暴動。碧姐為了兒子的安全，用盡所有的積蓄，把兒子送到英國去念書。她自己的家人也都逃到泰國和其他的地方去避難，剩下她一個人在印尼。

不久，印尼人的排華行動變得越來越厲害，屠殺華人，強姦華人女子，搶劫華人商店，火燒華人財產。碧姐在千鈞一髮的時刻逃離危亡的虎口；但失去了她所有的一切，變成一個無家可歸的人，到處求人庇護她，在這裡躲一天，在那裡藏一夜。

幸好，碧姐認識一個在印尼辦旅行社的丹麥人。後者同情她的處境，對她說：「我能夠幫妳離開這個危險的地方，把妳弄到丹麥去。只是，有一個條件，妳到了丹麥，一定要肯吃苦，自立謀生。」

「我不怕吃苦，就是做傭人我也肯做！」碧姐毫不遲疑地回答：「我有一個兒子，兒子無父，養育兒子是我的責任。為了兒子的生存，我願意吃苦，我願意奮鬥！」

於是，碧姐來到丹麥。她首先到一家大酒店去找工作。

接見她的主管用英語問她：「妳不懂丹麥話，怎麼能在我們這裡工作？」

「我申請的是打掃房間的工作，用不著說話。」碧姐大膽地回答：「不懂丹麥話更理想，我不能跟別人聊天，工作做得快，又做得好。」

這幾句話替碧姐找到她的第一份工作。她以前在印尼過的是嬌生慣養的生活，家裡一直有傭人替她做家務。如今，酒店的要求是，在八小時之內把十四個房間連同浴室打掃清潔。碧姐雖然早有吃苦的心理準備，但初時實在是做得身心疲憊不堪，常常一邊洗廁所，一邊流眼淚。她只好默默地鼓勵自己：「吃得苦中苦，方為人上人。」

在下班之後，她到夜校去學丹麥文。兩年以後，她的丹麥文有了基礎，她便跑到一家醫院去找比較輕鬆一點的工作。醫院派她到廚房去做幫手，廚房的主管見她聰明靈活，便訓練她做丹麥人喜歡吃的特有國菜：開口三明治。慢慢的，她果然把這門相當複雜的烹飪技術學通了。醫院病人所吃的丹麥開口三明治是來自碧姐那雙華人之手。

等到她的丹麥文又有了進步，她又再去找更上一層樓的工作。這次，她到丹麥皇家瓷器廠去。主管一聽碧姐是中國人，便立刻僱用她：「妳是中國人，那一定會畫畫。」從此之後，碧姐的工作是用毛筆在皇家瓷器上描繪圖案和花卉。

此時的碧姐早已把往昔在印尼的優越生活置之腦後，但她不忘對音樂之愛，辛辛苦苦地積了點錢，買了一部鋼琴，放在她的小陋室裡，一有空便彈琴，鍛鍊她的歌喉，這是她生活中最快樂的時光。

在教育兒子這方面，碧姐可說是個現代孟母。她一個人在丹麥含辛茹苦地工作，把省下來的錢寄到英國去供她的兒子完成學業。後來，兒子有意到義大利去學聲樂，碧姐一口贊成，答應供兒子到義大利去進修音樂；因她了解，兒子的血液裡流著父母親對音樂的喜愛和天才。她對兒子的要求是：「不准談戀愛，不准把學業中途而廢，一定要把文憑拿回來給我看。」

果然，兒子的音樂事業有成。他成為丹麥皇家歌劇院的男高音，也組團到世界各地去演唱。碧姐自負地說：「我教子嚴格，兒子今日事業有成，就是我一生最大的成就。」

如今，她自己年老了，卻沒有靠兒子供養的舊思想，反而吩咐兒子：「你過你的人生，不要來管我的生活。」

碧姐已在六十五歲那一年退休了。她拿國家公民退休金過活，開始享受人生，做她喜歡做的事情。她搬進一間現代化的老人公寓，過著積極、樂觀、活躍的生活：每天彈琴、在教堂替合唱團彈琴伴奏、在家免費教導年輕女孩子唱歌。還跟幾位丹麥人一起組織了一個小音樂隊，常常到不同的養老院去演奏。她說：「那裡的老年人沒人去探望他們，他們自己又不能走動，實在寂寞得很。我們唱歌彈琴給他們聽，他們好開心，至少得到一些溫暖和精神安慰。」

我曾問碧姐：「妳在丹麥生活了那麼多年，有何感想？」

「這裡的生活很安寧！」是她的回答。

等到碧姐到了完全失去了記憶、不能再自己照顧自己的日常生活的那一天，她也會被送進養老院。但願她能安安寧寧地在那裡度其餘生，平靜地結束她的生命奮鬥交響曲。

楊翠屏

政大外交系畢業，巴黎七大文學博士。海外華文女作協及歐華作協會員。譯有《見證》、《西蒙波娃回憶錄》、《第二性第三卷》（獲獎）。著有《看婚姻如何影響女人》、《活得更快樂》（被推介為優良讀物）、《名女作家的背後》、《誰說法國只有浪漫》、《忘了我是誰：阿茲海默症的世紀危機》（一百年僑聯華文著述獎學術論著第二名）

東西方女性角色之變遷與比較

女性角色變得多樣性

二十世紀下半葉之前，「女主內，男主外」，相夫教子把女性侷限在傳統角色。六〇年代中期至七〇年代中期，有大學文憑的比例，在法國與臺灣一樣，男性是百分之十，女性是百分之七。隨著教育普及、國中義務教育，女性教育程度逐漸提高。加上避孕藥的發明，使她們能控制生育，進而逐漸投入職場，造成二十世紀以來，女子命運的巨幅改變，這是前所未有的現象。

晚婚不婚人口增加

六〇年代初期，女性的首要關注，是找個丈夫。四十年之後，年輕女性的目標是求學，尤其來自中上層家庭，她們首先想在職場闖出天下。雖然「白馬王子」的夢想未完全消失，嚮往社會地位晉升，則完全靠本身的能力。經濟獨立、自主意識高、生活獨立自由，女性越來越晚婚、甚至不婚（沒遇到合適的對象）。我個人就認識幾位四十多歲、條件不錯，住在臺灣的未婚女性。現在單身女性及熟女比以往多，中外皆然，不過並非意味沒男伴、沒性生活。

離婚率提高，離婚成為普遍現象

婚姻不美滿時，不像以往只有忍一個字，離婚率也逐漸提高，巴黎是兩對夫婦中就有一對，省區則是三對中一對。臺灣的離婚率雖沒這麼高，但也逐漸普遍，不再是有辱家門。與西方女性相較，離婚、喪偶的東方女性，較難再婚，由於傳統、文化、社會因素。臺灣女性再婚率，不到男性四成。女性年齡越大，再婚的比例越低。由於女性在婚姻中付出的時間與精力比男性多，再婚會深思熟慮或裹足不前，恐懼大於期待。

高學歷、高薪與高職的女性較不憧憬婚姻

高學歷比低學歷更能找到高薪與高職，它有利於職業市場的投資，可是在婚姻市場卻不一定奏效。學歷越高的女性（如博士），成為單身的比例越高。單身女教授、女主管的比例比男教授、男主管還要高，她們較不那麼憧憬婚姻。法國第一電視臺週末晚間新聞主播Claire Chazal，她的生活目標工作居首，結過一次婚，認為愛情不可靠，連續有過同居男友。法國不少電視女記者，堅守工作，因不易在情感生活做賭注，故感情生活不穩定。

教育程度不高、想當純主婦的女性，較嚮往婚姻，也會早婚，她們結婚的機會也較大；對於求職興趣不大，丈夫代表她的社會資源。然而，有生涯規畫的女性，取得文憑之後，接著求職，常常會延遲結婚計畫。

多數女性從事服務性工作，較少女主管及女老闆

越來越多女性上班工作，但是很多從事低等工作，雖然諸多國家簽署兩性平等條文。眾多女性是職員，在服務業工作，較少是公司老闆或企業主管，在歐洲不到三成是後者。在科學界就業、研究的女性亦是少數。根據法國二〇一一年婦女節前夕，刊載的「高級職員職業協會」的一項研究，三十五歲起，女性高級職員在加重責任及增加薪水方面，常會碰見「玻璃天花板現象」（plafond de verre），意味女性無法像男同事一樣順利升遷成主管，薪水當然有差距。女性一旦當上主管，必須比男主管加倍努力，才能保有其職位。

歐洲失業率高，女性占五成。西班牙、義大利、愛爾蘭等國家，女性失業率高，亦是女性活動人口較少的國家。缺乏技能是她們薪水低落原因。女性平均薪水是男性的六成五

至九成。男女同工不同酬的現象，還是存在。法國醫學院女生比例比男生高，念大學女生人數較多，女孩比男孩早熟，且較用功。

婚姻及孩子不利女性就業

養兒育女是女性職業升遷的絆腳石，例如擁有同一文憑的男女性，女性文憑的收益率，隨著孩子數目增加而遞減，男性反而職業責任增加，因要多賺錢養家。女人當家「一根蠟燭兩頭燒」，形容女性家庭與職業兼顧的身心俱疲。七〇年代的婦運，女性爭取到自由與平等，女超人什麼都想成功，雖然必須付出代價，但她們是不會再回去當純主婦。事業有成的女主管，單身比例多於男主管。

臺灣的生育率比法國低

從「兩個孩子恰恰好」的口號，到每位育齡婦女平均生育零點九個孩子，臺灣的低出生率問題嚴重，在世界倒數第一名。生育率若低於二點一，則無法維持人口的代代相傳。歐洲的出生率也不高，法國女性平均生二點零一個孩子，排名第三，在愛爾蘭與英國之後。有不少法國女性理想的孩子數目是三個，但是兩個與三個之間，差別很大，車子必須換大，住宅亦要更寬闊，故理想歸理想。

兼得魚與熊掌

有家庭的女性，若想事業成功、闖出一片天下，除了本身要努力、積極上進外，成功的女性背後，總有一位善體人意，了解她、支持她、幫助她的另一半。

麥勝梅

生於越南。國立臺灣師範大學教育學士，德國阿亨理工大學社會學碩士。曾任海外華文女作家協會祕書，威茲拉市成人教育中文講師，威茲拉市立博物館解說員。現任歐洲華文作家協會副祕書長，德國聯邦政府翻譯員，著有《千山萬水話德國》，主編《歐洲華文作家文選》、《歐洲不再是傳說》，編有《文學遊》和《在歐洲天空下》。

閔傷

一九九三年的春天遲遲才來，雪剛融，母親突感身體不適，便入院留醫。五月，稚嫩的青草全冒了出來，接著，路旁的花樹綻放了滿枝頭。真正熱的日子還沒來到，母親卻走了，走得那麼匆匆，竟來不及叮嚀，也來不及告別……

撒在母親的棺木上一朵黃色康乃馨，熱淚不禁如傾，我仍不願相信，母親從此就和我們永別了。多麼殘酷的事實呀！不久之前，她還生栩栩地呵護著我們，眼前的她卻躺在冷冰冰的土地下。我可憐的母親！為什麼上天不讓她多活幾年呢？

第一次與母親分離，是我念完高中後，從僑居地越南回臺灣升學的時候。本來回國升學是件喜慶事，可是離別時刻卻是那麼憂愁，那麼難分難捨的。

我提著重重的行裝要和母親辭行時，她默默地盯著我的大皮箱，裡面裝滿了大姊和堂姊徹夜為我趕做的衣裳。忽然一顆眼淚滴到皮箱上，她彷彿看到蔚藍天空中的一架飛機，載走展翅欲起的女兒到彼岸的小島上，今日離別，何日再相見？臨別時，母親強忍著眼淚，隨手找些瑣碎的家務來做，一邊叮嚀我要好好照顧自己。我感到有一種要擁抱她的衝動，想告訴她，我真捨不得離開她。可是我難以開口，恐怕我一說，我就沒勇氣走出這個溫馨的家了。

大學畢業後，不甘斂翼的我卻越飛越遠，來到德國留學。不久，越南淪陷，家信全無，我頓時變得軟弱無比，真有舉目無親之感。與家人分離的痛楚長期地陪伴著我，心頭上總是惦念著母親。

我一生中最感到自豪的事，便是能申請到我的家人從越南到德國來。那難忘的一九八〇年夏天，父母親和姊妹弟九人乘飛機安抵杜塞爾道夫機場，我又重享到天倫之樂了。

「今晚回來吃飯嗎？」母親在電話中，老是這樣問我。那時我已經有了自己的小家庭，還是經常往娘家跑。她做得一手好菜，大家都喜歡吃。五年後我先生得了一個好職位，我們一小家搬離了阿亨城。每到週末，我就開始想娘家。我們幾乎每個週末都從三百里外開車回娘家熱鬧一番。母親知道我們回來，從早上就開始忙著燒菜，一忙就是一整天。後來，姊妹弟也因成家立業陸續離開阿亨的家。母親日夜盼望子女成龍成鳳，結果只有父親和大弟一家陪著她度過晚年。

每逢節慶和公共假日，姊妹們均不約而同地回家過節。記得每當踏入家門時，母親總是慇懃招待，在旁的父親也微笑迎接我們歸來，屋裡姊妹們不斷傳來歡笑聲，一家和氣，樂融融。大家趕路回家的疲憊早就忘掉了。

在我的印象中，母親愛說往事，尤其愛說她童年的辛勞，她常常對孫兒說：「我八歲那年，我阿爸出埠做生意，一去就是好幾個月，有時賺了很多錢回來，有時卻連一分錢都沒有。才八歲，我就開始幫忙我阿媽打點店裡。那年，正好阿媽要回唐山探視娘家，唐山是我阿媽的家鄉，光坐船就要坐兩天呢！我和比我小一歲的妹子留在越南的家，因沒大人在家，我得做家務，還要兼顧店裡的買賣。過了一個月我阿媽回家見到家裡一切如常，店裡也照顧好好的，她可高興呢！」

在德國阿亨的家裡，大弟和弟婦兩人均上班，只有父母親伴著幼小孫兒。等到有假日時，我們姊妹幾家人才回來和他們歡聚，她老人家才有機會把一個個的故事說出來……

「有一年，我們店裡遭到山賊光顧，所有值錢的東西都被偷光了，店裡的存貨所剩也寥寥無幾，我阿媽眼見自己辛辛苦苦賺來的財物，一夜之間化成烏有，便傷心地哭起來，認為我們母女三人走投無路了……」

母親一向怕熱，每年冬天一過，天氣略暖和一些，她已拿著扇子在搧涼了。她邊談邊搖著扇子，臉上不期然微微地漲紅起來，健談的她繼續訴說她的往事：「幸虧有個遠房的阿姑，借給我們一些錢，買了一些帶殼的米，母女三人日夜忙碌打出了白米來，然後把打出來的白米挑到市場去賣，等到賺夠了錢時又買些小雞小鴨來養。我們那時候生活很清苦呀……。」

可是我們這群稼穡都分不清在城市中長大的孩子，哪裡能全部體會到她老人家當時的艱苦呢？

外公長年累月在外地跑，有幾年還到了鄰國柬埔寨的首府金邊去經商。母親生長於鄉村，難得出過幾次遠門，對這神祕的皇城卻非常嚮往。

「金邊是個好地方。土地肥沃，種什麼長什麼。如果誰肯耕種，誰都得到豐衣足食。據說金邊有座山，山上有很多魚，傳說魚是從天上來的，雨水經常傾盆而下，帶了無數的魚來到這座山上的湖中。那一群群的魚好像永遠都捕不完的，那裡的居民均深信是上天賜給他們的禮物呢！」

自從母親嫁入麥家後，過的日子比當年打穀打到天亮的日子雖然好得多，然而，父親卻在城裡工作，和母親相隔兩地，新婚夫妻難免兩地相思。當年的她，必感到傷感與孤單。然而，作為農夫的媳婦，天未亮就要準備早餐給全家人吃，跟著又要在田裡工作。她當媳婦時候吃盡了苦頭的，幸好她就不怕吃苦，由於她勤勞能幹又機伶，所以深得爺爺奶奶的鍾愛，這使她雖然生活在清苦的日子裡也覺得很值得安慰。

兩年後父親在城裡已奠下基業，便把她接到城裡住，她的日子才真正轉為舒適起來。

母親是我們家生活的支柱，她不但在事業上幫了父親很大的忙，在家裡更是打理得井井有條，一絲不紊，對子女的管教慈嚴適中，讓我們有個快樂的童年，長大了各自能發揮自己的長處。

母親在臨終時仍不斷操心著子女的事業和父親的健康。母親的逝世使我們感到非常悲慟和震撼。同時，我們感到異常的內疚，尤其是我，總覺得在母親生前沒有好好的孝敬她。我們十分遺憾沒有將她從死神之手中搶救過來，多少失眠的長夜中反覆思量那可貴的生命怎麼就決定於那一線之差？當初為什麼答應醫生做開刀手術，不開刀的話，母親也許還能健在。

日子一天一天地過去，哀傷漸漸減少，但是每次回家，見老父踽踽蹣跚的背影，又使我不覺熱淚盈眶了。

廖書蘭

祖籍江蘇武進，生於臺北，定居香港。國際筆會香港中國筆會會長，香港新界鄉議會議員，地區公民教育委員會委員，香港校際音樂暨朗誦節評判，民政總署贊助全港青年學藝創作比賽大會評判。榮獲「廣興文教基金會」獎學金。出版：《放飛月亮》、《書蘭中英短詩選》、《煙雨十八件》、《黃花崗外》，作品被翻譯為英文、藏文、阿拉伯文等。

生命的延長線……

從香港來到倫敦，屋子是寂寞的，沒有一點兒呼吸，沒有半點兒聲音，窗簾也沉甸甸的，電腦已自動息了。我守著這一片寧靜，不能做什麼，只有等待，等天黑盡了，上床睡覺；等天亮了，拉開窗簾，看看外面是什麼天氣？今天會是什麼鳥兒飛來窗前？還是松鼠在樹枝上亂竄？等著兒子下班回家，盼著女兒從學校放假。

半年不見了，女兒變得漂亮了，真像朵含苞待放的百合花，不管她坐著看書、吃飯、站著梳頭或是走路，我好似欣賞自己精心之作一樣，那份滿足感，我想只能用「幸福」二字來形容比較恰當。她叫我別老看著她。我想起……當我年輕時飛向外面的遼闊天空，偶爾回到家裡，母親也老是盯著我看，當時我不明白這種感情，甚至覺得有點……煩；甚至，我結婚回娘家，母親為我做的一些我小時候愛吃的菜，我會說：「媽，我現在不愛吃這些菜了。」現在想起母親紅了的眼睛說：「妳不吃！我吃！」在廚房燈光下，她賭氣的臉。如今當我一想起她的雙眼，我才知道，當時我是怎樣地傷了她的心！

女兒離開香港半年時，在電話裡告訴我，想吃香港的家鄉菜，我興致勃勃的帶著食物來倫敦，又到唐人街買了一些，煮家常菜給她吃，什麼薑葱蒸魚、梅菜豬肉餅、蒸水蛋、三杯雞……看她吃得津津有味，我洗著碗筷也開心，看她吃了兩口就放下筷子，我就想起當年我是如何對待自己的母親。

女兒學校有春季旅行到捷克的布拉格，需要一個中型皮箱，恰恰是我帶來的皮箱，我二話不說把皮箱給了她，女兒手機的充電器壞了，我也把充電器給她了，她問我：「媽，妳也需要皮箱回香港呀！」「我把衣服都穿在身上，剩下來的物品，就用塊大布打個包裹，背在肩上。」「那妳的手機沒電怎麼辦？」「妳拿去用吧，別管我！」事實上，我的確需要插電器，因我的一切聯絡都靠手機，但女兒的需要總是比我的需要來得重要，我認為自己總是能想一些其他的辦法解決什麼的……

無論女兒缺了什麼，我只知道只要我有，全都掏出來給她。女兒問：「這樣做是為什麼？」令我又想起母親……那一年我從香港回臺灣看她，她帶我到臥房，指著那兩口皮箱下面的一口大木箱說：「這最下層箱底有五萬美金，我要給妳的。」我忙說：「不要，不要！妳留著自己用吧。」第二天她真的交給了我五萬美金，很舊很舊的鈔票，封條上還印著合作金庫的字眼。母親身材矮小，當時已有七十五歲高齡，難以想像她是如何搬動這兩口大箱子的，究竟費了多少氣力，找出那五萬美金，如果我不接受，是辜負她的一番情意。

送女兒上了回校的車後，我回到屋子，自己開了鎖進了門，突然覺得好靜、好靜。倫敦的初春下午四點，天色已黯了，我必須拉下窗簾，這窗簾一放下，更覺安靜。與女兒相處了十天，屋內的聲音呢？她與同學Send Text的手機聲呢？她學周杰倫唱的歌聲呢？她上下樓梯、坐、站的聲音呢？這屋子，靜得覺得自己老了。一種孤獨與蒼老的空氣包圍我，覺得如今孩子們都有屬於自己的路，自己的世界，不再屬於我護翼下的孩子了。老大剛大學畢業，走入了社會，老二正念大學二年級，都正過著他們想過的日子。他們兩人離開我身邊時，我一點也不覺孤單，記得老大跟老二說：「一出香港海關，空氣就不一樣！I'm free!」當時我聽了只是笑了笑，沒什麼特別感受，因為當時，還有小女兒陪在身邊。

如今小女兒也離開時，我才真正感到自己老了，生命中應盡的責任似乎已完成了四分之三，廣東有句俗語：「躉仔躉心肝」，我漸漸明白這句話的涵義。

我婚後住香港，母親住臺北近郊的山上。每回去看母親，她早已站在山坡上等著我，每次我要走了，她總堅持要送我。有一次颱風天，山路濕滑又有積水，她有病在身仍堅持扶著枴杖送我，我走到山下，車聲人聲嘈雜的大馬路上，仍遠遠看到她佝僂的身影在山上站著目送我。如今，我送女兒回校才能體會出她當時送我的心情，我無法想像當她看不見我的身影後，一個人孤零零的回到山上小屋，無論她坐著或做著什麼事，心情都是苦澀的、淒涼的、孤單的，我是多麼悔恨自己，沒有好好的孝順她。為什麼我的感悟，非要等到今天我的子女來教曉我呢？

孩子！我帶你們來到這個世界，是讓你們來經歷，經歷做人的過程。生老病死、悲歡離合。剛剛生下你們及在你們很小的時候，我會想把自己最好的，世界上最美好的東西給你們。隨著你們漸漸長大，我知道這只是一個普天之下做父母的願望，只是一個美好的願望而已。

看著你們逐漸長大，我體會到雖然你們是我孕育的生命，但你們是每一個獨立的個體，不是我的一部分，你們有屬於你們的道路，不是我所能掌控，我也體驗到我並無能力將世界上所有美好的東西給你們，你們必須吃苦受磨難，酸甜苦辣都得嘗，這才是真實的人生。

孩子！我仍然想把世上最美好的給你們，我是多麼一廂情願，什麼都可以留給你們，但是請別留下我一個人在這世上孤獨的活下去！人間之所以讓人留戀，那是因為有人，因為有人就有事，因為有人才對物賦予情感。雖然有了人、事、物，就有紛紛擾擾的喜怒哀樂、恩怨情仇……；但是一旦沒有了人，人間只是無和空。可是，只要有了人，世間就有了溫情。人活得快樂必須與人在一起，所以才有什麼社團，什麼公會的產生，人是不可以離群而居，人需要有人認同，有人欣賞自己。而正是人與人的相處，也同時產生嫉妒、仇恨、自私……。人間充滿有情，相對地也處處無情，正是如此複雜、多元、多變，才顯得豐富。無論命運如何多舛，總要正面而樂觀的接受它，戰勝它！

是的，若干年後，女兒也會像我一樣，在寂寞的房間裡，瞧著沉甸甸的窗簾，守著這一片寧靜，等著兒子下班回家，盼著女兒從學校放假。一代又一代的父子和母女，就是這樣，用一樣的勾針和繩結，交織著親情的大網。

二〇〇九年二月二十三日於BA機上

郁乃

作家，詩人，世界華人女作家協會終身會員，讀者雜誌簽約作家。入選臺灣第五十四梯次好書榜，獲臺灣二〇〇八年青少年讀物優秀獎，二〇〇九年行政院好書推薦。獲辛亥百年中山文學獎詩歌獎及二〇一一年海外詩刊女詩人獎等多項文學獎。文學評論獲湖南省二〇〇九年銅獎和二〇一〇年中國報刊二等獎。出版散文、人物傳記、詩歌、文化隨筆等。詩集等作品被臺灣國立圖書館收藏。

對手

寫下這兩個熟悉的漢字，我卻對滾滾紅塵，有種蒼涼的陌生。襟袍向誰開，吟詩作文歌自苦，無人知此音。可是，我又是多麼渴望知遇之懂，不渴望贏，也不願意輸，只渴望對手，渴望高山流水般的對手，渴望生命行旅中的對手，渴望因彼此的遇到而美而安詳。

我從何處來，我往何處去，這生命的叩問，我大多不問。布衣俗人，我只問能問的和想問的人事。天地滄桑不為我所能問，人間慾望也不為我所能制。凡人想凡人的事，自知自樂就好。

我不好也不壞，不冷也不熱，不嘲也不諷，看人看事，流雲自是流雲，藍天自是藍天，性情中人活性情中，知恩圖報，知恩感恩，知難有退有進，只求天地良心。

我真的渴望對手，渴望有一場生命中的對陣，在彼此的觀望，出手，搏擊中突然雙雙跳出陣外，知道我遇我懂的心境，然後一聲長嘆，或一騎紅塵各自馳騁蒼涼，或並騎雙馬，踏路而前，無懼無嘆無悔。這是夢，是我在古今武俠小說中夢到的夢，我知道這是夢。

我是個慢性子人，可是想到夢中夢，也會有點小小的急，我原諒自己這小小又合情合理的急。這小急太小也太細，無聲無息的卻在心底瘋狂。

讀大秦帝國的輝煌和衰亡，讀到李斯的命運不得不為他那滿腹帝王之術卻在生命最後的蒼涼一嘆，原來在生命最後的一刻，他是多麼倦累繁華而心往安詳的黃昏夕陽。讀《史記》讀到〈報任安書〉時，為司馬遷感鬱感悶，原來他是多麼渴望傾聽渴望被懂。讀《三國》時讀到諸葛武侯跨出茅廬仰天一嘆，為其後的劉備三顧而感慨感願，是知遇之恩成就了蜀國還是劉備成就了諸葛亮。讀《紅樓夢》讀到寶玉黛玉初次見面時，寶玉摔玉，黛玉擦淚，為他和她的遇到了而生千言萬語的剎那震撼。讀《西方美術史》，為米開朗基羅斧痕鑿跡的悲願而悲願。

我有權渴望對手，渴望孤注一切而遇到對手，渴望在深深凝視中讀出喜悅的驚顫，渴望一份牽掛，一份顛覆，一份折磨也苦也甜的紅塵千古。

我渴望被贏被輸，我也渴望輸了贏了，因為生命本就是一場場輸贏之戰之旅，但是，我渴望對手比渴望輸贏更熾烈。我不是為輸贏而來人生之旅，我是為對手相遇而來而生而死。我更渴望你贏我，我輸你，心甘情願的輸贏。

我渴望你像一座山，你在我的腳下你也在我的心中，在一步步的攀登中，是你用你的高度征服了我，而我們又同被天空征服。我也渴望我像一片海，你在千曲百轉後的無我歸零後，我們都是回歸於原本的水中一滴，無形無痕。

我渴望遇到對手，渴望像陳師道那樣，遇到黃山谷而盡焚書稿的大覺大悟。渴望繁星如雨的夏夜，伏案中望見洞照長夜的明燈如你，讓我驚喜中仰望，仰望中絕望，絕望中昂然，喜悅中虔誠。

人生如一卷要打開的書，要塗色彩的畫，輸贏在其中沉浮隱現，於我，怎樣的內容情節不重要，我只在乎在整卷的書畫中，在不斷的舒展中，有無對手，他們是精神上的也是生活中的。我只渴望像古龍小說中的俠客那樣：一聲長問或一眼傾目，只見刀光劍影中驚為舊識，彷彿已相約千年，在彼此的潰敗中落馬成塵，然後從泥土中卑微的開出自己的渺小和脆弱，溫暖和親切。

我堅信生命是一場有輸有贏的大悲大喜之旅，我堅信徹骨的悲喜，是因為有一個叫對手的人，出現並和你一路同行面對生死。我渴望對手，我想，你或你們，也是渴望的。

愛薇

本名蘇鳳喜，道地的馬來西亞人，創作近四十年。出版有小說、散文、報導文學和兒童文學五十多冊。「愛薇能夠走出『閨秀文學』、『主婦文學』的小樓，對人類充滿愛心、對生活充滿熱愛、對馬華文學充滿愛情、對接棒人充滿愛護。東飛西越，歲月流逝，但她的心依然保持不老。」——依沙貝格語（記者）

身為女人

——寫於三八婦女節一百週年紀念

「結婚也好，不結婚也罷，無論是誰，最後都是一個人，女人最好能有此體認。」

二〇一〇是國際三八婦女節，創立一百週年的特殊日子。

提到「國際婦女節」，當然不能不提一位名為「克拉拉・蔡特金」的女性。這個名字與這個富有紀念意義的節日是絕對分不開的。話說一九一〇年的八月，第二次國際社會主義婦女代表大會在丹麥首都哥本哈根召開。領導會議的德國代表，是一位具有先進思想的婦女運動者，名為克拉拉．蔡特金（Clara Zetkin，1857～1933），她在大會上提出一個建議，就是將每年的三月八日，定為世界婦女的鬥爭日。建議一提出，立刻得到了與會者的大力支持與贊同。於是，「國際婦女節」就由此誕生了。為何選三月八日？這就不能不先介紹一下蔡特金這位女性。

克拉拉．蔡特金生於一八七五年七月五日德國的一個教師家庭。自幼就很喜歡讀書，尤其是愛讀父親珍藏的兩本敘述瑞士和法國革命的禁書。在童年時代，蔡特金就已經懂得「一個人必須準備為自己的信仰犧牲生命」。後來，她結識了志同道合的俄國革命家奧西勃．蔡特金，後來兩人成了夫妻。

在丈夫的指導下，克拉拉開始接觸一些進步的書籍，因此，她很快就掌握了社會主義學說的精髓。奧西勃還經常帶她參加社會民主黨的集會。一八九七年，克拉拉正式加入了德國社會民主黨，開始了她的婦女解放運動事業。

為了宣傳婦女解放，蔡特金創辦和領導了指導歐洲婦女運動的《平等報》。她把《平等報》當作手中的「武器」，使它成為社會主義婦女運動的傳播者。此外，這份刊物也成了婦女們的良師益友。因為這份刊物，真實地反映了女性生活的一面，她們的痛苦、屈辱和心聲，同時更替她們喊出了憤怒的呼聲。

一九一〇年八月，蔡特金主持了第二次國際婦女代表大會。

在這次大會上，為了紀念前一年，即一九〇九年三月八日，美國芝加哥紡織女工，為了爭取自由、平等，舉行了一個史無前例的大規模罷工和示威遊行，蔡特金呼籲將這一個日子——三月八日，定為國際勞動婦女節，作為團結各國婦女為自身的自由、權利和地位共同戰鬥。這項建議，得到全體與會者的熱烈贊同，從此，克拉拉・蔡特金的名字與三八「國際勞動婦女節」（現通稱「三八國際婦女節」）同婦女的解放運動，緊緊地聯繫在一起。而這位一生為婦女的福祉和地位、權利奮鬥一生的女性，則被後人譽為「婦運之母」。

一九三三年六月二十日，這位受人尊敬的女性，在莫斯科不幸病逝，終年七十六歲。今天，當我們再來回顧一下將近一個世紀的婦女運動時，不禁要問：一百年來，婦女的社會地位、基本人權，是否得到了真正的提高和改善？

我們知道在世界上還有些國家、地區的婦女，不單依然受到「男尊女卑」封建思想的束縛，甚至連最基本的公民義務權利也被剝奪。例如：印度、阿富汗、伊朗等一些回教國家，以及第三世界的婦女，不是基於社會陳腐封建階級觀念，就是受制於宗教條規，她們不但無法掌控自身的命運，甚至無法以「真面目」示人。

就說中國吧，雖然改革開放三十多年了，國際地位也相對提高了不少，人民的基本經濟能力，也得到大幅度的改善。遺憾的是，重男輕女的觀念仍然存在著，特別是在一些偏遠的鄉村地區，更為嚴重。最近報章揭露，目前中國已經面臨男多於女的窘境，其中因素不言而喻。很多外國家庭熱衷到中國孤兒院收養孩子，絕大部分都是女孩。

臺灣剛去世不久的著名女作家——曹又方說得好：「任何人都無法擺脫與生俱來的性

別。男性和女性共同被一個並不由他們親手製造的制度壓迫著。兩性之間的鬥爭，只不過表示一切尚未達到成熟的階段。性別固然是生理的，但遠比實際複雜，因為性別同時也是歷史、文化、心理和政治的產物。——」

我不是女權主義者，但我贊成這位女作家說的：「男女雙方不應該採取一種不健康的令人惱怒的挑戰態度。兩性之間謀求的是和諧，而非對立。」

二十一世紀的今天，女性確實是進步了，無論是社會地位、經濟獨立性、婚姻自主性，以及政治上的參與等等，都有了顯著的提升。不過，令人遺憾的是，至今仍然有些人對女性的領導能力，抱持懷疑態度；工作領域方面，不說同工同酬，就是職位的升遷，女性依然存有被忽略或被歧視的現象，這不純粹是能力問題。

至於政治上的表現，雖然出現了不少出色、有膽識、有魄力、有理想的女性從政者，以亞洲而言，印度的甘地夫人、斯里蘭卡的班達奈克夫人、巴基斯坦的賓娜斯、緬甸的翁山蘇姬等，可惜她們的遭遇和下場，都是令人扼腕的。歐美女性從政者的際遇，固然比起其他國家、地區好得多，但熱衷於參政女性的人數，依然大大少於男性。

有句名言是：「女人的命運常因為男人而改變。」真的是這樣嗎？我由此想起了西蒙波娃的另一句名言：「一個女人如果不結婚，她幾乎可以做任何事。」為前面的那句話做出更進一步的闡釋。

不過，近日看完日本上野千鶴子教授寫的《一個人的老後》（此書主要是針對女性而寫的），她開門見山地說：「結婚也好，不結婚也罷，無論是誰，最後都是一個人。女人最好能有此體認。」「女人的生存之道就不該只是放在『家人』身上，而是要做好『一個人生活』的準備。」

作者佐證的觀點是，鑑於女人的壽命比男人長（日本女性壽命人均長於男性約八歲），以前常有少年夫妻老來伴的期待，但作者卻大不以為然。因為女人不論是結婚、不婚、離婚、寡婦等，最後的後半生也許就是一個人過。但她這句「最後都是一個人」卻不一定是悲涼的、寂寞的。作者的觀點是，只要你未雨綢繆，趁早規畫好個人的財務、住所、醫療和維持良好的人際關係，日子還是可以過得自由自在。

既然這是一個嶄新的世紀，就要有新的思維，如果今天的女性還不能跳出女性以往的舊框框，就無法追上新時代的腳步。蔡特金說：「經濟不能獨立的女人，永遠只能成為別人的奴隸。」無疑是一句當頭棒喝。

可是，我又有疑問，經濟獨立了，人格上是否也相對獨立了呢？

日前一位好友告訴我，在英國一個理財專家的女兒生下第二個孩子後，就決定辭掉高薪職位，專心當個全職母親、家庭主婦。可是，做媽媽的卻為她感到不值，因為當初辛苦供她出國留學，的確是花了不少的金錢，目的無非是希望他們能「出人頭地」，擁有自己的事業、家庭、堅實而獨立的經濟基礎。現在，為了孩子，她卻心甘情願當個全職媽媽。

「我告訴她，媽媽今天的處境，就是你未來的影子。」朋友補充說。

但是，這些「忠言」，對一個受過高深教育的女性，能接受嗎？對母親而言，這是一種社會人力資源的浪費，是對未來自身「前途」押下的最大賭注。至於這個年輕母親的選擇是對抑或錯？我不敢妄下評論。不過，我個人認為今天的女性的獨立自主，是拜教育開放及普及化所賜，賦予女人在踏入社會工作後，能夠運用所學，掌握一定的生活技能，貢獻社會、人群，這是時代的召喚，也是大勢所趨。

不過，當一個女人能獨立自主了，事業上有所成就了，伴隨而來的是名譽、金錢、地位、社會的肯定，這樣是否就滿足了呢？家庭是否給你同樣的肯定和掌聲？

我在想，當魚與熊掌無法兼得時，是不是還有另外的一種平衡力量？這就要靠個人的智慧，做出明智的決定，旁人無法越俎代庖。

有人說：「越能放下的人，越不會受損失之苦。」

你認同嗎？

最後我想說的是：「生為女人，是痛苦的，也是幸福的；生為女人，是軟弱的，也是堅毅的。」

謝馨

上海市人，現居菲律賓。自一九八〇年至二〇一〇年出版譯著有：譯作《變——麗芙塢嫚自傳》（英譯中）；散文集：《謝馨散文集》；詩集：《波斯貓》、《說給花聽》、《石林靜坐》、《禮物》；有聲出版讀物：《新詩朗誦》。獲獎：詩作四度入選臺灣年度詩選，詩作三度當選菲律賓文刊每月佳作，詩集《石林靜坐》獲二〇〇二年臺灣僑聯海外詩作首獎。

女紅

我喜歡縫紉。縫幾顆紐扣、把長衣改短、短裙放長、衣袖加寬或腰圍減窄等等。簡簡單單的綴補修飾，不是裁縫師傅的專工手藝。

我有一個針線盒，原先是裝糖果的。以前那一個是月餅盒，再以前是盛茶葉的，那些盒子都好漂亮。我的針線盒裡有比虹霓更多色彩的線，有長短粗細不同的針，有寶石般一粒粒的紐扣，非常可愛。

縫紉又稱女紅，是極具女性氣質的工作。每次見到女子低頭靜坐，倚窗憑几穿針引線時，總會感到一種溫柔和嫻靜，想到〈慈母手中線〉的詩句。縫紉表達著母性的關愛、思念和期盼。至於「年年壓金線，為他人作嫁衣裳」則是女性哀怨的心緒吧。當然還有「香囊」、「荷包」等的傳情寄意。

縫紉中最精細的應該是刺繡了。世上有第一流的男性裁縫師傅或時裝設計家，但刺繡多數出自纖纖玉手，這和女性天生陰柔細緻的本性有關吧。

中國古詩詞中描寫女性生活時，常會用到「繡」的字眼。像「新貼繡羅襦、雙雙金鷓鴣」，「紅燭背、繡簾垂」。深閨也叫「繡房」、「繡閣」，床叫「繡床」。

刺繡是中國的國粹，全球居冠的手工藝。有一次去江南旅遊，見到一把「雙面繡」團扇。拿在手中翻來轉去的觀賞，真不知哪一面是正，哪一面是反。還有一次看到一幅鮮麗美豔的牡丹，以為是畫的，原來是繡的。

縫紉時，常喜播放一卷錄音帶，聽聽音樂、歌曲或一些有聲出版的書籍。想利用時間多做點事，一面縫紉，一面學習。當然做什麼都得專注。有時會聽得出神，縫得出錯；有時會縫得細心，聽得馬虎。但不論怎樣，這樣的時光仍給人一種安寧和舒適，甚至有點禪坐的意味。有時可以讓人沿著絲路（也是思路），尋到線索（也是線索）的來龍去脈，正是禪居訓練和心靈修持的好機會啊！

小華

本名陳瓊華，現任亞洲華文作家文藝基金會董事、亞洲華文作家協會菲律賓分會、耕園文藝社常務理事、聯合日報「耕園週刊」主編、王國棟文藝基金會會長。在所在國積極推動菲華文藝。編纂《春華秋實》，著有《小華文選》、《走進別人故事裡》。王國棟文藝基金會，舉辦過三屆文學獎，資助菲華作家出版個人文集十本，作為基金會叢書，為菲華社會保存一筆珍貴的文化資產。

風雨送殯

掛颱風信號的一清晨，天空烏雲密布，即有下大雨的預兆。我擔憂惡劣的天氣會影響出殯的行程。顧慮中忽見身穿「藍天白雲」的朱佩美師姊來接我同赴殯儀館，她就是這點可敬，比準時還要準時。

殯儀館位於馬拉汶（Malabon）市偏僻的小巷道裡，車通過幾條顛簸的小路來到簡陋的殯儀館，此時小雨紛飛，我們打傘下車。佩美直往辦事處辦理出殯事宜，我走向放有棺木臨時搭建的帳篷裡。燈芒微射，可看清楊玉治老人的殮屍，她身穿灰色旗袍，銀髮稀疏，粉黛遮不了皺紋斑痕，但美麗的輪廓依然明顯。她給我的印象是位很中國很傳統的婦道人家。我默哀心念：安息吧！阿彌陀佛。

風雨無阻，我們按時於早上八點冒著風雨把棺木抬進靈車，一路上雨水忽停忽下，此時正是上班時辰，馬路上人潮車輛絡繹不絕，車廂尤顯納悶，我們掀起話匣子，從中知道一二有關玉治姑的生平事蹟。

享年八十八的玉治姑不小心跌倒不起，鄰人致電給慈濟師姊求助，師姊們急匆匆地趕到玉治姑府上，很快地把她送醫院照X光檢查，還好沒有骨折，本以為休息兩天就可出院，不幸她竟發高燒昏昏欲睡，終於在昏迷中往生。醫生發的病情報告單，是死於急性肺炎。她走的匆促，沒留下遺囑，留下的是許許多多的問號。

玉治姑是慈濟長期的照顧戶，每個月固定接濟生活費用外，師姊們隔三岔五地去看望，短暫的陪伴，是她伶仃心靈的依託。六年的話家常，她從不提及自己的身世，我們也不便問起，她開講的是佛法和為人處世的道理來相警惕。言行舉止中可體會到她曾有一段呼風喚雨的風光過去，那段時期養成了她傲慢自我的性格，也就是她活在痛苦、愧疚裡的原因。

慈濟幾位師姊們為玉治姑的溘然逝世亂成一團，忙著登報覓尋親人、為葬禮、墓地、手續奔走。感恩朱佩美師姊的不請之師，跨組相助，分擔處理不少繁瑣事情，使後事井然有序地辦妥。

玉治姑的往生，慈濟曾登報通知尋覓其親朋戚友的啟事，但杳無音信，慈濟只好以簡單莊嚴的方式處理其後事，此善舉希望不至於節外生枝。

靈車在雨淋中開到華僑義山大門，門內已有幾位師姊在等候，我們集合一起，各自撐傘跟隨在靈車後送玉治姑走最後的一程。雨越下越大，小雨傘再也遮不住暴雨的淋打，我們全身濕透，沉重的心情拖著沉重的步伐，走在長長的義山路上，淒涼的殯葬，在雨打風吹中尤顯蕭瑟。想起孤老無依的玉治姑，眼淚禁不住融合雨水串滴，串滴……陰霾霪雨的氛圍可增添了幾多愁！

靈車緩緩地停泊在火化場，此時雨水已淹漲到腳踝，我們涉水跨入火化場，裡面已有兩位師父、助念團友和數位師姊在等候。香燭祭品備齊，師父開始帶領大家誦經，誦完經文，瞻看遺容致禮後，工人把棺木轉移推進火化爐，四周雨聲嘩啦，卻沒有親人悲泣哀號聲，空氣中一片同情不捨的嘆息，再過幾個時辰，華僑義山墓穴又多了一個孤寂冰冷的骨灰甕，謠言惑眾的故事從此就與瓷甕一同埋葬，記憶中的玉治姑將隨時間淡漠，消逝……

平生不知送過多少過往的親友，這次的出殯可說是人數最少最淒涼的葬禮，沒有執紼、沒有輓軸、輓聯，沒有花圈、彩幛，甚至沒有遺像，連靈車都沒放音樂，最可悲的是無子嗣兒孫，無親友來送終，唯一來的是師父、助念團友，幾位非親非故的鄰人和慈濟師姊。當時的淒景讓我領悟世態炎涼的可悲與可怕。

偏執倔強的玉治姑，有不可理喻的脾氣，但也有其慈眉善目的一面。老人家活動面很小，除了上菜市、佛廟、參與助念外，別無去處。據說：她若見到有貓狗橫死在馬路上，她不會若無其事走開，而是止步目視孤魄默禱後，再掏錢給街上的菲漢，託他把貓狗埋葬才安心離去。

玉治姑晚年的孤苦伶仃，冥冥中邂逅到慈濟人來陪伴她度過孤寂的歲月，是否她無心插柳的善舉，是貓魂狗魄的報答和安排，安排老人家不至於死無葬身之地的淒殘。佛教談「因果報」的確是她老人家後半生懺悔修來的福報。

從玉治姑的言行舉止中，可感覺到有一樁事凝結在她心頭釋放不開，這樁事似乎難以或羞以啟口，因故她活在黑暗的角落裡痛苦掙扎。玉治姑常勸人：「忍耐要寫在手掌中」，這誨言確實是一句座右銘，或許由於她的不忍耐，莽撞得罪於人，才促成她坎坷的後半生？她覺悟後悔已無濟於事，所以常勸告人「要忍耐」。

她的突然往生，使我們措手不及，不得已請她的要好鄰居陪我們打開她深鎖的家門。門一打開，一股白花油、萬金油的薄荷辛辣味拂鼻。大家心照不宣，相信每一位老人都有此治療酸痛的備藥。我們開始搜尋她的一些重要證件，才知道她的真名真姓，順手也翻動了她的私人遺物，像護照、相簿和幾件高擱在衣櫃裡的絲綢旗袍，花花綠綠的旗袍散發出一股霉味，從赤黃的照片中看出年輕時的她美麗脫俗、雍容華貴，揣測玉治姑年輕時是過著富裕奢華的生活。

為了加深對這位傳奇性人物的了解，我們訪問了幾位鄰人和朋友，才揭開她常自責的謎語：「這是我罪有應得」、「我已經欠了一身債」、「我不要再增加孽障了」。她的自怨自艾，像是曾經做過滔天大罪似的罪不容誅。

據說：她年輕時就在泥淖中翻滾，二戰後從中國不夜城的上海來菲。她的丰姿曾讓許多男士拜倒在她的石榴裙下，歡場女子常為自己青春漸老尋找一個歸宿，找一個鐵飯碗來維持眼前的享受。因此她嫁給了一位赫赫有名的僑商做三姨太，享盡了闊太的榮華富貴，傳說她揮霍無度，賭博、喝酒、抽菸，甚至抽大煙。我們可想像那個年代做人家的姨太，在社會上的名譽多微薄，你得忍受人家的譏視和指責，你得忍受與人共一夫空守閨房的寂寞。種種的委屈，形成心理的不平衡，因此以享受物資和不良嗜好來麻醉自己。

玉治姑膝下無子女，曾領養一子，惜不長進，與她不合，後離家出走，了無音訊，又有人說已過世。據說：她丈夫過世後，曾留厝宅和一筆可觀的錢財給她，就因放縱享樂而花得精光。俗語：「富在深山有遠親，窮在鬧市無近鄰」，相信落魄的她，體會到眾叛親離的現實和刻薄，留下悔之已晚的沉痛。環境的蛻變，姨太身分就與往生的丈夫一起埋葬，過往的風光付諸東流，想再挽回已來不及。玉治姑生前說過：「我是破壞別人家庭的罪人。」那是其一，有無其他的罪刑無以為證。

玉治姑晚年茹素，皈依佛教，樂傳佛法，參與助念，以此方便門為懺悔來減輕罪孽。可是她內疚的疙瘩難於解懷，使她活得不快樂，含著愧疚離開人世間。世俗的情緣隨著生命結束而終止，衷心祝福她來生結好緣。

玉治姑孩提和少女時代的處境如何，她怎樣淪落風塵，我們一無所知，她的戲劇化人生只是傳說而已。玉治姑命太硬，活過大風大浪的人生，連往生出殯也在狂風暴雨中進行安葬。

玉治姑妳走好，沒有哭泣，沒有你我他的依依不捨，塵緣盡了，無喜、無怒、無怨、無悔、無牽絆地走向來世。

節錄證嚴上人的《靜思語》：「有人在順境中墮落，有人在逆境中自立」，可見環境的影響並非絕對，關鍵在於一念心。

世界華文女作家選集

陳若莉

筆名九華，原籍四川，成長及就學於臺灣，現居菲律賓。菲律賓中正學院文史系畢業，曾任教於華校，菲華青文藝社創辦人，致力培育海外華青的文藝寫作。曾隨亞華基金會至大陸、臺灣、東南亞各地，向著名老作家致敬。現任：亞洲華文作家文藝基金會董事，亞洲華文作家協會菲分會常務理事，菲華文藝協會祕書長。出版作品：《九華文集》與主編亞華文藝基金會敬老專刊。

大姨媽的悲哀

數月來，印尼因為政治經濟紊亂，有人故意藉機引發各地排華運動，對暴民毫無人性的搶掠燒殺，政府一再隱瞞實情，推諉責任。真為當地華人感到恐懼及擔憂，世人也為他們憤慨悲痛不已。

這種情況對我來說，更是感觸良深，讓我憶起了大姨媽的往事，與她不幸的遭遇。

大姨媽是母親的堂姊，母親娘家使用大排行來稱呼，全部堂兄弟姊妹按照年齡順序排列，母親比大姨媽小些，人稱「二姊」。

小時候常愛念一首兒歌：

金銀花十二朵，
大姨媽來接我，
豬打柴，狗燒火，
貓兒煮飯笑死我。

這首歌活潑生動的將動物「擬人化」，將農村的生活方式，有趣的深植在兒童心內。受了這首兒歌的影響，在我幼小心目中認定了我的大姨媽，也該是個充滿鄉土味的村婦才對。

頭一次見到大姨媽，是在對日本抗戰勝利後，還都南京時。她皮膚白皙細膩，五官輪廓分明，身著剪裁勻稱素色旗袍，一頭微帶棕褐色頭髮，波浪捲的垂在雙肩，風度優雅，笑吟吟的伸出手來拉住我，仔細地看，慢慢地問。而我卻是驚愕地，望著這個像西洋畫片上的人兒，答不出話來。她怎麼會不是頭上梳了個髻，臉帶溫厚靦腆笑容，從手上拎著的花布包裡，掏出黃澄澄的大橘柑、香噴噴的糯米糕來，與我想像中的大姨媽，竟然是完全對不上號呢？

大姨媽是帶著她唯一的兒子（我的表弟），到南京來辦理出國手續，要與因戰火分離數年，遠在印尼的大姨爹相聚。大姨爹是印尼華僑，與大姨媽是上海著名大學的同學，他在校內鋒頭極健，是足球校隊主將，而她也是數一數二受人矚目的「密司」，當時他們的結合在同學中相當的轟動。本想婚後雙雙赴英深造，誰知日本侵華戰爭爆發，整個國家民族陷入生死存亡的關頭，一切計畫皆成空想。大姨爹其後亦因怕印尼發生戰亂，匆忙地趕去探視父母，就此失去音訊，直等到抗戰勝利後才聯絡上。

在辦理各樣的手續中，大姨媽每日清晨起來，先在客房的前廳，作一回柔軟體操，然後再捲起舌頭——清朗地朗讀一段我聽不懂的「英格利西」。原來她竟是中學的英文老師呢！有時我也會跟隨大姨媽去探訪她的同學，其中給我印象最深刻的是位身穿「陰丹士林」旗袍的女士，烏亮的兩根大辮子盤在頭頂，氣質大方使人自然而然想親近她。她不但鋼琴彈得悠揚動聽，歌聲亦是婉轉輕柔，總與大姨媽邊彈邊唱藝術歌曲及中英文聖詩，常常聽得我捨不得離開他們家了。

那時童年憧憬的大姨媽已漸行漸遠，我卻被眼前這位風采動人，明亮好看的大姨媽深深吸引住。加上她又會講洋文，唱洋歌，不但令人感到新鮮，還可以很得意地向同學誇口呢！當時年紀小，未能體會中國人經過八年浴血苦戰，終於獲得最後勝利的那種狂喜振奮的心情，使得人人歡欣無比，以為日後將是國泰民安了。何況大姨媽能與失散多年的丈夫重聚，愉悅之情溢於言表，更添風華。

數月後大姨媽終於帶著表弟飄洋過海去了印尼，大家都為他們慶幸，總算是闔家團圓。兩三年後大陸烽煙又起，我們家也由南京、重慶，到了臺灣。雖然與大姨媽失去聯絡，總以為她應該是過得不錯吧！

有時母親會談起她們一同在北平念貝滿中學的情景，後來又因為選擇一南一北的大學而分開。也得知大姨媽與母親小的時候，外貌均得自外曾祖母的遺傳——高鼻大眼，髮色偏褐，曾經常被人追在後面叫「黃毛丫頭」的趣事。知道有關大姨媽的一切，就只有這些了，雖然猶如陳舊的照片，倒是挺喜歡隨著母親的思緒去翻閱。

多年後有次去看母親，她交給我一封厚厚的信，裡面幾張照片，是位中年男子的生活照，輪廓極為熟悉。母親告訴我：那是大姨媽的兒子，我們曾經在南京見過面，如今在香港行醫。他輾轉打聽到母親的地址，寄了這封信來，概略地述說她們以往的情形，方知大姨媽已去世好些年了。

當年他們母子二人到印尼後，大姨媽曾在華校任教，後來因為鑑於當時印尼排華情況嚴重，感受在異國的生活，不但未有歸屬感，甚至身家性命隨時受到威脅，決心回到自己的國土，自己的家園。偏又碰上愚昧瞎搞的大躍進，加上鬧得天翻地覆的文革，她的地主家庭、海外關係、臺灣親屬，這些一連串的罪名，不但使她日子不好過，而受的苦難與折磨也就比別人更甚了。

表弟著墨不多提到他母親的死：「活得悲哀，死得淒慘。」短短的兩句話包含了多少辛酸。並謂為了紀念母親，現已從母姓，信內隻字未提其父。事後據傳，大姨爹在印尼早已另起爐灶，亦生兒育女。他們的重逢，卻成了大姨媽最痛苦的意外，本來自己的丈夫，竟然也是別人的丈夫。長久的相思，苦苦的等候，一切皆變得毫無意義，咫尺卻成天涯，緣分已隨離別走到盡頭。她是不屑於接受殘羹冷炙，不甘願忍受真摯的感情受欺騙。毅然決然地回歸故土，可是殘酷的命運仍然沒有放過她，在她臨終之前早已是神智不清了。

如今母親提起了大姨媽，總是不勝唏噓的感到惋惜，倘若她是生在清平和樂的年月裡，就不會遭遇到這般的不幸與坎坷了。

像這樣大動亂的時代，機遇稍差即逢磨難，成為永遠的遺憾。

過去老一輩的華僑，一生最大的願望就是光宗耀祖的「落葉歸根」。而今倡議華人應該「落地生根」，融入當地社會，積極參與其政治、經濟、文化等工作。但是印尼一波又一波的排華事件，卻凸顯出這個值得深思的問題。在有些民主不彰，政治不修，人權罔顧的國家，「根」已無地可生，「葉」已無處可歸，真乃有何處是兒家的感歎與無奈！

這不僅是大姨媽的悲哀，印尼華人的悲哀，也許亦是東南亞無數華人歷經的悲哀啊！

靖竹

本名施純青，祖籍福建省晉江縣。臺北德明技術學院銀行管理科畢業。菲律賓中正學院中學中文部主任兼院長助理。曾為菲律賓環球日報「爐畔雜記」、聯合日報辛墾週刊「十字坡散記」撰寫專欄；現為菲律賓世界日報「反思集」、「拾貝篇」兩專欄執筆人。為菲華辛墾文藝社、亞華作協菲分會、海外華文女作家協會會員。

魚丸嫂

當靜瑋把湯中的魚丸送入口中，異樣的滋味就跟周遭環境一樣，都不是她所熟悉的，魚丸口感像是老爸爸喜愛的福州魚丸，那是她一向最不喜歡的。雖說裹著一大塊肉餡令一般人覺得物有所「值」，但魚丸子過軟，咬起來口感不佳；儘管她不是潮州人，但是卻偏好那彷彿能彈會跳的汕頭魚丸，對於一個不吃雞鴨，又少吃肉的孩子，疼愛她的妗婆總會買上一些汕頭魚丸下湯，那是她童年時期的私房菜！如今嚼在嘴中的飯硬硬乾乾的，不是她以往所吃香香ＱＱ的蓬萊米，然而，再不習慣也得吞下，她心底很清楚，嫁為人婦凡事就得從婆家俗、隨夫家習。於是她一口一口地嚥下，讓一切慢慢消化。

所幸在自己的小家庭裡，她還是可以當家作主，隨心所欲。只是適逢害喜最嚴重的階段，一些莫名其妙又特別想吃的東西全吃不著，饞得什麼似的，靜瑋只能夜夜在夢鄉裡尋尋覓覓，找到了那朝思暮想的食物，那一番狂喜是難以描述的，可當準備開懷大吃時，便又興奮得醒來，午夜夢迴的失落又怎是一個「悵」字了得？

無奈的靜瑋只好翻開傅培梅食譜，照單買料；可是那時正處於七〇年代馬可仕總統軍統戒嚴時期，在馬尼拉很難買齊該有的調味料，不過，尋個替代品將就一下，依樣畫個葫蘆，還是能做出一些似模似樣的菜，反正烹飪是一種藝術，可以創新，更能變化，她這樣安慰自己，只是在心頭和味蕾之間常興缺了一點「媽媽味」的遺憾。

有一天，路過中國城，肉店老闆剛把肉放在案上，靜瑋拉了先生進去，她很滿意那切割恰當齊整的小排骨、大排骨、裡脊肉、五花肉……，不像家居附近菲人市場，肉總是切得歪七扭八不算，那位一頭捲髮滿嘴落腮鬍的菲律賓大兄完全弄不清肉該怎麼分割，一概是手起刀落，肥瘦不分地切將下來上秤，弄得靜瑋回家還得另行操刀處理，她見眼前所有肉類這麼清楚地分類著，心下一喜就買了一些。轉身之際，她看到坐在店門另一邊的一個老嬸，靠著門柱守著一個小攤，攤上擺著各種各樣大大小小的魚丸。靜瑋走過去，正瞇眼假寐的老嬸立即起身指著魚丸說：

「來！買水丸。希款卡好，飽腹，有肉！這款可以切了炒麵用。」老嬸看到年輕的她，精神起來，殷勤地招呼午後開鋪的第一個顧客。

一包包裹在塑膠袋裡的魚丸，看起來就和一般市場裡賣的不同，觸手之下頗有彈性。她問身邊的另一半：

「買包試試？」

說起跟「吃」有關的，他沒有不首肯的，隨即掏錢買下，當天晚上靜瑋就煮了一鍋白菜魚丸湯下飯。當她咬了一口魚丸，心頭一緊，鼻頭酸了！老家魚丸應有的風味就在口齒之間化開，在娘家吃飯的感覺回來了，她抬起頭問老公如何，他也讚道：

「好吃，脆！」

從此，她成了老嬸的常客，也知道有許多人特意從郊區仙範青山、計順市、馬加致驅車過來王彬街買魚丸。聽說老嬸是從唐山老家去香港，再從香港過海來馬尼拉的。一個不識英文、打加樂（Tagalog——菲語），恐怕中文字也識得不多的中年婦女，一切從頭開始真的也難，可人家光憑一手打魚丸的功夫開展新生活。她也聰明不開店，就是看準那間生意興隆的肉鋪，在鋪子口搭個小攤位，一個大鐵盤托著手工魚丸，讓瘦瘦的魚丸嬸跨過七〇年代走進八〇年代。

流光在蕉風椰雨中悄然溜走，也不曉得從幾時起，老嬸臉上的皺紋變多，層層疊疊，活像風乾了的橘子皮，而魚丸最令人稱道的脆脆口感竟無聲無息的缺了。想是老嬸要節省成本，不然就是錢越賺得多就越嫌不夠，所以魚漿裡魚少放多入粉，讓魚丸的品質變了，變成靜瑋很怕的那種，咬起來軟軟，吃起來爛爛的，不過，卻照樣維持著那高標準的價格，於是她不再光顧。

不多久，肉鋪口再也看不到老嬸的身影，靜瑋猜她一定是收攤養老去；可是有人說，在某條街某個店旁掛著個「魚丸」的招牌就是老嬸賣魚丸的地方。年老的她真的不宜再出來顧攤，那可是飽受季風吹襲，驟雨撲面，炎陽曝曬的苦差事，當然她也不必拿出辛苦錢付貼鋪費；想想老嬸這樣也對，反正老主顧還是照舊會找上門去的，不過，從早忙到晚的靜瑋，孩子、家事、工作幾頭忙，她實在沒空去找尋那隱在深巷裡的魚丸店，更何況她覺得老嬸的魚丸已軟得沒嚼勁了。

「要水丸嗎？新做的，正宗魚丸。」靜瑋立即回過頭去，入眼的是兩個容貌清秀的年輕婦女，笑容可掬地站在晨曦下，說的話帶著濃濃的潮州腔，那令她想起了外婆，她外婆的老家就在閩粵交界的詔安，那地方人說的話就帶潮州腔。衝著這一點，她買下一包，晨運之後和先生攜手回家，午餐當然就有魚丸湯；她問婆婆：

「這汕頭魚丸好嗎？」

「嗯！好吃！」

於是她又成了汕頭嫂的常客。

靜瑋猜那兩個面目姣好的魚丸嫂應是姊妹，初來乍到的還沒學會打加樂，居留手續也有問題，哪能開鋪？只能提個裝滿魚丸的菜籃子，親切地在公園裡喊「阿兄」、「大姊」的，用最真誠的態度招攬每天去晨運的華人同胞買魚丸。問她們為什麼不去市場賣？大魚丸嫂說：

「我們不會打加樂，人家擺攤的都已經有固定的位置，插不進去！」

「還有啦！那幾個印度女人，看起來好恐怖！」她接著說。

「哪個印度女人？」靜瑋好奇地問。

「就是固定來收錢的那個。」

靜瑋恍然大悟，原來她指的是那專給菜市小販放款的印度阿嬤！她體型壯碩，雖是女性，可是鬚毛特旺，難怪白白淨淨的魚丸嫂看了害怕。可是日子一久，看習慣也不覺得怎麼了，不同樣都是人嘛！只不過是皮膚顏色不同，說的打加樂帶印度腔罷了。可不，這就連魚丸嫂也開始說夾帶潮州口音的打加樂，走進了市場。那幾年間，從沒看過她倆兒的丈夫出現，只不過靜瑋發現汕頭嫂菜籃裡的貨色越來越豐富，有雞有鴨，連帶四物、八珍等入湯的藥材都配備齊全了，當她們的菜籃越提越沉的時候，口袋也更豐實啦！

有一天靜瑋走進擺滿新鮮蔬果的雨傘巷，巷底有一爿新開的鋪子，屋外強烈的陽光使店裡顯得陰暗，可是依稀可見一名婦人坐鎮看店的身影，耳邊忽然傳來一陣軟軟、熟悉的潮州腔：

「阿姊欠用啥米？」

喲！竟然是汕頭魚丸嫂。許久不見，乍看之下有點兒陌生，仔細端詳，啊！原來的清水臉上了妝，紋了眉毛、眼線，為天生清麗的面龐增添幾分豔色，不言可喻她的生意一定很好。幾年的異域打拼，攢下充實的積蓄，在菲律賓政府「逾期遊客合法化」的政策下，讓她們辦妥居留手續，承下一個店面，風風光光地當起老闆娘。在那一刻裡，靜瑋腦子裡亮起一排字幕：勤懇打拼的人必得上天的眷顧！大魚丸嫂笑盈盈地接著說：

「去年底我回老家，把孩子帶出來了，小孩子寄人家照顧不好！」

「啊！那真好，恭喜你們一家人在千島團圓，落地生根！」靜瑋由衷地祝福著。

不只魚丸嫂發起來，連她妹妹也在中國城所謂的「富人菜市」開了一鋪一攤，生意興隆。當雜貨鋪開張時，她當家的現身了，每天叼著香煙吞雲吐霧，時不時操起潮州腔打加樂指揮幾名菲律賓店員招徠客人；即便如此，他大店鋪的生意就是比不上太座——小魚丸嫂的攤位，光顧小魚丸嫂的客人好像就沒斷過，小攤子前買東西還得排隊呢！這下子人家可不光賣魚丸了，豆腐、豆乾、腐皮捲、酸菜、餃子、麵條、豬肚、豬血糕、烏骨雞、土雞、番鴨……，哈！連進口的檳榔芋、茭白筍都有，貨色真的琳瑯滿目！十多年的耕耘有此成績也不枉魚丸嫂們的勤奮。

然而，新建市場的另一頭，在最顯眼的入口處，有爿店面最大的雜貨店，賣的東西比小魚丸嫂更齊全，她是二〇年代初過海來的新魚丸嫂，她也是從提籃沿街兜售魚丸、腐皮雞捲、包子起家的。不同的是新世代移民挾帶豐足的荷包，本錢足、大量生產，供應多間店家的結果，新魚丸嫂幾年內就翻身了，老公、兒女全都在店裡幫忙，生意火旺，財源滾滾進抽屜，難怪她的小孩敢跟學校裡的老師說：

「多讀書沒有用，畢業後只能幫人打工，還是錢多賺一點，我可以請大學生來幫我做事！」

新魚丸嫂條件好，利用泉州老家的人脈，進口各種中國道地食品、食材，更懂得系統化作業，市場前頭賣魚丸，市場底訓練了一批菲律賓工人製作魚丸、貢丸什麼的，這下子靜瑋上市場採買，選擇更多了！紅糟、芝麻醬不缺，買的魚丸還熱騰騰的冒著煙，食品當然是新鮮的好，於是靜瑋又找上這家採買一應食材。

靜瑋常想，一個剛從中國沿海地區小鄉鎮出來又沒念什麼書的婦女，在人生地不熟的國度，光靠製魚丸、包雞捲就讓她們闖出一片天地。中國人總是強調男主外，女主內，在菲律賓的老僑們更是堅守君子遠庖廚的觀念，殺雞、切肉、戳螃蟹都是女人事，這群新移民大多是閩南移民，對祖輩相傳的古來明訓更是奉行不悖。因此，在最艱困的起家階段，人們只看到魚丸嫂們拋頭露面，沿街叫賣，撐起那家庭經濟的大樑，總得到開鋪後才看得到當家老闆，近年來在中國大陸流行說一句話：「女人撐得半邊天。」這句話應在魚丸嫂們的身上當真不差，不是猛龍不過江啊！

可是靜瑋有一個最大的發現，就是這些後來起家的魚丸嫂們一個個看起來都比剛來菲時年輕多了，應該是有餘錢、餘力讓她們講究起打扮穿著了吧！看新魚丸嫂穿金戴銀的，自信地伸出白胖的手臂，指揮著工人們，腕上手鐲金玉碰撞叮叮噹噹，有誰還記得她穿著一件舊T恤，滿頭汗水的站在路邊，請上菜市的老嬸、大姊們幫襯，買包魚丸呢？

艾禺

新加坡作家協會副會長，世界華文微型小說研究會副祕書長、世界海外華文女作家協會會員，創作體裁以微型小說和兒童文學為主，作品集包括短篇小說、微型小說和少年小說等，曾為一名電視人，創作電視劇，現職業為駐校作家和自由撰稿人。

摺起一方紅頭歲月

一方紅頭巾，摺起，猶如摺起一方歲月。

歲月從遙遠的家鄉廣東三水縣，從蘆苞廟，從水客，從「大亞家」①一直漂洋，南來，到一個盛傳用金筷子吃飯的地方，停頓了大半生，從此久留，只能眺望向北的家鄉！

走入安老院，發現三嬌姊已經被轉到樓上的特別房間去了。

長長的日影照在病房外寬敞的走廊，一個老人坐在輪椅上「停泊」在走道最邊角的地方。

「不小心跌倒，人老了一定會跌倒的！」不等我問，她已經在找藉口解釋。

其實我剛才已經從護士小姐那裡聽說了，和另外一個老太婆打架，被對方推了一把，腿骨就斷了。

「怎麼還是那麼兇？」我失笑地問。

「是她欺負我，我當然要還手！」

這就是「紅頭巾」的本色，絕對不會讓人欺負。

和「紅頭巾」結緣是在電視臺打算拍一個實況劇場節目的那段時候。

為什麼要叫「紅頭巾」？有什麼特別的涵義？這群來自廣州的三水女人，當年怎麼會漂洋過海來到這個人生地不熟的地方謀生？她們有理想嗎？作為女人，她們對愛情和婚姻可曾有過憧憬？

為了能了解多一些在上世紀二、三〇年代開始南來新加坡的這群有代表性的勞動婦女，在一名義工的安排下我們進行了多次的訪問。

開始的接觸很不容易，好像碰到了一堵堵的牆，她們極端保護自己，又或者說她們根本不想任何人知道她們的內心世界，但一張張滄桑的臉上從來沒有脆弱，有的只是一貫的堅毅和剛強！不知過了多少時候磚牆才慢慢露出缺口，除了讓你看到一群特殊女性背後所隱藏的蒼涼與無奈，同時還有那一份毅力和堅強。

不是沒有婚姻，她們大部分在家鄉就已經結婚生子，在一個本來就貧瘠的地方，婦女與男人一樣要靠勞力來維持生活，但生活還是撐不下去，有些女人的丈夫孩子相繼病死；有些遇人不淑，嫁了好吃懶做的丈夫，還要受家裡人的歧視對待，另一些看到別人的苦況後早已經死了婚嫁的念頭，不願再出賣自己的命運。

她們在碼頭認識了一些水客，在繪聲繪影的描述中獲知南洋是一個美好的地方，聽說踩在地上的沙土裡都有金子。想著擺脫一切，擺脫窮困，或背著家人，夜裡偷偷出走，或獲得家人的首肯，但條件是賺到了錢一分一毫都得寄回家鄉來，於是，拜過了蘆苞廟，就上船了。

海上的顛簸是她們始料不及的，一旦船隻半途遇上海盜，她們的生命就變成海上花，任由飄蕩踐踏。女人的特性在這個時候成了致命傷，在男人慾望達到極度滿足後，或被當作餵魚的食物被拋入海，或不甘羞辱自己投水，黃金島的美夢就在水裡沉沒！

沒遇上海盜也不表示就能一路平安，船上的居住環境實在太惡劣，感染風寒和痢疾是常有的事。岸已經看到了，踏上去的卻已經是人生的最後一步，客死在一個全然陌生的地方，永遠做隻飄泊的孤魂野鬼！

來了的人就代表永遠幸福了嗎？

二戰過後的新加坡留下來的是等待重新建設的滿目瘡痍。

這群婦女以慣有的勞力，起早摸黑到建築工地去挑泥抬木，她們用寬大的一條紅巾折疊成一個有方有角的頭套戴在頭上，用以遮避日曬雨淋；穿著一身漿直的黑衣黑褲或藍衣黑褲；套著用破輪胎結繩做成的鞋子；手上挽著的藤籃子裡一定有要吃的腐乳，幾條燙水的青菜和飯；用來墊背防止汗水弄濕衣服的紙皮和隨處可坐的小木凳，這種形象竟因此成了一個專業象徵。這種象徵在那個年代有著它的特殊意義，提起「紅頭巾」，沒有人會懷疑自己所住的房子、所走過的馬路、所到過的公園沒有她們付出的勞力血汗，在一個建國的時代洪流中，她們默默工作著，無悔地付出一切。

這群三水女人在半個世紀中牢牢盤據了一條當年叫做珍珠街②的地方，並隱隱形成一股強大勢力，不讓其他一樣以勞力換取生活的「藍頭巾」③走入她們的世界，她們也同時把這種「勢力」限制著自己的姊妹，每個人都在觀世音菩薩面前發過毒誓，表示自己的決心，來到這裡，大家都是孤寡的，不管你已婚或未嫁，誰要再萌生對男人的愛戀，就不要再踏入珍珠街一步！

苛刻的條例讓男女間特有的精緻感情像瓷瓶般一碰就破，勇敢走出去者，再也不能回頭，就算在珍珠街口探頭張望也被視為叛徒。

她們當年大多住在一個叫「老久大東西佬」④的樓上，因為沒有再婚嫁，所以喜歡收別人不要的孤女作養女，她們一邊在罵養女是「養在米缸裡吃窮自己的老鼠」⑤一邊又關懷疼惜，等同己出。

日子總在每日天還沒亮的時候就展開，沒有交通工具，去到哪裡都靠走路，所以需要很長的時間。當傍晚臨近，她們就會聚在「五腳基」⑥處等候，等候人來「叫工」⑦。她們當中一定會有個「領頭羊」負責談判接工的細節和酬勞，為了幫自己的姊妹找多一點工作，再爭取工酬上「牛車輪大小」⑧的一角五分，領頭羊需和其他搶工的姊妹們發生爭執是常有的事。五腳基成了雞飛狗跳的戰場，最後大家都掛著鼻青臉腫回家。

三嬌姊就是其中一頭「領頭羊」，大家都愛叫她做「皇帝」。「皇帝」有火爆性的大脾氣，倔強的骨氣在生命裡延續著，在一個離鄉背井的遠方沒有被屈服，反而成為了一個更強者，領導著一班比自己年長的婦女一起在生活線上求存掙扎。

當現代化取代一切，紅頭巾的歲月就老了，老得只能夠被社會遺忘在繁華城市一個不起眼的角落。但三嬌姊始終沒有妥協於她的生活，收起了紅頭巾，她當了個拾紙皮老婦，每天穿街走巷，收集商店扔出來的爛紙皮，變賣謀生。

骨氣讓她繼續堅強！

問過她難道沒想念過家鄉的人，不想回去見見嗎？她總是很不高興回你一句：「回去幹什麼，回去又能怎麼樣，各人有各人的自家事，住在這裡不是很好嗎？」

摺皺的臉上掩埋不住隱藏的祕密，當年的離去現在回想起來是否已經無從挽救，也無從再面對呢？

年歲的增長繼續把她推入了老人院，現在連行動都不方便，要回鄉更是不可能的事了，我不知道她是不是曾經有夢，重回家鄉那一片故土？

人在清醒的時候可以逃避一切，但夢裡呢？或許只有夢從來不騙人！

聽說當初這群婦女選頭巾為紅色，是因為它代表吉祥，但血色和紅色有什麼分別？

濺血的人生，溶在一方紅頭巾裡，絕唱，即將到來。

北方，遙不可及……

①「大亞家」：一艘船名，當年川行於廣州和新加坡之間，主要進行商貿活動，除載貨外也載人。

②珍珠街：新加坡早期的一條街道名，後易名為豆腐街，現在街道已不存在。

③藍頭巾：另一群建築勞動婦女，以戴藍頭巾為象徵，包括不同籍貫婦女，也包括潮州和福建人。「藍頭巾」和「紅頭巾」是兩個不同的群體，為工作利益互不接受對方。

④「老久大東西佬」：當年外江人多在新加坡的珍珠街開設「老久大雜貨店」，「紅頭巾」愛稱外江人為「東西佬」。

⑤「養在米缸裡吃窮自己的老鼠」：「紅頭巾」愛用的日常用語。

⑥五腳基：典型的新加坡早期建築，樓下商店，樓上住屋，在商店外多建一個走道，方便人來往和納涼避雨。

⑦「叫工」：建築工頭要找人工作，傍晚時分就會來找適合的人選，談好價錢隔日開工。

⑧「牛車輪大小」：民間慣用語，因當年牛車曾經一度是主要交通工具，所以愛把錢比作牛車輪，表示它的重要性。

趙淑俠

作品三十餘部。曾獲臺灣中國文協及中山文藝小說創作獎，世界華文作家協會終身成就獎。為歐洲華文作協創會會長，永久榮譽會長。曾任海外華文女作家協會副會長、會長，現為世界華文作協名譽副會長。大陸於一九八三年開始出版趙淑俠作品，受到好評。一九八六年全國作協邀請訪問三週，並受聘為中國人民大學等六所大學的客座教授。

風雪故人來——喜見龍應台

是年紐約風雪多，聖誕節前後連綿數日的一場豪雪，堆得滿街大大小小的白色小丘還不及掃淨，新的氣候預報已又在警告：說一月初將有新的風雪再襲紐約。紐約的大風雪令人談虎色變，因每當來臨都會造成許多不便，諸如學校停課，機關行號停工，交通工具停駛，市民被擋在房子裡出不來等等。今年除了這些之外，紐約的華人又多了一份新的憂慮：希望一月中旬前風雪可別來湊熱鬧，如果非光臨不可，也等「龍捲風」來過之後再說。這兒所說的龍捲風，並非像上年九月裡那場，半小時內便吹折了紐約市的許多樹木，把活生生的大樹連根拔起的那種龍捲風。指的是作家龍應台。

龍應台被稱為是華人世界最犀利，也最具影響力的一支筆，二十幾年來縱橫文壇，威名震動兩岸三地。新作《大江大海一九四九》，回顧中國一甲子的歷史恩怨，平頭百姓的遭遇和傷痛，甫出版便狂熱暢銷。北美《世界日報》為了慶祝創刊三十五週年，特別遠從臺北邀請她來，與紐約讀者面對面接觸。於二〇一一年新始的一月八日，在曼哈坦林肯中心愛麗斯杜莉廳，做一場跨族群、跨世代、跨海峽、名為「華人世界的大江大海」的演講。

我與龍應台原是歐洲舊識。一九八〇年代中期，突然有華人朋友告訴我：橫掃臺灣的「龍捲風」到瑞士了。可得注意，這位人物很難搞的。說得我丈二金剛摸不著頭腦，想不出她的「難搞」何所指！

龍應台的大名及在臺灣發揮的威力我當然知道，譬如以一封給《中國時報》的投書：〈中國人，你為什麼不生氣？〉，引發全島震動。後來把雜文結集成書《野火集》，在二十一天內印二十四刷，四個月內賣了十萬本，平均每五個臺灣人就擁有一本。內容全是對社會和體制的批判，在那個處處有威權與禁忌影子的時代，她站到明處大膽發聲，表現了出眾的勇敢，贏得了知識分子甚至升斗小民的掌聲。卻也難免被視為異類。人剛踏上瑞士土地，已像「池塘裡飛起的鴨子」，雖不見得想拿槍把牠轟下來，可也不想讓牠飛上岸來滿地倘佯，最好你就在池塘裡活動。

也難怪，瑞士原本是永久中立國，地處坡巒起伏的阿爾卑斯山間，風景優美，百餘年來沒有戰爭，社會富裕安定、人民收入高，講禮貌、守秩序、道德感重。任外面鬧得天翻地覆，他們也懶得去理睬，仍然努力工作，拚命賺錢，養花養草、愛貓愛狗，把屋子收拾得窗明几淨，街道洗滌得一塵不染，湖水保持得清澈見底。一次我去友人家做客，遠遠地看見他們公寓大樓旁停了兩輛救火車，雲梯撐得直達房頂，附近圍了些看熱鬧的人。直覺地以為一定是發生了火警，著實吃了一驚。走近一問，才知是一隻麻雀掉進了屋頂的煙囪，被一家住戶發現，認為鳥兒也是生命，茲事體大，連忙打電話給警局，警方也以鳥命不可忽視，立刻通知救火隊，於是救火車以救火的速度來到，兩個大漢爬進煙囪，救出了那隻吱吱亂叫的小麻雀。這事令我的感觸良深：人家國家太平，社會安定無事，所以才有閒有錢來救鳥的命。那時瑞士還是黑錢天堂，沒有洗刷汙名的決心，就算有「海角七億」往瑞士送，瑞士銀行也不會像今天這樣提供檢舉資料。

總之那時瑞士就是一片單純諧美的淨土。華人在此住久，也一個個的成了「太平紳士」。當時我的第一本翻成德語的短篇小說集《夢痕》（Traumsyuren），甫在西德出版後，兩位瑞士詩人女友立刻好心的介紹我加入作家協會，但她們私下告訴我：瑞士是不願碰中國政治的。我說請放心，我的作品和言論從不涉及政治。我的個性確屬於很「不革命」的那種，但並非沒有民族熱情，譬如一九七〇年代的保釣運動，歐洲雖沒有美國華人那樣的大動作，可並非沒有動作，我是被爭取去參加的人士之一。民族大義向來為我所重，保衛釣魚島的號召頗令我動心。但身為科學家的丈夫已經告誡：你可不許去哦！我們家還要過日子呢！

那時我正全心投入的過日子。雇了一位西班牙婦女幫忙灑掃清洗，收拾庭院。我自己每天忙著烹飪、理家、採買、烤糕，帶孩子，陪丈夫應酬，交往的朋友多是有頭有臉的西方人，情調很是歐化。我服飾華美，下午外出穿套裝，參加晚宴必著小禮服，鞋子和提包絕對配套，時時注意優雅姿態，我便那樣過著彷彿是貴婦的日子。眾人的羨慕和讚美，常會讓我感到瞬間榮華，其實骨子裡我懷鄉，關心自己的家國，永遠有種難以排遣的寂寞情緒。但我什麼也做不成，至多在夜深人靜後寫寫文章；由於保釣運動的激勵，我在極衝動的情況下振筆疾書，一寫六十萬字，完成小說《我們的歌》，算是找到條通道喊了一聲。

這種種，使我感到做一個邊緣人的悲哀。龍應台何許人也！雖然「龍捲風」的威力猛，才華高，到歐洲怕也無處發揮。我估計她很快也會有邊緣人的感覺，可能比我更深。

那天我們電話約定共進午餐，在蘇黎世車站見面，結果是兩個從未見過面，也可能是整個車站裡的幾百人中僅有的兩個東方女人，一個樓上一個樓下，互找了一小時，終於在樓梯上碰到。那時她只有三十出頭年紀，一口播音員水準的國語，態度活潑，言談間流露出少年得志的鋒芒與自信。說老實話，她名氣雖大，我卻只看過她一本《龍應台評小說》，連形成燎原之勢的《野火集》都沒看過。把她粗淺定位於「學院派評論家」。

我真正的去對龍應台了解，是在她離開歐洲以後。特別是那年回臺灣，走在以往亂糟糟的臺北街上，居然也能感到些許歐洲式的優雅，某些古蹟受到保護的同時並被做為景觀善加利用，青少年有了活動場所。多人告訴我：這都是龍應台做了文化局長之後才有的。

我聽了不由得肅然起敬，原來這位個頭嬌小的女子，身體裡存儲著無窮的創造力。只要給她機會，她就負責，用心，加上才華，便做什麼像什麼。「連做官」都做得這樣成功。

從那時起我開始讀龍應台的著作：《孩子你慢慢來》，《百年思索》，《親愛的安德列》，《目送》，包括回頭再看《野火集》，到今天的《大江大海一九四九》。除了看書我還上網：大約在四五年前，我摸索著算是學會了用電腦，但至今仍是幼稚園程度，只會用來寫文章，寫 E-mail，再就是上網看資料，別的什麼是一概不知。在網上我看到很多有關龍應台的消息，譬如她去北大演講等等。

越走近龍應台就越覺得她不像「龍捲風」，龍捲風的結果是破壞，龍應台發揮的力量是建設。她是一個女人，和所有的女性一樣，愛家，愛孩子，渴望做個好女兒、好妻子、好母親。她也曾做得很好。但她的生命裡另有一股與生俱來的力量，這股力量使她看得遠想得深，憂患重重，經常做「百年思索」。這股力量驅使著這個生於臺灣高雄縣大寮鄉眷村，一個平常家庭的湖南女孩，一步步的走到今天，成為兩岸三地最具影響力的知識分子。這一切看似偶然，其實是必然，得民心者得天下，龍應台總為平民百姓說話，所以遍地讀者，老百姓喜歡她。

我和多位文友坐在法拉盛的餐館裡，等待龍應台的到來。這是世界日報特別安排的集會，為的是給龍應台介紹紐約文友。一邊等她，我的心裡就在琢磨：二十幾年未見，當年被稱為「龍捲風」的她，也是坐五望六的人了，今天的她是什麼樣子？

正想著，一群人進來了，一身黑衣圍著紅圍巾的是龍應台。我連忙迎上，他鄉遇故知，分外高興，緊緊擁抱。那天在座的有聖若望大學史學教授李又寧、作家趙俊邁、叢甦、王渝、趙淑敏，和多位世界日報的朋友。龍應台笑說，由於時差關係，凌晨三點多就醒了，只覺頭昏腦脹，但仍挺起精神與大家見面，下午還要出席記者招待會呢！

匆匆兩個小時的相聚，我看出今天的龍應台穩健、成熟、自信而誠懇，年輕時的鋒芒全沒了。她既不盲從也不盲目，完全知道自己在做什麼，怎麼做。她的文章是「載道」的，因為關心我們中華民族的前途，和同胞們的福祉。這話聽來似乎有點肉麻，但是真的。如果沒有關懷，她就不會費那麼多的時間和心力，寫《大江大海一九四九》。父輩的歷史，自身的背景，那個兵荒馬亂山河動盪的時代……歲月如流水，一甲子過去了，六十年是多長的歲月，剛出生的嬰兒如今已鬢髮花白，別離的親人多已永世無緣再見。他們只是平常百姓，心中縱有萬般委屈與痛楚亦無處抒發，《大江大海一九四九》替他們打開了記憶的窗子。如山之重的憂患把龍應台變成了全民作家。

龍應台在文中說：「你會發現你不開口問，很多事一輩子都不會說的，一開口都是故事。」「華人世界的大江大海」的入場券，售價為美元六十、四十、三十、二十等四種，一千多張票幾售一空，可見讀者對她的熱情，渴望聽她「說故事」。在餐桌上大家七嘴八舌：希望天氣預報不準，週末可別真下大雪，影響了演講會。結果那天連個雪花也沒降，很多遠居外洲的讀者都專程趕來，龍應台能寫更能講，瞬間帶動聽眾熱情投入。會後簽書要排隊等待一小時，也無人怨。連演講場地林肯中心的工作人員都感到驚訝，不懂這位女士是何方神聖，號召力怎會如此之大！

龍應台的光環並非自天而降，記得她曾在某篇文章中說過這樣的話：「……在這裡，我是邊緣——柏林圍牆倒了，蘇聯帝國垮了，又怎麼樣呢？我是那徹底的旁觀者。可是，在十萬八千里以外的那裡，我是中心；事件震動我，我震動人群……」她也曾說：「女人只是男人的一半，其實，許多女人喜歡做男人的一半，更有許多男人喜歡做女人的全部，這都沒問題。有些女人想做自己的全部時，社會應該給她充分發展的機會。」

龍應台今天的成功，證明她離開歐洲，「做自己的全部」是正確的選擇。但我總覺得，在她內心很深的地方，也許仍感寂寞。像她那樣的一個人，尤其是一個女人，並不是那麼易於被人了解的。她心目中的指標人物是身心皆受重辱，仍咬牙求生寫《史記》的司馬遷。可見她的志向有多大。

西方有句話說得很透：「人不能樣樣有。」當上天在賦予一個人江海才華和鴻鵠之志的同時，常會把某些屬於俗世的悲喜情懷悄然帶走。龍應台是位天生成的，肩負重任的公眾人物，未來的路上也許還有更艱峻的高峰等著她去攀越。

夢凌

本名徐育玲，泰籍，畢業於泰國素可泰大學師範系和中國暨南大學師範系；現為泰國《中華日報》副刊主編，沙拉薩通庫雙語學校副校長。創作以散文、散文詩、現代詩、短篇小說、微型小說、兒童文學、攝影為主，已出版十本著作。曾榮獲泰皇賞賜的優秀教師徽章和國際詩歌翻譯研究中心的「二〇〇六年度國際最佳詩人獎」。

品茶記

熱騰騰的毛尖／香氣瀰漫／在樓閣的一角／和三兩好友／品新茶／聽雨聲／聊熱切的話題／重重竹帘外／一片綠色的世界／偶爾聽見一聲一聲／最後／又沉入寂靜

外面下著雨，和幾位朋友躲在酒店的禮堂裡喝茶是一種奢侈的享受。泰國朋友說中國茶一點兒都不好喝，味道苦澀！於是叫了服務員在茶杯裡加了好幾塊冰，這就是泰國人，她們不懂得喝茶，喝熱茶，看見我喝完一杯又一杯的熱茶，她們詫異不已。其實曼谷的大小酒樓和飯店都提供免費的中國茶，但裡面都放著冰塊，這跟泰國炎熱的天氣和生活習俗有關。

飲茶，華人慣常的一種生活習俗。久而久之，漸成了須臾不可或缺的伴侶。當一個人的思緒略感頓痴且遲緩之際，一杯清茶淺淺入口，寂寥的心靈彷彿接受了溫情的撫慰。

「茶」是什麼？——草木之中藏一人。草字頭，木作底，人在其中。你不能不欣賞這奧妙緣由的深邃。造字者想必也是對飲茶很有造詣的浪漫學者。茶文化，從古到今，綿延流長。華夏神農氏嘗百草為的是治病救人，不留神一片茶樹葉子飄然而至。於是，茶葉有了持續幾千年的傳奇。

關於飲茶的文人雅客，必有趣味橫生的傳說。無酒無詩，那是一種借助酒力的豪放；飲茶作詩，那是一種延續茶香的儒雅。大詩人李白對酒當歌，總有不朽遺篇。

茶自有仙風古道。自古常有不得志之士，時官時隱，閒來無事，把玩茶的意境，揣摩茶的感悟。茶，來自山林，本來就有一股「仙氣」。仗義之人，喝酒豪飲無數，盡可以山南海北五湖四海。儒雅之士，品茶小飲，竊竊私語，顯得幾分委婉與彬彬有禮。

我自小受家庭薰陶，每逢週末早起運動之後，必先來一壺熱茶，一邊看新聞，一邊品茶，生活悠閒自在。空閒時常和一些華人作家到香格里拉酒店飲茶吃點心，享受生活的另一種情趣。

每到中國開會或旅遊，必逛茶葉店。綠茶、紅茶、花茶的味覺功效，大紅袍、毛尖、龍井的昂貴氣質，還有茉莉花茶的清香回甘，總是格外吸引著我，讓我流連不已。

曾看過一篇文章，說女人如茶，每看都會嫣然一笑。女人如茶，潑辣的女人是鐵觀音，爛漫的女人是花茶，高貴的女人是龍井茶。女人是茶，或者茶是女人，都會讓男人在品嘗中懂得如何愛自己的女人，自己的女人又是什麼滋味。

茶本身是一種文化，一種大眾消閒，也是一種生活情趣。柴米油鹽醬醋茶，一直是民間生存空間恣意的常態，茶雖然在最後，但是作為生活的點綴或花絮，茶讓生活值得回味。有了茶的介入，煙火味的狀態變得空靈而雋永。此外，茶還充當了禮尚往來的交往媒介。只可惜，茶的價格一路攀升，奢華的包裝，另樣的奉承，可疑的動機，淡化了遠離了原本的樸素味道。

茶在杯中清興舞蹈，茶在腹中竭盡溫柔。接受茶的溫馨撫摸，幻想茶的摯愛情節，回味茶的千姿百態。活到老，喝到老，愛到天荒地老！

趙淑敏

原臺灣東吳大學專任教授，大陸五所的大學客座教授。曾為臺灣數個作家協會常務理事。學術論著外，有小說集《歸根》、《戀歌》、《離人心上秋》、《惊夢》，長篇小說《松花江的浪》，散文集《多情樹》、《采菊東籬下》、《水調歌頭》、《乘著歌聲的翅膀》、《葉底紅蓮》、《蕭邦旅社》等二十三種。小說散文曾數次獲獎。一九八八年以《松花江的浪》獲國家文藝獎。

何必LV

給從熱帶來的女兒留了一件漂亮的紅色毛呢外衣禦寒，誰知她試了試就還給了我，說：「這不是我的style！」我明白，這就是不夠時尚的意思。

很掃興，能說什麼？很想說，很多年了，大徹大悟後的我始終持一個看法，一切的東西該選擇它長遠的價值與意義。固然，在思想知識一定要掌握時代的脈動；生活於俗世，不能違背俗世規範，絕不要落伍，但在時尚包裝的浪潮上逐風，我無此力更無此心。出現在人前，我寧願別人先認識我的氣質風格，再鑑賞我的衣著穿戴；雖然服裝的搭配，有時也可形成或襯托出韻致、格調。

她的說法也不足奇怪，這是時尚風。其實我也玩過追著潮流跑的遊戲，比如初出校門踏入社會時，正流行高領貼身的旗袍，我也穿過；而且為了姿態的優雅，可以踩著兩吋八的錐細高跟鞋，在講臺上走來走去。可是仍強調要保留一點點自由，拒絕高到「不堪回首」的衣領；合身則可，絕不要像「樹皮貼在樹身上」那麼合而為一。尤其堅拒「蘇西黃」門帘式離譜的高開衩。為此，可以和旗袍師傅強烈爭辯。各有堅持時，我尊重他保留按他的習慣完成的「作品」，不改就不改，不願穿拿回家掛起來觀賞。但我明白地告訴他那不符我的需要，而且根本不必那麼裁製，才得顯出我「線條的優美」。是！還是強調須顯現出體態的優質。然後，換一位很潮卻有文化氣息的設計師。不但如此，臺北還沒人穿長靴的時候，我有進口「馬靴」；皮裘視為稀有服裝的年月，我的冬日圍巾是一條頭尾四爪俱全的狐狸，的確為此很開心過。

可是經過一件事後，引發我深切反省思考，產生了心靈洗滌的影響。那是一所被形容為新娘訓練所的學校，被延攬去教一門課，年輕人欣喜之餘未免誠惶誠恐，特別請教多人，出入那個環境須注意些什麼。有人告訴我要注重衣著，我記下了。那天又是上課日，穿了一件新做好的連衣裙去學校，花色雅致明豔的瑞士絲麻混紡衣料，最時新的公主線剪裁，是最當令的時裝，絕對稱得上時髦典雅，僅是衣長未肯太過迷你而已。特別配上一雙超流行的白色網襪、前衛的寬頭粗跟鞋，提著一個名牌的白色〇〇七手提箱當書包，自覺看著現代、年輕、有活力，絕對走在潮流的前端。穿衣鏡前轉一個身，實在很好，沒有任何瑕疵！就那樣去學校了。

坐在教授休息室裡的中老年男士群中，是有點特別，不過都是每週碰頭的熟面孔，也沒人現出異樣表情。不料上課之前，平常不常見到的老校長進了休息室，跟每位教師一一握手寒暄道辛苦。最後走到我面前，伸出了手，眼神略帶困惑地笑問：「這位小姐是……」我趕快站起來自報職銜姓名：「兼任副教授……」學校有很多兼課先生，不是每個人他都認識，勞他動問，我一點都不覺奇怪。上課鐘響了，我趕快去教室，沒有時間想這回事。

課後坐上回家的校車，車還沒開離校園，我已開始思索：「怎麼回事，老校長為什麼不是按習慣問的是「這位老師……」，反覆揣摩，覺得有點不對。想來想去，一定……問題應該出在那雙花樣突出惹眼的網襪上，那是一般年輕女子的最佳配件，但不該屬於一位上庠之內的講壇人物，以至專業身分會遭懷疑，一陣慚愧，覺得臉都熱了起來。不是老校長錯了，他見過大世面，也不是古板的頑固分子，更一向主張尊師有禮，他會那樣問……呀！呀！呀！羞死了。他的疑問讓我知道自己的不得當，所謂師表，雖然不必裝模作樣故做夫子狀，也不必用流行商品把自己塑造成時代新女性。於是毫不心疼地丟棄了那雙價格不菲的舶來品長襪，跟自己說：「行了！再不做流行的奴隸。」即使後來「造型」的觀念成為時尚，也我行我素，甚至敢於肯於反時潮而行，豎立起我自己的「style」。於是我真的解放了，從思想到行為。

也許是狂想，不趕流行，何不創造流行？後來的事實證明了，可以的！選擇了一個最冷僻的題目去開闢研究的道路，踽踽獨行，既困且難，相當寂寞；品味寂寞，享受寂寞，也是一種人生況味，何妨孤寂下去?!然而，不過二十年便已成顯學，很不怕被後浪推倒在沙灘上。私心慰之樂之，結論是：與浪真比逐浪有成就感。

不是吃不到葡萄說葡萄酸，冷眼看身處的凡塵社會，常常是時尚最易過時，最流行的一定最快退流行。還是那句話，凡事選擇長遠的價值與意義最讓人定心，不會過時也不易退流行。友人對特喜歡「功能好」的皮包的我說：「LV的包包真的很好用ㄟ！」我淡笑實告，那價碼少一個零我都嫌太貴。我以為，若找到自己的定位，不需要用LV來顯現品味，榮耀自己。

正是那樣的，何必LV！

卓以玉

伊利諾大學建築系，聖地亞哥州大學室內設計學士，藝術史碩士，舊金山大學博士。任教聖地亞哥州大學三十餘年。任亞洲研究中心主任，中國研究所所長。獲傑出教授獎及最高學術獎「Distinguished Professor Of Chinese」。Phi Beta Kappa president and lecturer. 美國國家文藝委員六年。現任「文化藝術大使」，獲「Humanitarian of the year」最傑出人道獎，聖地亞哥亞裔文化傳承獎，文學、藝術、哲學傑出成就獎。珠海北京師大名譽文學院院長。

中兩百多萬樂透獎

虔誠地，虔誠地，追隨在林雲大法王膝下。年復一年。在舊金山寫論文那幾年，每星期三晚上七時到十時，開車去史丹佛大學聽林雲教授教唐詩。下課後總是有許多人圍著林教授問問題，直至工友來關燈關門了也不散。

每星期五晚上七點到十點，在舊金山州立大學，陳立鷗教授邀請林教授——我們的二哥，教我們《易經》、氣等課。三十年前沒有手提電腦，我負責每期去借學校的 overhead 幻燈機推來教室，下課後推回機械房。陳立鷗教授（我母親的六叔，我的叔公）最敬愛二哥，每次下課必囑嬸婆和婆婆準備最好吃的消夜給二哥吃。我們這些學生當然也一齊跟去吃消夜了……談談、笑笑、唱唱，總是夜裡一兩點才依依不捨地離去。因為星期六一早九點到十二點，祖炳民教授又安排了請林教授在天主教的舊金山大學教我們堪輿學的課。

我們每星期常常能和二哥在一起近二十小時，回想起來，實在羨慕那時的自己……

寫完論文回聖地牙哥州立大學任教，回到自己的家，自己的房子，就一一遵照二哥教我們的各種風水密法：風鈴、簫、水晶球……該掛的掛，該加的加。在後園加蓋了一間十八呎寬，三十呎長的大書房畫室，把本來是L形的房子變成閃電形的「雲石精舍」。

後花園種了各種果樹，橘子、蘋果、石榴、櫻桃、李子、枇杷……應有盡有。池中養了幾十條日本大鯉魚，在睡蓮中漫游。假山後修竹翠綠。泉水由石山中潺潺往我家流。鳥語、花香、泉聲充滿「日立艸堂」——我的畫室書房。冷暖二色的燈，調得晝夜相同，在那幾張大桌子上寫書、畫畫是一種享受。二哥非常喜歡「日立艸堂」，喜歡在那裡寫字，畫畫兒。二哥說「聖地牙哥雲石精舍」氣調得真好，囑我去買樂透獎。

我念完博士回校，馬上升正教授，又連年得傑出教授獎，最高學術獎，最傑出人道獎……祖炳民恩師又把我推薦給老布希總統，由布希總統任命，眾議院通過為第一位亞裔女性國家文藝委員會委員六年。每年去華盛頓開會九次。一九九六年得終身文藝大使頭銜，忙得沒有時間按時買樂透獎，買買停停，常常買了也沒有去對獎……

我家請了一個墨西哥園丁叫荷西，每星期六帶著他的六歲小兒子來幫我們整理院子。我總是請他們吃餅乾、糖果、喝汽水……三年後，有一天荷西告訴我，他中了樂透獎，得了兩百多萬。將辭去他的工作，因為我們對他這麼好，他每星期六還要來幫我們……

果然他還來了幾次。百昌看了大叫：「快來看！百萬富翁在替我們掃落葉!!」我真該照張相留念。後來他在很遠的地方買了房子，就沒有再來了。我為他慶幸，這位聖地牙哥雲石精舍的園丁——荷西，有佛緣接到了雲石精舍好風水的氣，從而中了兩百多萬的樂透獎。我為他全家祈福！

卓以定

臺灣大學植物學系畢業，赴美改讀心理諮詢，先後獲心理和生化兩個碩士學位及德州大學博士學位。目前在休士頓設私人診所三十多年，從事心理輔導諮詢。從九〇年代起為北美《世界日報》專欄「診療室的春天」，「心靈診所」專欄特約作家。已出版著作近十部。《新世代優質父母手冊》、《牽手經營婚內情》、《離婚？不離婚？》獲臺灣僑委會海外佳作獎狀。

談先生和外白渡橋

半世飄蓬，今何幸、得歸鄉曲。卻還似、重來燕子，認巢新屋。

（摘自南宋詞人沈瀛著〈滿江紅・半世飄蓬〉）

我和先生子樵結婚三十多年，實在很少在文章之中提到他。但迄今認識我們的朋友卻都會很好奇的詢問我們當時怎麼會相知和訂終身的。因為我們雖然是大學同校，但他大我不少。加上他是來自一個極傳統的臺灣閩南家庭。而我又是來自極開明的外省新移民的家庭。在近四十年前的保守臺灣，我們兩人幾乎不可能會有機會深交的。

其實會嫁給他，不得不從我認識他後說起。他第一天就告訴我，他是小時候在上海生活整整超過七年（一九三七～一九四五）才回來的臺灣人。偏偏我也是四歲（一九四九年）時和父母從上海來到臺灣的。他說他在上海的家就住在黃浦江邊的虹口。他還問我，記不記得黃浦江？他沒想到他的這個問題，觸動了我內心隱藏多年的記憶。

抗日戰爭勝利後，父親重病，母親從重慶帶著還在襁褓的我回到娘家，可以說那是父母人生最為窮苦落魄之時。我們一家就這樣相互依靠，住在外祖父母靠近黃浦江的樓房。每到夕陽，當時不到六十歲健壯的外祖母就抱著我，走到頂樓的陽臺去看江上來往的輪船。迄今已過了半個世紀，我依然清晰記得黃浦江上千船百舟的熱鬧景象，以及那聲調各異的汽笛聲。這麼多年來，每次不論是看到影片或是電視新聞，一出現黃浦江旁的景色，我的腦海中就有了小時被外祖母緊抱著的我的影像。

接著他介紹自己名字叫子樵，家中兄弟名字是引用「漁樵耕讀」在排行。在臺灣讀中學時，被當時新竹中學著名的辛志平校長（諾貝爾獎得主李遠哲和他是前後班同學）問他怎麼可能是臺灣人說起。原來他實在是擁有一個非常不平凡的童年。

他出生在中日戰爭時的臺灣新竹市，公公是一位具有遠見的生意人。居然在一九三七年中日戰爭如火如荼時，二十七歲年輕的公公就毅然地攜帶著新婚的妻子和剛出生尚未滿月的長子（就是子樵）移民去了上海。然後他們就在當時上海的日租界附近虹口安住了下來。當時的虹口是一邊日租界，一邊英租界。住了很多由臺灣新來的同鄉，公公可以說是三〇年代第一批的那代臺商。

公公是五金商人，作事有膽識又有社交能力。在那短短幾年，事業越作越大，也越成功。天天都在寧波、蘇州、上海幾個工廠遊走，也把在臺灣的弟妹都先後安置來此，大家都在上海成家立業。在這七年之中，先生除了和後來在上海連續出生的弟弟們，表弟妹一起玩耍之外，都是和附近的日本、上海，也有從臺灣來的小朋友一起玩大的。所以早在小小年紀會說多種語言，養成可以和不同族群相處的包容個性。

那童年的幾年都是充滿了幸福又愉快的記憶……，包括跟一大群小男生跑去黃浦江看軍艦，爸爸牽著他去吃外面館子的小籠包和雪裡紅肉絲麵。還有自己走去理髮廳時走失了，又被好心人帶回家。冬天天冷，和一大堆小孩跑到橋邊晒太陽等等。但是所有的記憶都是環繞著每天他都走過的外白渡橋。他常形容給我那外白渡橋是多麼的雄偉和壯觀。

和子樵相處的這些年之中，我們夫妻倆都很喜歡談到童年。我常提到最深愛我的外祖母和上海家裡的家人，包括阿姨和舅舅們（後來在八〇年代後，大都再次見到面）。子樵最常提到的是孩童時看到的有軌電車在外灘的行駛，還有在父母帶領下乘人力三輪車的出遊。但是令他印象最深刻的還是這座外白渡橋，對橋的建築有著特別仰慕。外白渡橋原來是中國第一座全鋼的結構，也是中國唯一留存的不等高樑架結構橋。不只這座橋對他來說是上海的座標，也是他唯一童年老家永不褪色的美好追憶。

小孩子的記憶常是這一點，那一點的，並不相連卻又十分主觀。其實那幾年中國正面臨著生死存亡的八年抗日戰爭……接著先生的童年突然就在公公出差，意外被炸死又找不到屍體之下而突然結束。子樵很少提到由上海回到新竹的那幾年，沒有了父親的母子相依又慘淡的歲月。

他再提到的童年就是在臺灣新竹小學畢業，進了新竹中學念書，以及後來進了臺灣大學醫學院。他因為少小失父之後，寡母帶著三個幼兒日子清苦，子樵一直都是半工半讀幫忙養家。原來人的記憶也會如同地形般似斷層剝落。小孩子更是不願費力去回想那些不快樂的打擊。從小學到中學之間的事，我知他不愛說，也就從不多問起。

子樵也不喜歡長途旅行，除了常回去臺灣看望先後去世的老人們和現在生病的大弟之外，很少主動想去任何地方。這十年來，他只有對去上海有意願，想去找回自己失去的童年。我們是第二次去上海了。第一次是參加團體旅遊，他自己也去找過虹口，找他那七歲以前的老家，沒有找到。他回到旅館嘴裡沒說什麼，我知道他其實是心中滿失望的。

兩年前，再去上海，和已在上海生活的好朋友聊天。沒想到這位由美國來此工作的一家人立刻提出晚上去看上海外灘的夜景。我們這一大夥人沿著南京路，頂著寒風，向著東方明珠電視塔走去。

已經是冬天了，但是上海的夜晚到處都是人，真是好不熱鬧。走著，走著，走過中山東路。大家目不暇給的看著周遭的美麗夜景，經過黃浦公園，只看到蔥鬱林木，還有遠遠一座不起眼的小橋。於是子樵馬上飛快地跑了過去，遠遠地拚命興奮地向我招手。走近一看，橋邊赫然寫著「外白渡橋——一九〇七年」的幾個大字。他總算真的經過近六十年，再次找到了他眷戀追憶的外白渡橋！他還到處流連尋找過去的房子，可惜滄桑世事，早已人物全非。

子樵興奮又大聲地和同來的朋友們解釋他和外白渡橋的故事。並且一直喃喃說，怎麼那麼大的橋會變小了？其實我左看右看，實在這橋八成該是重新整修過吧？他一直讓我給他多照幾張相，作為紀念，一如興奮遇到故友。可是拍出來的每張照片，我看到的卻都是儘管微笑，卻又流著眼淚的他站在日夜思念的童年橋邊。沒想到，經過半個世紀的時光隧道，走過東西半球年過半百的我們，卻又回到了原點。子樵雙手摸著久違了的外白渡橋黑褐色的橋樑，我趕緊去握著他那冰冷的雙手。望著黃浦江，我們倆彷彿又再次追回了愉悅童年的蹤影……

簡宛

國立臺灣師範大學文學士，美國北卡州立大學教育碩士。曾任教職，現專事寫作。簡宛已出版散文集與短篇小說集三十七本，主編兒童文學叢書二百餘冊。曾獲中山文藝散文獎、洪建全兒童文學獎、海外華文著述獎、五四海外文藝獎。二〇〇〇年被選為專業人員名人榜（Who's who）。曾擔任第六屆海外華文女作家協會會長。

母親何價？

《聖經》曾說：「上帝因為不能照顧到每一個人，所以創造了母親。」美國羅斯福總統也說過：「一位有智慧的好母親，比一位能幹而成功的公職人員，對社會的貢獻更大。」

然而說歸說，在一個以經濟、金錢為主流的社會，肉眼看不到的頭銜與成就，更鮮為人重視。母親的價值，在只見秋毫之末，而不見輿薪的工業社會，就是最好的例子。

做過紐約時報及財星雜誌記者的安・克天頓（Ann Crittenden）用她的經濟專業，深入調查，寫了一本厚達三百多頁的書——《母親的價值》（The Price of Motherhood）①讀之令人感慨。為什麼世界上最重要的工作，卻是最低工資甚至無薪的收入？她提出疑問，並以金錢的收入來計算，母親的價值，確實使許多徬徨於事業與家庭的婦女，更慌亂不安，不知何去何從。

她在書中舉了許多實例，陳述了這個全世界最重要的工作，卻有最不合理的工資（以她的經濟價值計算）。母親的職責至少包括十七項——從養兒育女到食衣住行，清洗煮燙，處理家庭財務，解決家中大小之疑難雜事等，有時還得扮演心理醫生、啦啦隊長。根據作者統計，母親的年薪只有五〇八・七〇元，還不包括退休金、健康保險和其他福利。她列舉一位曾任公司副總裁的女主管，婚後因不捨得幼兒送進托兒所，而辭職在家，專心扮演全職母親。有一天與丈夫出席一個聚會，被問起職業時，她提到是在家養育兒女，人們的反應都是：「太好了，那是很重要的事。」但是，整個晚上，在宴會中就再也沒人跟她討論任何嚴肅的話題。

作者也提出有些女人寧可去做公司的清潔工，也不願在家照顧自己的兒女，因為女工有假期有保險還有退休金。如果有一天婚姻破裂，或丈夫有外遇，生活至少有保障，不會流浪街頭。

書中也用轟動一時的通用公司個案為例，當位高權重的丈夫，與結婚二十多年的妻子訴請離婚時，妻子要求一半的財產權，理由是二十多年來，丈夫的事業有一半是她幫他建立的，包括在家養兒育女，使他無後顧之憂；安排宴客，使他人事公關圓融；照顧親友，處理家事，還幫他分愁解悶……，她不服只有百分之二十的產權，雖然那已是一筆大數目。

經過數審不屈不撓的堅持之後，終於勝訴，她把所得賠償悉數捐給婦女團體。

這使我想起不久前在本地觀察報上看到一則新聞，一位在保險業高薪的主管，服侍他臥病二十多年的妻子，從四十歲到今六十出頭，當妻子的行動已越來越退化，不僅必須靠輪椅，連大小便也要人扶助時，他每天仍高高興興地為她換洗打扮，推她出門，為她唱歌，有人問他何以能如此不知厭倦？他的回答教人動容：「我可以請人服侍她，而且有保險代付款，但那是用錢買來的人工，我給她的是我的愛情，我們二十歲時一見鍾情，她為我持家養兒育女，給我一個美好的家庭生活，這一切都不是金錢能買到的。」

當愛與情義都在時，那學理和計算就不會那麼清晰地時時在心中出現。結婚，結婚，有人戲稱是女人昏了頭才結婚，男人何嘗不是也昏了頭？如果每人都在心中背著一個算盤，開公司可以帳目清楚，錙銖必計，在一個家庭，若斤斤計較，恐怕夫妻爭執干戈難免。

生活在今日，好要更好，大要更大，日新月異的物質文明中，哪一件事不用金錢來衡量？華屋大院，名車遊艇，肉眼能見的都是令人目迷神馳的引誘，面對著奶瓶尿布，杯盤衣褲，寂寞的家居生活，有多少受過教育，有理想有雄心的婦女，會安心在家養兒育女？難怪越來越多的青少年問題，冰凍三尺已非一日之寒，母親的地位，在一切講求功利的社會，沒有社會的尊敬與提升，恐怕也會使越來越多的婦女卻步。

相對於歐洲諸國，美國在立法上，確實對家庭婦女與母親的重要性掉以輕心，即使古老的東方，皇上也得向母后磕頭，母親的地位，不容置疑，絕對是受到社會的尊重與肯定。十多年前我在芬蘭旅行時，我的芬蘭朋友就已告訴我，根據調查，孩子最好的照顧者是母親，為此政府決定付款給在家照顧兒女的雙親之一（父或母）。因為可以防止青少年的問題出現，未雨綢繆。本書作者也提出西歐各國的立法與社會福利，不僅是對母親的保障，也有改善育幼院、托兒所的品質，讓婦女在家或上班，在金錢與人情上都有更大的空間做抉擇。

母親何價？這是一個見仁見智的問題，也可能永遠沒有解答。因為有些東西不是金錢能買到，要討論價格，不免就要論斤稱兩。情深義重的母愛，是否能用升量斗衡？輿薪或鴻毛，端視各人之價值觀念而定。

中華日報二〇〇二年母親節

二〇一一年十一月九日寄海外作協文選

---

①The Price of Motherhood by Ann Crittenden pub. Henry Holt & co. 2001c.

張純瑛

臺大外文系學士，Villanova 大學電腦碩士。曾以散文集《情悟，天地寬》榮獲華文著述獎第一名，得過東方文學獎、長榮旅遊文學獎，三度贏得北美《世界日報》主辦的極短篇小說獎和旅遊文學獎。另著有《那一夜，與文學巨人對話》、《天涯何處無芳菲》、《吟詩的劇神——莎士比亞》、《吹奏魔笛的天使——音樂神童莫札特》等書，譯有泰戈爾的《漂鳥集》。

女人皆如此？

試探女性貞節，是古典文學（包括戲劇）常見的主題。試探的各種動機與手法，具有豐富的研討性。

有人說，推崇貞婦是中國，尤其是宋代之後，有別於西方價值觀的現象。他們以希臘史詩的海倫做為例子。斯巴達皇后海倫與特洛伊王子巴黎斯私奔，促使希臘諸城結成聯軍，千帆齊發征討特洛伊。十年戰爭雙方死傷慘重，特洛伊甚至舉國遭滅。勝利者也沒好下場，希臘最高統帥埃格曼濃甫抵家門，即遭妻子克莉田奈絲綽與姦夫殺害。智多星奧狄修斯則受海神懲罰，漂流海上十載，隨行船員死傷殆盡。然而禍水海倫，非但毫髮未傷，且在特洛伊亡國後，與盡棄前嫌的丈夫斯巴達國王攜手返鄉，過著幸福美滿的餘生。

以海倫為例，因此定論古代西方不以貞婦為典範，那又如何解釋潘妮洛普？

奧狄修斯的安全考量

潘妮洛普為丈夫奧狄修斯苦守空閨十年，期間追求者不斷，此輩甚至不請自來，長期住在奧狄修斯寬敞的王宮內，苦苦相逼仍未使潘妮洛普就範。奧狄修斯最後返抵家鄉綺色佳島，為了怕重蹈埃格曼濃之覆轍，女神雅典娜將其易容，回家試探潘妮洛普的真正心意，是否還想著離家十載的丈夫？潘妮洛普通過了考驗，奧狄修斯才放手擊殺一干不懷善意的追逐者。

此後西方人遂以 Penelope（潘妮洛普）為貞節妻子的代名詞，而殺死丈夫的克莉田奈絲綽則遭到兒子手刃，不得善終。

荷馬史詩《伊里亞德》裡，埃格曼濃為了想保住心愛的女俘，得罪驍勇善戰的頭號戰將阿奇里斯，令他憤而罷戰，希臘聯軍節節敗退，幾遭殲滅。《奧德賽》中的奧狄修斯漂泊海上，女仙們爭相迷戀，女神可麗珀索甚至將其視為禁臠達七年之久。

兩位史詩英雄的命運，流露古希臘人的思維不脫男性沙文主義的框架：一面予以男性寬闊的性愛空間，容忍征戰在外的男人以紅粉軟帳調劑戎馬倥傯，命懸游絲的壓力；允許飄泊在外的丈夫，以肉體魅力獲得女性提供的遮風避雨棲息處；留在家中的妻子則只能獨守空閨，耐心等待遠行人歸來。若無法做到貞節自處，埃格曼濃的家庭悲劇便成必然宿命。這種思維昭告：女性情感的不貞有危險性與破壞性，如海倫，如克莉田奈絲綽（亦如《水滸傳》裡的那些淫婦），男性的婚外情則是無傷害性，可容忍的逢場作戲，或權宜之舉。

秋胡見色心喜搞了烏龍

京戲《桑園會》裡的秋胡試妻，就是一場人性弱點引發的烏龍了。

《桑園會》改編自劉向《列女傳・春秋節婦》。秋胡乃春秋魯人，婚後五日遊宦於陳國，五年乃歸。回家路上，見到路旁有美婦採桑，不由贈金調戲，為婦人拒絕。回家後始知她是多年不見的妻子。她憤恨丈夫在外輕薄行徑，以投河自盡抗議。清白無辜的妻子以自盡手段抗議丈夫輕佻，白白便宜了那好色浮滑的秋胡，焉知他日後不會再娶？這妻子守身如玉可敬，為一個不值得犧牲的丈夫自殺則愚不可及，何足歌頌？

《桑園會》將結尾更動，改為妻子懸樑自盡獲救，經婆婆勸告才與丈夫團圓。

薛平貴卑鄙的雙重標準

秋胡試妻只是無心的輕薄之過，相較之下，《武家坡》裡的薛平貴試妻心態，才是真正的卑鄙可惡。

丞相之女王寶釧堅持下嫁貧無立錐之地的窮措大薛平貴，不惜與父親決裂，入住寒窯度日。爾後薛平貴離開妻子，參軍遠征異域，為奸人陷害而成西涼俘虜，遭西涼國王賞識，許配公主為妻，繼位為西涼國王。王寶釧獨守寒窯十八年，久無丈夫音訊，只好託鴻雁傳書給薛平貴，他才潛返故鄉探視糟糠妻。他不確定王寶釧是否仍忠貞不貳，路上相見不以真實身分相告，而以虛言挑逗試探。

且聽劇中薛平貴怎麼說：

想我離家一十八載，也不知她的貞潔如何？我不免調戲她一番，她若守節，上前相認。她若失節，將她殺死，去見代戰公主！

真真叫人背脊發涼的說詞！薛平貴娶了代戰公主，當上西涼國王後，完全忘記了當年為他捨棄富貴、安居寒窯的髮妻，十八年不聞不問。若非收到鴻雁託書，毫無探視念頭。一旦見到採摘野菜、衣衫襤褸的寶釧，竟無一絲愧疚心酸，反而盤算寶釧如果失節，就將她殺死。這種稟持「寬以待己，嚴以律妻」的雙重標準，刻意試探妻子的心態，遠比無心之過的秋胡叫人寒心。

曲解莊子哲學的《大劈棺》

未經戰亂離散導致夫妻隔離，莊子試妻故事在道德上的合理性，尤具爭議。

京戲《大劈棺》裡，莊子出外習道，學成回家路上看到某新寡婦人在使勁扇墳，問其緣故，答以「亡夫屍骨一乾就可再嫁」云云。莊子油生感觸，動念試探己妻。返家後即偽裝病死，另外幻化為一翩翩公子楚王孫，前來弔喪。田氏對其產生愛慕，迫不及待下嫁。洞房夜王孫突患頭疼，說只有死人腦髓可治疼。田氏遂劈棺，欲取莊子腦髓。莊子自棺中躍起，責罵田氏。田氏羞愧自殺，莊子則棄家而去。

這個故事出於明朝馮夢龍《警世通言》卷二，創作者錯誤解讀莊子鼓盆而歌的哲學觀，以為他對妻子亡故竟能鼓盆歌之，莊妻必有對不起丈夫之處，有什麼罪行比婦人失貞更讓男人憤恨到欲置之其死的地步呢？

其實，莊子視生死為如同春秋冬夏的自然代謝，窮通天命何須殤逝？對生死尚且如此曠達，又怎會拘泥於妻子貞節與否？未免太小看莊子的胸襟氣度了。

《女人皆如此》平等看待兩性

同樣描寫閒來無事，試探女人貞節的莫札特歌劇《女人皆如此》（Cossi fan Tutti），格局視野就高蹈寬厚多了。

兩個年輕軍官競相誇讚未婚妻何其忠貞，引起某中年哲學家的不以為然。此人十分犬儒，認為：「女人的貞操，如阿拉伯神話裡的鳳凰，人人都聽過，但誰真正看到？」他與兩人打賭，讓他們假裝出征，再變裝易容為阿拉伯青年，互換去試探彼此的女友，看她們是否能經得起誘惑不變心。

兩位男子使出渾身解數，討好不知情的那對姊妹，又尋死覓活，死纏爛打，加上哲學家和被收買的女僕一旁猛敲邊鼓助陣，終於讓姊妹倆在當天日落前移情別戀，於晚間舉行盛大婚禮，將遠征沙場的未婚夫拋在腦後。

一九七〇年《女人皆如此》在維也納首演，並未引發爭論。後來，莫札特學生貝多芬表示，對老師歌劇以水性楊花女子為主角非常反感，他認為女性應當如他的唯一歌劇《菲黛里歐》中，入獄拯救丈夫的女主角一樣，絕對忠貞不二。十九世紀的歐洲很少上演《女人皆如此》，因為人們不能認同劇中人物的道德觀。誰知爾後此劇居然鹹魚翻生，逐漸成為歌劇院的熱門戲之一。它在美國最常上演的二十齣歌劇榜上，排名第十五。弔詭的是，二十世紀中葉女權主義風起雲湧，一齣諷刺女性皆不能守貞的歌劇，為何反而大受歡迎？除了音樂從頭到尾美不勝收，它的內涵究竟有無侮辱女性也饒富深意！

它探討的不僅是女性的貞潔，也包括男人本身的自私。

《女人皆如此》的劇本出自威尼斯詩人羅倫佐・達・龐提（Lorenzo Da Ponte, 1749~1838）之手，他還和莫札特合作了另外兩齣不朽歌劇《唐喬凡尼》和《費加洛婚禮》。《唐喬凡尼》的男主角，是比西門慶還不負責任的花花公子。《費加洛婚禮》中的伯爵，是個花心大蘿蔔，甚至想染指忠僕費加洛即將娶進門的未婚妻。兩人都受到懲罰。《女人皆如此》也透過女僕黛絲丕娜之口，提醒兩位女主人，從軍的男子逢場作戲是家常便飯，未必會對她們忠實。可見劇作家本身，並不片面質疑女性貞潔。

其次，劇中兩位女性面對誘惑，也經過痛苦的心理掙扎，尤其是姊姊，天人交戰，一度穿上軍裝，準備逃往沙場尋覓未婚夫。然而，哲學家與女僕一再設下陷阱，終於讓她們意志動搖。王爾德說：「我能抵抗一切，除了誘惑。」抵擋誘惑，本就是人性最大的考驗，兩位男士何嘗不是在哲學家的巧辭誘惑下，做出戲弄未婚妻的不當之舉？

最後，兩位青年坦白向未婚妻承認他們與人打賭，才設局試探。試探的結果，非但賠了錢，也從先前對愛情的天真夢幻中醒轉。這時哲學家提醒他們，不要視愛情為理所當然，而不珍惜對方。任何事情的發展與轉變，都有可理解的緣由。兩位青年與未婚妻相互原諒，而共偕連理。

任何事情的發展與轉變，都有可理解的緣由，不就是以「同理心」對待所愛之人嗎？具有這種同理心，《武家坡》的薛平貴就會從自己恪於形勢另娶代戰公主，體諒到苦守寒窯的髮妻或許為生活所迫，無法守節。《大劈棺》裡的莊子，也應看到自己的冷漠自私，能從疼愛妻子的立場看待再嫁之事。

因著這份同理心，《女人皆如此》在兩性平等的現代，那「政治不正確」的劇名，沒有讓它遭到束之高閣的待遇。倫敦 Glynderbourne 的歌劇節及奧地利 Salzburg 的音樂節，每年必演此劇。

原載二〇一一年六月三十日北美《世界日報》副刊

顧月華

上海出生，一九六三年上海戲劇學院舞臺美術系畢業，曾長期擔任舞臺美術設計，擅長油畫與攝影。一九八二年，赴美國紐約定居。小說、散文、詩歌及評論在中、港、臺、美國、新加坡等地發表，出版散文集《半張信箋》和小說集《天邊的星》。在鄭州、紐約、上海等地舉辦過個人畫展及群展。

粽子

每年回中國，一進家門，先不倒時差，而是趕去派出所報到，晚去要挨批評，一個二十開外後生操著北方話訓我：「在你們國家，也可以忘了報戶口嗎？我不知道你們國家的法律……」我笑嘻嘻地用上海話截住他：「其實阿拉是上海人，儂勿要因為一本護照真的把我當外國人。」

回去是為了補償這幾十年缺乏的親友團聚之樂，和同胞手足思念之情。一旦報了戶口就得趕緊在日曆上算日子，算到第九十天外國人居留天數簽證到期，就必得出境蹓躂一下再回來，否則要罰款。於是日本、韓國、柬埔寨、臺灣、澳大利亞……，每三個月出去一次，正好順便不緊不慢地玩遍東南亞。

年歲漸長，越老越沒出息，覺得做人一世，退休了才是享受人生的開始，早已甘居中游，凡事退在人後，不爭第一。回到國內，自己的身分多了不少名目，先是身為家中的祖母、母親、妻子，又被人喊成嫂子、嬸娘、舅媽、姨婆、姑母……。覺得自己忙碌一世，功成身退後，最大職場竟是一個普通女人，歸宿在廚房裡。但是江南女子多能幹，人人都堪稱入得廚房上得廳堂，玲瓏剔透的能人。回到中國，身邊女人成群，又個個強過我，只要有兩個女人在廚房，掌勺是別人，被趕出去的一定是我。可是到了端午節，能包粽子的竟只有我，於是我決定讓大家看看美國回來的女人會把糯米包成粽子。

今年返美前適逢端午節，早早買了十來包粽葉，卻鼓不起勇氣來包。節日漸近，不斷有人打電話來討粽子，想到親友們對我的期望，便去買了十磅糯米、七磅肉、兩包紅豆沙，浸泡粽葉時，把鐘點女工嚇壞了，一再地說她不會整不會包，怕我要她承當，我笑說我一個人幹便行。

粽葉泡軟，洗乾淨，剪去硬蒂，摸在手裡一片片綠油油的，浸在水中，清香撲鼻。檯上七磅五花三層豬肉，切了方塊，放了八角、茴香和蔥、薑、冰糖，還有醬油和料酒，將其醃成赤紅。十磅糯米中的七磅糯米也已在醬汁中浸泡多時，另外三磅泡在水中，沁出一股清香。待到快要包時，方想起要找裹粽葉的繩子。繩子早就準備好了，被我好好地藏了起來。豈不料如果東西被我小心珍藏，也就等於失蹤，更何況一團繩子？

一邊找，一邊唱著孫女嘴邊上的歌：「東找找，西找找，……」忽然在一個櫃子角落裡看到一只塑膠袋，便拎了出來，果然找到了這一團線。

這團線原是捆綁大閘蟹的，繩子極粗，細察之竟是棉紗線，於是拾起來泡、洗、曬乾，想用來包粽子。

說起包粽子這門手藝，說難也不難，說易也不易，女人都會做幾個拿手菜，但是有幾個女人會包粽子？我連菜都燒不好，當然也不會包粽子，年輕時畢業分配到了中州，每過端午節黯然傷神，非為憑弔先烈，實為吃不到粽子。

不料，機會來了。在河南時住大院子，有一家媳婦會包粽子，可是她平時因患有癲癇常要發病，常疑忌院子女子而吵架鬧事。我見她極怕，對面相遇也要避開，可是年年節近端午，她便神志清醒地搬了小板凳在院子裡包粽子。綠色的粽葉泡在大盆裡，雪白的糯米和一碗濃豔的赤豆。每只粽子只放一粒赤豆，一張粽葉包一只三角粽，小得一口都可以吃下去，我眼紅她這一手本事。心想怎麼不是我南方人會包粽子，而是一個河南人在包？他們不是吃雜糧為主嗎？我不敢端了小板凳坐到旁邊去看她包粽子，便在樓上躲在窗後往下看，一直看著她包完。

不知何時開始，我便也會包粽子了。從河南去了美國，每到端午特別饞粽子。又不知從何時開始，在中國城中國食品店裡竟買到了進口粽葉和細繩子，結實的棉紗線繩，和特別寬長優質的進口粽葉，我就又開始包粽子了。這麼多年我在美國工作，給公司裡的華人分享我的粽子，這麼多年也還沒遇到第二個身邊的人會包粽子的。

把繩子抖開了，竟是非常之粗的繩子，原來是五根棉紗搓成一小股線，再由四股線搓成一根繩，頗費了一番周折，才使它們分解離析，合我所用。

做這件枯燥的事前，我放了喜歡的音樂，舒曼鋼琴A小調《鋼琴協奏曲》，雖然世界上五大鋼琴協奏曲中，舒曼排在最後，但這首曲子頗合我意，是舒曼幸福的歲月中誕生的樂章，熱情、甜美、活潑及充滿信心，雖然時有哀傷及冥思，但主旋律是絢爛華麗的。我欣賞音樂時非常喜歡選擇適合自己心情的樂曲，可以藉以抒情，藉以釋懷，讓痛苦隨之忘懷，使快感加倍歡樂。

我用嘴咬住一頭，兩手及膝蓋並用，慢慢地在放著鮮花的桌上排滿了一根根棉紗線，終於把線理順剪斷掛在脖子上；又把袖套、圍裙穿好，就在椅前放了大鍋，桌上一盆肉、一盆米。包好的粽子要放在大鍋內，用兩張粽葉褶成三角狀放米和肉，再在內層續一張粽葉，用拇指和手指擠出兩邊向裡彎進去時，順勢便將上面的粽葉覆蓋下來包住它們，然後隨著三角形的圓錐體，一層層覆蓋著旋轉著，葉子一包完，將脖中繩子抽下一根，一頭用牙咬住，一邊將粽子攔腰捆綁，最後牙齒和手並用，把繩抽緊打結，扔進大鍋，不一會粽子便堆成小山一般高了。得用三只大鍋方能煮熟這七磅肉粽子。

煮這三大鍋糯米肉粽，火候十分重要，需得三篤三焐。篤，即用中火燒到大開，漸轉中火慢慢地煮。篤一會漸至微火，甚至要熄火，此為焐。然而不久又要慢慢地篤，篤至中火再燒到大開，一會又將火漸轉至中火篤，篤一會又回到微火焐，甚至還要熄火，讓它有被焐熟的過程，這樣才能使粽子香糯。

那日晚上，鐘點工下班走了，肉已用料浸泡了一夜，肉用醬油、糖、鹽、茴香及料酒泡過，又硬又香。我平時喜歡一次用五斤米，正好兩鍋，這次卻包了三鍋，只有兩只煤氣灶，尋思只能用街邊上看到的騙子用兩只杯子去罩三粒豆子的方法了。我用兩只煤氣灶煮三鍋粽子，平均著交替煮一會焐一會。眼看夜已深，再不睡身邊的人要發火了，只好側身躺在床上，估摸著有二十分鐘了，順著床翻滾下去，翻了下去便做賊般偷偷溜到廚房，把灶上鍋子端下來，把歇過片刻的鍋子端上去，再溜回臥房，側著身翻回床上去。本以為神不知鬼不覺，不料暗中有人大喝一聲：「你還睡不睡覺了？鬧了半夜了。」

「你醒了嗎？那這樣決定了，你若起夜，去廚房將左邊的鍋端下，我若起夜，將右邊的鍋端下，把另一只鍋換上去，這樣我便能睡了。」

「……我光管左邊的嗎？行了，你睡吧。」

拂曉前粽香瀰漫在整個房子裡，我最喜歡一個家庭裡有一個煮出香味的廚房。我欣賞這種家的感覺超過正式用餐，覺得孩子在這種濃郁的家庭氛圍中成長最健康。我是來補償我的缺席，也是來尋回對我的補償的。這時我心中充滿快樂，早餐時與丈夫分享了幾個肉粽，心中對自己說：「你趕緊吃，過了這村沒這店了。」

肉粽取出，讓它冷後收緊，洗了大鍋，順手又包了兩鍋豆沙粽和白米粽，兩鍋粽子煮開三遍，收小火焐著，自己便去理髮店燙髮了。

那天鐘點工回去後，第二天下午來上工，我也燙完頭髮回家了，我指著一包三色粽說：「這一包送給你，兩只肉兩只白米兩只豆沙粽。」

她很吃驚，我的廚房除了香味，不帶一絲忙亂痕跡，只剩幾只鍋子等著她洗。她看了我新燙的頭髮，又看了鍋子，最後相信我真的包了粽子，不是買了騙她。她笑說：「阿姨，你不是美國人嗎？怎麼會包粽子？」我也覺得自己有點了不起，是女人都會做頓飯，但是女人並不都會包粽子。

明年要包二十斤糯米，喜歡吃我家粽子的人又多起來了。有一件事我沒鬧明白，怎麼會所有吃過我的粽子的人說同樣的話，我始終懷疑，是他們串通好了還想騙我再包粽子給他們吃呢？還是我的粽子真的遠遠勝過上海嘉興粽子，是最好吃的粽子？

陳謙

生長於廣西南寧。廣西大學工程類本科畢業。一九八九年赴美留學，愛達荷大學電機工程碩士。長期供職於芯片設計業界。著有長篇小說《愛在無愛的矽谷》、《特蕾莎的流氓犯》、《望斷南飛雁》、《下樓》等；其中《特蕾莎的流氓犯》入選二〇〇八年中國小說排行榜，並獲首屆郁達夫小說獎提名獎。《望斷南飛雁》獲二〇一〇年人民文學中篇小說獎。現居美國矽谷。

美國隨筆：女性感言

一

我常常會有一種感覺，就是我內心作為女人的女性意識，好像是到了美國以後才變得突出和清晰起來的。這種感覺說出來似乎有點滑稽，然而在我，卻是一種坦白的真實。

在沒有來美國以前的日子裡，我在中國生活了二十來年，那種作為女性的日子，平平凡凡之間，有一種明明白白，也有一種糊裡糊塗。

明白的是自己是女人，糊塗的也是自己是女人。

在我自幼所受的教育裡，我一直被鼓勵著要認同女人與男人的平等。今天想來，那其實上是一種被絕對化、抽象化了的平等，一種現實裡永遠不會存在的、物理意義上的平等。

我在很小的年紀上，就朦朦朧朧地感受到了追求這種平等的壓力。我明白我因為是女孩，所以我會被這樣提醒和教育著；我又有些糊塗：既然我是女孩，是否能與男孩一樣，又有什麼重要呢？

於是就在這種清醒和糊塗之間，我的女性意識變得非常的模糊。雖然我的女人天性仍是被鼓勵著的，比如我可以被人尊重地流我想要流的眼淚，可以刻意修飾打扮著自己，可以細碎地、甚至是任性地表達我的情感、我的好惡……這是一種感性的女性意識，但在一個價值取向劃一的社會裡，作為一個女人的感性，是自然地被壓抑著，淡化著的，久而久之，作為比較中性的社會的人，我生活得心安理得起來。

我和所有的中國男人、女人一樣，在生活裡做著社會期待的種種選擇，有時候，是別無選擇。

在中國那個崇尚「大一統」的社會環境裡，女人與男人果真都一樣，其個人意志和個人興趣，從來都不會被大加讚賞和積極鼓勵。我們有意無意地認同了這種「自身的價值來自於他人的評價」的觀念，而那種「人人如我、我如人人」的生活形式，又確實給我們以一種安全感。

我作為女人，沒有例外。

所以當大家說學理工科的人顯得聰明，前途好，我就學了理工科，雖然我從來就對那些枯燥乏味的算式、定理和方程式既了無興趣，又學無心得。而念了書就要工作，那在中國是絕對順理成章、天經地義的事兒，於是我就早出晚歸，去做一份我很沒有興趣的工作。我沒有什麼太多的想法，因為大家都是這麼樣生活著的。

在這種環境下過久了，我常常就忘記了我那「女人」的頭銜，這種忘記，是中國社會對女人的訓練和期待，它使我在那個社會裡生活得很自然，內心沒有太多的不平，就像那些信命的人們，因為做好了逆來順受的精神準備，所以隨遇而安、處變不驚的態度就能給他們帶來安寧的心境。那時，當我在公共汽車上被男人們搶去了位子，作為女人，我心裡竟一點也不覺得委屈，正如那些和女人們搶位子的男人沒有一點愧疚一樣，大家都是各持著一份坦然從容。有時和男人們同行，看著他們空著手大步流星地在前頭，無視身後女人們提著重物的緊趕慢趕，我也從來未有過抱怨。有時聽著男人們不分場合地對女人大呼小叫、甚至出言不遜，我也以一種「習慣成自然」的態度，漠視他們的無禮。

如果沒有來美國，我或許一生都將會那樣無所謂地過下去了。其實那也沒有什麼太糟的，雖然我如今是很慶幸我來了美國，慶幸在美國，我有了一個站在另外的角度去回顧前瞻我的生活的機會。

二

記得在到美國後最初的日子裡，我是一如既往，沒有什麼作為女人的特別的期待。我看到身邊的中國女人們大都是責無旁貸地認同著自己是家庭裡、社會裡的全勞力，很多人剛下飛機連時差都沒倒過來，就火急火燎地討生活去了。在一段時間裡，我看著那種情形很發愁，很有壓力感，覺得自己若不也學她們那種「巾幗不讓鬚眉」的架式甩開膀子，像個男人似地苦幹大幹一番，我在美國就算完了。

而開始讓我覺得我是可以與男人有所不同的，是美國人通過他們那些不動聲色的言行舉止向我所進行的暗示提醒。

當我正想用在中國練就的功夫，和美國男人搶門爭道時，他們總是微笑著給我以禮讓，走在我前頭後面的都會給我拉開門，自己站一邊，示意我先行。見我滿臉的猶豫，他們甚至會作伸手弓腰狀，逗我也報以微笑。我開始是受寵若驚，回過神來，馬上意識到那種禮遇全是衝著我那「女人」的性別而來的，剎那間，多年淡漠了的女性意識被喚醒，而它一經喚醒，就隨著時間的推移、隨著我在美國生活的日久，在我心中就越來越清晰起來。

我開始留心起美國女人在美國社會裡的生活，也希望學習過一種女性色彩濃郁一些的生活。

開始上學，是我跨入美國社會的第一步。我進的是男人占壓倒多數的電機工程系（E

E），我發現在那裡，本來就寥寥無幾的女學生，竟還全是外國人。我心裡好生訝異，弄不明白美國女人都到哪裡去了？後來畢業到了工業界做事，在高科技公司雲集的矽谷，我又發現，無論我走到哪裡，所見的但凡是做工程技術性方面的女性，又幾乎是清一色的外國人。到了最近，中國大陸來的那些打扮清純、嗓門嘹亮的女人，更是在各公司技術部門的樓道裡隨處可見了。在這類地方，那些脂粉氣很濃的美國女人，反倒真成了點綴。

前些日子看到一篇中國官方洋洋萬言的對比中、美女性社會地位的文章，其作者也是用這「鐵的事實」——中、美兩國工程界、技術界、科學界女性占各自國內這些行業從業人員百分比的巨大的差別，來說明中國婦女的社會地位都比美國婦女的高。不說其結論是否正確，只是那論據讓我們這些在美國讓西方文化衝擊得有點頭昏的中國女人看來，真覺得是有點兒添亂。

和美國女士們談起個中原因，她們會笑那是因為美國女孩兒懶，不想費腦筋學那些枯燥乏味的東西，有時又會安慰我說，那也是因為中國女人都比較聰明，這就是為什麼她們都能吭哧吭哧啃得動那些美國女人哪怕只是想起來都要打瞌睡的「高深學問」。這帽子是夠大的，可戴在頭上真讓人感到沉得慌。

實際上，中、美女人的天性大體都是一樣的，對比較單調乏味的、需要邏輯性思維的東西會比較不太感興趣，而對需要形象思維、語言表達的東西，就會有一種天生的喜歡。但是，我們由於各自成長的社會、文化環境大不一樣，當我們長大成人後，我們就自然出落成截然不同的中、美女性。

三

美國社會的多元化、對個人意志的強調和尊重，造就了與這個社會匹配的美國女人。相比起我們，她們非常個性化，比較有機會按個人興趣發展人生，她們隨心所欲地選擇自己的志向，加之美國文化對家庭婦女的肯定和鼓勵，她們進退的空間很大。我認識的很多美國女孩一直念著中國人眼裡的「閒書」，大有「活到老、學到老」的興趣和「無聊才讀書」的奢侈。我的有些美國女友今天念著經濟學學位，明天又發現自己對社會學感了興趣，後天可能又坐到了家政系的課堂裡，她們最不會想到的問題往往就是我們最關心的問題：學這玩意將來能不能掙錢？

而結了婚的美國女性，很多人都是快快樂樂地選擇了家庭主婦的歸宿。如果你相信我們以前對關於男女平等的理解是前衛的話，你一定會相當吃驚美國女人在這方面的老套。她們會把個人的修業和對個人興趣的追求，看成是自我完善和自我價值的實現，而能不能學以致用，那並不是她們所關心的問題。「嫁漢嫁漢，穿衣吃飯」，仍是很多美國女人的信條。連我那些個學位很高的美國女友到了一定的年紀，都是對此直言不諱的。

而我一如其他在美國的中國女人，在對美國女性羨慕的同時，對自己的現狀卻有一種尷尬的迷惘。

我和我的中國女友都會在早上趕著上班的時候，很羨慕這時社區裡的美國女人穿著休閒服推著小兒車散步的從容身影；而在午飯時間匆匆來去搶著時間購物時，瞥見美國女人們一塊兒在陽傘下喝茶吃點心的悠然，內心又會有嘆息聲起落。然而，在我們從小所受的教育裡，家庭婦女的價值和奉獻從來就是被忽略和貶抑的，這使我們又覺得，如果我們不能給家庭帶來帳面上的進項，就會低人一等。這是美國女人永遠也無法理解的一個打在我們心頭的死結。

我們也許不太熱愛我們所做的工作，但是卻很喜歡那份工作帶給我們作為女人的一種財政上的安全感和心理上的滿足感。就像我們很多人並不真心需要一個學位，但是我們被「大一統」觀念調教出來的心靈使我們又無法接受自己與「大家」不一樣的結果。我們當然更願意相信我們所有的一技之長，使我們比任性的美國女人更具備應付「多變的世事」的能力。雖然這種「多變的世事」也許根本不會發生，但萬一也得防著的不是？我們也設想過試一試像美國女人那麼進退自如、我行我素一番，然而，作為第一代新移民，我們有太多的重負，太多的需要：經濟的、虛榮的、觀念的、傳統的……

我們開始不明白我們到底想要什麼。比起在中國的時候，我們變得複雜善感、矛盾焦躁起來。一方面，我們內心被自幼所受的教育打上的烙印深不可滅，另一方面美國提供給我們的全新的價值觀無時無刻不在向我們內心的烙印挑戰。人在沒有選擇的時候會覺得活得絕望，而人在太多選擇的時候就容易迷失，這正是我們這些人過去、如今的生活寫照。

這是一種不歸路上的掙扎。從我們決定了離開形成了我們世界觀的地方的那一刻起，我們應當有用一生來承受並且要超越這種矛盾、這種掙扎的心理準備。

作為女人，我也不能例外。

我試過，並且仍在試著一種對這種矛盾的超越。這確實很難。但我還是心存希望，希望有一天，我能找回那種我在中國做中國女人時的那種氣定神閒的感覺，並能以同樣的感覺，在美國過起平安喜樂的、富於女性意識的生活。

楊芳芷

新北市人。臺灣政大新聞系畢業，曾任中央通訊社記者，聯合報系民生報記者、美國舊金山世界日報採訪組副主任等職。曾以〈紫禁城夜總會〉獲第一屆「新美國傳媒」最佳專題報導獎；以〈嬉皮運動三十週年〉獲「北加州華文傳媒」最佳專題報導獎；以〈樂居——美國最後的鄉下中國城〉獲聯合文學與長榮航空合辦的「長榮環宇文學獎」佳作。

老畫家帶走的祕密

旅居舊金山的臺灣著名前輩膠彩畫家郭雪湖，於今年農曆大年初一（二〇一二年一月二十三日）在列治文市自宅「望海山莊」安詳離世，享年一百零四歲。對他結縭六十七年的老伴林阿琴女士，郭雪湖同時帶走一樁隱瞞多年的祕密：即他們的長子、作家郭松棻已先二老往生的殘酷事實。

現年九十七高齡的林阿琴近些年來常常不解，她曾付出無限愛心教養的長子為什麼吝於給她個電話，報個平安？松棻的四妹珠美說，哥哥生前都會定期打電話給媽媽，自從天人永隔後，媽媽接不到哥哥的電話，就經常叨念著松棻為什麼這麼久沒跟她打電話？但母子連心，她哥哥去世後曾多次出現在媽媽的夢中，與媽媽對話，讓高齡的母親以為兒子仍然健在。

生前居住紐約的作家郭松棻於二〇〇五年七月一日二度中風，七天後不治，得年六十七。他的父母親定居在加州灣區列治文市。松棻病逝時，郭家其他子女因擔心高齡母親承受不了喪子之痛，全家人隱瞞噩耗不報，如今一晃六年多。

過去六年來，林阿琴三不五時打電話到紐約找松棻，卻只有錄音留話。她向其他子女抱怨松棻怎麼從不回話？女兒知道媽媽年老重聽，就騙她說：「有了有了，剛剛你在睡覺時，松棻有打來。」有時也叫在外地工作的弟弟松年，佯裝松棻的聲音打電話給老媽媽，大家共謀盡力隱瞞。

「不知是按怎樣，松棻那也這久攏嘸給我電話！」歐巴桑遞給我看她與松棻多年前在紐約一起合拍的照片，一邊喃喃地說。從十多年前我到「望海山莊」專訪松棻父親、前輩膠彩畫家郭雪湖時，就稱呼老畫家「歐吉桑」，稱呼郭媽媽「歐巴桑」，他們叫我的日本名字「YUSHICO」。我跟他們的次女惠美同年，兩老從那時起就把我當女兒一樣看待，不定時邀我到「望海山莊」和他們一起午餐，用臺語暢談。一九九九年我罹患癌症化療期間，歐吉桑三天兩頭打電話問我：「YUSHICO，有卡好嘸？」關切之情，猶如父親。接到電話，每每令我感動落淚！

記得二〇〇五年八月的某一天，珠美給我電話說：「爸爸想請你來一起午餐聊聊！」

我和另一對朋友夫婦依約準時前往。在此前一個月，郭松棻已因二度中風病逝紐約。歐吉桑開門看到我時，就立即遞給我一本當年七月號的《印刻文學生活誌》，並低聲說，趕快放進皮包去，不要讓歐巴桑看到，等回家再看。原來這一期的「印刻」封面照片是「郭松棻——凝視原鄉的異鄉人」，內刊有他的最新中篇小說〈落九花〉，以及〈小說家舞鶴紐約專訪郭松棻〉及〈陌路與原鄉——認識郭松棻〉等文章。郭松棻生前來不及看到這期以他為專題報導重點的「印刻」雜誌發行；郭雪湖不忍心收藏，又擔心老伴發現，就轉送了給我。

郭媽媽長年受失眠所苦，夜間不睡，中午才起床。我們在等她起床「梳妝打扮」時，珠美告訴我，為哥哥（松棻）做「頭七」時，乘媽媽還未起床，她趕緊在樓下的一個角落桌子擺上水果祭拜，燒紙錢，祭拜後並小心收拾好不留痕跡；媽媽起床下樓第一句話卻是：「我夢到你阿兄啦！他帶著君樹（松棻堂哥）一起來，匆匆忙忙趕著說要吃飯！」

二〇〇六年七月八日，郭松棻週年忌日。珠美一大早依習俗向亡者燒香祭拜水果。這一天中午，郭媽媽起床下樓來又說，她夢見松棻了！夢中松棻告訴她：「沒衣服穿，很冷。」她問松棻：「你想要中式的，還是西式的衣服？」松棻「說」要中式的！

珠美說，媽媽當時說得活靈活現，而母子倆的「對話」也與實際情況相符合，哥哥幾乎是「赤裸裸的走」！當松棻二度中風送到醫院急救時，醫生剪開他的衣服才能治療。哥哥往生時，都沒穿衣服。後來，她嫂子李渝拿了一件媽媽為松棻打的毛線衣給穿上，還說：「讓媽媽照顧你吧！」而後遺體火化。

我問珠美，難道媽媽從未懷疑松棻已經不在人世嗎？她說，哥哥往生後，弟弟松年特別撤走貼在牆上家人的照片，留比較大的空間貼松棻單獨一人的照片，媽媽並沒問為什麼？只在松棻過世約一年後，有一次媽媽喃喃自語說：「到底是死？還是活？那也這久攏嘸打電話給我？」另外，媽媽把她和松棻二〇〇四年五月在紐約合照的照片，特別放在一處，不時拿出來看看。有時，看著照片就默默地掉眼淚。珠美說，媽媽可能心裡有數，但不願去證實，去面對，心存一線希望總比沒希望好過些！

少女時，林阿琴也是位才女畫家，但與郭雪湖結婚後，接著生養六名子女，就犧牲自己的繪畫才情，將全部精力放在「相夫教子」上。松棻是她的長子，疼愛有加。珠美聽她媽媽形容松棻：出生時是「藝術品」，人見人愛。帶他到公共澡堂洗澡，先替他洗好，然後在地上畫個圓圈，叫他站在圓圈內不要走開，松棻就乖乖站在裡面，直等媽媽洗完澡出來帶他。去澡堂的其他婦女看到這一幕都說：「那也甲古錐！」

一九三八年八月出生的郭松棻，小時候因父親郭雪湖長年在外寫生舉行畫展，父子相處時間少。從小到大，他對父親一直存在著陌生感；一九六六年出國留學，在上一世紀七〇年代初，他放棄博士學位，積極投入保釣運動，成為保釣健將。以後任職聯合國，定居東岸，與家人較少來往。松棻生前接受舞鶴專訪提到母親時說，小時候家裡窮，但只要他想買書，母親即使借錢也要讓他買，世界名著都是在求學時代買的。出國留學時，他留在家裡的書有五、六千冊。

松棻第一次中風時，他妻子作家李渝經不住突如其來的打擊，精神也陷於崩潰。郭家兩老將松棻接回灣區家裡照顧半年。弟弟松年說，也就在那個時候，松棻萌生返回加州和父母同住的想法。在松棻二度中風前，珠美就常聽哥哥說想回加州吃媽媽的「老奶哺」！

二〇〇五年五月的某一天，松棻打電話給珠美，問她能不能到紐約照顧他一陣子。當時，松棻妻子李渝應邀在香港講學，但家裡有朋友幫忙照顧他。珠美因為正趕著寫一本限時要出版的書，就對松棻說，五月暫時去不了，但七月一定可以去看他。松棻的生日在八月，她在當年六月二十二日用快遞郵件寄錢給他，當作生日禮物。六月二十八日松棻來電話說，錢收到了。這是兄妹倆最後一次通話，也是松棻生前最後一次與家人通話。三天後，就是七月一日，他第二度中風，七月八日不治，就此軀體永別塵世，留給家人無盡的哀思！

自松棻離世後，林阿琴再也聽不到她視為「心頭肉」兒子的聲音。她常吵著要其他子女陪她去紐約看松棻。孩子們想方設法擋架，不是說「工作繁忙走不開」，就是強調「爸爸這裡需要你！」郭雪湖長年受風濕病之苦，走路行動不便，與老伴相依為命。但他腦袋清楚，始終沒有向老伴透露長子已經不在塵世了！

郭雪湖遺體已於一月二十八日安葬在列治文市的 Rolling Hill 墓園。他的老伴林阿琴女士還怪長子郭松棻怎麼沒回來奔喪！其他子女又編出理由，騙媽媽說：「松棻中風後一直住在醫院，沒法來。」

我去「望海山莊」祭拜老畫家時，歐巴桑擁抱著我，眼淚直掉。兩老的長女、國立臺灣師範大學美術研究所教授郭禎祥，趕緊將母親扶到房間裡休息。郭禎祥說，父親往生，母親哭嚷著要跟老伴一起走，一方面又放心不下長子松棻到底怎麼了，母親還是想去紐約看松棻。郭禎祥嘆口氣說：爸爸走了，現在更不能給媽媽任何的打擊！

雲霞

本名銀代霞，畢業於臺灣大學外文系。曾任教中學，後轉職銀行。一九七九年移居加拿大，一九九九年提前退休，遷至美國新墨西哥州。二〇〇七年，出版《我家趙子》，並加入「海外華文女作家協會」。二〇一〇年，出版《人生畫卷》。文字親切樸實，筆觸溫馨細膩。現於《世界日報》及《聯合報》網站成立了部落格。

母親的一生

外公過世得早，外婆不到三十歲就守了寡，辛苦撫育五個孩子，母親排行第三。為了養家活口，外婆租了塊地來耕種。當她下田幹活時，年僅六歲的母親就會幫忙煮飯，照顧弟妹。外婆一看小小年紀的母親竟這麼能幹，加上家境清寒，沒能力供所有孩子上學，便留下她在家分擔勞務。母親眼巴巴地看著兄姊去上學，而自己沒有機會讀書識字，這成了她心中永遠的痛。

十七歲時，認識了父親。父親對她的美貌、聰慧、能幹十分傾心，於是央媒人去提親。外婆經調查後，應允了這門親事。次年母親生下姊姊，兩年後生下了我。那時國共戰火已燃起，人心惶惶。外婆捨不得母親隨父親工作的單位離開，哭了又哭，母親也捨不得丟下外婆，就留了下來。局勢越來越糟，她千思萬想，擔心與父親就此一別，不曉得日後可有機會重聚？她不願我們姊妹倆從此過著沒有父親的日子，於是狠下心，拜別外婆，牽著姊姊、抱著我，萬里尋夫。

母親從沒出過遠門，年紀輕輕地帶著兩個孩子離鄉背井。從四川辛苦地穿城越縣，一路東詢西探，偏偏每趕至一處，父親單位則剛巧撤離。後聽說父親撤至臺灣，於是想盡辦法，終於買到船票，擠上一班開往臺灣的船。海上驚濤駭浪，超載的船於顛簸中險象環生。船長下令，為減輕重量，能丟的丟。母親怕我們被人強行丟入海裡，她拋棄隨身所有衣物用品，緊緊摟住我們姊妹倆。

千祈萬禱中，船終於抵達基隆港，沒想到卻在港外拋了錨。父親聞訊已趕至岸邊等候，焦灼地看著船與岸上用繩索牢牢繫住。母親用背帶綁住我，姊姊由一好心人士代為揹著，膽顫心驚地攀著繩索緩緩而下，終於安全上了岸。經歷這樣的「大江大海」，在母親心上刻下了難以磨滅的印記。

也許是因為母親堅忍不拔、吃苦耐勞的個性，她一肩挑起了家中重任，父親從不需為任何事煩惱。母親的辛苦，我看在眼裡，疼在心底。她不停地做手工來貼補家用的身影鞭策著我，使我讀書時絲毫不敢懈怠懶惰，一心想用好成績來回報她的辛勞。

母親永遠把別人擺在自己前面，不光是家人，連朋友也不例外。曾聽張媽媽提過，母親是她的恩人。那年張伯伯因車禍意外喪生。張媽媽頓失依靠，呼天搶地，嚎啕大哭。帶著三個孩子，肚裡還有個遺腹子，家事繁重，心情悲苦。母親忙完自家大小，即趕赴她家，幫她洗衣煮飯。張媽媽說那段期間多虧有母親照顧。

住隔壁的許伯伯服務軍旅，常隨軍隊四處調防，隔數月才回家。許媽媽學會了跳舞，著迷之餘，經常忘了準時回家。三個孩子放學回來，家中沒人。母親煮好飯，招呼他們過來一起吃，如同一家人。他們長大後，雖散居各處，但總惦記著母親的慈暉，常來電請安問好。

早年大家的生活都很清苦，記得鄧叔叔向母親借錢，母親即先挪用她費時數月一點一滴積攢起來為我們準備好的學費，救他燃眉之急，但言明這是學費，懇請他屆時務必歸還。待我們要交學費時，鄧叔叔卻回說沒錢。母親平時從不願麻煩朋友，那時急得四處找會搭子，起個會來籌學費。母親不曾怨過鄧叔叔，她相信，他不是故意騙她，而是真有困難。

母親言語溫和，從不說話帶刺，令人難堪。常見有的人心很好，可是自視甚高，以為說出鋒利的話，方能顯出他的聰明才智。殊不知刀子嘴傷人於無形，待傷害已造成，哪怕有顆豆腐心，亦於事無補。想想何苦為逞一時口舌之快，到頭來卻是傷人又傷己？母親在為人處事這方面所顯現的寬厚大度——「常說好話，常做好事。」是我們做子女的最佳典範。

她從不對我們高談闊論，講人生大道理，純以身教讓我們深切領受如何待人接物。母親是全家人的支柱，也是我們遭逢逆境時避風的港灣。她總伸出溫暖厚實的雙手，在生活的大風大浪中，以全心全意的愛支撐著我們，陪我們一起度過難關。

她用心經營這個家，把濃濃的愛化在日常生活，尤其是彰顯在她烹調的菜餚裡。她的巧手能把不起眼的食材，變成一桌盛宴，還同時兼顧每個人的喜好，讓大家吃得津津有味。母親的喜悅與成就感，就來自於家人一張張溢滿幸福的臉。長大後，雖時有機會品嘗餐館美食，可是心中最懷念和最想吃的，依然是母親燒的菜。

三十多年前，姊姊先移民，兩年後我跟進。母親雖不喜歡住在外國，但為了我們，再次展現決心與魄力，連根拔起，結束在臺灣的一切。她這一生，從沒想過自己。初到陌生的國外，很寂寞，她十分想念熟悉的臺北、患難與共的老朋友與親切的街坊鄰居。偶爾有機會來到唐人街，看見與自己同膚同種的中國人，她好興奮。雖不認識，卻默默地跟在人家後頭走上一段，只是想感受一下，與鄉親走在同一條街上的溫馨。日後回憶起來，她才告訴我們，當時她是邊走邊掉淚。

如今孫子們一個個拉拔大了，一回首，她驚嘆，啊！怎麼一晃眼，幾十年就這麼過去了？當年在她眼裡的異鄉，早已住成了故鄉。孫子們大了，她也老了，可她依舊忙著。不是包餃子，就是蒸饅頭，要不就是做豆漿、滷菜、蒸甜酒釀。待孩子們週末來看她時，有好吃的，走時還讓他們有帶的。

記得母親八十大壽那年，四代人歡聚一堂慶賀。平時不化妝的母親，這天搽了淡淡的口紅，真好看。母親看起來比實際年齡年輕許多，我想這都是因為她一直以來心量寬，與人相處，總是處處先為對方著想，從不計較的緣故。心中無私，才能活得那麼恬淡從容。

我常常感念母親平凡中的偉大，借用「慈濟」的一句話——母親在我心中實在是個「人間菩薩」！而她卻為她的不識字、沒有「文化」、不擅言辭，未能像別人的母親那樣，讀了許多書，能學養俱佳地侃侃而談，而感到羞怯自卑。其實，親切真摯的笑容就是人與人之間溝通的最好橋樑。何況，在我心中，人品絕對重於學問，具「溫良恭儉讓」美德的母親，其為人處世實堪作那些有學問卻無品德的人的表率，何況這「溫良恭儉讓」不也是中國傳統文化的核心價值之一？能擁有這樣的母親，我深深引以為傲！

母親一向身體硬朗、精神矍鑠。沒想到三個多月前，她突然腹痛難忍，生平第一遭住進了醫院。經詳細檢查後，醫生宣布她罹患了胰臟癌。平地一聲雷，這消息震得我五臟俱焚，淚流不止。抱著一線希望，趕緊上網查看，究竟什麼是胰臟癌？有無治癒的機會？

原來胰臟癌是常見腫瘤中惡性程度最高，也是死亡率最高的。因為胰臟癌的症狀通常不甚明顯，等到有明顯的疼痛症狀時，往往已是末期，錯失了手術治療的黃金時機，所以胰臟癌又常被稱為「沉默的殺手」。加上它發病的速度與現行缺乏有效的療法，使其發生率與死亡率幾乎相同。

聞此噩耗，我速飛至多倫多，日夜悉心照顧。醫生考慮母親的年齡及癌細胞已蔓延至大腸、脾臟及肝臟，實無法開刀動手術去除，僅能使用化學治療來壓制癌細胞生長，以延長生命及改善生活品質。母親為日後能與愛她的兒孫們多聚聚，鬥志昂揚地選擇了接受化療。剛開始做第一期化療時，我們母女倆尚能閒話家常，共同回憶她過往美好的時光，可是做第二期化療時，她半夜不時發高燒、惡心、嘔吐，數度進出醫院急診，人日益消瘦，精神已衰弱不濟。看她強撐著與生命拔河，那份辛苦難受，讓人心碎。

母親生活一向極有規律，不菸不酒，少吃肉，多吃蔬果，每天清晨起床後，還做一個鐘頭運動。不只是家人親友，連她自己都不敢相信，這樣健康的生活方式，為何還會得此病？她數度問我：「為什麼？」想著她這「人間菩薩」慈悲為懷的一生，嗚呼，天道何在？

母親終不敵癌細胞的急遽擴散，慟於二〇一二年二月一日凌晨零時四十分病逝於多倫多史家堡醫院。喪禮訂於二月六日上午於松崗墓園舉行。母親細心體貼，不願身後事勞煩子孫們操辦，這塊墓地是十幾年前她就買好的，喪葬事宜也於三年前選好。

母親雖然走了，但她老人家的風範長存，有如一盞永不熄滅的明燈，指引著我們朝正確的人生方向前行；她的愛，在我們心底，更是綿延不絕、永不止息。

在此，虔敬地恭送她老人家人生的最後一程，祝她一路好走！最後，並容我熱切地再呼喚一聲「媽！我好愛好愛您！」

周芬娜

臺灣大學歷史系學士，政大東亞研究所碩士，美國Union College電腦碩士。曾任美國ＩＢＭ電腦程式設計師、海外華文女作家協會第九任會長。現為自由作家（一九九四～）。在海峽兩岸出版《味覺的旅行》、譯作《不能愛的男人》等二十幾本專書。並主編《旅味》、《旅緣》「海外華文女作家協會」會員選集。榮獲「中國文藝協會」海外文藝創作獎章。

呼蘭河畔訪蕭紅

不久前，在一次刻意策劃的旅程中，我遠赴黑龍江省的呼蘭市，拜訪了蕭紅的故居。二十幾年前，我做丁玲研究時，就聽過蕭紅的大名。她是位非常著名的三〇年代左翼女作家，可惜死得早，在政治上又沒有丁玲活躍，影響力自然不如丁玲。著名漢學家葛浩文曾為她寫過《蕭紅評傳》，他很激賞她。

蕭紅一生悲苦，不但遇人不淑，而且短命而死。她只活了三十歲，結了兩次婚，但兩個丈夫都虐待她，難怪她會說：「我一生最大的痛苦和不幸，都是因為我是個女人。」幸虧她才氣過人，作品又帶有左翼現實主義風格，一向為前衛的知識分子所青睞，被譽為中國現代文學史上最傑出的女作家，成就在丁玲、冰心之上。她最優秀的作品是遺作《呼蘭河傳》，是部寫於香港的回憶性長篇小說。她曾住過香港一段時間，死後葬於香港的淺水灣。名作家金庸先生對其作品激賞不已，曾特地去淺水灣憑弔她的墳墓，並遺憾地說：「深恨未能得見此才女。」

基於女性主義的立場，我以前其實是不怎麼欣賞蕭紅的，早年從未好好研讀過她的作品。我覺得蕭紅習於依附男人的軟弱個性，和選擇男人時不夠敏銳的直覺和觀察力，是要為她自己的不幸人生負一部分責任的。相形之下，丁玲比她強悍、聰明得多，一生結了三次婚，總能嫁到疼惜她的男人，熬過一連串嚴酷的生命考驗。

然而，大概我與蕭紅註定要相遇吧！三年前一個偶然的機緣，我終於打開了《呼蘭河傳》的扉頁。一讀就放不下，專注地讀完後，她那詩般的文字，歷歷如繪的東北景物刻畫，死亡前夕濃厚的懷鄉情緒，仍不停的迴盪在我的腦海裡。難怪茅盾說過：「它（《呼蘭河傳》）是一篇敘事詩，一幅多彩的風土畫，一串淒婉的歌謠。」不可抑遏的引起我想親睹呼蘭河的慾望。

蕭紅筆下的呼蘭河是一幅美麗的風景，一道通往未知世界的媒介，從小就激起了她對神祕遠方的嚮往。她的書上寫著：

「我第一次看見河水，我不能曉得這河水是從什麼地方來的？……那河太大了，等我走到河邊上，抓了一把沙子拋下去，那河水簡直沒有因此而髒了一點點。河上有船，但是不很多，有的往東去了，有的往西去了。也有的划到河的對岸去的，河的對岸似乎沒有人家，而是一片柳條林。再往遠看，就不能知道那是什麼地方了，因為也沒有人家，也沒有房子，也看不見道路，也聽不見一點音響。我想將來是不是我也可以到那沒有人的地方去看一看。」

我不禁想著：那是一條什麼樣的河水呢？就像松花江一樣的壯闊嗎？河水是清澈還是濁黃？河邊的柳樹林是茂密還是稀疏？而蕭紅住在離河多遠的地方呢？是什麼樣的動力終於驅使她跨越了這條河水，到對岸的大城哈爾濱去流浪，因而邂逅了蕭軍，寫下她文學傳奇的第一章呢？

於是，兩年前我便安排了一次東北之旅，把呼蘭、哈爾濱都列入我的旅遊版圖。呼蘭市是個位於呼蘭河畔的小城，離哈爾濱只有一小時的車程，據說城裡的蕭紅故居，修葺得煥然一新。那天我跟朋友包了一輛出租車，直奔呼蘭市。出了哈爾濱市區後，一路上只看到肥沃的黑土地、犁土機，和勤奮工作的農民。時值六月，東北的初夏乍至，紫丁香花謝了，高粱、玉米才長到半尺高，綠油油的嫩葉被黑土映得格外鮮明。哈爾濱是個商業大城，呼蘭便是它的穀倉。進了呼蘭市，司機到處問路，七拐八彎的終於找到我們的目的地。

一進大門，我便噤住了。那是棟非常典型的東北四合院，有著鮮紅的樑柱，灰黑的屋頂，和齊整美麗的格子窗。院前有個花園，夾竹桃、罌粟花正開得燦爛。群花中坐著一個瀏海覆額的少女，一手拿書，一手支頤，溫柔的沉思著，那便是蕭紅的石膏像了。她有一張輪廓鮮明的瓜子臉，一雙大大的眼睛像是會說話。我不禁想起她曾在這個花園中消磨過大部分的童年歲月，用過許多筆墨來描繪這個園子的四季更迭：

「我家有一個大花園……花園裡邊明晃晃的，紅的紅，綠的綠，新鮮漂亮……花開了，就像花睡醒了似的。鳥飛了，就像鳥上天了似的。蟲子叫了，就像蟲子在說話似的。一切都活了。都有無限的本領，要做什麼，就做什麼。要怎麼樣，就怎麼樣。都是自由的。倭瓜願意爬上架就爬上架，願意爬上房就爬上房。」

在她的故居生涯中，除了這個花草繽紛的花園外，蕭紅還常提到她慈愛的祖父。東北人有著重男輕女的習俗，蕭紅家境雖富裕，父母卻都不怎麼疼愛她，祖母也不喜歡她，只有祖父對她好。祖父的愛，變成了她童年唯一的救贖。祖父不但有學問，教她念唐詩，為她打下了日後從事文學創作的基礎。祖父也是個美食家，又會做菜，常下廚燒些好東西給她吃，替她的生活製造了不少歡樂。

一般人只知道蕭紅喜歡文學，其實蕭紅也雅好美食。《呼蘭河傳》中提到日常飲食的文字就相當多，有一回她提到祖父如何做烤豬和燒鴨給她打牙祭，把人的饞蟲都給引上來了：

「除了念詩之外，還很喜歡吃……有一天一個小豬掉井了，人們用抬土的筐子把小豬從井吊了上來……祖父把那小豬抱到家裡，用黃泥裹起來，放在灶坑裡燒上了，燒好了給我吃。我站在炕沿旁邊，那整個的小豬，就擺在我的眼前，祖父把那小豬一撕開，立刻就冒了油，真香，我從來沒有吃過那麼香的東西……

第二次，又有一隻鴨子掉井了，祖父也用黃泥包起來，燒上給我吃了。在祖父燒的時候，我也幫忙，幫祖父攪黃泥，一邊喊，一邊叫，好像啦啦隊似的給祖父助興。鴨子比小豬更好吃，那肉是不怎樣肥的，所以我最喜歡吃鴨子。」

在蕭紅的時代，呼蘭是個民情閉塞的小城。她說呼蘭只有三條大街：十字街、東二道街、西二道街，街上開著豆腐店、染坊、紮彩店、碾磨鋪、燒餅麻花鋪，熙來攘往的，是幅多彩的東北民俗風情畫。書中人物有叫賣豆腐的小販、賣豆芽菜的女瘋子、殺人的染坊學徒、跳大神祈福的巫師，和藉管教名義整死童養媳的胡家，又像是一幅赤裸裸的東北民情素描。

呼蘭那種種因愚昧無知而造成的殘酷和悲傷，令人不寒而慄。那死了獨生子而發瘋的王寡婦，每天仍靜靜的賣豆芽菜，偶爾到廟臺上痛哭一場，引起旁觀者短暫的惻隱之心。兩個染坊學徒為了女人爭風吃醋，一個把另一個按進染缸裡淹死，結果判了無期徒刑。胡家娶進十二歲的健壯童養媳，嫌她太活潑有主見，每天照三頓打罵，整得她奄奄一息，不但不延醫治病，還請巫師來跳大神，終使她一命歸陰。

這些街道、店鋪、民家，如今可還安在？一個小時後，我走出蕭紅的故居，發現對面設了一所「蕭紅小學」，三三兩兩的小學生正從校門口魚貫地出入著，紅撲撲的臉蛋漾著可愛的笑容。教育是百年樹人大計，這些淳樸的呼蘭小孩遲早會被蕭紅的精神潛移默化，破舊立新，走進新的時代吧？司機不停的催促著，我們只好上車離去。當我們的出租車奔馳在呼蘭空蕩蕩的柏油馬路上時，我心中不禁一陣悵惘：那十字街、東二道街、西二道街呢？那豆腐店、染坊、紮彩店、碾磨鋪、燒餅麻花鋪呢？世事變遷，有如滄海桑田。蕭紅都已去世六十多年了，呼蘭市又豈能景物依舊？

惆悵不甘中，我忽然發現路邊有個小菜場，許多菜販子正蹲在地上，賣著一堆堆的番茄、黃瓜、萵苣、口蘑，綠油油、黃澄澄、白嫩嫩的，鮮豔奪目，忍不住下車觀看。他們憨直和善，殷勤地跟我打招呼。看到我要拍照，不但不詈罵，還趕快把自己的蔬菜堆子整得好看一點，以便上相。那年的春夏很少下雨，松花江都快乾涸成小溪了，野菇當然也冒不出來。東北的野生蘑菇是有名的，但那些口蘑都是人工養殖的。養殖的口蘑哪有野生的好吃？我突然想起蕭紅寫在自家屋頂上採雨後蘑菇的片段：

> 房頂的草上長青苔，遠看去，一片綠，很是好看。下了雨，房頂上就出蘑菇，人們就上房採蘑菇，就好像上山去採蘑菇一樣，一採採了很多。
>
> 這樣出蘑菇的房頂實在是很少有，我家的房子共有三十來間，其餘的都不會出蘑菇，所以住在那房裡的人一提筐子上房去採蘑菇，全院子的人沒有不羨慕的，都說：「這蘑菇是

新鮮的，可不比那乾蘑菇，若是殺一個小雞炒上，那真好吃極了。」

她筆下的蘑菇，指的可能就是「口蘑」，以張家口為貿易集散地而得名。蘑菇是中國東北特產之一，種類極多。口蘑長在任何潮濕陰暗之處，最為普遍的蘑菇，狀似洋菇，但香氣特濃，口感鮮嫩。有種榛蘑是只長在榛樹上的，常見於「窩集」（東北森林）之中，至今無法人工養殖，曬乾後黑黑長長的，有特殊的香味。此外東北還產樺蘑、猴頭蘑等珍貴的名菇。我曾在哈爾濱「老都一處」吃過「榛蘑燉小雞」，滋味獨特。在「極樂寺」吃素齋時有「清炒口蘑」一菜，既嫩且香，對照著這段文字閱讀，真覺食趣無窮。

這一趟旅程，遺憾的是沒吃到蕭紅最愛吃的東北黏糕。東北人以大麥、雜糧為主食，以「一黏二粱」的黏糕、高粱飯，最具特色。黏糕是用秋天收成的「黏米」（糯米）磨成粉，再和一點玉米粉上籠蒸成的，糕裡常包著雲豆餡，因此又名「黏豆包」。我去呼蘭是初夏，那裡的黏米、豆子，都才剛冒出個秧子，怪不得市面上缺貨了。蕭紅不但在《呼蘭河傳》中仔細介紹東北黏糕的做法，還細膩描述其內餡和滋味：

「一到了秋天，新鮮黏米一下來的時候，馮歪嘴子就三天一拉磨，兩天一拉黏糕。黃米黏糕，撒上大雲豆。一層黃，一層紅，黃的金黃，紅的通紅。三個銅板一條，兩個銅板一片的用刀切賣。願意加紅糖的有紅糖，願意加白糖的有白糖。加了糖不另要錢。

這黏糕在做的時候，需要很大的一口鍋，裡邊燒開水，鍋口上坐竹簾子。把碾碎了的黃米粉就撒在這竹簾子上，撒一層粉，撒一層豆。馮歪嘴子就在磨房裡撒的，弄得滿屋熱氣蒸蒸。進去買黏糕的時候，剛一開門，只聽屋裡火柴燒得啪地響，竟看不見人了。」黏糕的顏色是玉米的金黃，既有糯米的黏軟，又有玉米的香甜，再加上紅色的雲豆餡，讀了就令人垂涎三尺。

離開呼蘭市時，我特地叫司機駛過呼蘭河。天氣晴暖乾燥，蕭紅筆下遼闊的呼蘭河也萎縮得像條小河，露出了大片大片長著稀疏青草的河床。河邊果然有一片非常茂密的柳樹林，綠蔭蔭的，還停放著幾部推土機，像是隨時要破土動工似的。河面上架了一座鋼筋水泥大橋，渡河早已用不著擺渡的舟子了。現在的呼蘭人大可隨意過橋到對岸去流浪探索，不必像蕭紅當年那樣的望河興嘆，遠方對他們也就不再神祕了。但曾為呼蘭河立傳的蕭紅，沒想到後來卻遠遠的葬在異鄉，再也看望不到故鄉的呼蘭河了。

（原載北美《世界日報》副刊）

附註：呼蘭河畔的少女

蕭紅（西元一九一一～一九四二年），原名張迺瑩，筆名蕭紅、悄吟，出身於黑龍江省呼蘭縣的地主家庭。二十歲時因逃婚而出走，被登徒子所騙，患病懷孕後被棄置於哈爾濱的旅館中。困窘間她向報社投書求救，因而結識編輯蕭軍，蕭軍憐其才而愛其人，兩人陷入情網，蕭紅也從此走上寫作之路，兩人一同完成散文集《商市街》。一九三四年，蕭紅完成長篇小說《生死場》，被魯迅所欣賞，不但為其作序，並為其出版，她也因而成名。

但她和蕭軍的愛情，卻在此時走到了盡頭。兩人個性不合，時起勃谿，暴躁的蕭軍有時竟拳腳相向。蕭紅便投向仰慕她的另一東北作家端木蕻良的懷抱，兩人於一九三八年在武漢結婚。婚後不久，端木蕻良就因嫉妒蕭紅比他有名而不時加以精神虐待，他們的婚姻又告觸礁。

中日戰爭爆發後，蕭軍、蕭紅遠走香港。奔波流離的生活，加上醫藥匱乏，蕭紅終於感染肺結核，一九四二年病逝於香港，葬於淺水灣，近年來遷葬於廣東。根據葛浩文的考證，蕭紅死前因恨透了端木蕻良，早已移情於作家駱賓基，並將遺作《呼蘭河傳》的版權送給了駱賓基。她感念舊情，還將成名作《生死場》的版權送給第一任丈夫蕭軍，端木蕻良則一無所得。

甘秀霞

筆名乘風、甘子，廣東新會人，國立臺灣師範大學國文系畢業。一九七七年移民加拿大，現居美國德州達拉斯。海外華文女作家協會永久會員。曾任世華達拉斯分會會長。現執筆《達拉斯新聞》達拉斯粵劇社「紅船隨拾」專欄。著作有《乘風草堂散文精選》與集體詩作《在春雨綿綿中寫詩》。部落格「乘風草堂」與「秀霞文集」。

你願意做什麼？

以飲料比喻人挺有趣：美酒汽水為有吸引力誘惑力的人，白開水為結婚多年的夫婦。

果汁不能解渴，喝金門高粱、山東大麯的年代於我也早已過去。現啤酒與汽水最能解我的極度「渴望」。嘴巴乾的時候，只有這兩種飲料首先衝進我的腦子裡，最好是可口可樂和「加拿大摩紳啤酒」（Molson Canadian），而且要極其冰凍。摩紳啤酒味道是淡一些，這不打緊，我不多喝，兩三口就足夠應急。外子說我不是一個喝酒的人，更不是喜歡喝汽水的人，我同意他的說法。啤酒沒啥味道，一般人喜歡多是因為它的冰冷；至於汽水，甜滋滋是無可置疑的了，人們喜歡大概是因為它的二氧化碳吧。把鼻子湊到那一顆一顆小小的泡沫上面，此起彼落「嘶嘶嘶」的聲音，足夠使你陶醉幾秒鐘，然後呷一口，全身頓然舒暢。

自有記憶開始，每天早晨，母親把家裡幾個暖水壺都灌進普洱茶，而白開水則盛在玻璃瓶子和那個白底藍碎花的大瓦茶壺。一天下來，茶喝光了，白開水還在。老爸更是無茶不歡，每天上班前一定到茶樓過其嘆茶癮與讀報癮，現年過九秩，除非不舒服，上茶樓的習慣仍是風雨不改。在香港的時候，不知是如母親所說我們兄弟姊妹陪父親、或是父親陪咱們，每到週末，我們一家七口一定上茶樓。在我家這種茶文化教育的薰陶下，算來我喝茶的歷史也超過五十年。

幾十年來我像老爸一樣無茶不歡，每天起來第一件事就是到廚房燒水泡茶，茶的咖啡因對我的神經末梢不起作用，我可以從早喝到晚上，也可以一覺睡到天明。當然，偶爾也有些輾轉不成眠的夜晚，但這絕對不是茶在作怪。我喜歡以茶奉客，一直對茉莉情有獨鍾，後來知道茉莉不是綠茶後又多置一種龍井茶。一次聽朋友說日本綠茶不錯，也買來試試，那茶味清氣幽，嘗了之後我好像上了癮。

有說外國月亮特別圓，有說家花哪有野花香。這個中外月亮的比較與心情地域不無關係。至於家花野花有別，也許野花野草受盡雨露滋潤，與霜雪侵襲呈現著，那種家花家草，天天由自來水灌溉施肥所缺少的剛毅吧。

人是善變的動物，因此也會構成許多夫妻之間感情動搖的例子。「物必先腐而後蟲生」，是老爸經常用來教訓我們的話，是說一個人遇到問題，他本身也許就是問題的源頭。是他（她）覺得外國的月亮大又圓；是他（她）覺得路邊的野花野草好看；是他（她）覺得人家的老婆老公有吸引力。每次見到人家的老公都彬彬有禮，走到他的身邊香香的，你想知道他用的是什麼牌子的古龍水。人家老婆容光煥發，臉上該黑的黑、該紅的紅、該白的白；裙子飄飄，腳登高跟，搖搖欲墜，使人不能不伸手攙扶；還有，她與你交談時柔聲細語，如鈴叮噹。自己家裡呢：結婚久了，老夫老妻了，不用相敬如賓了、說話可以大聲大氣了，老公永遠比你走快十尺然後轉過頭來嘀咕你走得這樣慢，把不久以前他說走太快會跌倒忘得一乾二淨。還有：老公週末不上班，起床後不換衣服就穿著睡衣從屋頭走到屋尾，還到前庭後院剪草澆水，更要命的是，他居然站在街頭與鄰居聊天而怡然自得。而老婆不出街的那一天呢：習慣化妝的她不化妝了、頭髮也可以不梳理了、她也穿著「mu mu」（這是女兒們對我睡衣的稱謂）到處跑了、還有床也不必鋪整齊了，老公放假我也得放假呀！至於不準備外出的老老公公與老老婆婆可以不用刷牙了，假牙也不必放進嘴巴，就放在盒子裡讓它休息休息吧!!

人的眼睛總是愛往前看，當你想往後看的時候脖子就覺得不舒服，要不就整個人的身子需要轉過來，這大約需要我們兩秒的時間吧。所以，人們在清理舊物的時候一定會經過「痛苦的選擇」。我的意思是說，當夫妻的感情發生問題的時候，任何一方都會像在「白開水與汽水」之間進行選擇的時候，也是會經過一段「痛苦的思考」。

我認為女人絕對不要做那過於溫順的、被自古以來文人稱為「糟糠之妻」如驚弓鳥的，怕有給他趕下堂的那一天；更不要讓他覺得我們僅僅是家裡一杯淡而無味的白開水心有不甘地喝下去。我們要使自己不平凡和不呆板，在家不光是會燒飯洗衣帶孩子，還把家裡的生活程序活動化趣味化。我們可以配合他的嗜好：他論時事，我對時事也有所知曉；他愛釣魚，我要知道不同的魚要吃不同的餌；他在前庭剪「草」，我在後院把「野花」拔掉；他陪我逛公司，我陪他聽歌劇；我愛旅行，他不能讓我一個人參加旅行團去。儘管我不再年輕，我仍要不斷學習，使他不覺得人家的老婆比我更具智慧；我更要打扮整齊，使自己具有偶爾驚他一下的豔麗。當然，若閣下是「他」亦該如此要求自己。別忘了，這個年頭是男女平等，古時候所謂的「三從四德」，到了現代應重新加以解說了吧？

既然，美酒與汽水只能解一時之渴，白開水又毫無味道，那麼，告訴大家，我願意做一杯茶，做一杯清幽的綠茶，因為外子在口渴的時候就是不喜歡喝白開水，他與我一樣要喝有味道的飲料才痛快。如果硬是逼他喝白開水，我後悔將會來不及。你呢？你願意做什麼？

吳玲瑤

海外華文女作家協會第十屆會長，西洋文學碩士。著有《女人的幽默》、《明天會更老》等五十多部書。文筆以機智幽默見長，死忠讀者深入各階層，在世界各地演講受到熱烈追捧。研究這一代留學生歷史，她的作品是不可或缺的資料。《美國孩子中國娘》上美國中文書暢銷排行第一名，主持美國電視臺KTSF節目「文化麻辣燙」極受歡迎。

姊姊妹妹有信心（外一篇）

女性的成長、成熟比成功更可貴，最近常常應邀到婦女團體去演講，總是圍繞著姊妹們相互扶持打氣的主題說，得到極大迴響，處於兩性中弱勢的一性，我們是同時代女人，同福、同禍、亦同其慧，要彼此取暖相濡以沫，試著打破各種迷思，當青春不再，外在有了改變，歲月無情，靠自己有情，重要的是自我內在價值的肯定，即使被輕忽冷落，也沒有悲觀的權利，永遠不放棄追求夢想，更希望通過切磋琢磨，彼此鼓勵領受相當的陶冶，也引發了深刻的共鳴，把成長的歷程串成可以共享的經驗，期待女人更美好的未來。

戰後嬰兒潮女性是拒絕老化的一代，雖然有點年紀了，但不是什麼沒有知識的歐巴桑、老女人、大嬸、大娘、熟女、師奶，我們是資深美女，做美女做很久了，有人甚至只願意承認自己是資深美少女，尚在為夢想努力，女人因夢想而偉大，要留下美麗足跡，未來還充滿了不可限量的可能，還在各行各業中充當一姊，這些資深美女事業成就，一點兒也不輸給年輕妹妹！因為獨特的個人魅力，讓年齡一點都不成為問題，在自己的領域中獨領風騷，闖出一片燦爛的天空，雖然是Too old to be young，但也Too young to be old，要受到特別肯定。

所謂熟女，就是事業熟了，經濟熟了，品味熟了，人脈熟了，氣質熟了，懂得八面玲瓏，眼觀四面，手做八方的特異功能，別說風情萬種，絕對風韻猶存，因有長時間當美女的資歷，常常自我感覺良好，這是女人自信的來源之一，良好的教養造就的優雅風度和美麗外表，從內到外煥發出一種特別迷人神采。雖說「紅顏多薄命」，我們堅持的是「黃臉不認命」，不但要把自己打理得順眼漂亮，也要活得漂亮，把不忙不閒的工作做得出色，把不鹹不淡的生活過得精采，努力把幸福進行到底。

花是用來看的，而成熟女人的美，是用來慢慢品味的。人生每個階段都可能是美好的，端看你怎麼過。就如大自然的四季，春天嫩綠，夏季耀眼，秋日光燦，冬天靜美，各有各的美感與特質，由內到外的修習，會使一個女人散發出一種不可言喻的魅力，有波瀾不驚的智慧，成熟也是一種資本，何嘗不是一種性感？我們了解第一個青春是上帝給的，第二個青春是靠自己努力的。美麗的年輕人是天然形成，美麗的中年人才是藝術作品。成熟女性的風情是修煉多年後散發出的一種氣質，依舊風姿綽約情致萬種，在擁有豐富的人生閱歷後更有內涵，氣質優雅自愛自信，懂得體貼和關懷，如果看不見她美麗的人是淺薄的，讀出她韻味的人是有智慧的。多少姊妹懂得保有獨特個人魅力的祕方，恰似一爐持久的好火正旺正紅。

人老心不老，老亦不老；心老人不老，不老而老，Baby Boomer的一代不像她們母親，雖然沒有先例可循，可以有自己的意見，說不是父母要你說的話。可以自己判斷自己，「我胖嗎？」覺得不胖就算不胖，不在乎別人喜不喜歡你，或漠視你的存在，不在乎媽媽沒有批准你的男友。真正在乎自己吃什麼，不在乎也不行，關乎健康。也從來不肯服輸，變老不是問題，問題是看起來老就不行。不斷研究如何用燦爛的燕語鶯聲，加上萬噸的乳液拉皮霜，為了撫平上古年代的皺紋，硬是把歲月指針狠狠往後撥，拖住青春，拒絕秋風落葉而傾情奮戰，這場戰鬥聲勢浩大萬女一心，姿態高昂決心堅定，精神頑強銳不可當，不相信「紅顏彈指老，剎那芳華逝」，不讓時間巨輪殘酷地在那原本平滑的臉龐，輾成凌亂的皺紋，拒絕讓歲月醞釀的脂肪，把原本緊繃有彈性的肌膚，抖成了滿湖漣漪，有信心比上一輩的婆婆媽媽在這方面更有成就，搞得沸沸揚揚就是堅持不老青春永駐，要看起來年輕，再年輕些，更年輕點。

有人要抗議媒體對資深美女不友善的評論，說什麼女人的「折舊率」煞是驚人。從「新」娘變成「老」婆，只消一個晚上的光景，人無法對抗地心引力，也逃不過歲月的痕跡。到了某個年紀「遠看是風景，近看想報警」，遠觀如窈窕淑女風擺荷花，近看叫人心驚膽戰中風倒地。是說粉底和油彩其實抹不掉歲月的痕跡，遠看可以，近瞧不行，面無表情尚可以假亂真，得意忘形就要掉粉原形畢露。還說人生最大的悲哀是青春不在，青春痘卻還在，如果臉上還有痘子應該叫四季痘，而且還是乾扁四季痘。歲歲年年花相似，年年歲歲人不同，醒來驚覺不是夢，眉間皺紋又一重。更毒的要說：不打扮不好看，打扮了也不見得好看。還說猛地一看不好看，仔細一看還不如猛地一看。女人有了年紀只要臉上不長小痘痘，身上不留五花肉就要感恩。說人家是地道的美人啊，只有在地道裡才算美人，因為地道裡沒燈。堅強地撐著不要一失足就成大瘸子，再回首又閃了腰。一位太太要抗議先生，因為她每次化妝，先生就在一旁多嘴：「你還不放棄？」也不願意承認說穿起衣服猶如過期的裹粽，或人老珠黃、半老徐娘、年老色衰、形容枯槁等形容詞。感謝現代科技，以往感嘆的「白髮拔不盡，春風吹又生」，現在一道染髮手續就搞定，只要我們不知識退化思想僵化就都能解決。

「東風吹，戰鼓擂，年過五十誰怕誰」，許多人在乎的是中年婦女的刻板形象，說面色偏黃不打扮，穿著極為誇張且俗氣的服飾，有皺紋，喜歡留毛茸茸捲曲的短髮，腆著無法回收的小腹，甩著個大屁股，腰間纏繞著兩圈以上肉陵，肥胖的臂膀，愛貪小便宜。樹老根多人老話多，碎碎念的喋喋不休，有的倚老賣老，有的不嫩裝嫩，善於討價還價，非常愛看各式各樣不切實際的純真愛情戲劇，來幻想自己是小女生，再癡迷所謂的師奶殺手等負面形象。我們不以為然，都說要集體改進以利扭轉形象。

有人喜歡想當年，說我們曾經身材是身材，體格是體格，正面看山明水秀，側面瞄懸崖峭壁，背面想柳暗花明。現在竟然是：「從後面看想犯罪，從旁邊看想撤退，從正面看想防衛。」但堅持要有一顆永保青春的心，帶著風霜也要漂亮，魚尾紋能夾死五隻蚊子，也不見得不吸引人，還有種種可能。且吃個好菜，調整心態，煩惱拋開，生活愉快，一位姊妹說她總有許多突發奇想，一想年輕十歲，二想帥哥排隊，三想無所不會，四想猛吃不肥，五想紅杏出牆無罪。想想無妨讓自己心情好，說不定還可能實現。

中國好女人多，總為別人著想為別人活，含辛茹苦培育子女，守著婦道守著家，好女人如陳年的佳釀，越品越有味。大家心底都明白，女人比男人有韌性更能成就偉大而不居功。荀子曾說過：「歲不寒，無以知松柏。」姊妹們要充分發揮：「事不難，無以知女人」的自信，先生嘴裡不說，但心中都像韋小寶說的：「我對這個女人的佩服之情，猶如滔滔江水，綿綿不絕。」

日落不是月的過，風起不是樹的錯，只要愛過美過努力活過，女人理想國裡的笑聲就不算傳說。互相打氣增信心，女人一定要對自己好一點，且讓我們「過一會美一會，不能對自己有愧。過一天樂一天，不把難過留心間」，要「吃得下、睡得著、笑得開」，懂得「有錢不要省，有福不要等，有氣不要忍，有病不要撐」。了解一旦累死了，就會有別的女人花你的錢，住你的房，睡你的老公，打你的娃！所以不要活得太累，不要忙得太疲憊。想吃了不要嫌貴，想穿了不要嫌浪費。心煩了找知己約會，瞌睡了倒頭就睡。心態平和永遠最美，天天快樂才是大富大貴。

明天會更老

應邀去北加州臺灣大學校友會杜鵑花之夜演講，主題是人到中年後的困境。全場七百人笑聲不斷，表示有共鳴，能開開自己年紀的玩笑，也算是一種成長後的開朗豁達。

有首歌唱的是明天會更好，為了是給人信心與鼓勵，其實現實生活裡明天會不會更好不知道，但明天會更老是確定的。歲月要走過，才知道它的凌厲，到了某個年紀不得不承認地心引力的厲害，器官樣樣俱在，只是都下垂，所謂的：「萬般皆下垂，唯有血壓高」。有人因此特別忌諱說老，連「我先走一步」也不能說。

中年後的身體起了很大的變化，蘋果變成梨子型，「坐著打瞌睡，躺著睡不著。想記的記不起來，想忘的忘不掉」。更糟的是哭的時候沒眼淚，笑的時候一直擦淚。頭上是「白髮拔不盡，春風吹又生」，男士們的髮型也個個如小說家莫言所說的「地方支持中央」，兩邊往中央梳，遮住稀疏的部分。皮膚不長Pimple開始Wrinkle，酒窩變皺紋，皺紋變酒窩，無意中發現本來以為額頭上的幾條紋路只是有抬頭紋，現在卻是不抬頭也有，還好這個時候有老花眼白內障，也不怎麼看得清楚。

記憶力明顯衰退，從一個房間走到另一個房間，就是想不起來到這兒來要做什麼？忘了剛剛說過的話，變得一再重複碎碎念。一位老先生甚至說他有一次竟然笑到一半忘記為何而笑。

聽力不行了，一位做了二十幾年百貨公司銷售員的女士，因為耳朵背，被換到抱怨部門去，反正聽不到，隨您抱怨。另一位女士說她坐公車，站在她前面的一個男孩一直跟她講話，她因為聽不到就提醒對方說不必講了，那男孩竟然說他只是在嚼口香糖，沒有和她說話啊。

高科技不來電也是年歲漸長的特徵，家裡一停電，所有的鐘都閃在十二點。有一位朋友要去歐洲玩，女兒說：「媽，現在沒有人用傳統相機，這個數位相機您帶著，只要按一按就可以了。」媽媽沿途拍了五百張，回來往電腦裡一放，怎麼五百張都是鼻子？原來媽媽把相機拿反。

少年夫妻老來伴，中年夫妻怎麼辦？有人形容食之無味，棄之可惜，彼此的壞習慣改不了，有的夫妻是什麼項目都可以吵，從來沒有妥協過，想想婚前是好有話說，婚後變成有話好說。

每個來到世間的生命，像整存零付一樣，一點一滴地離去，剛剛才是意氣風發的少年，一轉眼變成哀樂中年。還有人要識笑說這些人是：「知識退化，器官老化，思想僵化，等待火化。」所以心理建設靠自己，要人老心不老，皺紋長在臉上，不長在心上。再想想許多人沒有老的權利，年紀輕輕的就歸道山。生活態度也要調整，以前用健康換金錢，現在要用金錢換健康，有所謂的人生三歷，少年爭取的是好學歷，中年成功與否看經歷，年紀越來越大就要看病歷。有好的健康才能說人生如倒吃甘蔗，好日子還在後頭，Robert Browning 的詩說的是：

Grow old along with me,
The best is yet to be。

原載二〇〇八年六月七日美國《世界日報》副刊

聶崇彬

祖籍湖南，出生上海；有腳疾被拒上大學。移居香港後，曾任酒店和廣告公司經理，香港理工大學管理專業畢業。移民美國後進入著名中文媒體當記者做編輯，後成為雜誌總編輯、專欄作家。中國美術學院岩彩畫研究創作班畢業。二〇一一年八月至十月獲舊金山市立總圖書館贊助為期兩個月的個人岩彩畫展，現任職《美國都市報》。

從國美到舊金山，我的岩彩之路

沒想到在杭州中國美院（前身浙江美院）一次禮節性的拜訪，竟讓我和岩彩畫一見鍾情，不能自拔。隨後，我把大多數中國人都不知道的，以礦物色為主要用色的這種藝術帶到了美國，岩彩畫材強烈的表現感，征服了熱愛藝術的美國人。因此，他們更了解了敦煌壁畫的偉大，為了讓更多的人知道這種失傳很久的中國古代藝術瑰寶，舊金山市立總圖書館從二〇一一年的八月六日到十月六日，舉辦了名為「閃爍的石頭」的岩彩畫展覽，這不僅是該圖書館有史以來的首次岩彩畫展覽，可能也是岩彩畫在美國的第一次正式亮相。

我，很幸運！

岩彩畫，廣義地講是泛指一切以礦物色為主要用色的藝術作品，用礦物質畫畫，有歷史可查的已經有數千年，甚至上萬年，我們的先人，用動物的血當媒介，也有用動物的皮熬成膠質狀，把天然的石粉色畫在了洞壁和峭崖上，就拿世界著名敬仰的敦煌莫高窟來說吧，這影響著世界美術歷史的大量的壁畫和彩塑，是當時的人們運用有限的幾種傳統礦物色，卻創造出了世界最輝煌的，永不褪色的文化遺產，還有雲南滄源崖畫，不僅幾千年不褪色，崖畫會隨日照時間、天氣陰晴、乾濕冷暖等因素不斷地變幻色彩，當地佤族和傣族人說它是：「一日三變，早紅午淡，晚變紫。」如今滄源崖畫作為新石器時代文物，被國務院列入第五批全國重點文物保護單位。

玩過很多種顏料的畫，油畫、水彩、水墨，甚至油畫棒，但沒有這種一見鍾情的震撼。就在王雄飛老師的岩彩研究所的辦公室，那四千多種天高地廣大自然奉獻的純天然的礦物顏料色彩，色調豐富，種類齊全，分類又那麼細緻，神奇得將我震住了。那從石頭縫蹦出的細粒晶石，閃閃爍爍，絢麗多彩，像一個個有生命的精靈，向我眨巴著眼睛。腦中一個click，當下決定改變了原有的回國計畫，也承蒙王老師厚愛接納，我成了中國美院岩彩畫研究創作班的一名超額學生。這使我心情激動了很久。

那岩彩畫又是怎樣在中國復興的呢？據《人民中國》二〇〇八年的報導指出：「二十世紀七〇年代末，中國美術剛剛從文化禁錮的『文革』中走出來睜眼看世界，日本著名畫家東山魁夷、平山鬱夫等相繼來中國舉辦了大型展覽，引起了中國美術界的極大震動。當人們盛讚日本畫的高雅氣派之時，驚喜地發現日本藝術大師使用的是傳統的礦物質顏料，其中蘊藏著中華傳統的元素。從中感悟到，古老的東方美術一樣可以與世界現代美術接軌，一樣可以屹立於世界藝術之林。於是，一批批中國留學生開始東渡日本學習美術。一些留學生將淵源於中國，流傳於日本的岩彩繪畫帶回了祖國。其中最關鍵的人物是畫家王雄飛先生。一九九一年他從日本留學回國，便開啟大陸的岩彩畫運動。從材料的尋找、製作到辦班教學，從展覽展示到教材、作品的結集出版，至今已堅持了十六年。」

在畢業的年會上，王雄飛老師感慨地告訴我們，為了這岩彩畫，從荒野的去尋找礦藏，到在博物館講解岩畫材料，文化部的支持，以及在各大藝術院校開班教授岩彩畫，他付出了整個人生，只是為了當時在日本，他老師加山又造先生的一席話，他產生了強烈的震動與沉重的使命感。當時加山又造先生說：「中國文化博大精深，日本是在學習中國繪畫的精華。中國古時用那麼好的礦物顏料，產生了敦煌壁畫那樣傑出作品，而現在中國畫家卻絕大部分在使用管狀顏料，那是文化的便利品，是我們幼兒園小孩與家庭主婦學習使用的。中國那麼多的美術學院、畫院、美術機構都沒有人對礦物顏料進行研究，這麼好的東西卻失傳，實在可惜。」他那時就暗暗下定決心，要把同是東方色彩繪畫的現代觀念和技法帶回去，把中國已失傳的礦物顏料重新挖掘、整理出來。他說：「我們就是要借鑑日本畫的某些優秀因素，把中國傳統的繪畫精髓恢復發展起來，走自己民族的審美之路。」

通過創作實踐，我對岩彩從震撼到了無比的熱愛，因為在繪畫過程中，我發現了它的「高貴品質」。無論色調如何接近的岩彩，都有非常強的「自我」個性，從不混色，也就是說，岩彩從不願意去改變同類的色調，而是以包容的態度去「感化」其他色調，需要的只是時間和耐心，你中有我，我中有你，而且可進可退，力求平衡，從而達到創新的目的。這和我們提倡的和諧的人際關係不謀而合。初畫時色彩沒有達到自己的要求，就耐心地一遍一遍上色或洗褪，神奇的是，最終自己的感覺會隨著色調的改變而呈現在麻紙上了，有時漸變的色調和肌理更給我新的靈感！

我用岩彩作畫，我喜歡敦煌壁畫中平面造型、平塗色彩、層層疊加的表現形式。岩彩具有可洗可磨的隨意性，給了我創作帶來了意外的驚喜，我喜歡到處走走，看看。例如，杭州的宋代小鎮，香港的原始小島，我的作品其實是對自己的生活的一種藝術提升的紀錄，以半抽象的視覺感受表達自己對人生的感恩之情。呵，岩彩，我和你有緣。

梓櫻

本名許芸，醫學院畢業，現居美國新澤西州，任實驗室主管。自幼喜愛閱讀，不惑之年開始學習寫作、編輯，作品散見於北美、大陸、臺灣二十餘種報刊雜誌書籍，曾任網刊《找到了我的家》主編。著有專題集《自在跨越更年期》，詩詞集《舞步點》，散文集《另一種情書》。現任文心社理事，紐約華文作家協會會員。

女人四十一枝花

電影《女人四十》主角蕭芳芳在上臺領取金馬獎時，披肩不慎滑落，她打趣地說：「女人一到四十，什麼都垮下來了。」出產頗豐的旅美作家吳玲瑤說：「有一天，我們突然發現自己身邊的人多半比自己年輕，就知道，我們已經進入了中年。」

對於女人中年的定義，至今尚無統一標準，有的以一生七十歲的一半來計算，就是說，三十五歲以上就可稱之為中年。有人以四十歲來界定，認為四十是女人的一個坎，從此進入中年，也走向下坡。曾聽說過一個非常貼切的比喻：女人中年，就像人生拼圖的大部分已經完成，只剩下小部分要往那已經定格的地方擺了。這拼圖也許與年輕時的設想大相逕庭，也許完全背道而馳，但從頭開始已經不太可能了，讓人有一種無力感與無奈感。也有人說中年是個難以界定的年齡段，可以由三十歲延伸到六十歲，有的人三十歲已經心態很老，有的人六十歲還心態年輕、充滿活力。

作為新時代的中年女性，四十歲對於我們來說是一個走到山頂，舉目遠望，風景盡收眼底，賞心又悅目的階段。與沒有太多機會接受高等教育的上一輩，以及物質生活太優越的下一輩比較，我們是幸運的。外出工作的機會更多，交際面更廣，知識累積更豐富，自身潛能更有條件發揮，同時又具有責任感和上進心。四十歲之後的日子，是可以將自己孕育成魅力、智慧、高雅、華貴聚一身，如同牡丹盛開到極致的時期。

中年女士聚在一起離不開的話題是如何延緩衰老，保持身材均勻姣好。殊不知，保持體型，要從你懷孕開始。據統計，無生育史的中年婦女，體型改變，發胖的比例遠遠低於有生育史的婦女。有報導，胎兒的營養供應是通過胎盤的血壓循環，生理機制會使胎兒營養優先得到保障。許多孕婦在孕期因過多攝入營養成分，實際上都轉變成了脂肪沉積在脂肪細胞中，雖然許多人產後可以恢復到產前的體型，但中年時期發胖的比例卻大增。

體型好令人羨慕，然而，不斷充實自己，保持樂觀向上的心態更為重要。青壯年期間因孩子的緣故，往往沒有充分的時間與配偶進行深層次的溝通，更沒時間發掘自己的潛質，培養興趣愛好，擴充知識面和交際面。這樣，一旦孩子長大離家，就很可能產生失落感和內心的寂寞感。這是因為長期燃燒自己，很少充電的結果。因此，邁入中年需早做準備。艾芙琳‧皮特森在《作女人的藝術》一書中指出：「孩子離開你身邊的空巢時期，可以是充滿新鮮，令人嚮往而可充分利用的時光；但也可能是一場寂寥的惡夢，這一切都取決於你如何度過早先的歲月。」

與居住加州的素素聊天，總能被她的活力和熱情感染。若不是從她大學畢業的兒子去推算她的年齡，你很難相信她進入中年已經好多年了。近年，她活躍於網絡，結識了一群海外作家，並在一家出版社擔任編輯，將海外移民的生活和喜怒哀樂匯編成一本本書，介紹給中國大陸朋友。

讓她談談對中年階段的看法，她說：「我從來沒有感覺到自己已進入中年，對於我來說，心態總是年輕的。」問她保持心態年輕的祕訣在哪裡，她說，美滿的婚姻和融洽的家庭氣氛，是心理生理健康的最好源泉。她與夫君雖是異族婚姻，但十幾年的共同生活讓他們達到了彼此一個眼神，就能夠理解彼此意思的默契程度。她說，那是一種深度的、靈與肉的相融相契。先生的幽默、包容和愛心，使她原本自己都沒有發現的潛能發揮出來。笑聲常常洋溢在她們家中，她感覺自己始終被先生愛著、寵著，根本感覺不到自己已進入中年。她提倡，進入中年的夫婦，沒有了孩子的拖累，更有時間和精力提高自己的婚姻品質。在重視健康食品，規律作息的基礎上，也要重視性愛。尤其是中國婦女，不可把性愛看成只是年輕人的事。充分了解自己，解開傳統的性心理禁錮，閱讀一些輔導書籍，最大限度地在婚姻中享受性愛，是保持心理和生理年輕的重要一環。

素素說，一個人只有覺得被愛充滿了，她才會覺得世界有色彩，生活有意義，自己有價值。另一方面，要有感恩的心。遇到什麼事，都是從正面的角度去考慮，有家庭、有健康、有事業，都是值得感恩的事。雖然有時會有挫折，有不如意，但祇要想到，上帝創造每一個人都是有意義有目的的，我們的生命都是掌握在祂手中，我們就可以平安坦然地面對一切事情，享受我們的生命。

對女性問題頗有研究的女作家馬睿欣，在談到如何使自己保持魅力時，給出了幾點頗有參考價值的建議：

- 多看書，少看電視。「讀萬卷書如行萬里路」，前人的智慧結晶不僅可以豐富你的心靈，更能增加你的內涵。而氣質，就是由裡而外的魅力。是無法用外表的修飾來代替的。電視卻讓我們漫無邊際地被牽著走，有些不健康的節目更會使人浮躁。
- 少用嘴多用耳和眼。因著操心管家，照顧孩子等原因，許多中年女性話比較多，然而，善於用耳聆聽、用眼觀察周圍的女人，在人們眼裡是有智慧有魅力的。有人稱其為「沒有火焰的智慧」。
- 學會照顧自己尊重自己。有智慧地規畫飲食，節制零食，適當運動，每天注意把自己修飾整齊，都是對自己的尊重也是對他人（視覺）的尊重。
- 學習獨處和常常反省。獨處讓人安靜，遠離喧囂和呱噪。反省讓人自覺地檢視內心，勤於思考、增長智能。這樣的女人會有一種從裡面發出的魅力。
- 信仰的覺醒。走到中年，會發現，許多年輕時想抓的東西沒抓住也沒有機會再抓了。無奈、自卑、自憐、憂鬱、空虛等感覺會不時襲上心頭，若沒有信仰作為支柱來支撐，便常常會有危機感。有信仰的人，知道我們不需要為明天的事憂慮，每天有來自於上帝的大愛充滿我們，我們有新的生命在成長，不論走到人生的哪個階段，都充滿活力和希望。

- 打造牢固的夫妻鍵。有言道，被愛著的女人最美麗。這愛除了從上帝而來的大愛，我們與身邊配偶的愛也是一個重要的部分。經常深談，培養共同興趣，全然接納對方的優缺點，尋找生命生活的交集點，使配偶成為心靈伴侶，可以使中年女人也容光煥發，美麗異常。

四十也好，中年也罷，這是每一個女人的必經之路，又是一生之中的多事之秋。只要我們用心，每個人都能夠把這個階段經營得有聲有色，每一個女人都能把自己變成魅力女人。在此，借用著名影星張曼玉在慶祝四十歲生日時說過的一段話，來鼓勵所有進入或準備進入四十歲的女人。她說：「我知道自己不太年輕了，也許沒有以前漂亮，但四十歲有四十歲的美，比如我更成熟了，更會體諒別人。對女人來說，心胸要大一些，嫉妒就會小些，不貪心的女人最美麗。女人應該永遠與時俱進，保持嘗試新鮮事物的勇氣，絕不能停下來。只要你還在往前走，你一定能保持年輕。」

可見，女人四十一枝花不是不可攀登的境界。從現在起，從今天起，每天開心地、健康地綻放你的笑臉，你——就是一枝花！

劉詠平

筆名艾玉，美國MBA，曾任工廠總裁、地產投資顧問、百度文壇小吧主、「首屆海峽兩岸世界和平藝文高峰論壇」副總領隊、海外華文女作協永久會員、洛城作協兩任副會長。著有《洛城客》、編有《風清月朗》、《洛城作家文集》、《丹心如玉》等書。小說發表於世副、紅衫林等報章雜誌。

父母心・兒女情

傅家夫婦早在四十多年前，就在我任職的地產公司隔壁，創建了他們的牙科診所，據我所知這家老字號「傅勒牙科」，顧名思義是由泰德・傅勒和他的妻子瑪麗亞共同創辦的。二次大戰時，任美國海軍牙醫的傅勒上尉，隨部隊駐防菲律賓，就在隊裡結識了當他助理的瑪麗亞，不久他倆便結為夫妻。戰爭結束後聯袂回到美國洛杉磯，兩人便決定在此定居創業。

傅勒夫婦在他們成功創業之餘，建立了一個美滿的家庭，在他們膝下一兒二女，夫婦倆對小兒尤為疼愛和器重。當獨子高中畢業後，在老兩口的極力鼓動和勸說下，兒子報考了牙醫專業，畢業後取得了牙醫執照。

傅家夫婦實現了他們最初的期望了，心中不禁升起了更新、更美好的願望，那就是讓這個寶貝兒子，將家業提升發展，使「傅勒牙科診所」成為牙科界首屈一指的龍頭巨擘，以了卻他夫妻倆多年來披星戴月、兢兢業業的期盼和心願。

然而接下來兒子一連串的表現，就不得不叫傅家夫婦的這個願望，急速變得朦朧了起來。事情並不若他們原來所想像的那樣朝前發展。老傅勒發現，兒子在學校裡所學得的那套東西，與自己多年的牙醫經驗不合拍，便當面言明指點，嚴命兒子一切必須沿承自己的那套來照章行事。豈知兒子對老傅勒的指點，竟然大不以為然，竟反其道而行，還時不時對老父發出譏諷之聲。

兒子這種叛逆惡態，使得老傅勒是既傷心又生氣。他父子倆在採購診所的器材上也大相迴異，動輒衝突，爭得面紅耳赤。面對著父親的執著和堅持，兒子採取了我行我素的態度來對抗，於是就更惹得父親惱羞成怒，幾到水火不容反目成仇的地步了。眼見父子終日爭辯敵對，讓一旁勸架的傅太太，有如萬箭穿心般摧心裂肺，害上了憂鬱症來。

終於，在半年後的一個週末，那憤怒已極的么兒，當著父母之面一聲不吭，理好行囊連頭也不回地奪門而出，離家出走了。這叫傅勒夫婦萬萬也沒能想到，畢生步步為營、費盡心機所栽培的兒子，居然以這種方式來回報父母。他們既無法理解兒子不顧一切拂袖而去的劣行，更沒法原諒他對年邁的雙親辛苦所創下的家業竟毫不珍惜。

殘酷的事實，使得傅勒夫婦萬念俱灰，決定將這所令他們傷透了心的診所轉賣出手。診所出售順利異常。買方是菲律賓籍的薇娜女士，說起來也算是無獨有偶了，她的經歷竟和傅勒夫婦有點相似。二次世界大戰時，尚在大學就讀的她，於聖誕舞會上認識了美軍駐防的通訊官——鮑伯•錢德洛中校。他倆幾乎是一見鍾情，這對年齡懸殊的戀人，就在相識後不久，便步入紅毯結為夫婦。在往後漫長的歲月裡，鮑伯就像父親般呵護備至地栽培著嬌妻及他倆的三個兒女。鮑伯為了協助妻子達成牙醫夙願，一俟薇娜考取執照，便迫不及待地為她買下了「傅勒牙科診所」。

其實，薇娜之所以急著接管這家診所，一方面是想滿足她當醫生的心願，但主要的原因，還是為她三個孩子日後的前程著想，打算將這個診所用作孩子們日後的創業基地，除此而外，也是為那大她近三十歲的老公著想，試著找點閒差，以便紓解老先生因退休寂寞難捱的苦悶心境。

剛接店時，幾乎是全家老少一齊上陣。薇娜當仁不讓入主中堂，擔負起牙醫的重任。鮑伯則再度辭閒出山，負責所內一切事務的統籌管理。三個孩子中，大女兒任助理兼會計，兩個還在上高中的兒子，放學後也各盡其能來診所上工，打理所內一般相關雜務。就這樣，把個原本門可羅雀的陳年老店，在薇娜一家人的努力下重發新機，大有東山再起的良好勢頭。

哪知好景不常，在薇娜接店還不到一年，他們那股蓬勃的勁頭，先從兩個兒子身上逐日消退，哥兒倆來上班的次數越來越少，最後居然不見身影了。接下來，就輪到那春情初蠢的女兒身上了。雖然人在診所，但誰都能看出，已經是「身在曹營心在漢」了。從最初積極主動到漸次的消極應付，她不但遲到早退頻繁，更愛在辦公時間煲電話粥。

在初始時，作為診所主導掌門的薇娜還曾對此憂心忡忡，孰知不久後，連她自己竟也變得意興闌珊提不起勁來。過後她以初接診所時同樣高熾的熱情，驟轉為習駕飛機的課務上。怠職曠班，難見到她的蹤影了。於是整個診所就只剩下鮑伯一人獨守，這剛剛曇花一現的老字號，瞬間又變成間無人問津的空店子了。

許是基於無聊，但更多的應是鬱悶難捱吧！鮑伯常來我公司串門閒聊，一方面想打探轉售診所事宜，另方面也藉機傾吐他內心的失望與不滿。據他所述，目前診所早已處於倒閉的狀態。而他本人，也只是出於一種情感上的留戀，才堅持固守在店裡值班。鮑伯自怨自艾地認為：或許是因年齡上差距過多，自結婚後他就一味縱容，事事都順著嬌妻的心意，所以才會造成當前棘手困境。再則，薇娜目前又正處女人「四十一枝花」的年齡，於她，青春朝氣不但沒有任何消失的跡象，反倒是越炙越旺了。所以又心猿意馬、喜新厭舊……

我不禁憶起了當初老牙醫那桀驁不馴的獨兒來。雖沒親眼目睹傅勒夫婦當時望著兒子出走時臉上的表情，但此刻面對著一臉惆悵、百感交集的老鮑伯，便讓我不難想像得出傅勒夫婦滿臉無奈而又痛苦的表情。

說來也應當理解，這就是美國，或者說這就是美國的年輕人。他們崇尚自由，喜歡無拘無束地生活，並且認為這是天經地義的事情。除非這份產業屬性與他們個人的興趣相符，否則儘管父母們再怎麼心甘情願、千方百計地精心栽培他們，也全都是一廂情願，枉費心思，不僅落得徒勞無功，還更可能釀成家庭悲劇。

然而儘管如此，但天下父母心，不也全都是如出一轍的嗎？

莊維敏

臺灣師範大學國文系畢業，北美洛杉磯華文作家協會副會長。曾在《中央日報》、《世界日報》、《婦女》等報刊雜誌文藝園地發表作品。以《飛夢天涯》、《今天星期幾？》、《依舊深情》三度榮獲僑聯總會華文著述佳作獎，曾獲《世界日報》徵文比賽佳作，矽谷女性協會徵文第三名。著作有《兩代情、一生愛》、《依舊深情》。

愛與隱私

去銀行辦完事後，我打電話給先生：「我現在人在大哥家附近，所以就順道去他家探望，坐坐、聊聊，會晚一點回家，別擔心！」孰知，先生不由分說，就把官腔打了過來：「你來美國這麼久了，怎麼沒先打電話詢問人家有沒有空接待你，就興之所至，貿然登門拜訪？這未免太不尊重旁人的隱私權，太沒有禮貌吧！」

「喂！兄台你也太小題大作、食古不化了些吧！大哥從小看我長大，我們是親人，哪有什麼隱私權的考量？他如在家，我就給他個surprise，倘若不在，我立刻打道回府，就算白跑一趟，又有什麼關係？我喜歡看到親友們為我的『突擊』拜訪，所透露出的訝異與開心。試想為平凡單調的生活，投入許多新鮮的變化，是多麼有趣的一件事情啊！」

在過去，沒有電話的日子，生活中被長輩親戚或者同學們偶然來訪的興奮，所蕩漾起的漣漪，是我一直念念不忘的雀躍情愫。每當家中的電鈴響起，在門上針眼洞口的小小細縫中，瞄到久別的熟悉臉龐，驟然在眼簾前顯現的剎那間，那份欣喜真是難以言喻啊！那個時節，總在不期而遇的重逢中留下無限歡愉。

什麼是隱私？這真是到了美國，時常被先生耳提面命之後，才稍微不得不正視這個困惱習俗。憑良心說，在我心深處，還是根深蒂固地嚮往那個科技不興，人情悠然互動，真情相見的古樸時光……

朋友高齡得子，為了坐好月子，於是她搬回娘家，癡心的父母，除了勤做佳餚為她大力進補外，並且心疼她產後的虛弱，在三餐、消夜之後，還包辦了照顧幼兒的艱辛「大業」，朋友高枕無憂的恣意享受父母無所不盡的愛心，是多麼幸福！而她的父母，忙碌勞累，為女為孫，更是心甘情願，無怨無悔地圍繞在新生命中打轉而不以為苦。

三十天，一晃就過了，朋友的洋夫婿迫不及待地把妻兒迎接回家，沒想到問題矛盾就此誕生了。多情的外公、外婆，因為與外孫朝夕相處，即便是短短的一個月，卻也埋下深情，忍不住日夜的思念，他們兩老，常常在女兒下班時候，帶著新鮮的晚餐去看望女兒一家，他們在客廳抱著日益茁壯的「小人兒」，自是疼愛莫名，隨著小嬰孩的手舞足蹈而起舞。老人家沉醉在含飴弄孫的愉悅中，忘情地跟著小孫兒咿咿呀呀，怎知在飯廳進餐的洋女婿卻已愁眉深鎖，搖頭連連。

洋女婿以為自己為工作已經打拚了一天，緊繃的心弦，很想徹底放鬆並且好好休息一番，多了岳父、岳母這兩個「外人」，很不方便。再者，與兒子也一日未見了，更渴望享受逗兒樂趣，家庭天倫、夫妻孩子的團聚情懷是自私的，的確不容旁人分割；雖然泰山、泰水是帶著豐富飯食，不辭路遠地轉了幾道公車方才輾轉而來的勞駕奔波，但是他只想到自己的隱私權被剝奪的不堪，何曾想到老人家的用心良苦？

有了父母的愛心晚餐，朋友在一身疲累之餘，返家後，可以馬上享受熱騰騰的美味食物，同時因著父母呵護的幫襯，又可乘機喘口氣歇息一會兒，實在是求之不得，感激不已的一樁美事。奈何洋夫君的神色與她父母的頻繁出入成正比般的演變，露出越來越臭的嘴臉，到最後幾乎要下「逐客令」了的粗魯神態，令夾在其間的朋友，左右為難，膽戰心驚，她的苦瓜臉也越來越長了……

追求隱私，的確是外國人對待生活的基本方針，但是至愛無怨，親情無價，又何可輕忽？異地生存，除了多多警惕自己要入境隨俗，潛意識裡，我還是忘不了親人總是來按鈴的那份乍見驚喜啊！

王世清
上海出生，曾任中學教師，上海長寧區業餘大學教務員。一九八九年赴比利時習管理專業，一九九二年來美，於《星島日報》撰寫「陽光地帶」等專欄。著有《中國城風情》散文集，並獲「臺灣華僑救國總會」散文佳作獎。海外華文女作家協會永久會員。

我和大姊

接到大姊電話，說要給我送書來，我只得違心地告訴她，我不急著看，等以後再送來吧。其實我何嘗不想早點看到書呢！熱心而助人為樂的艾玉，於開完海外女作家第十一屆大會後，不遠萬里，從臺灣把《全球華文女作家散文選》及《全球華文女作家小傳及作品目錄》這兩本書帶回來送我，她到洛杉磯後，交給大姊再轉交我，對於這兩本滿載深情厚意的書，我怎不想早點拿到手先睹為快呢？可我實在有難言之隱啊。當大姊再次來電，定要早點把書送來時，我只得推說家中沒人，叫她過段時期再送來。此後大姊幾次來電，我都以此理由為藉口而拖延著。

誰料，我的幾次藉口最終還是以大姊的突然出現而失敗。那天聽到門鈴響，家中剛好沒其他人，我勉強開門後，冷不防見大姊站在門口，一手捧書，一手提著個剛出爐的烤雞。我一下子驚呆了：「咦，是大姊？妳怎麼今天突然來了？」大姊也滿臉驚愕：「我想試試看，你們家有沒有人，妳怎麼今天不上班？」我支吾了一下，終於再次騙了大姊：「我，今天正好休息。」說完就像被點了穴一樣，站在原地一動不動。大姊見我無意留客，就放下書及烤雞說：「我得走了，先生還在車中等我。」

望著大姊離去的背影，我淚眼模糊了：大姊啊，這不是我的待客之道啊！我今天不能像往常那樣留妳聊會天，更不能像往常那樣陪妳走段路，今天我只能帶著萬分歉意目送妳離開。看妳一步一步慢慢挪動的身影，我知道妳身體還沒有完全康復，畢竟妳動大手術至今一年還不到啊。去年四月底，妳和姊夫突然來我工作的禮品店看我，望著妳往日神采奕奕的臉被疲憊及憔悴所取代，我忍不住好奇發問了：「大姊臉色怎麼這麼差呀？」妳當時只是輕描淡寫地說：「哦，前段日子動了手術。」姊夫在旁插嘴說：「她在家休息了一個多月，今天剛剛好一點，就來看妳了。」我眼睛濕潤了，喉嚨裡像堵著什麼似的，一時說不出話來，大姊啊，妳迫不及待來我工作的地方「亮相」，是怕久未和我聯絡，我會擔心吧！妳怎麼處處想到的是別人，如果我有妳一半對他人的關心及善解人意，我就不會如此粗心大意、麻木不仁了。其實早在兩個月前，我就聽大姊講起例行體檢時有點問題，後來當我再次問起時，大姊又說沒什麼，不礙事。我因忙於工作，也就不將此事放在心上，不再過問了，沒想到大姊還真動了手術，而且手術還不小。我只有深深的內疚和自責了。

我默默地站在門口，望著大姊漸漸遠去的背影，心中無數遍地訴說著：「大姊，原諒我，沒對妳說實話，我實在有不得已的苦衷啊！」終於，大姊孤獨的身影，漸漸從我視線消失，我悵然若失，佇立在門口，淚水在眼中打轉。以往大姊來我家，都是我送她到馬路旁，看著她上車，直到汽車開走。可今天，我只能站在原地寸步難行。唉，都怨前不久那次要命的跌跤。當時要不是我以跑百米衝刺的速度，去趕那輛停在對面馬路十字路口等待轉綠燈的公車去上班，我是不會跌得那麼厲害的，說是膝蓋處內傷，其實和骨折無異，需休息三個月。這，我能讓大姊知道嗎？大姊只要看到我走路時一拐一拐的樣子就知道我腳傷的真相，就會給她增添很多的麻煩，而多年來，我給大姊添的麻煩已經夠多了——

六年前，大姊知道我得了乾眼症後，馬上給我送來了白木耳、枸杞子及紅棗，說這三樣東西一起煮能潤眼明目，我執意不要，她就說：「這幾樣東西都是現成的，沒花錢去買，紅棗是自己家院子種的，枸杞子、白木耳是親友送的，擱在家裡也浪費。」我仍婉拒著，大姊就說：「妳如果不收，我就帶回家燒好給妳送來。」見大姊講得如此真誠，我若再推辭，未免不近人情了，不得已，只好將這三樣東西收下。過不多久，大姊突然發現我頭上有幾根白髮，又給我送來當時很難買到的何首烏粉，她說，有則祕方，吃何首烏粉拌黑芝麻粉能防止白髮，叫我試試……

這麼關心我的大姊，我能讓她知道真相嗎？遠處汽車的啟動聲提醒我，大姊已離我遠去，我擦去快溢出的淚水，木然關上門，無力地靠在門框上，心中無限內疚：大姊，妳如果不對我那麼好，我也不會瞞妳那麼緊，更不會那麼「冷淡」妳，讓妳過門而不入，現在一切的一切，只有留待腳傷好了之後再作解釋了。

「傷筋動骨一百天」，好不容易熬到一百天，腳基本恢復正常。我趕快像報喜一樣將真相告訴了大姊。大姊對我一陣責怪：「為什麼發生了這麼大的事不告訴我呢？我們可以開車帶妳去看病的，有什麼需要的地方我也可以過來幫忙呀！妳真把我們當外人了。」大姊的一番話，讓我感動之餘，也覺得一絲心酸，大姊呀，妳不能對人好到連自己都不顧呀！姊夫自己也已因眼睛、年齡等種種原因，現在盡量減少外出開車了，我怎麼能再讓你們為我開車呢？再說，妳開大刀都不讓我知道，我這點小傷又何必讓妳操心呢！

幾天後，我接到大姊寄來的一個包裹，裡面除了給我的禮物外還有錢。先生見狀埋怨我：「妳要瞞著大姊，就該一瞞到底呀！現在前功盡棄——又叫大姊破費操心了！」我只得收下禮物，那是大姊的心意，退回了錢。二天後，大姊打來電話，話中略帶責怪的口吻：「妳看，寄來寄去的，我倆的債，永遠算不清了。」是呀，其實是我欠大姊的人情債永遠算不清了。我握著電話，聽著大姊在電話那頭要我以後走路多加小心的諄諄告誡，我嘴上諾諾應著，心裡想的卻是：如果世界上多一些大姊這樣對別人充滿關愛的人，人世間就會少一分紛爭，多一分溫暖了。

其實，對我如此關懷備至的大姊並非我的親大姊，可她對我比親大姊還好，她就是我們海外華文女作家協會的會員郎太碧——小郎女士。

莫非

本名陳惠琬，海南島文昌縣人。馬里蘭州立大學會計學士，普渡大學電腦碩士，富樂神學院神學碩士。曾任銀行會計經理、電腦工程師。後專事寫作與演講，並負責「創世紀文字培訓書苑」，推廣基督教文學書寫。曾獲臺灣「聯合報文學散文獎」、「梁實秋文學獎」、大陸「冰心文學獎」等十多獎項。著有散文、小說等著作十餘本。

絕色

美是什麼？每想到妳便微微一笑，笑中帶點諷意與脆弱。

有時妳想抗議，上帝賜人美顏，不是要妳記得，而是要妳忘記，因而一生都無需再花力氣來征服美了。

然而，人們眼光卻一再刮掠妳、提醒妳：妳與這世界是對立、斷絕、是註定要互相窺視的。

回首，應是那最初的一個眼光，把妳由這世界切割出來的吧！十三歲的世界，原本對妳懵懂而模糊。然而有一天，一個眼光霎時刺透曖昧，擊破混沌，把妳扯下，使妳墜入凡塵。

是一個過路男人的眼光。他由對面騎腳踏車即將與妳錯肩，目光溜過又驟然溜回，停駐在妳的臉上許久、許久。

有什麼事發生？妳不清楚。妳只記得妳為一雙眼給盯出了竅。

那眼光似有驚懾，亦有不可思議，與妳尚分辨不出來的某種敬虔或猥褻。妳只覺驚慄不安，因他雖注意到妳發現了，火炬似的眼光卻絲毫不準備迴避。是誰？給他這樣恬不知恥的權利？妳心慌又無奈的垂下頭。那時，妳尚不知如何用視若無睹，來豎起一道壁壘森嚴的障翳。妳尚未學會用盲，來過濾這世上所有令人疲憊的侵犯注視。

然而，那只是妳注意到的第一雙眼光。之後，妳越來越發現一波波迭續迫人的眼光，全流淌自世界的另一頭。眼光中彷彿伸出許多手指，觸摸妳、舔舐妳、捏弄妳，讓妳逃無所逃。

自此如月隔雲端，妳再也無法入世平常。妳被眾流眼光給供上座臺，雕像似的受人仰視。所到之處，皆似黑暗叢林，閃爍著無數野獸的曖昧眼睛向妳窺視。妳回視、閃躲、轉移、至終對一切感覺茫然……在各種眼光交織的網中，妳形體漸漸成長，靈魂卻縮在眼光縫隙中藏躲求存。

所以妳特別覺得「美存在於凝視者的眼中」這句話殘忍。美對妳來說，成為無可遁逃於天地間的一種無奈。

有時妳不可思議人們賦予美的崇高地位。不可否認，在妳成長中美賦予妳許多破戒的權利。好似美本身有種權威性，不需明顯努力，沒有意識思考，像音樂會宣稱自己，又比文學絕對。所以妳的內在洪荒，誰也不急著開發。

妳不了解美，為何會挖出人們想致敬的慾望？甚至如《浮士德》中馬羅所說：「一張臉發動千條戰艦！」為一個女人，特洛伊木馬可以屠整座城，實在有點不可思議。

絕色之於妳，只不過一口苦味，因「絕」常意味著與世斷絕。妳發現世間男子對妳只有膜拜，卻並未珍愛。好似妳生來只為觀賞用，靜物似的存在。常常，妳覺得自己有時真像希臘神話中的賽姬，被送葬似的孤懸崖邊，一生只為等候那望不見顏面的邱比特。

因此妳對一般形容美的熟爛用語：「沉魚落雁」、「閉月羞花」也特別感到刺心。想想當一個人的世界裡，魚沉、雁落、月閉、花羞之時，那她還剩下什麼？荒寂廢墟，孤清星球，在其中，天地皆黯。

妳即如此地在黑寂囹圄中，終年獨立。

於是一路被眼光餵養大的妳，悲傷地經歷到美的非人性，與美到深處所獨具的特別品質：疏離。美成為妳一場醒不來的夢。在夢中，妳活在風裡，散在荒野，而且，妳並沒有一張臉。

幽黯曚昧的叢林中，閃著許多好奇的小眼睛，全盯著妳。妳退一步，再加一個框，即成一幅現成的油畫。妳立於畫外，亦對畫內作同樣窺視。

這世界本是彼此互相，隔岸相望。

妳望見這世上許多女人絕望的求美，而美的對象即為她們的肉身，也因此美成為她們一生不可企及的境界。

妳其實有點羨慕那些女人，那些站在百貨公司化妝品櫃檯前的女人，此中有使人深深感動的地方。妳望見許多女人在這之間怎樣掙扎成為一個「人」，也因此暴露出讓妳陌生的一些現實──作為一個女人的慾望與無力。妳發現她們其實與妳一樣，在求美的世界中，沒有主人，只有奴隸。

一次，妳望見一個女人立於鏡前，是個過了花期的中年婦女，微微發福，皮膚已稍顯鬆贅。她十分專注地輕輕塗抹一層唇膏，是正流行果凍似的杏色，再用一張小小的棉紙抹勻一些。然後在鏡前凝氣半刻，微微一笑，笑中帶點諷意，也是一個探詢，對這妝後所有的無情、殘酷、與無意義之努力。

忽然，由鏡裡瞥見妳的窺視，注目半晌，妳轉移，再轉回；她仍未轉身，只在鏡中輕輕對妳一笑，帶些悲壯，似說：「我知我不美，但還是得試一下，對不？」

然後，她開始拿起保養霜邊拍、邊抹，似拍一塊沒有個性的黏土；又拿起眼影細細描畫，像進行一場儀式，與所有自我獻祭的儀式相仿，莊重又神聖。稍頃，她手下硬描摹出一張有個性的臉。

退一步，她自我審視，睜大眼，看自己眼神是否夠亮，然後似對自己宣稱：「女人一定要試、要努力！」

妳冷眼看這一切。唉！美存在於凝視者的眼中。

妳知，這一切努力已不是美了。真正的美，無需努力。美應在漫不經心中宣告，如妳一生的漫不經心。

然而，妳望見女人不倦怠的努力，女人歷史即美之歷史。女人身體，乃女人生命全面的隱喻，是「美」字的道成肉身。所以女人以求美來征服世界，而且全然投入，把整個世界劃分成一小片、一小片：指甲、手指、腳趾、睫毛、眼皮、唇線等等。一次精細地只處理一小片領域。

如此毫無困倦地，女人不斷在她們身體草原上反覆奔馳。五呎之地，跋涉經年。多少努力？美，似乎終於在絕望廢墟中冉冉升起。如一偉大絢爛的海市蜃樓，掛在地平線上微微顫抖。然而美仍是尚未馴服的邊陲，仍未抵達的地平線。

美在這些女人身上也已非主詞，而是形容詞了。所有的穿著入時，打扮亮麗，全成為個人向世界散發的宣言。形容詞代替了本人，但一旦形容詞悄然脫下之時，女人還剩下什麼呢？反觀妳自己，亦只有蒼白貧弱的一個主詞。

在求美的世界中，沒有主人，只有奴隸。

維吉尼亞・吳爾芙小說中的幾個女主角，都是由一沒有意義之事件浮到下一事件。然後徒勞地掙扎，想在其中找出一點意義。女人在美中探尋，是否也好像一連串跌入又跌出的過程？沒有太多意義，只是意識流似的霧裡進、霧裡出？

或像路意絲《裸顏》中那自覺醜陋而蒙面紗的皇后，她自稱是無臉之人，反之，也可說她有「千面的臉」。有時，妳覺自己正像蒙了面紗之后，沒有臉，亦有千面之臉。妳真正的渴望，是有朝一日能以「裸顏」與世相對。

然而可能麼？真正裸顏？

幸運地，在生命中無盡嬗變裡，妳的美亦並未停格。幾番山高水低，妳的自我終於與妳的外在打成平手。終於，妳可以面對這世間心平氣和。

然而一個偶然機會，妳認識了一個女孩。一個對人有真誠興趣的年輕女孩。一個不在乎妳漂亮，而願意與妳促膝而談的女孩。

她是一個不漂亮的女孩。而且，她可說是妳所見女人中最醜的一個女孩了。一貫地，在交談中妳窺視，暗自心驚。覺得她醜得超過她的年齡，頭髮粗硬，皮膚黑黯，一認真起來便皺眉，臉盤兒上滿是稜角。某個角度望去，還有點兇惡。

妳們的共同話題是書。只是她比妳敢於追求自己的夢。年輕，唸完一個學位還要再唸一個，正在討論的是將要唸的文學博士。

她講話慢條斯理，同時內斂地整理思考，同時向外散發熱情，對人生、對文學的熱愛。妳恍覺眼前是小說女主角的化身：聰慧、原創、有思想、有才氣，又絕望的十分不美麗，像簡愛。

那是一個早春晚上，妳們坐在房前石凳上。她興奮地討論一個她喜歡的英國作家G・K・卻特斯頓「星期四先生」。順便說出書中賽姆說的一段：「都一樣，就像你現在只在街燈的光中望見樹。我卻在想什麼時候，你才會在樹的光華中望見街燈？」

街燈淡淡，樹影搖曳。一切景物蒙上一層紗，在夢與記憶的光輝中靜靜佇立。她的臉，成為妳有生記憶中最清晰的一張臉。坐在影中，她臉上奇異的稜角亦投下一些影子，影子下是柔和的線條。讓妳屏息的是她醜得那樣平靜。

她笑了。一個完全自然、讓人驚駭的笑。妳一下恍然，她並不知她醜。這如何可能？一個擁有美麗頭腦的巨大欺騙。妳不能了解，她一點不煩惱，沒有喪氣，甚至毫無自覺。她根本不在乎她不美。很明顯的，這些不在她思考中，她輕易地躍過從未在她心中註冊的美醜。她只是一個熱愛生命的女孩。想嘗試一個新的領域，來更靠近她心中所欲經驗的美：文學中的，生命中的，美。

她是如何免疫的？長得貧瘠，但完全自由。將要去念博士，在美中卻早已畢業。

但是誰在問呢？誰又知道答案？妳帶著驚奇盯著這世上另一女性生命，在夜色中飽吸她的神秘。問題在潛意識另一頭搧著翅膀。妳至終什麼也沒問。

夜深了，她要走了。開心地她回首向妳招手，像這一整個世界的女皇，純真又直率。再一次使妳為她的神祕感到暈眩，幽暗巷弄中一張奇異發亮的臉。是燈光中見樹？還是樹華中見燈？

她微微送過來的翻飛手勢，帶著熱情。像在空中抓她的思想，又像在傳遞她的訊息：女人之謎，祕密之證明，時間之轉化……是什麼已不重要了。昏黑中一切朦朧。但無妨，她那張發光的臉，絕對、絕對地美。映著她身後山下燈火，她揮著手，美得如此燦爛。然後，她轉身，面對山下一片燈火走去，像一名光之使者，向人世緩緩地降下……

姚嘉為

臺灣大學外文系學士，留美新聞與電腦碩士。北美華文作家協會副會長，美南華文作協第三任會長。曾獲梁實秋文學獎散文、譯文與譯詩獎，北美華文作協散文首獎，《中央日報》海外散文獎。著有《在寫作中還鄉》、《湖畔秋深了》、《深情不留白》、《放風箏的手》、《教養兒女的藝術》等書。

誰是峇峇娘惹？

東南亞有個峇峇娘惹族群，是數百年前中國移民和本地女人所生的後代，主要在馬來西亞、新加坡和印尼爪哇一帶。檳城、麻六甲、新加坡英屬殖民地的峇峇娘惹，又被稱為「海峽華人」。他們也被稱為「土生華人」，以別於後來移民來的勞動階級——「新客」。

由於地理位置優越，馬來半島西邊的麻六甲早就是東西貿易必經的港口。西元一四〇五年至一四三三年，鄭和率領艦隊七次下南洋，路經這裡停泊。相傳明朝有位公主嫁給此地的蘇丹，隨行五百多人，在此落地生根，算是早期較大規模的中國移民。這裡也吸引了中國、印度、阿拉伯、波斯、印尼和中南半島的商人前來做生意，其中有些人在麻六甲安家，和當地女人成婚，這情形有點像今日的二奶。中國人和馬來女子所生的子女，男的是峇峇，女的是娘惹。

峇峇（Baba）一詞原是波斯語，意思是「先生」，後來由印度人帶進馬來世界。娘惹（Nyonya）一詞源自印尼爪哇文的Nona一字，意思是「女士」，源自西班牙文的Dona。

峇峇娘惹的語言、服裝和飲食都深受母系馬來文化影響，但他們固守父系的中國傳統習俗。家具和瓷器深具中國風，家具常是厚重的紅木製成，上有繁複的雕刻。瓷器顏色鮮豔，偏愛桃紅和淺綠，最常見的圖案是鳳凰和牡丹。鳳凰代表地位和財富，牡丹代表愛情與美貌，還有燕子、蝴蝶、菊花等圖案，象徵對美好生活的祝願。有種名為Kamcheng的湯鍋，蓋子上鑲有麒麟，在婚禮中盛放紅白兩色湯圓，紅的代表喜悅，白的代表純潔。Kamcheng來自福建話的「感情」，新婚夫婦吃了感情鍋裡的湯圓，就會恩恩愛愛，永不分離。

娘惹瓷器是向中國景德鎮訂製的，有些碗底印有同治和光緒字樣，可見那是製造的高峰期。如今他們不再向中國訂製了，娘惹瓷器成為骨董家收藏的對象。

峇峇娘惹祖先主要來自福建，他們不懂中文，家中說福建話與馬來語混合的語言。英殖民時期，他們以英國的子民自居，說英語，穿西裝，送子女上英文學校，社交英國化，社會經濟地位比較優越。

他們多半與本族通婚，平日的穿著和本地人一樣，從外貌不易辨識峇峇娘惹。每逢節慶，他們穿上盛裝，男士為中式衫褲，女士穿刺繡和蕾絲滾邊的上衣，裙子是豔麗的印尼沙籠，足蹬珠繡鞋，鞋面上的鳳凰和花朵是珠子編成的，穿戴起來明豔照人。

娘惹菜別具特色，使用大量咖哩和椰子汁，口味偏重。通常在前一天煮好，以便入味，第二天才食用。娘惹菜和糕點顏色鮮豔，色素從植物提煉出來，準備起來頗費工夫。外貌很像中國人，但吃飯不用筷子，而以手扒飯，這是受了馬來飲食習慣的影響。

以前他們的住處和中國老式屋子相似，木製地板，門面窄而深，分好幾進。最外面的廳堂招待訪客，最裡面放祖先牌位。聽一位峇峇說，老房子的前門窗戶為八卦形，掛了鏡子、尺、剪刀，以除魔降妖。英殖民時期，峇峇娘惹住維多利亞式的洋房，大理石地板，雕花迴廊，十分氣派，臥房內是中式雕花的厚重家具，餐廳裡是西式器皿和擺設，可謂中西合璧。

峇峇娘惹外表洋化，卻謹守中國傳統，講究孝道，逢年過節必備大魚大肉，向祖先牌位鞠躬跪拜。春節最隆重，清明去掃墓，端午吃粽子，中秋吃月餅，都和華人社會一樣。春節期間，他們把紅白湯圓黏在大門上方，祈求平安。每人一定要喝點米酒，以防被蛇怪騷擾，據說是受《白蛇傳》的影響。

馬來西亞獨立後，英國人離開，峇峇娘惹產生了認同和身分危機。有心人士恐怕他們的族群和文化會消失，因此在檳城、麻六甲和新加坡，成立了峇峇娘惹博物館，學術界不時舉辦研討會。去年新加坡電視臺推出連續劇《小娘惹》，造成轟動，故事是講一個家族幾代的愛恨情仇，但用意是在介紹峇峇娘惹的飲食和文化習俗，難怪被稱為新加坡的《大長今》。

近年來，大陸學者對馬來西亞華人和峇峇娘惹保存的中國傳統習俗，印象深刻，有「禮失求諸野」的感嘆，峇峇娘惹因此深感自豪。在一次研討會中，我聽到不只一位峇峇娘惹說：「由於文化大革命的影響，中國人不知道自己的歷史，要來向我們學習。」不禁愕然。

其實峇峇娘惹保存的中國傳統習俗來自歷史的某一段時空，然後停格了，後來加入的是馬來的文化習俗，這情形就像美國的老中國城，感覺很傳統，但卻不等同於中原文化，只能稱為第三種文化。峇峇娘惹大都不識中文，現在雖然鼓勵下一代說華語，但對中國歷史、地理和文化的認識恐怕很有限，口出此言，不免有井底蛙之譏，但他們以保存中國傳統習俗自豪，令人刮目相看。

王正軍

生於北京，中文系畢業，曾任語文教師多年。一九八四年移居美國，一九九八年詩集《美麗的哈佛》中國作家出版社出版，一九九六年《有緣千里》獲國際日報金牛獎。長篇小說《哈佛之戀》二〇〇四年，中國華僑出版社出版，中關村科海出版社將之錄製成配樂朗誦電子光碟播出。現任北美華文作家協會紐英倫分會理事會理事，海外華文女作家協會會員。

羅德島上遇救主

在思維的海中
波濤洶湧
智慧的靈感
飄蕩著追尋的執著。
生命的夢幻

渴望憧憬
綠色的旋律
渲染著溫暖的友情。
相助相知在天涯
海天相依求大同

走過美國的很多地方，我依然鍾情留戀著羅德島。它留給我的不僅是美麗多姿多彩的畫面，充盈著我寫作的靈感。更重要的是在這裡人們依然追求著高尚的精神寄託。把人類的互助精神，發揚到極致。

高傲而寧靜的羅德島，沉浸在大西洋藍色波濤的遐想之中，海浪喧囂著，潑濺著太陽的餘輝，用一層又一層金色的夢幻，把蜿蜒的林間小路，把一幢幢別致優雅的高庭深院，緊緊纏繞，擁抱。深灰色的岩石，有的陡峭屹立，有的緩緩向大海伸去。在遙遠的回顧中，留下一波又一波渾圓溫柔的曲線，記下漲潮落潮的吶喊或絮語。這上帝的傑作，這天人合一的美景常常令我纏綿忘返，感嘆不已！

是年盛夏，和幾位好友又舊地重遊。海邊藍色的天空上，白雲托著風箏戲嬉。綠色的草坪上，沐浴陽光的人或坐或躺，閒情逸致地舒展著情懷，享受著大自然給予的恩惠。海風習習地吹著，我們陶醉在這美景之中，坐在野餐桌上，分享各自帶來的美食。海鷗也飛來助興分享，竟在空中接食我們拋去的麵包。這近乎雜技式的表演，更給我們增加了郊遊的樂趣，真是萬物有靈啊！我們發自內心的讚美造物主的神奇。採野花，擗粽葉，撈海帶，撿石子兒，簡直玩得不亦樂乎，太開心了，就像回到了童年。無意中斜視一下手表，竟到了下午五點，天啊！一個最重要的景點還沒遊覽，去參觀大理石豪宅——這是美國最典型的貴族式建築，全部用大理石建成，是一位航海家送給他妻子的生日禮物，但這浪漫的奢靡的餽贈，並沒有挽留住他們的婚姻，最後還是以離異告終。令人惋惜，但也給人們留下反思的餘地。金錢並不是解決一切的靈丹妙藥，財富更不是幸福的唯一標準。

大理石豪宅的建築是宏偉的、輝煌的、難得一見的。即使時間已晚，環繞在它的外邊，也能一睹其榮華的風采。我們迅速驅車前往，本想快點到達，卻發現擋在前邊路上，緩緩而行的是一輛怪車，只見一位花白頭髮的老者，平坐在一輛矮矮的，兩腿不是向下而是向前蹬的自行車上，速度又慢又費力，在這高速發展的時代，居然有人會用這種蝸牛的方式漫遊，我雖然孤陋寡聞，卻自以為是，不以為然地瞥視著那人。瞬間，我們的車超他而去。由於過了參觀的時間，路上冷冷清清，已無行人，只有急馳的車輛從我們身邊呼嘯而逝。終於到了大理石豪宅的大門口，一轉彎兒，只聽哐鐺一聲，車子向右傾斜，趕快下車一看，前右車輪被路崖子撞爆胎了。大家下了車，都傻了眼，人生地不熟，到哪兒去找修車的？千小心，萬小心，還是出了事兒，剛才的那種喜悅一掃而光，每個人都很無奈、很沮喪。渺小的人，懦弱的心，一點小的挫折，都會引出大的驚慌。更何況四個人大都在七十以上。三個人是車盲「不會開車」，一個開車的又有嚴重心臟病。

當然，最焦慮的還是開車人——我先生。他搔首撓耳，左顧右盼。忽然靈機一動，計上心來：對！車上帶著備用胎，正可解燃眉之急。但是車後箱東西塞得滿滿的。他一聲招呼，大家七手八腳把東西卸得滿地都是，終於打開後備箱，取出千斤頂，拿出備用胎，這時大家已累得呼哧亂喘，汗流浹背。

把車頂起來，要用九牛二虎之力，當他正在拚命之時，有位同伴大喊：「有人幫忙來啦！」我抬頭一看，發現那輛怪車跟了上來，到我們跟前竟停了下來。再仔細一看，大失所望，那位蹬車的老者滿臉皺紋，白髮蒼蒼，看起來比我先生還老，他怎麼有力氣幫忙呀？真是奢望。我看那老者只有那雙眼睛閃著睿智的光芒，能指望他那雙深沉的眼睛來幫忙？我想：難道美國人裡也有愛看熱鬧的？看東方人怎麼束手無策，怎麼笨拙，聊以幸災樂禍？但出乎我的預料之外，這位長者居然默默無聲地走到我先生旁邊，拿過他手上的扳手，一腿跪在地上，一腿半蹲，我這才注意到他居然穿的是短褲。赤裸的膝蓋，硌在火燙的硬石地上，叫人看著十分不忍。他用力地扳著螺絲釘，一會兒工夫，便汗流如雨，衣服濕透。車裡沒有可墊在地上的東西，只有一件外套，我拿過去，想墊在他膝下，他微笑著拒絕了。他很快把螺絲釘卸了下來。最麻煩的事情又發生了，剩下一個螺絲釘是非常特殊的，要用特殊的螺絲帽套上才能卸下來，然而翻遍了所有的工具箱，都沒有找到這特殊的東西，因為我先生今天開的是兒子的車，對車的配件和性能並不太熟悉。正在大家束手無策的時候，神奇的事情又發生了，老者用肯定的語調說：「那東西一定在車前的抽屜裡。」我想：難道工具會放在抽屜裡嗎？一找，果然找到了。破軲轆終於卸下來，備用胎按上去。我非常感動地對他說：「太感謝你了，感謝上帝！」他點點頭，慈愛地笑了。擦了擦臉上的汗，揚長而去。

我們得救了，望著他的背影，大家產生了太多的感嘆和遺憾。一位竟高興地說：「咱們好人就是有好報！」另一位卻十分後悔地說：「哎呀！怎麼忘了問問他的姓名。」「哎呀！怎麼忘了和他一起照個相！」我慶幸地說：「嗨！要是沒有人家幫忙，他的心臟病非發作不可！可是真奇怪，開車人都不知道，他怎麼知道那東西放在哪兒！他的幫助真像一場及時雨，解了大難了！在這闊人區，還真有好心人呀！美國人還真肯助人！」

我突然明白了，在心中默默地念著：這是耶穌在顯聖！現在很少有這樣的好人。不管他是誰，耶穌的精神，藉著這位西方老者的所為，照在我的心上！羅德島被上帝的光芒所籠罩。至今，這裡赤子之心未泯！這就是我至今眷戀羅德島的原因。

啊！我的覓食的海鷗，你還能為我尋找到那位長者嗎？

二〇一一年十二月二十二日夜

燕華

本名吳淑華，黑龍江省文學院簽約作家。發表作品三百餘萬字，著有《燕華中篇小說選》、《托起一山情》、《魔界》等中、長篇小說集。長篇小說《魔界》，受到美國國會議員希拉・杰克森・李，嘉獎狀。其作品列為中國《現代漢語概論》（留學生版）、《漢語修辭教案》等高等教育教材。現旅居美國休斯頓，任《新華人報》總編輯。

走進十六世紀的歐洲

早起的目光，夾著幾分朦朧，裹脅幾分昨夜的舊夢，預訂了今天一份快樂。

旅居美國休斯頓六年了，還是第一次到德州文藝復興節主題公園一轉，這是一年一度的全美最大，時間最長的復興節活動。

主題公園，位於休斯頓城北，地域廣袤。文藝復興之旅，不是腳步的驅使，而是一次思想與莎士比亞的時空對話，從他的《哈姆雷特》到《皆大歡喜》，浩渺之悲喜的穿越，領略了莎翁人文理想主義精神，從歐洲十六世紀縫隙間，感受著那個世紀的風騷。

我們驅車一路趕集般地到了目的地，我的好奇心，便給了那個復興世紀，主題公園裡，如果，不是有些人包括我在內還衣著當代，疑心，一定是我們這些觀光客穿錯了衣裳，我的思維隆重於十六世紀，服飾現身在當下，看著那些時不時就撞痛目光的男男女女，尚不得知，是衣服復古，還是人復古。總之，到了復興門裡，整個人，就只能在虛虛實實、真真假假中迂迴，思緒的現實與夢幻，就這樣緊鑼密鼓地更迭了。

正午的陽光像地毯一樣的扎實，蒸籠那熙熙攘攘人潮，鋪陳出了那個古老的世紀。文藝復興一詞，是我早年間從書本上所了解到的一知半解，一個中國人，哪怕你再怎麼熟悉歐洲文化，也難及歐洲人自己透闢。也許因為遙不可及，反而撼動了我的神經尋覓復興支點。

當歷史被一個節日推到了前臺，十六世紀，便於叮噹作響的服飾間穿行了。一群中年肥臀女人，一襲拖地的百褶裙，一頭盤根錯節的彩綢，毫不相干地撥弄我的目光。於是，一個世紀的符號，從裙子的褶皺縫隙間，以及那男女的笑聲裡溢出；從那高亢的歌喉裡，從西方的國度裡溢出。

一種服飾，無疑裹夾一個社會階層，洩密一個底層人物形象，毫無疑問是廉價的裝束。

中國人的辭典裡，藏匿著一個自己，而西方人的辭典裡，卻藏匿著一個別人。中西方文化的不同，便決定了思維方式的不同，洞察力的截然不同，無疑導致結果的像限。以一個中國人的思維方式觸動我的目光，感覺，自然成了一種擺設。

我喜歡閱讀女人，讀懂一個女人，就讀懂了她背後的男人。但是，閱讀西方女人，門檻就很高，一個農婦與一個肚皮舞娘，碰撞你的目光，就很難讀出她們各自背後的男人。做足自己，宣揚自我，表現自我，陶醉自己，哪怕借用再多的目光，為了樂趣，都不過分。因此，這與女人背後的男人無關。

在中國辭典裡，有些詞彙，私密、扭捏、羞赧，是伴隨女性一同生長的，無論哪個女孩，從有記憶那天起，就知道掩飾自己，這是做女孩的美德。而在人流如潮的萬人公園裡，那三三兩兩成熟的女性，下體只用三五條金屬鏈子作為遮掩，粗獷的臀部，全然暴露無遺，但是，女人的面目表情卻怡然自得，旁若無人，毫無羞赧之意，倒令我們貼上去的目光羞赧了。也許，這就是西方女性自我娛樂的一種坦然方式。

更有千奇百怪之裝束，挑戰國人的目光底線。有一對搶眼的帥男靚女，女的手腕鎖鏈拴縛男的脖頸，帥男裸背無數道血痕，毫無疑問是女人的奴隸。因此，那成群好奇的目光，猶如一條長絲線，縫在他們身上，縫在她們裸露的三點一線間，可是這對帥男靚女沒有絲毫的羞澀，相反，卻極為興奮。也許，這正是他們想要的效果，或者說，以別出心裁來收集目光也尚不可知呢！

如果，再把目光舉一舉，從一把鵝毛扇後，以及那一頂花園小帽深入下去，而後，向一款拖地的絲絨裙伸去，毫無疑問，那是個貴婦，不過，那拖地的長裙，如同一把掃帚，把泥土一同掃進裙子裡，掃進十六世紀的歐洲。

泥土，從不按世紀劃分，不知從什麼時候開始，這塊泥土便標上了時代的符號。行走在復興門裡，無論見到任何你不可理解的人與服裝，忽然變得什麼都可理解了。我不知道是受了這些人的感染，還是作為一個人，骨子裡早就有的，像風濕病人，風雨未到，先嘗體痛，骨子裡的東西，雖說看不到，卻能體察到。比如，現在我很想與這些扮相各異的人合影，卻羞於開口。觀念使然，與陌生人合影，自然疑慮忡忡，生怕弄出節外生枝的事情。但是，在我們拍照中，西方人的主動熱情，欣然接受與我們合影的同時，那誇張的造型，令美妙生動的瞬間有了刻度，而十六世紀的歐洲，就這樣，被我們精心地鎖在了裡面。

而就是這樣不經意的一張合影，也能成就他們一陣爽身的大笑。事實上，我們完全有理由笑，卻永遠沒有能力把自己擱在笑聲裡。

中國人的思維，是娘胎裡就烙下的，像一生不可改一世，腳踩哪兒，哪兒就是中國地，因此，思維的誤判，就成了西方人的笑柄。在西方這個國度，無疑我們是老外，而我們卻總是錯把自己當成西方人去思考。

看著奇裝異服的男男女女，男扮女巫，身背羽翼；頭戴犄角，屁股掛著尾巴，我不知道那意味著什麼，是展示一種魔力，還是寓意富有？我不清楚，但是，人們臉上的快樂，該是千真萬確的。也許，復興門裡的人們都誤認為，自己在復興時期活一回，他們原本就是那個時期的樣子，不過是給遊人顯擺罷了。因此，人們的扮相絲毫馬虎不得，哪怕身上佩帶的一個小飾物都不能少，不厭其煩，樂不可支地，在各個店鋪裡尋覓。這種超級認真，讓人生疑一定是個演員。後來，一了解，才知道與我一樣是遊客。不過，花費幾百元去製備一套遠古服裝，講實話，按中國人的習慣花這份錢，購買一年只能穿一次，況且，未必每年都來復興一回的，因而哪怕是有錢的主，也極少會製備這套行頭。更多的理由是，中國人一向節儉，非生活必備，絕對不買。

一陣行走，我眼裡很快就裝滿了義大利、英國、法國商家展現出的那一片繁榮景象。那個時期凋落的輝煌，已全然被複製到美國德州休斯頓主題公園，並繼續地演繹著復興。據說最初，由幾十個人舉行的聚會，不過是尋開心而已。沒想到，那些奇裝異服竟引來許多人駐足觀望，商家們受到了啟發，於是乎，有了今天這個主題公園。

歷史，總會有重演的時候，我們不知道，我們的哪段歷史，會被後人作為教材複製到某一個國家及地區。但是，有一點我相信，只要那個時代有著刻度，就同樣會被人們紀念，並且以千姿百態豐富著人們的記憶。

一陣不絕於耳的笑聲，劃破十六世紀時空，橫衝直撞到我心裡，那此起彼伏肆無忌憚的笑聲，突然驚醒了漠然的我。那久違的笑聲，是什麼時候從我心頭裡走失的呢？記得小時候，很多次，母親因了我的開懷大笑，魔咒地說：笑，等你長大了，就有的你哭了。果然，母親那懷揣滄桑的魔咒靈驗了，不僅是我少有肆無忌憚的笑聲，多數中國人都過早地，把笑聲葬身於生活的底部，那種原本人性廉價的健身開懷大笑，何時悄然離去的呢？我不知，如何回望笑痛自己，是哪一年哪一刻了。我所能想到的是聆聽西方人肆無忌憚地笑。他們為什麼那麼會笑呢？他們為什麼把笑聲弄得那麼山響？

有時候他們笑有理由，有時候沒有理由可尋，卻依然笑聲不減。只要能煽動心去快樂，哪怕命運被揍得青一塊紫一塊，仍然很有本領地翻出笑聲。笑，原本就與貧富無關。只是我們把笑賦予太多的內容，把生活壓出了皺褶，把硬傷寫在了臉上，把天真無邪的臉，生生地縮成苦瓜。

華人，被西方人視為有錢人。中國人吃苦耐勞精神，光大到西方一樣不少，可以一天打幾份工，也要積攢一生的金錢，一世的財富。辛苦賺錢，只為到老心不慌，溘然謝世身後留有一筆錢給兒女，而人生過程不可缺少的那份生活樂趣，美妙的笑聲，竟被我們的終極目標趕盡殺絕。以至於我們不知道，笑聲，何時與我們擦肩而過，又何時找回？西方人生觀，笑，是生活的坐標，橫豎都是笑對人生，否則，便失去了生活意義。在西方人眼裡，人生，是一條精美的項鍊，笑聲，是項鍊上的那串珠寶。但是，在中國人眼裡，這條項鍊可以摘掉那串珠寶。

也許，有人說，我們可以笑，可以糙聲地笑，但是，我們拿什麼笑呢？

卓慧臻

美國明尼蘇達大學英國文學學士，英國愛塞克斯大學女性比較文學碩士，英國倫敦大學亞非學院文學博士。二〇〇二至二〇〇六年任北京中國科學院研究生院比較文學專業副教授；二〇〇六年迄今任教於北京清華大學外文系，著有文學評論集《重寫神話：西方女作家的小說奇想》、《從傳說到巫言：朱天文的小說世界與臺灣文化》。

跨越電影類型鴻溝

——凱瑟琳・畢格羅和她的奧斯卡獲獎作品《拆彈部隊》

隨著女性生活圈子的擴大，越來越多的女性藝術家嘗試踏入原本只屬男性導演劇目的疆界，表達女性對某一特殊文學類型的新看法，其中標誌性拓寬女性習慣性接觸領域的女導演當屬凱瑟琳・畢格羅（Kathryn Bigelow, 1951～）①。她所執導的低成本戰爭片《拆彈部隊》（The Hurt Locker, 2009）擊敗同年另一部熱門賣座大片《阿凡達》（Avatar, 2009），奪得二〇一〇年奧斯卡金像獎「最佳影片獎」、「最佳導演獎」等六大獎項。女導演獲此殊榮，史無前例。在這之前，提名入圍導演獎的女性導演只有三位：義大利籍的琳娜・沃特馬勒（Lina Wertmuler, 1926～）、紐西蘭籍的簡・坎皮恩（Jane Campion, 1954～）以及索菲亞・科波拉（Sophia Coppla, 1971～）。本文並非要細數女導演的獲獎歷史，而是想談談畢格羅如何以男性題材入手彰顯女性處於戰爭時期的家庭生活面貌。中國經歷了不少戰爭，也有眾多英雄兒女的戰爭題材片，可是深入反思戰爭本質與兩性心理情感層面的並不多，或許我們能從美國女導演的手法中獲得一些啟示。

一般而言，女性對戰爭片，特別是直接描寫打仗的興趣不大。很少女性藝術家願意探測這方面的話題。金像獎提名過的女導演中，除了沃特馬勒在《七美人》（Seven Beauties, 1976）中描述二戰納粹集中營慘絕人寰的酷刑與扭曲的人性外，坎皮恩的《鋼琴別戀》（The Piano, 1993）和科波拉的《迷失東京》（Lost in Translation, 2003）皆以浪漫、動人的風格，捕捉家庭親情、男女愛情間的複雜關係。她們和目前活躍於好萊塢的女性導演一樣，比較關注女性成長的故事[2]。畢格羅以《拆彈部隊》電影贏得奧斯卡的大獎外，先後得到美國國內和國際上二十多個影展的最佳導演獎，包括一些著名的人權組織／女性記者團體也都給予極力的肯定，說明畢格羅在女性討論戰爭的話題上有了極大的突破。

得獎前的畢格羅不大為人所知，倒是前夫詹姆斯・卡梅隆（James Cameron, 1954～）早已盛名遠播。卡麥隆結合科學與藝術領域，積極記錄海洋世界，發展3D電影技術，其執導的災難浪漫片《鐵達尼號》（Titanic, 1997）及《阿凡達》備受矚目，膾炙人口。

畢格羅結婚時還只是個剛剛入門的電影人，曾在舊金山藝術學院、紐約惠特尼博物館學習，後取得紐約哥倫比亞大學電影研究所碩士學位。值得一提的是，研究所的授課老師包括知名的女作家蘇珊・桑塔格（Susan Sontag, 1933～2004）。桑塔格拍攝過一部名為《希望之鄉》（Promised Land, 1974）的電影，片中以兩位講者辯論方式，寫實地呈現中東戰爭下，阿拉伯和以色列的衝突。這或許也給畢格羅無形的影響，女性電影人對國家、民族性的重大議題應該涉獵，並體現出自己的看法。

學院薰陶下的畢格羅勇於接觸先鋒戲劇，對歐洲導演高度風格化的敘事技巧並不陌生，她的第一個電影作品《設立》（Set-Up, 1978）為一部二十分鐘的短片，由一個符號學者在影像外敘述二個男子的打鬥情況。早期作品《無愛》（The Loveless, 1982）和《血屍夜》（Near Dark, 1987）科幻實驗性強，頗受藝術圈的讚賞。她的近期作品幾乎是清一色的警匪動作片和戰爭軍事片[3]。擅長科幻、動作電影的卡麥隆也給了畢格羅不少協助，但她表示自己是在觀看了山姆・佩金帕（Sam Peckinpah, 1925～1984）執導的西部史詩片《日落黃沙》（The Wild Bunch, 1969）與馬丁・史考司（Martin Scorsese, 1942）代表作《窮街惡巷》（Mean Streets, 1973）後受到啟發，覺得自己也可以用比較「男性化」的方式剖析社會問題。

那麼，畢格羅眼中「男性化」的拍攝角度究竟是什麼？曾在美國陸戰隊服役過的佩金帕被譽為七〇年代最具影響力的重要人物之一。《日落黃沙》以精湛的動作場景開創了新的西部片敘事，鏡頭下的主人公——那些漂泊的西部牛仔們，孤獨，失敗，即便內心渴望上進，嚮往榮譽，卻往往被迫與殘酷虛無的現實鬥爭，最終做出妥協。史考司則是動作派電影的擁護者。《窮街惡巷》曾獲美國影評人協會獎項，故事描述義裔移民在紐約街上遊蕩，表達青年人沒有出路的寂寞苦悶與無處發洩的活力。快速的剪接，搖滾樂的背景和麻煩纏身的男主人公是其電影的主要特色。

畢格羅從這些作品中吸收了美式西部片與動作片的精髓，徹底顛覆戰爭片的老套手法，以非紀錄片的方式激發人們對待戰爭的新思路④。《拆彈部隊》影片開頭引用美國紐約時報資深駐外記者克里斯·何吉斯（Chris Hedges, 1956～）的一句話：「戰爭是吸毒」，使得人們可以轉用心理分析的角度來審視這一個政治性對抗的問題。片中人物的行動集中在「拆彈」這件事上，而非對壘開炮。那些拆彈的時刻糅合著緊張的神祕氣氛，充滿了戲劇張力。主人公是一位名為詹姆斯的拆彈高手，片中他不聽上級指揮，技藝超群，形象帥氣，匯集了美式冒險英雄、天才、藝術家個性於一身，但不是一個單純的戰士。以往的戰爭片並不觀察士兵的內心，在這部片中，我們卻走近詹姆斯的內心世界，驚見他像收集玩具般珍藏著每一個拆過的彈藥器械。反諷的是，這些表彰詹姆斯榮耀的器械殘物就是當初威脅他生命危險的東西。

忙著處理當下危機的詹姆斯總是情緒亢奮。可是，除了拆彈，他似乎什麼都提不起興致，也無法看清自己的人生。他與同居的女朋友已育有一子，然而，去了戰地的他還弄不清女友是否會離開自己。作為戰爭片，《拆彈部隊》不免有皮肉解體、剖腹穿腸的殘酷鏡頭，畢格羅坦承自己並不喜歡暴力，只是對事情的真相非常感興趣。其實，暴力已經是我們存活的一個社會情境，面對戰爭，畢格羅要關注的是人們歷經災難後的精神狀態，希望以藝術的方式解讀現象，尋找美國繼續出戰的理由。她剖析自己的天賦是探索和推動媒介，而不是打破性別角色或是傳統類型。

有意思的是，由於她極力追溯戰爭動機源頭，《拆彈部隊》鋪陳出廣闊的社會背景，細析伊拉克全民皆兵的事實，連兒童也成了祕密炸彈引爆的可憐犧牲者。影片表露出人與人之間失去基本善意，完全沒有交流的可能性。最終，影片給了懸而未解的戰爭心理一個強而有力的說明，讓我們見證到戰爭最可怖的殺傷力。長期接受制式訓練的詹姆斯成了一個無法回到正常生活的戰爭受害者，只能重返戰地。

悲觀的結局讓人聯想到史考司的《無間道》（The Departed, 2006）劇情，出身卑賤的年輕人想要出汙泥而不染，卻只能在偽裝的惡性循環中血戰死去。無論是《無間道》還是《拆彈部隊》，主題都是關於「身分」的概念，身分如何影響人的行動、情緒、以及自我肯定，甚至夢想的問題[5]。畢格羅成功地使用男性敘事的電影類型，精準地傳達了女性視野。影片敘事結構蘊富條理，面對分析的戰局又相當沉重。觀看這部電影有情緒的高漲；也有智力上的震盪。詹姆斯無視於自己孩子天真的笑容和女友玲瓏的曲線，似乎沒有愛與被愛的需要。性感的女友展現出私人情感的失落，也是公眾社會巨大的隱患。這枚埋在女性心中幽微的炸彈恐怕是最難拆卸的。

①另外一位女導演是凱瑟琳・哈德威克（Catherine Hardwick, 1955～）。她近期執導的吸血鬼電影《暮光之城》（Twilight, 2008）創造了新時代的「吸血鬼」形象，給此類型的電影提供寬闊的文化視野，參見拙著《重寫神話：西方女作家的小說奇想》（北京：新星出版社，二〇〇九），第六十二頁。

②如拍攝《西雅圖夜未眠》（Sleepless in Seattle, 1993）和《朱莉和朱麗亞》（Julie and Julia, 2009）的諾拉・艾芙恩（Nora Ephron, 1941～）。

③《驚爆點》（Point Break, 1991）描述頭戴美國總統面具的歹徒搶銀行；《寡婦製造者》（K-19：The Widowmaker, 2002）牽涉蘇聯核潛艇輻射外洩事故。

④詹姆斯・思特勞斯（James C. Strouse, 1976～）的《幸福已逝》（Grace is Gone, 2007）講述美軍服役的葛蕾絲被派往伊拉克前線，不幸為國捐軀，留下思念她的丈夫和孩子；保羅・哈吉斯（Paul Haggis, 1953～）的《決戰以拉谷》（In the Valley of Elah, 2007）則是描繪了一位模範軍人從戰場上返美後，突然神祕失蹤，父、母親和警探一同尋找他的經過。這些影片顯示戰爭造成家破人亡的悲劇。這樣的情節畢竟已是眾所周知的事實，很難對戰爭再有進一步的反省。

⑤Stanley Kauffman, New Republic, vol.235, Issue 18, 2006, Oct., 30.

施瑋

作家、畫家，祖籍蘇州。曾就讀魯迅文學院、復旦大學，現在美國攻讀聖經文學博士，居洛杉磯，華人基督徒文學藝術者協會主席。任《國際日報》文藝部主任、《OCM》執行編輯。主編《靈性文學叢書》，舉辦個人詩畫展，並出版詩集《歌中雅歌》、小說《紅牆白玉蘭》等十部著作，獲華文著述小說第一名等獎。

女人與陽光

女人身上的陽光味

從小到大我都沒當過美女，當了作家卻不是美女作家，當了詩人也不是美女詩人，當了主持人就更不是美女主持人了。

小時候，老爸總說我和美人媽媽比起來，只能是剛及格，當然他也承認自己比我還差。我一生最怕聽到的話就是：「你長得真像你爸。」

不過，當過大學文娛部長的爸爸很聰明，氣質是標準的老知識分子，我老公悄悄給他起了個外號——老克臘。他的上海老克臘的氣味實在是瀰漫於骨子裡了，遠不是電視劇演員能演出來的。我就自我安慰：算是繼承老爸容貌的同時，也繼承了他的頭腦和智慧吧。

於是，就只能把「耐看」、「氣質好」等話當作嘉獎之詞。老媽笑我說，我常把反話當補藥吃。我這人不算很自信，但能不自卑不嫉妒的原因，就是只聽人話的表面，不細究內裡。畢竟大家都有份客套，有份善良，當我只接受人對我好的一面時，別人就漸漸真喜歡我了。呵，就算有人心裡始終不喜歡我，也不妨礙我以為他喜歡我呀！我活在我的單純中，他活在他的虛偽中，或者有一天，那人就發現真喜歡一個人比假喜歡一個人更讓自己輕鬆。

當然，最妙的是我不太美，性格也不太好，所以碰到有人公開討厭我，我也特能理解他，不執著於得到所有人的愛。這也算是一個如我般平常女人的聰明與美吧！並且，這種美是可以不靠天賜，不靠命運，單靠女人把握好自己的心態。因此我認為，女人的心態才是最佳的滋養美容品。

我一生中一定恨過不少人，只是都在瞬間，過後就忘了，於是充滿我記憶的就都是陽光與笑臉。女人都怕老，我也常常在鏡子面前找皺紋，但我還是越活越確定自己是美麗的。我的美麗遠超過照片，人若和我在一起，大多會越來越喜歡我。原因就在於我心中無恨，一個易於赦免別人、赦免自己、也赦免命運之不公的女人，有著一份永久的美。那是陽光的美，雖然沒有彩虹的豔麗，卻有份滿溢的喜悅和溫暖。

比赦免更準確的是不計算人的惡，不計算命運的惡，其實人又哪有權利赦免什麼人、什麼事呢？常懷一份溫柔，常保持一份自省，實在是智慧女人美的源泉之一。禍福、貧富、疾病或健康，被愛或被棄，人生有哪一件真是你我能執著把持的呢？又有哪一件不能為我們的生命增色？只要我們熱愛上天給我們的生命，以及這生命過程中的一切遭遇，就能夠將人生點石成金，將自己變成美人，這就是「萬事互相效力」吧！

作為愛夢想、愛戀愛的小女子，我感動於一位自己曾追求過愛過的男友說：你很女人味。作為一個幸福滿足的妻子，我感動於丈夫對我說：你太可愛了。但令我生命有最大的感動，並真正幸福、享受於當女人的，是上帝天父的話：在母腹中我就揀選了你，我精心製作了你。

有這句話墊底，我愛的人離開我，或是愛我的人不再愛我，我都不會失去做女人的美與自信，也不會恨他們。因為人世間的美與醜、幸與不幸，都實在是短暫而相對的，永恆不變的是每一個生命都在愛中被造、被確立。這愛若被你發現了，它就會融盡你裡面的寒冰，讓你的生命散發出陽光味，溫暖並照亮你的周圍。

做個有陽光味的女人吧！你必成為寒冷天地中令人嚮往的家。

活在戀愛的陽光中

女人大多喜歡戀愛。喜歡被愛著的溫暖，這是一種由外向內滲進來的、馨香的暖。被愛著的女人流的淚也是香的，是最具誘惑力的香水，將小女人蓓蕾初開的自得，襯托得細緻又清新。

喜歡被愛的同時，女人更享受愛著個人，深深久久的、無怨無悔的愛，是女人心中最大的滿足。

男人們常覺得女人愛抱怨，戀愛中的女人們在一起，說的也常是自己因愛而受的委屈。委屈當然是真委屈，「愛以至受傷」實在是深愛的正常狀態。然而，誰又能知道，正是這為愛受的傷成全了女人。它的痛、它的重，塞滿了女人，讓飄在雲中的女人踏實到了地上，不再惶恐地自問歸屬。

人的歸屬其實不在另一個人，人的家其實在人自己裡面。人只有能愛了，裡面的家才有了空間，開了門窗。越能深愛的人，裡面的家越大，即便是那愛中蝕骨的寂寞，也成了家中的豐盛。於是，不知有多少男女住進了張愛玲的孤寂中，或者說是住進了她的愛中，未必要考量她愛的結局，能夠愛才是真正的天賜財富。

女人最被感動的常常不是那個愛自己的人，而是自己付出的愛。這愛裡的酸甜苦辣，那樣地細微真實，以至所愛的事物竟恍惚起來……

寫著寫著，夜就越來越深了，今天一天，大部分時間都躲在床上，躲在自己裡面的「家」中。透過窗子看藍天、花草，看見卻又沒看見，因為有段跨不過的距離，有個清晰不了的影子，隔在中間。此刻，外面全黑了，心裡卻看見了那片天的藍，看見了花的顏色，整齊的草坪從夜空裡浮出來……他卻淡了，淡得欲散還凝，經不得一陣微風，更經不得夜裡濕濕的涼氣。

對於女人，忙碌與充實毫不相干。婚姻、事業雙贏的女人，也未必不會在一瞬的呆望中，悄悄悲喜些經不得想的影子。但呆望一整天似乎就過分了，耽誤了許多該做的事，不過什麼是該做的呢？人生不過是地上的客旅，走快走慢，走東走西都一樣吧？或者逕直地坐下，品一杯茶，讓碧綠的水把這客旅的時間消化了。

這份灑脫在我是真實的也是虛假的，還是有一二件執著的事或人。事，有起頭有結束，譬如苦難或榮耀，那也就不算是事了。人卻似乎沒始沒終，不知怎麼就在身邊了，不知怎麼又走了，走了卻又沒走乾淨。若真是在身邊，也好，有疏有密，執著也會在哭哭笑笑中揮發。只是若僅在意念中的身邊，便像是把千萬的愁緒情意都凝固了，懸在頭上，不遠不近。

能把這比做什麼呢？星星？太清靜了。海？太質感了。月亮，此刻正冷眼旁觀著，我在想的真只是一個人嗎？似乎又不是。總想把自己像收拾野餐籃子般收拾起來，比較樸素又略帶了洋氣，溫馨家常中又帶了些浪漫。然而拎到誰跟前去呢？誰正好在草地上，在不折不扣的陽光中坐著呢？

這樣和我的讀者一同，忽兒理性、忽兒感性地想了一番，那個堵在心裡的影子，那個遮住世界的影子，就真淡了。戀愛？不過也是「第一滴眼淚」吧？我們被自己感動著尚可，又何必被自己置於死地？也許女人不是真喜歡戀愛，而只是喜歡愛吧？男人又何嘗不喜歡愛呢？只是普遍的沒女人有自信，只能量入而出，省著點用。即便用時，到了女人那裡就已成了強弩之末。不知為何，人接受愛的能力都弱得很，且迅疾地衰退著。巨大的渴望伴隨著巨大的軟弱，於是，孤獨就成了需要愛的人普遍的生存狀態。

木令耆

本名劉年玲，原籍湖北。一九四七年離開中國，曾求學於柏克萊、哥倫比亞、哈佛。一九七三年在英國劍橋開始寫作。一九七五年創辦《秋水雜誌》，並任主編。曾任教於北京師範大學、北京大學。在美曾任教於波士頓大學、翩得利大學。哈佛大學亞洲研究中心研究員。一九八三年編選《海外華人作家散文集》，出版中篇小說《竹林引幻》。繼之出版《海外文藝漫談》、《邊緣人》、《潑墨的生活》、《愛的荒謬》、《讀書拾遺》，並曾編譯英文版中國女作家小說選《玫瑰晚餐》。

秦松在紐約蘇何

七〇年代的紐約蘇何是一個正在過渡時期的地區；從一個工業區改變到流浪藝術工作者的廉價居住地。藝術家經常是走在主流社會的前峰，可說多是文化的先知先覺者。七〇年代是紐約文藝界最興旺、最創新的時代，不論是舞蹈、音樂、雕塑、繪畫、寫作、文藝理論一律在百花齊放，欣欣向榮的大時代中。

七〇年代，總的來說，也是美國社會正輝煌解放過程中，不僅是在公民平等、公民權、黑人投票權、婦女解放權、婦女解放等等。就因為處在大時代變化過程中，在經濟上也有變更。

紐約的蘇何區也同樣在大改變，這些先知先覺的文藝家打先鋒一頭鑽進正在變質的工業倉庫的蘇何地區。

七〇年代也是我第一次去蘇何區，並也結識了詩人畫家秦松和他的畫家朋友們。其實作為前衛藝術家的江青①，也是第一個搬遷到蘇何區居住，那時她不僅是舞蹈家，也更是一位綜合藝術家。因為她的舞蹈與雕塑藝術、電子藝術、現代音樂、文學等匯合。

一天，我去紐約拜訪江青，並一起去蘇何喝咖啡，同時她也約了當地的一些畫家們相會。「這些畫家們多半下午三點鐘才起床。」她向我解釋說道。

因此我們是午飯後去蘇何喝咖啡，與這些畫家們見面。

這是我第一次結識秦松，在蘇何的一個咖啡店。

當日，我本來是要和江青一齊去看一場現代舞蹈表演，可是當我遇到秦松和他的畫家朋友談到他們的畫，引起了我對他們的創作好奇，我便改變計畫，不去看舞蹈演出，而去畫家們的工作坊參觀他們的畫。

江青一向慷慨為人，她也不在意我的改變計畫，便獨自過海去布肯倫看舞蹈，她對我的隨興更改行動，毫不以為然。

我跟著秦松一些畫家們到他們的畫坊去看畫，我們一邊評論新的創作，一邊聽他們指點他們的創作過程。然後我們坐在地上談論四海青天，一直到次日清晨，我便叫了一部出租車回到哥倫比亞大學區。

當年我們在紐約的生活是日夜顛倒，時日越晚，精神益佳。尤其晚上沒有白日的瑣碎事件來打擾，可專心沉入波希米亞的生活。

秦松在蘇何區的藝術生活是過著一位窮困藝術家的日子。他的工作坊也是他的居住房，沒有椅子，也沒有床，是一個很大空間的空室。

江青在蘇何的居住地是一個舊倉庫高樓改造成現代化公寓的舒暢地方。那所樓房已經走向蘇何地區的將來。

秦松卻是實實在在居住在窮困藝術家的窮窟中。

江青有她的藝術遠見；她不但交往了這些窮困藝術家，也同時照顧了不少在紐約工作的中國流浪海外的藝術工作者。

與秦松交往是「咖啡或是茶」的形式。我們多半坐咖啡店清談，他也寫過一首詩：〈咖啡或是茶〉。

一晚，他打電話來說有一個義大利咖啡店掛了不少姚慶章的油畫，約我晚上到那裡喝咖啡。他告訴我地址在亳斯頓和百老匯街附近一角。晚飯後我叫了一部出租車奔向紐約南下的蘇何區。

這是一個很別致的義大利咖啡店，我一步進咖啡店，便看見牆上四壁掛著姚慶章的攝影式的油畫。姚慶章的畫是與攝影完全一致，非常逼真現實；與真實樓景全然一模一樣，可是他是用油畫技術寫真，不用照相攝影。這是他的創新藝術。

秦松的畫盡是抽象畫，多用驚人的色彩畫宇宙自然。七〇年代大解放環境造就了這些獨自格調的藝術家。他們不但在藝術上，也在他們的生活上創新。這與早期二〇年代在巴黎流浪的藝術人們相同，雖然窮困，卻過著愜意的生活。

坐義大利咖啡店是必然的，我們在蘇何區的咖啡店一坐便坐數小時，漫談今外古中，天南地北雲霧中。秦松是一狂興致的人，因此他有許多觀點近乎非凡境界。在他狂性的言談中，可以找到不少創新的見解。不理解的人，會感到他的狂妄和荒誕，可是，正是他的狂誕導致我們的友誼。我自己雖然生長在傳統的主流社會，可是與秦松交往，感到開放的思想和感覺，流暢無阻。他有許多看法不是凡人一般的見解，他從不凡俗。

秦松天真爛漫，非凡人也。我很珍惜他這一面，他不能虛假為人，因此也得罪不少人，同時也吸引了不少藝術界的同仁。

我記得他有一年窮困之極，電話費也付不起。每次我去紐約，必約他在餐館去吃一頓。我從不帶他去普通餐館，因為在紐約，我喜歡去紐約中城地帶的餐館；坐談比較舒服，服務員也很周到。秦松也泰然自若享受這舒裕環境。雖然有時我們去光顧這些餐館，他身上穿的毛衣都有一些破洞，我們卻大搖大擺的步入這些高檔餐室，服務員也極其禮遇招待，這是紐約的解放的空氣。紐約是一國際大城，見怪不怪，禮遇來客，從沒擺出小家氣派，秦松與紐約完全一視同仁。他住在紐約如魚得水。

我們喜歡豪華餐館。可是坐咖啡館，必要到蘇何區。

秦松天真爛漫的一大結果是他的婚姻，這一年他回國從雲南帶來了新婚妻子汪小慧。他的婚姻使秦松的朋友們為他慶幸，也為他擔憂。

汪小慧給予秦松一個穩定的家，每日有固定的三餐飯，為此我們都很高興，秦松是不食人間煙火的人，從不會為自己謀畫，只是依向自己自然的傾向生活。汪小慧在多方面照顧了他的生活需要，因此在他們結為夫婦的短短幾年，秦松有一個穩定的工作和家庭生活。這些年間，我們對秦松大為放心了。

可是如秦松的朋友們早有預感，好景不常；秦松與汪小慧分手了。日後汪小慧與我通了不少電話，她說：「秦松與你，你們好天真呀！」汪小慧很理解秦松的性格，可是她不能改造他，秦松不是一個成家的人。我非常同情汪小慧，她想改造秦松成為一般的常人。

秦松的晚年，其實是他過得最安逸的幾年。

他說：「我很喜歡這晚年，沒有什麼要求，很自在。」

晚年也是他在藝術上比較成功的年代。他雖定居紐約，可是每年必回臺灣去辦畫展和賣畫，出賣的畫錢足夠供他在紐約的生活，紐約的蘇何也已變了樣，它已不是窮困藝術家的窩窟。以前的高樓倉庫都改造成豪華公寓。可是當地的風情仍舊保存以前的藝術情調。一些富豪們也要享受高度的文化藝術情調。他們既有經濟條件，也有閒情去享受藝術化的生活。

蘇何雖然已經富貴化，可是如同秦松等藝術家留下永恆的藝術風情遺跡，蘇何的咖啡店卻依然如舊。

①江青，原名江獨青，一九四六年冬出生於北平，由其外婆帶大，在上海讀完小學，其時名字中的「獨」字已略去。十歲入北京舞蹈學校接受六年中國舞專業訓練。一九六二年從北京赴香港探望父母時留港，成為李翰祥導演手下的電影紅星，在臺北一住七年。一九七〇年移民美國，重歸專業，自組舞團，現在，她和丈夫住在瑞典，每年到紐約看望母親。

劉於蓉（Helen Liu Matsuno）

二〇〇四年榮獲美國普林斯頓大學博士學位。曾任美國加州蒙特利公園市社區公關委員兼文化藝術委員、二〇一〇年北美河濱縣華文作家協會創會會長。其著作於二〇〇五年登上中國大陸連鎖書店週排行前十大。

郵購新娘

當全球經濟陷入不景氣的低潮，有一種行業卻相當火紅，資金少、利潤高，又不像股票市場要冒那麼大的風險，那就是婚姻介紹所做「郵購新娘」——Mail order bride的生意，這行業自二〇〇五年起，發展迅速如雨後春筍一般蓬勃，尤其東歐較貧困開發中的國家如俄羅斯、烏克蘭（Ukraine）、烏茲別克（Uzbekstan），窮人家的美少女希望能夠嫁到美國或加拿大等較富裕的西方國家，除了可以過不虞匱乏舒適的生活，西方男士的溫文儒雅也令她們嚮往。然而美加等先進國家不少適婚男士並不欣賞國內那些個性嬌縱、唯我獨尊的女性，反而渴望來自東歐個性較溫馴、尊重男性為一家之主的可人兒，共組家庭，做為終身伴侶。

「郵購新娘」這浪漫而又有些猥褻感覺的新行業，往往讓世人聯想到一群年輕美貌卻無知的女人，因窮困而失去人性的尊嚴，由另一群貪婪的男人把她們像貨物一樣，出售給一個陌生的國度去做一個完全陌生男人的新娘。據報導，在莫斯科一家非常知名的婚姻介紹所，前來報名登記為郵購新娘的妙齡女郎已超過三萬多人，令人驚訝的是，在西方世界美加各國排隊登記等候郵購新娘的單身男士卻已超過四萬多人，面對此日益嚴重「粥少僧多」的現象，確實令業者棘手。

其實兩百多年前，美國建國之初，就已經有「郵購新娘」，不過那時的待嫁閨女不一定要求她們個個面貌美麗身材火辣，最主要的條件是身體健康，甚至連牙齒都得健全，到了美國嫁給牛仔，要會燒飯、洗衣、墾荒、種田、餵牛、餵馬、擠牛奶，甚至築圍牆、蓋房子、開槍打獵、抵抗毒蛇猛獸和印第安人，身體不好哪行？那時的新娘來自於英、法、德、蘇格蘭或俄國，她們遠嫁到美國，不適應也得硬挺下去，熬過了開頭的幾年，孩子也生了，她們心裡的那把思鄉的火才慢慢熄了，終於，落地生根，認定美國才是自己的家……

美國只有兩百多年的歷史，他們的歷史也是世界各國的移民和印第安人共同締造的。近一百年，亞洲人的身影漸多，主要是中、日兩國公民到美國經商或築路，外子的祖父一九〇五年與一群身強力壯的朋友由日本的北海道移民到美國南加州，在聖彼渚（San Pedro）一帶落腳定居，那兒有一個頗具規模的海港，他們出海捕魚，因海產豐富經常是滿載而歸，可供給附近的魚市場出售，也改善了這群年輕人的生活。

生活漸漸穩定之後，男人們下了工依然像在日本一樣到酒吧買醉或到賭館去賭錢，甚至也到妓院尋求異性的安慰。總之，他們冒著風吹雨打、太陽曝曬，累了一整天，不願回到那沒有妻子、孩子空洞洞的家，當時祖父年近三十，他常想，與其這樣沮喪地活著，還不如早日成家，努力工作照顧自己的一家人，培育新生命，總有一個活下去的目標才對。

他決定委託家鄉的親友幫忙找一個賢淑的日本女性，組織一個像父母親那樣的家，雖不富有，但井然有序，在沉靜中一家人互相關愛著。家，不僅僅是身體的住所，也是靈魂的港口啊！

從一張泛黃的黑白照片中，我看到一百多年前，穿著和服的郵購新娘——秀子，她和祖父盛裝並排站著，雖表情木然，卻是一個標準的古典美人，尖尖的瓜子臉，細長的鳳眼，挺直的鼻樑下是櫻桃小口，祖父身著西服，嘴上留著一撮小鬍子，相當嚴肅，有點像蘇聯獨裁者「史達林」的樣子。

自從秀子嫁給了松野祖父，她屈服於命運的安排，毫無選擇地扮演著賢妻良母的角色。四十年後，她生的三男三女均已長大成人，當年秀子為了寡母及未成年的弟妹，將自己賣到遙遠的美國。四十年裡，她不曾也不會說英語，甚至很少開口說日語，祖父過世以後，她無愧無悔，立刻回到故鄉，以九十七歲高齡，在悲壯美麗的富士山腳下的寺院裡永遠地安息了。

美國是一個好強、好勇、好勝的「血氣方剛」的新國家，在自己的本土打過獨立戰爭、南北戰爭，連兇猛的印第安人纏鬥上百次浴血廝殺後，也終於撫平歸順了。除了內戰，國際上，曾參加過兩次世界大戰，還有韓戰、越戰、阿富汗、伊拉克等大小戰役，像一張白紙般單純的女孩子鋌而走險，嫁到這樣的國家，的確需要相當的勇氣。秀子祖母雖然幸運地嫁給同文同種的松野祖父，平靜地過了一生，但是有些郵購新娘因為男女雙方文化的差異，生長背景的不同，她們血淚斑斑的處境與遭遇真有說不完道不盡的悲慘與痛苦。

然而她們的命運已被「一手交錢，一手交貨」的合約書裁決了，既然回鄉的路已斷，既然已嫁為人婦，在惡劣的生存環境中，這些看似柔弱的郵購新娘，卻抬起頭來，挺起背脊，竭盡婦職，建立了溫暖的家園。讓她們的男人既無後顧之憂，精神上也能得到充分的支援與慰藉，使他們成為職場上、戰場上的英雄豪傑。而擔任妻子、母親角色的郵購新娘，也是一群默默的無名英雄啊！

農晴依

北一女中、臺灣大學地質系畢業。一九八一年負笈美國，先後取得地球物理和電腦兩科碩士。旅居德州達拉斯，曾任職於石油公司跟行動電話通訊公司多年，目前任職高中數學教師。育有二子，作品有小說散文集《小盼》、短篇小說集《梅姑》和《出路》。

後生緣

那年他倆初進中學，生物課期末，全校學生要做絲蠶生活史的科學報告比賽，男生女生一逮到空，全跑到學校後面的小坡上去忙著採桑葉餵蠶寶寶。

她們女生裡，大個的阿花總兇巴巴地要把男生趕到別棵桑樹去，阿花老拉著她助威。他總是看她一眼，就回過頭好言勸著他的小哥兒們走開了。她知道，他不是怕阿花，他是為了不教她為難。那時起，她就知道，他心裡是有她的，就如同他在她心裡。但那感覺是什麼呢？她不知道，因為那年他倆才十三歲。

那次比賽，她拿了第一，他拿了第二，因為她的蠶寶寶裡，竟有兩個頑皮地纏在一起，彼此吐的絲全糾纏不清了，最後結了個特大的繭，裡面有兩個蛹。是這一點特點讓她的報告贏過了他的。她心裡明白，他的報告做得比她的漂亮多了，他的美術天分全校知名，每次得獎壁報都是他編的。

那以後，她總是第一，而他總是第二，一直到很多年以後，她仍相信，他一直都是讓著她的。

高中，她穿上綠衣，他走進紅樓①。也許因為年少，因為害羞，因為保守，她總遠遠偷偷看他，而他也總是不遠不近地每天跟她一起上下學，搭同一班公車。她不知道，他心裡是不是還有她，她只知道，他在她心裡，好深好深。

大學聯考終於將他倆分開，南北相隔，雖然這島實在不大，但那時代，真的就是天南地北，關山迢遙了。

以後的人生全不在自己手裡了，兩人各自忙著因應命運給的種種課題。再相逢，人生已過半，他和她都已有些許華髮了。兩人竟像約好了似地，都被人辜負了，但也全都被義務和責任死死綑綁著，動彈不得。

終於，他在寫給她的信裡，許了她，終有一天，他會與她「執子之手，與子偕老」。

可是，她知道的，他掙不開他的枷鎖，就如同她脫不出她的韁繩。她不明白，為什麼她總是比他更知道他倆間的一切。看著他的信，她的淚滴下來，正滴在那「偕老」兩個字上。

他再沒有收到她的回音，她斷了所有他可能接觸到她的管道。

隔年聖誕，他收到了一個禮物盒，沒寫寄件人，但他一看就知道那是她寄來的。迫不及待地拆開來，是個精緻的小錦盒，打開來，裡面赫然是那年她據以贏過他的那顆特大蠶繭。

錦盒的夾層裡，整齊摺疊著一張素箋，他展開那箋，她寫著：「當年，我不該將這繭煮熟了，我只想到要保存兩顆蠶蛹永久的纏綿，但它們再沒有機會化成蛾，共舞人生了。」

他取出蠶繭，發現盒底鏤金刻著一段小字，仔細看，竟是張子野的詞，他捧著那蠶繭，喃喃念著那詞：「雙蠶成繭共纏綿，更結後生緣……更結後生緣……」

---

①綠衣，是臺北第一女中制服。紅樓，是臺北建國中學校舍的別稱。兩校各為男女高中生第一志願。

石麗東

政大新聞碩士。任職中央通訊社編譯、美國休士頓郵報資料部，美南華文作協首任會長，海外華文女作協第十二屆會長。著有：《成功立業在美國》（科學人文兩冊，紐約天外出版社）、《當代新聞報導》（臺北正中）等。主編：《全球華文女作家散文選》、《全球華文女作家小傳及作品目錄》。二〇〇四年獲華僑文教基金會「華文著述獎」、一九九八年獲世界華文作家協會及中央日報主辦「華文創作獎」等。

回顧我的寫作現場

今年夏季暑熱熾烈，但美國電視新聞所播送的圖像卻一片蕭瑟，先是國會為了政府債臺高築而漏夜思索對策，接著債信風暴延燒各國股市。另一件令人喪氣的新聞，是自一九八一年開始作業的太空梭計畫，也在七月下旬由亞特蘭提斯號完成最後一次飛行，結束過去三十年美國載人的太空船繞行太空軌道的傲人歷史，顯露出一個超強大國的疲憊。

它意味自此美國將從太空探險的先鋒隊伍解甲歸田，ＮＡＳＡ依照美國總統的指示，今夏讓太空梭除役，眼睜睜看著競爭對手俄羅斯及中國繼續馳騁向前，至少在今後的五年內，美國必須依賴俄羅斯的太空船載運太空人往返國際太空站。難怪最後一次亞特蘭提斯號歸來的時刻，電視鏡頭上有許多美國人因此嗟嘆、流淚。

華人之光

一同收視這則新聞的我，雖然還沒有悲傷到涕淚縱橫，但心情也十分沉重，在過往的四分之一個世紀，我曾參加十餘次在休士頓太空中心新聞簡報室舉行的（發射前的）記者會。歷時三十年的太空梭計畫共有四位華人血統的太空人參與，他們是臺灣留學生王贛駿、兩位美國出生的華裔科學家焦立中、盧傑及中南美洲哥斯大黎加華僑之後的張福林。王贛駿一九八五年的升空任務沒來得及趕上，但後三位一共出航十四次任務，每逢華裔太空人出航，我就絕少錯過這種類似餐前開胃菜的記者會。另一次難忘的經驗，是一九九八年丁肇中所領導的ＡＭＳ計畫，隨太空梭做物理實驗，讓我初次見識到一位科學家在記者會上所展現的權威。

美國是一個法治的民主國家，若有華裔太空人升空，即使我並非華文報紙的正規記者，只要有華文媒體一封因實際需要的信函，十之八九可申請到採訪證。每次報導這樣的記者會，必須事先做好準備工作，不然即使聽得懂英文，也不知道科技專家說的是什麼，更遑論採訪之後要寫新聞稿。

就事論事，類如太空梭記者會的準備工作不輕，事後整理出的稿件，稿酬甚微，並不符合資本社會所謂的投資報酬率，為什麼仍然樂此不疲？

自由撰稿

那是八〇年代的後期，我們一家從洛杉磯搬回德州休士頓，定居東南郊的太空中心所在地明湖城。持家養育子女之餘，決定投入平面媒體的撰述工作。我之選擇這一行，並非在寫作方面有什麼天分，純粹愛好使然，同時也靠著在校主修新聞的一些基礎。但我並沒受僱於報館，並非每日出外作業，只有遇到華人社區的重大事件或活動才前往採訪、記述，一般稱作「自由撰稿」（Freelance），或可美其名曰「自由業」。然而，許多人揶揄自由撰稿者就是「失業作家」（unemployed writer）的代稱。

在海外從事華文寫作的一個重要轉折是離開原居住地，來到一個新的文化現場，拿起筆來，要寫些什麼？在虛構和寫實之間，前者需要豐富的想像力和生花妙筆，都是我所欠缺。更重要的一層理由：我念的是新聞系，來美後曾在英文《休士頓郵報》資料部工作十餘寒暑，對於美國報紙的新聞作業有機會做進一步的觀察。後來離開職場，全力持家並養育一雙兒女，過了兩年在臺北正中書局總經理黃肇珩的邀請及徐佳士老師的鼓勵之下，書成《當代新聞報導》，心想不能老是紙上談兵，也應該取得一些實戰經驗。

恰逢其時

誠然自八〇年代後期所面對的文化現場，還包括時間上的有利因素，譬如任職休士頓大學物理系的朱經武教授，在超導方面的突破發生於一九八七年，倘若換作今日，已是過去式。若推遲二十年到了二十一世紀的今天，那參與太空梭作業的四位華裔太空人紛紛離職他去，我如果沒有在半甲子之前啟步，則所記述美南地區的華裔菁英的書頁必然減去大半。

根據我個人所做的小統計，在過去四分之一個世紀，美南地區出現了四位臺灣中研院的院士：朱經武、郭位、伍焜玉、洪明奇，前兩位先後被香港的科技大學和城市大學禮聘為校長，伍焜玉二〇〇六年回臺擔任國家公共衛生學院院長，洪明奇院士從事乳癌的研究，現任德州大學安德森分子細胞腫瘤研究中心主任，足見休士頓地區人才輩出，乃藏龍臥虎之地。在那個年代，正是這些華裔菁英各自創造耀眼的科研成績的時候，我有幸目睹、記錄了一件件豐美的成果。

再看文化現場的本身；一般人談起美國的文化蘊藏，一在東海岸的新英格蘭地區，一在西向開發新大陸所衍生的好萊塢文化，若說到美國南部的德州休士頓，腦海裡就浮現油田或牛仔的畫面。我寫作時所面對的文化現場到底位在何方？就在德州休士頓附近方圓百里的華人社區、高等學府、科研實驗室和市區東南面濱海的詹森太空中心。

嘉惠鄉里

話說六、七〇年代，德州出現一位縱橫華府政壇的林登・詹森（Lydon B. Johnson），他出道時當選國會眾議員，後榮膺參院民主黨領袖，隨後又被甘迺迪總統提名做副手，美國歷史上著名的民權法案由甘迺迪總統向國會提出，而在詹森任總統時得以通過，多仗他沉潛國會時深植的人脈。正當詹森平步青雲之際，美國開始推展太空計畫，藍圖之中需要建造一處訓練載人飛行太空的基地，一方面由於休士頓東南明湖城濱海的天然條件，符合早期規畫把載人的太空艙降落大海，再拖回本營的配置。據報載，時任副總統的詹森基於嘉惠鄉里的緣故，運用他的影響力而把這所培養太空人的中心設在德州明湖城，詹森總統逝世後，這處設施便以他的名字命名。

然而三十年風水流轉，今夏四艘太空梭除役之後，做為訓練太空人基地的詹森太空中心，向總署要求留置一架供作展示及民眾參觀之用，不意遭到批駁。許多德州佬解讀這是因為上次大選，德州的選舉人票投給共和黨，因而惱怒了歐巴馬。猶記湯姆漢克斯所主演的《阿波羅十三號》，太空人於飛行時發生狀況向地面求救，其經典的臺詞是：「休士頓！我們出了問題！」（Houston, We got a problem!）斯時斯言，休士頓何等地舉足輕重！它是太空人執行任務、遇到意外而求救的地方，其重要性不言而喻，如今竟連一架退了役的太空梭也分配不到，令人感嘆「朝中無人莫做官」的艱難困頓。

虛、實之間

言歸正傳，地理因素對於我的寫作方向和內容發生決定性的影響，也導引我日後行走的道路，因此而參與了美南寫作協會的活動。當初投入「自由業」全憑一股喜好，後來體會到「非虛構性」的寫作重在觀察現實世界的人與事，從日積月累的事前準備和事後報導，逐漸增長見識，知道小我之小，和自己在大宇宙中的微末，使我愈發能夠冷靜地看這個世界，絕不跟在別人後頭一窩蜂湊熱鬧，因為天外有天。

非虛構性的「紀實報導」和其他寫作類型有一個重要的不同之點：不能隨意發表自己的意見，或誇大你所使用的形容詞，一切的描寫必須合乎所發生的原形。不過每人的預設立場不同，很難有一個客觀的準則，此為最大的挑戰！觀乎今日世界的變化一日千里，如要寫得合乎事實，所需使用的形容詞比早先更具複雜性和多元性，又構成另一項挑戰！

在海外從事華文媒體寫作的先決條件是：離開母語社會，走進另一種語言文化，你不免使用原先的認知框架來衡量新事物，理解新環境，接著就出現了微妙的連環化學反應，當你對比新舊的兩種文化環境，便會發現悠遊兩端之間，立即閃爍柳暗花明的感應，或許這就是「行萬里路，讀萬卷書」的根由，也印證了《論語》中所說「溫故而知新」的道理。

無心插柳

我並沒有把寫文章視為經國大業，只是日常生活當中有趣而又做得來的嗜好。它的結果可以藉著白紙黑字存留下去，其間的樂趣只可意會，而不能言傳。

數年前我所敬重的治華僑史的歷史學者李又寧教授告訴我：美國在二十世紀後葉的國勢登峰造極，主要靠的是科技，而美國科技鼎盛，華人的貢獻很大，美國史裡卻並無記載，我們應該多記一點。沒想到無心插柳，竟也記述了若干美南地區華裔菁英的科研成果，感念李教授的睿智目光和提點，我當繼續前行。

本文原載二〇一一年十月二十五日《世界日報》副刊

荊棘

臺灣長大，美國醫事技術師，教育心理博士，任教授三十年，具美國諮商心理註冊執照，發表過近四十多篇英文學術論文。在臺大讀書時，寫了出名的〈南瓜〉一文，出版了《荊棘裡的南瓜》，《異鄉的微笑》，《蟲及其他》，和《金色的蜘蛛網：非洲蠻荒行》。近年來為月刊《華人》寫「身心健康在於我」專欄，後集結成書《健康抗老美容快樂的四大祕密》剛在去年年底出版。

女人要的是什麼？

張系國先生的大作《女人究竟要什麼？》出現在二〇〇六年六月一日的世界副刊，令我想起一九八七年六月十六日他在《中央日報》海外副刊登出的〈試妻〉一文，以及我在同刊同年七月二十六日的對答〈佛洛伊德與現代沙豬〉。張先生該文提到現代沙豬和老夫子佛洛伊德一樣滿頭霧水，不了解女人要的到底是什麼。我想當時《中央日報》的讀者大概還記得此事。匆匆一閃就過了整整十九年，沒有想到張先生這麼多年來一直沉湎於迷思之中，深思熟慮「女人，女人究竟要什麼？」甚至懷疑女人是否都是盤絲洞裡的蜘蛛精，非要吃唐僧肉才能長生不老！

幸好張先生經過十九年的長進悟出幾分心得，不再說女人的確是吃「男」人不見血的蜘蛛精，我們才得以稍微喘了一口氣；然而他卻斬釘截鐵地發布公告，說成熟女人要的是「閒小鄧驢潘」，並且慷慨大方地與天下男士共享他研究出來的心得，囑咐他們熟讀這口訣，以便討好天下女性。我們女性讀了以後受寵若驚，盛情實在不敢當。

這五字精髓「潘驢鄧小閒」源自裹著小腳布的淫書《金瓶梅》，本是西門慶的偷情五要件；張先生認為年輕女人要的就是這些，而且也是這個次序。至於成熟的女士，它們的次序就得前後顛倒，以現代的錫箔花紙精細包裝，成為「閒小鄧驢潘」，並附上如是的註釋：女人要的男人第一是有「閒」，有閒暇來陪女人做她們喜歡做的事；次要的條件是要「小」，就是說能放下大男人的身段來低聲下氣作小男子；第三的「鄧」是指有錢如鄧玉，肯為女人花錢；第四的「驢」是指如武則天的面首驢叫白。在這兒我們的張先生新潮大膽，甚至相當色情，暗示驢叫白那話兒如驢般雄偉，女人要的就是這玩意兒；第五的要件是「潘」，指美貌如潘安的男人，是女人之所愛。

我看，張先生最大的迷竇是不了解女人和男人一樣，個個均是獨立而且複雜的個體，有其特殊的愛好和要求，無法打成同一類型而整齊地塞入一個框框裡。每個女人要求不一，並不是所有女人生命中最需要的就是男人。就算要男人，也不會每個女人要求同一典型的男人，更絕對不會都要「閒小鄧驢潘」型的男人。以「閒」來說，有自己生活軸心的婦女根本不要閒散的男人來專程陪她；整天纏身如蒼蠅般揮之而不去，不是煩死人嗎？我聽到很多婦女抱怨，說是老公一下子退休下來無所事事，整天跟在身邊打轉，礙手礙腳的實在受他不了，只有趕他外出作義工或讓他培養些興趣才能得到一分清靜。張先生所說的「聊天、逛街、賞夜景、看電影、吃小館和血拼」並不是所有女人的「最愛」。有的女人愛這些，有的對這些索然無味。如說這些事天下男女同樣都有興趣，實在過言了。

以「小」來說，大多現代女性不喜歡沙豬男人，覺得真正有自信的男人不需打腫臉硬充沙豬，非要擺出好勝要強對任何事都有把握的架式，必得處處比女性高出一級不可；如能在適當的情形下認輸妥協，顯露自己膽怯和畏怯的一面，這並不是「小」男子，而是有內涵實質、有勇氣信心的男士。然而我也承認，世上的確有女性就是偏愛有粗獷氣概的沙豬男人，覺得只有男子的逞強好勝才能把自己女性的嬌弱襯托出來，非得跟這種沙豬男子在一起才有安全感。既然女性之間有這麼大的差異，就不能說天下女人都非要「小」男人不可。

關於「鄧」——錢的事，這世上處處要花錢，沒有錢是過不下去的；沒有錢的人，大多想找個有錢的對象，男女均如是，全世界都普遍。但是現在這個時代，很多女人自己有生存的能力，錢並不是主要的擇偶條件；何況有錢的男人也是某些女人遊獵的對象，毫不保險，不一定值得追求。

說到「驢」這一點，女性讀者一定忍不住捧腹大笑，覺得張先生顯然是在開我們的玩笑。是不是因為男人對於他們自己「驢」或不「驢」這一點，耿耿於懷，所以以為我們女人也同樣見識？佛洛伊德曾創立女人嫉妒男性性器的理論，其實說來，是男性對於他們的性器天生自卑，總覺得不如別人的「驢」。專家學者在這方面研究甚廣，說得明明白白的，女人在乎的不在此。到底在乎什麼？容我不在此地洩露天機，讓男性讀者好好去研究。

最後談到「潘」——潘安之貌。愛美是人的天性，美麗的笑顏，總是令人爽心悅目的，男女均喜歡。英俊的男士，當然受女人喜歡；然而男子有很多特徵，除了相貌以外，人品、學問、智慧、善良、幽默等等，不也吸引女性嗎？只取男子的美而不在乎其他的，到底還是女人中的少數。反倒是男人，尤其是那種把天下所有的女人都放在同一框框裡的男人，一旦見到年輕美麗的女人，一廂情願以為她們一切都美好，或者根本不知道除了漂亮與不漂亮之外女人還有什麼別的內涵，最容易眼花撩亂，心猿意馬，行為出軌。

女人到底要的是什麼？這話問得奇怪。為什麼不問男人要的是什麼？或者直接來問我們女人，看我們要的是什麼呢？問這句話的本身就表示對女性不了解。佛洛伊德這句有名的話「女人，女人究竟要什麼？」常被人引用，其實並不表示女人莫名其妙不可思議，以至連老夫子也弄不清；而是用來嘲諷這個活在極端保守的維多利亞時代的男人，終身研究心理而始終不了解世界上一半人的心理，包括他自己多年同床共枕的妻子。

任安蓀

東吳大學中文系畢業，加拿大麥基爾大學英文結業證書、卡格利大學商資處理證書、密西根卡谷社大電腦學位。歷任國中教師、卡格利大學圖書館員、Triple S廠電腦程式員、卡大「中文教師學會」執行助理、卡城中文學校教師。著作《北美情長》、《以誠交心》二書。《以誠交心》榮獲二〇一〇年海外華文著述獎散文類首獎。

第九十個生日

《卡城週末報》上，有一則小啟，饒富興味。

孔妮亞的子女登報慶賀母親九十大壽。除了告知眾親友們這次家庭聚宴的時間、地點、參與子女的大名、壽星住處以及有哪幾位孫輩陪伴以外，很遺憾，孔妮亞所有的手足們（當然也是名字一一列上），都沒能來參加，但相信他們會從天堂，微笑向地面人間的她，給予祝福。

什麼樣的措詞呢，雖然也並沒提及孔妮亞的配偶如今安在？

我忽地想起〈老黑爵〉的歌詞：「時光飛馳，快樂青春轉眼過，老友盡去，永離凡塵赴天國……」孔妮亞享長壽，而熟稔的手足們全都已天人永隔，幸好有子孫輩探望承歡，還不至於太孤單。

娘家弟妹全在大陸的母親，今年也邁進九十，年前，她以八十九歲高齡，當選為二〇一〇年的臺東市模範母親，在子女扶持下，從輪椅站起，先後接受光明社區游理事長獻上大捧鮮花，縣長黃健庭頒贈禮品，又從市長陳建閣手中接受匾額、禮品並拍合照，十分歡喜的度過一個讓她難忘的母親節。

我曾在電話裡問她：「禮堂坐了快兩小時，開過刀的背脊骨還吃得消嗎？」七年前，母親出浴室不慎滑跌，碎裂的第十二節脊椎間盤改裝上人工間盤以鋼釘固定後，已無法久坐、久站。

「還好啊！我預先吃了止痛藥，撐了過來，不過沒看小朋友表演就先回家休息了。」嘿！果然又施展出她慣有的超級「忍」功。

母親個性仔細，可能的話，喜歡要求零缺點的完美無瑕，有些時候，她卻從也不想、更不用這慣有的「忍」功，而直言不諱。比如說，她可以罔顧整體，卻一眼就看見並告知子女可以改進的瑕疵：「腰帶要少束一格，衣裙才會平整順溜」「額前髮線邊，好像梳禿了一小塊」「臉上怎麼冒出一顆痘子，可別擠啊」「衣服的領口，開低了點」……，老是有缺失，真沒勁哪，也曾經嘟嘴對她抗議：「都不看人家好的一面，老是挑毛病！」等我終於能了解那是另種對子女「求好心切」的母愛，已是走過了多少人間歲月。

母親經歷過八年抗戰，曾任教小學，逃難來臺後，在物資匱乏之下，與服務臺糖的父親共同養育有七名子女，都受完高等教育且各有所成，靠的是「勤儉」持家。在我們成長的年代，她親手裁製子女衣裝，在後院種菜，在中庭養草菇、木耳，還養雞賣種蛋當副業，自給自足也幫助家計，又費心先把大姊、大哥教成優等生、模範生，以申請獎學金減免學雜費做榜樣，讓排行以下的弟妹們「有樣學樣」。她要求、也褒獎子女們不論學習或做事，要能「自動自發」，對自己的行為負責。

有一次的例行問候電話裡，我對她提起《虎媽戰歌》的作者，耶魯大學的蔡美兒教授，曾經耗時費神的強逼女兒學琴，並威脅不准放棄，女兒終能領略練琴登峰造極表演的滋味。「哎呀，那多辛苦啊！」高齡母親對這家母女的深表同情，讓我想起以前她最常說「硬壓的母雞，孵不成蛋」——絕不勉強我們學熱門科系，只說「行行出狀元，做到頂尖就好」。我雖不夠拔萃，但很慶幸在大專聯考掛帥、考生選系備受煎熬的六〇年代，有開明的父母親，沒強迫我做違反志願的填選。

那時，社會風氣仍屬保守，離家求學或做事的成年子女，交有男女朋友時，當父母的，得知後固然歡喜，母親卻會交代：什麼樣的朋友啊？找機會帶回家來看看。母親在見過面，或往後的家信裡，總一再申明：信任子女交友會自知分寸，知道拿「同理心」對待。

如此的似捧又挾，即使想違言抗命，恐怕心裡也覺得不太好意思吧？

我們帶朋友回家，父親多數忙公務，母親則滿臉和悅並親切款待，離去後問她意見，她會直言所看見的一兩件事實，但不多說。「講多了不好，自己去交往、多觀察、多了解。」

一直不知其所以然，而今，輪轉到了己輩子女多已長成，也陸續聽過周邊朋友們的高見：成年子輩在交有男女朋友階段，父母們諸多愛深言切的意見，一旦結成婚，多少影響了兩代的自然相處。當年母親「不多說」的「葫蘆」，恍然之餘，只不知是否還隱含有其他睿智？

隔著大洋，千萬里外，我的子女小時常常盼望、卻少有機會和外祖父母見面，七〇年代的臺美機票昂貴，留學生的經濟能力也有限，忙轉於進修、工作與持家之餘，還要努力讓兩代保持聯繫，有時是藉著當時尚未普遍的越洋電話，多半是靠寫信、畫圖、照片和寄錄音卡帶以保持親情不墜，的確「有心」去經營、去維繫過，效果差強。每一想及多才藝、知變通的母親，性格裡獨有的堅韌，而海外出生的孫輩子女，卻沒能親歷耳濡目染的薰陶，或收受潛移默化的心性冶煉，心裡不無遺憾。

母親身體不夠靈動，幸喜仍能接聽電話，我的成年子女，勉強還能以不夠流利的國語，在逢年過節的家庭團聚時，藉著電話和外婆談談天，只要兩代情可以持續溝通，都將是子輩不可多得的百年記憶。

欣逢母親壽高福綿的生日將屆，我相信，在天家的父親，也會微笑向人間的母親和子孫，給予親切的祝福。

寫於密西根卡城

喻麗清

祖籍杭州，臺灣長大，臺北醫學大學畢業（北極星詩社的創辦人），現定居美國。先後在水牛城紐約州大及柏克萊加大任職，曾任世界華文女作家協會第五屆會長。著作等身，有詩集：《沿著時間的邊緣走》、《未來的花園》。散文集：《蝴蝶樹》、《帶隻杯子出門》、《捨不得》、《親愛的魔毯》等。作品經常入選《讀者》及各教科書及散文選集。

外婆家

母親去世多年，她的故事她的童年幾乎已被歲月湮沒，但隨著舅舅去了一趟母親的老家，她好像又在我的心底復活。

母親的家鄉在江西九江小垻，與市區一湖之隔，中以小堤相連，分湖為二，右曰甘棠，左名南門，該兩湖是我外公外婆家的祖產，親族兩百餘口都靠湖中漁業為生。

小時候聽母親說起小垻，感覺上是個湖邊的小漁村。在記憶中小時候的印象通常都是巨大的：因為我們自己的小，以至於房子變得很大樹木很高田裡的青蛙和草叢裡的蟋蟀都被誇張放大了。可是今夏當我第一次來到九江，卻發現正好相反：一切比我想像的要進步繁華得多。它純樸乾淨不像北京上海的擁擠洋氣，也沒有蘇杭一帶的粉雕玉琢。甘棠湖邊的祖居是找不著了，可是甘棠公園依稀還有母親童年的影子。

舅舅告訴我，我們的高祖是遜清時的武舉人，武功高強，方圓數百里無人能及，常為族人排難解紛，一言而服，並以接骨義診受人尊崇。甘棠湖是他中舉後皇帝所賜，所有湖裡的漁獲都歸胡家所有，連日本人占領期間也只能把南門湖據為己有，甘棠湖從不敢強占。

不過當時因為重文輕武的緣故，武舉沒有文舉那樣的顯赫，所以先祖督促孩子們習儒，武功僅傳長孫，可惜大伯英年早逝，因此失傳。據說他老人家不敢教訓孩子，怕出手重了，所以都是用衣袖一甩，小孩子就知痛了。聽起來很像在看香港的功夫電影，甚為有趣。

住在遠洲國際酒店，是當地一位表妹胡洁安排的，她讓我們清晨一起床拉開窗幔就可以看到甘棠湖，湖上霧氣如貓的腳在湖中輕柔地散著步（舊金山的名言），遙望所及遠方的山影便是避暑勝地的廬山，沿湖邊的人行道上樹蔭夾道綠意盎然，甘棠的湖水，把我的心靈再次打開，表裡瑩澈。

此時聽舅舅比劃著：這就是我們家的湖，我們老家就在煙水亭（以前叫湖心亭）附近，傳說煙水亭是三國時周瑜點兵的地方，還有為白居易那首〈琵琶行〉特別蓋的琵琶亭以及因《水滸傳》而有名的潯陽樓……原來搖搖搖、搖到外婆橋，外婆這兒滿地都是文學。

到了九江，廬山是一定要去的。九江城裡熱得像烤箱時，到了廬山卻涼爽如秋舒服得不想出山。不過，比起黃山之美它遜色得多，這兒除了涼爽只有政治。宋美齡的別墅外頭一車一車的遊客十有八九都是臺灣來的。還有毛主席的詩文碑，刻的是那首赫赫有名的〈霸氣詩〉，但我怎麼看怎麼像一碗打翻的麵條。倒是載我們上山的那位司機小黃非常有意思，他先是在那條羊腸小道上慢慢地開，後來終於忍不住抱怨：「要不是你們國外來的，我早就超車超出老遠去了。」在中國開車遵守規則是十分委屈的事。

提起「少小離家老大回」，賀知章的：「鄉音無改鬢毛衰」顯然是快樂的。而韋莊的：「未老莫還鄉，還鄉須斷腸。」就比較淒涼了。舅舅在外公外婆的墳前痛哭失聲，讓我感到雙重的悲傷。我從這兒離去時才剛學會走路，從沒抱過孩子的外公卻抱著我使全村的人吃驚不已，這是從小就聽母親說起的，使我一直以為世間許多的厚愛都是從外婆家開始的，而如今我更帶著母親的遺願來給外公外婆磕頭。對著那黑色的墓碑，我只輕聲喚了一句：外公外婆……淚水就止不住地往外流。

外公外婆安葬在賀嘉山的聖祐園，進去時看到兩幅廣告詞：人生的後花園，為心靈定製的美麗天堂。我想起莎士比亞的詩句：

歲月日復一日地躡足前進直到最後的一刻
我們所有的昨日不過替傻子照亮到死亡的道路
熄滅吧熄滅吧短促的燭光

生命不過是移動的影子……

外公外婆，我給您們磕頭了。謝謝您們生了母親，謝謝母親生了我。

瓊安

本名黃安瓊，生於湖北的江蘇人。寄居新加坡與馬尼拉三十年，現住美國加州近十二年。喜好閱讀、繪畫，深信熱愛文藝的人，對眾生、對社會應有特別的關懷，這正是提筆為文的原動力，出版《菲島寄情》散文集。曾任亞華作協菲律賓分會祕書長，菲華文藝協會副祕書長等。現為慈濟北加州人文誌業組組長，並參與北加州作協和海外女作協的文藝活動。

披上時代的征衣

「打破封建的枷鎖，披上時代的征衣。」這是母親結婚時朋友的贈言。當時正值抗戰，離家寄讀的母親已無路返家，只得隨學校搬遷逃難，不幸的是母親途中患病，學校隊伍不得不拋下寄宿在農家治病的母親，繼續搬遷之路。脫隊的母親病癒後，隻身單影追趕學校的隊伍，途中經歷的艱辛困苦是我們無法體會和瞭解的，更無法想像原本嬌貴柔弱的千金小姐，如何磨練成勇於對抗現實惡劣環境的堅強女戰士。

因緣際會遇到出自黃埔軍校的父親，未徵得父母的同意，決定與任職軍旅的父親結為抗戰夫妻，結束不安定的飄零日子。

婚後父親是家裡的獨裁者，他嚴肅、剛正、脾氣不好，家裡的大事小事都由他管，家人凡事唯其命是從。母親收拾起剛毅的一面，扮演著柔順的賢妻良母，初到臺灣時生活艱苦，她先代客織毛衣，後來當公務員，與父親一起分擔家計。父親也掌握家裡的財政大權，連母親上班的薪餉也分毫不減，每月如數交給父親。家裡所有的開支買菜添衣等家用，也都由父親掌理。

每過年節，母親巧用心思釀甜酒、包粽子、醃臘肉，做家人愛吃的拿手好菜，為家人增添些許歡樂，平時還抽空為子孫手織各式各樣的毛衣，或縫製小鞋小帽，我的第一件游泳衣也是母親一針一線縫製的。真不知她這些手藝是什麼時候學會的？

當我們四個子女年長成家，一一散居海外，她經常寫信給大家，串連著家人的心。未曾出國又不諳外語的她，更單槍匹馬飛到菲律賓、美國，為女兒、媳婦坐月子。任何困難都阻擋不了她要為子女付出愛的機會。

但固守大男人主義的父親不懂得如何體恤母親，他曾經在深夜回家的路上，為了一點小事的爭執，拋下坐在腳踏車後座的母親；曾經在全家人進餐中，突發雷霆將擺滿飯菜的餐桌翻倒在地；曾經全家人歡天喜地出門採買水果，半途中不知為何事惱怒，把捧著的大西瓜猛摔地上，驚壞了期待到家可以品嘗西瓜的我們。為了「家」，母親只是含淚默默忍受父親的火爆脾氣。

記得有一年的端午節母親洗好粽葉、泡了米，準備包粽子，父親和母親忽然爭吵起來，事後才知道是父親算計比較之後，不贊成母親包粽子，因為自己包的不如外買的合算，從那以後就難得吃到母親包的香甜豆沙粽和肉粽。

父親像是家裡的天，他雖護佑著我們生活的安定，但天的陰、晴、陣雨或風暴，影響著一家人的情緒，母親就像一把萬能傘為我們遮陽、擋雨，也維護著一家人的和樂與順遂。我們四個兄弟姊妹就在這樣的一片天下成長，直到各自婚嫁，留下母親伴隨著威權的父親，共度晚年。

就在子女都不在身邊之時，父親因病接二連三的進出醫院，母親要做三餐、要上班、要照顧住院的父親，辦公室、醫院、家裡來回跑，年過六十又有深度近視的母親，體力不支摔倒在醫院的樓梯間，與父親雙雙臥倒病床上。當她恢復體力後，立即又負起照顧父親，處理家務的責任。

後來母親有了手抖的毛病，依然勉強做著家事，但提筆繪畫和寫字就比較吃力。可是她以耐性和毅力迎戰手抖的不便，寫出不少刻畫入微的絕妙詩句，畫出上百幅賞心悅目的生動畫作。這些作品是她才藝的表現，更蘊含著她克服困難的勇氣，和對人生雖覺無奈，卻依然熱愛的真情。

父母雙雙退休移民來美後，老倆口有了爭執，子女總是站在母親這邊，大概有我們做後盾，也或許受了美國重視人權的風氣影響，對父親的獨斷獨行母親不再沉默以對。她會堅持自己的看法，據理力爭，因而口角時起，偶爾，上演劇烈，我就接母親出來避戰，但住在我們家不到兩天，她開始嘀咕著：「不知昨天他吃些什麼？」「冰箱裡有剩菜，他會不會自己熱來吃？」母親還是惦記著常欺負她的老伴，放不下為妻的責任。

她雖然披上了時代的征衣，但似乎並沒有打破封建的枷鎖。

世事難料，母親突然在父母結縭將滿六十年時，因腦溢血辭世。可以想見家人的逾恆悲痛，沒想到的是喪偶的父親，居然失去了往昔處事果敢明確的睿智和膽識，竟不知如何面對往後的孤單生活。

這時我們才明白，原來一直是母親支撐著那片護佑著我們的天，母親倒了，天就塌了下來。

曉亞

臺灣大學畢業後赴美進修。曾任報社政治記者、美國雜誌社主編，已出版《你懂不懂愛》（麥田出版）、《美國學校酷寶貝》（久周文化）、《曾經有座城》（躍昇文化）……等八本書。作品兩度獲海外華文著述獎散文類首獎、臺灣年度優良出版品獎……。曾為報紙撰寫專欄多年，目前旅居美國洛杉磯，寫作重心以禪修、心靈成長為主。

看雲的日子

秋天的天空，藍得像是一片海洋，走在落葉繽紛的街道上，仰頭欣賞著那無盡的虛空，那層層藍色便如海水般盈滿所有視線。鑲嵌於上的朵朵白雲，此刻呈現仙女散花似的延伸，曼妙玲瓏的姿態彷彿在舞出一場淋漓盡致的劇目，綻藍與雪白的明顯輝映與襯托，及雲朵不斷變化身形的絢爛光景，儼然是一幅渾然天成美麗無比的圖畫，往往讓人目眩神迷，不得不讚嘆大自然的神奇緻麗。

我想那雲朵像極了舞者，將藍天當成舞臺，恣意地在上頭揮灑絕佳的舞技，一會兒旋轉柔軟身體，一會兒跳躍美妙的舞姿，這一刻飛舞在山這頭，下一刻便又躍升到遙遠天際。它們還不斷變化隊形，有時獨舞，有時集體創作；有時綿密緊依，有時散落各處，整個天空都是雲朵舞動的空間，一輪隱約月白有時也來客串演出，是偌大劇目最佳陪襯。

從有記憶以來，便極喜愛對著天空發獃，揣想浩瀚宇宙無窮無盡，充滿了各種想像與可能。放學回家，在令人昏昏欲睡的夏日午後，坐在家中院子，抬起頭與玩伴們玩著雲朵拼圖遊戲，想像著一朵朵形狀樣式相異的雲塊，是一隻小貓、一隻小綿羊、一隻大恐龍，還是一杯冰淇淋、一串棉花糖……，任憑想像力無限延伸帶來許多童年樂趣。夏天的雲，綿密細緻，經常是一大朵一大朵獨自飄動，有時候真的像極了可口清涼的霜淇淋，讓人忍不住想飛上天咬一口。

每一個季節、每種天候都有形狀質地不同的雲，小時候讀的地理課，將雲類分成四個家族，有低雲族、中雲族、高雲族及直展雲族，再細分為層雲、捲雲、積雲……等等種類。記得捲雲及捲層雲是變化最多最美麗的雲相，像喜愛在天上跳舞的秋雲就是屬於捲雲，它的高度在一萬公尺以上，是君臨在上睥睨天下的雲種，它的質地細緻而分散，像羽毛、頭髮、亂絲或馬尾，姿態千變萬化，在清晨日出或黃昏日落時，因為位置極高便會印染上橘紅色柔和的太陽光線。如果仔細觀看，它們就像是具有昂揚生命力的精靈，蹦蹦跳跳喳喳呼呼的不斷舞動身姿；有時，也像仙女的魔棒，所到之處撒下魔幻金粉，帶給觀者無窮盡的驚奇。

大學時期，因為喜愛星辰，加入了航空社，夜晚沒事的時候學長們便會在振興草坪上架起望遠鏡對著繁星點點的夜空搜尋星群蹤影。當時，有位社員是大氣系學生，我們很好奇不知道大氣系是做什麼的。他告訴我們，大氣系一言以蔽之就是教你如何觀測星空、雲層動向，作出分析研究的科學。聽得我無限嚮往，每天看看雲、看看星星就能混口飯吃，這真是太美妙了！對於星球、雲種、氣象的豐富知識使得他後來在航空社成為了風雲人物。那段看雲、看星星的日子，回想起來，是大學生涯中最令人難忘的溫馨回憶。

去年回臺灣時候，去了一趟清境農場，我們住在一家歐洲式城堡民宿，不是很寬敞的房間卻有著超大乾淨明亮的落地窗。清晨起床，打開窗簾，赫然瞧見一片片雲朵便在窗外流動，彷彿下榻的地方不在地球表面而在雲端上，一伸出手便能掬起滿掌雲彩，過起了神仙生活。山中雲霓變化速度極快，前一秒鐘雲層湧動形成厚實一片雲海，覆蓋整座山谷，過一會兒已煙消雲散，恢復青山翠綠風采。當雲霧在面前飄忽飛舞，帶來朦朦朧朧意境，人似乎也跟著清明靈動起來，唐朝杜甫〈雨不絕〉詩句「舞石旋應將乳子，行雲莫自濕仙衣」，還有南唐馮延巳的〈蝶戀花〉：「幾日行雲何處去，忘了歸來，不道春將暮。」詩人的纖細易感筆觸為滿天雲彩增添了許多優美感懷風情。一位詩人朋友的作品：「在異鄉，雨是雲和雲相遇的悽傷。」舞動徘徊的雲仙子累了，想起了家，在相互偎依的溫暖中流下傷懷的淚水。詩人豐沛的情感讓我在觀賞大自然風光時，又拓展了幾許情感面向。

抬頭仰望藍天，有時晴空萬里，有時風起雲湧，不管是棉絮般柔軟的白雲，呈波浪渦流狀或如棋盤、魚鱗、羽扇、綿羊捲曲狀雲層，在陽光反折下，因高度、質地、結構的不同，各自展現或壯觀或精巧或眩目的風貌。在觀雲時刻，覺得天地何其浩渺，胸中塊壘豁然開朗，不再為小傷小痛而悲情。人生際遇變化無常，不就如天際雲彩，瞬息萬變，難以掌控捉摸，世間種種翻騰好比過眼雲煙，倏忽消逝，耀眼明亮時值得喝采，黯淡孤獨時，也是另種人生歷程。一切風輕雲淡，自如自在，天地自然體現了無常的道理，無需執著擁有或失去，沒有什麼是永恆不變，也許不斷的變動才是唯一不變的真理。

「我是天空裡的一片雲，偶爾投影在你的波心，你不必訝異，無需歡喜，在轉瞬間消滅了蹤影。」徐志摩膾炙人口的詩句描述的雖然是愛情，但也貼切的點出生命如浮雲，在不停的變異中如實展現各自獨特本質。此刻對著天空獃想的我，已非當年玩著冰淇淋、小綿羊雲朵遊戲的小女孩，看雲的姿態未變，心態在時間及種種歲月行旅的發酵下已起了化學變化，少了些童稚的純真，多了些成熟的了然，但歡喜讚嘆的心卻總是在的。呼嘯而過的日子，從不曾真正離去，只是換種風情繼續在天涯響遏行雲，見證一切。

周密

歷史系畢業後，靠著獎學金進入美國海上大學雲遊世界，到訪十餘個國家，將見聞寫成《海上大學一百天》。她於公餘之暇寫成《莊子的世界》、《小龍遊藝術世界》等書。獲有中國藝術史和現代藝術史的碩士，目前在美國聖路易藝術博物館任研究員，並任北美《世界日報》記者。近來寄情於影片攝影，時時琢磨小型紀錄片的製作。

讓女人坐上歷史的餐桌

I

低調光線回旋，柔和的反射在三條超長的白桌布上，形成一個龐大的三角形，直逼觀者而來。人們魚貫的、緩慢的繞著「她」行走，是羨慕、是讚歎、是驚訝、還是沉思？光線很暗，是不容易讀出的。沒有椅子，只有潔淨利落的桌子，放置著一套又一套五色斑爛、造型各異的餐具。主人翁的名字，一針又一針的刺繡在桌子前方，無庸觀者揣測。正好駐足於此，看到這裡放置的盤碟、刀叉、高腳杯、餐巾，還有襯托餐具的長形裝飾布條，是專門為文藻燦然的維吉妮雅・伍爾芙（Virginia Woolf, 1882～1941）所設計。往右手邊看去，是藝壇女將喬琪雅・歐契芙（Georgia O'Keeffe, 1887～1986）的席次。兩位生於同年代，各自在歐美藝文界起風氣之先，被安排在一處，不應該是偶然的。

伍爾芙的白桌布上鋪放著長形裝飾布條，是小鴨般的軟黃色，金絲線繡成的名字懸在桌邊。所有書寫字體清晰可以辨識，唯獨大寫V字卻在藍絲線繡成的波瀾中沉浮，若隱若現，彷彿敘述了她精神上的折難。

出生於倫敦書香門第的維吉妮雅・伍爾芙，在意識流小說裡自創格局，旺盛的創造力，在時空不斷的交錯中，充分發揮人類潛意識的故事層面，無可替代的為現代主義文學指向一條新途徑。在文藝世界裡，她打破長久以來女人常見的沉默：她們的生活，她們的經驗，她們的希望，她們的志願，無一不展現於伍爾芙的作品中。她曾在〈一個自己的房間〉（A Room of One's own, 1929）一文中說出一句至理名言：「如果女人想寫小說，她得先擁有財富，還要有一間屬於她自己的房間。」在文壇大步前進的同時，伍爾芙實證她的名言。然而憂鬱症使她迷亂、矛盾的存在，在她步入居家附近的奧思河裡，終結了五十九年的生涯。

相較於伍爾芙飽受喪親及其他個人不幸的遭遇，喬琪雅・歐契芙的童年美好多了，威斯康辛州是她的家鄉，她十二歲即立志做藝術家，一生致力於她的創作理念，不論在南卡羅來納州、紐約，或她至愛的新墨西哥州，她畫她想畫的，去她想去的地方，直到她於九十八歲去世為止。

美國現代主義於二十世紀初波濤洶湧而來，歐契芙獨樹一幟的畫風，是當時畫壇的代表人物。善於捕捉物體的真實精神，尤其是放大實物的尺寸，當下讓人驚異思索。她畫花就像是花在手中，持花的人真正的、仔細的，看著花，「瞬息間，那就是你的世界」，而她想把那個世界傳遞給別人，因為多數人在市區裡匆匆來去，無暇看花。她豪放的表示：「我要他們看花，不管他們要，或者不要。」

眼前餐桌上的盤子，是歐契芙畫作〈黑色鳶尾花〉（Black Iris, 1926）的立體化身。跟原作一般，黑色花心濃鬱深沉，而周邊層層花瓣的顏色自由的轉換，不同程度的黑、灰、白、粉紅，柔和委婉的形成圓弧曲線，界定鳶尾花美妙的身形。歐契芙半抽象的畫作常常給人很大的想像空間。有人看花是花，有人看花聯想到女陰。有一點可以確定的是，伍爾芙和歐契芙餐盤所屬的這項龐大的裝置藝術〈晚宴〉（The Dinner Party, 1979），確實是推崇女人歷史地位的劃時代作品。四十八呎（14.629 公尺）長的桌子，總共三張，圍成一個等邊三角形。她是非傳統的藝術創作，想表現的卻是最傳統的社會禮儀，也就是經由一個公開的集會，正式表揚人們非凡的成就。

那麼，應藝術家朱蒂・芝加哥（Judy Chicago, 1939～）之邀而出席八〇年代晚宴的貴賓有誰呢？從古至今，從才智、從品格、從影響力，朱蒂・芝加哥選了三十九位安排在桌面上，每位都有精心設計的成套餐具，不論瓷器、瓷器上的繪畫，到各式各樣的紡織品及刺繡，藉匠心獨具的內容，一一反映主人翁生前的特別事蹟。還有許多傑出婦女代表的名字用金漆雋題在瓷磚地板上，她特別名之為「文化傳承地板」，總共有九百九十九位。從遠古時代的各種女神、羅馬帝國的數學家、天主教封聖的聖女，各時代的學者、藝術家、思想家、女權運動者、文學家等等，不一而足。

前面已提到坐在第三翼最右邊的兩位——伍爾芙和歐契芙，她們是這群女人中最年輕的。

II

這裡有博物館常見的暗淡光線，然而此間特設光照是因為絲綢怕強光，還是因為女人多半處於晦暗的地位，常常是屬於藹藹內涵光的一群？在六〇年代，當美國史學家哥達·勒娜（Gerda Lerner, 1920～）著手婦女歷史的研究時，西方世界基本上是沒有婦女史的存在，一般人也不覺得任何有關婦女的事情值得記載。可是，勒娜力排眾議，為學術自由而堅定的發言。六〇年代、七〇年代的男性史學家相當保守，面對他們不斷的奚落，她無所畏懼，勇往直前，為婦女歷史開出一條康莊大道，經典作品包括《黑婦女在白美國》（1972）、《女人的經驗》（1976）等等。

女人一直是歷史的一部分，一直在創造歷史，只是她們不知道她們過去做了什麼，也沒有工具協助她們去詮釋她們自己的經驗。不論中外，長久以來都是男人在發展、制定詮釋的工具，藉著吸收過去的知識、仔細地批判，然後汰舊換新而成長壯大。女人對自身歷史的無知好像是一個永不止息的世代輪迴，既不曉得過去婦女的思緒，也不曉得她們學得什麼。就這樣一代又一代，總是在掙扎著，無法確切地吸收前代婦女的深遠見識，因而導致方向不定，命運不斷重塑。

勒娜十八歲時，加入反抗納粹的組織，曾下獄六個星期，飽受納粹的迫害。她在奧地利幾近死亡的境遇，令她特別勇敢，肩負正義感，毅然對男性壟斷歷史的局面奮力抗爭。她揭竿直言：在現今時代，一個新局面到臨了，婦女開始認證她們的過去，開始界定各種詮釋方式及工具。她說：「婦女史是婦女解放的主要工具。」（Women's history is the primary tool for women's emancipation.）

在這樣的歷史氛圍中，相信藝術家朱蒂・芝加哥必定被勒娜所深深觸動。朱蒂・芝加哥受父親影響，一向喜歡歷史，她在一九六〇年後期自行修習歷史，發現婦女歷來有很多重大的貢獻，雖然大多數人從未聽過。她覺得她應該去教育更廣大的群眾，讓他們認識這項豐盛的傳統。這個念頭始於一九七一年，不過〈晚宴〉的設計是在一九七四年才正式成形。她初步完成桌面婦女代表的研究，然後一個名叫戴安・蓋菱（Diane Gelon）的藝術史研究生志願協助研究，尋找「文化傳承地板」的候選人。在她的領導下，前來幫忙研究的人越來越多。然而照朱蒂所言，研究團隊裡沒有訓練有素的史學家。因為，他們想邀請的史學專家多數拒絕參與這項裝置藝術。雖然無損她們的志業，隱然中似乎已預告作品將面對兩極的反應。這些志工在圖書館孜孜研究，她們帶回來的報告是這樣子的，通常有關女主人翁的資料遠遜於她身邊男人的書寫，已然反映出一個事實，也就是說在她的家族中，丈夫、兒子、父親、兄弟的資料比她多得多。可見在傳統的歷史觀，還有藝術史觀裡，有意無意之間，總是看重男人，女人相形之下顯得無足輕重，而且代代如此，中外皆然。

這個史料欠缺的問題對朱蒂而言並不陌生，她先前作研究時也遭遇過類似的問題。她和志工分享她的研究方法，就是遍讀歷史，尋找確切的史實，這裡一段，那裡一段，把這些隻字片語打在三乘五的索引卡片上，按英文字母編排，女主人翁的成就會漸漸地浮現出來。

候選名單終於出爐，三千位！然後她們選出九百九十九位。婦女難得有這樣的機會，一個決定歷史人選的機會。朱蒂說：「我們執行所有的決定，誰重要、誰不重要，還有誰的名字應該放在『文化傳承地板』上。雖然看似普通的選擇，對我們而言可真是絕等的興奮。」至於阿拉伯數字999，長久以來在聖經有其涵義，也是公道和真理的象徵。九百九十九個名字排列組合，塑造成三十九條文字河流，浩浩蕩蕩地走向各自的方向，與桌面特定的餐具組相互輝映。

我們都知道一個人的事業是無法和時代分離，一個婦女的成就一旦與這些特殊的婦女並列，將更加凸顯其難能可貴之處。

III

裝置藝術〈晚宴〉由藝術家朱蒂・芝加哥籌畫設計，有上百位藝術家志願加入行列，分工製陶、彩繪、編織、刺繡，經過四年多的苦心創作，於一九七九年完成。有趣的是，磁畫和織品傳統是女人擅長的技能，過去有其輝煌的價值，現在充分發揮在細數婦女成就的作品上，重顯其藝術價值。

〈晚宴〉自誕生以來，受到熱烈的歡迎，也遭遇輕蔑歧視的眼光。兩極的反應和強烈的女性意識密不可分。朱蒂‧芝加哥早先在學習瓷畫時，努力尋求一個能代表女性的表徵。最終，她選擇了蝴蝶，一個象徵自由解放的符號。

一九七四年，她反覆推敲如何把蝴蝶與女陰合成一個新形象，成為一個普遍代表女性的美學語言。在〈晚宴〉中，桌面的三十九個盤子就是她嘔心瀝血的蝴蝶精神，以浩浩滔天的氣勢向男性的方尖碑式文化挑戰。她似乎全心全意感受到過去婦女的不平與怨懟，誠如繡在安娜‧舍嫚（Anna van Schurman, 1607~1678）桌布上的名言：「女人擁有和男人一樣想求進步的志願，一樣的理想，但是她將被拘禁在一空洞的靈魂裡，而所有的窗子是深鎖的。」

安娜‧舍嫚是個博學多聞的德國——荷蘭才女，繪畫、鐫版、詩書皆在行，通曉十四種語言。一六三六年（相當於明朝末年），她成為歐洲的第一個女大學生。女人在那時候是不准在大學修課的，權宜之計就把她安排坐在布幔後面，如此男同學上課時看不到她。她的興趣廣泛，最終以法學學士畢業。

本文原載二〇一二年三月八日北美《世界日報》世界副刊

張棠

一九四一年生，浙江永嘉（今青田）人，臺灣大學商學系國際貿易組畢業，美國洛杉磯南加大工商管理碩士，是美國人口普查局之資訊專家。曾任「千橡市中國文化協會」會長，創辦《千橡雜誌》。目前是「世界部落格——海外華文作家文章大賞」之一員。著有詩集《海棠集》，並為父親張毓中先生整理、出版自傳《滄海拾筆》一書，於二〇〇九年十月由傳記文學出版社出版。

江南女子

江浙一帶，文風鼎盛，是隋唐開科取士以來，考取狀元與進士人數最多的地方。但是和這些狀元進士們有著同樣基因的江南女子，她們的文學藝術成就卻相對的貧乏，幾乎鮮為人知，那麼，這些冰雪聰明的江南女子都到哪裡去了呢？

她們既不在進士榜上，也不在文學藝術的史冊中，但她們並沒有缺席，她們活在民間故事裡，過著有血有肉、多彩多姿的生活。

「呆女婿」的故事，是中國特有的一種民間文學，在江浙一帶十分流行。這些故事的基本公式是：父親過生日，女兒與女婿們紛紛回娘家為老人家祝壽。大女婿富、二女婿貴，他們在壽宴上的行為舉止莫不中規中矩，合乎禮儀，只有小女婿不學無術、有幾份傻氣，而小女兒又特別的聰明能幹，由是「呆女婿」的故事不脛而走，成為深受中國人喜愛的一種笑話類型。

我們不禁要問，同是一家人的女兒，為什麼只有小女兒的夫婿總是呆頭呆腦、笑話百出？其實我們都知道，這是說故事人慣用的反襯法，故意用小女婿的呆傻，來凸顯女兒的聰明。

在諸多「呆女婿」的故事之中，《大餅的故事》是我最喜歡的一個。故事說女兒出門，怕丈夫捱餓，就特別做了一個大餅掛在他脖子上，誰知這女婿把前面的餅吃完了，卻懶得把餅從後面轉到前面來，結果還是餓死了。從這個笑話裡，我們透過了女婿之懶，看到了女兒的能幹。若不是女兒在家中，把大小事情處理妥當，女婿怎會心存依賴，懶不可言呢？有趣的是，一直到今天，像這樣不擅處理家事的女婿，依然比比皆是，時時可見。

所謂民間故事，基本上是「人民的集體創作」，是最能反映當地人們心聲的一種文學作品。中國有四大民間傳說：《梁祝》、《白蛇傳》、《牛郎織女》與《孟姜女》，其中有兩個就發生在江南。根據現代流行的版本，祝英台女扮男裝去讀書的地方是杭州，而《白蛇傳》也發生在杭州西湖。

當我們為梁祝化蝶的愛情故事噓唏不已時，也許會忽略到，在女子不能讀書的時代，祝英台之所以一直沒被人看出是個女子，很可能是因為她的學習成績極為優秀，不讓鬚眉。而梁山伯的表現則是一個十足的書呆子，在有名的「十八相送」劇情之中，祝英台一再地暗示自己是個女子，而梁山伯就是百聽不懂，難怪祝英台要一語雙關的罵他：呆頭鵝了！

《白蛇傳》的發生地是美麗的西湖，一個詩情畫意、使人很想談戀愛的地方。從種種跡象看來，女主角白素貞絕不是一個簡單的人物，所以她被人說成是一條修煉成精的白蛇（如不是修煉成精的白蛇，怎能集美麗、強悍與膽識於一身？）

就像其他的愛情故事一樣，有一天，一個叫許仙的普通男子，在細雨霏霏的西湖斷橋，遇見了一個絕色美女，因為借傘而相識、而墜入情網。結婚以後，夫婦兩人相親相愛的過日子，誰知跑出一群愛管閒事的衛道之士，諸如茅山道士與法海和尚，一再的說許仙身上有妖氣。這許仙是個典型的呆女婿，他居然聽信了陌生人的說三道四。當白素貞孤軍奮戰法海的時候，許仙不是被白蛇的現形給嚇死了，就是躲進了金山寺中不敢出來。白素貞為了愛夫、護夫、救夫，不惜盜仙草，水漫金山，最後被法海和尚收在缽盂之中，壓在雷峰塔下。

一九二四年九月二十五日下午，雷峰塔突然全部崩塌，在塔底當然沒找到缽盂，也沒找到白蛇。隨著一九二四年那場崩塌的，是千年的傳統禮教，是壓在江南女子身上的層層厚磚。如今和自己兄弟們有著同樣DNA的江南女子，已從雷峰塔底被解放了出來，她們不必女扮男裝，就可以和兄弟們一樣的讀書受教育，作詩寫文章，從事她們喜愛的工作。

江南女子祝英台的化蝶，與白素貞的被壓在雷峰塔下，都是我中華民族最美麗的愛情神話，也是江南女子追尋愛情、追求幸福的重要里程碑。而這世上每一個妻子眼中的「呆女婿」，都很可能是被妻子百般呵護的幸福男子。

江嵐

中國古典文學博士，美國威廉・柏特森大學「關鍵語言研究中心」主任。致力於對外漢語教學研究和中國古典文學西傳研究，業餘從事文學創作，代表作品被收錄於海外華文作家文集三十七種。著有短篇小說集《故事中的女人》（二〇〇七）、學術論著《唐詩西傳史論》（二〇〇九）；主編報告文學集編《旅美生涯：講述華裔》（二〇〇七）。

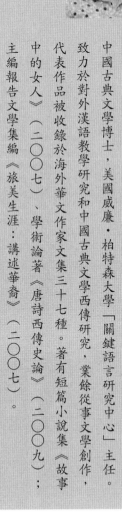

中秋的顏色

明月幾時有？把酒問青天。不知天上宮闕，今夕是何年？我欲乘風歸去，唯恐瓊樓玉宇，高處不勝寒。起舞弄清影，何似在人間？轉朱閣，低綺戶，照無眠。不應有恨，何事長向別時圓？人有悲歡離合，月有陰晴圓缺，此事古難全。但願人長久，千里共嬋娟。

——〈但願人長久〉，宋・蘇軾・〈水調歌頭〉

又到中秋。深藍色天幕上，一輪明月娟娟皎潔。即便有楓樹粗細不一的枝椏參差地穿插，那光華依然豐盈，依然圓滿，瀉落遍地，如無孔不入的水銀。造就了思念，年年歲歲不改，世世代代相傳，中秋的顏色。

那顏色總是清明，如李白在逆旅途中的客舍裡，午夜夢迴時恍惚看見的秋霜。不是雪的厚實的白，也不是冰的逼人的寒冷，就是生命最繁盛最茂密的夏季走到尾聲，暑熱銷盡了，芳草用蒼翠猶存的葉尖所托起的那種清冷透明。

今夜，浸潤我紋絲不動的髮，也浸潤你匆匆行過的巷陌。

曾經守候過的站臺線條模糊，挾持你我的相遇，那一種必然叫前世今生。依偎在你懷裡，心跳將色彩繽紛的俗世帷幕驀然擊落，習以為常的萬家燈火隨即沉寂，生命的吹拉彈唱在天地悠悠的幕布上重新演繹。

然而無法重新洗牌的結局早已註定，故事情節的發展只能遺失邏輯。當你在我的故土上寒耕暑耘，我卻獨自停靠到你的異鄉。從此每一次理智與思念拔河的企圖，總是以失敗告終，於是我決定趁著這一段月色的理由乾脆陷落，點擊記憶的黑白默片，讓特寫的鏡頭逐一逐一，拉長來緩緩回放。

那顏色總是靜默，「輪彩漸移金殿外，鏡光猶掛玉樓前」的悄無聲息，只輾轉著慢慢濕了桂花。嫦娥的裙裾薄如蟬翼，舞出思念的酒香繚繞，沒有形狀，不可捕捉，卻實實在在地繚繞，無休無止。縱然霄漢用一座廣寒宮，終了物換星移的主題，生命裡最鮮活最豐美的那一些，怎能草草與心擦肩而過。於是被千重萬疊的距離過濾之後，依然不斷不斷傳來的你的聲音，追隨心事的漲落。

你將久遠夢境裡的山巒說給我看，將五光十色的煙火說給我看，將桀驁不馴的縱情說給我看，將海潮來來往往的消息說給我看。不斷不斷的話題，不斷不斷的你的聲音，蹚亂了我字裡行間所有的隱喻，融入我無可推諉的悵惘，迷一樣難辨真假。夢在光與影都同時沉靜的滿月底下，漸漸濕了臉頰。

不知道我們約好要一起去品嘗的那一壺茶，究竟還要沖多久。

那顏色總是純淨，白玉階前玉兔身上的毫毛，在蘇軾半酣的視線裡也歷歷可數，那樣的纖塵不染。不相見，卻不等於可以不思念。那顏色一伸手就繞到指尖，若有若無的不是憂傷，而是心甘情願處的不問悲喜。

如果陰晴圓缺之後必定還有陰晴圓缺，如果離別之後必定還有離別，且讓我乘今夜純淨的月色逆流而上，穿越沒有你的日子，不言愁恨，不言憔悴，只回到青埂峰下最初與最後的等待——等待時光的足尖一點，牽連變形的地平線，等待雁字回時，玉盤終將轉滿，你的，和我的西樓。

但願人長久，千里共嬋娟。

黃美之

本名黃正，南京金陵女大歷史系肄業，一九四九年來臺灣升學，開學前去軍中工作，後因孫將軍之政治困境，一九五〇年，被幽禁十年。一九六〇年獲釋。婚後長居海外，開始從事寫作。作品有遊記《八千里路雲和月》，散文集《傷痕》、《不與紅塵結怨》、《歡喜》、《深情》及《馬丁尼酒與野火》等。小說集《沉沙》、《烽火儷人》等。並用二〇〇一年政府給她的冤獄補償金組織德維文學會，以贊助海外華文文學活動。

塞上春光好

「誰也不能阻擋我歸來
正如當初誰也不能阻擋我離去」

張錯詩〈擬一個英雄凱旋的演說〉

南加州原是沙漠地帶，並無四季之分，但春天的腳步仍可在此踏出春的節奏。昨天天氣晴朗和煦，和外子禮士去洛郡博物館看內蒙古出土的文物展覽①。對於我，出土的東西，總會有些悠悠忽忽的泥土氣息。這蒙古匈奴來的東西當然還有風沙相伴。展覽標題是「長城之外的帝國」。那莽莽草原，飛天蔽日的沙塵，廝殺，併吞，揚揚沸沸弄得老大的中華帝國只好築長城來抵擋。

進門所見的巨幅銅版雕刻，是二十四隻大牛，拖著一輛戰車，這可奇怪，怎麼不是用馬來拖戰車？那兩排牛就透著一種笨拙的神情，軍士們制服的線條則透著一種治軍的嚴整，龐大中有精細，是時人的作品，倒不如那五、六吋見方的銅牌子引人入勝，那牌子上面刻著五行端整的蒙古文，它代表著一種制度，凝視著那小銅牌也會感到驛站換馬的奔騰，傳遞信息的使者的沉重呼吸。

平日，我對地圖除必看高速公路的走向外，都不太留意，尤其對中國的地圖，更是久已生疏，內蒙古在我的意識中，也不過像寧夏、甘肅一般，只是中國版圖內的邊遠地方吧。這次卻清清楚楚看到地圖上，那內蒙古草原也和黑龍江、吉林、遼寧接壤，難怪愛新覺羅氏與蒙古總也代代有婚姻親緣，好歹糾葛，這明明是我對地緣的疏忽，反倒沾沾自喜的以為有了新的發現。

那些陶器、銅器、玉石，都不過是先民的手工藝，看得多了，當然會覺得不過如此。但若想到它們闖過的歲月大關，在風沙漫漫的塞外的存在，也就會體念到那份苦澀的生涯中，因對藝術的激賞所得到的溫潤。有一頂胡人的金冠，是世紀前四百年到兩百年之間的產物，看去像是盤龍，細看卻是四隻大張嘴的狼和粗的鞭（應是皮鞭）兩層的盤著，很精緻，金色也極燦爛純正，頭蓋上立著一隻金鳥，鳥頸與鳥頭是從綠松石磨出來，頸中間有條極細的金絲作為銜接之處，說明書雖說是鷹，但我卻想著是這博物館外面的那種鳥。因為當我們走進這洛郡博物館之前，那門前的大草坪上，飛著大的白鳥，禮士說這是海鷗，但海鷗為何不去海邊，卻在此輕飄低迴，一位流浪漢正在費心的將自己的食物分一些給牠們，因牠們飛得很低，有兩隻這種白身黃腳的鳥與我差點撞個正著，當我看到這金冠上的小鳥時，我覺得牠與外面飛的鳥很像，豐毛粗腳的，便想著這小金鳥便是外面那一群流浪鳥的精靈。

在一邊牆上，有個小玻璃櫃，櫃中盛著一片瓦端，中國故宮瓦端上刻有飛禽走獸，韓國也十分講究，有蓮有花的紋路，這瓦端卻赫然的四個大字「單于和親」。只因瓦已破缺，于親二字都已不完整，我忍不住大聲驚嘆，而且忙把禮士拖過來看，因為早兩天聽到老歌〈昭君怨〉，就把王昭君的故事說給他聽，沒想到這樣快就可向他印證這故事的真實性。其實王昭君的故事，從小就聽說的，歷史上也確有記載，也總是很令人同情她一個女子要走入一無所知的大荒棲身，但那究竟是很久遠的事，時空的距離，給人一種不真實的感覺，就像嫦娥奔月似的，此刻面對這片墓中掘出的殘瓦，雖驚喜於印證了歷史的真實性，卻也面對了一份歷史的冷酷，那份冷酷經由時光的隧道撲面而來，是令人驚慌的。我相信並不能肯定那墓就是王昭君的墓吧，因為去和番的女子王昭君不是唯一的，因每當中原羸弱時，邊塞的什麼單于呀，可汗呀，都會要求一位欽命的漢女，作為和平共存的條件。抬頭看那瓦櫃上掛了一幅〈明妃出塞圖〉，是從日本博物館借來的，乃一位南宋的女道士所畫，畫中的王昭君很碩壯，不似楚國女子的纖秀（王昭君是湖北人），也許那畫家認為要如此健壯，才能承擔這份維護社稷的重任吧；王昭君昂首直視的神態，也顯出她面對挑戰的勇氣，也許還有一份獲得了自由的喜悅，因她在漢宮並不得志，而現在到底有代表國家的光榮去和番，仍是做王妃，不但史冊上要記下她為世界和平所作的犧牲和貢獻，而且要去過一種有愛有慾的實際生活，總比在大漢冷宮空守朝夕的老去強多了。只是畫中那跟隨昭君騎馬在後的侍女，卻是回頭掩面，百般不捨的離開自己的故土，還要替王昭君抱著那琵琶，雖和主子一般的充軍，但奴才終是奴才，那青史又何曾記載這梅香的名字，但願她在習慣於異域的生活後，也能柳暗花明又一村的找到一片她自己的天地。

快出展覽室時，可以看到一座真正的蒙古包，蓋蒙古包的材料比印第安人的帳篷強多了，裡面有桌有椅有櫃，很是高麗國的風格，也是中國的古風格，相信那塞外的文化，在築長城前，就已受華夏文化的影響，築了長城後，人也是有進有出，泱泱大中華的文化仍會浸染過去，到後來，成吉思汗橫衝直闖的，西邊征服到匈牙利，東方征服到高麗即今之韓國，成了有史以來的大帝國，而定都於中國北京其漢化的程度就更深遠了，這也可從掛在那兒成吉思汗的畫像看出（是從臺灣的博物館借來的）。不過，蒙古自有其堅韌的民族性，其文物也展現出一種孤傲不含悲的特色。

走出博物館，春風拂面，真個是塞上春光好。

①金陵女大的學姊成錦，學識淵博，曾告訴先夫禮士，說德國的一州名波哇麗的地方，成吉思汗的騎兵隊曾在那兒駐紮了八十多年，完全融入了當地的人物文化。因為先夫的祖父家是從波哇麗移民來美國的，波哇麗人先夫大笑的說：「Don't tell me, I have Mongolian blood.」最近網路上有一畫面，一群金眼碧髮的德國波哇麗人，說他們實在是中國人，我相信就是成錦大姊說的，那事實真有趣信不信由你。

張鳳

師大學士，密西根州大碩士。著作：《哈佛心影錄》、《哈佛哈佛》、《哈佛采微》、《哈佛緣》、《一頭栽進哈佛》。哈佛中國文化工作坊主持人，主持上百文學會議，曾任職哈佛燕京圖書館編目組二十五年，也研究歷史。北美華文作家協會祕書長及分會會長，曾任海外華人女作家協會審核委員，入選《世界（紀）華人學者散文大系》，獲兩屆文學類部落客百傑獎。

愛所當愛

——從〈你是人間的四月天〉談現代女性林徽因兼及胡適、徐志摩

「我說你是人間的四月天；／笑音點亮了四面風；／輕靈在春的光豔中交舞著變。你是四月早天裡的雲煙，／……你是愛，是暖，是希望，／你是人間的四月天！」

林徽因給她兒子梁從誡寫下這首詩時，自然未思考在一九九五年這詩會被金岳霖、鄧以蟄引用來歌頌她之逝去「一身詩意千尋瀑，萬古人間四月天」，更不會想到在下一個世紀之交還被文藝影視網絡各方面大作文章。

林徽因是北洋段祺瑞政府司法總長林長民之女，祖父為閩侯光緒進士，黃花崗七十二烈士之一林覺民為其堂叔。她多才多藝，曾為：清華建築學院極有成立貢獻的一級教授、國徽設計小組領導人。她設計人民英雄紀念碑，在搶救景泰藍，保護古建築（與梁思成走訪過十五省兩百個縣的古建築），皆有建樹，並為踏上皇帝祭天天壇頂的首位女性。

她的母親何雪媛，是二太太，獨養她一女。她九歲時三姨太進門，再生了兩位弟弟，林恒和林暄（為林瓔之父）。她自幼見到母親因不能生子而受冷落之苦，悲愴也永遠沉澱於心底。從小聰穎美慧，考入聖瑪麗中學，英文優異，又善持家，十六歲隨父赴英講學和出席巴黎和會，留學當中領悟了父親的胸襟懷抱，擴大眼光。

雖因浪漫詩人徐志摩由美國麻州克拉克大學念完經濟學，嚮往劍橋大學師從羅素未果，就讀倫敦大學，得與舊識林長民感性地詩文唱和。長民有時以女性立場應答，無心插柳地一兩天就上林家的門，與下一輩的徽因交匯出互放的光亮，但終因家庭因素，如上述她由母親的苦況萌發出設身處地的新派思想，又敦厚，無法想像捲入有個女人為她被拋棄的複雜關係。特別她與梁思成為世交，十四歲相識，青梅竹馬，父親林長民與梁啟超又政治觀點相同，同組共和建設討論等民主社團。

一九二一年夏，徐對林奔放的春至人間剛過，感情正熱，妻子張幼儀能再度懷孕，文學家或以幻覺取代，不免形成彼此生命中永遠解不開的謎團，而感嘆遺憾。

年方二九的林徽因悟性高人一籌，愛她所當愛者在一切之上，八月夏末藉消暑為名，鄉居柏烈特家與徐避不見面。十月十四日隨父離英往巴黎，方向有別，無需訝異也無需歡心，在轉瞬間消滅了蹤影。一九二一年為梁啟超接返北京再入培華中學。而志摩借友人明女士之裝扮，提出小腳與西服之差，對剛有孕的幼儀不告而別。至一九二二年三月由金岳霖、吳經熊等四人在德見證與幼儀離婚，勇於以「改良社會造福人類之心」為名開先例，成為中國第一個正式離婚的男人。一九二二年十月志摩乘船返京不歡，因徽因與思成婚事已有成言，一九二四年兩人留學美國賓大，年底林父東北中槍逝世，始依賴未來公翁梁啟超照料。

留學三年，一九二七年畢業成婚前夕的徽因，去信告訴同為老友的胡適：請你告訴志摩，這三年來寂寞受夠了，失望也遇多了，現在倒能在寂寞與失望中得著自慰與滿足。告訴他：她絕對地不怪他，只有盼他原諒她種種的不了解。但是路遠隔膜，誤會是難免的，他也該原諒她，徽因把志摩的舊信一一翻閱了。舊的志摩，她真真透徹地明白了。但是過去、現在不必重提，她只求永遠紀念著，有價值的經驗，全是苦痛換來的。未料一九三一年，再婚又與陸小曼分居京滬的志摩為飛回京參與徽因演講，撞山逝世，一切均成追憶。

徽因一生從容不迫，下定決心，面對摯愛她的徐志摩和金岳霖，改換長相廝守的頻道，以知友情誼至終。金先生的真情尤其動人，真了解她，終身未娶，她逝去後，日日捧花上墳。明快又有見識的她，人豔如花並不矯情，在京總布胡同有她著名的「太太客廳」，說起話來，別人幾乎插不上口；與朱光潛、聞一多、冰心、梁宗岱、馮至、周作人、沈從文、蕭乾、卞之琳、何其芳等也參加「讀詩會」的文化沙龍。

她的兒子梁從誡提起母親的分析：徐志摩愛的並不是真正的我，而是他從詩人的浪漫情緒想像出來的林徽因，可是她說她並不是他心目中所想的那樣一個人。她在哈佛大學的至交費正清夫人費慰梅說過：林徽因對徐志摩的回憶總是和雪萊、濟慈、拜倫、曼斯斐爾、沃爾弗夫人等這樣一些文學家的名字聯繫在一起，這使我意識到徐對她的一片深情中，可能已不自覺地扮演了教師和引路人的角色，把林徽因帶進英詩和英國戲劇，那種新的美，新的觀念，和新的感覺的世界，而他自己當時也陶醉於其中。

志摩與他同病相憐的好友，望重一時的五四導師胡適，也有極大的不同。他熱情滿蓄，在詩文，在行動，所以他敢做敢為，每次戀愛的奔湧力度驚人，成為中國第一個離婚男人，比起其他悄然偷情之多數，依然稍好一點，他不違父命未能事前退婚，是嫌猶豫寡斷。

反觀曾來哈佛講學的胡適，在湖光山色中〈秘魔崖月夜〉的見月相思名句：「依舊是月圓時，依舊是空山靜夜；我獨自月下歸來，這淒涼如何能解！翠微山上的一陣松濤，驚破了空山的寂靜。山風吹亂了窗紙上的松痕，吹不散我心頭的人影。」，正是一九二三年深愛的非婚表妹曹佩聲。

據北大歐陽哲生教授考查，護士哈德曼夫人（Virginia D. Hartman）也因侍病胡適二十年，而有超友誼的關係。而且與他康乃爾大學女友威廉斯彼此心照不宣，胡適再一次來美時，哈德曼寫信給威廉斯，哈德曼出冷氣機，希望威廉斯出住房。但威廉斯小姐與胡適的差距當時已與日俱增。

另有一九三三年到芝加哥大學演講那回，同行的有任叔永太太陳衡哲：莎菲，是未婚時早有情誼的生平知己，胡適將女兒素斐也取同音之名。普林斯頓大學周質平教授已尋出有信可證（威廉斯的信），胡陳在芝加哥突破。普大余英時教授也在一九三八年胡適日記中讀出胡適與羅比小姐（Roberta Lowxtz）在他赴美呼籲救亡的煩悶緊繃心情中，有過一段紐約赫貞江上的相思，羅比隨後嫁胡適之老師——大她四十五歲的杜威，成了他的師母。胡適在後來駐美大使任內，則有館中職員，一位漂亮的女士，多次在太太江冬秀遠在中國之時，做他的女主人，亦費疑猜。

緋聞不斷的胡適，對志摩的離婚和陸小曼的再婚，他只能「同情的了解」和「心嚮往之」，真要他革命辦不到，愛情與政治之相仿，與雷震事件中如出一轍，他無非時時「借他人之酒杯，澆自己的塊壘」。而胡適、徐志摩等的才華，是大家有目共睹的。

影響重大的魅力權威，身不由己，定得依侍婚外情人作靈感，才成就得了那永垂於世的廣陵絕響？不覺深念起寫〈你是人間的四月天〉的守禮詩人和美麗的建築學家，提到過：我們的作品會不會長存下去，就看它們會不會在那些我們從來不認識的人——我們作品的讀者，散在各時、各處互不認識的孤單的人——的心裡。

寫於哈佛大學

唐潤鈿

國立臺灣大學法律系畢業。曾在松江任小學老師。在臺任律師事務所助理，後入國家圖書館，任編輯、編纂等職。服務三十三年後退休。喜愛文藝、寫作。文類包括散文、小說、兒童文學及劇本。寫過「好書引介」，「法律與生活」等專欄。著有《彩色人生》，《文學家的故事》與《優游於快樂時空》等十餘種。

誤打誤撞進了國家圖書館

人生的道路，是否自己無法預先計畫！而是誤打誤撞?!或是為命運之神所引領？

為了踏入社會能多一樣技能，當我寫畢業論文〈法律與道德〉完稿，便學英文打字，同學笑我，不做律師，不當法官，而要做打字員嗎？我說：「我的志趣不在法律，是在教育。但沒有考上師大，而臺大沒有教育系，我選了法學院中排名第一的『法律系』。現在我只想通過就業考試。」

教授國際私法的汪禕成老師的朋友需要一位助理。後因汪教授的推薦，我就進入了李律師事務所。「學以致用」這該是個令人稱羨的工作！

我在事務所見到的都是焦慮或愁容滿面的人士。我不喜歡這樣的氣氛，我期待著就業考試後能分發到一個我喜愛的工作。後來獲得通知我去臺中教書，我又覺得遠，正巧遇到教授第二外國語——法文老師龔士榮神父說：「由南京遷來的國立中央圖書館要在臺北籌備復館，需要大量工作人員。」因在臺北，我想一試，經過館長面談，於一九五四年十月一日進入國立中央圖書館籌備處。在我進入國立中央圖書館的同年十月底我結婚請假，那時沒有經濟基礎，後又因工作需要，我只請了一星期婚假，便銷假工作。我重填人事登記表，要加上丈夫與翁姑等名字。後來祕書蘇先生告訴我，我的丈夫不但與蔣館長小同鄉，而且我的公公周承德還是蔣館長的老師。

一年以後，我生兒子周全，請產假六星期，等我銷假上班工作，辦公室已遷到南海路植物園內後來修繕加蓋房舍，特藏組的繕本書也從中部運來臺北，開放閱覽。我的工作也調動，管理人事行政。那時工作人員逐漸增多，館長在館務會議時，要求工作同仁努力奉公之外，還有人格與品德以及進修等的訓勉，他常說：「國立中央圖書館是學術圖書館，但也是公共圖書館，故也負有社會教育的任務。」他更說：「我們是一個機構，但也是一個大家庭。」他處事明察秋毫，是個非常嚴正的大家長。

後來我表示對圖書館業務有興趣，提出要求，想去教育部暑期舉辦的「圖書館工作人員研習班」進修。他同意了。在我受了初級班與高級班兩次研習以後，調派我到閱覽組擔任書庫管理與辦理國內外書展工作。

一九六六年，蔣館長榮任國立故宮博物院院長後，繼任館長為屈萬里，後任館長為包遵彭、李志鍾、諸家駿、王振鵠等，我都在閱覽組工作。唯在留美歸國學人李志鍾任館長時，我的工作調動，在參考室，任參考諮詢，為讀者解答各項問題，但仍屬閱覽組。

圖書館是知識的寶庫，供專家學者學術研究之外，各階層人士往往希望在短時間內求得某方面的綜合知識，他們的問題形形色色，有的來電話，有的書面，這些問題是可以有充分的時間查得答案，再據以回覆。而口頭諮詢，因是面對面，當讀者得到滿意的答覆，道聲「謝謝」離去時，內心的喜悅難以筆墨形容。

那時沒有電腦輔佐，全憑經驗，有時限於學識或時間，不能即時作答，只好請讀者下次再來，或留下電話容後予以答覆。這是一個頗具挑戰性的工作，我常寫下各項問題與解答的步驟，作成記錄，以內容來予以分類排列，裨益工作人員日後查閱之用。（這些資料，日後也成為我寫《書僮書話》內容的一部分。）

在拙著《書僮書話》出版時，我以〈現代書僮〉一文代自序。我說：古時候的書僮，只侍候公子磨墨拿書，而現在的參考館員是大眾的書僮，必須為讀者解答各種問題或指點閱讀門徑，或者撰寫新書評介等。最後我說寫此文的動機是讓大家明瞭圖書館的參考服務，多多來利用圖書館。此書有蔣復璁與王振鵠兩位前後任館長寫序。當時的閱覽組主任劉崇仁也寫了序文。此書內容也包括我在工作之暇所寫從事圖書館工作的經驗與心得等。

有次我影印了些陸游的資料，帶回家去，寫了一篇短文在文壇雜誌上發表，因註明出處，很得好評。還蒙約稿，只因我公事家務之餘，寫作時間不多，很多年以後才集篇成冊。蔣館長在序文中提到我的先翁周承德先生，並說我：「彼研習法律，然志趣在文化教育事業，而對於文藝興趣更濃。近年來其作品散見報章，亦偶編電視劇本。其散文，劇本應徵多種徵文徵劇，皆曾得獎。今見其發表之陸游、李白……等古代文學家之生平事蹟，彙集成冊，題名為《文學家的故事》。在其生動文筆之下，諸家栩栩如生，並一一介紹諸家之重要作品，至其文筆流暢，更具有傳記價值。今唐女士一子一女皆已讀大學……望其百尺竿頭，更進一步……」是書蔣館長序於一九七五年，在國立故宮博物院院長任內，其中頗多鼓勵與溢美之詞。

王振鵠館長時，新館在中山南路落成，於一九八七年遷到新館。而我到新館不久，突然發病，右髖骨關節炎，又脊椎骨疏鬆，壓到神經，非常疼痛，不能舉步。治療，請病假多時，我申請退休，告別了十五年的參考工作。還不到六十歲，便離開了我工作三十三年的中央圖書館，後來改名為國家圖書館。

我從沒想到我一踩進圖書館，竟成了我的終身工作，因為這兒有可愛的人與事，增進見聞的書，令人樂而忘我。我雖寫過圖書館員甘苦談，但我還是認為甘多於苦！故樂於為書辛勞，但因病而得退休。

退休之後，雖仍在病痛中，我仍以寫作抒發我的情緒感觸，也記下見聞，並為國語日報續寫「好書引介」。後來為青少年寫法律有關問題或故事，以「法律與生活」為專欄名，每週刊出一篇，寫了三年多，彙編成冊，由國語日報出版，題書名為《生活法律故事》，是年被新聞局評選為青少年優良讀物。

此後我寫些散文、短篇小說，出版了散文集《彩色人生》與《優游於快樂時空》以及兒童文學《媽媽在美麗的花園》等。但在出版業不景氣的時代，彙集的短篇小說迄未出版，而不識時務的我，竟還在寫長篇小說《冰雪與陽光》，寫一個小女孩在動亂時代成長的故事，她如何從水鄉江南逃到臺灣的際遇與週遭見聞，直到老年又漂流到美國，他鄉遇故知，以及種種的奇妙安排。已寫了十之七、八，但我因老病與雜事牽絆，寫寫停停，可不知何日得以完成？自己也無法預料，一切都在未定之天！

我覺得引領我走上寫作之路，使我認識了許多文藝界的益友知友，完全是由於我進入國家圖書館所導致，使我走上了這條道路，真像是有慈光在指引著我。

二〇一〇年十月十四日我心血來潮抱病（腿疾與眼病）返臺參加文藝界重陽敬老，在臺大醫學院國際會議中心的宴會廳文藝雅集盛會餐聚之後，又出席十六日上午在國家圖書館舉辦文藝雅集暨風華再現聯合特展的開幕茶會，茶點之外，更有多項節目。

我出席茶會，聆聽國家圖書館顧敏館長致詞，以歡欣的語調說，這次聯合特展表現著一個特色，融合著多種文藝作品一起展出，這也表現了臺灣中華文化的包容性。可惜這個特殊的展覽只能在這展覽廳展出一個星期。為了慶賀十月二十五日臺灣光復節須更換展品，說明臺灣光復在中華民族文化傳承上的重要性。他的言詞簡明扼要，闡述發揚臺灣中華文化的深義。我真想為此寫篇報導短文，問顧館長有否講稿，想借來一閱。他說這是他隨興而說，沒有講稿預作準備，後來由於我的左眼動手術，擱置之後，以致未寫。

我沒想到，在我退休二十三年之後，又一次巧遇而走入國家圖書館！使我更體會到臺灣文學發展基金會、文訊雜誌社等我國的文教機構都在努力傳承與發揚著臺灣中華文化!!也使我想起了在南海路植物園荷花池畔的國家圖書館，那時年輕的我，如今已屆八十老耄一老婦！真可以小時候的作文常用語「光陰似箭，日月如梭」來形容了。

二〇一一年八月十日完稿，原載二〇一一年十月號《文訊》雜誌第三一二期

沈悅

生於重慶，在香港、臺灣成長，臺灣大學化學系畢業後就讀美國加州理工學院。喜愛舞臺劇編寫製作，作品中《誰是贏家》、《夫差與西施》、《今生有約》、《陰錯陽差》曾由上海職業劇團演出共約百場，《夫》劇被選入二〇〇一年上海國際藝術節參展。《戀愛一籮筐》獲臺灣編劇協會獎。曾患乳癌，治療後投入華裔乳癌防治工作並繪漫畫鼓勵病友，收集在 www.joycehsu.us 中。

輪到我吹口哨

這段記憶如果不是因為去年六月我發現乳癌又復發的話，也許會一直被藏在腦後而不再想起來。十年前，當年我五十三歲，孩子們已長大，老人家們還沒老到需要我提心照顧。日子正過得無憂無慮，時光有如倒流到孩子們未來臨前的年輕歲月，可以常常呼朋喚友，半夜不回家。然而一下居然得了乳癌，原本計畫已久的旅行要取消，答應好要去的婚禮只好禮到人不到，好不容易鼓起勇氣要去上的課又不能去了。雖然說我有很多生物上的智識，所以恐懼感比別人少，也有正面迎敵的勇氣，但心中的懊喪是免不了的。

像我們這年代長大的中國人，小時候補牙都沒打麻醉針，所以應付化療期間身體的不舒適還都能咬牙而過，而唯獨我最受不了的是放射治療要做三十多次，那七個禮拜除了週末以外每天都得到醫院，日子實在難熬。記得當時為了容易記住去醫院的時間，就索性每天約同一時間，想來別的病人也多如此想法，因此在放射治療的候診室裡的病人都天天見面，大家同病相憐，彼此都打招呼，問好及關懷。記得有一位是個只能講西班牙語的女病人，她得的是胃癌，她病況不輕而且胃一定很不舒服，她總是躬著身子，雙手捧著胃部，一張娟秀的臉上找不到一絲笑容。

正值暑假，住在家中的二兒子每天陪我去醫院，他在學校學過西班牙語，就和她攀談起來，漸漸她緊捧著胃的雙手鬆了下來，她微笑起來非常的漂亮。後來由二兒子口中才知道她是來自墨西哥的望族，生了病由父母陪同來美治病，他們沒有親友在附近，我們成為她這段時間唯一的朋友。另外有一位是個中年的美國男士，衣著很整齊，從前年輕時在海軍服役到過亞洲，他與我就很自然的聊起他在亞洲的經歷，當談到當年他休假船泊臺灣的高雄，對中國女性開叉的旗袍讚不絕口，我心中一惱，暗想那時二十多歲的美國水手一到岸一定是到處留情，但如今眼前的他得了血癌做了骨髓移植，憔悴的臉上只有談起臺灣時會流露出對生命仍存留的一點點興奮，我怎麼能評議他？還有一位是個年輕的媽媽抱著個一歲多的小寶寶，小傢伙得了腦瘤，放射治療時要他不動是不可能的事，所以每次還要全身麻醉了才能照，年輕媽媽心中的愁苦是不在話下。有一天小寶寶的尿布裡做了大文章，而疲憊不堪的年輕媽媽正在打瞌睡，我們大家都屏息著氣而不忍心叫醒她去給小寶寶換尿布。眼看著這候診室裡一位位病人，有誰能保持愉快的心情？

大概是如此的日子過了三個禮拜，那一天我照樣由老二開車送我去醫院，到了放射科就進入更衣室去換上那醫院的罩袍，正在換的時候我聽到旁邊更衣室傳來一陣愉悅的口哨聲，那是Oklahoma歌舞劇中的「Oh what a beautiful morning. Oh what a beautiful day. I've got a beautiful feeling. Everything is going my way!」（喔！好一個美麗的清晨，喔！好一個美滿的一天，我感覺好棒，一切都那麼順心如意。）我心想大概是進來收拾的醫院女工在吹口哨吧。而等我換好衣服出來一看，是位跟我一樣換上罩衣的女病人，是個新面孔，我一看到她就眼前一亮，因為她跟我一樣頭髮因為化療都掉光了，我是每一次出門前都花不少時間來挑選要戴哪一頂假髮，而她居然有勇氣連假髮或帽子都不戴一頂，很大方的站在那裡，而且神情毫無一點不自然，我就禁不住與她搭訕。

「Someone sounds very cheerful.」

（聽起來妳很開心的樣子。）

「You know that tune?」

（知道這首歌嗎？）

「That's the one from Oklahoma, isn't it?」

（是《奧克拉荷馬》音樂劇裡的一首，對不？）

「Yap！」

（答對了！）

「You must be here for radiation treatment.」

（妳一定是來做放射治療的吧。）

「Right. And this is my second time around.」

（沒錯，而且這是我的第二輪了。）

「You mean your cancer recurred？」

（妳是說妳的癌症復發了？）

「Oh yes, my breast cancer came back to haunt me, so I have to do the whole thing all over again.」

（是啊，我的乳癌又回來找我麻煩，所以又得重新再來一次治療。）

「Then, how can you still feel so happy？」

（那妳怎麼還能這麼開心呢？）

「Well, I figure I'm so lucky that there's even treatment available. My father is diabetic and there's no cure for that. He has to give himself insulin shots every single day. And my mom has Alzheimer's, and so far there's not much we can do for her.」

（我想，居然還有治療的方法就算我運氣了。我父親得了糖尿病，沒法治，只能每天他給自己打胰島素；我母親得了老人癡呆症，至今也無法可施。）

自從那天以後，往後幾個禮拜的治療日子我就心平氣和地度過了。在我還沒做完之前，那西班牙裔的女病人做完她的療程，那天我的老二買了一個大氣球和一張卡片送她，候診室的病友們也輪流擁抱她；那位美國男士病情加重，戴上了防菌面具，口鼻全遮住，只能流露對她祝福的眼神。那時我心中已完全原諒他當年在高雄年少輕狂的行徑。

十年來如果說我從未想過自己有一天也會乳癌復發，那是騙人的。得過癌症的人沒有一個是可能心中沒有隱憂。我也曾向老天爺放話：「你不會把我不能承受的事加在我身上吧？我跟你說清楚了，我是個很沒用的人，請不要太看得起我，我這樣已經夠了，千萬別升我級。」但顯然老天爺還真是看得起我，這次是輪到我吹口哨了，輪到我用積極開朗的態度去鼓勵病友，讓他們不要因為我的再次跌倒而頹喪。近年來防癌方法、治癌的新藥輩出，希望已來臨。

濮青

畢業於臺灣大學，旅美數學教授，詩人／作家，五洲民族舞者。退休後為孤貧病災者籌款義演舞蹈。創作英詩〈女兒行〉與美國 Walt Whitman 等十一位桂冠詩人作品同榜，熔刻紐約市賓州火車站大理石壁，作永久展示。著有中／英詩集《東風西雨》；英譯漢朝蔡文姬《胡笳十八拍》。

千樹梨花一夕開　夜思三毛

——寫在《三毛啟示錄》出版前

「忽如一夜春風來，千樹萬樹梨花開」

——引自唐朝詩人岑參〈白雪歌送武判官歸京〉

我寫這本啟示錄的目的，不是為追悼三毛的消逝，而是為慶祝三毛的誕生。因為書中的三毛是一位永遠不會凋零的精神體。她是陽光，是潮水，是山嵐，是雪林，是希望，是歡暢。她是宇宙之中的正氣，是騎著天馬行空的愛心女神。不，她是人類的真情至性的精神女兒。

三毛不會死，她只是消失了。她消失在人間的未來。但是，您若要找她，我確定您會在陽光與潮水、山林中找到她。在那兒，三毛有無盡的愛給你們，和我。她也一直在呼喊著你、我。

每當有人提及三毛，我唯有淚眼婆娑，聲音哽咽。心中多了雙份苦澀與創痛。陳平／Echo在給我的書信中對我有超凡的情誼與信賴。我為她寫作的原動力來自她自己。也是我今日能勇敢地超越悲痛，觸及當時的懵懂愚昧，重新再來理解、分析、珍惜、詮釋——我友陳平／Echo／三毛的不易詮釋的內心世界。

三毛不是個謎，而是一面鏡子，
也是一版公告欄，甚至是啟示錄。
我寫這本書——《三毛啟示錄》的目的之一是——療傷！
我為她寫啟示錄，祈求為愛她的人也癒合創痛。
我們一起，能為希臘神話中的山澤精靈Echo解除符咒。
因為那回音女不是三毛，而是三毛的作者——陳平的隱形自我。
書中的三毛，是感性人類的希望與光明。
她超越物質生活的貪婪，而追求精神的昇華。
她超越有機肉體生命的局限，追究人與人之間的了解與關懷。

書中的三毛，是超時代，又逆潮流的。

三毛的叢書，是人類精神真髓。人類感性與理性的融合，而不相對峙戰鬥。它是世界心靈交流的風景線。

三毛像取經的大唐三藏。採集古今中外的燦爛的文化和綺麗風俗景觀，去蕪存菁，交匯貫通，以我們懂得的文字，寫給我們欣賞、融匯。三毛的叢書是一部感性人生的心經。她也是提升人類文化視野與深度的推手。她曾帶領我們超越物質枷鎖，歸真返璞，找回自己自由的心靈。

作家陳平是三毛。但是，三毛卻不是陳平。

三毛只是作家陳平生命的一部分。

陳平因三毛的誕生而不朽。

陳平給了三毛所有完美的基因與靈魂。

也所幸，三毛沒有遺傳到，陳平自我放逐的孤獨，和對人生的懷疑……這也是作家的理性的選擇。

陳平一生的符咒，是她的心聲Echo。她的心聲像回音一般，在山谷中迴旋，遊蕩，呼喊著你和我——愛我吧！了解我！接受我！

作家陳平，自號Echo的人，是三毛的始作俑者，也是隔著海洋呼喚過我的人。

一九七七年八月四日——《世界日報》代郵的尋人啟事：

「讀者陳平，【筆名三毛】，尋訪濮青女士。

陳平地址為：

Mrs.Echo C.DE QNERO, APARTADO 51 TELDE,
LAS PALMAS DE G.CANARIA, SPAIN」

「濮青，世界上的事，說起來亦是簡單，一個在天南，一個在地北，彼此也有法子找到。

妳第一次的來信嚇著了我。這是一篇對我前半生的心理分析，比我自己清楚，也比我自己更肯定。這一個月來，妳的信一直放在枕邊，有閒時就拿出來看。不相信世界上有人能把我讀得透徹如此……——Echo 上」——八月二十九日一九七七年

「濮青，這兒有一個島，叫 Lanzalote，妳去了一定會喜歡得哭出來！是個黑色、銅色、藍色沙石變成的島……——Echo」

——我始終沒去成。因那時我沒有自由。家中有兩個幼兒，又有全職在大學教書。

「濮青，我們真是太像太像了！無論衣著上，外形上都是一個人」

——我當然不相信。

「妳的照片，來信，文筆都是一流的人物。看了喜歡得很，很喜歡跟妳做朋友……。Echo 上。十二月九日一九七七年」

——當然好啊！我比陳平只大一歲。

「濮青，我們是太像太像了，無論在外表上，在性格上，都是複雜的人。妳不要被我的小說騙了……我是百分之七十的時間正常，平靜，另外百分之三十……Echo上」

——那怎麼會呢？三毛也是真實的妳！妳將自己最珍貴的親身經驗，獻給讀者分享，是很慷慨的！

——我那時的確沒有理解，陳平／Echo／三毛有什麼區別。現在回想起，就是這百分之七十與百分之三十的區別啊！……

「濮青，常常想念妳，卻不能寫信，因為一寫便如長江大河，止不住。

妳就是我，還用寫什麼。真的。

今日是中秋，一輪明月正當頭。

Jose在上夜班，我一人吃飯，

在陽臺上看月。竟是沒有感覺……Echo上。九月十七日一九七八年」

那是一九七八年的中秋夜。

到了一九七九年的中秋夜，在那夜，Echo已成了她心愛的荷西的遺孀。

我友作家陳平，是真實的三毛，而三毛卻不是陳平。

三毛是陳平的生命的精華。是她的最光明、亮麗、燦爛個性的精髓。

三毛也是陳平最喜歡、最欣賞自己的人格一部分。

陳平因三毛的誕生而不朽於人間。

三毛卻不是Echo。

三毛和Echo是兩個極端不同的人格。但彼此並不陌生。

三毛獨立自信，是撒哈拉沙漠中的仙人掌、中國的雪地紅梅，她完全有能力孤芳自賞。而Echo是個自怨自艾的希臘山澤精靈。

Echo永遠追求著沒有希望的愛情——那自戀的水仙花神Narcissus。

陳平自稱Echo，是她白嘆生命的隱喻。

Echo也不幸變成自導自演的預言家（Self-Fulfilling Prophet）認證了悲劇的寓意。

當初，陳平每每提醒別人「三毛是我的一部分，不是我的全部」。

但是很多人都聽不見！

也聽不懂！包括了當時的我自己。

早期她寫給我的書信，都簽名Echo，而不是三毛，那時，我卻不察覺有什麼軒輊。

如今看三毛，她是陳平的「腦孩」（Brain Child），這是作家理性的選擇。正如希臘的「智慧女神」——雅典娜，她誕生自「天帝」——宙斯的頭腦，是他選擇的女兒，但不是二位一體。而是，各有各的神通與靈性，是不容混淆的。凡人、信徒若要祈福、許願、還願，確定不能跑錯了廟宇。否則會有翻江倒海的反效果。我想，如果世人把三毛和Echo與陳平混為一體，必然有相當的困惑與迷惘，更別提對三毛的心痛與不捨了。

甚至，有人對她失望，怪罪……那就是更不了解三毛的真諦了。每一個讀過三毛書的人，大都能找到一片屬於三毛，也屬於自己的性靈鴻爪。有的是對將來的期望，有的是對自己過去的回憶，我們承認也好，不承認也罷。一般說來，人們對將來有憧憬，對過去有驗證，總是好的，也是健康的成長。

但就是沒人能擔當得起，了解全部的三毛／Echo／陳平——這麼沉重的擔子。

陳平是做過每一件三毛所做的事，思想過每一片三毛的思想，也感受過每一縷三毛的感情。但是陳平／Echo／三毛仨人各有獨立的特性與靈魂。

書中三毛是陽光；陳平是「心靈孤兒」；Echo卻是永遠的悲情。

書中三毛已然擺脫了陳平所有的迷惘、苦難和枷鎖。

三毛的前途曾是一片藍天白雲、錦繡人生……

三毛發散的浩然靈氣，是智慧與感性的結合。

這女性獨有的光輝的精、氣、神，她是永垂不朽的美。

遙望Echo，她是從陳平到三毛的夜渡時期，

像渡船、像橋樑，卻是在霧中航行。

一旦人生又起了波濤風浪，Echo就踏過三毛，

又回到陳平受創傷的無情世界，悲情的荒野，怒海。

Echo也總是固執地，忽視山谷外明滅的燈光。

這位悲情的希臘女神，Echo終於帶走陳平，

化作山谷中的回聲，永遠隨風流浪……

我認為神話，很多是人類內心情感的射影，折影，投影或反射……

陳平選擇了Echo作她的外語名字，是潛在意識投射她自己宿運的隱喻。我看Echo，三毛的「隱形自我」（Alter Ego），有威力自編自導自演一部正版的陳平的命運。

這一點三毛是沒讓曹雪芹的《紅樓夢》專美於前——

陳平的叢書中的沙漠意象、二人撿駱駝頭骨比喻，不遜於曹雪芹寫「青埂峰下一僧一道」及史湘雲與林黛玉的對詩「寒塘渡鶴影　冷月葬詩魂」對彼此結局的隱喻……但是，好在曹先生沒有為他的作品——

殉葬、陪葬……

並不是人們麻木不仁，而是人生是太錯綜太複雜了。

人生不像書本，總有最後一頁。棺蓋了，卻並不一定有定論。

三面夏娃

陳平有幸，曾經擁有父母手足真摯的愛，無條件的家庭支持。

但是陳平也不幸，很少人了解她，欣賞她，和完全地接受她因為她不願走為她鋪好的路。她不服從，不傳統，盡找荊棘亂石的路走。全理性的人曾蔑視她、漠視她的存在。而她愛的人，不是被死亡奪走，就是被生命衝散。

陳平對人、對己、對人生都沒有信心。

Echo有幸，在海外的家庭擁有荷西的愛情，和一群朋友的真誠。

而Echo亦不幸，在喪夫之痛，大歸回國之後，面對文化回歸與挑戰。說華語的人很少把Echo當一回事。洋名字後面的洋歷史文化和洋神仙在中國，是很少有威力的。在中國的Echo是超凡的寂寞！因人們眼中看到的只有一個故事書中的三毛。但是Echo越不受注意，她就越掀風作浪，射放出悲情。最後終於帶走陳平的，就是這位Echo的悲劇咒詛。Echo在三毛生命中，比《紅樓夢》中青埂峰下的一僧一道更屬寡情。

三毛最有幸，獲得千萬讀者的仰慕，學術上的定位。

三毛也點燃了我們靈性之燈，寫出了感性與理性共存的和諧境界。

三毛也引導我們邁向人性與物慾的平衡。

她帶領我們探險亮麗的精神風景線

坦誠地說，我起初也沒分辨出，三毛與Echo與陳平是三個不同的個性。不同的名字，是在她生命中不同階段時代的分野；或是她定位人際關係親密的尺度的標籤。誰又能料到三毛自己接受的這三個名字，竟有三個交叉又分歧的靈魂！更出人意外地是，在陳平濃縮又加的生命晚期，她自己也混淆不清了。她也不再極力去分辯：三毛是三毛，我是我……求你不要向我找三毛！……

危機

當她自己也分辨不清陳平／三毛／Echo三重性格的極端性，造成的內心激盪與衝突。也因各個人在內心世界的定位，產生互動時的極端矛盾。在外面社會中「三毛」的知名度，已代表了三人的總稱。而在她內心的世界，更加混亂了。——陳平承受內煎外壓，Echo被貶、被遺忘，伺機發飆。危機已明顯要發生了，但大家也都束手無策，只有等待悲劇晚一點發生而已。

不了解她的人，始終不了解。了解她的人，死的死，分離的分離。到世界各角落自顧自去了。留下孤獨的她在蒼茫的大荒。如果一個作家，不能劃分清楚自己書內、書外的個性；劇作家不能劃分清楚幕前、幕後的透視；演員不能認清臺上、臺下扮演的角色，悲劇就可能發生。歷史上，這樣的悲劇重演，並不少見。有些卓越優秀的作家，演員，藝術家在他們嘔心瀝血完美的創作之後，有著無盡的寂寞與憤怒。以為沒人理解，沒人傾訴，不得紓解，而得精神分裂，自我放逐，甚至自虐，自殘，自殺。

求生存是人類的本能。而求死來逃避，也是一念之差的本能，但那是可以解救、可挽回的危機。那些在「生命熱線」服務的人員是人間的天使。因他們的了解關懷，不是已經挽救了很多寶貴的生命嗎！

自殺是暴力，是謀殺，不是自許的自由。

人際間的溝通，本是人類最原始的慾望之一。但是，這人性的呼喚，卻往往被理念、觀念、物慾、動物性淹沒。

三毛在沙漠中，找到赤裸的真情，也付出她對別人的關懷。

人在沙漠，彼此心靈短兵相接，沒有物質、理念作梗，她是快活的！因有人在，因有心在，沙漠會變成中國飯店，荒原會生出橄欖樹。

混淆了的「三面夏娃」，曾是心理學史上的病例，有過圓滿成功的治療成效。當文藝創作者與被創造者，有了人格上的混淆，造成了心理上的危機。

書中的三毛曾經說過：「世界如此美妙，我希望永遠不死！」

她有逢凶化吉的瀟灑，優美又矯健的酷，溫柔又智慧的勇！

但是，後期陳平生命受了重擊，憂鬱到谷底，她以寫作來奮鬥死亡的陰影。三毛以嬰兒之身心，應對外界的風、雨、冷、暖，幾乎是慢性自殺。陳平又常常有罪惡感，深深地自責不孝……

一生背負著父訓「天下本無事，庸人何自擾」的十字架……

永遠覺得自己不夠好，不完美。

Echo本是沒有形體的精靈，只有一顆心，一口氣。最終，Echo卻不戰而獲，打敗了三毛和陳平的勇氣，逃避了現實紅塵，終究化作回音繞空谷。這三個眩目、華麗、悲壯的靈魂曾在一個身體中，共同生活了極燦爛又黯淡的幾十年。三個靈魂，不但不能互相扶持補助，而是多半在排斥交戰。當理性、感性、靈性的三頭馬車，堅持向自己不同方向奔跑。陳平太累了！她扛不動了。

她遺留下華麗的三毛，在人間陪伴我們，給我們感情的支持，生活的昇華。三毛傳下來的純情鎖麟囊中，有數不盡的珍寶、妙計、歡樂和希望！後人將受用不盡，汲之不竭！

因為我與三毛這段心心相映、惺惺相惜的百合花友情，不只曾在我的生命之河，掀起大波瀾。甚至在她往生之後，我心亦留下她永遠美麗的情誼，但也是不能痊癒的傷痛。直到現在，我才終於有勇氣檢視自己，這個被她稱為知己、就是她自己、的人／朋友，到底對她——陳平／Echo／三毛有多少了解？有多少接受？多少關懷？又為她做了什麼？

也許二十年來，我已變聰明了。但太遲！太微不足道了！

不過，也許，僅僅是也許，遲到的智慧也比永遠無知，要好一點點。

至少，它還可以療傷，也幫助其他愛三毛的人撫痛。

至多，它可以拯救其他心靈，挽救邊緣上的生命。並期更能提高警覺，防範後來人有自虐、自殺的傾向。

從危機，醒覺，溝通，教育，再教育，補充教育，到減少悲劇。

每人給他人一小角落的貼心了解與溫情。

正確的心理健康和宇宙的價值觀，賜予感性與理性彼此的尊重，人就能燃起生命的希望與火花……

「情」與「理」的鴻溝，有了橋樑，就不會那麼幽深了。

那場「感性」與「理性」對峙的千古之戰，在腥風血雨後，也可鳴金收兵了吧？

這也是我寫這本書的積極目標之一。

二〇一二年三月十日

余翠雁

早年師從白先勇，畢業於美國加州大學柏克萊分校。一九九九至二〇〇九年舊金山市長任命為亞洲藝術博物館委員，曾任中美國際學校校董及代校長、北京國際學校中國文化強化工程總籌、上海美國國際學校國學顧問。現為亞洲藝術博物館文化大使及皮克斯動漫大學教師。二〇〇五年獲亞太地區婦女聯盟藝術女戰士獎。出版作品《無言的祝福：童服裡的故事》。

石榴之鄉——會理

一位朋友說，古蜀文明與巴山蜀水您看過了，有兩千多年歷史的涼山船城會理，其萬畝石榴生態園之壯觀令人咋舌，不妨前往看看。據他說，環繞在群山之中的會理是南方古絲路上保存最為完好的古城之一，獨具蜀雲滇月彝漢風情。會理古彝語稱「捏底爾庫」，是「春天常駐的地方」之意思。

朋友的介紹，引起了我濃厚的興趣，更喚起了我童年的石榴情結。還記得小時候在香港，每逢中秋佳節，在父母親的帶領下，誠心不足的我，一邊心不在焉地拜天地祖先，一邊卻悄悄地盯著賞月桌上的食品。記得母親總是喜歡把柚子與石榴放在一個青花托盤中，那紅黃藍的顏色組合，莫名其妙地吸引著我的小手往盤裡抓。如今雖身在海外，父母親早已不在人世，但那拖著兔子燈籠車，邊跑邊往口袋探，把母親剝好的那些甜中帶酸的石榴籽粒拚命往嘴裡送的開心狀，還歷歷在目。於是乎，顧不上一大堆有待完成的工作，我整理行裝，踏上前往會理的旅程。

我從美國舊金山出發，由深圳乘飛機到成都前往攀枝花。時值九月金秋，飛機窗外萬里長空，鳥瞰著那崢嶸群山、秋林斑斕的蒼茫大地的時候，不禁聯想起詩人李白詠嘆〈蜀道難〉中之「上有六龍回日之高標，下有沖波逆折之回川。黃鶴之飛尚不得過，猿猱欲度愁攀援。」的佳句。確實如此，古人入蜀，必須穿越修築在懸崖絕壁上的棧道，沿途虎狼出沒，風餐露宿，多不容易啊！如今，用不了一個小時，飛機已輕易地一越而過那重疊連綿的山巒及洶湧澎湃的江河，從成都順滑地降落在處於高海拔山梁，包圍在群山中的攀枝花機場。新鮮的空氣，寧靜雄偉的山景，壓在心頭遠在大洋彼岸的工作負擔，此刻已拋到九霄雲外。

這一片寧靜的綠，綠得讓人眼睛生涼

會理位於四川涼山彝族自治州南部，距離攀枝花約六十公里的高速路。從攀枝花機場坐汽車前往會理途中，汽車幾趟從高聳雲霄的高架路樁底下穿越，心裡好生奇怪，後來追問汽車司機，方知道原來他捨不得繳高速公路費，捨近就遠走盤山路。

正當我於注視窗外遠方那些黑瓦屋頂和滿掛金黃色玉米串、粉刷了黃白相間顏色外牆的民居廊檐下時，路邊一塊由會理公路分局刻有駕駛同志：「進入涼山，禁止占道行駛」的告示牌躍現眼前。涼山是中國彝族最大的聚居區，聽司機介紹，大小涼山一帶的氣候非常好，冬暖夏涼，是喜歡「原生態旅遊」和「背包遊」人士的天堂。誰說不是呢！窗外和風拂臉，蜿蜒道路的兩旁是層層綠色梯田，田野中間不時閃過幾家炊煙裊裊的農屋，這一片寧靜的綠，綠得讓人眼睛生涼。

象徵「文教起飛」的文塔（白塔）

過了鳳營村，司機指著遠處的白塔山說「咱們將很快到達會理了。」他介紹，無論站在會理城郊縱橫二十餘里壩子任何方向，都能看見白塔山頂上直插雲天的白塔。當地人稱此塔為文塔，但因塔身白色，故又稱白塔。傳說當年諸葛亮南征「七擒七縱」孟獲，會理城東南郊的白塔山便是諸葛亮與孟獲首次戰鬥，登山指揮軍隊作戰的地方。

隨著汽車與白塔山拉近距離，只見屹立山頂的文塔，塔頂白雲繚繞，白色的牆面與密檐青色石磚的組合，散發著一種清雅淡泊的自然氣氛。而文塔各層面闊依次遞減，檐層逐漸向上的減小，更使高大的形象變得空靈秀麗。

文塔凝集著中華文化精神

正方形塔造型是唐以前的特色建築風格。崇尚四方形是唐以前對四方神（青龍孟章神君，守護東方；白虎監兵神君，守護西方；朱雀陵光神君，守護南方；玄武執明神君，守護北方）崇拜的體現，認為建築物以「四靈」（東青龍、南朱雀、西白虎、北玄武）為方位，可促使人與天地的自然精神協調，從而達到「天人感應」效果，有利於人的命運。

另外，文塔的九級級數也凝集著中華文化精神。塔身取奇數層九，是因與塔的平面形為正方形偶數的緣故。《周易》認為，奇數為天數，偶數為地數；天地互相摻雜，而確立「大衍之數」。除了沒有在每層四面各闢一半圓形拱門以外，會理文塔與陝西西安慈恩寺大雁塔造型頗為形似，讓我感到一種端莊、素淨及凌霄壯志的氣勢。

文塔的第四層內有大理石浮雕如來佛及四大天王像。塔底層北面拱門右側石檑上刻的有一副對聯的上聯，書有「文峰峭凌雲一徑登峰造極」，而下聯是否失散或根本不存在，至今還是一個謎團。說不定撰聯者只撰出了上聯，留著下聯有待後人對上呢！

一望無際的「石榴一條街」

日偏西時，汽車已來到會理縣城。迎接我們的是豎立在十字路當中刻著「中國石榴之鄉」的巨石。司機說這是有名的「石榴一條街」，會理是全國石榴批發的集散地。馬路兩旁是無數的商店和卡車，到處都是堆積如山和一箱箱的石榴，大人操持著石榴的生意，偶爾看到孩童東倒西歪地睡在石榴堆上，小臉兒斜斜地，一副好夢正濃的樣子。上貨工人的吆喝、躬身屈體，此起彼伏的景觀，熱鬧了整個會理縣城。那中國石榴之鄉的名號，果然並非浪得虛名。

千錘百鍊銅火鍋

汽車抵達會理縣會川賓館已是臨近掌燈時刻，稍作梳洗後，我和友人徒步到會理古城邊上的餐館圍爐吃銅火鍋。

晚餐桌上的菜餚有葷、有素，每一盤菜都是新鮮生嫩。煮食的銅火鍋，是用杠炭為燃料，湯底是由肋骨羊肉、生薑、蔥、陳皮煮上。據店主介紹，銅火鍋是會理人生活中少不了的一分子。一個銅火鍋的製作過程，首先必須用多次冶煉無雜質的熟銅作料，再經過數萬次的鍛打錘擊方完成。銅火鍋烹調製作出來的菜餚非但清香可口，同時與鐵鍋一樣，能補充人體所需要的元素。

沒多久，清香撲鼻，我們各適其式逐步加入愛吃的肉食蔬菜：蘸水方面則根據各人自己的口味，主要作料有小蔥、生薑、辣子、味精、雞精、花椒、豆腐乳、油炒豆豉等。一爐熊熊，一鍋沸騰，一手執筷，邊燙料，邊嚼吃，邊啃汪麻雞，幾杯下肚，桌上的幾位彝族男子漢有著說不盡的天南地北，豪情溢邁，真是夠痛快。只是我，忘了忠告，蘸了辣椒，辣得受不住了，得窮喝黃老吉。

粗獷豪邁含而不露的挑戰

會理城北五公里處的五星牌國道兩旁和南閣新橋三岔路口處，有數十家羊肉餐館雲集，是品嘗聞名遐邇的黑山羊、騸羊肉湯及羊肉粉的好去處。會理的建昌黑山羊，是天然放牧的，體肥膘厚，肉質細嫩，無腥膻味，肉糯嫩爽口，堪稱一絕。據縣志記載，黑山羊火鍋已具有三百多年歷史傳統。以全羊入鍋燉湯是彝族待客的最高禮儀，漢族也以全鍋羊肉燉蘿蔔作為待客佳餚，時至今日，會理人還保留陰曆七月半和冬至吃羊肉的風俗。

我們的午餐就是在前美羊肉館吃的。踏進飯館，第一眼看到的便是那煙熏火燎、熱氣騰騰、熬著雪白湯的大鍋，鍋裡是整隻的羊架骨，臉露笑容的女廚子正刀切著大塊肥羊肉；與南方烹調方式相比，這兒的感覺是挺粗獷豪邁的。店老闆把我們帶進包房，只見餐桌中央嵌著一口紅得發亮的大銅鍋，裡面是熬得雪白的羊肉湯。桌上的兩只大碗分別盛著蔥花和香菜，另外還有各式各樣調味料及辣椒醬。待湯汁燒開，以會理特產的粗米粉燙製，加上切細的羊肉羊雜和調味料，便可呼啦呼啦下肚，舒暢極了！難怪有人對羊肉粉有如下的評價：「肉肥粉粗，湯寬料足，顯出幾分野性和霸氣，仔細品嘗，才知道，這樣的鮮美與細膩，實在是一種含而不露的挑戰。」

古風猶存的會理古城

會理建縣可追溯到西漢時期的漢武帝元鼎六年（西元前一一一年）。自古以來，會理就是川滇往來的要衝、兩省交界的重鎮、古南絲綢之路的必經要塞、商旅物資的重要集散地，素有「川滇鎖鑰」之稱。

如今，部分古城牆已經拆除，沿著城基，修起了平坦寬闊的柏油馬路，古老的建築與新建的樓房鱗次櫛比。可喜的是，這兒還沒有受到人們著意營造點綴的現代化洗禮，至今還保留著大量完整古風猶存的明清建築。古城以南、北街為經，以東、西街為緯，縱橫交織，七條大街，二十三條巷道銜接有致，城外有城。

我先乘人力三輪車前往高牆古磚、俗稱城鼓樓的北城門。北門城樓，始建於明洪武三十一年（一三九八年），是明代以來會理縣城交通和防禦的重要設施。北城樓外不遠，便是取意東成西就、本地人通稱為「小巷」的西成巷。狹窄的小巷、清潔的青石路面、青磚碧瓦結構雙層古樸樓房、穿著樸素、神情悠閒的居民、放在巷道木架上用來曬物的大竹箕……再往前走，稚氣的兒童、以及偶爾發現曾經是馬店關馬廝房的老牆旁，仍有馬槽、大石缸的歷史陳跡、在斜陽下與遠處的鐘鼓樓，成了一幅真善美的生活寫照。眼前這世外桃源般的淨化世界，教人遺忘一切擾人的煩惱。

暮鼓晨鐘驚醒人間幾多夢

屹立於古城中心的是一座重檐六角尖頂的鐘鼓樓。因樓檐飛捲插空，拱尖寶頂五星朝天直刺蒼穹，有拔天接地之勢，故又名凌霄樓。鐘鼓樓基座為四面互通式拱形門洞，接連著會理南、北街和東、西街，是古城重要交通樞紐。

鐘鼓樓始建於清代雍正年間，到乾隆年間兩次改修，咸豐十年（一八六〇年）被毀，只剩下基座。光緒三年（一八七七年）通過會理馬見田按皇家園林裡的一個角樓造型作藍圖，修成這座半截伸在空中的鐘鼓樓。鐘鼓樓上懸掛巨鐘一口，與古城北面的北門城樓，在還沒有鐘錶的年代，每天忠實地用晨鐘暮鼓為會理老百姓報時。

見證了會理滄桑的鐘鼓樓，現掛有一副道不盡鄉情愁思，由分別居住在會理及遠在臺灣的兩位長者的共同撰聯：

「鐘鼓樓外聽鐘鼓暮鼓晨鐘驚醒人間幾多夢
日月潭邊觀日月春日秋月引來相思無限情」。

離開鐘鼓樓不遠，轉進一條小巷，來到了聞名的科甲巷。據說，會理歷史上，這條巷子走出了許多的鼎甲、進士、舉人。我環顧四周……皓月下清晰可見那錯落有致的風火牆和精美的雕花門楣、門上所貼的意味深長對聯，充盈著一種無形的人文氣息，在科甲巷輾轉，我彷彿聽到了昔日朗朗的讀書聲。

解貧致富賴石榴

距會理縣城二十七公里是鹿廠鎮銅礦村。因村內有一家中型銅礦採選企業「國營大銅有限責任公司」故村名「銅礦」。一下車，視野中是那綴滿枝頭、漫山遍野一望無際、成片石榴的石榴園。據說，銅礦村原是一個土地貧瘠、生態惡化、水源奇缺、生產落後的貧困村。後來，通過發展石榴產業而逐漸成為「生產發展、生活富裕、生態良好」的省級生態文明村。如今，這兒面積達一點一六萬畝的石榴園種植聞名遐邇的皮兒薄、粒大，「籽粒透明似珍珠、果味濃甜似蜂蜜」的青皮軟籽石榴。

在午飯中，我們還品嘗了有幾道用石榴入菜的佳餚。看來這個在中國象徵多子、相傳在西元二世紀時，漢武帝派遣張騫出使西域，將原產於歐洲東南及伊朗、阿富汗等中亞國家引進中國的果實，遠不止是一個文化的符號，還是一種健康的美食呢！大概想想吃過這頓午飯，大家又將各奔前程，真是明日隔山岳，世事兩茫茫。席中的彝族朋友有感而發，大唱〈捨不得〉，那迂迴悠揚的歌聲，深深牽動著大家難捨的離情。

在會理縣城雖只小住幾天，但它卻給我留下非常深刻的印象。這兒的山山水水，這兒認識的朋友，這兒的新舊建築，這兒的民俗風情，都一一深深地印在我的心坎裡，揮之不去了……

當我告別會理時，在我眼前迴旋的，就是那迷人的五顏六色；那色彩是如此的美麗，如此的讓人捨不得……

作者摘自二〇一一年四川文藝出版社出版之《明珠儷影——石榴之鄉會理寫真》

劉渝

筆名重慶。臺北法商學院會統系畢業，美國伊利諾大學會計研究所進修。定居於麻薩諸塞州共四十二年之久。曾任美國聯邦政府運輸部全職會計，直至退休。散文、小說曾刊登於《中央日報》、《世界日報》等報刊。作品入選世界日報三十週年徵文佳作及冰心文學獎散文參賽文選《千花集》。著有《重慶文集》、《刹那即永恆》。

婆婆的信

——給一歲半的阿麗娜

你來了！正像我日日祈禱的那樣，你來到了世上，來到了父母的懷裡，來到了我的期待裡。

你只是個小小的人，這一年來，帶給我的卻是如此巨大的歡樂。每當想到你，我的臉上自然而然的露出微笑，表情定是分外的柔和，因為不論在何種場合，我從別人親切或錯愕的眼神中，可以看出自己笑容的甜蜜。

兩天不見，我就惶惶然若有所失，但想到很快就會見到你了，心中立即振奮起來，欣喜的程度恰似年輕時赴特殊朋友的約會一般。

和你面對面時，我會緊緊地注視你翹起的長睫毛下，又圓又大的眼睛。隨著它們轉動的方位，揣摩以你新來咋見的眼光去看這個奇異多姿的世界。

世界是多麼的友善可愛，看到任何東西，你都會笑著打聲招呼：「Hi, Cat! Hi, Truck! Hi, Bug! Hi Bird! Hi，花花！」一面搖擺著胖胖的小手。至於它們有沒有回響？那是無關宏旨的。但招呼我所得的反應就大大不同了，每次你笑喊：「婆婆！」時，我的心就不由自主的開花了，突然體會到以前小說上所言，可愛女子一笑是如何動人魂魄，我這老婆婆對看小孫女也感受到那種「動心」和「感激」。雖然，這樣的形容有些不倫不類。

還記得你降生的前一天，風和日麗，豔陽透過大窗罩在身上暖暖的，舒適極了。可是你媽媽和我，心中卻有些隱憂——你已在媽媽肚中太久，超過預產期快十二天了，想出來見面的動靜仍然一絲沒有。更何況你將降生的所在地不是醫院，而是家中。關於這點，是你爸媽的選擇，他們都是在醫院中工作的專業人員，你又是他們的第一個孩子，細心考慮周詳是無庸置疑的，但我腦中卻不時的想：由助產士在家接生？那不是我祖母輩做的事嗎？怎麼現在又流行起來？真如在醫院生產一般安全嗎？

正想間，你媽媽問我說：「媽，我們來做三角餅好嗎？」她選了我的最愛，哪有不好之理？於是張羅一番後，準備就緒，兩個挺胸突肚的女人，面對面的擀起麵來。你媽媽是因肚中有你，你婆婆是因肚上累積油脂過多。戴上白帽，繫上圍裙，在廚房裡帶勁的與麵團搏鬥，那景象真像義大利電影中胖胖的媽媽咪呀！

三角餅做好，剛剛放進烤爐，你媽媽就領悟到你傳來的暗語，肚子開始痛了！你爸急忙打電話和助產士聯絡，然後在已經擦得乾淨又乾淨的臥室中，放了一個像地上游泳池一般的塑膠圓盆，往裡面注入溫水。我的心開始隨著水圈上下波動，必定是臉色不佳，你媽媽柔和地說：「爸，你帶媽先回去吧，生了馬上通知你們！」一面拍拍我的肩和我擁抱一下，一面喃喃的說：「別耽心，別耽心！」抬眼看一看她，我想，她準是一時嚇忘了誰將立即面臨艱難巨痛了。我無話可說，靜靜走人，因為這是古早的約定，我這有名的緊張大師婆婆還是不在現場為佳，以免在亂中添亂。

沒有親眼目睹你出生的狀況，的確有些遺憾，但是我不得不承認，首次見到你時，紅紅的小臉從白軟的毛毯中露出來，那種舒適、恬靜、安然的神態，讓我大大鬆口氣，立即興高采烈起來。

感謝神！多可愛的寶貝！從那以後，我就很自然的叫你寶貝了。

沒想到的是你十一個月大時，也回敬我一次這樣的稱呼。那日我們去托兒中心接你，剛推開門，眼睛尚在幼兒中搜尋你的蹤跡時，聽見一聲嫩嫩甜甜的童音大喊：「寶貝！」真讓我又驚又喜！你不見得懂它的意義，一定是聽起來非常美妙，所以把它還了給我。

你喜歡音樂，七個月時就會跟著音樂搖頭擺身，也喜歡亮麗的東西，你會拿起我頸上的十字架把玩，我說：「輕輕的！」你就撫摸得很輕，從不曾使力去拉扯它。最有趣的是你有樣學樣，那個午後，我們坐在陽光下的臺階上看貓咪清洗牠的腳趾，你也舉起手臂，又抬起小腳——抬得老高，差一點可達嘴邊，我趁勢幫了一把，看你究竟要做什麼？原來你真的在學貓咪，用舌頭和小牙添咬你的小鞋，我看了大笑。等女兒回來後，想要你表演這一套，得意揚揚的跟你說：「告訴媽媽貓咪怎麼洗手洗腳」你正表演一半，女兒驚叫：「媽，你怎麼教她這樣嘛！多髒！」髒？怎麼會！依我之見，寶貝的鞋子是極乾淨的，好掃興啊！

你一歲生日了，爸媽請了好多親戚朋友來家裡，言明不收禮，同聚同樂而已。你穿了一件淺色彩條的連衣裙，外罩一件白毛衣，一個同樣彩條的髮夾夾在捲髮的一邊，由爸媽抱出來，婆婆再接力。見人就專注的睜大眼睛望著，然後皺著小鼻子一笑，教人眼前一亮。熱情的客人想抱你可不容易，你說：「no！no！」還急切的搖著小手。有位太太說：「阿麗娜的拒絕可真堅定啊！」我有點尷尬，但是，當你緊緊摟住婆婆時，心中不由分說更感欣喜。

蛋糕端出來了，大家為你唱生日快樂歌，並且中文、英文、西班牙文總共唱了三遍，你也跟著節奏用勁拍著小手，歡愉熱鬧極了。相信當時的情景在你腦中留下了印象，因為不久之後，你會唱的第一句歌詞也是僅有的一句就是：「祝你生日快樂！」以前爸媽常逗你：「婆婆怎樣唱歌？」你就把頭一歪，提高了嗓門，依依呀呀起來，誰也不知你唱些什麼，大家卻爆笑得前仰後合，屢試不爽。

接下來的週末，婆婆自告奮勇，要單獨看顧你，好讓爸媽度過一個只有兩人的溫馨夜晚。他們走時，我正餵你吃飯，一點問題都沒有，我不禁沾沾自喜。到了七點左右，該你上床的時候，開始想媽媽了，不時用細小的食指指著大門的方向說：「媽媽！媽媽！」我抱你或牽你走到那兒，你就表示要開門。當然門不能開。整個晚上，同樣情況重複了幾十遍，眼見無效，急得哭起來。無論我怎麼又說又唱又舞又跳，使出渾身解數亦是無用。結果兩人都累癱了。到了十點左右，你坐在婆婆懷中，眼皮幾乎要閉下，忽聽輕微的門聲響動，你立即轉頭，張大眼睛，看到爸媽進來，精神一振，笑逐顏開，連叫爸媽的聲音也高昂多了。我告訴女兒，今晚你至少叫了幾百次媽媽，女兒眼圈馬上紅了，「難道你以為媽媽不回來了嗎？——為什麼這樣呢？」聲音既溫柔又心疼，你爸也不住撫摸你的頭。情份之深，真是動人。你實在是個幸運兒啊！

說實話，當初答應你爸媽幫忙照應你時，頗有些疑慮的。我很清楚帶孩子不易，退休後只想享受悠閒的生活。而今，已一年半了，反倒高興曾答應如此做，況且我自己受益更多。最重要是心情大好，看見你就覺得人間真奇妙。

你要婆婆念書，一遍遍聽不厭。你蹺起一隻小胖腿，學人單腳跳舞，站立不穩，噗的一聲仆倒在地，又笑咪咪的爬起來再試。不管行不行，穿衣脫衣都想自己來。剛會走時，不肯讓人牽，跌跌撞撞走在前面，讓人心驚肉跳。不過，到樓梯處你會自動停住。你叫得出全家人的名字。那天，忽然走到大表哥的面前對他說：「約納，——想念你！」大表哥快十一歲了，個子很高，猛聽見這麼個小人講這樣的話，一時愣在那兒，不知如何是好。

有一回更有趣，你拿起玩具電話假裝和媽媽通話：「媽咪——想你——上班？——好好——，哈哈哈——。」

看你自導自演，真把我笑到不行。下午我們出外散步，人行道是往上的斜坡，你推著玩具小車向上走，不一會兒停頓下來說：「重！」調轉頭指指下坡：「這一條。」我好詫異，不知是碰巧還是真懂，心中不禁讚你聰明。正在此一剎那，腦中忽然浮現一位老友半開玩笑半埋怨的話：「現在的祖母們誇起孫輩來，真是大言不慚，不遺餘力。當年誇自己的孩子時，還有些不好意思，稍微謙虛一點。更糟的是，也不管人家要不要看，一封依媚兒就把她們孫子的照片直直送到我眼前，真是！」我聽後大笑不已。她雖不是講我，我卻心知肚明。告訴自己趕緊收斂一點，早已犯了祖母們的通病了。

常在托兒中心，你學到不少好的，也學到幾句壞話。遇見你不喜歡的人，就對他不停的說再見。猶有過之，叫人家：「走開！」頭一次聽你說，真讓我吃了一驚。趕忙嚴肅制止。有時你更愛說：「我的！我的！」那天我指著你們家園中的花給你看：「阿麗娜，看這粉紅的花多漂亮！」「我的！」你答得飛快。大人們該教的功課很多，任重道遠啊！

最近有人問你多大了？你會用甜甜軟軟的聲音答：「十八個月啊。」你用的字句漸多，思想也一天比一天豐富，周圍的世界也逐漸擴大，很快的，你就會長大了！多希望永遠留住這段美麗可愛的時光，然而誰能阻止它的飛躍呢？唯一能掌握的，就是將你現時發生可愛的小事，可貴的情景，記錄下來，期待成人後仍能回味。

阿麗娜寶貝！千萬，千萬答應婆婆，一定要認識神！還有，要好好學習中文，這樣方可閱讀這封書信；了解婆婆的心意，領悟婆婆對你的珍惜。因為，在成長以及將來的歲月裡，難免會碰上不順心、不如意。想一想婆婆的愛吧！它是另一塊穩固的情感基石，每當你在回顧間觸及它時，定會感到溫馨，定會受到激勵。恆久不變的愛，將助你立起，使你重新帶著微笑勇往直前的！

原載北美《世界日報副刊》

小說篇

毛頭與瓶

張翎①

虹牽著毛頭過馬路。

剛剛入秋，晌午三四點鐘的太陽照在身上依舊微微地有些疼。瀝青路面上氤氳地冒著蒸汽。往來的汽車很多也很快，喇叭聲聲催得人心煩。毛頭像一隻曬蔫了的青瓜，從頭頂到腳心都是軟塌塌的，只剩了一根小拇指彷彿還有一絲力氣，翹翹地勾住了虹的一根手指。

「阿姨，我媽開會要開到什麼時候呢？」毛頭問。

毛頭的母親景芫在離毛頭學校很近的一家公司上班，上班早，下班也早，平常都是景芫來接毛頭放學的。今天卻是虹。虹和毛頭住在同一條巷裡，一家在巷頭，一家在巷尾。巷子微微地拐了個彎，雖然從巷頭到巷尾只是幾步路，頭尾卻是互不相見的。毛頭的父親志文是區醫院的醫生，虹的父親常年生病，免不了要跟志文討教些藥方，兩家就漸漸走熟了。

虹沒有回毛頭的話，卻緊了緊手指，毛頭的步子就快了些起來。

過了馬路，就到了一個小小的街心公園。清晨來練氣功的人早已散了，夜飯後乘陰涼的人又還沒到。正在不尷不尬的時節上，公園裡便很是冷清。虹找了個背人的角落坐下，毛頭一眼看見了樹蔭底下有一匹木馬，就來了精神，將書包咚地扔了，三步兩步騎了上去。兩腿緊夾馬身，右手高揚著一根食指，嘴裡發出咻咻的聲響。騎了一會兒，腳步才遲遲疑疑地慢了下來：「阿姨，放學不回家，我爸要罵的。」虹微微一笑，說：「不怕，有我呢。」毛頭才放下心來，繼續快馬加鞭。

毛頭騎了一頭一臉的汗，便跳下馬來，問虹討水喝。虹打開身上那隻仿鱷魚皮的提包，取出一瓶水來。瓶不大，細頸圓肚，有點像足月臨盆的孕婦。瓶蓋很緊，虹顫顫的半天也打不開。

毛頭指了指虹的提包，說這是我爸買的。虹吃了一驚，問他怎麼知道的？毛頭說端午節的時候我媽讓我爸去買點心帶給外婆——我們全家都去外婆家吃晚飯。我爸帶著我去了商場，一眼就看見了這個包，我爸來回看了三遍才買下來。我問爸是給誰買的？爸說小孩不要管大人的事。

虹自然是記得那天的情形的。晚飯後她父親突然發起了高燒，四十度。她慌慌地打志文的手機，他半個小時以後就趕到了。他從醫院帶了退燒針給父親注射過了，又坐在父親的床頭，握著父親的手，等到父親漸漸安靜下來，才走。她說毛頭他外婆該埋怨你了吧——大過節的，飯也沒吃好。他笑笑，卻沒說話。

她送他出來，過道的路燈壞了，她看不清他的臉，只聽見他的呼吸高一聲低一聲熱風似地撫過她的耳畔。她才說了半句：「我爸的病，咳，」就忍不住窸窸窣窣地哭了起來。他沒有勸她，卻慢慢地轉身攬住了她的腰。她的身子在他的手心漸漸地軟了起來，軟得猶如一條剔去了骨頭的魚。他們相擁著在過道裡站了很久，竟有了一點地老天荒的相依感。

後來他從他的大公事包裡抖抖索索地取出一樣東西來，又抖抖索索地塞到她手裡。

「我買了一個手袋，不敢給妳——是水貨，卻是我真心喜歡的款式。」

毛頭吵著要拿虹的水瓶喝水，虹說水太熱不解渴，就把瓶子放回到包裡。卻找出一張零錢來，讓毛頭去買冰棒吃。毛頭果真就去公園的小賣部買了兩支冰棒回來，一支是紅豆的，一支是綠豆的。紅豆的遞給虹，綠豆的留給自己。「阿姨妳穿紅衣服，吃紅的。我穿綠衣服，吃綠的。」虹忍不住被毛頭逗笑了。

毛頭是個虎頭虎腦的八歲男孩，寬額角，扁腦勺，濃眉闊嘴。眼睛雖小，卻有光，宛如暗夜裡的兩盞小燈籠。咧嘴一笑，那光彷彿被風吹動，四下閃爍流溢開來。不笑時，那光便凝成了中規中矩的一坨。毛頭是志文的翻版。兩人的相似，不在眉眼，不在臉型，卻在神態上。志文打動她的，就是這樣一份的凝重。

最初志文來給她父親看病，僅僅是出於街坊的情義。他大大方方地體恤著她的孤單無援，她也大大方方地領受著他的體恤。後來她才漸漸意識到，領受的本身其實也是一種體恤。有一天，他給她父親看完病，天就晚了。她留他吃飯，他竟沒有推辭。她下廚房，做了簡簡單單的三菜一湯。他吃得津津有味，最後撕了一塊饅頭，將盤底蘸得乾乾淨淨。他喝著她端上來的高山毛尖茶，響亮地打了一個飽嗝，說：「下班能吃到這樣一頓飯，也是福氣。」她說我這算什麼，人家景芫才叫手藝呢。他嘆了一口氣，眼裡的光亮便漸漸暗淡下來，結成了兩坨沉不見底的水。

她是從這樣的眼神裡猜出了這個男人生命中曲曲折折的故事的。她想這麼沉重的目光，得用什麼東西才能托得住呢？光嘴不行。光手不行。光身子也不行。得用心——全部的心。

就是那天晚上，在送他的路上，她說她要用她的心來托住他。不是托一陣子，是托一輩子。其實說這話的時候，她並不知道一輩子到底有多長，她也不想知道。和志文在一起，哪怕是走一條永遠也走不到頭的夜路，大約也是好的。

他久久地望著她，眼裡的水面上漸漸有光亮溢流開來。「虹，」他叫她的時候嗓子有些喑啞。「我這一輩子，錯過了太多。我不能再錯過妳。」她猜想這大概就是他的承諾了——像志文這樣的男人，是多一句話都不肯給的。

當時她完全沒有想到，她和志文的一輩子，竟然短得只有一季。事情是在什麼時候開始變化的呢？好像是在她父親去世之後。父親的喪事，是志文幫她一手操辦的。父親走了，偌大的一個屋子，突然就剩了她一個人。白天上班還好，夜裡她睡不著，聽著輕風捎帶著街塵窸窣地拍打著窗戶，看著百葉窗簾從淺灰變成深黑，再從深黑變回淺灰，心裡空得沒了底。

起初志文還時時過來陪她吃飯。志文來的晚上，她早早就請假下了班，精心地設計了每一道菜。等到飯菜上桌的時候，志文也就進門了。志文剛坐穩，她就已經在懼怕著他要離開。她一次又一次地央求他留下來過夜，他從來不說他不能，他只是默默地提起他的公事包，默默地開門走下樓梯。有一晚，當他起身提起他的公事包時，她突然打開了窗戶。剎那間喧鬧的街音如潮水般湧進了屋裡，將她堆砌了一輩子的自尊瞬間沖垮。

「你今晚要走，我就從這兒跳下去。」

她指著窗外，一字一頓地說。他吃了一驚，愣愣地望著她，嘴唇抖抖的，卻沒有抖出一句話來。半晌他才轉過身去，緩慢地走下了樓梯。她從窗口探出身來看他，只見路燈把他的背影扯得極瘦極倦，可是他卻沒有回頭，任憑她的目光在他的背上戳出無數個洞眼。

第二天她給他醫院打電話，他同事說他出門去了。她打他的手機，手機也關了。無奈，她只好給他家裡打。接電話的是景芫。

她慌慌的想甩了話筒，景芫卻輕輕一笑：「虹，我知道是妳。」片刻的停頓之後，景芫說：「虹，妳是知道我們家毛頭的。毛頭貪玩，我要不去接他放學，他就要在外邊瞎逛。有時候在近處逛，有時候逛得很遠。可是逛得再遠，逛累了他就會回家。志文也是這樣。男人都是這樣的。」

虹想說「志文不是這樣的」，可是這句話在她的胸腑和喉嚨之間滾了好幾個來回，越滾越弱，最後滾出來的只是一聲連她自己也聽不清楚的嘆息。

後來志文就再也不肯接她的電話了。有一天，她忍不住去他醫院門口堵他下班。她站在對面的馬路上，看著志文提著公事包緩緩地走出來，走到路邊的公車站等車。頭髮被風颳得支支楞楞的，彷彿是田邊剛剛揚絮的蒲公英。淺灰色的短袖襯衫繫在西裝褲子裡，鬆鬆的似乎找不著身體。

她已經兩個星期沒見他的面了。她朝他走過去，心裡的怨氣漸漸升騰上來，化為喉嚨口的一團溫軟，讓她吞也吞不下去，吐也吐不出來。

「志文，你，你瘦了。」

她恍惚聽見自己的聲音穿透厚重的哽咽，低沉地對他說。他完全沒想到她會來醫院等他。他急急地拐進了附近的一條小巷，直到確信他已經安全地離開了他同事的視野之後，才轉過身來問她：「妳到底要幹什麼？」

她被他激怒了，猛然奪過他的公事包，砰的一聲摜在地上，對他嚷道：「我不是你的抹桌布，用完了就扔。」她雖然看不見自己的神情，卻聽得出自己的聲音與市井悍婦一般無異。他被她的樣子嚇了一跳，語氣才漸漸有些低軟下來。「虹，有的事，妳以後慢慢就明白了。」她咬牙切齒地說她永遠也不想明白，他搖搖頭，不再說話，拾起落在地上的公事包，拍了拍上面的塵土，蔫蔫地走進一街的景致裡去。

「你爸和你媽，在家吵不吵架？」虹問毛頭。

「以前吵，現在不吵。我爸剛帶我媽從海南島回來，坐飛機，旅行團。阿姨妳去過海南島嗎？」

虹如同被人捅了一棍子，心鈍鈍地痛了起來。那棍子插著疼，拔出來更疼，她只有拿手護著棍子，一絲一絲地往外挪。

志文曾經說過要帶著她遠離塵世，到「天涯海角」過漁夫漁婦的日子。說這話的時候，他和她正趴在她臥室的窗口看夜空。那天剛下過一場暴雨，長空如墨，星星如豆遍灑其間，風吹過來有說不出來的涼爽。她的身體小小地柔軟地消失在他臂膀圍成的世界裡。夜的顏色風的感覺和他衣領上的油垢味組成了後來她對他長久的回憶。從那以後，在她有限的想像力裡，海南便成了天地萬物的開始和極致，是她無數春閨憧憬的歸宿。

志文最終抵達了那個極致，卻不是和她去的。

毛頭很快把冰棒吃完了，綠色的汁液沾了他一手一臉。虹從提包裡拿出那個細頸瓶來，煩躁地招呼毛頭過來洗手。瓶蓋依舊很緊，虹顫顫地擰了半天也沒有擰開，額上卻濕濕地滲出些汗來。

「阿姨，我爸我媽以前總是吵架，吵得真凶。後來我媽說我爸要是再去見那個人，她就要把我帶到一個很遠的地方去，誰也找不著。我爸就不吵了。」

虹一怔，手中的瓶子落到了地上。

「後來我問我爸『那個人』是誰，你為什麼不能去見『那個人』？我爸抱住我，說『那個人』是天下最好的人。爸不能去見她，是因為爸不能沒有毛頭。」

虹恍恍地站起身來，整了整毛頭的衣服。「我們回家吧，天晚了，你爸要著急。」

毛頭翹起小拇指，讓虹鉤住，兩人沿著林蔭慢慢地往回走去。太陽像一枚碩大的放得太久了的鹹鴨蛋，將蛋黃猩猩紅紅地流了半爿天。下班的街流開始抹黑了城市的地平線。鴿子帶著響鈴從頭頂低低飛過，驚異地看見了女人頰上的淚痕。

虹走了幾步，突然轉回身來，將地上的那個細頸瓶子遠遠地踢到了草叢深處。瓶子上畫著一只黑色的骷髏，下面有一行小字：「工業用硫酸，危險品。」

---

①作者小傳，見本書十五頁。

朱小燕

目前定居加拿大，臺灣國立政大新聞系畢業。加拿大註冊會計師。曾任：加拿大國稅局高級稽核、加拿大多元文化部長顧問、加拿大亞伯達省移民定居委員會委員、海外華文女作家協會第七任會長。曾榮獲：加拿大總督頒贈一二五建國紀念獎章、二○○○年中國文藝學會頒贈「文學創作海外工作獎章」、愛門頓市議會頒贈「愛門頓榮譽大使」銜。

陷阱

黃昏時分，夕陽早被灰黑濃密的雲層遮蓋了，一艘來自遠方疲憊不堪的貨輪，正穿越潮濕的空氣，駛入溫哥華獅門大橋下暗藍色的海灣。

「希望之點」就在離橋不遠的史坦尼公園山頂上。

深秋的霧氣開始逐漸凝聚，附近餐館裡早已亮起燈火，日間的喧鬧聲也逐漸沉靜下來。停車場上，只剩最後三部車輛，遊客們在夜幕深垂之前，都紛紛離去了。

一位手提公事包，頭戴寬邊呢帽，著深藍色風衣，蓄有稀疏翳鬚的矮小男子自餐館出來。當他邁向停車場時，一眼見到魏宏達。他停下腳步，緩慢地朝他走去，還逕自靠著他，在木椅上坐下，瞄了半晌，才操著廣東國語問：「還不回家？」

魏宏達詫異地望他一眼，心想，又一個老中。

一整天，來來往往的遊客中，百分之六十不是說國語，便是說粵語，怪不得剛來加拿大那年就有人預測不到公元兩千年，溫哥華一半以上的人口將由華裔組成。

他伸手至夾克口袋掏出香菸點燃。吸了一口，瞇著眼，臉上的紋路全向鼻眼集中，有如一只人肉包子，然後噘起乾裂的嘴唇，噴出一縷嫋繞的白煙回答：「我在等人……一位朋友。」

那人略帶揶揄地笑著問：「天快黑了，你朋友會來？」

魏宏達望著地面，雖未用手觸摸，卻看得出今夜濕氣濃重。草皮和地上的小石子，在微弱的路燈下，上了層油似的，散發出滴溜溜的亮光來。

等了一下午，連丁偉成的影子都沒見著，但當著陌生人面，魏宏達不能不為自己留點面子。男人嘛，尊嚴還是重要的，因此擺出一副信心十足的樣子回答：「講好了，會來的。」

那人好心提醒他：「他或許忘了，或許爽約了。」

「會來的，我們是好朋友，我知道他。」

但他沒對陌生人說，自己知道的是四十多年前的丁偉成。現在他已是一家中型石油上市公司的總裁了，環境優渥，住在高級住宅區的華屋裡，出門有司機，到遠處開會，還有專用噴射機。度起假來，天南地北，哪裡沒去過？哪樣美味沒嘗過？或許他早忘了兩人共吃一個便當的往事。若還記得，一定會來。

想起分便當給他吃，魏宏達就好笑。當年，丁偉成絕沒料到會有今日的風光，連美月這麼勢利的人都看走了眼，不然當初怎會拒絕偉成，竟下嫁給他？還不是為了那時魏家比丁家有實力？走錯一步，天下大亂。

政府大陸遷臺的情景，魏宏達至今難忘，多少與他每天都在回憶有關。小學五年級，與他同坐一張桌子的丁偉成當班長。級任導師為了安排座位的事，特地對他說，你已留了一次級，總不能再留第二次吧！坐在班長身旁，多多學習，有問題向他請教，你知道「近朱者赤，近墨者黑」這句嗎？不知道也該聽過孟母三遷的故事吧?!我這樣安排，就為這道理。

誰都知道，能當班長，一定品學兼優，這點丁偉成也不例外。那時他又高又瘦，像根竹竿。他一臉菜色，制服裹粽子似的將他綁得好緊。褲管永遠只向小腿肚看齊，一年四季，下半節腿部總是光溜溜地露著，任日曬雨淋，完全看不出他日後的瀟灑。

美月從小便是鬼靈精，當然不將丁偉成放在眼裡，卻老盯著他打轉。十歲生日那天，還偷偷邀他去她家吃蛋糕。她的功課與他不分軒輊，有次數學小考，一人十五分，一人二十分，便一同被老師叫去辦公室聆聽訓詞。至今想來，還覺得窩囊。

老師數落他時，總是老套。為什麼不樣樣都跟丁偉成學？人家這好，那好，沒一樣不好。相反的，他魏宏達沒一樣好，讓他在美月面前不能做人，不然他不會蓄意糗他，回嘴說：「丁偉成的鼻子也好，夠資格當聞香隊，難道我還得學他那隻狗鼻子不成？」

老師生氣了，學生膽敢頂撞師長？造反啦！老師突然把桌子「啪」地一拍，嚇他一跳。老師問：「你知不知要尊師重道？什麼狗鼻子不狗鼻子？非給我說個清楚不可，不然饒不了你！」

當年老師多有威嚴啊！這一吆喝，他嚇得眼睛都紅了，就雞蛋裡挑骨頭地告狀：「丁偉成每天都眼睛睜得老大地看人吃飯，鼻翼還一扇一扇地聞人家的菜香，直嚥口水，好討厭！」

美月聽了，低頭摀著嘴直笑！

半年後，不料狗鼻子真出了事。

丁偉成患腮腺炎初癒，中午蒸得熱騰騰的便當才抬回教室，魏宏達就發現自己的不見了，便就去報告老師。平日老師實足的夫子相，但那次尋找便當，卻顯現出他有福爾摩斯的本領。片刻功夫，他就在大樹下把丁偉成找到。可惜遲了一步，盒中的蛋炒飯和紅燒蹄子，早被吃光。

自己也面帶菜色的老師，雖然偏心丁偉成，卻還叫他去罰站，又打手心問：「不是跟你說過，別人吃東西時，連看都不要看嗎？怎麼這樣沒志氣偷去吃同學便當？」

丁偉成低著頭，小聲解釋：「我好餓，他家菜裡好多油，吃光了便當，剩下的油珠還在盒裡打滾……」

美月長得相貌平平，圓圓的臉龐，白淨的皮膚，單眼皮，笑起來，眼睛瞇成一條細縫，不美但討喜。

那天放學，美月就拖住來接她的母親，瞄著丁偉成指指點點，還捣著嘴嗤嗤笑，然後又在她母親耳邊咕噥了幾句，她母親就走過來，輕聲問魏宏達餓不餓？要不要一同去她家吃碗餛飩？

他當然去了。家中除了廚子和歐巴桑外，不會有別人。父親總是在店裡忙到深夜才回家，母親一定又坐上了牌桌，而哥哥姊姊放學後，喜歡在外逗留，他一人回去幹什麼？

魏宏達後來認為，這是他步入她撒下的天羅地網的開始。

天色更昏暗了，陌生人似乎沒有離去的打算。他將放在腿上的公事包取下，往地上一擱說：「我會相命。要不要打賭，輸的請客，你朋友不會來了。你不介意我陪你等一會吧？」

魏宏達坐直了身體，搖了搖頭算是回答。

那人高興地伸出手來，往他肩上一拍：「那好，現在麻煩你幫我看著公事包，我去買兩杯咖啡來。」

魏宏達心想，老中到了外國，連民族性都會改變，這陌生人就是個例子，居然這樣愛管閒事，難道連老祖宗教的「休管他人瓦上霜」的古訓都忘了嗎？魏宏達還暗自冷笑，嘿，嘿，你休想打聽我老魏的隱私，有些話怎麼也不足為外人道，就像那天便當被人吃了，回家後，我都能隻字不提。

這當然也因為丁偉成平時夠意思，每天借功課給他抄，從不恥笑他，更不為難他，放了學，兩人不是一起打球，就是去小溪裡游水，再不就一起去公園盪鞦韆，這鐵般剛強的友誼，難道比不過一個便當？因此回家後，他隻字不提，以免又為母親多添一個在牌桌上閒談的材料。

有次母親在家打牌，胡了個清一色，開心得咯咯直笑，聲音又脆又亮，洗牌時還提著嗓門說：「有個女大學生，嫌臺灣窮，為了出國，嫁了個藍眼珠、高鼻子的老外，起先還沾沾自喜哩！去了外國，發現人家是個擦鞋匠，就吵死吵活地要上吊，嘻，嘻，……活該！」

他不忍心每天看著丁偉成嚥口水。有天中午，他假裝生氣，埋怨家中廚子說：「便當裡裝那麼多飯菜，菜裡還放那麼多油，膩死人！」然後轉過臉去，請丁偉成幫忙。

此後，他倆每天除了分享一個便當外，還分享內心最深處、最不足為外人道的一些秘密。這鐵般剛強的友誼，並未因為兩人後來就讀不同的中學而改變。

有個夏天，知了在鬍鬚拖在地上的老榕樹上叫著。他們在新公園裡盪完鞦韆，躺在草地上，看天上多變的白雲浮過時，丁偉成告訴了他一個秘密。

他說，昨天放學回家，家裡多了一隻大白鵝，昂著頸子，在屋裡闊步。原來他媽上街時，見到一群白鵝在眷村外的小巷裡溜達，便揀了隻最肥的，趁人不備時往家趕。

這些年後，魏宏達想起那倒楣的白鵝，還覺得好笑。幸好那時車輛不多，若是現在，丁媽媽就會無計可施了。當年雞呀鵝的，滿街亂跑，連自行車都少，家禽與行人在街頭巷口平分秋色是常事。

丁偉成還說，虧了他媽，鵝在前，她在後，走了大半條巷子，才趕回來。待他老爸下班，他媽就催他快將鵝宰了，以免鵝主人聽到叫聲趕來。那天，一家人打了一頓牙祭。

那時美月一點也不喜歡丁偉成。有次陪他去丁家抄功課，在眷村宿舍裡，她一直嚷著要轉移陣地，去魏家抄。

她喜歡魏家是有道理的。魏家住在一棟寬敞的日式花園洋房裡，連司機、廚子也都有自己的臥室。屋內有全新榻榻米和漆得發亮的地板，隔間用的紙門，色澤花式十分新穎美麗，後院有假山水，池中還養了小蝌蚪和金魚。

相形之下，丁家就差了。在他家抄功課時，美月不斷地哇哇亂叫，一會說看到了蜈蚣，一會說看到了蠍子。他們一家七口，只配到兩間小房，屋裡堆得密密麻麻，大的一間由祖母、偉成和他兩個姊姊及一個妹妹同住，小的一間是他父母的。

祖母的單人床，緊靠著牆壁擺著。靠另兩面牆壁，擺著他們的上下舖。中央一方木桌，每邊各有一條板凳，全家人吃飯、寫信、計帳、做功課，都在桌上。

美月吵著要轉移陣地的另一理由，是她不喜歡大老遠跑去使用公廁，也不願將就使用丁偉成父母房裡的馬桶。

雨後非常潮濕，連門外的蚯蚓也爬了進來。屋內黃泥地上水往外滲，滑溜溜像冰塊一樣。那天，美月自馬桶上起來，沒走兩步，就跌個人仰馬翻，氣得哭起來，發誓再不上丁家門。

陌生人買咖啡回來，遞了一杯給他。魏宏達心想，閒著也是閒著，既然他說自己會相命，何不乘機考他一考？若是相得靈，今後的去從，便請他指點迷津，不然只當他說著玩，也無傷大雅，就問：「你相命怎麼個相法？拆字？摸骨？還是純看相？」

那人不正面回答，卻仔細端詳了他一會才說：「相命一定得收錢，多寡不拘，這是行規。大家都是唐人，你想算，給十塊錢就行了。」

魏宏達拿出一個邊緣已磨得泛白的棕色皮夾，抽出兩張五元鈔票給他。

那人將錢收下，啜了一口咖啡問：「你想先聽好的，還是壞的？」

他想了想，答：「壞的。」

那人胸有成竹地說：「你臉色晦暗，額頭泛黑，不得意另加一肚子氣。你是剛自監獄裡出來的吧?!」

魏宏達暗驚，這是看相的，還是作特務的？怎麼連他剛刑滿出獄都知道？難道這些年來，自己相貌都改了，一看就知是個有前科的人？

那人見他並未反駁，便得意地又說：「好的方面，是你就要苦盡甘來。」

魏宏達冷笑一聲，只差沒對那人講，你就錯了，我在監獄裡虛度十五個寒暑，家毀了，財產也因生意失敗而付諸東流了。一個五十出頭的人，再能上哪裡找工作？還談什麼苦盡甘來？我這生的好日子，已一去不返。

美月開始發育，魏宏達就體會到「女大十八變」。她一雙眼睛，變得比溪澗的流水還清澈，皮膚也變得光滑柔嫩，她那伸在小圓領外的頸子，就像一截雪白新鮮的嫩藕，她的唇角習慣性地往上提著，一嘴白牙，每一粒都像一顆可愛的珍珠。

魏宏達曾懊惱自己意志力薄弱，不然就不會剛大學畢業，便迫不及待地將美月娶了過來。新婚夜真美好，她的身體滾燙而顫抖，她的紅唇柔潤而清甜，她狂熱地在找尋，好像嬰兒在母親的懷抱中急於吸吮那樣。

是這樣的渴望，使他們盡情歡樂。

隨後的五百多個服兵役的日子，便在思念與嚮往中度過了，美月那時像春天的鳥兒般快樂，她常夢囈般編織一些故事，並要他指著天和地起誓，說她是他的唯一，今生今世的唯一。

這才是他一生最甜蜜的時光。

服完兵役後，丁偉成為去美國深造，特來請他幫忙。他說，美國政府規定的兩千四百美元生活保證金，是他老爸一輩子的薪資總和，縱使一家人只吃空氣，只喝井水，也拿不出這麼多錢。

丁偉成出國前三週的一個黃昏，魏宏達拿了他向父母周轉來的保證金及旅費為他送去時，卻見丁家木門虛掩，屋內靜悄悄的，他還以為無人在家。正準備打道回府，卻聽到美月自屋裡傳來的笑聲。

屋外是一片慵懶的夕陽。

魏宏達躡手躡腳地推門進去，發現美月正解開粉紅色洋裝上的鈕扣，又鬆去胸罩，一雙雪白的乳房便跳了出來。她又將裙襬掀起，坐到丁偉成腿上，再引導他的手，自她美麗潔白的頸項往下滑落。

他生命中的甜蜜，自那刻起便一去不返，他還以為美月是他的，還以為美月發過誓，再也不上丁家門。事後，他也不知道自己怎樣活過來的。

丁偉成一看到他，就急忙推開美月，三腳兩步衝了出來，硬拖著他往外走，並一再解釋，說他絕不會搶走美月，這種不仁不義的事，他絕不會做。還說，是美月找上門來的，只怪自己不是柳下惠，魏宏達可揍他、罵他，但千萬別壞了他倆鋼鐵般的交情。

他還以為自己真的原諒了丁偉成。

在獄中，他常想，「薑是老的辣」這話不假，怎見得？單看他日後自導自演的那齣戲就知道了，與這次的反應大不相同。

他的心碎了，因此多年後，當他拿著水果刀，刺入美月心臟時，他竟沒有絲毫悲哀，還鎮靜地將自己扮成受害者的模樣，企圖將蓄意謀殺，變為臨時起意的過失殺人，以求減刑。

那天回家，魏宏達才知道女人的心腸好狠。他還不及向美月問罪，美月就先發制人地開始數落起他來。

說他沒出息，住父母的、吃父母的，連零用錢都花父母的，哪像丁偉成憑自己的本領出國？她還用以前老師對他說話的口吻，直著嗓門問：「怎麼你就不能學學丁偉成？水往低，人往高，我是個想力爭上游的人呀！臺灣這鬼地方，都住膩了，我要出國，你看著辦吧！辦不成，還不如離婚，還我自由！」

美月變了，變得像一座冰封了千年的女神，堅拒他的愛撫，他束手無策地眼看著驕橫爬上了美月美麗的臉龐，她經常輕蔑地提醒他，說他是個沒出息的男人。

他一直無出國的念頭，直到有天美月竟挑釁到他母親頭上，魏宏達才知道不出國是不行了。

清晨起來，美月穿著單薄的洋裝，未戴胸罩，一對飽滿的乳房清晰地在衣衫下顫動，而她婀娜的腰肢還像楊柳般隨著她的步履在扭擺，完全不將公婆放在眼中。

母親鐵青著臉問兒子：「你上哪裡找來這麼個騷貨？」

美月一聽，就罵了回去：「妳要不騷，怎麼會生孩子？」

母親立刻將端在手中的茶杯往美月砸去，卻被她閃過，杯子砸到牆上，成了許多碎片。

當美月避過了茶杯，神色稍定，便突然衝了過來，舉起拳頭，對準他這做丈夫的便沒頭沒腦地捶打下去，打到筋疲力盡，才被她婆婆拖開，還一邊咒罵說：「這叫上樑不正下樑歪，妳打人家女兒，我就打妳兒子。」

魏宏達覺得美月發起狠來，兇惡得像頭山貓。

母親脾氣也大，於是，兩個女人扭成一團，又展開了一場廝殺，雙方將平日累積在心中的不滿，都一口氣傾瀉出來。

為了平息家庭戰爭，他不情不願地帶著美月移民來到人生地不熟的加拿大。

這些年來，他日夜苦思，是不是每個人生命中的福分，都像杯中的水，有定量的呢？是不是年輕時將福氣用盡後，老了就會一無所有？少年吃苦的人，到老卻福杯滿溢？中國人講的，風水輪流轉就是這道理吧！

他自己也承認不是做生意的料，要不從家裡帶來的錢，不會很快給賠個精光。美月很久不肯與他同房了，更別提為他生孩子。她老說他品種不佳，她要為孩子挑個有出息的父親，這話讓他非常生氣。

有一天，他寫信給事業蒸蒸日上，卻遲遲未婚的丁偉成，邀他來加拿大，說有事請他幫忙。

他來了，美月跟在他身邊打轉，魏宏達看在眼裡，心再破碎一次。

當美月的面，他對丁偉成說：「她只肯與品種特佳的人做愛哩！」

丁偉成得意洋洋地吹噓：「我的種，品質保證。」

魏宏達回答：「咱們哥倆鋼鐵般的交情，這樣安排應當可以。」

魏宏達認為自己變得這麼詭詐，美月得負全責。那天晚上，他故意早早地響起了鼾聲，讓人以為他睡熟了，事實上，他卻是不動聲色地在等待，一直等待到午夜，時機成熟了，才採取行動。

那把德國製的水果刀，是丁偉成送給他和美月的結婚禮物。他拿了刀，躡手躡足地起身，走進丁偉成留宿的房間裡。出其不意地開燈，只見美月全裸地自丁偉成懷裡坐起，他箭步上前，趁丁偉成都還來不及制止，就將刀插入她的心窩，鮮血流滿一床。

他記得丁偉成驚嚇的表情，當時他卻十分冷靜。

他聽到自己的聲音在說：「不要教美月破壞了我哥倆的交情。」然後，用手搔亂髮絲，又歇斯底里地打電話去警局自首，說因抓到了妻子與人做愛，情緒失控，一時失手將她殺了。

後來上庭，魏宏達不敢相信丁偉成竟恩將仇報，堅稱他預謀殺人，而非臨時起意。並說，他邀他來家作客，是佈下一個供他脫罪的陷阱，由他自編自導地使妻子與人做愛，卻利用這理由將她殺了。

就是這話，才使他依第一級謀殺被定罪，幸好加拿大沒有死刑，要不連命都不保！出獄前，捎了封信給丁偉成，約他來這「希望之點」相會。信中，他特別提到，不要教美月壞了他哥倆的情誼。

陌生人喝完咖啡，再請魏宏達看著他的公事包，又去餐館買三明治，直到天色全黑，都沒再出來。

他看了看錶，快八點了，丁偉成準定不來了。在監獄裡的這些日子裡，他從未探過監，憑什麼以為他會來赴約呢？魏宏達起身，提著那人公事包進餐館找他，卻不見他的蹤影，倒是一位年輕服務生過來，問：「你是魏先生？」

他才點頭，服務生就遞了封信過來說：「是位客人留給你的。」

那信這樣寫著：

鐵哥兒：

恭喜你重獲自由，很抱歉我不能親自見你，卻將助理派來。

在你受刑期間，我常自省，常捫心自問，當初我處理「情」與「義」的態度是對還是錯？美月的事，我雖原諒了你，卻無法原諒我自己，我真的是羞見故人。假設有一天，當我對往事已不復記憶時，我會再來見你的。

公事包中，有份購買房屋的契約，產業已註冊在你名下，算我送給你的禮物。另有一筆銀行存款，也開在你的名下，你好重頭來過。以後每月，我會按時匯錢去你戶中，使你今後不用再為生活煩愁。

請勿拒絕我的心意，想到當初與你共吃一個便當的日子，想到你資助我出國，想到你因我的證詞，而失去了一段可貴的人生，這樣也只能算我聊盡寸心而已。

偉成上

陳蘇雲

加拿大華人文學學會委員。一九九八年移居加拿大。畢業於中國護理專業和加拿大圖書館信息管理專業。獲美國兒童文學專科畢業文憑。曾就職於中國大學附屬醫院和加拿大學院圖書館。二〇〇三年寫作至今，出版長篇小說《冰雨》（二〇〇七年）和長篇小說《寂靜的聲音》（二〇一二年）。作品散見於北美、大陸和臺灣。有多篇散文和短篇小說獲獎。

老街的櫥窗

夏天的愛城魅力無窮，嫵媚狂野，狂風陽光任性變幻。我披著薄薄的絨毯，閒散地坐在陽臺上讀書，累了便抬頭往樓下的路張望，透視行駛的車，觀察都市人的行色，看街。

週一的早上八點，天微微暗著。現代都市的老街，行人腳步匆匆，目不轉睛朝前。兩邊行人道夾著並不寬闊的機動車行道，各色各樣的車在挪動，雙向生硬地行駛，如動畫電影裡的都市機器怪獸。人們以不同的方式，往不同方向，趕著去上班。小街對面那間禮服商店櫥窗的燈泛著暖黃和幽幽的淡藍，交替的亮光，以分為計時單位，被升起的晨光覆蓋，赤橙黃綠，混照著新換的展示品：鮮豔的深紫色是主體，左邊是淡綠，右邊是粉紅，隱約中有淡淡黃色在背後襯托，甘當無名配角，做著背景的顏色。這些鮮豔的色彩，覆蓋於簡單而又華貴的塑料模特兒身上，引領夏日都市櫥窗風騷，吸引匆匆行人目光。

禮服店櫥窗旁的門緊閉，門上的霓虹燈暗著，商店還沒開。門外站著一個中年男人，在掏鑰匙開門。門開了，他閃了進去，不一會兒，門上亮起了紅色的燈：Open。室內的燈光從櫥窗擺設間的縫隙隱約透出來，消失在漸升起的夏陽之下，只留下一個淺淡縹緲的朦朧。這是名為「皮特的禮物」晚禮服店，一個專門銷售女性晚禮服的商店。禮服店靜靜地開著，生意既不興隆，也不會因經濟危機倒閉，門旁的櫥窗前偶有身影在徘徊，斷斷續續。

我的眼睛如同電影攝影師的鏡頭，時而遠掠，時而近擒，捕捉真實的街景，組合成今天的電影片段。禮服店的左邊是一個小型餐廳，門面披上綠、紅與白色裝飾，有如義大利國旗的變形，想必這餐廳的老闆也思鄉。餐廳門與禮服店門之間有一空白的牆，沒有任何裝飾。牆前站著一個中年女人，懷抱吉他，我彷彿隱約聽到穿過馬路傳來了暗藏憂鬱的歌聲。

「她還真早，比上班的人還準時。」一個年輕男子走到櫥窗前站立注視，然後挪動腳步走到門口，猶豫了一下，走了。這個男子似乎每天都在同一時間站立於櫥窗前，像是來悄悄探視暗戀的人。

也不知道過了多久，我覺得有些疲勞，便閉上眼睛歇息。突然，客廳沙發旁邊的電話鈴急促響了起來，我睜開眼睛，啟動輪椅，去接電話。那是我丈夫的聲音，顯得有點兒急促：「莎麗，不好意思打擾妳了。妳能不能再設計一款類似去年賣出的淡紫色配白色、高腰、無肩帶晚禮服？現有個顧客急著想要，但尺寸會比賣出的那條小些，具體尺寸和款式變化要求，我會馬上電郵給妳。妳畫出圖後趕緊讓裁縫員製作，明天下午必須交貨。」

「是誰要得這麼急？」我平靜地說。

「哦，有客人來了，等我有空再給妳細說。那禮服的尺寸，過一會兒就電郵給妳。掛電話了！」還沒等我回覆，丈夫就掛了電話。我放下電話，啟動輪椅回到陽臺，繼續看街。

一輛藍色公車停在路邊，擋住了櫥窗，一陣降低車門的警告聲從公車傳來。過了一會兒，一個駝背老太太下了車，鞠萎著極端瘦弱的身軀，勉強把頭抬起來，看著前路，拖著個簡陋購物車，慢慢逆向挪動。我經常在街上見這老人，原籍像是印度裔，臉色黝黑，非常瘦弱，幾乎每天都拖著那已經掉油漆的簡易兩輪購物車，車上總放著一個殘舊的花布袋。她瘦小的軀體好不容易挪到禮服店的櫥窗前，她駐腳停留，稍微直起腰，看了一下櫥窗，便又鞠著腰，挪動腳步，繼續走。車流越加繁密，人們似乎被廢氣熏得失去耐心，不時傳來急煞車的怪聲。

過了九點，車流依舊，但行人道上漸漸安靜起來，偶爾有幾個行人經過櫥窗，也只是匆匆看一眼，走過。我有點兒失望，把視線轉回手裡的書。這是一本描述貧窮與戰爭的書，一本哭泣的書。我讀著讀著，心裡感覺很沉重，便閤上書，隨手放在陽臺的小茶几上，轉著輪椅回到我的設計室，打開電腦。丈夫的電郵已經過來了，顧客身材尺寸以及要求列得很清楚，我把數據抄了下來，釘在我的書桌旁的備忘板上。

我的設計室是自己專用的，是我公司之外的另一個「皇宮」。滿牆掛著我設計和得獎禮服作品圖片，還有我與烏克蘭裔的丈夫走訪我家鄉時的溫馨合照：輪椅上的我和站著的丈夫，背景是扶桑花叢。靠東邊的窗很大，幾乎占了那面牆的四分之三，豪情地把朝陽邀請；窗旁有一個高凳，凳上擺著一個塑料白花盆，茂盛的茉莉花在悠然放香。很感謝這盆老茉莉花的忠誠，年復一年地開著花，讓我在花香繚繞中盡情發揮我的設計才華，讓我的靈感得以現世，再次踏上時裝設計領獎臺。寬大房間的中央，放置著一張多功能繪圖桌，桌旁周圍的空間寬敞，足可以讓我的輪椅自由經過。一個矮小的開放式櫥櫃整齊地擺放著一系列設計草圖和藝術書籍，旁邊有個架子，掛著五顏六色的布類樣板，每一片都有標籤釘著。房間的另一面牆開著一個寬門，沒有門扇，可以直通到那個我稱為「工作坊」的房間，那是我不少獲獎作品的誕生地。

我打開草稿本，把身材尺寸抄到頁面的右上角，開始設想。「這尺寸是否有錯？怎麼這麼小？這樣設計出來效果會像少女裝。」看著尺寸數字和一些要求，我有點兒迷惑。「莫非是給小孩子的？如果是給小孩的，為什麼材料質地要求這麼高？」一連串的問題讓我無法下筆，於是，我拿起了電話，撥著自動儲存號碼：「皮特，我收到你的電郵了，但有幾個疑問。」

「親愛的，我能不能過一會兒再打給你，現有兩個顧客在這。」不管多忙多累，丈夫總是用柔和的聲音對我，這「殺傷力」是無可衡量的，因此，我總是無條件地「投降」。

「嗯，好的，我等著。」我回應著，心裡依然想著那奇怪的尺寸，可又覺得無從下手，我只好放下疑惑，開始另一個設計。

約過了一個小時，電話響了，傳來丈夫柔和的聲音：「親愛的，讓妳久等了。事情是這樣的，今早一位先生來到我們商店，要求訂做一套晚禮服給他女兒，但她不能親自來，只能給我這尺寸，且她明天晚上高中畢業典禮要穿。」

「高中畢業？可這尺寸好像很小，不會是他記錯了吧？你能聯繫上他嗎？我想確認一下。」

「我有他的電話，妳記下。」他用緩和溫柔的語調念著電話號碼。

我按著電話號碼撥了過去：「你好，請問你是邁可先生嗎？」

「是的，請問妳是誰？」對方的英文很純正，明顯是土生土長的加拿大人。

「我是皮特晚禮服店的時裝設計師。你今早來我們公司要求設計晚禮服，對嗎？」

「是的，有什麼問題嗎？」他耐心地問，但語調中聽出他剛才在忙著事，暫時放下手中的事來接聽電話的。

「你是為你女兒訂製晚禮服吧？我感覺這尺寸好像不太對，是誰給你女兒量的？」我進一步問。

「是她自己量的。她不能親自到你們公司去，因為她病得很重。」這位父親聲音變得哽咽。

「那我能來為她量身嗎？」我的心突然產生一種特別的感覺，說不清的，有點恐懼有點憂傷，糾結、延伸。我是第一次向顧客提出這樣的要求。

「嗯，等我問問她。」過了幾秒，我得到回答：「非常好！她很高興妳能來，她也很想見見妳。」他的聲音潛進一絲興奮和感激。他連忙給我留下地址，還認真描述他家旁邊的情形，擔心我找不到。

我沒有告訴丈夫，擔心他阻止我如此非理智行為，可我的直覺告訴我：必須去！於是，我電約了殘疾人專用車。按著地址，去拜訪那訂做禮服的女孩。

那女孩的家在愛城西區，是個小平房，外牆的油漆有點兒殘舊，從外形設計款式看，像是五〇年代的房子。院子前面還算乾淨，沒有雜草和落葉，一棵老蘋果樹快快地立在前院一角，樹上的蘋果不大，有點兒營養不良的感覺，有些果子已經變得微紅，在濃密的葉子間掛著，倒像是來點綴老樹的花。令我驚訝的是，前門一側居然有一條無障礙通道！我開著電動輪椅，順著這依舊新色的斜道，來到了門邊，舉手按響門鈴。

出來開門的是女孩的父親，一個消瘦的中年男子。當他見了我，愣了一下，便熱情邀請我進來：「太不好意思了，要妳特地過來，真的不知道如何感謝妳。」

客廳的光線幽暗，擺設顯得有些陳舊，除了兩盆懸掛於靠窗天花板上的長青藤及垂落下的藤蔓，似乎一切都了無生機，我覺得一陣眩暈。

他問我想喝什麼，我隨便答：「喝水就好了。」他便忙著進廚房，給我端出一杯水來。

「你女兒呢？」我納悶，以為她會在客廳等候我。

「她在房間的床上。」他把我引到女兒房間門口，敲門：「艾密，設計師莎麗來了，我們可以進來嗎？」

「好的，爸爸。」門內傳來一個柔弱但甜美的聲音。

我隨著他打開的門進去，他轉身離開，讓我們獨處。一個瘦弱的女孩斜躺在床上，即便依著柔弱的光，也能判斷她臉色是蒼白的，鼻子上還套著細小的吸氧管。見我進來，她掙扎著想坐起來。

「艾密，請別動，就這樣躺著。妳說想要一件晚禮服，用於明天的畢業典禮對嗎？」我問。

「是的，莎麗女士。我前年看過你們公司櫥窗那套淡紫色晚禮服，每次經過我都看，真的很漂亮，我很喜歡。當我第一次看到那套晚禮服時，我都會想像著長大後穿著它去參加晚宴的情形，很開心。可是，去年醫生查出我得了骨癌，原發處在腳關節，我以為切除雙腳和化療後會好起來，但今年不見轉好，且我爸爸最近也失業了，我不敢再提起禮服的事。我感覺也許熬不了多少天了，更不可能去大學學習服裝設計，心裡難受。明天是我的高中畢業禮，我很想讓自己以『最美麗』形象與同學告別，尤其是那個我心儀的男生。」

她幽幽地說出坦誠心語，像是與我相識了很久般，令我驚訝。她對我的信任和坦誠讓我有點不知所措。接著她以羨慕敬仰的口氣說：「莎麗女士，我一直追看報紙上妳寫的時尚服裝專欄，更加關注妳設計獲獎新聞，一直希望能穿上妳設計的服裝。沒想到上帝這麼關照我，讓我實現夢想，讓妳坐在我面前。」

女孩抑不住歡欣，我聽了直想落淚，覺得罕有的愧疚。

「謝謝妳的欣賞！請告訴我，妳心目中的晚禮服是怎樣的？別擔心價格，我會盡所有能力讓妳變成最美麗的畢業生。」我動情地說。

見我如此說，她也就不客氣地在床邊的桌子上拿起紙和筆，畫了起來。看著她畫的草圖，知道她曾學過繪畫，有一定基礎。我把輪椅盡量靠近她的床，認真給她量身，討論著設計方案。好不容易弄完，我已經折騰得一身汗，疲憊不堪。對著她的草圖，我把自己的構圖簡單畫了下來讓她看，她那張慘白的臉露出一絲紅暈，還予我甜甜的笑。

「明天下午請妳父親去取禮服，保證妳能準時穿上，去參加畢業典禮。」面對著這柔弱且奄奄一息的女孩，我有種相見恨晚的感覺。當我聽到她說「最美麗」一詞而露出燦爛笑容的時刻，我覺得自己是失敗者，一個專職設計「美麗」衣裳的失敗者。

我給那女孩一個溫情擁抱，便回到客廳，對女孩父親說：「你有一個了不起的女兒！我現在回去趕緊設計和製作，明天下午四點你到我公司去取吧。」

「謝謝妳到訪！這是她其中一個夢想，沒想到她很快就要實現了。」憨厚的父親眼睛含著愧疚和感激。

殘疾人專用車來了，我道了再見。在司機協助下，上了車，離去。

晚上皮特下班回家，聽了我述說關於女孩的故事，擁抱著我說：「我們該為她的夢想做些事。」我點點頭，感激丈夫的理解。

時間在飛速溜走，工作在緊張進行。第二天下午三點，我在禮服公司製作設計室內等候。員工拿了還冒著熱氣的禮服過來，我迫不及待接過來檢查，查畢，覺得非常滿意，於是，便打電話叫丈夫來接我，同時也給女孩的父親打電話：「禮服做好了，請你過來皮特的商店取吧。」

我剛到皮特禮服店時，女孩的父親也來到了，他神情凝重地說：「莎麗女士，謝謝妳！」

我把繫著淡紫色絲帶的禮品盒子交給了他，平靜地說：「禮服在裡面。」

他彎下腰，虔誠地接過盒子，掏出錢包要付款。我阻止了他：「我已經付費了。這是我送給你女兒的高中畢業禮物。」

他驚訝地連說：「我們已經給妳添麻煩了，怎還能要妳的禮物？」

「你女兒給我補了一課，是我在大學設計課中學不到的，也是顏色和款式所不能表達的。這禮服就當是我交給她的學費，也是皮特的特別禮物吧。」想到女孩說的「最美麗」一詞，我明確了新的設計方向。

女孩畢業典禮後一週，我接到她父親的電話，說女孩在畢業典禮上贏得讚賞，度過人生最美麗的幾天，昨天，她在睡夢中平安去世了。去世前懷抱著她夢寐以求的晚禮服——一件她參與設計的淡紫色禮服。

從此，「皮特的禮物」櫥窗永遠擺著一套不收設計費的少女晚禮服，每期都變幻著色彩，變幻設計款式。櫥窗前多了少女們的影子，每一個身影都散發著美麗的光芒。

我依舊在閒暇時看街，看著老街的櫥窗，讀人，讀生活。

安琪

本名李安，曾任職於上海社會科學院，九〇年代留學加拿大，長期從事ＩＴ管理系統軟件研發工作，現居美國加州矽谷。因喜愛文學，近年以筆名「安琪」陸續在海外中文報刊雜誌及網站發表文章。其內容涉及新老留學生、移民生活、社會現象及旅遊風光，把對生活和社會的感知轉換成文字，與讀者分享，從而尋覓生活的真諦。

女兒的冠軍夢

下午有個客戶會議，敏慧猶豫了好久，還是向老闆請了假，送女兒到滑冰場，因為往日負責接送任務的丈夫臨時有個工作面試通知不能耽誤。

「媽媽！媽媽！」女兒蹦上車，興高采烈地嚷：「這次統考，我又得全A！年紀組第一名！」

「是嗎？太為妳高興了！」

開著車的敏慧，一邊讚揚著女兒，心頭卻感到陣陣揪心。

她心裡明白：又沒有機會向女兒攤牌了……

敏慧有兩個女兒，安妮和簡妮。安妮文靜內向，簡妮活潑好強。別看簡妮才十歲，已是冰場「老運動員」。她愛上滑冰是因為姊姊滑冰，兩歲跟著上冰場，四歲參加正式訓練。迄今為止，幾年的培訓，已經進入花樣競技滑冰鑽石級。冰季賽事兩年一次，不僅獲得省年級組第二名，其他各類比賽的獎牌獎杯也是一大堆。無論是先天條件和心理素質都讓教練們看好，確認簡妮是個值得培養的好秧苗，真的是很難找到十歲能夠跳躍旋轉兩圈半的孩子！

可是，培養一個花式滑冰選手，費用難以想像！平日訓練的教練費、場地費，每月近千元。外出比賽，除了報名費、交通費和住宿費，還要支付教練的交通費和住宿費，外加教練因陪同比賽而損失的收入。

對於花式滑冰選手來說，一雙高質量的訓練和比賽用鞋，大約是一千元。一雙鞋一般只能穿一年，因為舊鞋的鞋幫太軟支撐不了腳腕的力量，容易受傷。再說，冰刀用久了會磨損。簡妮腳上的冰鞋從來是舊的。過去穿姊姊的，現在穿二手的，修修補補再穿。即使這樣，換一副冰刀就是五百元！

雖說敏慧的薪金不算低，但兩個孩子的滑冰培訓費用實在超出一個工薪家庭所能支付的範圍。特別是同在高科技公司工作的丈夫前些年被辭退，至今游離在職場之外，工資單二減一，有時真到了捉襟見肘的地步。

貸款買的房子十幾年了，至今空空蕩蕩，沒有幾件像樣的家具。客廳裡也沒有沙發，為的是留給兩個女兒從小在地毯上練習跳躍和旋轉……

「媽媽，安妮一定要回家，她說今天不想去看我滑冰。」剛才還興致勃勃的簡妮，一下子顯得悶悶不樂。

敏慧的思緒被硬扯了回來，可簡妮這一番話卻又增添了一層憂慮，「安妮昨晚和我說了，今天不想去冰場，回家再找機會和她談談吧。」頓了頓，她又囑咐道：「安妮心裡不好受，妳也千萬不要跟姊姊主動提起滑冰，還有小朋友們的那些事，免得她又傷心。」

「媽，我知道。」簡妮乖巧地說。

當母親的，怎能不諳知兩個女兒個性？對於一個優秀的花式滑冰運動員來說，除了具備良好的體力、耐力、爆發力、彈跳力和藝術表現力，還需極強的心理素質。因為，十幾年冰上堅持不懈的磨練，成敗卻往往在幾分鐘比賽後見分曉。

大女兒安妮循規蹈矩謹慎內秀，不像妹妹那樣衝勁十足，生來一副天不怕地不怕的闖勁，父母恐怕她日後心裡上承受不了落選的痛苦。

「讓安妮停了吧？」

「怎麼跟她解釋呢？」

這個話題，前一陣夫妻倆關在臥室裡鄭重其事地不知討論了多少次，設想了所有的結果，每次都不了了之。

反覆商量後，終於忍痛停掉安妮的滑冰課，婉轉地勸她學習其他所喜歡的技能，比如，小提琴，游泳或舞蹈……

「可是，我最喜歡滑冰了！」

最後安妮雖然口頭上同意了父母的建議，心裡上卻很難接受，也非常委屈。她甚至不能去冰場看妹妹滑冰，一想到此事就傷心流淚，還不時向父母表達自己喜歡滑冰的意願。

這事總讓敏慧自責：是不是決定不妥？傷了大女兒的心，在心裡上產生不可逆轉的負面影響？

她盼望著，經過夫婦倆耐心細緻的引導，懂事的安妮會走出情緒的低谷，以平常心面對父母對滑冰運動的付出。可是，這一陣，簡妮賽事頻繁，每次都獲得好成績，又觸動了安妮的敏感處。看來還是需要時間和更多的更細心的工作才能撫去大女兒心裡上的陰影啊！

是的，簡妮越滑越出色，大家理應為女兒高興才是。可敏慧卻日益擔心：若女兒再往上走，費用更難承受，簡直不堪重負！

「要是在中國就好了！有培養前途的運動員一旦被選中，進了少年體校、市隊、省隊、國家隊，家長就什麼都不用擔憂了，一切由國家負擔，還有生活費。」他們夫妻倆一到為難處總是這樣自嘲。

誰讓他們當初選擇出國留學呢？

是的，在國外就不一樣了。不是嗎？蜚聲海內外的著名美國女子花樣滑冰運動員關穎珊的父母，當年打兩份工，還是無力僱用教練，以致賣了房產，最後獲得捐助，才培養出一個世界冠軍。

可是，有多少個鋪墊才能出一個世界冠軍呢？

如此不顧一切地付出是否值得？敏慧為此事心裡上總是非常糾結。不然的話，他們可以帶孩子們到各地旅遊，聽音樂看演出，參觀博物館，增長見識，開闊眼界。這樣不更好？

這一切，都是為了女兒的冠軍夢！

這麼多年了，每次面臨交滑冰費，夫妻倆總想找個理由，就此停掉……可是，誰都不願意再開這個口。

簡妮這個年紀，正是貪睡長高的時候。可教練說了，一定要有早訓練課，否則以後遇到早上比賽就會適應不了。因此，每週兩個早上必須按時到冰場練習。六點起床，七點一刻開始上課，對一個孩子來說的確是很艱難的一件事。

每次將她從甘甜的睡夢中喚醒，總是極不情願地晃著腦袋嚷嚷：「我睏！我睏！」可是只要輕輕提到：「教練正在等著你呢！」這孩子就義不容辭地迅速從床上跳起來，穿上衣服，吃完早點，立刻出發。

一到冰場，什麼睡意都跑掉，又精神抖擻地開練了。

貪玩是小孩子們的天性，特別是女孩子，一起訓練時，常常會不知不覺「嘰嘰喳喳」湊在一起玩耍。可簡妮從不！小小年紀非常有自覺性。每次上訓練課，她總是認真對待，一次又一次，反覆按照教練的意圖刻苦練習，跳啊，轉啊，摔啊……以致有一次摔倒在地，把小手指弄骨折了。

「我要到奧運會參加滑冰比賽！」她就是這樣時刻憧憬著，為自己的未來努力著。

「這是一個非常好的夢想！可是，花式滑冰對一個女孩來說，運動生涯多麼短暫。」敏慧不止一次地對女兒說：「今後的路還很漫長，妳必須為另外一個職業的成功做準備打基礎。比起其他同齡人，妳應該不止有一個，而是同時擁有兩個夢想吶！」

簡妮是個懂事的孩子，每一件事都認真去做。為了她的第二個夢想，她不僅認真地完成學校裡的各項功課，特別是所有的成績都保持優秀。每天，她的時間排得滿滿的，除了三～四小時的課前或課後滑冰、跳躍、柔韌度和舞蹈訓練之外，她也是青少年合唱團和童子軍的成員，積極參加很多學校和社區的活動。和姊姊一樣，從小在法英語兼修學校學習，中文課也從未放棄過。

因為，母親曾經說過：「只要妳的成績單出現一個C，那就再也不用去滑冰了。」

那是簡妮最最不能接受的事！

像其他孩子一樣，簡妮好動、好玩，還特別愛閱讀。可是，一週六天三～五小時訓練，還要參加其他課餘活動和學習，哪裡有時間玩？她只能忙裡偷閒，見縫插針，抓緊一切機會。家裡沒有電視看，更沒有孩子喜歡的電動遊戲。

「我們也買一個DS遊戲機吧？」憋了很久，簡妮終於忍不住了。

敏慧輕輕一笑：「好啊！那我們就把滑冰課停掉吧？因為妳一玩上遊戲，就沒有時間滑冰了。」

「……」

這下，簡妮說什麼也不要了，因為她不能為此放棄滑冰！

不久，去朋友家開生日派對，在其他孩子興高采烈唱生日歌、吃蛋糕、拆禮物的當兒，大家怎麼也找不到她……原來，這孩子終於逮到機會，一個人正躲在樓上房間的角落裡，捧著DS機正拚命地玩個夠！

當母親的，看在眼裡，痛在心裡。還能再說什麼呢？

簡妮的爭強好勝，很小就在生活的各個方面顯露出來。小的時候事事跟姊姊比，姊姊幹什麼她幹什麼。姊姊還沒吃上幾口飯，她放下了筷子告訴大家：「我已經吃完了！比姊姊快！」更多的時候，她跟自己比，叫她上樓洗澡睡覺，她會興奮地告訴妳：「我洗澡比昨天又快了三分鐘！」

好勝心強，是一個優秀運動員必備的素質，促使運動員在訓練和比賽時調動全部能量，發揮到極致。然而，一個優秀運動員更應懂得，成功建築在無數次的失敗之上，特別對於花式滑冰運動員來說，幾年的辛苦有可能功虧一簣於場上的幾分以至幾秒之內。如何在技術上充分發揮，同時讓自己時刻保持一個良好的心理狀態是至關重要的。

前些日子跨省滑冰聯賽，緊張的訓練中，仔細的教練注意到簡妮臨場發揮不正常，給家長發了一個郵件，把觀察到的情況告訴她，希望能更多了解原因，協助做好孩子的思想工作。

利用只有母女倆在家的空閒，敏慧把十歲的女兒叫到跟前：「能和媽媽談談嗎？」

倔強的簡妮咬著牙怎麼也不說話。

在母親的耐心引導下，「哇！」的一聲終於將心裡的鬱悶哭出來：「大家都覺得我能跳好，希望很高，如果我跳不好了，那該怎麼辦？」

她還擔心：區域聯賽從一年一次改成兩年一次，失去了這次機會，就意味著要兩年以後才能去比賽，可她急切地希望表現出色，給自己越來越多的壓力……

看著女兒的成長，敏慧無限欣慰，但覺得必須幫助她學會坦然面對生活中的成功與失敗，調整好心態才能發揮得最好。

「來，妳過來。」她緊緊地擁抱著還在抽泣的女兒，讓她打開電腦，通過 google.com 搜尋「Randy Pausch」。

Randy Pausch 是美國卡內基梅隆計算機系的已故教授，他的著名演講「真正實現你的童年夢想」和後來出版的暢銷書《最後的演講》，是在當他確診羅患胰腺癌，只剩下幾個月的生命之後所作。其目的是為了告訴人們如何利用短暫的有生之年，幫助自己和別人實現夢想。其中很重要的一段話是：「If you don't get what you wanted, you get the experience.」在這世上，最難能可貴的是有夢想，在鍥而不捨地追夢的過程中，盡自己的最大努力，不動搖，不畏懼，不驕躁，不氣餒，不斷堅持。即使不成功，也獲得了寶貴的人生經驗。

簡妮明白了。可敏慧還是心事重重，培養一名花式滑冰運動員之艱難，家長們從孩子接受滑冰訓練開始，在精力、時間和經濟上的巨大付出，也是幫助孩子追夢的過程。可以這樣說：沒有孩子、家長和教練齊心協力的付出以及共同承諾，一個優秀花式滑冰運動員就不可能產生。可是……

「綠燈！快走！」隨著簡妮一聲尖叫，敏慧急踩油門……

可是，有誰，又有什麼辦法，能醫治敏慧的心病呢？

李彥

一九八七年赴加拿大，一九九七年起在滑鐵盧大學任教，二○○七年起擔任滑鐵盧大學孔子學院院長。一九八五年開始發表中英文作品。英文長篇小說《紅浮萍》獲一九九六年度加拿大全國小說新書提名獎、加拿大滑鐵盧地區「文學藝術傑出女性獎」。二○○二年獲臺灣「中國文藝協會」頒發的海外文藝工作獎章。曾任加拿大中國筆會副會長。

黑管

三十多年都過去了，她才終於悟出，原來當初令她魂不守舍的，其實是音樂，而非人。

那是一個物質匱乏、美也缺乏的年代。黃昏時分，日頭隱沒在校園外殘缺不全的土城牆後面了。城牆上的荒草在秋風中搖曳。幽長陰暗的宿舍樓道盡頭，響著滴滴噠噠的漏水聲。從某間宿舍的門內，傳來了黑管中流出的「小天鵝」，像天籟之音，淹沒了周遭的頹敗、蕭瑟。

從此，那聲音便總是在她的夢中流淌著，揮之不去，並時時跳出來叩擊她的心魂，多年不散。

此刻，在唐人街中餐館沾著一層油霧的吊燈下，她坦然地、不再畏怯地打量著他，才驚訝地發現，這張肌肉鬆弛、神情懈怠的面龐，普通得不能再普通，遜色得無法再遜色。從曾經吹響過撩人心扉旋律的那兩片富有彈性的紅唇，不知何時已變成了肥厚的醬紫色。從稀稀拉拉豁漏的齒縫間，三三兩兩地吐出一些數字，圍繞著房價、股票、利率等等，她從來懶得關心的內容打轉。

從那對已經昏花的小眼睛裡，她捕捉到了一縷飄忽不定的光，很熟悉的。只是她現在直直地看著，不再躲避了。其實，當那張臉上的肌膚還泛著青春潤澤的時候，她就曾不止一次地看到過這種令她不悅的光。可是，多年前的她，為什麼會視而不見呢？或者說，為什麼會自欺欺人、固執地否認她的直覺？

她現在明白了。是的，是從黑管中流淌出的「小天鵝」，在她心頭燃起了一道耀眼的白光，遮蔽了本來無遮無攔的庸俗，還有齷齪。

然而那一道白光，卻使她四年的大學生活在陰影下度過。為了博得那對小眼睛的青睞，她曾笨拙地折磨自己，去換取每一次測驗與考試的全班最高成績。她推辭了在假日裡與女生結伴出遊的機會，也一次次拒絕了男生悄悄遞給她的電影票。當妙齡男女們在交誼舞會上狂熱地旋轉時，她孤獨地守著那臺老舊的留聲機，一遍遍反覆地播放磁帶。當整個校園都陷入午睡的靜謐中時，她坐在空蕩蕩的大教室裡，費力地啃噬著天書一般的英文原著。

當她的名字一次次出現在校園裡張貼的紅榜上時，她曾滿懷希望地企盼著，擦肩而過時，能捕捉到他含蓄的目光中流露出的仰慕神色。然而，留給她的，只是一次次的失望與落寞。

她不甘心，更不理解，為什麼他的目光會頻繁地落在那個平庸無奇的女人臉上，為什麼他會用旁若無人的談笑聲來刺激她敏感的心房？為什麼他會毫無心肝地把她純真的小詩四處散播？

她從來沒指望，三十多年後，還有機會把折磨了她半生的疑問一一擺上桌。

「唉，妳不知道，那一碗湯麵，對我們來說，是多麼寶貴啊！食堂的伙食太差了。晚餐就只有那麼兩個窩窩頭，到了九點多，就餓得什麼也讀不下去了，那滋味兒真難受啊！她那個煤油爐子上冒著熱氣的小鍋，簡直就是珍珠翡翠白玉湯！不光是我，好幾個男生都惦記著呢！能去她那間小屋吃一碗加了醬油的煮掛麵，多令人嚮往啊！」

是的，我真傻，真的，怎麼就不明白男人喜歡的是什麼呢？不是大紅榜上的名字。那遠遠比不上一碗湯麵的誘惑。

「可是，吃了人家那麼多碗湯麵，卻沒娶人家，也夠薄情寡義了吧！」她笑著調侃。不妨接受他的解說。

「嘿嘿！」他也笑了。畢竟老了，坦率了許多。「我會永遠記著她的湯麵的。但是婚姻嘛，比起一碗麵，當然要複雜得多。」

其實，他從來就是個講求實惠的人。是「小天鵝」圓潤流暢的音符，掩蓋了幾分狡點，幾分尖刻。這一點，連煮了那麼多次湯麵的女人，也未必看透。不，也許她與我一樣，只是不甘心面對殘忍的直覺罷了。她忽然覺得，那個女人更堪憐憫。

歲月早已教她悟出了這個淺顯的道理。所以這次來紐約開會，她事先根本沒有告訴任何熟人。不過，當她走下講臺，遠遠地瞥見站在觀眾席後排的那個已經發福的身軀時，心中還是驀然一動。

「你，怎麼來了？」她坦然地伸出手，努力讓自己的聲音平靜。

「在報紙上看到了妳的名字。雖然是英文的，還是猜到了，大概是妳。」

就是為了這句回答，她決定放棄研討會的宴請，隨著他來到了這家小飯館。潛意識裡，她試圖理清一筆多年的舊帳。

該說的，都說完了。她已經失去了繼續坐在這裡的興趣。趁他上洗手間之際，她去櫃臺上付清了那兩碗湯麵的錢。

他發動了引擎。車身輕輕顫抖著，車輪卻遲遲沒有駛離這條黑暗的窄巷。又扯起了一些舊日的話題，仍然是漫無邊際的東拉西扯。

忽然，他提起了一樁幾乎已被她遺忘的傳說。「還記得嗎？剛入校的第一個學期，全班一起去看蘇聯電影——《鋼鐵是怎樣煉成的》。看完了，妳對大家說，妳最喜歡像保爾・柯察金那樣會打架的男生了。」

「是嗎？我還說過這樣的話嗎！」她笑了。車裡有股熱氣吹在臉上，暖暖的。

「當然說過！妳恐怕不知道吧，我從小就愛打架，在我們那一帶是出了名的！」

她心中一動，沒有接碴。依稀記起了那個年少輕狂的月夜，胸口便混雜著一絲溫熱，半點淒涼。

路燈幽幽的，看不清車裡人的臉。她直盯著前方的黑暗，不免奇怪，為什麼他還不駕車離開這僻靜的小巷。沉默中，她感受到了車內聚集的壓力，開始有些不自在。他接連嘆了幾次氣，似乎在猶疑著什麼。他想說什麼呢？歉意，懺悔？請求原諒？算了，最好還是什麼也別說，她在心頭默念著。一切都為時太晚。過去的，就是過去了。如果你真的說出來什麼，我也只能像麗達與保爾・柯察金重逢時對他講的一樣，告訴你，我們早已是三位一體，不可分割了。

「妳，不介意我抽菸吧？」他在黑暗中摸索出一支菸，點燃，狠狠地吸了一口，似乎鼓足了勇氣。「我在想，當初，如果我們真的走到一起了，會是一種什麼狀況呢？」

她盯著路燈幽幽的微光，不動聲色，唇角浮起了一絲笑。「毫無疑問，我們很快就會分手的。」

「嗯？為什麼？」他側過臉來看她，似乎不相信自己的耳朵。

「其實，我是個非常挑剔的人，而且有足夠的勇氣，會隨時糾正自己犯下的過錯。」說完這句話，她收起了唇角的笑。心中卻感到了一陣快意，或者說釋然。

他沉默不語，菸頭在黑暗中一明一滅。猜不出他在想什麼。也許，那些習慣了圍繞著數字跳躍的腦神經細胞，正在費力地重新排列組合。

黑夜給了我黑色的眼睛，我卻用它來尋找光明。她腦中滑過了一首著名的詩句，卻覺得沒有必要說給眼前這個人聽了。

「太晚了，送我回去吧！」她只說出了這幾個實惠的字眼。

車子停在了酒店門口。她邁下車，回身匆匆朝他揮了下手，便毫不遲疑地向燈火輝煌的大門走去。櫃臺後的侍者微笑著與她打了聲招呼。大堂裡迴盪著輕柔的音樂，浪漫，悠揚，似白天鵝翱翔的翅膀。

她邁入電梯，按下了頂層的數字，看著紅色指示燈一層層閃爍，緩緩上升。

黑管給了我黑色的錯覺，我卻因它走向了超越。

她念出在腦中盤旋了一晚的句子，輕輕踮了一下腳尖。她知道，從此，她的夢中不會再流淌「小天鵝」了。

二〇一一年四月草於滑鐵盧勞瑞爾湖畔

原載二〇一一年六月十八——十九日發表於北美《世界日報》小說版

王詠虹

筆名王海倫，曾任北京群眾出版社《啄木鳥》雙月刊編輯部副主任、法律出版社文藝書刊編輯室副主任；移民前在《文匯報》等報章雜誌發表了一些連載小說，出版了《法醫揚波》等書。一九八五年應西德文化部長邀請出訪西德。一九八七年移民加拿大溫哥華，在《世界日報》等報章雜誌發表小說遊記。曾任《女友》北美版主編、「北美多元文化交流基金會」副會長等職。

醜小鴨的婚禮

瑛南慢條斯理地準備著旅行箱，她要去歐洲參加兒子小虎的婚禮。

小虎早就宣布了這輩子不結婚，朋友們給他介紹女朋友，他對女孩子的第一句話就是「我不相信婚姻」。

瑛南慢慢地從衣櫥裡取出一套套衣裙，攤放在床上。沉沉的思緒凝滯了她的目光，伴著窗前紅楓沙啦啦的淺唱，飄向那與故宮只有一街之隔的北京四合院。爸剛給掛著一串串甜得如冰糖粒的綠葡萄澆完水，戴著老花鏡，坐在大柳樹下低頭專心修補小龍和小虎的涼鞋。這一對雙胞胎外孫太淘氣了，新買的涼鞋不到一個月就穿飛了。媽在廚房和阿姨商量晚飯如何給外孫們搭配營養食品。

離婚時瑛南的大兒子小樺剛上初一，一對雙胞胎兒子還在幼兒園，要不是爸媽的支持和幫助，把三個兒子拉拔大，真不知還有多難呢！現在，最調皮搗蛋的小虎要結婚了，兩老卻沒能等到這一天。

小虎和小龍雖是雙胞胎，生下來時卻比小龍瘦小，長得也不像小龍那麼俊，家裡人都開玩笑喊他醜小三兒。三歲時，當他瞪著黑閃閃的小眼睛，屏息靜氣地聽完醜小鴨的故事，便極認真地翹起小嘴巴，「媽媽我當醜小鴨行嗎？」

「好啊，醜小鴨是要飛上天的！」

瑛南的嘴角向上彎了彎，一邊將衣裙放進箱子，一邊納悶，是什麼改變了小虎的婚姻觀呢？她不想問，婚姻的問題，是母子倆最不願意提起的話題。

兒子們怨恨媽媽離婚後的再婚。剛上初中的小虎曾哭著對媽媽說：「他不喜歡我們。」瑛南因此最終放棄了第二次婚姻。那時瑛南還年輕，依然崇尚婚姻和愛情，覺得沒有丈夫疼愛的家，就不是個家。於是她和那位藍眼睛的高個子男人，第三次走進了婚姻的殿堂。

兒子們不能理解她是多麼渴望有自己的家。三歲時她就被工作繁忙的爸媽送進寄宿制幼兒園，雖然那裡的生活水準是一流的，但是沒有自由。生活規律得像被飼養的小豬，幹什麼都按時刻表，連拉屎都有固定時間。每天早上，盥洗室裡放著兩排白瓷便盆，小朋友們面對面坐在便盆上，拉出屎的就可以去刷牙洗臉吃早飯，拉不出來的，就坐在那裡不准動。瑛南常常是最後一個坐在那裡的孩子，於是等得不耐煩的阿姨便會走過來，粗暴地將碎肥皂片塞進她的肛門。雖然只有三、四歲，但那恐懼與羞辱，足以在稚嫩的心田犁出深深的疤痕。

直到年過半百，瑛南還在做著兒時那莫名恐懼的噩夢，渴望著回家。後來她讀了心理學，才了解到孩童時的心理創傷，如果不經過有意識的治療，會伴隨人的一生。

宣布這輩子不結婚的小虎，非常招女孩子們喜歡。他從十六歲起就開始交女朋友，還說如果沒有女朋友，會被朋友們笑話。離婚家庭的孩子們，多數都會早戀。在遠離故國的他鄉，單身母親如果不入鄉隨俗，跟叛逆期的兒子們就更難相處了。瑛南因此對小虎交女朋友的事，睜一隻眼閉一隻眼。

一天小虎放學後沒回家，晚飯時打來電話說自己的壓力太大，要離開家好好思考。

「你想什麼不可以回家來想呢？你不需要付房貸，你的車不需要自己付保險和汽油費，吃飯不管酸的你有什麼壓力呢？」

「媽你不懂我，我已經長大了！」

那一夜小虎是在一個白人女同學家過的，而女孩的母親居然放任女兒的小男友留宿！

當了解到那位白人單身母親是靠社會救濟度日後，瑛南擔憂地對小虎說：「你想過沒有，加入這樣的家庭，你能有什麼樣的志向呢？」

小虎梗起脖子不說話，但還是很快就跟那個女孩子吹了。之後小虎的那個女朋友很漂亮，瑞士和日本的混血兒，非常聰明，學習成績優異。但小虎又跟人家吹了，說人家不懂水滸和三國。那女孩很痴情，高中畢業後在離開加拿大的機場，哭著給小虎打電話，小虎卻死也不接。之後便是能幹的瑩瑩，嬌弱的莫妮婭……小虎的女朋友像走馬燈般一個接一個。

瑛南很擔心這樣下去小虎會成為什麼樣的人，耐心地向他講解愛情專一的道德觀，卻被他堵了回來。「算了吧媽媽，那一套根本行不通！妳連自己的婚姻都搞不定，還是不要跟我來談這些吧！」

瑛南很難堪，那時她正在離第三次婚。「我的婚姻……還不都是為了你們才放棄的！你們……還要我怎樣呢？」

「為了我們？為了我們妳就不該和我爸離婚！為了我們妳離了婚就不該再結婚！」

「難道……難道媽媽就不該有自己的生活？」

「不該！我們生命開始的那一刻，就應該是妳個人生活終止的那一時。不然的話，妳就別生我們！媽，我已經決定這輩子不結婚。為什麼？這還不清楚？為了不離婚！」

小虎的一番話，在竭盡全力給兒子們又當爹又當媽的瑛南心裡，狠狠地戳了一刀。

小虎是三個兒子中最讓瑛南費心無奈的孩子。高中畢業後，他領著小龍，宣布不去上大學。還理直氣壯地說：「媽妳願意當永久學生，有了大學文憑還沒完沒了地在大學上課，我們不願意！-Don't try to run our life!」

一席話說得瑛南無言以對。她輾轉無眠，苦思了一夜，含淚接受了醜小鴨飛不出河塘的現實。第二天，她喚小龍、小虎到廚房的玻璃飯桌前訓話：「我帶你們移民加拿大，是想讓你們享受世界一流的教育，成為對這個社會有用的人才，不是讓你們來當 cheap labor 的！你們執意不肯上大學，但起碼要自食其力，找份工作，否則我家不養懶漢！」

小虎同時也是三個兒子中最獨立最省心的孩子。十四歲就主動進餐館替補同學的母親，在每週的星期一放學後洗碗，自己賺零用錢。高中畢業後邊工作邊玩了兩年，最後還是出人意料地和小龍一起上了大學。在大學裡他的成績全部是滿分，畢業後無需瑛南費心就進入了世界上數一數二的美國電子藝術公司。兩年後，他毅然放棄電子軟體工程師的高薪工作，自我挑戰，上了法學院，僅用三年便取得了法學博士的學位。獲得執業律師資格後，他幸運地在經濟低潮四處裁員時，進入了加拿大很有名的律師事務所。

當他宣布在布拉格舉行婚禮時，已經過了而立之年。

為什麼要在布拉格舉行婚禮？難道新娘是捷克人？其實，新娘杰娜是在溫哥華長大的香港移民，小虎剛上法學院時認識的，至今已經五年了。杰娜性格很柔順，笑盈盈的話語不多。每次她和小虎來家裡吃飯，總是搶著做廚房裡的活計。每當爭強好勝的小虎和家裡人或朋友們爭執時，她就在旁邊默默地用手輕輕撫摸小虎的手臂，希望小虎平和下來。杰娜雖然看上去只有二十歲出頭，實際也已到了而立之年。但她從不對小虎提起結婚的問題，如果父母或朋友們問起來，她總是微笑著說：「那對我不是很重要。」

法學院二年級的那個暑假，小虎和杰娜背著巨大的行李袋去歐洲，手裡沒有多少錢。臨行前他說：「媽，我和杰娜在這五個星期的背包旅行能不能同甘共苦，是個考驗。如果旅行愉快和諧，那我就可以穩定和她的關係了。」

瑛南對兒子的成熟頗感欣慰，卻沒指望小虎會徹底改變婚姻觀。

有多少人有錢有時間去參加小虎布拉格的婚禮呢？瑛南又開始擔心婚禮的事兒。

小虎說布拉格比羅馬和巴黎還漂亮。而瑛南只知道一九六八年蘇聯坦克開進布拉格廣場，撲滅了捷克的政治改革，並不知道布拉格曾於一三四六年和一五八三年兩次成為神聖羅馬帝國的首都。她在網上費了點時間搜索，才搞清楚神聖羅馬帝國全稱為德意志民族神聖羅馬帝國，是西元九六二年至一八〇六年在西歐和中歐的一個封建帝國，即德國人的「第一帝國」；跟西元前二十七年至三九五年的古羅馬帝國（The Senate and People of Rome），完全是兩碼事。

布拉格的美麗確實令人吃驚。當瑛南獨自走上橫跨伏爾塔瓦河的查爾斯大橋時，腳步就無法移動了。她被橋身兩側幾十個古希臘神話的雕塑群——巴洛克雕塑作品的奇葩，被河兩岸哥德式建築的宏偉，被皇宮和教堂的金碧輝煌深深吸引住了。依著查爾斯大橋的石欄杆，凝望緩緩淌流的伏爾塔瓦河水。遠處傳來柔和抒情的小提琴聲，清泉般汩汩流入她的心田。

「阿姨，您好！」一聲清脆的問候，把瑛南嚇了一跳。一位身穿飄逸連衣裙，大眼睛炯炯有神的華裔姑娘，伸出纖細的手與瑛南相握。

「我是柯妮，小虎的鐵哥兒們，去過你們家。布拉格真是美得醉人，小虎好會挑地方！您看，河邊橋下那家餐館，就是婚禮舉行的地方，要不要我陪您去看看？」

餐館大堂的門前，鑄著兩個下身轉動、形似兵馬俑的鐵製男人，挺著肚子露著陽具，往跟前的水池子裡尿尿。據說這是城裡最好的餐館之一。柯妮大聲對手拿相機迎面走來的小龍喊：「Henry，給我拍一張！」說著，嘻嘻哈哈的抓住鐵製男人的碩大陽具。

這姑娘可真……小龍見媽媽臉上的表情，走過來笑著解釋：「媽，妳看到了吧？這就是我們的朋友，來了二十多個呢！別看柯妮挺野的，不結婚愛喝酒，可她特聰明，是神經學博士呢！」

婚禮的樂聲伴著潺潺的伏爾塔瓦河水響起，潔白的百合花沐浴著秋日和煦的陽光，更顯嬌豔聖潔。遠處查爾斯大橋上的遊客紛紛駐足，被河畔浪漫的婚禮吸引住。

伴娘在樂聲中領著一歲半的小花童艾米，緩緩走上紅地毯。那伴娘瘦瘦的，不是身穿長裙，而是著深色西裝，頭戴和襯衫一樣豔麗的粉紅小禮帽，彎著腰幫小花童把鮮花灑在長長的紅地毯上。伴娘杰夫是男同性戀，從小和杰娜一起步行上學的同學，如今在多倫多當醫生。

眾人見怪不怪，向來很少干預兒子們私事的瑛南也不介意，還對親家的開放頗感欽佩。只是此時仍然忍不住仔細端詳打量那濃眉大眼，面含羞澀的男伴娘。

新娘杰娜的婚紗綴滿美麗的白玫瑰，嘴角和眉梢都彎彎地透著笑意。站在新郎背後的伴郎小龍，臉色有些蒼白倦怠，他昨晚從溫哥華剛趕來就參加小虎的婚前單身漢酒會，沒休息好。新郎小虎穿著體面的燕尾服，雙眼炯炯有神，胸脯挺得高高的，容光煥發，臉上繃著發自內心的笑意。

婚禮禮儀完畢，被宣布為夫婦的小虎與杰娜喝了交杯酒，侍應生們給眾人分發香檳酒，小虎開始致謝詞。

「我想借這個機會代表我和我太太，」眾人笑，瑛南笑得最響。

小虎也笑：「我知道，大家還都不太習慣這個。感謝這麼多好友從這麼遙遠的地方趕來參加我們的婚禮！在人生的某些特殊時刻，是需要與自己最親密的至親好友分享的。大家跋山涉水遠道而來參加我們的婚禮，我們夫妻倆衷心感謝，永遠會記得這份情意！」

小虎面向坐在婚禮右席的女方嘉賓舉杯，開始講廣東話，向岳父岳母致謝。接著他舉杯轉向坐在左席的瑛南和哥哥嫂嫂，用普通話說：「我要特別謝謝我媽媽！媽，這麼多年來，您含辛茹苦，把我們兄弟三人帶大，您辛苦了！」說著，他深深地鞠了一躬。

淚水立時湧滿眼眶，瑛南深深吸口氣，擋住不讓流出來。小虎的眼睛也紅了，眼淚開始滴落，新娘給他遞紙巾。「我到現在還時常想起小時候叛逆的時候，我有多難教。我記得一次您陪姥姥去美國旅行，回來時我已經退學。您責問我為什麼時，我的回答是憑什麼你們能放假我們不能放假？」眾笑。「這麼長時間以來，我回憶起這件事，不但後悔，同時也非常感嘆母親的偉大。我覺得……」

信奉男兒有淚不輕彈的小虎背過臉哭了，繼而抽泣著說：「這麼長時間您對我的關心、幫助、建議和教導，讓我覺得您不僅是一個偉大的媽媽，也是我人生中最好的老師……我也想謝謝您張開雙臂歡迎杰娜加入我們的家庭。媽，您放心，我婚後還是會經常回家吃飯，把家裡弄得亂七八糟，等您來整理……」

瑛南的淚水再也控制不住了，心中默念：「謝謝兒子對媽媽的理解！」

小虎擦擦淚，努力扮出笑臉：「下面，我想謝謝我的兩個哥哥，Howard 和 Henry，謝謝你們倆到現在還沒有掐死我。」眾笑。

「Howard，你是長兄如父，我家情況比較特別，你在自己還是大孩子時，就負擔起了一個父親和長兄的角色和責任，這對於我這個父親不在身邊的人來說非常重要……」說到這裡，小虎泣不成聲，深吸氣而後長吐氣：「對不起我失控了，我本來沒有計畫這樣……這麼多年來你對兩個弟弟的奉獻與給予，不是一般人能做到的……你對我一路走來的人生的意見建議，指導和幫助，我都非常感激，雖然很多時候你看到的是我的固執和不聽話，走錯路，I guess that’s what brother is for.」

坐在瑛南身邊穩重老成的小樺，還有他嬌小的妻子，同時被感動得淚如雨下。

「Henry，我想在座的所有人裡，你受我的氣最大，雖然你比我只大兩個小時，但一直像哥哥一樣照顧我，保護我，忍受我，也從來沒跟我計較。我想你會覺得我很肉麻，這不是我們兩個之間的稱呼，而且我記得我已經有二十多年沒有這樣叫你了，但是我今天還是想叫你一聲哥。感謝你這麼遠，工作那麼忙，但還是趕來參加我的婚禮！」

「哎！」Henry 響亮地回答，把婚禮的氣氛向上托了托。

小虎開始講英文：「我美麗的新娘杰娜和我，是五年前由杰夫介紹的，杰夫我的哥兒們，我永遠欠你這份情。在認識杰娜之前，我完全不知道 What I was missing. People say that you don’t marry the person you can live with, but marry a woman you cannot live without. 這很明顯就是

我們真實的情況。」

杰娜揚著臉，怕淚水沖洗她的新娘妝，但馬上發現無法控制，便任淚水雙流。

這時，哭紅了眼睛的柯妮，幾步走到臺上：「我可以在這裡講幾句嗎？我太……想說了！」

小虎馬上伸手把話筒遞給了柯妮。柯妮聲音有些沙啞地用英文說：「我們這群從十幾歲就在一起玩耍的叛逆小團體，每個人都有著父母離異的傷痛。我其實挺能控制自己在好友婚禮上的眼淚的，可是聽了小虎的致謝詞，我不行了……因為我太理解他話語內涵的傷痛了！這傷痛我們從來都不願袒露，而是將它變為懷疑一切的叛逆和魯莽，化為拚命使我們自己更加優秀的動力！」

柯妮把臉轉向新娘，微笑著：「杰娜，我謝謝妳adopted小虎！因為我知道妳一定是非常無私，很有耐心並且非常善於理解，才可能使小虎跟妳在一起時，感到他內心掩藏多年的傷痛是可以癒合的。我真的很感謝有機會親眼目睹我們可以消除父母離異帶給的負面影響，有可能找到那個無條件接受我們的戀人。那時，我們就不再需要拚命爭取被接受、被認可了。

小虎、杰娜，感謝你們給了我希望！感謝你們邀請我參加這樣一個有意義的婚禮！我不僅非常享受你們的婚禮，同時它激勵我去做一個更好的人！」

二〇一二年二月二十八日於溫哥華

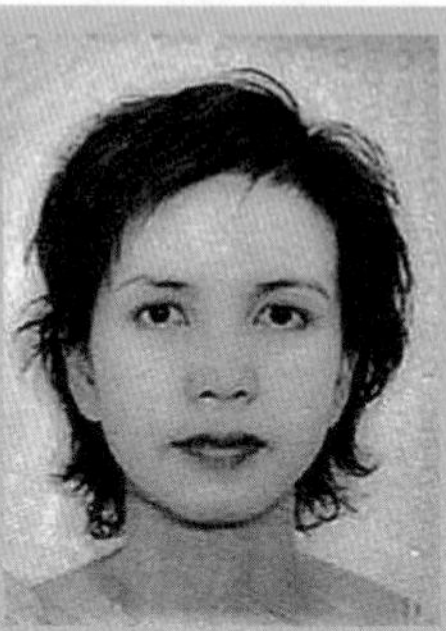

阮嘉玲

一九六一年生於廣東省廣州市，一歲隨父母移居香港，在香港長大及接受基本教育。一九七九年出版中篇小說《冷風河上》。一九八三年移居聯邦德國，之後陸續於中國大陸、香港、菲律賓及歐洲各地之華文報刊發表小說、新詩及散文。一九八八年被陳若曦邀請加入海外華文女作家協會。一九九四年出版長篇小說《無言天使》，同年回歸並定居香港至今。

醜妻子與美丈夫

在成親之前，他倆對彼此一無所知，只見過對方的照片。

他在南端一個貧脊的離島長大，父母早歿，留下幾口待哺的孤兒。為著養家，他從小沒好好念過一天書，過了二十多年出海打漁的生活，再上岸時，幾乎連自己的名字也不會寫。

他靠漁獲供養幾個弟妹成材，自己卻是一個目不識丁的光棍。已有家有室的弟妹們，一心想幫他找個媳婦，趕年輕上岸做點小生意，提高生活水準，好做為對他的報答。

雖說在這個急促發展的現代社會裡，一個四十多歲與文明脫節的文盲，實在很難隨心找到又美又好的姑娘，但是，他自問並非凡夫俗子，因為他有著公認的玉樹般俊美的外表。

她是農村出身，村裡的風氣老舊，姑娘們年紀輕輕的，大多已經抱了小孩。她在城裡念完高中，屬於成績優異的一類，畢業後在城裡一家工廠當過十年會計。老一輩的叔伯常掛在口邊的話，是這方圓十里地，就數她最有出息。她父母見她三十外的閨女，空有才幹，不免有點心焦，暗地裡托媒問妁，把一張張不同型號的照片走馬燈般送到她的面前。

她第一次看見他的照片時，吃驚得不在話下，他是她有生以來見過的最漂亮的男人。她不明白以他電影明星般的條件，怎會問媒至此偏遠的鄉間。她相信這是上天賜予的緣分，第二天便答應了這門婚事。

她被介紹人接了來，同他初次見面。她倆對坐互相打量著。她心底裡有無限幻想，竊喜自己快將占有他；他卻顯得有點兒勉強，因為她真人比照片還醜得多。

她知道自己瘦得實在難看，一張鼠子似的臉，只有兩個大黑眼洞，和兩片豐滿但蒼白的嘴唇。

「我有過一陣子胃病。」她解釋說，心裡是愛定他了，卻有點擔心他嫌棄她不夠好看。

「我不識字！」他這樣說著的時候，想起介紹人提過她的他沒有的履歷，內心有種向現實妥協的近乎難受的感覺。

終於他倆還是成了夫妻。

她利用二人加起來的積蓄，在碼頭附近搞起海鮮批發的生意，讓他終究可以歸附他的老本行。他一向不善計畫思考，對生活也沒有太大的目標或期望，便放手由她全權為他開創事業。

相處久了，他發現她過人的精明，生活與生意上萬事得依賴她：買賣往來的單據、銀行結單、政府部門的信函等等，她都處理得井井有條；平時的日常工作：洗衣做飯拖地板、點貨入帳打算盤……他眼中的她簡直成了十項全能了。

他十分渴望自己能爭一口氣，也嘗試過學習處理單張，卻一次又一次栽在她的面前。「老了，學不來。」他無奈地笑著，一面暗恨自己的笨拙。面對著她的勤勞積極，他漸在心裡生出一股強烈的自憐，攬鏡自照常自暗忖，為何上天給他這副好皮囊，卻偏榨不出半滴墨水？

他常想起一部叫《呆佬拜壽》的舊電影，覺得自己就是電影裡的呆佬，事事不濟，卻娶得一位能當家的好媳婦。他為此感到又難堪又安慰。

夜裡他總是關著燈，扮著瞎子似的，邊幻想她是世上最性感美麗的女人，邊細心地感覺她的氣息。她初時顯得有點被動，慢慢學會在黑暗中惦念他的面貌，從中找尋自己的感覺。

在黑暗中，有些奇異的無形的物質在他倆之間昇華著，好一種唯一的寶貴的維繫。在黑暗中，他倆各自滿足到自己的需要。他倆好像生活得如魚得水。

過了不久，有關於他夫妻倆的閒言在街外流竄，大都是針對著她的平庸，與他的俊美怎樣怎樣不相配。他漸漸越愛仔細打量她，狂抓她的短處：髮鬢、眉毛、嘴巴、笑容、體態……雖然他愛盯著她看，嘴裡卻嘮叨著：「妳很瘦……妳瘦得真難看。」他幾乎每天都要數落她一遍，就是在自家的弟妹面前，也直接而尖銳地，不諱言自己娶了一隻「塘邊鶴」。

他認為要捍衛他內心的低自尊，就必須先讓她知道自己不好看，這樣才能使她安分，才能維持他們之間那種微妙的平衡：他俊美而愚蠢，她貌醜便應當精明，他只是提醒她，她在這宗婚姻裡並沒有吃大虧罷了。

每次他當眾奚落她，她都裝作沒聽見，因為她心裡也承認，人的外貌的確非常重要，一旦站到臺前，任何精神上的提升都會變成其次。這種被人的本能判定了的普世價值，早已在人類歷史裡頭扎了根。她既要貪戀他的俊美，便得忍受他的鄙夷。他是鮮花她是牛糞；她是英雄他是美人。自古英雄難過美人關，她只能挑負生活中較沉重的那籮擔子，靠自己內在的美麗來換取他的青睞。

就在情況最納悶的時候，她忽然發胖起來，臉蛋身段日復日地變得飽滿了。似乎就在一夜之間，她的一顰一笑都顯出些美態來。這種轉變換來他很大的不安——她變美了，他卻沒法變得精明。

他有點被迫地，改變了某些生活上的習慣，對她少嚕囌了，白天裡視線更不能離開她，夜裡的活動變成在燈光下進行，這種視覺上的進階，漸漸豐富了他心裡慣常而單薄的情愫。

能這樣同她過下半輩子，老天爺也算待我不薄了罷！

他一天到晚就愣愣地想著這兩句話，越想越是覺得他此生是賺贏了，越想越是覺得心滿意足。

然而她的變美並不能安撫他的心，反而成了另一道抵制他的力量。

終於有個晚上他做了一個噩夢，夢見她光著身子與某個男人同睡在一張床上，他立即從旁抓起一把火鎗，向她倆砰砰砰地開了幾發，然後瘋也似的飛奔下樓，醒來時，他頰上有熱淚奔流。啊，他竟真的哭了！

「求妳不要離開我，不要離開我……」他呢喃著，流著淚緊抱身邊熟睡的她，直至她糊裡糊塗被弄醒了，他卻不敢哼聲，還趕緊轉身用背對著她。

不善思考表達的他，雖有滿滿一肚子說話，卻始終沒法向她傾吐半句。

第二天她便發生了車禍，一塊鋒利的玻璃碎片插進了她的額臉，她在醫院裡躺了兩天，縫了二十多針，性命是無礙，卻變了個大疤臉，成了真正的醜女人。

這宗不幸的意外，雖然奪去了她短暫的美麗，卻完全掃走了他心裡的陰霾，使他有種失而復得的慶幸。自那以後，他再也不敢嫌棄她的不美，反而對她百般呵護，敬而愛之。外人都在猜想這美丈夫為何會那麼疼愛他的醜妻子，他倆在世俗疑惑的目光下，成了一對令人豔羨的夫妻。

本文原文曾刊載於二〇〇三年八月《墨池雙月刊》總第十三期（中國溫州鹿城區文學藝術界聯合會出版）

二〇〇三／四／二十一完稿於香港

二〇一一／十一／十五改動於香港

華純

日本華文文學筆會副會長，世華作家交流協會副祕書長，國際筆會會員。大連出生，上海成長，現定居東京。一九九九年長篇小說《沙漠風雲》（作家出版社）入圍全國首居環境文學優秀小說獎。短篇小說《Good-bye》獲盤房杯世界華文文學優秀獎。中篇小說《茉莉小姐的紅手帕》獲臺灣華僑總會華文著述文藝獎。《絲的誘惑》獲二〇一〇年中山杯首居全球華文散文優秀獎。

女人的「花鳥風月」

惠子已逾五十，看上去仍是風姿綽約、舉止嫻雅。她平素一身和服，髮髻上插著玉簪，一雙纖細的手，總是不停地擺弄各種花頭的拼布。人生大部分光陰，就從這一絲不苟的女紅裡悄聲無息地溜走。惠子最拿手的，是將不同的藍染色布，七拼八湊地縫製成床罩大小的掛毯，上面用密密麻麻的針腳勾勒出生動別致的山水圖案，幾次拿到展覽會上，人見人愛，漸漸受到布藝愛好者的青睞，時常有人來上門討教。

一日，惠子的女兒從巴黎打來電話，說起一位刺繡行業的馬達姆（madame，法國婦人的簡稱）迷上了惠子給女兒的一塊拼布床罩，非要到日本求教不可。惠子很吃驚地詢問了經過，方知對方主意堅決，不好拒絕。因為丈夫早逝，女兒在巴黎留學，惠子家的房子倒也寬敞。她喚來侄子商量，很快給女兒回話，歡迎對方在櫻花盛開之際飛來日本。

不料時近三月底氣候遽然生變，冷颼颼的空氣從西伯利亞一路逼來。氣象局和兩家電視臺演出「三國」鬧劇，各自預告開花日期將推遲十幾天以上。這樣的前所未聞，令惠子感到愕然，她每日去附近靖國神社的櫻花樹下觀察，只見花苞結實得像石榴，心中幾乎涼了半截。

著急之下自然想出了應付的辦法，從花店買來一丈高的櫻花切枝，插入置放在花園裡的一個大水缸，不出兩三日，便有粉紅花瓣脫穎而出，使整個院子陡然亮麗起來。

第二天馬達姆抵達成田機場。傍晚時分轎車按著喇叭來到門口，惠子迎上前去，一位金髮碧眼、四十來歲的法國女人從車上跳下，張開胳膊將日本女人抱入懷裡。法國女人以濃重的喉音說了些什麼，好奇地端詳惠子的兩手。法語勉強湊合的侄子猜對方是說上帝創造了一雙巧手。惠子心中一陣溫暖，趁握手之際，也摸了一下馬達姆手指頭上的硬繭，明白對方其實也是高手。

馬達姆說，她繞過半個地球來到這裡，實在是看中了惠子的拼布裡閃爍著不一般的藝術之光。她解釋說法國刺繡很難表現這麼細微的東方氣質之美。

惠子說，送給女兒的那一幅床罩，是自己下了幾次潛水艇，沉到海底觀察魚的世界，花費兩年時間才完成的。馬達姆豔羨的神情和期望從眼裡表露出來，歡喜地住了下來。

這是一間榻榻米房間，布置整潔的空間散發出淡淡的香味。出乎意外的是惠子故意賣起關子，極力迴避主要話題。她不僅收起所有的針線活兒，還將牆上張掛的拼布掛件藏入櫃子裡。馬達姆甚是吃驚。惠子卻笑容可掬地拿來紙墨，揮筆寫下「花鳥風月」四個字，口裡說了一些至關重要的話。可是這話經過侄子毫無水準的翻譯，竟成硬生生的一句，要馬達姆到上帝創造的大自然裡尋找四個字的意境。

馬達姆收下宣紙，每天臨睡前看著龍飛鳳舞的字體發呆，思忖這些字包含的意境要怎樣搭配才能傳達出四合一的神韻。但她通過難懂的字畫，卻擁有了窺視的角度。在惠子家裡，她看見一些生動的細節，常穿插於惠子裡裡外外的輕盈的動作裡。惠子善做料理，清淡之中不乏新鮮味覺和刺激。菜餚盛放在有細膩表情的碗碟裡，就成了雅致的藝術品。一個個被端上桌面後，馬達姆半天也捨不得動筷。這時惠子的微笑，便流動在嘴角邊。女人的溝通竟也簡單，哪怕侄子不在場，一個眼神，一種動作便能表明心意。

白天，馬達姆在街上到處遊逛。她感到東京之大，之乾淨整潔，遠遠勝過了又髒且亂的巴黎。但她漸漸敏感地發覺，這個城市似乎在翹首盼望著什麼。想了半天，才想起「櫻花」這個名詞，她從巴黎起飛的日子，是依據櫻花盛開的日子而定的。好不容易來到東京，六天一晃而過，不但沒見著滿樹生花的勝景，更沒摸過惠子的一塊拼布，她心裡不能不感到鬱悶。

惠子在喝茶時報告了櫻花來遲的消息。馬達姆放下了茶杯，原來周圍人竊竊私語的，就是這件事。惠子交代，明日早起，去很遠的地方。

第二天，惠子帶馬達姆來到一個偏僻地點，步入崎嶇不平的山道。馬達姆心中振作起來，知道這一天不會空手而歸。深谷裡綠野鬱蔥，令人耳目一新。惠子一邊採摘路邊的花草，一邊連比帶劃地說這些草木是很好的天然染料。她要帶領馬達姆拜訪當地很著名的草木染織專家。

主人家隱蔽在山林幽深靜謐之處，門口垂掛布簾，院子裡許多吊繩上掛著五顏六色的手染織物。跑出來一條猛叫的狗，帶出了主人洪亮的聲音。院子左邊是染料作坊，右邊是架有織布機的茅屋。八十多歲的染織專家樂意指教馬達姆識別不同的花草，讓她學習如何打漿和上色。馬達姆在本子裡不停地記錄植物名稱，詫異自己熟知的法國絲線色譜怎會缺少這些顏色。手指伸入染缸挑起幾根色絲，魚兒從海水底下躍向水面的圖畫，驀地在心中浮現。她記得第一眼見到惠子的床罩，就嘆服過藍染布的顏色激活了魚水交融的詩情畫意，為此感動了好久。這些染布的原材料竟然隱藏在四周生長的植物裡。

惠子善解人意，比劃著手勢指點周圍的山野，又指點自己的心窩。她感嘆生命的色彩來自四面八方。大自然蘊藏著取之不盡的美。但是惠子的內心又蘊涵著什麼呢，馬達姆有些茫然。

這天晚上，惠子終於公開了心血之作。馬達姆仔細看過，不能不處於震驚之中。隱隱約約的，拼布上的光影順著針腳前行的紋路，形成物哀的情緒，順著指尖爬進了馬達姆的感官。似是飄浮在荒野的暮空，似是寂滅流轉於瞬間變化的空間，有與無、色與空的幻覺一起湧來……

馬達姆想起近年來有一種失意的情緒經常影響自己的繡作，年輕時很多人稱她為刺繡佳人，可是終於有一天，她體會了什麼叫窮途末路，她的一部分才能只是用在了跟時尚設計師不斷簽約，為服裝搭配虛榮奢華，其餘的則還在夢中和路上。

惠子開始手把手地指教馬達姆怎樣選擇碎布和拼花樣。馬達姆發覺，惠子凝重溫婉的外表下，隱藏了多愁善感的纖細個性，作品擅長於表現幽玄之美。她知道在這裡，有她心裡想要的東西。

突然間，櫻花在一夜中，如雲似霞地覆蓋了東京。賞櫻名所人山人海，幾乎圍得水泄不通。馬達姆沿著「花見」道路從上野恩賜公園走到九段下的千島之淵，眼看排隊賞花的人比樹上的櫻花還多，東京人的熱狂行為多少帶有點世俗心態，和歐洲復活節人們拚命吃喝玩樂差不多。她的驚訝、好奇，漸漸變成了失望，最後逃進路邊上的一家美術館尋找安靜。在這裡，她意外發現了一幅版畫，同樣呈現出惠子作品裡的哀愁情調。但是整幅畫是一種高尚的境界，那種完美令她驚心動魄。不禁呆立良久，直到有人催促，才依依不捨地離開。

惠子聽說此事，立刻猜到名畫是著名畫家東山魁夷的《霄櫻》。惠子心裡一動，抬頭望見明月飄浮空中，當機立斷，要侄子馬上開車過來，帶上馬達姆，朝山野方向快馬加鞭地趕過去。

地點是在上次訪問染織家的地點附近，惠子找到僻靜地方鋪好塑膠布，從籃子裡取出食物和花見酒，讓大家受用。

馬達姆環顧四周，終於吃驚地發現，「霄櫻」的迷人意境竟在眼前。朦朧的月光，以及團雲簇擁的美麗花景居然和版畫裡一模一樣。她張大了嘴，並非是夢囈和幻覺，它確實在場，以震撼人心的力量長驅直入。

寂靜中似乎能聽見每一片花瓣剝離花芯的聲音。一陣風起，櫻花像吹雪般地旋轉起來，而後紛紛飄向黑色幽谷。

惠子柔聲解釋道，「霄櫻」為何會帶來淡淡的哀愁。日本人認為一剎那、一須臾的美，轉眼即是空無和生死離別。從樹上飄落的，是一種憂傷，更像一種無常……

馬達姆很清楚西方和東方的藝術家在同樣表現大自然的主題下，會發生一些碰撞。在法國，前衛藝術一直受意識形態指引，用透視方法來表達主觀意識，不像東方藝術家，多用墨畫的平面方式表現自然山水。但是很感意外的是，櫻花之美，是要以物哀作背景。她想起了〈蒙娜麗莎〉，那種微笑便是內心無比憂傷而不失女性之美。

馬達姆離開日本的第二年深秋，從巴黎傳來了消息。法國女人製作的一件布藝作品，在國際藝術展覽會上引起了轟動。在一塊有耽美意識的拼布上，馬達姆運用亞麻布上的藍黑色彩和幾何圖形，一層層地縫出了朦朧的夜景，又以印度抽紗和法國刺繡技巧，點點鋪陳飛舞的櫻花。整個畫面，是西方少見的幽深之景，飄浮著一片詭譎的雲彩。

看到這幅作品的惠子女兒，不由得驚呼，馬達姆「偷」去了母親的心。

丘彥明

原籍福建，生於臺灣，現居荷蘭。曾任臺灣《中國時報》記者、編輯，《聯合報》副刊編輯，《聯合文學》雜誌總編輯等。一九八七年獲臺灣「金鼎獎」最佳雜誌編輯獎。著有《人情之美》、《浮生悠悠》、《家住聖・安哈塔村》、《荷蘭牧歌》、《踏尋梵谷的足跡》、《翻開梵谷的時代》等書。二〇〇〇年獲《聯合報》十大好書獎及《中國時報》十大好書獎。

孤女淑英與阿珍

淑英肩上挎著個大旅行袋，右手拿著一把鑰匙，左手捧著大如西瓜的腹部，搭乘電梯上了六樓，找到十四號房，以鑰匙打開了房門。

客廳擺了兩張單人灰皮沙發椅，中間夾著一張原木的圓面茶几，茶几上有個木托盤，置著兩個玻璃杯及一個玻璃水罐。面對沙發三步之距，一張矮櫃上放著一架十六吋電視機。她順手拿起遙控器，按下了頻道選臺，荷語、德語、法語、英語，全聽不懂說些什麼。再轉，畫面上是中東面孔，猜想講的是阿拉伯語吧！再按下個頻道，居然是鳳凰衛視，正播放著西湖風光，旁白的男子渾厚有情的中國普通話，讓淑英感覺一種說不出的親切和安全感。

在西湖泛舟的搖晃下她走進客廳旁邊的房間，臥室裡臨著兩面牆各排著一張單人床，床罩是潔白的，上面放著漿洗過的枕頭和被褥套。床邊各有一個略比人高的雙門衣櫃。淑英選了離門較遠的床，把行李順手放在床上。再轉進另一房間，是盥洗室，設有馬桶、洗手臺，還有個淋浴裝置（玻璃門開關），洗手液、洗髮精、沐浴乳齊備，牆上掛架放有摺疊整齊的雪白臉巾和浴巾，地面上還放著個不鏽鋼垃圾桶，一只馬桶刷子和一臺數字顯示的磅秤。這間套房簡單，設備完善，感覺亮敞舒適。

走回客廳，西湖正遊到「曉風殘月」的景點。她撥開客廳窗戶的白色紗簾，打開窗透透氣。欣喜地發現窗下是一大片綠色草坪，草坪外側有塊玫瑰花圃，紅色的玫瑰正開得燦爛。而後是一片濃密的樹林。極目所見不是花草就是綠木，賞心悅目。

靜靜賞景之際，門吱咯一聲被打開了。走進來一個長髮披肩的白淨中國女人，身材與淑英相仿，大約五呎六吧！淑英轉過身來，下意識地伸手摸摸自己剛剪的男孩似短髮，眼睛不由自主盯在進來女人的小腹上，對方也一樣直視著淑英的腹部。

「我叫阿珍，下個月就要生了。」新進門的女人，一屁股坐在沙發上大咧咧分著腿，手提袋啪地丟在腳邊。接道：「妳也被蛇頭姦啦?!」嗓門極大，說話直接地讓淑英消受不住，和那娟秀容貌很不相稱。這樣的女子會好相處嗎？淑英暗想著不免有些擔心。

「聽妳口音像溫州人，是不是？荷蘭都是妳們溫州人的天下。我叫淑英，李淑英，從福建福州來，沒親沒故。」淑英禮貌地回話，在另一張沙發坐下來，撫著隆起的腹部，「再兩個星期就是預產期。」臉上帶著苦澀的微笑。突然感覺貼著腹部的手被肚裡的小子踢了一腳，心中頓時一喜，抬起頭臉上發光地對阿珍說：「肚裡這孩子動得厲害，希望是個兒子。妳呢？」

阿珍沒立即應答，只見她打開旅行袋，兩手在裡面一陣翻找。終於抬頭，老練地點上一支菸，吐了一口煙圈。「抽菸不太好吧！」淑英忍不住勸說，何況實在不願自己的孩子沒出世就吸二手煙。電視上正介紹西湖畔「樓外樓」餐廳著名的叫化子雞。阿珍立即捻熄菸頭，卻怪腔怪調答起淑英先前的問話：「是溫州人又有什麼屁用，孤女一個！一隻被拔了毛的雞，被強暴，而且是非法入境。」又對著淑英冷笑道：「管他生男生女，是貓是狗。」語氣誇張，憤世嫉俗到不行，淑英聽著十分吃驚。

而後，兩個女人各自打理了一番，晚餐時間一同下到二樓餐廳。自助餐形式：熱食有魚、有肉可選，搭配著煎或煮的馬鈴薯。蔬菜有生菜沙拉，也有煮得熟爛的青花菜、荷蘭豆和紅蘿蔔。另有一大鍋番茄湯。甜食可挑蛋糕或布丁，還有水果：蘋果和梨。飲料自取，牛奶、咖啡、茶及各種軟性飲料。餐廳吃飯的人不少，各種膚色、各種髮色，老的少的男的女的都有，總共有七、八十人吧！

她們找了個空桌子坐下，「鬼佬的東西就是難吃。連米飯都沒有。」還沒吃，阿珍已經開始抱怨。淑英也不習慣西餐，特別是首次使用刀叉，但想到肚裡孩子需要營養，勉強把盤中食物都吃了，也柔聲勸服阿珍忍耐多吃點。

飯後，兩人在這難民收容所裡到處溜達。看見一間設備齊全的健身房，還有室內游泳池。休閒室，放了張撞球臺、還有棋盤、撲克牌等，兩支公共電話設在牆邊。除此，有圖書館、有孩子的玩具室，以及幾間教室和辦公廳。地下室有間二手衣服店，衣服、鞋子看起來質料、式樣很好，也不顯舊，價錢均是個位數。旁邊還設了小賣部，賣些零食與日用品。

穿過草坪，走進玫瑰花園中，一朵朵暗紅色的玫瑰花，展露著絲緞般的光澤，花香一陣一陣飄過。「我們像住別墅一樣。」淑英感嘆。阿珍只是哼哼兩聲。

第二天早晨，淑英與阿珍被通知到辦公室。

一頭紅髮高頭大馬的丁默太太，為她們找來了律師及中文通譯，協助解決困境。

問起遭遇，阿珍情緒激動，哭得眼睛紅腫直擤鼻涕。說自己差三個月才滿十七歲，從小在孤兒院長大，不知生父生母。九個月以前被人口販子欺騙，賣到國外賣春。船上十幾個女孩全被蛇頭強姦了。「沒想到就懷上了。」阿珍又抹了把眼淚，接道：「怎麼知道是懷孕？還以為喝外國牛奶發胖。知道時，已經超過三個月，太晚了沒法打胎。沒身分、保險，不敢去醫院。我根本不想活，怎麼這麼苦命……」她又搥胸又抓頭髮，說話一串接一串。丁默太太好不容易把她安撫下來，找了個女同事陪伴回房休息。

輪到淑英，哽咽地回憶往事：母親過世，繼父試圖染指，她逃離了老家，沒料到會落入人口販子手裡。「他們說，外國人家都有洋房汽車，錢好賺。我們出來是替外國人看小孩做保母，前兩年賺的薪水對半分。我以為運氣好轉了，向親戚借錢……」眼流如斷了線的珍珠續道：「他們不是人，在船上……，輪流強暴……，我想死，孩子也不知是誰的……」聲音越來越小，終至泣不成聲。

律師記錄了所有細節。臨走時與淑英握手，語音和善：「請多保重。」

淑英仰起頭，望著瘦長的律師，雙手合十虔敬祈求：「先生，請你一定救救我和可憐的孩子，我們會一輩子報答你的。」通譯把中文翻成荷語給律師聽，丁默太太手臂環抱淑英，輕拍著肩安慰。律師凝視了淑英一眼：「放心，我會盡力。」方才轉身離去。

淑英與阿珍每天同進同出，雖然性格相異：一個沉靜、一個狂野，許多生活習慣也不同，但畢竟都是「受苦受難的中國孤女」，也就自然彼此照應。日子很安靜的過去，每天學兩小時荷蘭語。吃飯、聊天，偶爾給來荷蘭後認識的朋友通個電話。白天和晚上空暇時間，兩人大半坐看鳳凰衛視節目，紓解鄉愁。

阿珍追問淑英在船上的遭遇，淑英無可奈何勉強吐露一二。阿珍倒是繪聲繪影地講述自己在船上的事，一點沒有在律師面前那種悲淒，反倒是另一種憤恨情緒，「那些根本不是人，是連狗都不如的禽獸。」猛噴著煙。淑英勸她別抽，她卻似不曾聽聞，淑英只好躲出門透氣。

在收容所裡，她們看到許多車臣來的難民。那裡正在戰爭，每日電視裡都有百姓死亡的畫面，逃亡人潮更是一批接一批。收容所車臣婦人個個面容憔悴不安，一群孩子們卻每天在草地上又笑又跑又跳，像脫韁野馬般自由歡快地奔騰，完全不識國仇家恨。

幾個黑皮膚的男人，好像來自非洲，弄不清哪個國家，眼光有些兇狠。淑英、阿珍每回遠遠看見他們迎面而來，趕緊繞道。

另外有六個中國男孩，聽說分別是十五歲到十七歲的孤兒。他們穿著牛仔衣、緊身褲，方頭高跟黑短靴。頭髮約三公分長，用髮膠抹得硬硬的，一束束挺立頭上。嘴上不停嚼著口香糖，不斷在收容所中滋事，管理員為此頭痛萬分。

淑英跟這些中國青年格格不入，阿珍卻喜歡和他們打情罵俏。阿珍常常會把那幾個男孩的趣事說給淑英聽：誰早上賴床不起，管理老爹去掀被子，就在床上猛踢雙腳。誰穿著溜冰鞋去撞破園丁剛買回來的陶瓷花盆。誰和穆斯林難民打架，因為氣不過被罵「中國豬」……。淑英聽了更覺得這六個年輕人，就像國內街頭成群結黨的不良少年，每天必定要惹出一些是非才會心裡舒坦。

一日，阿珍進門神秘兮兮地爆料：「那個最牛皮的明輝，在國內有三個小孩耶！上面兩個女兒，老大都十二歲了。最小的兒子四歲。說為了超生兒子，曾被罰款好幾萬人民幣。妳猜他中國年齡幾歲？三十七歲。可是在荷蘭假說十七歲，想拿身分，裝孤兒裝得真夠像。哇！太厲害了！」淑英聽說一驚，慌忙道：「謠言別亂講，會害死人的。」阿珍不服氣：「是真的，又不是我瞎編，他還拿小孩的照片給大家看。」淑英越發感覺忐忑不安。

兩星期後，助產士來到房間，幫助淑英順利產下一個兒子。她被告知至今仍有一半荷蘭婦女在家生育，因為環境熟悉，能減低生產過程的壓力。貼著兒子皺紅的小臉，她微笑著流下了眼淚。

再過一星期，一日半夜阿珍大哭大叫肚子痛，比預估的產期略為提早。淑英趕快找來丁默太太把她送到醫院，折騰整整二十四小時，終於生下了孩子，母子平安。是個胖小子，比淑英的兒子塊頭大了近一倍。「快昏死過去時，迷迷糊糊朝——個有光的隧道爬去。突然，那小子哭聲大響，我就醒了。」阿珍愛撫著孩子的小胖手，向淑英描述生產的過程。

阿珍生孩子後，整個人頓時改變，說話多了溫婉，行徑平和很多，香菸則說戒就戒，也不再探問敏感的身世話題。原本她對肚子裡的胎兒恨得癢癢的，現在則成了心肝寶貝疼到不行，老抱著不離手。兩個母親，每日忙著孩子，互相幫助，很快有了默契。終於在阿珍的要求下認了乾姊妹，阿珍膩著淑英甜甜地叫：「姊姊！姊姊！以後我賴定妳了。」淑英淺笑，嘆了口氣：「真能讓妳賴就好了。」兩人雖心中都歡喜生了兒子，卻遺憾說笑，沒能一人生男、一人生女，否則將來結成親家多妙。

那日上午，淑英與阿珍聽丁默太太講，律師傳來消息，她們的合法居留希望很大，也許再過二十天就能有進一步結果。兩人高興得一踏回房間，忍不住擁抱，不停嘻笑不停轉圈，轉至暈眩倒入沙發裡。阿珍恢復瘋狂本性，從頭上取下髮夾，猛刺大腿，叫道：「會痛。是真的，不是做夢。是真的！」完全忘了孩子們正在睡覺。

午後，有點悶熱。兩人給孩子餵完奶，放進嬰兒床。

阿珍把客廳紗簾拉開，打開窗戶。抬頭發現一只米老鼠臉的氣球勾掛在窗戶頂端的木條上，米老鼠的嘴咧著笑，可能是那個車臣小孩玩飛了。「我把汽球摘給寶寶他們玩。」邊自言自語，邊端過一把椅子，站上去，再踩到窗臺上，踮起腳尖伸長手去捉氣球。突然她身子一歪，重心不穩，趕緊以手指去扣住窗框，可是整個人已懸在窗外；淑英瞥見下意識衝上窗臺去拉住，阿珍一鬆手，淑英承受不住重量，兩人一前一後從六樓往下飄落……

……

夏日的夜晚，奈梅根城浸浴在媚人的紫色燈火中。萊茵河靜靜地從城邊流過。河畔的賭場裡燈火通明，一桌輪盤邊站了幾個人正在下注。

一個乾瘦的中年中國男子走向輪盤，擲出骰子。眼見籌碼在身前高高築起，又逐漸消減，再次增多、重新少去。不論輸贏，不見他臉上有任何表情，也沒有一句言語。屬於他的聲音只有骰子落在輪盤上的滾動聲。身前的籌碼輸光了，他站起身走出賭場。靜靜的來去停留，像一具枯槁的幽靈。

常來賭場的中國人都知道這位福哥。平日不言不語，去年輾轉到西班牙買到居留權，回來後每晚從餐廳下工就到賭場這臺輪盤前報到。贏錢從不走人，非要把當天掏出的賭金花光，才算了卻一日之事。

其實福哥不是因為在賭場行徑怪異才有名，坊間中國人流傳著一段故事：

兩年前，福哥在國內發了點小財，帶老婆到歐洲做十五天七國旅遊。旅途中間嗅出商機，竟與老婆最後在阿姆斯特丹跳機，非法留在荷蘭。

沒料到，沒居留權在國外根本無法伸展他的貿易長才，積蓄被騙光，他只能一頭栽進中國餐館從洗盤子、炸油鍋做起，但人聰明能幹，很快升做二廚；老婆則去替人幫傭。他們咬牙奮鬥儲蓄，堅信總會時來運轉。

就在這當兒，老婆懷孕了，兩人喜憂參半。結婚十年就盼生個兒子，給幾代單傳的張家留後，萬萬沒想到「喜事」會發生在這個尷尬的歲月。

眼見老婆肚子一天天大起來，三十二歲算高齡產婦，沒身分進不了醫院，身體又不太好，萬一生產有個三長兩短怎麼辦？夫婦倆商量許久，終於聽計：既然太太相貌年輕，楚楚惹人憐，乾脆編一套故事，謊稱十七歲孤女被蛇頭姦污懷孕。

就這樣，妻子挺著九個半月的大肚子，別了福哥，單獨來到偏遠山坡上的難民收容所要求庇護。一求，利於生產；另一求，幸運的話或許能弄到合法居留。

福哥接到淑英生下兒子的電話，高興得在電話另一端傻笑。「你做爸爸了，龍龍長得和你一模一樣。收容所很好，龍龍用的紙尿布、穿的衣服，品質都很高檔。別擔心，我們一家三口很快就能在一起。」淑英興奮地描述。

……

福哥輾轉聽到噩耗，已是淑英去世後一星期。趕去收容所解釋原委，要求領回兒子。兒子？丁默太太不肯。要求看孩子，丁默太太也不答應。堅持淑英是「中國孤女」。福哥跪在辦公室，苦苦哀求不肯離開，最後被強行送走。

不久，收容所裡兩個中國嬰兒分別被兩對荷蘭夫婦領養走了。福哥不曾看過他的龍兒，也不知道他在這個國家的哪個角落？

他，守不住愛妻、守不住兒子。但，他守得住賭場的那臺輪盤，它固定在那個位置不會移動。

而阿珍究竟是什麼樣的傳說？沒人知道。

瑞瑤

本名董瑞瑤，一九四〇年生於湖南長沙，長於重慶。自幼喜愛文學，但畢生從事工程技術工作，直至退休。一九九七年移民紐西蘭後，才開始學習寫作，正宗的業餘作者。「夕陽無限好，只是近黃昏。」我要在有限的人生中，用寬鬆的心態、多采的生活、文學的魅力，為自己和親友的晚年，營造出一片無限的夕陽紅。

夕陽情無限

若冰：

妳走了。又一次不辭而別。把無盡的孤獨和思念丟給了我。

妳可記得，年前，我們的第一次邂逅？

離上課時間還有十五分鐘。這是我升任講師後講的第一堂課。我站在黑板前，默默沉思。一聲清亮的「老師，您早！」嚇了我一跳。我轉過臉來，只覺得眼前一亮，不是妳的美貌（說實話，妳並不算很漂亮），而是妳的神韻，正是我夢中所求。這是不是一見鍾情？我不知道。可五〇年代的封建意識、師道尊嚴等等傳統觀念雄踞腦海，制約得我「想而卻步」。更何況，妳還是個剛進校門的大學生。我心中暗想：等吧，等到妳畢業的時候。從此，「一女障目」，我只關注著妳，再也看不見其他女孩，無論她們是否比妳優秀……可誰能料到，這一等竟然是悠悠幾十年，苦啊！人生。

你是一個勤奮的學生，妳的生活軌跡幾近三點一線，教室、圖書館、女生宿舍。一年下來，妳不僅是我任教的「基礎漢語」的高材生，而且門門功課都成績優秀，成了全年級小有名氣的好學生。我為妳感到由衷的喜悅，還在心底暗自慶幸：我沒看錯人。升入二年級，我看到妳廣泛的興趣：校運會上，妳是我們系體育代表隊八十米低欄和女子跳遠的得分手；學院辦的校刊上，總能讀到妳的激揚文字。

若冰啊！妳可知道，當年，凡有妳參加的每一場籃球比賽，我都早早地到場觀戰，為妳喝采助威；妳在學院禮堂的每一臺文藝演出，我總是坐在前排的忠實觀眾，為妳鼓掌捧場……。妳的品學兼優，妳的多才多藝，使我的那份「一見鍾情」，逐步深化為刻骨銘心的愛慕。多少天，我在給妳寫信；多少次，我想約妳談心，可我竟然找不到一點點恰當的時間向妳傾吐心聲，實在可悲。而妳，對這一切似乎全然不知，無動於衷，妳總是目不斜視地來去匆匆。幸好，我從沒見過妳與哪個男生出雙入對，那麼出眾的妳，居然沒有任何「緋聞」，只有那個影子似的吳芳，無時不在妳的身旁。於是，我充滿自信，耐心地傻等著。

一年又一年，妳終於畢業了。在師生聯歡晚會之後，好不容易把與妳形影不離的女友吳芳支開了。我把這四年來，為妳寫下的三十封沒有寄出的「情書」，當面交給了妳。我想，當時我是把我的一生都交給了妳呀，我心中的女神。

可我等到了什麼？——妳的不辭而別！

本來，憑著妳的品學兼優，加上我在學校的人際關係與多方努力，系裡已決定分配妳留校任教。在六〇年代早期，這是多少大學畢業生嚮往的職位啊。可一個月後，我卻收到一封來自青海省一個小縣城的信，妳給我的唯一的回音。妳說，妳已經心有所屬，要我將妳忘掉。妳說，為了讓我盡快找到幸福的歸宿，妳決定放棄留校的美差，去到了我永遠也找不到的窮鄉僻壤……

唉，妳太天真，也太冷酷。四年的單戀，早已情滿心懷，怎能說忘就忘掉？可怪誰呢？怪我，不得；怪妳，不能。姻緣，當真是可遇不可求呵。而我始終認定，真誠的愛情，與生命同在，也僅有一次，這正是我的悲劇之所在。從此，我對愛情心灰意冷，事業，成了唯一的追求與寄託。我把這段沒有女主角的初戀，珍藏在心海深處。

……

雖然，我不乏淑女靚妹的青睞；雖然，我也曾有過失敗的婚姻，可我始終進入不了「角色」，每每總是不歡而散。靜思其故，我心了然，無論歲月怎樣流逝，它終未能磨掉妳在我心底的烙痕，奈何?!

世界華文女作家選集

腥風血雨的文化大革命，把我打成了「反動學術權威」，關牛棚，挨批鬥，吃盡苦頭。雖幸劫後餘生，但「革委會」要下放我，我趕緊主動遞出申請：把我放去青海省吧，那裡最艱苦。其實，我是依然放不下妳呀，我生命中的至愛。

粉碎「四人幫」以後，我幾乎踏遍青海省的窮山荒漠，在分別三十年後，總算打聽到妳的下落。可這時的妳，已經是夫榮妻貴，兒女成才。找到妳的家門口，我卻退縮了，儘管社會已經進入了「敢愛敢恨」、「情人成災」的開放年代，但守舊的我，依然被傳統觀念所縛，連進門去看看妳的勇氣都沒有。哎，一轉身，一跺腳，又這麼過去了八個年頭。留下的，仍然只有擁衾獨對燈的孤寂……

人生如戲，變幻莫測。去年，我才偶然聽說，妳，早就離婚了。啊，上帝！不想去追究為什麼？也不願問是否有「今後」？我只想盡快見到妳。於是，我理了髮，修了面，換上新裝，帶著四十年前的舊夢，舟車勞頓，輾轉奔波，再一次走進妳生活了三十八年的山區小學。可我在那裡只找到一句話：若老師出國了。

妳走了，若冰。又一次不辭而別，而且是飄洋過海。唉，莫非真如妳曾說過的，今生我就真的永遠找不到妳了嗎？不！我不信。

精誠所至，金石為開。今天，我終於從妳的摯友吳芳那兒，要到了妳在紐西蘭的通訊地址。此刻，我坐在夕陽的餘暉裡，給妳寫下這第三十一封「單向情書」。

我鍾愛一生的妳，還會回來嗎？我一如既往地等待著……

祝妳
　早砌歸路！
林木

XX年X月X日

林木，親愛的：

這一聲遲到了四十年的呼喚，讓它帶著沉重的歉疚，刻骨的遺憾和無限的晚情，從我的心底向你喊出吧。

在這遙遠的異國他鄉，真正的天涯海角，捧讀你這封滿載著四十年情感沉痾的情書，無異乎在我冰凍的感情禁區裡，投下了一枚重磅炸彈。炸得我淚濕青衫，也炸得我心花怒放。我，一介俗人，何其有幸，蒙你如此摯愛？尤其是在這真情日益貶值，痴情更是近乎絕跡的九〇年代，怎麼竟會有一個實屬痴傻的情種你，而面對的恰恰又是如此偏執冷酷的我？這，是夢？是真？這份痛楚，這份憐惜，這份愧疚，這份欣慰，實在是難以言表。對於你我來說，這場人生，是何等震天撼地的陰差陽錯?!

想當初，你是風度翩翩的青年講師，你的英俊瀟灑，你的幽默風趣，曾經迷倒過多少系內系外的漂亮女生。她們對你崇拜有加，讚不絕口。難道你就沒發現，每當你講課的時候，我們班的蕭燕，四班的王小玲……，她們總是爭坐前排，雙手托腮，對你凝神注目，下課後還要圍著你問這問那嗎？你好像總是渾然不覺。我當時還想過：嗨，這位貌似機靈的林老師還真的有點「木」。後來，我雖曾感受過你滿含深情的目光，也曾為此怦然心動，但僅是稍縱即逝。因為那時我的心目中「已經有個他」。

我們是青梅竹馬，小學、中學都曾牽手走過。上大學前夕，我們就以心相許。在宣揚古典專一論的中外小說薰陶下成長起來的我，怎能「一心二用」？儘管你在諸多方面都比他優秀，我又怎能「喜新厭舊」？因此，當女生們都爭著向你靠近的時候，我卻有意走得離你遠遠的，盡量避出你的視線……。那年高考，我進了四川大學，我的男朋友卻考入了廣州的華南工學院，我們的感情交流，靠的是鴻雁傳書，你當然看不到我與誰「出雙入對」嘍。唉，這歷史的誤會把你害得好苦好苦！想對你說聲「對不起」，可這輕飄飄的三個字又怎能擔待得起？

你提起那三十封單向情書，它們至今依然封存在我記憶的寶庫裡。呵，那又是怎樣淒美悲壯的一幕。

當女伴們都進入夢鄉之後，我躲在被子裡，借著手電筒的微光，悄悄地讀著你那些溢滿痴情，流淌著摯愛的書信。我邊讀邊哭，邊哭邊讀。從夜半到天明，眼睛已經紅腫成一縫。我只好躲在蚊帳裡，對室友們謊稱「頭痛」。你的苦戀，你的執著，令我感激，更令我心痛。因為我無權消受你真誠的愛戀，我真恨自己分身無術！我躺在床上，「病」了三天三夜，不吃也不喝。我嚼碎矛盾，吞下情絲萬縷，讓胸中澎湃的驚濤駭浪盡快平息。選擇他，是命中註定，順理成章；而你，條件優越，足以重新選擇，長痛不如短痛，我想。若留川大任教，我確實無法面對他漫長的舊愛與你沉重的新情，於是，我擦乾眼淚，毅然走進系辦公室，要求更改畢業分配指標，把四川大學換成了青海省人事廳。書記誇我「覺悟高」，吳芳罵我「莫名其妙」！這一走，就是三十六年，我在那大漠深處栽培出了「桃李滿天下」。

可誰知，你，唉……！

林木呀，要說，你也真的太守舊。其實，十年前，當你找到我們學校的時候，你聽說的「夫榮妻貴」純屬表象，我的婚姻早已出現危機。雖然，我們曾經是「兩小無猜」，也曾三十年同甘共苦，但改革大潮中，擋不住誘惑的他，全變了。你久居清高貧寒的知識界，也許很難理解商海的無情。他年過半百，還去隨波逐流，下海弄潮。整天沉迷於燈紅酒綠的吃喝玩樂之中，什麼夫妻恩愛，什麼患難與共，全被他掃地出門……嗨，這些陳年爛事，不說也罷。總之，五年前，我就已經成了「自由女神」。而你那一轉身，又只有在孤獨中苦熬苦掙。哎，這無奈的陰差陽錯，竟讓我們痛失了多少良辰美景、花前月下？

感謝鄧小平的改革開放，兩岸通商。去年，電視臺的「海峽橋」專欄，幫助我找到了失散近五十年的大姊。姊夫已過世，她隨女兒一家從臺灣移民紐西蘭。雖遠隔重洋，但姊妹情深，她盛情邀請我到紐西蘭相聚。我正好借此出國旅遊散心。紐西蘭氣候宜人，因此一住就是一年多。紐西蘭真不愧是一片神仙樂土，沒有污染，沒有戰亂，遍地綠草如茵，家家鮮花如雲。老姊妹久別重逢，說不完五十年人世滄桑離別情懷，遊不完島國風光美景天然。好雖好，這畢竟是客居他鄉，總難忘生我養我故鄉情。

在那魂牽夢縈的故鄉熱土，不僅有我的驕兒愛女，如今，更有一個苦等了我四十年的你！我必定會、也當然要回去。雖然我已是白髮蒼蒼，青春不再，但我要用無限的晚情，聊慰你苦等一生的厚愛痴情。讓我們也「開放」一次，做一對夕陽無限的老情人。

啊！親愛的，我要回來，我就要回到你的身邊啦！張開你老邁的雙臂，迎接更加老邁的我吧！

祝你

好夢成真！

若冰

x x年x月x日

後記：

命運多舛，不盡人意。

當新世紀的曙光在南太平洋升起之後，若冰遠涉重洋，懷揣著林木的情書，滿載著無限的夕陽情，風塵僕僕地趕回青海，熱切地期盼著，盡快投入林木博大深沉的情懷。想不到這對夕陽情無限的老情人，竟然只有一面之緣。原來，學術精深，功成名就的林木教授已受聘於加拿大的多倫多大學，簽約五年，出國手續早已辦妥，專等若冰回國見上一面再起程。於是，他們的故事中又增添了：淚灑機場，晚情惜別的一幕⋯⋯

黃梅

本名黃珍玲，出生馬尼拉，祖籍福建晉江，國立臺灣師範大學國文系畢業。曾任菲律賓中正學院中學中文部教師、主任、院長助理及大學部講師，兼任菲律賓聯合日報文藝副刊主編；現任菲華文藝協會及菲律賓留臺校友會常務理事；曾獲中國文藝協會第四十屆「海外文藝工作獎」獎章及世界華文作家協會「世界華文文學貢獻獎」。

終身「大」事

剛從附近球場跟鄰居玩伴打了一個下午的球，渾身汗淋淋地跑回家，逕往廚房打開冰箱抓了一瓶冰開水，仰起脖子往嘴裡猛灌。忽然，第六感告訴他，從大門後那張長沙發上，幾道嚴厲的眼光正射向他的腦後門。當他側眼一瞄，頓時像是給毒蛇咬到似的，全身一凜，一股冷氣打腳心往背脊上冒，連頭皮都發麻了。嘴裡的水也都忘了吞，像個沒牙的奶娃，把原已夠濕的汗衫淌個夠。

「畜生，瞧你做的好事！」他母親氣得舌頭都打結，那句話還是從牙縫迸出來了。

「安東尼，這是我們的……」那畏縮在沙發上的大女孩忽然站起身來，把懷中的一個小女嬰往他面前送。

「不，不，這不是我的。」安東尼彷彿一隻受驚的貓，不住地往後退。

「好哇！你有膽量幹下這種事，現在竟然不認帳。」另一個母親氣呼呼地走上前給他一個耳光。

摀著被打的面頰，他差點兒掉下了眼淚。

「這位太太請暫且息怒，事情已經發生了，妳打他也沒有用。畢竟他們還是孩子，一時糊塗做錯了事……」

「哼！他現在可已是做父親的人了，還算孩子嗎？」

「可是他也不過是一個十九歲的大孩子啊！」母親委婉地為他辯護。

「不管他多大多小，事實上他是這個女嬰的父親，他們應該馬上結婚！」

「我不要結婚，我不要有孩子！」他害怕地叫著。

「這可是你的種，你賴不掉的。」憤怒的母親把女兒和她懷抱著的女嬰一起推給他。

看著受驚卻又滿臉稚氣的兒子，再看那個還不夠成熟的小母親，還有她懷中的嬰兒，那個活脫脫是自己六個孩子新生時的模樣兒，特別那兩道又粗又黑的濃眉，更是他們家的註冊商標，她——大男孩的母親，真想把那小娃兒抱過來。

「你們一定要馬上舉行婚禮，不然……」另外那個母親咆哮著。

「不，不，我才十九歲，我不要結婚，我不要做父親……嗚……嗚……」這一次他哭出來了，他真的是放聲大哭。

婚禮正在進行，英俊挺拔的新郎和美麗高貴的新娘，跪在聖壇上，接受神父的福證。新郎的母親欣慰地望著這對出色的兒、媳——男的是建築工程師，女的是室內設計師，多般配的一對。

她的視線從新郎兩道飛揚的濃眉轉移到為他的新娘子牽婚紗的七妹臉上，多神似的臉龐，尤其那兩道漆黑的濃眉。她慶幸自己當年所作的犧牲——一枚心愛的鑽戒和挺了幾個月的假肚子，方才把他們母子倆從那場噩夢中解救出來。

張琴

祖籍河南，生於四川。現定居西班牙馬德里，為自由撰稿人。曾任歐洲時報西班牙特約記者。西班牙作家藝術家協會、歐洲作家協會、海外華文女作家協會終身會員。曾獲海外華文作家西班牙徵文首獎、法國歐洲時報徵文三等獎、首屆汪曾琪微型小說獎、大禮堂懷舊徵文三等獎。作品：《地中海的夢》、《浪跡塵寰》、《田園牧歌》、《天韻》、《北京香山腳下旗人命運》等。

「狐狸」與「小象」的戀情

一九八二年初，我自費留學來到了法國，在法國社會科學院讀碩士班，其間結識了巴黎東方語言文化學院教授、中文系主任熊秉明。熊先生給我介紹了他的一個女學生，說這位女學生非常喜愛東方，起了個中國名字叫幽蘭（Orchidee）。當時，她已是大學中文系三年級的學生了，學的是中國文學。她可以跟我學中文，我會向她學法文。

初到異國雖然很孤單，但我沒有想過要和外國女孩子談戀愛，更沒有娶外國太太的意念。在中國歷史上，從漢朝起，王昭君出塞遠嫁胡人，唐朝的文成公主與吐蕃王結姻，那是國與國之間一種政治聯姻。在中國近代史上，雖然異國婚姻有所突破，但不同種族、文化的跨國婚姻，仍是不大為人們接受。

儘管如此，我對幽蘭仍是一見鍾情，那種感覺是相當羅曼蒂克。那年我二十八歲，幽蘭二十二歲。年齡相稱，再加上她一口道地的中國話，我們彼此一下就走進了對方。儘管我們在文化上有差異，但我們沒有語言的隔閡，我也沒有覺得法國人如人們所說的那麼驕矜。

幽蘭住在一個天主教教會所辦的女生單人宿舍，我們第一次交談就發現我們有很多共同愛好，一是中國文化，二是雕塑，三是電影藝術。中西文化在我們之間的溝通和交流也是導致我們日後戀情關係的發展。

我們常在週末空閒時，一起到巴黎各美術館去欣賞藝術作品，在相互學習語言的同時，獲得不少有關美術的知識。

我第一次見了幽蘭後，心裡就無法忘懷。幽蘭的一顰一笑，文雅的談吐，時時不勾起我的幻想。

幽蘭的父親是法軍工程師，法國在援助越南、柬埔寨建設時，她父親一直在那裡工作。因此幽蘭出生在亞洲，在那裡斷斷續續生活了十幾年，她對中國的文化情結，也就是從那個時期開始的。

一個工程師軍官在亞洲，生活條件是非常優越的。住的是別墅，家中僱有傭人。保母是廣東潮州華僑，是這位保母深深地影響了幽蘭的生活習慣。

她對我說，至今讓她難忘的一件事，是她和家中保母的男孩的友情。那男孩與她年齡相差無幾，兩小無猜一塊長大。那個男孩叫阿差，沒有讀過多少書，他們彼此間的感情很純樸。只是作為一個傭人的孩子，對主人家的小姐，總是很謙卑。無論什麼事，總是讓著幽蘭。

阿差十六歲那年，父母為他定了親，從那以後，阿差開始迴避幽蘭。幽蘭很傷心，不解其中的原因。阿差告訴她，因為家裡已經給他訂了親，他就要恪守禮制。那時越南與柬埔寨戰爭剛好結束，幽蘭全家便回國了。

兩小無猜，青梅竹馬是人生最難得的純樸情感。即使日後各自東西，兒時那段美好時光，也是終身難忘。

幽蘭在亞洲期間，進的是外交官學校，學的是法文，並沒有接受多少中國文化。回到法國後，她才開始系統地接受中國文化教育。法國社會文化檔次很高，對漢學文化研究也非常深刻。她曾得到亞洲定期學習的獎學金，在臺灣師大學了一年中文，在那裡認識了一個韓國男子，這是她的第一個男朋友。一年以後，她回到了法國，那個男子留在臺灣。就在我們認識以後，他們還保持著聯繫。隨著時空的變化，他們之間的感情出現了裂縫。

我認識幽蘭的時候，正處於她感情上的空虛時期。由於我們年齡相當，氣質上也比較接近，幽蘭一下就移情到我的身上。我那時也處在感情的空缺中，這種情感的轉移，令我們一拍即合。

如果幽蘭不會講中文，我們之間的溝通就不會那麼順利，那感情也不可能繼續發展下去。可她中文講得那麼好，人又那麼漂亮，哪個男人不動心？她那雙大大的眼睛清晰透明，泛著藍色的光芒，人又是那樣活潑可愛，那麼乖巧，令我只見一面，就再也忘不了她。

這是一個美麗多情的夜晚，我望著幽蘭長長的眼睫毛，那雙眼睛在她莞爾的笑聲中一張一闔，動人極了。還有那西方立體的美感，在她的臉上、身體的每一個部位，都表現得那麼淋漓盡致，把我誘惑得難以起步離去。這時，學校宿舍早已過了熄燈的時間，就在我準備離開出門那瞬間，我還是情不自禁走到她的身邊：「妳這對眼睛太迷人，一眨一闔，猶如一對蝴蝶的小翅膀。」我輕輕地吻著她的雙眼，她的反應是溫柔投懷，頓時，兩人情感迸發，陶醉融融……那僅是我們第三次見面。

男女之間一經衝破性的界限，就再沒有什麼隔閡和隱瞞的了。如果彼此愛戀是建立在雙方真情上，其間又有文化愛好基礎，這樣的愛情才有激情，才會穩固。愛美之心人皆有之，人的審美感受在於觀念、想像。

以後我們見面完完全全突破了心理障礙，共度了一段非常幸福愉快的日子。但在婚姻問題上，我從沒有慎重去考慮過，畢竟對外國女孩不太了解。概念裡認為西方非常開放，女人對性愛不是很在意，並沒有把這當成婚姻大事的基本條件。

說真的，如果當時要問我願不願意跟幽蘭結婚，我想我的回答是否定的，絕對是否定的。只是想到，我們之間彼此有好感，一塊交往，也許誰都沒有想到婚姻上去。

半年多的交往，我們感情發展很快。我們的溝通幾乎全是中文，結果幽蘭的中文越來越好，我的法文卻沒有多大進展。

如果說我們由認識到相愛，純屬是一種緣分，那麼我們相知相愛，以至滲透各自靈魂的卻是中國文化。愛情是不受國籍、種族、文化、年齡所制約的。語言溝通倒是情感交流最好的潤滑劑，因為有了語言，彼此交流的心才可能走進對方，在互相認同的前提下，才有可能去接受彼此。

轉眼到了十月。幽蘭說到十月份，法國可提供一個去北大的獎學金，問我她去還是不去？這個話題，對正在熱戀中的男女來說，是一個很敏感的問題。幽蘭等著我的答覆，我知道，西方男女對愛情要嘛拒絕，要嘛像火一樣熊熊燃燒。我當然感覺得到，幽蘭對我是完全投入的。但是因為我始終認為自己不可能娶一個外國女子做妻子，所以對她反而有些保留，在熱戀中仍然保持著中國人的含蓄。她徵求我的意見，明顯是想得到我一個肯定的答覆。

從感情上來說，我是捨不得她一人到中國去，但從她前途考慮，我不能那麼自私，用個人情感去占有她。我對她說：「去北大學習，這是一個很好的機會，那裡是中國文化的發源地，又有獎學金，法國政府提供的食住條件都很好。妳放心去吧。」

按理說，做為一個男人，是不願意放棄這段感情的，雖然我明知不能娶她做太太。多年以後，我們仍然不能組成家庭，這對一個善良的女孩，是一件很傷心的事。所以，我也想藉此機會，對我們的交往有一個了斷。

幽蘭當時並沒有察覺到我內心世界的種種矛盾。說心裡話，無論從感情上，還是生理上，一個成熟的男人身邊沒有女人，尤其是你喜歡的女人，多少有些失落和痛苦。

在她走前的最後一個晚上，她來到我住的學校公寓。這裡住著來自全世界求學的青年。那晚，我們吃過飯，一塊去跳舞，跳到很晚才回到她居住的單人房。我們親熱一番之後，躺在那裡聊天。幽蘭叫著我的暱稱：「小狐狸，明天我就要走了，不放心的是你沒有合法身分。我倒有一個辦法，讓你在法國永遠待下來。」

「怎麼樣呢，妳說說看？」

「跟法國人結婚，法國政府對他們的配偶特別照顧。我們結婚以後，你就可以合法留在法國了。」

這是我內心最怕觸及的話題。當時，我對婚姻還抱著一個神聖的意念，覺得一個人一生中，只結一次婚，對自己的結婚對象，帶有一種神秘藝術化的幻想，不會輕易做出選擇，去認定一個女子而結婚。

當時，我已在法國結識了不少老華僑，他們每談及涉外婚姻，便自然而然流露出對中西婚姻的不如意。早期留法的畫家陳錫章，法國巴黎東方語言文化學院教授、中文系主任熊秉明，中國留比利時的藝術家張金和，這一批是上歲數的人，都是三〇年代留學海外的學子，他們的婚姻本該是很美滿的，但到最後，基本上都是以不幸收場。他們善意地勸告我，與西方女孩子交朋友可以，談戀愛也沒有關係，真正要結婚還是慎重些，建立一個家庭還是很不容易的。

其實，外國人在感情上並不全是自由開放的，他們對自己的情感非常尊重，並不是所有的年輕的異性朋友，只要兩情相悅便發生床第關係。當然，把性關係視為將來結婚的重要條件，倒不盡然。

在國外生活，如果太太是西方人，孩子從小接受的是西方母語教育，回到家裡，老婆不是中國人，孩子也不是中國人，那種感覺是非常孤單的。

一位老華僑對我說，我們中國家庭是父慈子孝，情意融融。可在西方生活，父與子也顯得是那麼彬彬有禮，就餐前，孩子對我說道：「爸爸，請給我一塊餐巾，謝謝！」這感覺有一種非常遠的距離。在外面我完全可以接受，也學習西方的生活習慣。可是回到家裡，與自己的兒女卻是那麼客氣，心裡很不是滋味。人越老，這種感覺越是強烈。我人已半百，看到幾個孩子，就好像是收養的，而不是自己親生的。

在西方文化裡，就根本沒有「孝子」這個名詞。父母生養子女，是父母的責任和義務，兒女長大獨立，不會跟父母在一起。中國四代同堂，這對西方人來說，他們沒辦法接受，也無從去理解。

所以，幽蘭一提起結婚，我馬上就想到這些問題。她一番好心，想以結婚讓我在法國有一個合法的身分留下來，我坦誠地告訴幽蘭，我不能把婚姻作為解決我居留的一種手段，對草率的婚姻，我是不會去接納的。當時，我的想法的確如此。

我對幽蘭說，妳放心去中國學習，我一個人風裡來雨裡去，再困難都挺過來，天下難道就沒有容我生存的地方？幽蘭聽了以後很傷心，但她沒有辦法勸說我，更不可能改變我。

不久，幽蘭就離開我去了北京，帶走了我的心和我的愛，同時加深了我對父母的牽掛。多少年來，由於沒有拿到法國合法的居留證，我沒有回過中國。我寫了一封信讓幽蘭有機會去看看兩位老人。

幽蘭到中國後，就去看了我父母。家鄉突然來了一個外國姑娘，人長得很漂亮，又會說一口流利的中國話，鄉親們都很驚詫，圍著幽蘭問這問那。看上去，幽蘭是西方人，可她骨子裡卻是道地的中國通，非常中國化。她見到我父母，用傳統禮教的方式行禮鞠躬，向老人請安。她是從書本上接受中國文化的，儘管舊文化在中國早已被淘汰，但我的父母非常樂意接受。她的聰明和禮貌贏得父母以及鄉鄰的好感。

父母從我給他們的信裡，得知幽蘭是我的女朋友，對眼前這個未過門的兒媳婦感到甚是榮耀。我母親送給她一枚金戒指，這就意味著他們認可了這門親事。誰都知道，戒指在中國是做為訂親的禮物。幽蘭無比快樂地接受了。

幽蘭非常聰明，她很明白這裡的涵義，回到北大，她寫信給我，問我戒指怎樣處理？我想事情已到了這一步，我不能再隱諱她，耽誤她的一生。我寫信給她：「幽蘭，請原諒我。在對待婚姻上，我是不可能接受一個西方女孩的……」

可以想像得到，當初幽蘭收到我的回信，對我無情的拒絕，是何等的痛苦。

幽蘭在我的家鄉曾給我寫過幾封信，浪漫富有詩意中緩緩流暢出一個少女誠摯的情懷，我曾動心過，想找回我的幽蘭，因為我們仍舊彼此相戀。

親愛的小狐狸：

現在，我一個人坐在你家鄉的小河邊上，潺潺流水，我已被它感染得如痴如醉。難道就因為是你出世生長的地方？我深深愛著你，讓我今生有機會去品味著這異國情調。

昨夜，我獨自來到你曾對我說過的蘆葦坑旁，動情地望著天上的星星，秋風拂著我的臉頰，可我的心早也隨著這晚風，飄曳到了法國，回到你的身邊。

你曾告訴過我，當月亮出來時，荒叢中的小狐狸就會對著月亮叫。我等啊，等啊，月亮也爬得很高很遠，月色是那麼明朗，可我還是聽不到小狐狸的叫聲。你能告訴我，這是為什麼嗎？

愛你的小象
幽蘭於河北

我心裡非常痛苦，自己是軟弱還是無能？為什麼沒有勇氣去愛、去接受一個自己喜歡的女孩子？

從以後幽蘭的來信中，可以看出她很傷感，一種失戀的痛苦時時纏繞著她，並可意識到她的自尊心也嚴重受到傷害。

陳豫，我最親愛的小狐狸：

你並不了解外國女孩子，你認為懂得她們。其實，你並不懂。在文化上你太狹隘，太自負。

你有一種奇怪的「迷信」，認為不能夠跟外國女孩子永遠在一起。我想，文化或國家之間，先有人，然後是人跟人的關係。問題並不是「中國人」和「法國人」，而是「你」和「我」。

我常想我們那段愉快的時間，那麼理想，真是太好了。可是你……過年的那天晚上，我好想你，想著你一個人孤獨地在法國。

我心愛的小狐狸，你讓我好痛苦，好困惑。

永遠愛你的小象

幽蘭於北京

就這樣，時間一久，我們彼此在感情上迴避起來。一年以後，她從中國回來，我們再見面時就感到很尷尬。那時，我還沒有一個固定的女朋友，心裡老是想著幽蘭，又不好意思再去找她。幽蘭被我拒絕，她也不好再往前走。儘管雙方都渴望著接近對方，但又克制著不要去接近。沒想到，最終我們還是走到一起，有了勝似以往的感情。但她知道我們不會結婚。我們相互默契保持這分熾熱的友情，直到她又去了亞洲做博士論文。我們在書信來往中又度過了兩年。

小小的小狐狸：

昨晚的月亮好亮好圓，這兒的天氣很好，下雨之後的天空很乾淨。這個中秋夜，你在法國，我卻在臺北，我非常想念你！

我們兩個早已知道各自的路，而且我想了很久，你上次在信裡說得很對，雖然在精神方面我們互相很了解，可是在生活方面並不同。

誰知你要往什麼方向走？你說你想回國去。當然，自己的國家這是最好。我呢？大概要繼續跑來跑去，……我現在很明白，我不要騙你，可能是太自私，或許太不信任？你是一位東方男子，而我是法國女子。

上次我回到巴黎，一直打電話給你，找不到你。不知為什麼，我不敢馬上去看你。心裡很矛盾，很想見你又很怕。怕受傷？怕回憶？都有……下次回巴黎時，我會給你聽一首很悲傷的歌，還有我為你寫的詩。

我親愛的小狐狸：

一頁白紙，因我不能把你記下來，

你側面的畫像，我不能使他活起來。

這間房子，對你並不陌生正呼喚著你；

那些褥單，你身體認識的，我在它們之間翻身尋找著你的肌膚；

我的身體，要與你的一起解放……

再讓我飄，從你肚子到肩膀游著；

再給我吻，靠在我頭上的是你的前額；

再使我見，你在拂曉熟睡中的微笑；
再遞給我，你清晨無憂無慮的嘴唇，它還未知夜晚已過，
或許還在安享著那份靜謐！

愛你的小象
幽蘭

幽蘭用獨特的中國思維方式，流暢的文筆，寄予詩畫共賞，在遙遠的異國向她熱戀中的情人敞開了袒露的胸懷。

現代社會，男人女人，在處理感情上，普遍有這種傾向，可以把性和感情分離。但女人總是把性和感情、婚姻聯系在一塊。女孩子跟男孩子就是不一樣，她們幾乎每一次獻身，都是把婚姻作為結果，不管是多麼開放的女孩子，每到這種時候，她就要提出婚姻。你即使不跟她結婚，至少在情感維繫方面要固定下來。

人與獸不同的地方，就是人既是具有靈性的動物，但也有獸性。也就是說在「愛」中，有「情愛」和「性愛」的分別。健全的愛是兩者兼有，不應分離。在中國的傳統意識中，可貴的是「情愛」，而「性愛」被鄙視為淫穢的，這種論調當然不會被現代倫理觀接受。但僅是靈性的滿足，而無獸性的補充，愛就會是虛無縹緲不可捉摸的幻覺。

有時，我想到一個女孩這樣的愛你，心裡就活絡起來，想遷就一下，與她組織個家庭算了。但又一想，何必去傷害一個善良的女孩子呢？天下的婚姻，往往就在一瞬間的把持

不住，而鑄成終身大錯。

殊不知，中西文化在婚姻中形成的落差，只要雙方去互補、忍讓、諒解、寬容，還是有可能維持的。

幽蘭現已是法國大學中文系的教授，至今還是獨身。她在漢學界名氣已盛，又是高等社會科學院的研究員，對中國古代文學、中國繪畫書法都有很深的造詣。後來在我們接觸交往中，我日漸感到，她對中國文化越來越專業化，對前唐後唐歷史研究得非常精闢透徹。

早先，我們之間沒有禁忌的話題，現今卻感覺到交流起來不太容易了。也許我們的戀情將在此劃上句號，但那份深情蜜意，將永存心底。

陳若曦

臺北人，就讀臺灣大學外文系，參與創辦《現代文學雜誌》，鼓吹現代主義，作品多反映鄉土民情。六〇年代留學美國，曾投奔中國大陸，適逢「文化大革命」。七〇年代移民美加並寫作《尹縣長》等反映文革的小說和散文，為中國「傷痕文學」之始。九五年返臺定居，關心佛教現代化、婦運和環保，長篇小說《慧心蓮》為臺灣首部佛教小說。二〇一一年獲國家文藝獎。

媽媽的原罪

婉麗知道男的在日本念過書，嗜食生魚，但是點菜時他卻堅持要牛排。

「妳在美國念博士，吃牛排要向妳學習了。」

一句客氣話卻讓婉麗陡然紅了臉。好在福華飯店的西餐廳燈光溫柔幽暗，她在媽媽的叮嚀下也上了濃粧，男的又戴了近視眼鏡，相信紅暈還遮得過去。

返臺五年了，在親友鼓動下安排了四五次相親都沒結果，她開始懷疑是這博士頭銜壞的事。傳說八〇年代臺灣就出現了不計較女方高學歷、高收入甚至高年齡的「小丈夫」，可惜只是傳聞而已。媽媽曾託人介紹一位喪偶的教授，也是美國博士，年紀都在三十五上下，相談甚為融洽，不料約會兩次後，他竟和一位剛畢業的大學生閃電結了婚。旗鼓相當尚且沒指望，小丈夫更加遙遙無期，她一度下決心不再看男人臉色了。

眼前這位男的離過婚，年紀剛交四十，在臺南開化工廠，有兩個念國中的兒子。他個子不高，長相平平，談吐卻是不俗，儘管有意無意會提起她的學歷，但卻顯得是處處照顧她，本人則不亢不卑，頗有自信。初見面並沒給她留下深刻印象，但男的過一個禮拜就跳過介紹人，獨自開車來臺北約她，熱情實溢乎言表。

老爸很得意，當著女兒面督促妻子：「妳聽著，只有不盡責的母親，可沒有嫁不出去的女兒喔！」

老媽低首稱是。

今天出門前，她告訴女兒：「爸爸託人打聽過，男的離婚是婆媳糾紛，不是本人有問題。介紹人說了，孩子跟誰住可以商量，祖父祖母還都在嘛！你爸爸覺得，他是獨子，將來會繼承化工廠，經濟條件夠好的了。」

婉麗在醫院擁有一份高薪工作，並不在乎男方的資產，但是「獨子」一詞卻似一塊石板，壓得她整日都喘不過氣來。

自己老爸不就是獨子嗎？對外人彬彬有禮，在家裡卻頤指氣使有如太上皇；待兩個女兒還算慈愛，對妻子卻百般苛求，近乎虐待。他高興時也會對妻子眉開眼笑，稍拂他意就刁潑耍賴，動輒絕食，非讓她苦苦哀求才罷手。尤其花心不改，外遇頻傳，把個賢淑美麗的妻子折磨得四十歲不到就開始染頭髮，還經常背著人擦拭眼淚。原以為年紀大了會收斂，但退休兩年了，他還時常鬧些緋聞，真不知哪裡有毛病！

獨子，做了丈夫會不會像爸爸這樣？幾次想開口問媽媽，到底都哽在喉頭，硬生生被她吞嚥回去。可憐媽媽在爸爸跟前是那麼膽小卑微，毫無尊嚴可言，提這個問題無異揭她傷疤，著實於心不忍。

這是男的第二次單獨上來約會，婉麗決定自己找出對方離婚的緣由。

男的像有預感，進餐時談著寒流和政治緋聞，等甜點上來了竟自動轉到家庭生活來。

「妳喜歡孩子嗎？」他問婉麗。

她不知他的用意，只能泛泛回答：「孩子……當然是喜歡，但是……」

男的趕緊解釋：「我是說，如果我們……如果妳結婚了，會不會堅持生自己的孩子？」

生平第一次聽到「我們」和「結婚」兩個詞用得如此貼近，她再度臉頰發熱，甚至耳根都火辣辣的。天呀，這是變相求婚嗎？

她強自鎮定地回應說：「我喜歡孩子，但是不會堅持要自己生。」

「哦，那樣最好。」他接著解釋：「我前妻就因為這一類的事和我父母處不好。老人家相信多子多福，管教孩子又有一套自以為是的方式，雙方常起衝突。」

她頷首表示同情。

「我受日本文化影響，可能有些大男人主義，不會體諒妻子的心情。另一方面，我也有心孝順父母……結果是犧牲了一場婚姻。」

簡短的檢討之後，他堅定地表示：「我再結婚就不會犯同樣錯誤了。兩個孩子可以先和祖父母同住，等自己的兩人世界經營得很滿意之後，才會考慮接他們回來團圓。妳覺得……這樣做好嗎？」

後面的問題有些突然，又似順理成章，理應有個答案才對。尤其男的身子微俯向前，眼光針定定地鎖住她的眸子，讓她備感壓力，簡直是窘迫萬分。老爸也有這種威嚴懾人的目光，想到媽媽的卑躬屈膝，婉麗胸口一陣痙攣，張嘴就想反抗了。

「帳單！」男的卻用結帳轉圜，輕易就放了她一馬。

飯後，他驅車前往陽明山。上了仰德大道，話題卻轉到她身上來了。

「金小姐，妳有沒有談過戀愛？」

這問題令她措手不及，紛亂中只得照實回答：「嚴格說，是沒有。」

「真的？」男的顯然不信。「妳這麼漂亮，男孩子怎麼可能放過妳呀？」

對此，她早有腹稿了。「我一直是個無可救藥的書呆子，除了讀書，簡直不知道還該做什麼才好。」

「怎麼可以這樣啊！」

隨著誇張而惋惜的語調，他分出了操縱駕駛盤的右手，慢慢但堅定有力地把她攬腰環抱過來，並轉臉在她左頰上印上一個吻。事起突然，她來不及聲張，也不想聲張，索性趁勢依偎在他懷裡。未受攔阻之下，男的進一步調整她的姿勢，讓她頭枕膝上，方便自己的手游走於女人上身的髮絲和溝壑之間。

貓似地蜷伏在男人腿上，她閉了眼忍受髮膚受到撫摸所引起的刺激和波浪狀的顫慄。以前，類似的動作會讓她變成一隻刺蝟，這回能夠毛刺盡斂，甚至品嘗到透過布料傳出的男性體味，她感受到一種前所未有的暈眩和舒暢。

出門前媽媽幫她梳妝，貼心的教導此時又響起耳際：「除了那件事，別的妳不妨放開些，懂嗎？」

我懂了，媽媽，我在努力。

等他拍拍她的臀部，提醒她坐正身子，車子已駛入中國大飯店的停車場了。

「這麼冷的天氣，我們泡溫泉去！」

寒流來臨的日子，泡湯確是好主意。到櫃臺時，她發現男的已預先訂了一間兩張單人床的房間。不是會員，他解釋，只有訂房才能享用溫泉。

「泡了湯後可以好好地休息一下。」他又以隨興的口吻補充一句：「不想過夜就退掉房間。」

要不要和他過夜？

在霧氣蒸騰的浴室裡，置身溫熱軟滑的泉水中，縈繞於腦際的就是這個問題。望著周遭的女人，有的在淋身，有的伸腳探水溫，彼此袒胸露乳，歡形於色，都不像她這樣為猶豫層層包裹，沉浸在驚懼莫名的漩渦裡，半天冒不出頭來。

過夜就要做「那件事」，而媽媽刻意叮嚀，可見「那件事」攸關自己的幸福；媽媽一生的屈辱，不就敗在「那件事」嗎？

她知道，處在跨世紀的年代，在性解放高唱入雲的臺北市，一個未婚的留美博士做多少「那件事」也無人干涉。她不是「第三者」，男歡女愛的事不會傷害到別人；她精通生化學，了解自己的生理週期，男的今天沒帶保險套都不成問題。理論層面的她都懂，欠缺的只是具體的實踐，而這一關卻要勇氣才能跨越。

做，還是不做呢？她一再問自己。

無論如何，她是寧可今夜不回家的。花心不改的老爸，新近又迷上一個酒家女郎，公然拿照片回來炫耀，弄得家裡雞飛狗跳。老媽忍無可忍的一句「老不羞」，就讓他拿到表演絕食的尚方寶劍，只要進得門來就不吃不喝。婉麗幾次下班回家，撞見老媽在餐廳裡對碗垂淚，真想奪門而逃；她恨不得一腳就逃回美國，像姊姊那樣躲得遠遠的。然而姊姊嫁人有藉口，自己卻甩不掉返臺侍親的傳統包袱。老媽也太天真了，天倫樂治不了老爸的花痴病，他仍舊我行我素。

她曾經勸告媽媽：「爸爸明顯是病了，妳叫他去看心理醫生嘛！」

媽媽只是苦笑：「他肯聽我的話，哪還有今天呀！」

「那就……和他離婚好了，怎麼樣？」

老媽卻一味搖頭，僅以嘆息來安撫女兒的憤怒。

媽媽早離婚就好了，婉麗也暗自嘆息著，離婚後做「那件事」結果自是大不相同。做的時間不對，不但毀了自己一生，眼看也要賠上女兒了。

她在池裡泡了一陣，驀然環顧，發現自己是僅餘的客人，連忙跨出浴池。仔細淋洗後，她重新穿戴起來。

男的開門時，有些忍俊不禁的神色。

「妳何必穿得這麼整齊呢？」

他全身只有下身圍了一條白浴巾，相形之下果然有些尷尬。

「來，我幫妳……解放一下。」

關上門，他先把她圈進懷裡，親吻雨點般灑在她臉上和脖子上。密不透氣的抱吻之後，男的開始脫她的外套。她採取不抵抗的被動態度，像兒時把玩的洋娃娃，不過現在任由他一件件解套。就在拉扯胸罩時，圍在男人腰際的浴巾鬆開掉在地上了，露出了昂揚挺立的柱物。

生平第一次目睹真人真物，她嚇得渾身顫慄，當即奮力推開他。

「我沒有……我不能……」

男的有些莫名其妙。

「你們在美國，難道沒有……」

她慌亂地彎腰撿拾地上的衣服，先穿上襯衫，一邊繫鈕釦，一邊口中喃喃重複著「我沒有，我不能」這一句。在美國，為了避免「處女」的揶揄，她編過失戀的故事，但紙老虎是一戳就破的。

「妳從來沒有交過男朋友嗎？」

男的疑問中隱隱透露出嘲諷味。

她抓起外套，起身時目光迎面撞上他叉開的雙腿。那男性的代表顯得怒目乖張，虎視眈眈。她壓抑已久的憤懣，剎那間爆炸開來。

「沒有交男朋友怎麼樣！不結婚又怎麼樣！」

她厲聲抗議，像被獵人逼到角落的動物，迸出殊死鬥的咆哮。那一刻，她已分不清對象是他，還是自己的老爸。

「對不起，對不起！」

輪到男的嚇壞了，一疊聲地道歉著，同時捉瞎似地滿地尋找浴巾要遮掩自己的下身。

「我要回家。」

她到底克制了自己，但話聲甫落，忽然悲從中來，抱著外套竟失聲哭出來。

「好啦，好啦，我就送妳回家。」

男的說著，丟下剛撿起的毛巾，趕忙去找衣服穿上。

回程的路上，兩人相距咫尺，心境卻如兩個世界，彼此不交一語。

到了南港的住家大廈門口，男的沒有下車的意思，她就自己開車門。剛跨出一腳，左手卻被他拉住了。

「金小姐，真是對不起……我不是有心冒犯。」

「不要這樣說……」

你很正常，對不起的是我；我有毛病，連做作或表演都不會……

她輕輕抽回自己的手，心裡的話終究留在心裡。

「如果妳還願意……願意考慮我……請妳給我一個電話，我隨時來看妳，嗯？」男的語氣誠懇，眼神真摯，說完遞給她一張名片。她把名片胡亂塞進皮包，匆匆下車。關上車門，她掙出一朵微笑，朝車頭方向揮手道別。等汽車消失了影蹤，她才走進大廈。

由於心事重重，她未依慣例按鈴就逕自以鑰匙打開了房門。客廳裡燈火輝煌如戲臺，只是上演的劇目一時叫人目瞪口呆。老爸坐在沙發上，滿臉不屑地歪向一邊，嘴噘得可以掛只油瓶；老媽跪在他跟前，手裡捧著一碗湯，正懇求他喝下去。

女兒的出現打亂了劇情的推演，一陣混亂後是乒乒乓乓的關門聲。須臾，家裡一片沉寂，三個人都各自關在自己的房間裡。

婉麗開始卸妝。穿睡衣時傳來砰的一聲大門關閉的噪音，八成是老爸離家出走了。她並不在意，相信幾小時後他會自己折回來，不然上堂哥家過夜，頂多勞動老媽去迎駕。投奔那酒家女也行，婉麗看膩了這齣爛戲，早已無動於衷。突然間，自己的房門被推開了，老媽淚痕斑斑地出現在門口。這也不稀奇，媽媽哭一輩子了，婉麗也懶得理睬。

「阿麗，怎麼這麼早就回來？他……怎麼樣了？」

母親萬萬沒想到，自己無私的關懷竟引發女兒一陣暴跳如雷。

「妳管管妳自己，別來煩我了！」

婉麗蹬腳叫嚷，還伸手拉扯剛剛梳順的頭髮，恨不得一把全扯下似的。

「他不吃，不會讓他去餓嗎？幹嘛要那麼卑微地求他呀？」

老媽趕緊跑來抱住我，不讓我再撕扯頭髮。

「算啦，算啦，他已經走了……妳不要這樣呀，阿麗，我也知道是我寵壞了他……但是幾十年都這樣，就當孩子哄哄算了。」

婉麗掙脫了母親的環抱，身子靠著梳妝臺，恨意未消地瞪著老人家。

「六十七歲的人，幹嘛要當孩子哄？」

老媽一臉苦笑：「他不服老呀！逼我去買威而剛，我才用人參哄他。」

婉麗一聽，更加氣得半天說不出話來。她凝視老媽那一臉無奈和委屈的神情，自己的內心一陣絞痛。老媽瘦得夠瞧了，高高梳起的雲髻把一張白淨的臉拉得稜角畢露，高瘦的身材原是絕佳的衣架子，如今就剩一根竹竿了。人人都說她們姐妹長得像母親，那不意味著自己將來也是這麼一副棄婦、怨婦的模樣？

她長嘆了口氣，不忍卒睹地別過臉去。

「媽，妳既然不愛爸爸就不該和他結婚。」

老媽睜大了眼，正想辯駁，卻被女兒揮手制止。

「要不然妳也可以離婚嘛，偏要製造婚外情……」

「妳在說什麼呀，阿麗？」老媽的眼睛張得牛眼大。

「爸爸抓住這個把柄折磨妳，讓我和姊姊也跟著活在痛苦中……」

「不是這樣呀，阿麗！我把實話告訴妳吧，媽也不想帶著它進棺材啦！」

她於是拉著女兒，雙雙坐在床上，向她訴說了婚前的一段秘密。

當年她在某公司上班，年輕貌美，人見人愛，老闆和職工都向她示好。有一天陪老闆出去應酬，不慎被老闆設計灌了酒而失身。因為膽小怕事，事後她連家人都不敢透露。那時相親的人很多，她趕緊挑了一位溫良忠厚的出嫁，婚後生活十分美滿。有一天，兩人溫柔繾綣之餘，丈夫向妻子坦承自己的初戀，據說曾苦苦追求一位小學教員，卻因家人反對而未果。

「這叫『塞翁失馬，焉知非福』，妳比她溫柔美麗十倍，我真是世上最幸福的男人了！妳有什麼秘密沒有？一定要告訴丈夫才行喔！」

她深愛丈夫，豈敢違逆，於是和盤托出自己僅有的秘密。不料丈夫一聽，竟抱頭痛哭起來。

「我是處男，而你竟非處女！」

這以後，丈夫就變了，對她又愛又恨，愛時如膠似漆，恨時摔杯破碗，怎麼安撫也無濟於事。她覺得自己罪孽深重，為了彌補就逆來順受，久而久之這罪孽的念頭就如一道枷鎖難以掙脫了。頭一個女兒出生不久，丈夫開始在外尋花問柳，以後越演越烈，竟如頑疾一般，時不時就發作一番。

「妳看，我是愛妳爸爸，愛這個家，才百般忍耐呀！」

婉麗聽了，忽然像燃放鞭炮般爆出一串笑聲。

「媽媽，妳背負這失貞的原罪，知道害了多少人嗎？爸爸被妳寵成病人；多少年來，姊姊和我嘴裡不說，心裡都懷疑我們是妳婚外情的結晶哪！」

媽媽急得又笑又搖手：「傻孩子，怎麼會這樣想妳媽媽……」

婉麗一把拉起老人家，正色警告說：「原來有病的是妳！你們兩個明天趕快去掛精神病科吧。如果你們不接受治療，我就搬出去住，跟姊姊一樣離你們遠遠的，再也不回來了！」

不管老人家如何哀求告解，婉麗一口氣把她推出去，然後重重地關上門。

她的心卻似一塊石頭落地，輕鬆地哼起了歌曲，並開始尋找被她草草塞入皮包的名片。

韓秀

紐約市人，一九八二年開始華文寫作，現居華府近郊維也納小鎮，讀書寫作。迄今，在臺灣、中國大陸、美國出版文學類作品三十三種。包括長篇小說《折射》、《團扇》、《多餘的人》；短篇小說集《樓上樓下》、《一個半小時》、《濤聲》等；散文集《風景》、《尋回失落的美感》、《雪落哈德遜河》等；書話《與書同在》、《永遠的情人——四十六篇藏書札記》。

上校的女兒

這一年的冬天，又冷又濕，前一場雪被新雪蓋住了，成了冰殼，靴子踩上去卡拉卡拉地響，我跟在房地產經紀人蘭茜的身後，努力把靴子踩進她的腳印裡，聲音是嗤啦嗤啦的，好聽得多。她一直在講房子的事，我卻完全沒有聽，待她停下腳步轉過身來，我幾乎撞了上去，我看到她的笑容有點兒僵。就在這個時候我看見了這個房子，這個我只看了一眼就愛上了的房子。

我一向喜歡四四方方的東西，兩個等腰直角三角形，我會順手把兩個斜邊對齊，成了一個正方形，感覺上做成了一件事，近於完美。

這個房子不需要任何拼接，它幾乎是一個正方體，窗戶都是對稱的，只是窗簾的顏色不對，二樓左面兩扇窗戶上飄著粉紅色的窗簾，其他都是乳白色的。我指給蘭茜看，她笑了，說她做房地產這麼多年還是頭一回碰到我這種客戶，竟會去注意到那些舊窗簾。「當然，窗簾是可以換的。」我也笑了。

小心地走進大門，我很怕看到奇奇怪怪的格局，好好的房子被隔得雞零狗碎是一件很殘忍的事。蘭茜聽了只當沒有聽見自顧自地從玄關介紹起。客廳和廚房四四方方，小小的洗衣間和大大的車房也都四四方方，樓上的臥室無論大小每間都是正方體，從樓下走出去，後園沒有圍牆，由松柏和迎春整整齊齊圍成一個矩形，而那矩形的長邊正好是短邊的兩倍。我心裡怕得要命，怕房子太貴我買不起。我告訴蘭茜如果我買不成這個房子她也不必帶我去看別的房子了，我再也不會找到大小如此適中格局如此完美的房子。話沒說完我已經哭起來了。

蘭茜說了許多話，和原來的房主有關，和分期付款有關，和欠錢不還有關，和銀行有關，和拍賣有關，我都沒有仔細聽，我只聽見了一句話，因為種種原因我買得起這個房子，至於那種種原因究竟是什麼我已經沒有興趣去弄個明白了。

我脫掉靴子，坐在客廳裡那淺咖啡色的地毯上腦子裡轉著各種念頭，無數設計方案紛紛出籠，一句話，我已認定這個房子是我的了。蘭茜認真細數過戶之前必須做的幾件事，請工程師檢查房子，檢查白蟻，等等。我只向她伸出手，握住她遞過來的幾張單子。我非常明白無論天塌地陷這個房子我買定了，所有的麻煩事交給蘭茜去處理，我一心一意等著搬家就是。

搬家工人拿了小費嘻嘻哈哈上車走了。不到五點鐘，太陽還在後園大楓樹的枝椏間熠熠閃亮。我決定要讓世間所有的人都知道我已經搬進新居了，抬手打開牆上開關，玄關的燈亮了。走進廚房，一撥開關，燈閃了一下，又一下，爆出幾星火花，燈絲轉紅，似乎苦苦掙扎了一番，嗶嗶啵啵幾聲之後才完全黑暗下來。樓上傳來緩慢而沉重的腳步聲，似乎有人正往玄關方向去，我也急急往那個方向奔去。玄關小几上工程師留下的「注意事項」裡面第一條用紅筆圈起的正是「請電工檢查整個房子的線路、插頭和開關」。在蘭茜留下的「緊急而有用的電話號碼」單子上，電工艾瑞克名列榜首。現在算不算「緊急」時刻呢？不等我做出任何決定，樓上的腳步聲又響了，樓板也嘰嘰嘎嘎地叫起來，似乎在催促我快點兒採取行動。艾瑞克的電話一下就接通了。

「哈囉！不好意思，這麼晚打擾你……」

「沒關係，妳是不是剛剛搬進『城堡』的新鄰居啊？」

「什麼『城堡』？我今天剛搬進一個房子，可是……」

「沒問題，不就是線路一塌糊塗嗎，我馬上就到。」

艾瑞克不需要我的地址。我站在黑暗的廚房裡手上握著話筒，話筒裡傳來盲音。我期待樓上再次傳來腳步聲，整個房子卻是一片死寂。

我剛剛走近玄關，大門已經被敲響。一個年輕人扛著梯子站在門外，正笑得一臉燦爛。

無需多少寒暄，艾瑞克乒乒乓乓先衝到樓下關掉電源，這才回到樓上來拆開幾個開關盒，把裡面裹成一團的電線拉出來，用手電筒照著讓我看。電線連接的地方都奇形怪狀地糾結著，用膠布、線繩、橡皮圈甚至頭髮纏繞著。艾瑞克把它們整個兒一刀剪掉，收拾得漂漂亮亮。他一邊兒快手快腳的做活兒，一邊兒揮著拳頭叫：「怎麼樣，老傢伙，你弄的這些個狗屎玩意兒，還不是得我艾瑞克來收拾！哈！」

「誰是老傢伙？」我忍不住問。

「蘭茜沒告訴妳？噢，我的天哪！妳竟連喬治・辛普森上校的大名都不知道就敢買他的房子！」

「賣主是銀行啊，哪裡又冒出來一個辛普森上校？」我也急了。

「唉呀呀！這可是老長老長的故事了，容我先把廚房、主臥室和洗手間的開關修好，擰亮了燈，咱們再坐下來聊。」艾瑞克不但活兒做得漂亮，人也相當的細心，他把急用的地方先修好讓我今天晚上過得去，又把那些尚未修理且又危險萬分的電門、開關、插頭之類全用寬寬的膠布貼上，又細細地檢查了一遍，這才洗了手在燈光明亮的廚房裡坐下來。

我正想燒壺開水沖杯咖啡，卻猛地發現電爐開關也被艾瑞克封死了，艾瑞克坐在桌旁丟過一句話來：「妳今天晚上將就一晚，明天一早我帶著助手來，一天的工夫就把跟電有關係的地方全修好，明天晚上妳就能開伙。」

放下水壺我若有所思地瞧著他，艾瑞克笑嘻嘻地，撂下了這麼一席話：

「上校不肯付清房屋貸款，聽說有一度連利息也不肯付，又聽說尾數極小，銀行拖了又拖忍無可忍才收回房子拍賣，蘭西拿到手只找清潔公司來收拾了一番就帶妳來看房，沒想到妳一分鐘也不等就買了。我錯失了兩次機會，現在後悔也來不及啦。」說罷嘿嘿地笑。

「你也想買這房子！」

「哈！我跟這房子感情可深！小時候我媽忙得一團亂，把我丟給姨媽帶。姨媽家就在下頭橫街上，走路三分鐘就到。那時候這個房子很有名，孩子們都叫它『城堡』，因為它壁壘森嚴，從來不見有人進出，晚上的時候更糟，整個房子只有一盞燈，人在哪裡燈就在哪裡。」

廚房裡靜悄悄，只聽得艾瑞克一個人侃侃而談，外面起風了，風在煙囪裡嗚嗚叫。

「上校是個怪人，我從來沒有見過他。日常用品不是超級市場送貨上門就是靠郵購。送貨的人都知道他的脾氣，拉開大門，東西放在二門外，離開的時候手上拿著小信封，聽說小費好得很。沒人送貨的時候，大門二門關得鐵桶一般。」我和他的目光都向門口掃去，二門上粗大的插銷靜靜的、亮亮的，正好給這個故事作註解。

「越是這樣孩子們越是好奇，老想著怎麼樣把他引出來，有時候也會往這邊扔個球什麼的……」

我看到了廚房窗戶玻璃上閃電般的白色亮痕，「要修的地方大概不少……」艾瑞克臉色訕訕的：「別著急，修玻璃的彼得是一把好手也是我的小兄弟，明早約上他一塊兒來。」

「你的小兄弟大概跟你一塊兒『進攻』過這個『城堡』，跟上校『打過仗』吧？」不知為什麼我自自然然地站在了上校那一邊。

艾瑞克低著頭，「其實，我跟我太太蘇珊都喜歡這個房子，好奇只是極小的原因，這幾條街上的房子都是三十年前蓋的，用的材料講究，格局又好，修修弄弄，住著真是舒服。」挺誠懇的，抬頭又笑了：「被妳捷足先登啦！」

這幾句話還差不多，我也高興起來，跟他道了明天見送他出門。

回轉身來背靠著門，打量著我的房子我的家，心底沒有半絲波瀾，樓上臥室的燈光柔柔地灑在樓梯上，我先關掉廚房的燈，再熄掉玄關的燈，覺得自己正和上校一樣「人在哪裡燈就在哪裡」一步步走上樓去。

臥室已經收拾妥貼。床頭小几上，《恍若月光》一書攤開著，正是〈在夢中重溫〉那一節。上校也喜歡這一節，我愉快地想。

風聲小了，樹影透過窗紗在白牆上輕輕搖晃，沒有人爭吵，沒有人謾罵；沒有撞擊聲，沒有痛叫聲；樹影搖曳，沒有冷笑，沒有挖苦，沒有暴怒，也沒有掉頭而去。

我安心地睡了。睡前沒有忘記向辛普森上校道晚安。

清早，鳥兒在窗外嘰嘰喳喳笑鬧成一團。樓下傳來稀里嘩啦玻璃破碎聲，推窗一看，一個小伙子正揮著玻璃刀在窗戶上製造聲浪，艾瑞克和另一個年輕人站在門前甬道上吞雲吐霧，看到了我，猛地大叫一聲：

「Good Morning！」伴著玻璃碎片聲，煞是好聽。

「妳瘋了嗎？妳怎麼可以把這些窗簾丟出去？」一位老太太，瘦瘦的，用手遮著陽，兩條腿急速地倒動著，幾乎歪歪倒倒地向我奔來。那個時候我正站在車房門外，一心一意努力把糾纏成團的粉紅色窗簾塞進垃圾袋。

「我是妳的隔壁鄰居，」老太太已經衝到了我面前，她很勉強地笑了一下馬上收起笑容，繼續正顏厲色：「我是芮杳，我和我死去的先生是喬治、漢娜幾十年的老朋友。」

我幾乎難以抑制自己的愉快，大概臉上的表情也由驚愕變得親切起來。芮杳似乎也輕鬆了下來，她顫抖著嘴唇，帶著哀求的神氣，甚至眼睛裡盈滿了淚。

她十足是老人了，七十、八十，也許九十？

「我還沒有那麼老！」她的聲調竟然調皮起來：「我和喬治同年，都還是年輕人。只是女人比較堅強，比較不容易被打倒。我的約翰死了以後，我仍然活得不錯。可憐的喬治，漢娜一死他完全垮了，他們的女兒珍一再告訴他母親不在了父女兩人還是可以好好的活下去，喬治不聽；等到他發現房子裡冷冷清清已經晚了。女兒已經成年，已經走出家門，有了自己的生活，再也不會回來了。可憐的喬治，他不懂，他以為粉紅色的窗簾還掛著，珍的臥室還保留著，珍就會回來。可憐的人，他不懂。」

芮杳伸出鷹爪般的手撫摸著窗簾，發出嗤嗤啦啦的聲音，臉色紅撲撲的，溫柔無限。她是上校的情人嗎？

「但願如此！」她又一次讀出了我的心思：「其實我先認識喬治，可他一見到漢娜就失去了魂魄。有什麼辦法呢，只好各過各的了。」

我忽發奇想，這位老人家恐怕已經很久沒有見到上校了，她現在說的大概是一個極其遙遠的故事。果不其然，我的惶惑驚動了她，她變得黯然神傷：「很久了，喬治把自己關起來很久很久，誰也不見，電話也不接，很多很多年。先是約翰和我和好多朋友一起想辦法，後來朋友們走的走了死的死了，連約翰那麼結實的人也死了。這條街上最早的住戶只剩下我們這兩家、兩個人，現在只剩我了。鄰居們都是新人、新面孔，年輕，很多的小孩子。」她的聲音漸漸低下來，緩緩垂下頭轉過身，向左鄰那座房子走去。她的步子依然歪歪倒倒，腰身卻婀娜，肩背挺直而俏麗。我一時竟看呆了。

車道上再也沒有人影，連街上三三兩兩結伴而行的孩子們也消失不見了。我把窗簾塞進垃圾袋丟進垃圾箱本想馬上掉頭回到房子裡去，卻瞧見車道旁邊雪融了露出幾近墨綠的小草，草剪得極整齊，想必是去年秋天剪的。第一次看見自家門前草坪的一線，竟然如此晶瑩、平整，大為興奮，遂仔細看去，在墨綠和純白之間被我找到了一點金黃色，把殘雪撥開，露出圓圓一顆網球。我想到了艾瑞克和他的小夥伴們，想到他們向「城堡」進攻的情形，我拾起那顆球，仔細審視彼得修好了的每一扇玻璃窗，它們像鏡子一樣映出藍天和飛快飄走的白雲。一瞬間，新掛起的雪白窗紗後面立著一個高大的身影，看不清五官，卻直覺那身影傳遞出的關切。我回身把球丟進垃圾箱，瞥見幾個孩子匆匆奔進家門的背影。

我知道我將會找到更多的球，但它們的數量不會再增加，撿一個丟一個就少一個，總有一天那些「進攻」將完全成為歷史，上校住過的房子將找回以往的寧靜。我抬頭看去，窗紗微微飄動，周遭一派祥和。撲啦啦一聲，一隻松鼠攀住山茱萸，連竄帶跳直奔樹頂，轉瞬間消失在芮沓家的房脊上。那房子竟有一面側窗正對著我家車道，窗後捲簾之下站著芮沓，她雙手環抱在胸前，高高在上地瞧著我，我一動不動回望著她。

這一次是我讀出了她的心思，她一直默默等待孩子們把上校激怒，把上校引出來。現在那一切真的一去不復返了。她似乎知道上校並沒有真的離去，而我，一個新的，年輕的住戶，大概完全有辦法把上校留在家裡。她曾敗在無辜的漢娜手下，現在有可能敗給更加無辜的一個陌生人。同情的心念一閃即逝，我穩穩當當地站在當地，盯視著她。芮沓放下捲簾離去了。沒有想到那捲簾直到今天仍然垂放著，再也沒有捲起。鄰居們告訴我，芮沓那個多少年都不出現一次的兒子把她送進了老人院，又懶得把房子打理得再次年輕漂亮起來，更捨不得請人幫忙，只能裝個安全系統，就讓那房子閒著。「真是可惜了。」鄰居嘆著氣搖著頭。

雪融了，芮沓門前荒草漸深，終於引起社區注意，派出割草機狠狠地鏟了一下，成了癩痢頭，更加難看。而我的房前屋後小草綠茸茸的，有點兒羞答答。

「你是哪個公司的？是誰請你來的？你停一停，我問你話呢！」我拚命大聲吼，那人仍然推著割草機大步前進。我叫了好一陣才看清他腦袋上套個耳機正搖頭晃腦聽得高興，我跟在他後面叫他當然聽不見。我繞到他前頭遠遠等著，他這才發現了我，氣呼呼的一把拉掉了耳機，張著兩隻手衝著我又喊又叫：「今天是今年春天第一次剪草，日頭眼看著就要偏西了，我還有兩家沒去哩！您行行好，讓我趕緊剪完了這個園子，我好走。」他的口音不太重，有一點西班牙語的味道。

日頭尚未偏西，陽光灑在他黑黝黝的臉上，汗水晶瑩。這人比我矮半個頭一旦站定如同生了根一般，那是一個天天在土地上工作的人。我緩了緩口氣再次提出我的問題。這一回他笑了：「我為上校做園子已經十五年了，今年是第十六個年頭。請問您是誰啊？」

「不久之前我買了這個房子。」不知什麼原因，我不那麼理直氣壯。

「上校搬走了？」他若有所思地瞇起眼睛：「他到底拗不過那些人。」

「誰？哪些人？」我脫口而出，不知為什麼會對上校的事充滿了關切，也許是樓上的腳步聲使然？我抬頭看看樓上，又轉頭瞧瞧面前的這位剪草工人。

一轉眼的工夫，他似乎已經把我看做新的客戶，放下割草機，準備推心置腹地和我談一談了。

「上校是個好人，他一簽約就是十年，而且一次付清，決不拖泥帶水。」

我將信將疑地瞧著他，沒有開口。他繼續侃侃而談：「妳儘管放心，園子換了主人，我依然會照章辦事，今後五年，園子交給我，而且分文不取。」說罷呵呵直笑。

「上校人不錯，可惜太固執。」他還有下文：「這棵日本楓已經病得無藥可救，葉片焦黃，醜得不能見人。上校捨不得砍，結果就是好好的園子裡立著這麼一棵醜東西。」

這個時候我們正好站在這棵「醜東西」下面，樹不大，樹幹已經乾裂，真是很不好看，而且怎麼說呢，有那麼一股子凶神惡煞之氣，倒是我不曾注意到的。

「你怎麼知道上校捨不得砍呢？」我問他。

「我問過上校好幾次，他都說這棵樹是他和女兒一起種的，無論如何捨不得砍。」剪草工人有條有理地回答我，不像有假。

「如果我決定砍掉它，你要多少錢呢？」我問。

「老客戶了，我們有折扣，一百元就行。砍樹、拖走、燒掉樹根、種植草皮，全部一百元。」

也就是說這棵上校和他的女兒種的樹將完全消失，不留半點痕跡。

「就這麼說定了。要不要付定金？」我已經完全恢復了做主人的自信。

「不用，活兒做完了，您滿意再付帳。」他俐俐落落地推起割草機，準備繼續工作。

「慢著，我有事怎麼找你呢？」

他停住手，在上衣口袋裡摸了好一會兒，遞過來一張皺巴巴的名片，上面用英文和西文大書「墨西哥人園藝公司」，沒有姓名，只有電話和電傳號碼。

「好吧，墨西哥人！砍完了樹寄帳單來。」我高高興興地走了。身後割草機轟轟直叫，興高采烈的模樣。

一個星期以後，郵箱裡出現了一封沒有封口的郵件，寄件人是「墨西哥人園藝公司」，收件人卻是「喬治・辛普森上校」。也許是討論砍樹的事？我猜想著轉進後園，那棵醜陋的日本楓已經完全地消失了，草地上三呎直徑一個圓綠得特別嬌嫩。我抽出了那張打印的工作單，上校姓名上方有他的帳號，下面言簡意賅地寫著：遵照閣下的意願，本公司已將府上後園中一棵重病之日本楓移出並補植了草皮。計費若干、折扣若干、閣下須付九十九元九角九分，請於閣下方便時付訖。下面還有幾句感謝的話，寫得還算得體。

我在後園裡踱步，我扔掉了上校的窗簾、砍掉了他心愛的樹。雖然那窗簾醜得可怕、那樹已經病得要死，但是那都是上校和他女兒之間的某一種聯繫。我沒有任何根據，但直覺告訴我，上校在離開這棟房子之前和他的女兒並不住在一起。甚至，很可能的，他的女兒正是那些要他離開家，把他逼到非離開家不可的那些人當中的一員。

尾數極小的欠款，為什麼不替他還上呢？我不明白。墨西哥人的剪草費一付十年，那可不是小數目，尾數極小的欠款為什麼不肯付呢？我也不明白。

起風了，樓上一扇窗開著，窗紗飄出窗外，鼓盪成一面帆，刺刺地作響。

我快步衝進門，大步跳上樓梯。樓上靜悄悄的，沒有半點風聲。每一扇窗戶都關得好好的。我走近面對後園的窗，望向窗外，下雨了，下大雨了。雨聲漸大，沙沙沙沙。草地上那圓圓的一團嫩綠瞬間消失在雨霧裡，不留半點痕跡。

整棟房子靜謐而溫暖。我坐在書桌前，打開支票本，給墨西哥人開一張九十九元九角九分的支票，熟練已極地寫上上校的帳戶號碼。

我覺得我用那個號碼和「墨西哥人園藝公司」打交道已經很久很久了。

那一夜無夢，我睡得好極了。

一個星期六的清晨，雲霞滿天的時候，我把頭一天晚上買回來的一大箱三色堇整整齊齊地種在了門前的花池裡。這一箱三色堇在門外沾了一夜露水，精氣神十足，小葉兒碧綠，深紫、絳紅、鵝黃的花瓣兒如同絲絨般華麗。看著它們在晨風裡搖曳，心境大好，一週的辛勞頓時煙消雲散。

趁著好心情檢視最近幾天的信件，丟掉垃圾郵件之後剩下的居然有一半是辛普森上校的。仔細看去，寄件人都似曾相識：「退伍軍人協會」、「越戰陣亡、失蹤、傷殘軍人基金會」、「戰爭孤兒救援與教育基金會」、「血癌患兒救援基金會」、還有一些來自銀行、保險公司、信用公司、汽車公司、航海俱樂部、帆船俱樂部的信件。我一直將上校的信件交郵局退還寄件人，他們卻一再地重新再寄來，唯一的理由只能是上校沒有更換地址。但是他為什麼不肯給人家他的新地址呢？銀行啊、退伍軍人協會啊，不都是和上校的生活密切相關的單位嗎？他怎能不想和人家聯絡呢？搞不懂只好站起來走走動動腦筋看看窗外。

這一看非同小可！大門外人行道上站著一個人，紅衣白褲，拄著手杖，正仰望著一棵樹，一棵樅樹，那棵大樹正立在我家前院和芮沓家前院的分界線上。

我飛奔而出，那人應聲掄起手杖夾在腋下，轉過身來，氣色很好的老人家，滿頭銀髮，連眉毛也白得耀眼，正目光炯炯地打量著我。

「您是辛普森上校。」我驚喜萬分。

大概是我的表情讓他很高興，上校摸著刮得光光的下巴笑了。

「我聽說了一些故事。」看著他，我非常坦率。

「艾瑞克，那個小傢伙。當然，還有芮沓，她是個好女孩，很久以前。她嫁給約翰是對的。約翰是個可靠的人。」他微笑著，神情愉快。

「我回來，是來看看妳，也來看看這棵樹。」他抽出手杖高高舉起朝著樹頂指點著，「改天，妳有時間的時候請墨西哥人來把樹冠修一修，這棵樹會更漂亮。」他不等我有任何表示就接了下去：「三十年前，我和漢娜一起種了這棵樹，一棵很小很瘦弱很難看的小樹苗不到一呎高。那時候房子還沒有蓋好，我和約翰帶著傷從越南回來，最想做的事就是有個叫做家的東西。漢娜和我買了房子種了第一棵樹，開始了我在海上天天夢想的日子。漢娜答應我無論發生什麼事她都和我在一起，無論富裕或貧窮，無論健康或疾苦。」

他忽然神色大變：「她食言了。病倒之後她竟然毫無求生意志馬上就放手了。我和她的共同生活就那麼不值得她留戀，不值得她和死神拚上一拚嗎？沒有，她完全沒有再堅持一下的念頭，輕輕鬆鬆就走了，頭也不回。」

我呆呆地聽著，一個念頭閃了一下，也許那就是原因，他和漢娜一起開始且相約要共同完成的事，他不肯自己去結束，那怕極小的事，微不足道的房屋貸款尾數之類的。

「我是個怪老頭兒，不是嗎？」上校又神色自如起來：「其他的故事妳差不多都知道了。」

「天氣還挺涼的，您要不要喝杯熱茶熱咖啡之類的？」我很誠懇地發出了邀請，心裡實在不太捨得讓他走。

「謝謝妳，我真的很想再進去坐坐。」上校的笑容像孩子一樣純真，「可是我最好趕快回家躺到床上去。要是我的醫生知道我站在刺骨的寒風裡和朋友聊天，他一定會殺了我。」他甚至舉起手杖調皮地在脖子上比劃了一下，樂哈哈地。

「那麼，您稍等半分鐘，您有一些信件在我這裡，我去拿。」我轉身就跑，生怕他在冷風裡吹久了。進門之前還回頭看了一眼，上校正瞧著色彩斑爛的三色堇，若有所思。

一進門電話急驚風般地狂叫，顧不得接，抓起桌上一摞信，回身又跑。跑了沒幾步我停下了，上校已蹤影不見。一位拄著杖的老人能在半分鐘內走多遠呢？四面看看，絕對沒有那紅衣白褲的身影。上校好像在我門前蒸發掉了。

我繼續惶然四顧著，一步步退進門來，電話依然炸雷般響著。

「哈囉？」

「早！我是蘭茜。我只是要告訴妳一件事，也許妳有興趣知道。我昨天去參加了辛普森上校的告別式和葬禮，他的女兒沒有出現。我看到了好多上校的老戰友，不少人坐在輪椅上。也有好多基金會的代表參加，他們異口同聲感謝上校多年來的支持。我沒有想到完全沒有想到上校為這些基金會捐了他所有的錢，我說不出的難過，認識上校這麼多年卻完全不了解他……」

她在電話裡啜泣，我望著空寂的窗外，兩分鐘以前上校站過的地方，對著話筒喃喃講了幾句安慰的話。

房子裡重新安靜下來，我站在窗前，再次把視線投向空無一人的前院。「您就這樣走了嗎，不再回來？」

應聲而起的，樓上傳來腳步聲，悉悉嗦嗦的，是皮拖鞋在地毯上發出的輕微聲響，間或有翻書的聲音。

上校回到家裡「安營紮寨」了。我深長地呼出一口氣，抹去滿臉的淚水，坐下來處理上校的信件。

許多信件滿載著感激與懷念，惟獨銀行和信用公司的信件霸道、冷漠、語含譏刺。一位銀行襄理開宗明義，居高臨下地寫道：「我們可以在三週之內改變閣下一文不名的窘狀，閣下只需依照以下指示做去：一、二、三、四……。」信用公司則冷冷表示：「閣下信用如此不堪聞問，欲求改善，可致電1-800-1234567。」

一切都是從那尾數極小的房屋貸款而起，雖然銀行收回且拍賣了房子拿回了欠款，但上校的信用紀錄卻已經被敗壞得一塌糊塗，必須改變的是那份信用紀錄。於是我打電話給信用公司，明白告訴他們，一位不斷捐錢給血癌患兒、戰爭傷殘者的善心人士不斷受到金融機構的譏諷是非常荒謬的。

「但是上校確實欠錢不還。」

「欠多少？」

「一百四十六元零七分。」

「這筆錢銀行拿回了沒有？」

「銀行拿回了錢，但不是上校主動繳回而是透過不得已的非常手段取回的。上校的不良紀錄如焉造成。」

「有沒有辦法改變？」

「交一筆小小的手續費，我們可以銷毀這一筆小小的陳年舊帳。請上校盡快地到我們的辦公室來，除了手續費我們還需要他的簽名。」

「上校已經離開了這個世界，他不能再捐錢，也不會再欠任何人一分錢。」

「我非常，非常抱歉。」電話裡的聲音終於不再理直氣壯：「請問，您是上校的……？」

「我是上校的女兒。」話未說完，我已經痛哭失聲。

「對不起，辛普森小姐，我馬上為令尊辦好一切……」

暗室中的女孩

莫非①

這裡，是我們曾經住過的地方，妳回去過嗎？

沒有，從未想過。

貼過多少春聯的大門，現已衰敗了。門內，種過許多花草的小院，如今只剩一點荒蕪泥土與數只錯置空盆。窗櫺上，已結有蜘蛛網，紗門為風撥動，發出「咯咯！咯咯！」的碰撞聲音。人去，樓空。人都到哪裡去了呢？屋內，磨石地也已失去了光澤，家具一片灰濛濛的，到處像鋪了層沙。陰暗廚房牆上，沾滿油垢塵埃的祖先牌位，被遺忘、被放逐在某一時空。餐桌底下，遺留了一支發了黃的白紗珠花髮夾，髮夾上尚殘留數根枯乾的髮絲。如果房間會說話，如果東西會說話，妳想，聽到的微聲細語，會是什麼呢？

我只聽到二樓廁所，那隱約傳來永不停歇的滴水聲，滴、答、滴、答……但是，為什麼二樓每扇門都緊緊地關上？

沒有呀？沒人關門啊？

但我看到的門，全是關的。

是嗎？我沒注意。樓上，前面兩間是我們和弟弟的房間，甬道底，則是父母的臥房。多少年了，我一閉眼，家便如現眼前。父母的臥房內那張大床，躺過母親與幾個嬰兒。窗外暖陽映照下，床上鋪的青花被褥現全散著塵灰味。樓下，後邊小間，那加蓋的一間，因窗外的高牆擋光，比較暗，記得嗎？那隱蔽、容易為人遺忘的一間，是用來當客房，堆砌雜物的地方。但也同時，堆砌了許多的回憶與陰影。那間房內有張床，床底下曾是我們常玩躲迷藏的地方，記得嗎？

不記得。

我了解，我也忘了好多事情。床下，還有我藏的東西，吃的、玩的、或其他許多奇怪的東西。然而，轉頭我便忘記了，久而久之，床下東西會長出枝椏纏繞的藤蔓，伸出爪牙來找我，提醒我回去尋找，也因而發現所遺忘的東西。如今，我們都已長大了，床底，是再也藏不住我們了，不是嗎？

我們嗎？

也許只有我，那時大家都說我個性古怪，喜歡自言自語，而且，永遠活在另一個世界。不是活在古時候，黃梅調的水袖時代，就是飛去小飛俠住的永不長大國。那時候，我喜歡嘗試在不同的地方搭一個窩，做家，然後在其中自說自話。有時，是在爸媽房內，因那裡亮，通風，可以望見鄰居的家裡，我便成了困居塔上的長髮姑娘。有時，我在前院裡，花花草草便是我白雪公主的伴侶。有時，我在樓梯間一步步好奇地往上爬，是睡美人往塔頂尋去，發現紡車的時候。有時候，躲入樓下客房的床下，拿著餅乾，一口一口地啃，我就是忽兒變大、忽兒又變小的愛麗絲。是的，我常躲入客房的床下。

不會怕嗎？

原本是不會的。因家裡每個角落我都熟悉，我又不大有聲音，爸媽常不知我在哪，我無聲無息地自由進出。但是，也因此，我發現了爸爸的秘密。妳知道爸爸有個秘密嗎？

不知道，我需要知道嗎？

是的，我想，妳已長大了，我可以告訴妳爸爸的秘密了。

長大沒有，我不確定，但我是長胖、長醜了。

妳不胖。每個人都說妳現在長成一位美麗的女郎了。

但我不覺得。

只有妳自己不覺得。仍然，我要悄悄告訴妳，爸爸，在樓梯下那小房間內，藏了一個女孩。不要問我是什麼時候，怎麼發現的，因第一次的經驗十分地恐怖……我只記得每次客房門都是鎖上的，房內的床也老是被壓得嘎嘰嘎嘰響，我咬著牙，一點聲響都不敢出。我那時十一歲。

那媽在哪呢？

媽出去打牌了。媽總是不在家。

那妳呢，在床底下？

對，我想我是在床底下，熬著每一秒、每一分鐘，恨不得快點結束。因床的那種震動很嚇人，驚天動地，好像整個世界都快被翻了一樣。自發現爸爸的秘密之後，非不得已我不大進客房。同時，我亦似乎失去了生活在夢裡的能力，從這頭到那頭，從樓上到樓下，老覺寸步難行，似長途跋涉在沙漠曠野之中。

行屍走肉那樣嗎？

對，就像行屍走肉。

一天，吃飯的時候，我坐在爸爸對面，他問我盯著他看幹什麼？我說我什麼都沒在看。妳不要吃太多，女孩太胖了沒人要，他又說。我低頭，小口、小口的扒飯。他望望媽，再望望我，又回到他的報紙之中。我已不再認識我們的父親了。

又一天，我忍不住，趁沒人時跨進了客房。陰暗中，一個女孩赫然坐在床上，看來陌生又熟悉。她的年齡不會比我大，但臉上神情看來老成，是那種歷經整個世界被翻過，滄桑的老成。她的眼神閃爍，笑中帶著輕蔑與諷意，安靜的坐在床上望著我說，是妳，我知道妳。

妳是誰？我有點憤怒地問，妳到底是誰？她眼光移開，說：是妳爸爸最喜愛的女孩。我還以為，妳才是爸爸最喜愛的女孩。

顯然不是，要不然爸爸不會做那樣的事來傷害我。我望見她手中把玩著那支白紗珠花的髮夾，是我上次在店裡看上，問爸要，爸沒買給我的那支。所以，爸買來送給她了。但她為何拿在手上，甩呀甩的，一副不在乎，沒什麼了不起的姿態？那是支漂亮的髮夾，把腦後頭髮夾上，便可梳成漂亮的公主頭。是我想了好一陣的，現在，她像甩張衛生紙樣的無所謂。但卻不是炫耀，我看得出，她心中有別的事。

妳要不要做我的朋友？秘密朋友？她忽然問我。不知為何，我不忍拒絕她。妳能不能從廚房裡幫我偷點吃的？在這裡，她望了望小房間內四周，我感到莫大的飢餓。我當即決定幫她，去廚房翻箱倒櫃找東西給她吃。因媽常出去打牌，家裡總有些醬鴨、燒雞、燒餅、饅頭之類的熟食。我取了兩個燒餅，夾了些燒雞，拿去給她。她終於開懷的笑了，接過去，三、兩口便吃個精光。

又向我要，我再跑回廚房，又搜羅些饅頭、醬瓜拿給她吃，她吃的腮幫子鼓鼓的，醬瓜咬得喀巴響。見我望呆了，她便說：妳爸爸老喜歡讓我餓著。但我實在是餓得難受，以後，妳能常幫我偷偷送些食物來嗎？我點頭。她又差我跑了一趟，妳真能吃呀！望著她吞下最後的滷蛋，我歎為觀止。因為，她說，吃可以讓我忘記許多的事情。然後她掃過我身體一眼，說：有這麼多好吃的東西，妳怎麼還那麼瘦啊？我告訴她，爸爸說女孩家胖了，沒人要！

爸一向都這麼說，不是嗎？

也沒錯，看我現在這麼胖，真是沒人要！

所以，胖也有點好處，不是嗎？

我不懂妳在說什麼。總之，我和暗室中的女孩成了好朋友。每天，趁爸媽不在家的時候，我都會為她偷送些食物，在暗室中望著她大口吞噬。我憐惜她，想到她一個人，生活在暗中，不見天日，又完全地孤獨，便感到有些痛苦。她到底是如何走過的呢？

可能她是個什麼都不想的人，對她的處境一點也不在意。也有可能她是個很會想的人，像我，可以活在她的幻想裡，在腦海中度過所有的黑暗。甚至也許，也許她記起了過去，曾經，她與她爸媽相處的情形，在其中可以得到些許安慰。初次，我感到這世界有我窮盡想像也穿透不了的地方。當然，我也可幫她創造一個故事，如果我願意的話。

妳是可以。在一個謎的中心，除了妳置入的答案，還能存留些什麼呢？

所以，我為她創造了一個過去。那年夏天，我剛好讀到一個外星小孩，由天外掉落到地球上的故事。故事中說這個外星小孩，是由另一星球的一扇門裡，不小心摔入地球上的一個家庭的。雖然，他不知道我們的語言，但他有極高的智慧，一過了門便馬上學會了，一開口也便能說。

他也是個好孩子，但是，他十分地恐懼與失落。因在這地球上，他雖同樣地有個爸爸和媽媽，卻又爸爸不像爸爸，媽媽不像媽媽。他深切地渴望找到原來那扇門，想回到他原來的家。我常暗中希望暗室中的女孩，就是那個外星來的小孩。

妳就是會幻想。

但有什麼用？我的幻想推動不了事實。每次望著她，想在她頭上找尖尖的耳朵，或禿禿的頭上豎起一根天線什麼的，都沒有。她看來就像地球上的人，像我們家的人。

但她是個奇怪的人，在奇怪的時候笑，而且是不懷好意的笑。比如說有一天，她問我，媽是怎樣的人？我問她什麼意思？她說妳媽漂亮嗎？我說應該是吧！那妳爸爸認為她漂亮嗎？她又問。我想了一下，然後說我想，他也應該認為媽是漂亮的吧！那麼，那可真是一幅漂亮的圖畫了，不是嗎？她說，然後就是那不懷好意的一笑。

一直，爸媽感情就不大好。

我知道。所以每次他們吵架，我都很痛苦。因我知道他們的例行公事，一吵完，或沒吵完，媽都會甩門出去，打她永遠打不完的牌。弟弟也早閃出去了，然後，然後爸爸便會咕噥著下樓。接著，樓下後間的門一開，再一關，不一會，裡面便隱隱約約地傳出壓抑下的嚶嚶哭聲。

是的，我很痛苦，所以我也曾問過那女孩，有點憤怒地問：妳為什麼要躲藏在這裡，生活在黑暗之中？妳為什麼不把一切說出來？

第一次，她臉上現出無助與脆弱，眼中浮出淚水，說：不能說的，妳知道吧！每一個秘密的後面，都離不了羞恥與傷害。妳爸一開始便警告過我，這種事若說出去，別人會說全是我的錯，會說是這個女孩不要臉！做這樣的事！而且，他說妳媽也會受不了事實的殘酷！

媽一點都不知道嗎？

我不知道。因有一天半夜，媽忽然莫名其妙地出現在我房間內，十分安靜地，不想吵醒我。但我那時只是背對著她，瞑目屏息而臥。她佇立於我身後許久，我可以感到她目光中的疑惑，凝望著我，灼燒著我。我內心也在焚燒，燒著一個可以擊破她的秘密。我全身溼熱地抵禦著她的目光，直到她離開我的房間。

所以，媽不知道？

我不知道……至少，在那三年內看不出。

三年！那麼久？

是的，在那三年內，我深深體會出什麼是度、日、如、年。常常，在夜間，我暗自希望那暗室的女孩會自己離開。她實在不需要待在我們家，外面世界又那麼大，在黑暗中，我常念著：走吧！走吧！走的遠遠遠遠地。像鳥一樣出籠，如魚一般出海，還這個家一個平靜吧！

居然，在一天的黎明時分，當天邊晨星消失在淺紫的地平線下時，我望見她偷偷地溜出暗室，推開紗門，我望見她走出大門。我望見她頭也不回的離開了我們的家，而且，沒有帶走那支白紗珠花的髮夾。自此，這個家再也沒有見過她。

那爸爸呢？

不知道，都多少年了，我避不見面，也從未敢問過他。但我可以想像，在她走的那天，也許爸爸是先與媽吵一架，然後媽又氣得咚咚咚跑下樓，奪門而出。接著，爸爸會咳嗽兩聲，先去探一下弟弟房間，確定沒人，再緩緩下樓，給媽一個機會反悔跑回。雖然從來沒有過，但總怕萬一。果然，媽未回頭。然後，爸先去確定大門已鎖好，再回頭，走向樓後的小房間。他伸手，輕輕扭動門把，推開門。然而，等候他的將是一室的虛空，與無盡的黑暗。

而妳？

我？我則生活在永劫後的沉默裡。在沉默中，我好像身在一場永醒不過來的夢魘裡，與暗室中的女孩，不斷重複地對話。正如和妳一樣。

是啊！正如和我一樣。於幻滅中，與自己，不斷地對話。

脫稿於七／五／二〇〇二

①作者小傳，見本書二一二頁。

章緣

臺灣臺南人。臺灣大學中文系學士，紐約大學表演文化研究所碩士。旅居美國多年，現居中國大陸。作品曾獲聯合文學小說獎、聯合報文學獎、中央日報文學獎等。著有短篇小說集《更衣室的女人》、《大水之夜》、《擦肩而過》、《越界》、《雙人探戈》，長篇小說《疫》、《舊愛》，隨筆《當張愛玲的鄰居》。

如果有光

「一米陽光」的主題曲響起，十一點整，她沒有來。

連著十二個星期三，她總是晚上九點左右來，有時十點到，但從來沒有晚過十一點。十二點就打烊了，客人不會十一點以後才進來。不會。但我還是抱著一絲希望，從長廊最末一間的休息室踱出來，掩上房門，讓連續劇的主題曲繼續響著。自從五號來了，電視歸他一人所有，愛看哪臺就哪臺，他的眼睛好。

走廊兩旁有兩間按摩室，一個單床，一個雙床。我在單床房前停步，裡頭靜悄悄。這是她喜歡的房間。她喜歡獨自一人在房裡按摩，不喜歡跟其他三教九流的客人在大廳。大廳有六個床位，很多客人是生意人，手機響個不停，鈴聲像利刃，劃破如厚布般蓋住臉的寂靜。有時，我得停下手邊的工作，彎下腰去床底的塑膠籃摸出客人的手機。有時他們的手機不在床下，在牆上掛的外套裡。我總是盡可能以最快的速度摸到它，比明眼人快。

我摸索著拉開來的簾幕。當她來時，簾幕會拉上，房間裡只有我們兩個。她趴在按摩床上，頭埋進那個凹洞，臉枕著我為她鋪上的毛巾。她枕過的毛巾有股沁人的幽香。我站在一旁，等她在床上調整姿勢，她的頸椎不好，總在找一個最舒服的臥姿。等她趴定了，我就開始。那短短幾秒鐘的時間，有電流在我周身嗤嗤流竄，我的體溫驟然升高，回到了童年，一個新玩具剛剛被抓在手裡，一支雪糕剛剛撕掉包裝紙，世界剛剛開始，我有一身的氣力，有一整個鐘頭。如果有光，那就是光。中學老師教過，光，不是固體，不是液體，也不是氣體，光是一種能量，照亮宇宙洪荒，是一切生命的源起。

大廳裡還有一個客人，是四號的客人。那客人打著呼，時高時低，四號在他背上劈里啪拉拍打著，不是很帶勁，有點空洞的拍打聲。四號累了。她是這裡最受歡迎的師傅，客人最多，尤其是日本人，她會說幾句日語，也長得美，聽說皮膚很白，櫻唇微翹。

足部推拿房裡也有人。我慢慢走過去，一個龐大的黑影子擋在面前，鑰匙哐響，一身菸味。是老闆。

「九號，可以走了。」老闆說：「你今天才做三個。」

「下雨天。」我說。

「前陣子天冷，現在又遇到雨季，我們還要不要吃飯了？」老闆說：「要抓住客人，學學四號。」

「四號說，她不要在單人房做了。」

「這由得她？」老闆從鼻裡噴出一口氣：「別管閒事，走了走了。」

「我明天不休息。」她明天會不會來？

「要存錢討老婆過年了？」老闆不置可否。

這是我做過的第三家推拿店。前兩個在城市的北邊，這一家換到了西邊。他們說，這裡更熱鬧，外頭大街上有很多商店，賣著最流行的服飾，還有各地的小吃，最重要的是附近有一家幾星級賓館，住著不少日本商人，還有一個高檔小區，保障了客源。但在我的感覺裡，這裡和前兩家並沒有什麼不同。老闆一樣是一身菸味，一樣苛刻摳門，店裡依舊是日裡夜裡暗沈沈，精油的幽香混入廁所的線香和尿騷、客人的頭髮油汗味以及襪子的酸味。我搓捻擊振推拿，我摩滾按點扳搖，從腦勺到足底，試圖喚醒手下的一團團死肉。啪啪的搥打聲，在肉與肉、床與床之間空洞地迴響。九號，點鐘。隨著老闆的叫喚，我從休息室裡出來。一個鐘頭後，我又悄然隱退。

當微弱的視力跟童年一樣急急消退，從此世界就是一些晃動的影子。他們說，這輩子你就是一個推拿師傅，有一技在身，你也能有自己的家庭。掙了幾年的錢，媽媽在老家找了一個女孩，跛了一條腿，耳朵有點背，但是不瞎也不聾。過年時就回來吧，你也不小了。

我的五年，跟五個月、五天沒什麼不同。換了不同的店，沒什麼不同，有不同的客人，也沒什麼不同，我的世界照樣是暗沈沈，在僵硬如死屍的身體上做工。直到遇見她，她的身體帶著生活的繽紛印記來到我面前，我才感覺到外頭那個世界的熱鬧和色彩，原來我被困在這個暗無天日的牢籠裡。

沿著街邊走，夜已深，不怕有人擠撞。雨停了，空氣吸飽了水氣，我不斷踩進泥坑裡。洗衣服是件麻煩事，我總是洗不乾淨。哈哈哈，女子的浪笑，菸味酒味，踉蹌的腳步聲，我停下，讓他們過去。我沒有聽過她的笑聲，她只會含糊地說謝謝，好的，就是那裡，輕一點，或是從喉嚨裡發出一種呻吟，介於痛苦和舒暢之間的曖昧聲音，刻意壓抑著，不讓人聽到，不讓我聽到。那成了我的使命，以手肘或手指，在某些穴位上給予恰到好處的壓迫，讓她從內裡發出這種美妙聲音。

我在街角停步太久了，一個粗啞的女聲響起：「帥哥，有沒有十塊錢？」

「不理人啊？」那人碰碰我的肘，我往後縮了一下。

「別害羞，一道去玩吧？」

我搖手，對著聲音的方向，然後轉身往前走。

「喲，原來是……」

女人的高跟鞋扣扣去遠了，一下下敲在我心上，僵冷的心發出空洞的迴響。今天她沒有來。為什麼沒有來？我拚命回想上回她來的細節，雖然已經想過無數遍。

她的頸椎比往常都要僵硬，我試了好久，也沒法讓它柔軟，她的肩更像石頭一般，我使勁地拚命推，直到她因痛而低喊出聲。「怎麼了，這星期？」我打破我們之間的沉默，她笑了一聲，沒有回答。我繼續推拿，卻聽到她吸鼻子的聲音。她在哭嗎？我的腦裡一片空白，直到手機鈴響。我慌忙摸出她的手機，那手機上有個小娃娃的吊飾。她接聽時明顯的鼻音，「我不想聽你說什麼，別再打來了。」接下來，我繼續推著她的肩頸，從腦後的天柱穴到肩胛的魄戶穴來來回回，心裡默默祈禱著，也不知是向何方神祇祈求，最後，肩頸的肌肉終於棄甲投械軟化，她也停止了啜泣。

五號把午飯買回來了。接過飯盒，撲鼻又是炸豬排味。「我說過，不吃炸豬排。」

「炸豬排還不吃，你想吃什麼？」

「給他買魚排，那家的魚排不錯……」四號說。

「妳又曉得他要吃什麼了。」五號從鼻子裡出氣，「還真以為自己是金童玉女？」

我拉掉飯盒上的橡皮筋，炸豬排的油味引我反胃。

「我的跟你換，」四號把她的飯盒放我手上，「是白帶魚。」

「算了，」我把飯盒推回去，「吃什麼都行。」

「挑三揀四，也要看有沒有那個命。」五號嘴裡塞滿飯菜，「哦，老闆說最近毛巾掉了好幾條……」

「九號，點鐘，單人房！」外頭喊。

「飯都還沒吃……」四號說。

我迫不及待出去了，有人在單人房等我，但是一掀開簾幕就知道，不是她。她身上有玫瑰的香味，尤其是耳朵後面，當我撩起她的長髮時。

這是煩厭的一天，一個渾身肥肉的男人，做了兩個鐘頭，我吃掉半個冷掉的飯盒，在休息室裡坐一會兒，然後連著做了兩個腳，休息室便飄來飯盒的味道。我問自己，這一天，跟過去五年的每一天，有什麼不同？為何這尋常的一天，竟如此難耐？我從沒知覺到自己的困頓，因為我習於困頓，那困頓就像裹住我的一張皮，直到跟她相遇。

去上廁所，四號正從廁所裡出來，擦身而過時，我知道她在哭。又是那個日本客人嗎？剛來這家店時，幾個大姐開玩笑說我跟她是金童玉女，兩個人年齡模樣都很匹配。五號也跟我說過她的長相，皮膚白奶子大，這是他看女人最重要的指標。

「那你怎麼不追？」

「我追她？」五號像受了什麼侮辱似地嚷起來。人長得再好，一對照子是灰翳的，有什麼用？

像五號這樣的明眼人，卻來跟我們搶捧一碗飯，我打從心裡瞧不起。但這並不是誰瞧得起誰的問題，而是誰看得到誰的問題。有的客人把按摩師叫到酒店房間，或自己的公寓，這些活兒都是五號和幾個明眼的大姐在接。

五、六點是吃飯時間，客人少。老闆把五號叫到辦公室，門關上。誰都聽不到他們在講什麼，除了我。我的視力有多差，耳朵就有多好，尤其我又站在門外不遠處。

……還說沒有，誤會？老客人，做了一年多了，今天八號休息，才叫你做……上回警告過你，再這樣下作，客人都被嚇跑了，我也不能留你……

早聽聞有女客讓他做到一半，氣呼呼走掉的事，但女客都沒跟老闆講，只是不再來了。我突然心裡一震，難道這就是她沒來的原因？

老闆開門出來，「九號，我出去一下，你幫忙注意，有客人來就看輪到誰。」老闆向來都是交代五號。不消說，此時五號肯定在背後惡狠狠瞪我。老闆是不該偏心五號，如果沒有四號和我，他能掛上盲人推拿的招牌嗎？

老闆一出去，幾個大姐也悄悄開溜，只吩咐，有客人來就打手機。

沒有客人。一個都沒有。我踱進了單人房，床上空無一物。我坐在床沿，手輕輕撫過那個洞。三個月前，她第一趟來，就在這個房間。我一進房，就聞到一股沁人的花香，是玫瑰。我問，什麼地方不舒服，她低聲答頸椎和腰。我的手一放到她頭頸，那裡便傳來一陣輕微的顫慄，我於是察覺，手下的皮膚如此溫暖滑膩。頸椎非常僵硬，輕揉即卡答卡答作響，髮絲繞上了我的手，她要求暫停，揚手挽髮，就在那一刻，一股無以名之的體香讓我一陣迷惘。

我從此對她產生了強烈的好奇。她肯定很年輕，因為肌膚緊致光滑，大概是什麼白領粉領，頸椎和腰肌有不少耗損。她的骨架小，雙腿修長，我的手從她的頸脖到肩，肩胛到脊椎，左腰右腰，然後到臀……啊，從不知道，我做的是世上最美好的工作。手到之處，那骨那肉那穴都隨之甦醒，它們醒過來對我說話，說她過去七天在外面那個花花世界捱受了多少壓力。我抬高她的腿，扭轉她的臂，如跳一支雙人舞，我拉整她的頸椎，把她整個頭拉向我的懷裡。我讓她轉身平躺，按摩她的太陽穴和腦勺。我屏住氣息如履深淵，一種難以克制的顫慄，使我對自己感到恐懼。一個鐘頭總是做夢般飛逝，腰間的計時器，無情通知時間已到，我偷偷多給她五分鐘、十分鐘，直到老闆沉沉的腳步停在門口。

總是可以看到她，玫瑰般可愛的臉，在夢裡，有光。

做她的時候，我常在心裡對她說話，問候她這一個星期的喜怒哀樂，有時也說說自己的煩惱。我知道我不該如此。不該把一個客人當作傾訴的對象，不該想要知道她在這個房間以外，在這個鐘頭之前之後的所有事。

每一次，我都做得大汗淋漓，幾乎無法站立。有種越來越強烈的渴望，渴望以另一種方式觸摸她。我的手勢不再那麼決斷俐落，常在不該停駐的時候流連，在某個特別美妙的凹陷和轉彎處徘徊。她的身體不再是我要設法使之柔軟的目標，而是一個處處陷阱的溫柔鄉。

她似乎察覺到我的異樣。也許是我的喘息太濁重，或是手勁手法跟以往不同，有時她肌肉突然僵硬，喉嚨裡發出咳咳的清痰聲。但是每回她轉身平躺，我又感覺到一種無言的邀請，彷彿她正凝望我，希望我能額外做點什麼。

我恨我自己。

我踱到休息室，近乎粗魯地推開門，以為會聽到五號的咒罵聲，但只有濁重的喘息聲。

「怎麼？」

五號清了清喉嚨，還是不作聲。空氣裡有股奇怪的腥味。說奇怪也不奇怪，我幾乎每晚都要聞到這味道才會入睡，但這味道不應該發生在這裡。這豬玀。

「你做了什麼？」

「我做什麼要跟你報告？」五號說，但他的聲音透著心虛。

「你怎麼……」

「老子要你管？」五號突然推開桌子，一個空飯盒菜汁淋漓飛過來，我來不及閃，聽見有人低呼。

是四號！

「下流胚！」我往他的方向撲去，卻被移位的桌子絆得狗吃屎。

五號冷笑：「你情我願，下流什麼？要說下流，我問你，客人用過的毛巾幹嘛偷偷塞到包裡？」

「你胡說什麼？」我喊，四號過來扶我，被我甩開了。

「一點都沒胡說，我早就留意了，星期三晚上那個女的，每次做完你臉就像猴子屁股通紅通紅，可惜你沒法照鏡子！」

「你放屁！」

「我們明眼人不做暗事，上星期三，你對人家做了什麼，為什麼她走的時候，眼睛都哭腫了，臉上也像你那樣通紅通紅？」

我愣住了，房裡只有五號得意的冷笑聲，「怎麼，沒話說了？到底是誰下流？」

「你……」我要生吞活剝這隻豬！

五號甩門出去了，四號摸索著把桌子擺正，也出去了。如果有光，如果有光。對我這樣的人，有光又如何？

那一天，她的哭泣令我心碎，當她轉身平躺時，我比任何時候都希望看到她的臉，玫瑰般的臉頰，夢裡一遍遍出現。我覺得她也在看我，看進我心裡去。按摩著她的太陽穴，按著按著，我的手突然不聽指揮，落在了她的臉頰。臉頰是溼的，是溫暖的，是柔膩的，我的手就那樣覆在她的臉上，她的臉很小，鼻樑端正，雙唇柔軟，手指撫過便微微張開。世上最可愛的一張臉。我輕輕撫摩著，撫摩著，手心越來越燙，她的臉也越來越燙，然後，一束耀眼無比的強光打中我，我昏了過去。

我不記得自己是如何回到休息室，不記得她如何離開。我回想過千百次，越想越糊塗。但她沒有來，昨天和今天，她沒有再來。

原載《香港文學》二〇〇九年十月號

王克難

臺灣大學學士，紐約大學碩士。獲中英雙語寫作翻譯教育部文藝獎、文建會贊助海外華文著述獎。繪畫作曲出版書籍至二〇一二年已六十二本包括：小說散文：《離鄉之戀》《初雪》、《生日禮物》等。十六本詩集：《願望之書》等十一本。攝影散文集：上海世博明信片、臺北國際花卉博覽會等二十六本。翻譯：夏山學校（經典長銷）The Sea is Wid, Cloud Tribes 等十本。音樂作曲：木蘭辭十餘種。

九號公路的小狐狸

樓下的門鈴響了，佩玲看看桌上的鐘，已經一點半，她按了按鈕問：「是誰？」

「媽咪，從中午一直等到現在，則明終於把兒子送了來。」

叮噹，是公寓的門鈴，佩玲故意等了一下才開門，跟則明離婚已快一年，佩玲還是不願見他，今天晚了一個半鐘頭他才送小明來，她更氣。

佩玲開了門，門外只有小明一人站在那裡，樓梯轉角處是則明一閃就消失了的影子，他也在避她。

佩玲看兒子上身穿著一件粉藍色上面印著英文字「喜樂快餐」的新T恤衫，下面穿的那條他喜歡的、褲腳已經短到腳踝上的牛仔褲，他手裡抱著一個電動外星人玩具。

三個星期不見，小明新剪了頭髮，秀氣的下巴看起來更尖，像他爸爸的那雙大眼睛漠然地看著佩玲。

「媽咪煮了起士通心粉，快來吃吧。」

小明不響地跟著佩玲到飯桌前，把玩具人放在桌上，已經燒好兩個鐘頭的通心粉早已冷了。

佩玲把給小明吃的那盤先放進微波爐裡去加熱，心裡仍是氣著。再看熱好通心粉上的乳酪已經焦乾，旁邊的玉米卻在出水，碧綠的青豆也成了橄欖色，一定是微波爐時間按錯了。

佩玲只好把這盤留給自己吃，把自己的那盤熱了給小明，看著面前那盤熱過頭的通心粉，她實在沒有胃口。

「你怎麼也不吃？」佩玲看見小明用叉子撥著盤子裡的通心粉玩。

「剛剛爸爸帶我去中國餐館吃過了。」小明說。

所以小明來晚了，這頓飯明明應該是小明跟她吃的，則明就是這樣，永遠不尊重他們之間的協定。

剛結婚後，佩玲就發覺了。那時她為了要完成學業，兩人說好不要馬上有孩子，但有一天他們去則明的朋友家玩，他不管佩玲是否喜歡，一定要留下來住一晚。

佩玲那天沒有在外面過夜的準備，等到發現懷孕了，想來想去就是那一晚沒有避。當時她學校的實驗正做到緊要關頭，一停下來就會前功盡棄，而因為則明不合作，小明就這樣不是時候地生了下來。

「你來看媽咪從波士頓帶了什麼東西回來給你？」

小明拿起玩具外星人跟佩玲走進他的睡房。

陽光從薄的白紗窗簾穿進來，照在小明三個星期沒睡過的床上，上面鋪著卡通蝙蝠俠的床罩，床罩上放著一個淺棕色的玩具熊，佩玲把玩具熊拿給小明。

這個玩具熊是佩玲在波士頓開會的希爾頓飯店賣紀念品的櫥窗裡看到的，她每次經過，這玩具熊的大黑扣子眼睛都那樣看著她，她終於跑進去，不管價錢多貴就買了下來，回到房間，她抱住那柔軟的玩具熊，心中有說不出的落寞，就像她生完小明從醫院一個人回家時抱著為小明出生買的那個玩具熊一樣；小明生下第二天就發現有黃疸，要留在醫院觀察，所以佩玲在住滿三天之後只好一個人先回家。

佩玲把剛買來的玩具熊放在飯店房間的大床上，下午她開會時恍惚著，晚上睡不著覺，打開電視，上面是航空公司的廣告。

她好像又看見則明的姊姊抱著才五個月的小明往飛機上走，當時佩玲真想大叫：「把小明還給我！把小明還給我！」但她那時候只能在完成學業和帶小明兩者中選一樣，她選了前者。

等到一年九個月後，她的母親把小明帶回美國時，母親也參加了她拿到博士學位的畢業典禮。

在臺灣小明一直跟則明的爸爸媽媽住，最後才交給佩玲的母親帶回美國，「唉，小明跟我不熟，飛機上一直哭，我怎麼哄也沒有用。」母親跟佩玲講這話時，眼眶紅著。

佩玲把電視關掉，突然想跟小明打電話，告訴他為什麼那個週末不能跟他過，但是小明已經歸則明養，還有婆婆在，她不能隨便打電話給兒子。

她一晚不能睡，只有抱著那個玩具熊強迫自己閉著眼睛休息，因為第二天的會議上她還要把自己做的實驗結果報告出來。

現在小明坐在他自己房間的小書架前，低著頭看星際大戰圖畫書。他那垂下長睫毛的臉蒼白，他應該多在戶外跟其他小朋友遊戲，佩玲想。

沒離婚前，佩玲和則明雖然早出晚歸，把小明放在托兒所裡，但整天都有小朋友在一起。可是現在小明放學後，就只能回家跟著不說英文的祖母。

佩玲在小明身邊坐下來，「你想去哪裡玩？」

小明不響。過了一會兒，從星際大戰書上抬起頭來說：「聖地牙哥動物園。」

「太遠了，小明。」佩玲說：「現在馬上開車去的話，到了也看不到動物表演的節目了。」

小明又低下頭去看書。

「下次要爸爸早點送你來，我們可以去玩一天。」佩玲說：「今天我們就去附近九號公路邊的小動物園好嗎？」

小明繼續看書。九號公園動物園動物實在太少，上次他們去時只看見幾隻猴子、一個黑熊、一對美洲豹和一些熱帶鳥。

「我們先去小動物園，然後媽咪帶你去吃顯客來的披薩餅，你不是最喜歡吃那裡的披薩餅嗎？」

小明這才臉色開朗起來，他拎著那個新玩具熊跟佩玲去車房。

佩玲把車門打開，小明就朝她車前座堆著實驗報告的位子爬去。

「小明，你坐後面去。」

「爸爸准許我坐前面。」

「你知道前面不是小孩子坐的。」

小明不響，乖乖地坐進他後面車座裡。

佩玲把車子倒出車房，心裡又懊惱起來。她從來不准小明坐前座，因為這是有關生命安全的事。現在小明的事，她越來越管不著了。

車子開上九號公路，公路還在繼續拓寬和延長，聽說一直要修建到科多山下。每造一段新路，旁邊就會冒出許多新社區來。佩玲打開收音機她經常聽的古典音樂頻道，裡面正在播送韋瓦第的「四季管弦大協奏曲」，她跟則明就是因為對古典音樂有共同愛好才結合的，但是婚姻不能只靠音樂來維持啊！

車開到一個十字路口，她依著紅燈停了下來，回頭看小明已經睡著了，身子一半壓著那隻玩具熊，嘴寂寞地微張著。佩玲和則明離婚後，每兩個星期小明才能坐一次從前他每天坐的那個後車座，兩個星期如飛般過去，佩玲不敢多想以後的日子，目前她唯一能集中精神做的是保住謀生的飯碗，還有每兩個星期跟兒子相聚一次。

動物園離入口不遠的兩棵大樹之間繫著一個白色橫布條，上面寫著「為九號公路小狐狸有獎取名字」幾個大黑字。一個穿著黃卡其布制服的警員站在一張桌子旁，桌子上豎著一個硬紙板大字公告：「九號公路的小狐狸，在九號公路延長拆除廢水管時被發現。牠剛生不久，不幸的是牠媽媽已無蹤影，幸運的是牠沒有受到傷害，請大家來為牠取名字，得獎人名字與所取名字都將見諸於報，得獎人並可獲得兩張為期二年本動物園的免費出入証。」

旁邊另一張四周圍滿人的桌子上放著一個大黑鐵籠。佩玲帶著小明在人群後面隱約看見籠子裡有一團小小的灰色，大概就是那隻小狐狸了。

一對勾肩搭背的年輕男女，男孩子手裡拿著一個大紅底白字「麥當勞」的冷飲杯，他一邊吸冷飲，一邊對他的女伴說：「就叫牠麥當勞好了。」女孩子欣然同意，兩人去隔壁桌子寫名字去了。

站在佩玲和小明前面是一家五口：父親、母親、兩個男孩、一個女孩。父親短袖襯衫緊裹住香腸似的腰身，他們吱吱喳喳地用西班牙語商量。

那父親說：「小左羅，就叫牠小左羅！」

佩珍知道左羅就是西班牙文狐狸的意思。

「小左羅！小左羅！」幾個孩字都贊成地嚷著，一家人也去寫名字了。佩玲看見小明羨慕地看著那一大家人。

輪到佩玲和小明站到大鐵籠前，偌大鐵籠的一角，一小堆像毛海絨線似的灰毛蜷縮在那裡，分不出頭和身子，牠就是九號公路的小狐狸。小狐狸一動也不動，任憑籠子外的人熱鬧地替牠取名字。

佩玲和小明隔壁來了一對三十多歲的夫婦，留著棕色鬍子的丈夫，背著一個鋁製架子的嬰兒座，裡面坐著一個棕色鬈髮大眼睛的小女嬰，那個大鬍子爸爸把背轉過來讓她看那隻小狐狸，在父親背上的小女嬰卻朝她母親跳著、咿呀叫著！那對夫妻沒有替小狐狸取名字就走了。

一對白髮閃著銀光的老太太來了，其中一個老太太好心地向佩玲稱讚：「妳的女兒長得好可愛啊！」

佩玲已經習慣外國人錯認小明是女孩子，她向她們微笑表示謝意，又看看小明，他仍不響地看著那小狐狸。

一位老太太向她的同伴說道：「愛莎，這小狐狸真可憐，剛生下來就失去了家，妳看見報上寫牠沒有？環保集團拿牠來抗議，反對九號公路延長，招來一大群記者，妳看看牠現在縮成一團，一定是給鎂光燈嚇壞了。九號公路發展成這個樣子，記得我們小時候，這一帶還是橡樹林呢！」

「是啊，」那個叫愛莎的老太太說：「橡樹林是狐狸的家，這個小狐狸沒有林子躲，生在廢水管裡，從公路局轉到環保局，又轉到動物園，被轉了那麼多手，真受苦……」是啊，是啊，佩玲記起去飛機場接母親和小明，母親說每天給小明看佩玲和則明的結婚照片，叫他認爸爸媽媽。

「叫爸爸媽媽呀，小明叫呀！」在機場佩玲看見母親耐心地催促著才兩歲的小明，小明烏黑的大眼睛充滿了惶惑，叫不出來。

母親待了半年必須回臺灣，佩玲必須上班，小明就上托兒所，換了好幾家。而佩玲與則明生活在一起的日子卻越來越像場噩夢！最後兩人終於同意離婚。

那天他們在律師事務所簽了字，佩玲到蒙特梭利學校去接小明，看見別的孩子們都在院子裡玩球，老師說小明不要玩球，在教室裡。

佩玲到教室去找小明，看見他一人坐在一長排玩具櫥盡頭的地毯上，她偷偷地走過去，看見他像老僧一樣手裡拿著一大串玩具木珠子數著。

小明站在鐵籠子前望著裡面的小狐狸不肯離去，佩玲聽見他喃喃自語：「就叫牠小明。」他兩隻手抓住鐵籠，輕輕地叫著：「小明，小明。」

佩玲聽見了，這一次她真的聽見了，她蹲下身來，緊緊地把兒子抱住。

鐵籠裡的小明，那灰茸茸的一團，突然抖擻地抬起頭來，烏黑的大眼睛迷濛地朝著佩玲母子望著。

黃鶴峰

福建作家協會會員，海外華文女作家協會會員。一九九七年來美。在國內的《青年文學》、《海峽》、《綠洲》等雜誌和報刊發表中、短篇小說、散文，出版兩部長篇小說。作品被選入北美中國大陸新移民作家短篇小說精選述評《一代飛鴻》。現住西雅圖。

沒有婚禮的婚姻

王亦平在李凡和李凡的男友陪同下，與喬要去就近的教堂登記結婚了。

那一天，王亦平算是打扮過：描了眉，打了粉，用了胭脂口紅。由於平常沒有塗脂抹粉的習慣，好不容易才從抽屜的角落裡，找出被遺忘的化妝品，只想輕描淡寫地表示一下，那是不同尋常的一天。不這樣的話，大大咧咧的她，依然會有點覺得對不起自己。

沒有婚禮的婚姻，像沒有節日的人生，多少總是個遺憾。但亦平卻不這麼想，美國的節日喚不起她任何的情緒；而中國已遠在天邊。世界上所有的節日都與她無關！個人的節日，在家人和親友中是重要的。她獨自在外漂泊多年，雙方家長又都不在，特別是年輕的喬還是個本科生，只是個大孩子，他父母根本就不同意他結婚。

所以，那一天在王亦平看起來與平時沒有什麼兩樣，棕色的中統皮鞋，黑長襪黑呢西裝裙，深色貼身毛衣，外穿一件暗紅格子呢的短大衣。連給他們辦理婚姻手續的人，都看不出到底哪一個是新娘，而差不多要鬧出笑話。

亦平和喬簽了字，辦完該辦的事後，證人、辦事人員匆匆離去。他們在教堂待了一會兒，亦平挽起喬的手臂，緩緩地向外走去。

亦平很難說清自己當時的情感，總的說應該是不錯。至少，可以不再為身分的問題發愁了。她不想說什麼，而喬本來話就不多。他們平靜地走著，像一對已過了如膠似漆蜜月期的夫妻，確切地說是喬過了最初激情的新鮮勁，亦平也漸漸習慣了這幾個月裡，他們在一起的生活。那一天，平常的就和昨天前天，沒什麼兩樣。她默默地望著又瘦又高的他，一股深深的感激之情冷不防從心底裡湧起，閃電般傳遍全身，暖洋洋的使她差點兒流淚了。她情不自禁地把臉頰貼在喬的肩上。喬轉過頭，輕吻了她一下。像得到一次妳所想要的讚賞和奉承，他的吻給亦平心滿意足的快慰。喬從不吝嗇他的吻，很紳士、花樣翻新的讓人要了再要，供不應求。這是他的長處。

如果有其他留在美國的捷徑，繼續過放縱自己的逍遙日子，亦平根本就不想去辦那個手續。最直接的原因是，她目前愛的不是喬，或者說喬不是她的最愛。從小生活在中國的她，歷來被家庭學校重視的同時，從少年起就不輕易與異性說話，更談不上交往。在風氣保守的老家，有無數雙眼睛每時每刻都在盯著你，誰會想在年紀輕輕，就去冒身敗名裂的危險談戀愛？

逃脫了那樣的環境後，亦平的心裡有失落後的輕鬆。失落是因為再沒有家人、親朋好友、同學老師寵著捧著羨慕著她，在國外別說優越感，沒被人看不起就算是幸運的了。輕鬆呢，就是自己的所作所為，更多地考慮自己的感覺，只對自己負責，至於別人怎麼說是他們的事。或者大家都在忙各自的事，根本沒人會對你的行為說三道四。

就在昨天晚上，亦平還打電話給大衛，說自己要與喬登記結婚。她在進行最後的努力，希望大衛能下決心與她結婚。同樣是結婚，如果新郎是大衛，那她將會有極大的熱情，籌辦很多事。然而，她失望了！大衛告誡她，不能草率結婚！要想好了，再做決定。她一賭氣，把電話摔下。她不想，也沒有時間多想了。

大衛是對的！他理解美國的小年輕，也知道亦平，他知道他們在玩危險的遊戲。他做了他所能做的，即給亦平一個忠告，聽不聽是她的事了。畢竟他們相愛了一場。

美國人很難以琢磨，他愛妳愛得死去活來，卻與結婚無關。大衛是她的至愛，兩年的相處，他們彼此欣賞著對方，共同度過那麼多的歡樂時光。可……唉！亦平不知說什麼好了！

她和大衛依然相愛，卻與喬結了婚！

大衛向亦平求愛時，她不知道他已經有妻子。後來他說他的妻子得了重病，活不長了！

苦惱的亦平，無奈中對好朋友李凡說起了自己與大衛的事，問她自己該怎麼辦。

李凡是學醫的，看起來成熟有主見。她想了想說：

「對我這個局外人來說，我覺得最好妳還是退出來。不然，會把妳拖得很苦。」

「我也想過，可是晚了！我陷得太深……」

「這種事的確需要時間。多去想想他的不足，他對妳的感情勝過對他的妻子嗎？還是他為逃避現實尋找安慰？」

亦平沒想過這個問題，也不願去想。

「我只知道我們好的誰也離不開誰。他對他的妻子在盡著道義上的責任，我是這樣認為。」

「你們交往了多長時間了？」

「有幾個月了。為這事我把學業都荒廢了！」亦平不好意思地低下了頭。

「他在學習方面還挺肯幫我，是我自己沒心思。他幫我讀書做作業，還常常與我談起他的妻子，他們結婚沒幾年，但認識的時間已經很長。這些既成的事實我還能接受，那畢竟發生在他認識我之前，我有什麼話好說？有一點讓我不舒服的是，有幾次他和我在一起的時候，他說他這麼做，因覺得對不起自己的妻子，而產生了很強烈的罪惡感。我們商量著可以一段時間不見面，反正他妻子的日子不多了，我可以等。但我們都做不到……」

李凡感嘆道：「你們現在處於感情多於理性的階段，這會使問題複雜化。說到底，他還是個有良心有責任感的人。」

「這一點，也讓我更敬重他，但感情卻受到了傷害。我們的關係就這麼一會兒在巔峰一會兒在低谷地起起伏伏。一天不見，就失魂落魄似的站也不是坐也不是吃不好睡不香。

在一起了吧，難分難捨，又障礙重重。真是左右為難！」

李凡問道：「如果他妻子病好了，他將做怎樣的選擇呢？」

「不知道！」亦平一臉茫然。

「你們談過分手的事嗎？」

「我們談是談過了，可真要分手談何容易。好幾回，我們在一起的時候說，這是最後一次見面了。然後生離死別般，悲壯地一遍遍哭著吻別。每一次，都像真的一樣，為自己能做出那巨大的犧牲而感動。可是，過不了兩天，我們忍不住又見面了。我想他，實在克制不住自己，他也一樣。有幾次，我們差不多同時給對方打電話。」

「現在，他妻子的情況怎樣了？」

「我們老說這是最後一次出去渡週末。所以，我不想破壞我們的情緒，最近什麼也不去問。我甚至避免自己去想未來，過一天算一天，沒有人知道未來會怎樣，抓住現在才是最實在的。除了這樣，我實在沒有其他的辦法。」

大衛令人愛得放不下的原因，除了在校內的戲劇表演中，有扮演羅密歐和哈姆雷特那樣的英俊外表，擊起劍來一招一式瀟灑有力外，還有在性愛中動人心魄的表現。是他喚醒了亦平沉睡的性慾，在他身上，亦平的情和慾第一次得到了和諧的統一，使她品嘗到成熟性愛的甜美果實。

是不是男人的愛僅由性慾來決定？想想看，當大衛做愛時，那麼地柔和溫順，幾分的低聲下氣；蹭著妳時的那份甜蜜，使妳覺得親吻永遠不夠表達那一刻被他所激起的無限愛意。亦平會很緊很緊地抱著他，好像那樣就可以把兩人融合到一起。有時她愛得發瘋，真想把他一口吞了。

許多次，他們一起去出遊的途中，亦平被他的甜言蜜語、親吻和觸摸挑逗起的慾望所淹沒，任由他把車停在僻靜處，在車上或草深處因地制宜地做愛。她從被動尷尬到欣賞好玩的飛越，在短時間裡就完成了。善解人意的亦平，心領神會於大衛的種種暗示，他們配合默契地在山野裡，在大自然懷抱中享受男女天作之合的美妙。那快感已不僅僅停留在軀體的感官上，而是在青翠的綠色和繽紛的花所散發出來的芬芳空氣中，在鳥語蟲鳴合唱的世界裡，連同心靈一起，被強烈地震撼融化到忘我的境地。在屏聲靜氣的那瞬間，除了對生命的禮讚，什麼道德感羞恥心，統統見鬼去吧！人類祖先，在沒有這麼多文明的束縛時，不就是如此富有情趣、浪漫而詩意地活著的嗎？

他們在一起的時候，當愛慾出其不意、攻其不備地襲來時，從不放過嘗試各種可能的新鮮刺激，像從不錯過品嘗送到眼前的美食一樣。特別是亦平，那樣的滋味，她有種獨享的奢侈和遺憾。

但是，愛上有婦之夫，還要不斷聽他說他妻子的事，讓亦平心中不平。她以為自己會有耐心，等待他妻子去世的那一天。可單這想法，就使她覺得自己的殘忍而受不了。所以，她決定與他分手。

亦平坐在車裡斷斷續續地向大衛說著自己的想法，大衛擁著她，一聲不吭。他握著她的手，吻著，輕輕地咬著她的手指頭。他做不出什麼決定來：既拋不下重病的妻子，也不想失去亦平。他唯一能做的就是去撩起她的情慾。這些天為了那該死的論文，他們都沒做那事。他相信，在他們之間做一做這激動人心的事，會暫時把一切的煩惱都拋到九霄雲外。這一點，在他們之間達成共識，且屢試不爽。

果然，一番柔情蜜意之後，分手的話題又被擱在一邊。

沒心思再上學，學生簽證也快過期，亦平著急了。拖延太長的等待，和面臨身分危機的她，情緒不穩，和大衛吵起了架。一顆焦躁的心到了忍耐的極限，她原本就是個外向型的人，沒什麼耐心。吵架的事，一旦開了頭，就一次次變本加厲。大衛也只有逃之夭夭了。可他們又誰也放不下對方，就這麼分分合合的。

結婚是出於一種報復？心理平衡？要挾？或實際需要？說不清楚，反正是亦平結識了喬，不久和他同居了。與已經有豐富的生活經驗和社會閱歷、重又回校讀博士的大衛相比，喬各方面顯得單薄多了。如果說大衛是加糖加奶、又熱又濃的咖啡，喬就是一杯涼涼的冰水，只能解解渴。

由於在靈與肉上，喬都不能滿足亦平，她也就不能拒絕大衛不時的約會。她告訴大衛她有了男朋友，他不以為意，照約她相見不誤。

為了解決身分問題，她問喬要不要跟她結婚。說如果結了婚，她就可以拿到工卡，去工作賺錢。他們就不必住這麼個小小地下室，他也不用去貸款付學費。

喬覺得是個好主意。平常，他的學習成績半數以上要達到三．五，才能得到家裡的贊助。這下可好，去登個記，一切照舊，就有錢有吃有喝，還有個漂亮妻子陪他玩，真是何樂而不為。家裡堅決反對又怎麼樣？二十二歲的他可以自己說了算。氣氣他的父母，也是件高興的事。在這件事上，亦平和喬是皆大歡喜。

亦平很快在電腦公司找到了一份不錯的工作，匯入早出晚歸上班族的車流。日子過的平平淡淡，也平平靜靜。有時候，她想，能生個像費翔那樣的混血兒也不錯。

一天，亦平出差回家，路過銀行順便取了點錢。一看帳戶，幾個月辛辛苦苦掙來的錢，她不在家才幾天，就被喬花個精光。

她火冒三丈，氣沖沖地打開家門，對剛放下電腦遊戲，滿面笑容，張開手臂迎接她的喬，不由分說、左右開弓就給了他兩個耳光。那火氣來的突然，出手的力量那麼大，是她所始料不及的。手掌觸及到嫩生生臉上的「劈啪」聲，清脆地在地下室裡迴響。

喬驚呆了，捣著熱辣辣的臉，看了她好一陣才憋出：「你——打——我？」

對在美國長大的許多孩子，什麼時候受過這樣的侮辱。他幾乎是條件反射般拿起電話報了警。而亦平怒氣未消，背對著他還在嚷嚷：

「好！現在沒錢租房子了，你想在這地下室住一輩子嗎？……」

亦平還沒數落幾句，警察就來了！這一下，輪到她愣住了！警察還管家務事？

喬哭喪著臉，無限委屈地小聲訴說，情節簡單，證據確鑿，喬原本又白又嫩的臉還紅紅的，有點腫。所以，一會兒就記錄完了。

警察問亦平，喬說的是事實嗎？

「可是……」

亦平剛想分辯，警察就制止了她。他們不管什麼原因，只想知道她有沒有打他。她剛回答了是，就被戴上手銬，帶上警車送城裡的看守所去了。

喬是越想越氣，他是花了一點錢，但其中的大部分，他是訂了與亦平一起去夏威夷過聖誕節的費用。為了給她一個大的驚喜，他不想事先讓她知道。有足夠的錢，為什麼不能去玩玩，浪漫一番？多住一段時間地下室有什麼關係？她竟不領情，不分青紅皂白地亂發脾氣，還動手打人。是可忍孰不可忍！

他把發生的事告訴了父母，決定馬上離婚。他的父母親這時跳出來，表示要站在兒子一邊，全力支持他，出錢出力，只管開口。他上法庭，寫電子郵件寄發給朋友和亦平所在的公司，把她描繪成惡魔，發誓要親眼看著移民局把她遞解出境，方才罷休。

亦平比喬大幾歲，把他像個大孩子般地照料著。如果能這麼維持兩年，拿到綠卡當然不錯。然而，要她為了綠卡，去忍受他的胡作非為，她做不到。

在看守所裡，亦平冷靜下來後，倒覺得一陣輕鬆：啊！終於不用再和喬生活在一起了！他們之間的關係脆弱得簡直不堪一擊。如果你愛一個人，決不會因為那點錢而與他鬧翻。

那一刻，亦平醒悟了：原來她和喬之間是沒有愛情的！

周典樂

臺灣實踐家專食品營養科，德州理工大學食品營養系學士、碩士，俄亥俄州立大學材料工程碩士，西谷學院美術科結業證書。任職工業界二十餘年，於兩年前離開工業界，從事中文與美術教育，業餘教授兒童畫與國畫。為日新中文學校文化班及國畫教師，自由撰稿人，作品散見《僑報》、《世界日報》，雜誌特約作家。二〇〇九年八月出第一本書《書窗外》。

咖啡上的火焰

一

嬌依一早進入公司就覺氣氛不對，難道她又出了事，莫非又要被炒魷魚？眼看著就要過感恩節了，若丟了工作，這個節該怎麼過，向誰去感恩呢？打開電腦，一封反常的伊媚兒都沒有。抬眼斜望坐在數公尺外她的兩位助理，都在埋頭工作。平日她們總有事要請示她的，今天連眼皮也不抬起來看她一眼，辦公室裡出奇的靜。驀地，財務經理的身影自她的辦公間走過，眼光閃電般掃到她身上。她還來不及打招呼，她的眼光已倏忽收回，接著快步往洗手間方向疾走而去。她們兩人雖不太合得來，她對她一向還算客氣。今日這種態度是從未見過的，山雨欲來風滿樓，肯定有問題。

嬌依回想昨日，老闆對她的態度就有異。指著她做的財務報表，萬分不滿地說：妳怎麼會出這樣的錯誤！妳來到公司才三個月，就不知出了多少錯誤，真不敢相信妳是有十幾年工作經驗的人。

嬌依想要辯解，老闆不耐煩的揮揮手，示意要她回去重做。以往老闆對她的報表不滿意，她只要稍加解釋，拿回來照著他的意思重做，也就大事化小，小事化無了。今日為何會有這樣的態度？

不管狀況如何，依然得打起精神來做事。嬌依拿起電話撥給助理莎莉，莎莉拿起電話一聽是她，遠遠朝她這邊望了一眼，立刻把頭低下去。

「嗨！有什麼事嗎，嬌依。」

「我昨天要妳做的報告，做好了嗎？」

「做好了，今天一早我就伊媚兒給妳了。」

嬌依再度檢視她的伊媚兒，明明就是連半封也沒有。

忽然，電話鈴聲響起，她驚疑不定的去接。

「會計組，嬌依。」

「是我，今天是禮拜五。」是他，那幾世的冤孽。早就該跟他分手的，下定決心，今天非拒絕他不可。

「嬌依，今天中午想吃些什麼。」那低沉的聲音多麼有磁性，對嬌依來說永遠有股不可抗拒的吸引力。然而今天情況特殊，嬌依掙扎著想要拒絕。

「我還是去買兩客鴨子樓，十二點在妳家見，怎麼樣，嬌依。」

「好。」嬌依不敢相信自己依然沒有任何還擊的餘地，就這麼爽快的答應。

「待會見，愛妳。」男人掛了電話。

嬌依陷入了迷思之中，為什麼又要答應他呢？因為，他是真的愛她吧！另一原因也是在今日這樣的氣氛之下，她，需要安慰。

三年之內，她已被不同的公司開除過兩次，原因都是被查到做假帳。她不是不知道作帳要準確，卻因為習慣養成，老容易習慣性出錯。她原本也不是習於做假帳的人，直到遇見了他。

二

那是十年前的初秋，她到T公司去應徵會計經理，拿到碩士學位後只有兩年工作經驗的她，原本對那個職位並沒有信心。然而她實在厭倦了兩年來一成不變的記帳工作，原來服務的公司規模不小，根本就沒有升遷的機會。雄心壯志的她只好另謀出路。懷著僥倖之心寄出履歷表，竟幸運的獲得了面談的機會。那一日，她刻意打扮了一下。

她原是人人稱羨的美人，雖已年過三十，又已是一個孩子的媽，但因保養得宜，自信心又強，依然搶眼亮麗。她身著一身純羊毛酒紅色套裝，足蹬同色高跟鞋，時興的小翻領內配純絲的淡米色襯衫，她需要高雅大方的服飾來襯托出她女強人的特質，以掩蓋她經驗不足的缺陷。接待她的人事主任，見到她就露出了驚豔的表情。對談不久，又覺得她經驗不夠，嬌依連忙補充說她除了在S公司的經驗，在臺灣也做過兩年多的會計。按照預先排好的程序，任職總經理的他在人事主任問完話後適時進入了會議室。兩人同樣有意外的感覺，他驚訝她的美貌，她訝異年紀輕輕的他就能當上總經理。

他風度翩翩與她握手：「黃小姐，歡迎妳到我們公司來面談。」

「謝謝您給我這個機會。」黃嬌依禮貌的回應。

「敝姓曾，卡爾曾，妳就叫我卡爾吧！」

他雖然稱不上帥，但文質彬彬，談吐不俗。尤其他看人溫柔關注的眼神，讓人有被重視的感覺。兩人相談甚歡，她的美人計奏效，三天後就接到了錄用通知，卡爾將是她的直屬上司。

T公司草創不久，規模尚小，出的薪水只比原來的薪水多了百分之八，但卡爾認為公司的潛力比她原來任職的S公司大，而且她頂的是經理頭銜。最令她得意的是公司配給她一萬股股票，那像S公司，因為員工太多，她受聘時公司已成立多年，只得到八百股配股。想到這裡嬌依不禁得意地笑了。

離職那天，S公司幾個相熟的同事請她吃午餐為她餞行，對她能幸運的遠走高飛，都投以羨慕的眼光。辦離職手續時，負責辦理的人事小姐竟好心地提醒她，以她在公司任職超過兩年的資歷，有權認購百分之五十的股權，她的認購價是一股一元。嬌依那會將那四百股放在眼裡，當場敷衍了事，根本不想繳那四百元。人事小姐不放鬆地說，只要在三個月的期限之內，隨時可以回來繳錢認購。嬌依只覺得她滑稽可笑，別說S公司想要上市八字還沒一撇，就算上得了市，那四百股又能值多少錢，她不屑的把那認購書，揉成一團，扔進了垃圾桶。

昂首走出S公司時，才下午三點鐘，矽谷金秋九月的驕陽溫和而燦爛，萬里無雲，天空像琉璃似的一片碧藍，秋風輕輕自她髮梢拂過，吹起幾根髮絲。她感到自己對前途充滿著自信，向錦繡的前程奔去。

三

T公司與S公司一樣都是由華人創辦，經營的都是電子裝配業。S公司當時雖已有四棟廠房，上千員工，然而廠房棟棟老舊，門面窄小，看來寒酸得很。T公司雖只有一棟廠房，門面卻是非常氣派，廠房又新，光憑這一點，就絕對比S公司有前途。

進入T公司以後，嬌依的工作要比在S公司忙碌得多。除了因為身為經理，責任本來就重。另一方面，也是為了知恩圖報，在工作上就格外的賣力。卡爾對她的表現非常滿意，誇讚她的效率，讚許她的能力。嬌依工作得更加賣力了。

十月份結束的那天早上，嬌依將月報表送與卡爾過目。這是她進入T公司一個多月來，首次負責月底結帳，心中十分忐忑。卡爾很仔細的與她討論，要求她照他的意思修改，兩人一同商量琢磨，轉眼已經過午。卡爾一看腕錶忽對她說：

「走，我請妳吃午飯去。」

卡爾開車驅入日本城，來到菊花塢。他似乎是那的常客，點的料理道道合嬌依的味口。尤其是那道魚下巴，煎得魚香撲鼻，吃來鮮嫩腴美。

一頓飯拉近了兩人的距離，走出餐廳，兩人靠得很近，過街時，卡爾順勢摟住了她。

此後卡爾常叫她去他的辦公室討論問題，卡爾把公司的機密漸漸對她透露，明顯的已把她視為心腹。兩人越談越投機，進入公司不到三個月，她儼然成了卡爾的紅粉知己。

四

北風一日緊過一日，轉眼就快到了聖誕節。這個時節，公司請假的人特別多，嬌依的助理也渡假去了，為了趕報表她不得不加班。而她每回加班的另一心思，竟是盼望卡爾會突然的出現在她面前。她正在恍思中，卡爾真的出現在她的桌前。

「怎麼這麼晚還沒回去，兒子誰照顧啊！」卡爾面露關心的問。

「大家都休假去了，我一個人要頂好幾個坑，不得不加班啊！昨天我先生帶兒子回臺灣去了，因為婆婆身體不太好。」

「這麼巧，我太太也要帶孩子們回臺灣，今晚的飛機，我得趕回去送機。明晚我請妳吃飯。」卡爾一保他慣常的紳士作風，對她揮手一笑，轉出了她的辦公間。

五

那一晚是聖誕夜的前夕，公司次日即將放四天的聖誕假期，生產線提早關機，還不到下班時間，公司的人幾乎已跑光了。卡爾打來電話，說已在車裡等她，要她到側邊的停車場去。

她避開耳目，坐入他的賓士轎車。卡爾開上高速公路，竟往舊金山的方向開去。兩人一路閒談家常，卡爾有意無意的提到他妻子的不賢，兩人溝通困難，婚姻如一池死水。嬌依不自覺的也批評起她那不知上進的先生來。她不想問他要帶她去那裡，而他也沒打算要說。長假前夕，路上車輛不多，一路通行無阻來到了南舊金山的一家西餐館前。入門處，一只豪華的水晶吊燈，向四周閃爍著耀眼的光華，左右的牆角高高的各架著一盆花團錦簇的西洋插花，一進門就感覺到這家餐廳的高級氣氛。帶位小姐領著他們進入裝潢得金碧輝煌的用餐間，兩人落座在鋪著純白色的桌巾、擺設著精緻餐具的小桌前。廳裡燈光昏暗，嬌依翻開菜單，真不知該點什麼，她吃西餐的經驗不多，不覺將目光投向卡爾。沒想到卡爾正深情的注視著她，嬌依心頭小鹿一撞，嬌嗔地由著他去點。侍者送來冰水，卡爾神秘地點了兩杯火焰咖啡，並點了法式麵包配燻鮭魚起士做開胃前菜。

甜美的酒吧小姐手托托盤送來兩杯上面擠了奶花的咖啡，當她把咖啡在兩人面前一一放好後，摸出打火機迅速的在兩杯的奶花上各自打出一點火光，她手起之處咖啡杯上頓時燃起了一束火焰，嬌依一驚，本能地將伸出去拿咖啡的手縮了回來。她凝視火焰，發現那焰光忽藍忽橘忽黃忽紅，顏色美極，閃爍的火焰不一會就滅了，女侍上來在杯中插入一小吸管，示意他們可以喝咖啡了。被火焰灼燒過的奶花飄著一股焦糖奶香，嬌依抿住吸管輕啜一口咖啡，才知裡面有酒，那是甜中帶苦的美酒。卡爾微笑的送來詢問的目光，嬌依點點頭微笑回應說：「很好喝。」

桌上燭影搖紅，侍者陸續送來前菜、沙拉及兩道主食，卡爾為自己點了牛排為她點了培根干貝，兩人互相分嘗對方的主食，恍如一對初戀情侶。此時此景，早攪得嬌依意亂情迷。吃甜點時，卡爾為她點了第二杯火焰咖啡。平日不善飲酒的嬌依，酒量奇差，從餐廳出來時已分不清東西南北。卡爾將她載到一家汽車旅館，兩人一時激情，竟然雲雨巫山的踏上了不歸路。

假期後卡爾竟將他倆的花費當作交際費跟公司報銷，還說反正是嬌依作帳，想辦法做掉就是了。嬌依拿著卡爾的報帳單，不覺羞愧不已，但又不得不幫卡爾掩蓋，第一次她認識到了他的不正直。她也試著避開他，但眼前不免晃起那美麗又危險的火焰，結果她因貪戀火焰的美麗而忘卻了危險。

她時常藉故加班，在卡爾的辦公室裡與他翻雲覆雨。反正她請了住家保母照顧兒子，不長進的先生晚餐後就掛在網路上混。先生覺得她兩年多的經驗就能做到經理，還配了那麼多的股票，支持她努力工作，只要能將公司衝上市。

公司裡慢慢流言四起，但誰也不敢得罪大老闆與他的第一愛將。嬌依在他的指導下，做帳越來越不按牌理出牌。明明客人已經付過錢該報廢的物料，他要她仍留在帳上，客人付的錢，則造一個假單當出貨，反正只有他知她知，無形中增加了公司的營業額。每到月底他都要她把下個月的訂單往前挪，預先做好出貨單以膨脹公司的營業額，如此每月都寅吃卯糧。她不是不知他故意在帳上灌水，但他說只要把公司衝上市後，生意自然會大好，那時就可補一切的漏洞。他說他愛她，所做一切都是為了她。又說只要公司上市給各自的配偶一筆錢，他倆就可以名正言順。她在他的花言巧語下，無力掙扎。

這時她以前任職的S公司早在半年前上市，意外的行情大好，股票早已翻了一倍。離職兩年多，她即使想後悔當初沒有認那四百股已是太遲。

六

一日，嬌依的一位大學同學從芝加哥來矽谷渡假，另一位熱心同學小安找了一群大學校友在家裡聚餐，嬌依欣然赴宴。席間大家閒扯聊八掛，講到此地某業餘合唱團的一位業餘指揮與某女團員發生曖昧，鬧到指揮太太那去，但他太太好修養竟說她從不過問先生的事，她與她先生的事，找她先生去解決。大家七嘴八舌講的正是卡爾的中文名，嬌依知道卡爾歌喉好喜歡唱歌，也做業餘指揮，這也是當初她崇拜他的原因之一。在公司，大家用的都是英文名，當卡爾的中文名傳入她耳中時，起先只覺耳熟，接著她如五雷轟頂，差點昏了過去，難道卡爾真是這樣下作的小人嗎！

回到公司找他理論，他說是那女人自作多情纏著他，他早與她斷了。又說早想與老婆離婚，但老婆死賴著他不肯離，如今他心中只有嬌依。儘管嬌伊心中不信，卻抵不住他的誘惑，想要與他了斷，又在他三兩句甜言蜜語下忘了禮教世俗。

公司的生意越來越差，長時期的假帳做下來，真正的資產早就是負數，卡爾依然用公帑帶著她吃吃喝喝，認真說起來，兩人交往三年多，卡爾沒有為她自掏腰包花過一分錢。

嬌依耳聞公司因機器老舊，品質出問題，時有大批退貨。但嬌依從沒有把退貨的帳從系統中扣除，帳面上永遠有大批的待收款。偶然她也會捫心自問，為什麼要這樣的與卡爾配合，為什麼要做假帳騙投資人，為什麼公司的生意越來越差？

儘管她把公司的帳做得再好，終究沒有吸引到新的投資。大筆虛無的待收款，永遠收取無門，終至發不出工資。大批裁員之後，公司宣布破產。當然，原來積欠的員工工資，廠商的貨款隨著破產都一筆勾消了。嬌依如夢初醒，她恨恨的離去，感覺到她與他的情就像咖啡上的火焰，亮過卻很快的滅了。

工業界永遠有投機冒險的人士，善以低於成本的價錢買下破產公司，卡爾以他的三寸不爛之舌及他善於偽裝的君子風度騙得投資人聘請他做新公司的總經理。於是搬家改名，T公司以全新面貌的L公司重新營業，嬌依又被聘回任會計經理。失業半年多並未找到新工作的她，又回到了卡爾身邊。

新公司的前景似乎比舊公司好很多，後臺老闆本身有龐大的企業，即使為他自身的企業做加工，都能讓L公司穩紮穩打維持一定的局面，嬌依再度做起了發財夢。

嬌依一本以往做假帳的習慣，依然寅吃卯糧，兩人仍舊用公款吃吃喝喝。起初大老闆對他倆非常賞識，卡爾風度翩翩，嬌依美麗大方，而且每月的營業額都小幅的超過預期。

她每做財務會報時，都得到大老闆的讚許。然而新公司到底不像舊公司可以任他倆亂搞，第一年會計師來查帳時被他倆勉強瞞過。或許是第二年來的會計師較有經驗，也可能是漏洞越捅越大，終於查出了諸多問題，他倆雙雙被公司解僱。

七

「鈴……」電話響聲將嬌依從回憶中拉回了現實。

「嬌依，我現在與人事主任在Y會議室，請妳過來一下。」

她擔心的事情又重演了，因做帳不實，她被開除了。原來，一早電腦組就將她的電腦取消了公司所有的設定。她收拾私人什物，走出公司，不由淚如雨下。四年前被L公司開除後，找工作就相當困難，辛辛苦苦找了一年多才靠朋友幫助謀到一份差事，結果做不到一年就因長期的做錯帳而被解雇。一次，兩次，這已是第三次了。以後她還找得到工作嗎？做假帳的習慣為什麼改不掉，十年來背著丈夫與卡爾偷偷摸摸，想斷又斷不掉。這幾年先生調到臺灣工作，卡爾見機常買了午餐到她家與她廝混。

卡爾離開L公司後也沒有做過一份像樣的差事，家庭的開銷完全仰仗當護士長的老婆。她也漸漸明白，不是卡爾的妻離不開他，而是從不腳踏實地的他離不開他的妻。而她自己是否該徹底的擺脫他，或許也只有這樣，她才能從夢魘中走回現實。她其實就像咖啡上的火焰，只有虛而不實的短暫美麗。

她知道他在家門口等她，但她現在是不會回家的。

白手套

趙淑敏①

糟！九點十分了，阿咪的位子上還是空的！大家面面相覷，不知「領導」會怎樣發落她，辭退是不會的，老闆才懂得成本效益呢，來三個新手也不敵一個高效率的熟手。可是老闆向來是以軍令部勒員工的，阿咪已有兩次無故遲到的紀錄。路遠、塞車當然不是理由，鬧鐘沒響更不是，看來她的績效獎金大概是無望了。又過了三分鐘她才慌慌張張地跑進來，不過阿咪很聰明，放下包包立刻直撲「老闆娘」求救。

「劉姐，怎麼辦，我媽昨晚送急診，我陪了一夜，今天早晨我爸來接班我才趕來上班的！妳看我穿的還是昨天的衣服，直接從醫院過來的。劉姐，幫幫忙啦！」

「別擔心，我來處理，快回位子。」劉姐上下略微打量了一下，很有擔當地包攬下來。

其實劉文秀根本不是什麼老闆娘，這是一個既謔且虐的綽號，她只是董事長兼總經理黃龍章的機要祕書，只因公私巨細諸事都交她管，公司的印信都在她的手裡，除了不管決策，她的權力彷彿無限大。人的形象性格一如她的名字，桃腮杏目，重髮潔膚，雖苗條纖細卻骨肉均勻；說話溫婉輕柔，整個人的調子也是那樣文秀細緻。算算資歷年齡絕對不會少於三十五，但並無某些「老小姐」的毛病。黃董的「牽手」虎姑婆在世的時候，同事給劉文秀的綽號是「觀音菩薩」，因為她總是在權限以內衛護著年輕同事，犯點小錯她不是包庇而是代為彌補遮掩，所以最搗蛋的傢伙也不忍心跟她作對。黃太太過世以後，那幾個刁鑽的在背後就改稱「老闆娘」、「頭家娘」。

真的，不是沒有口德，她對老闆的輔佐可以說無微不至，連黃董的老婆病重要訂做壽衣沖喜，都還是高中學生的兒女辦不了，全是她幫同安排操辦的；老闆忙於辦喪事的階段，除了部門經理管的部分，代拆代行都是她，由一個人當兩人使喚，變成一人當三人用，全默默承受。是！為了節省人事經費，業務雖不小，卻仍然只是二十多人的小公司，可也不好管，很不好管！她就那麼柔語輕笑地都磨平了。

哈！旺仔星期一帶回了驚人的消息！

「嘿！昨天我在宜蘭看見了黃董和觀音菩薩！」

「好了！好了！沒什麼好喳呼的，頭家去宜蘭拜菩薩也值得用那麼多驚嘆號？」

「不是啦！礁溪，礁溪啦！在我舅舅家的溫泉旅社，我看到頭家和劉姐兩個人在一起。」

「好了！別大驚小怪，虎姑婆還在世的時候就有人在汽車旅館看過他們。」大汪終於爆料，當然大家都明白，那「人」就是他自己，所以消息絕對正確。

大家立刻不出一聲，事關劉文秀，都不想批評，可能劉姐就利用這種關係幫大家不少忙，怎好議論？

「哦！希望劉姐有一椿好姻緣！」最受劉姐照顧的藍藍嘆了口氣。

自此，劉姐的代號由「觀音菩薩」換成了「老闆娘」。

黃夫人故去，兩週年都過去了，同事們都在等著化暗為明，修成正果的宣布。

沒有，如常。倒是老闆在外面更活躍了，新聞報導的夾縫裡，偶然可以見到他的大名。劉文秀還是乖乖地駐守公司替他當管家婆。總之，沒有任何變化，大家也不好問。

那天下班後，輪值次日開門的小陶因為忘了手機折回辦公室，他知道老闆有多留一兩小時的習慣，所以輕手輕腳地開了鎖溜了進去，不料竟聽見一男一女在老闆的辦公室對話，大概以為人都走光了，門也沒關好，就大聲講悄悄話。他存著聽八卦的心，聽了下去。

「等雅惠過了三週年，我們就結婚。」

「一定要滿三週年嗎？我好怕懷孕。」

「不會吧，妳不是都吃藥嗎？」

「因為覺得不舒服，最近都沒吃。」

「那就小心點。我們今天換一家，不去桃花源，去新開的迷樓。」

「又要玩什麼新花樣？別整我了……」

「好了不說這些，明天一早妳把這兩包東西送給吳主任和林祕書，一定要午前送到。」

「明天我太忙，讓阿東去吧！」

「不好！這個重要，妳一定要親自去！他們知道妳我的關係，別人去，他們不會見的。」

「哦！哦！我好笨！是該我去！」

小陶不敢再聽，趕忙放輕腳步退回門邊，再故意弄出開門關門的聲響，劉文秀聞聲走了出來。

「哦！小陶啊，你怎麼去了又回來？」

「啊！劉姐妳還沒回家？我的手機忘在辦公室，我來拿手機。」說著，拿起桌上的手機，還揚了揚。

這樣的八卦要小陶不傳，就要悶死了，於是那要好的幾位都「確認」了真相。

有話即長，無話即短，又過了好多個月，日子還是一樣的，只是劉姐更忙了，因為老闆外務很多又常出差；有劉姐忠心留守，他自然放心。

老闆出差未歸，報上忽然刊出了聳動消息，還有畫面，狗仔隊原想挖的是那幾位金主的新聞，結果把黃董在遊輪上與三十九歲女小開結婚的韻事給抓到了，他們還沒回來，公司已喧騰一片。

大家都不敢看劉文秀，惟恐眼神不對傷了劉姐。她還是一派平常，定規做事，按時到班，頭家不在，她也按黃董的習慣同樣多留一兩小時。頭家終於回來了，回到公司第一件事便是宣布劉文秀升任副總經理兼主任祕書，也有人聽見小辦公室裡老闆膩聲地說：「那是策略運用，不得已啦！放心！咱們的關係不變。」

確然不變，公司正常運作，劉姐還是劉姐，尊嚴自持，處變不驚。

又一個連續假期過去，再來上班，大老闆與劉姐都沒出現，報上卻刊出了頭條新聞，官商勾結貪瀆大案偵破，那抓不著的白手套終於顯現。因為劉文秀的自首，呈繳出隨身碟、密帳、記事簿，乃至於個人日記。黃龍章罪證確鑿已收押禁見。

---

①作者小傳，見本書一二一頁。

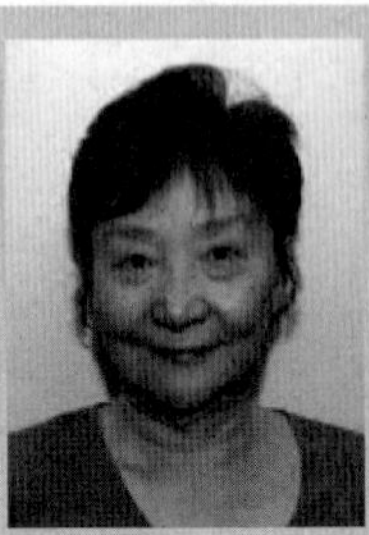

王渝

一九七三年在臺灣創辦《兒童月刊》，鼓勵兒童創作。一九七五至一九八九年，擔任紐約《美洲華僑日報》副刊主編。多年來曾為香港「三聯書店」，上海「上海文藝出版社」編輯詩選、微型小說以及留學生小說的選集。從一九九一至二〇一一年擔任海外文學刊物《今天》的編輯工作。翻譯則有《古希臘神話英雄傳》。

她的蛻變

劉若雲上午咖啡時間，照例和比雅一起。她來不及地要宣布心裡已經藏不住的這個好消息。偏偏約瑟夫端了杯飲料，不請自來，跟她們坐到一起。比雅不喜歡這個男人，就趕忙故意找話跟劉若雲說，把他擋到外面，不讓他闖進她們倆的私語時間。

「我也是喜歡看英國偵探小說，」比雅眼睛瞟著劉若雲面前那本 P.D.James 的書說：「英國女人了不起，她們寫的偵探小說特別好看。妳能不能想像法國女人寫偵探小說？」比雅是法國人，最愛調侃他們自己。

兩個女人逕自樂呵呵地笑個沒了。男人被擱在一邊，傻乎乎地看著她們，同樂不起來。

劉若雲回到辦公桌電腦前，擺出一副工作的樣子，腦子裡卻在想：要是比雅知道她這個中國女人寫了一篇滑稽突梯的謀殺小說，會怎麼想？會說出怎樣驚人之語？她記起有一次跟比雅說，在地鐵人堆裡面，看到一個背影很像丈夫，就伸手拍了一下。比雅馬上接嘴：「妳丈夫的臉改變了，是不是？」

她們倆都愛看小說，常常互相鼓勵動手寫，特別是看了一本爛書之後。按比雅的說法是：「我們不能總讓人家欺負，我們也寫點什麼讓人家難受難受。」她們常常認真地討論構想的故事，和故事中情節的安排。並且兩個人都很信服那個寫《洛麗塔》的納博可夫所說的話：結構與風格是好作品必備的條件。結構她們很能掌握，編起故事來花樣百出。至於風格，則有些摸不著頭腦。也許這就是她們拿不出作品的根本原因。

比雅說過：「遇到氣憤的事情要找人說，說了氣就漸漸消了。但是快樂的事情不要馬上找人說，要藏在心裡，像酒一樣越醞釀越芬芳。」劉若雲此時的感受則不一樣。她覺得藏在她心裡的喜悅像汽水，直冒泡泡，直冒氣。一早她就等待著咖啡時間好向比雅傾訴，偏偏氣泡之外竟還冒出一個約瑟夫。此時，劉若雲真擔心她心裡的泡泡就要冒光，氣也就要冒光，而汽水也就要不汽水了。

劉若雲對著電話，幾次忍不住要撥給男友安迪。她和安迪約定星期二、星期五下班都到酒吧碰面。她本來想的很美好，今天先和比雅分享快樂，明天星期五再和安迪分享，分享一個整整的週末。正這麼想著，安迪的電話來了，聲音空茫茫有氣無力。她十分警覺地按捺住，幾乎衝口而出，要向他報告的喜訊。本來安迪應該是她此時的最佳傾訴對象，現在又受到安迪低落情緒的影響，再度把要說的話哽在心胸。安迪因為所寫的工作計畫報告被上司批駁下來，指出好幾處的不當，十分沮喪。她反倒安慰了半天安迪。

回到住處，打開公寓門的一剎那，劉若雲下定了決心，不管三七二十一，她一見到同住的露意莎就要一吐為快。她一路往裡面走一面叫道：「露意莎，露意莎，我……」。客廳裡露意莎和男友寶比擠在沙發裡，兩人滿臉樂滋滋地對著她，搶著說：「我們訂婚了！」「我跟露意莎訂婚了！」

夜晚躺在床上，劉若雲拿出信來再讀一次，快樂一點也沒減少，跟初讀時一個樣。這是一封文學刊物編輯的來信，通知即將刊出她的短篇小說，還稱讚作品是「在滑稽突梯的描述下給讀者留下了多層次的想像空間」。她捉摸著編輯這裡所說的莫非就是指的風格了？想著她進入夢鄉。夢裡她和比雅坐在酒館喝酒，四處瀰漫著芬芳的酒香。酒香環繞中她發現自己在變，一點一點地變，最終變成了一只密封住的酒罈子。

吳唯唯

筆名唯唯，柔軟的金鋼鑽。山東青島人。醫學院本科畢業。一九八七年赴美留學，定居加州，從事生物醫學腫瘤藥物研究多年。寫作詩歌，小說，散文，隨筆等。為海外華文女作家協會終身會員。出版詩集《柔軟的金鋼鑽》，在《香港文學》、《今天》、《時代文學》、《世界詩人》、《世界日報》等海內外雜誌報刊發表作品。

毒氣室

瑪莎第一次接到哈瑞的死訊是二十年前。他在寄給她的信裡第一句話中寫道：「瑪莎，當妳接到這封信的時候，我已經死了。」

像所有倒敘式悲劇故事的開頭，先用結尾使讀者癱瘓以至於全身麻木，然後再一點點恢復他們的痛覺。哈瑞在信裡說：「我無法再討好自己衰敗的身體，它已經變成我的敵人，每分鐘都在向我進攻，這狗娘養的在我的每一個重要器官裡都安放了定時炸彈，準時地將它們一個個幹掉。」

瑪莎讓自己微微顫抖的身體落在身後一把椅子上，低下頭把雙手支在膝蓋上，長呼吸著。

「自從上次讓妳見到我那個鬼樣子以後，我就一直在策畫著離開。白天黑夜地苦思冥想。我不喜歡出乎意料的太尖銳的痛苦，好像我毫無準備，而妳知道我是有準備的人。我也不喜歡因為流血太多而看上去太恐怖，據說人離開時的樣子就是他今後永遠的樣子。最後只有兩個方法可以選擇，用威士忌吞服大量的安眠藥，或者爬到汽車裡將發動機啟動。這兩種都是熟睡的樣子，如果安娜還在，她會告訴妳，我睡覺的樣子還是很不錯的。」

她苦笑了一下，拿信的手微微顫抖著。眼裡的光變得柔和起來。

「現在看來安眠藥很難搞夠數量。我一定要快些做決定，我要在那些醫生護士脫去我的上衣和褲子之前，在他們冷著面孔在我身上插滿針頭和管子之前，在他們抽乾我的血，把我變成醫學書上的那個骷髏之前，爬到車庫裡，發動引擎。我打聽過那些一氧化碳沒有臭味，我會昏頭昏腦起來，然後安靜地失去理智，要知道失去理智的時候是很難做到安靜的。隨後就失去知覺，永遠地睡去。」

那是一個陰沉的初春的傍晚，瑪莎強撐著從椅子上站起來，走到窗前，後院的草坪經過了一冬的雨水，顯得格外綠。那兩棵楊樹也開始抽芽。滿目的翠綠使她頭暈。可她眼睛卻並沒有留在這裡，而是轉到腦後，透過腦後的頭蓋骨，盯著身後通往車庫的門。一股寒氣從尾骨沿著脊椎向頭上爬，她彷彿聽到引擎的震顫，聽到一個人無聲的呻吟，和那呻吟裡依稀可辨的喜悅。

「我要妳參加我的追悼會時，帶上一大捧金黃色的向日葵，和妳那些隨口而來的笑話。我要妳笑得像每次打橋牌贏我錢的時候那樣美。」

她垂下眼皮，不由得抬手整理一下頭髮。嘴角浮上一絲溫暖的微笑。

瑪莎剛會走路就認識了哈瑞。他們兩家後院相連。中間原有一個歪歪扭扭的木柵欄，後來塌了，木板被拿去點壁爐了。再沒人想到修起來。他們在同一個教堂做禮拜，進同一所小學，同一所中學。她的一生好像總有哈瑞在眼前晃來晃去，有時候她真是討厭他到了極點。直到哈瑞和她的好友安娜結了婚，搬到另一個城市。後來聽說搬到了國外，二十年前安娜死了。哈瑞和安娜有一個孝順的兒子約翰，他為了照顧母親的病隨父母搬來搬去。安娜去世後，兒子和他妻子將母親的骨灰帶回加州，埋在教堂後面一片小公墓裡。並在旁邊給他父親留了一個空位。哈瑞沒事就溜到安娜的墓旁，去看他的空位子。約翰留在加州一個小鎮做律師。

接到哈瑞的遺書後，瑪莎一直沒有收到追悼會的通知。這種事無法打電話去問。她想如果哈瑞本人接的電話，她該說什麼呢？「你怎麼還活著？」如果他兒子接的電話，她又該怎麼說呢？「追悼會什麼時候開？」

一個月過去了，她終於忍不住打電話過去，沒有人接。她想，他大概真的走了。她不知自己到底希望他死了還是活著。她常常覺得她的命脈就在他的命脈裡流動。他想要做的也正是她希望的。

瑪莎想起最後一次見到哈瑞的情景，那是接到這封遺書的三個月前，哈瑞七十歲生日。他兒子為他辦了一個輝煌的生日晚會。從全世界請來哈瑞所有的老朋友，爵士樂隊，雞尾酒，三層蛋糕，還把哈瑞的生平拍成幻燈片一遍遍地放。每個桌子中間的花瓶都插著一個小旗子，上面印著哈瑞開心大笑的頭像。她走進去時看到哈瑞被一群人圍著，擁抱，接吻，大笑。哈瑞銀白色的頭來回轉動，滿臉堆笑。她在一個角落的椅子坐下來，默默地望著他。她覺得她不喜歡哈瑞大笑的樣子。好像是另外一個人。

當哈瑞看到瑪莎時，臉上的笑容一下子不見了，好像被他收起來放進褲子口袋。她走過去坐在他旁邊。他沒有抬頭，垂著眼皮。嘴唇緊緊地抿成一條縫。嘴角因為用力而出現兩條深深的皺紋。她輕輕地舒了一口氣，這才是他的真面目。

她想起哈瑞最近一直在抱怨他的糖尿病，說他恨透了每天挨一針胰島素。還破口大罵他兒子，說將他最喜歡吃的東西都從一日三餐中除去，甚至逼他戒菸。他咬牙切齒地說，人性中最醜惡的不過是喜歡看別人受罪，現在他們得逞了。

生日晚會的前一個星期，她接到他的電話。「妳知道我越來越進步了。」他冷笑著說：「人家又發現我得了口腔癌。」她打了一個冷顫。他接著說：「我已經戒了菸，還要怎麼樣？剩下的就是戒命了。」

「也許是誤診呢。」她安慰他。「再說現在很多癌症都是可以治療好的。」

「醫生說需要手術，怎麼手術？」他在電話裡喊起來：「把我的半個臉切去？我留那半個臉有什麼用呢？做鬼臉嚇唬人還可以。」

在他的堅持下，手術推到七十歲生日後。「我可不願意人家大老遠跑來，連我的面都見不到。」他在掛電話前最後說了一句。

他們就這樣默默地坐著，聽著對方的呼吸。直到兒子叫他去吃蛋糕，她才慢慢地起身離開。他沒有抬頭看她的背影，她也沒有回頭看他。

收到那封信後，日子就這樣一天天過去了。瑪莎到底也不知道哈瑞是生是死。她也不想知道。因為生死都不是她想聽到的結局。一年後的一天，應該是哈瑞七十一歲生日，她突然收到一封信，信封上是哈瑞的筆跡。

「妳一定以為是鬼在給妳寫信，不過也差不多了。我進了這個倒楣的監獄已經快一年了。命運和我開玩笑，本來應該去的地方沒去成，半路拐彎，到了這個鬼地方。妳知道我一向是計畫很周密的，上次生日後第三天，兒子一家出門旅遊。我鑽到汽車裡把引擎開著，打開車窗，閉上眼睛。引擎的聲音很大，這是我預料之外的，不能安安靜靜地死真是遺憾。可就在這時，我無意中發現儀表板上指示沒有汽油了。我想要是引擎因為沒有汽油而停下來，而我正半死不活可就慘了。已經開始頭昏腦脹，我還是決定去加油。我已經幾年沒開車了，開出去沒有幾個街口，就撞了人。後來聽說那人在醫院裡死了。唉，該死的是我呀！我這個老不死的，生命的價值已經變成負值。」

瑪莎將信封翻來翻去看了幾遍，沒有找到回信的地址。他能在哪個監獄呢？她知道他住的城市裡有個第一監獄。瑪莎想哈瑞的命可真不好，連死都這麼多事。

瑪莎繼續看下去，「監獄的日子慢啊。每天還要挨那一針。我以為在監獄裡可以躲開現實生活中的事，但是監獄有監獄的現實。不過在這裡那一針就是小意思了。我那口腔癌也不知道哪兒去了，沒人關心我口腔裡多了什麼少了什麼。看來連癌都是勢利眼，在我最困難的時候棄我而去。人在富裕優閒的時候，身上會多出很多東西來，什麼扁桃體，前列腺，艱難的時候，這些東西都不見了。」瑪莎不由地微笑著。

「不過我又在計畫了，要是能判死刑就省去我很多麻煩。不過這次我要更周密地計畫一切，不會再出現因為沒有汽油而失敗的事。我對妳唯一的要求，是不要來看我！我知道妳是唯一聽我話的人。」

瑪莎沒有去看他。但她沒有一刻不想到他，和他的周密的計畫。她開始看一些有關監獄的小說，一遍遍看那些越獄的細節。有幾次她無意中看到關於死刑的描寫，她粗粗地掃了幾眼很快地翻過去，她覺得讀那些東西很不吉利，好像她在做思想準備，而她根本不希望那件事會發生。

兩年後一個四月的星期天下午，太陽好的出奇。她在後院陽光最好的地方種了幾棵鬱金香，暗紅色的花瓣像包著很多秘密一樣不肯張開。她想明年種幾棵向日葵吧，她一直沒有種是因為那東西太占地方。她坐在長椅上被陽光曬得有點頭暈，順手拿過椅子上的報紙，想要蓋在臉上。突然一條消息引起她的注意，「XX市第一監獄一個叫哈瑞的犯人，在監獄護士給他注射胰島素的時候，突然將數個注射器針頭刺入護士的胸部，造成該護士心臟病發作，經搶救無效而死亡。這位犯人平時並無暴力傾向，監獄長認為，該犯人身體健康狀況不良，可能造成他精神失控。」

太陽在瑪莎的頭上燃燒，每一根頭髮都燒焦了。她看到太陽的黑點在擴大……

瑪莎醒來時已是傍晚，她躺在後院的草坪上。頭痛得厲害，口也很乾。

從這天起瑪莎開始每天看報紙，她把所有關於哈瑞的消息都剪下來，放在一個剪報集裡。她知道哈瑞被判了死刑，而他的律師兒子正在上訴，理由是那個護士原來就有心臟病，那些針頭並不是造成死亡的直接原因。哈瑞的案子成了瑪莎生活的主線，她關注每一個新動向。她非常想見見哈瑞，看看他拉得很長的臉，取笑一下他周密的計畫。可是她已經無法再感受他的心思，他離她越來越遠。她想他為什麼在死這件事上這麼倒楣呢？

日子過得飛快，六年後一個冬天，雨季到來之前，她突然收到哈瑞的信，「我兒子還在打官司想要救我一命。就是因為他的好心，我還在這裡受罪。他們希望我活著，這樣他們心裡好受些。其實我已經不再那麼急著想要去死了。如果早像現在這樣不需要插管子，臉也可以保留，再能抽上幾口菸的話，活著其實也不錯，我第一次希望兒子的官司打贏。可我已經欠了兩條命。決定我生死的都是陌生人，他們不認識我，我無法告訴他們我現在的心情，沒人關心我的心情，沒人問我到底要怎樣，我要死的時候，他們不讓我死，我要活的時候，他們也不會讓我活的。這些陌生人決定我該死還是該活。明年我八十歲生日的時候，能否找人給我送一束向日葵來？我希望死刑能在生日那天，我可以帶著妳的向日葵離開。人老了會變得婆婆媽媽。我開始把一些日子藏起來，等到將來到了另一個世界的時候拿出來用。我不能沒有計畫。為什麼死刑的日子還定不下來？我可能等不到我的死刑了。」

一天，瑪莎在報上看到了哈瑞死刑的日子。是在他八十歲生日的前兩個星期。她把那條新聞剪下來貼在剪報集裡，盯著看了好久，好像她一生都在等著這個消息，可是她已經無法將它與現實聯繫起來，她和哈瑞都變成局外人，像沸水裡的油珠，被生活折騰著，卻無法融入。不久以後，哈瑞會像被掐滅的菸頭一樣踩在地上，由正義的鞋底在上面揉搓幾下，變成一撮骯髒的粉末。

瑪莎接到哈瑞的最後一封信時，正在死刑那天。「後天輪到我了。這回是真的。真的要嘗試毒氣室了。這是國家建造的，質量一流，這裡用的是氰氣，絕不會出錯。比我的車庫要好上多少倍。而且最重要的是那裡一定非常安靜。我可以坐著等一扇門打開，我就朝門裡走進去，然後那扇門在我身後永遠關上。謝天謝地。」

他在結尾講了他最後一餐將吃些什麼。瑪莎已不再讀。一切都變得遙遠而無關緊要。她慢慢走到後院，整個後院開滿了鬱金香，金黃色的最耀眼奪目，她想該種些向日葵才是。她走過去彎腰將那束金黃色的鬱金香連根拔起，抖了抖根上的土，緩緩回到廚房，把根部剪去插到一個花瓶裡，拿到臥室放到床頭。

她換上暗紅色的睡袍，對著鏡子看了一眼，然後平靜地躺在床上。她聽到一顆疲倦的心漸漸平息下來，越來越慢地敲打著，那敲打的聲音彷彿水滴被蒸發的聲音，她看到那扇門在她面前悄悄地打開，一個少女手捧著金黃色的向日葵，朝那扇門奔去……

二〇〇八年一月十九日凌晨一點二十二分

連載於《世界日報》，二〇〇八年三月十二、十三日

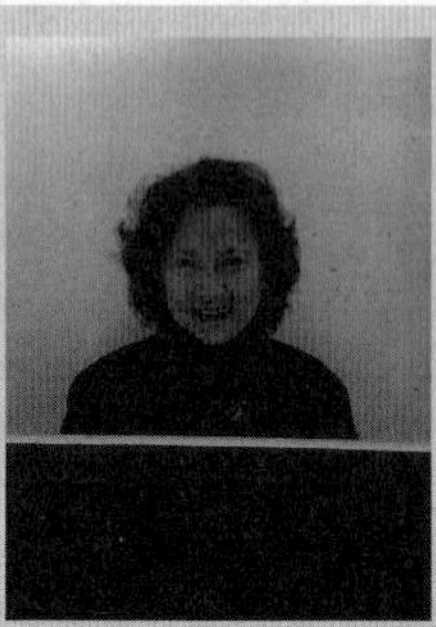

陳漱意

籍貫臺灣省。紐約市立大學學士，曾任記者、編輯。

作品：黃河出版傳媒集團、陽光出版社出版之中短篇小說選《雙姝戀》。臺灣皇冠出版社出版長篇小說《無法超越的浪漫》，散文選《別有心情》。《上帝是我們的主宰》獲臺灣皇冠出版社百萬小說佳作獎，《蝴蝶自由飛》獲臺灣中國時報百萬小說佳作獎。

校園緋聞

一九七五年九月，紐約州的X大這所常春藤盟校的校園裡盛傳一件緋聞，緋聞的男主角高大英俊且熱衷社團活動，來自美國中南部的白人中產家庭，他能夠躋身於X大，自然也是一流學生。女主角廖勝美，高中畢業跟隨家人從香港移民來美，因為長相平凡，加上自幼雙腳小兒麻痺，早已養成低頭的習慣。

近三十年了，她雙腳套著鋼架，一路艱難的行走過來。春天短暫開過的櫻花覆滿人間小徑，夏天太陽下的影子，秋天的落葉和冬天的積雪，她比誰都熟悉。這些無比的美麗在地上被所有的髒鞋踐踏，她也看得比誰都真切。她是落寞且乖僻的，她沒有任何朋友。如此不對稱的一男一女，因為某種因緣際會竟結合在一起，消息一走漏，迅即在校園裡爆炸開。據說這是女權分子炒作的結果，這件緋聞被歸納入婦女解放的浪潮之內，大夥竊竊私語之餘，難免追問玄機何在？

X大校園裡，這兩三年處處可見一個粗矮的身影，一步一顛地穿梭在文學院跟圖書館間的大樓，腳上的鋼架，在每一次顛仆移動間殘酷地限制她前進的速度，她的大腦和她的心，遠遠跑在她殘廢的兩腿之前，這迫使她無法做一個實踐者，永遠只配做理論家。

開學期間，照例有一連串歡迎新生的活動，那是廖勝美在研究院的第三年，她已經見識過太多美國大學生的瘋狂行徑，其實也沒有新意，不過就是喝酒喝酒喝酒，和喝醉之後打架鬧事。這天傍晚，廖勝美出了圖書館一跛一拐走在校園裡，背後跟上一個香港來的女生，「勝美，今天晚上兄弟會在學生宿舍裡有派對，對所有人開放，很多中國同學要去，妳也去嗎？」

廖勝美轉頭看那女生一眼，略想了一下，說：「大概去吧，去看熱鬧。」

「聽說那些男生喝酒喝得很兇，很危險，不會出什麼事嗎？」那女生神經質的咯咯笑著問。

「妳也喝酒嗎？那會出什麼事？」廖勝美突然冷淡的反問。她討厭那些矯揉造作的女生，尤其是新來的，她們多半認定她不是對手，跟她說話間經常很露骨，她就討厭她們那樣。

「就是有點好奇想去，可是又不曉得到底要不要去？」女生還是笑著，邊走邊停的等身旁的廖勝美。

「妳有事先走吧，不必陪我。」廖勝美站住說。

「哦？好的，對不起，打攪了。」女生警覺的斂起笑容，匆匆走開。

慢慢走出校園，過一條街就是她的公寓。她住在一樓，大門入口旁邊第一間，父母體諒她，不僅處處為她爭取各種福利，且多花錢讓她單獨住，遮掩她去掉鋼架之後的寒傖相。她小心的把背包放到桌上，再小心的從冰箱裡找出一些火腿黃瓜橄欖之類的冷食，胡亂吃起來。她吃東西多且快，跟她的學習一樣，可以大量且迅速的吸收，像海綿像沙漠一樣迅速吸收卻使不上力，食物無法在她體內轉化成力氣，她只要不出力就沒問題，雖然，她渾身上下方方整整的顯得很結實。但是因為年輕吧，她短而直的黑髮油亮，方圓臉上老是油膩膩的，連粗短的睫毛都閃著油光。

她在浴室裡用溫水洗了一把臉，臨出門之前再洗一把臉，確定臉上皮膚清爽沒有浮油，這才出門又過街回校園，街上沒有行人，已經快十一點了，被燈光照耀得像白晝的學生宿舍的大樓裡，傳出一片笑語聲，她熟門熟路的上樓，走廊裡迴盪著 Bobby Darin 的 Beyond the sea，是她聽熟的歌，也能跟著哼唱：「Somewhere beyond the sea, Somewhere waiting for me, My lover stands on golden sea, And watches the ships that go sailing——」熾熱卻夢幻般的歌聲搧動一顆一顆青春燦爛的心。

她一路打著招呼，來到堆著食物和酒的長桌前，「It's far beyond the stars, It's near beyond the moon, I know beyond the doubt」Bobby Darin 繼續在唱。「學長，敬妳一杯。」一個她不認識的中國男生遞上一杯雞尾酒給她，她就著暖融融的氣氛猛喝一口，「哎喲，誰調的酒？這麼烈！」她吃驚地問，沒有人回答，大家多半醉了，各自飲酒傻笑，前言不對後語的高聲說著話，有幾個女生醉醺醺地吊在爛泥似的男生身上，看來就像那個香港女生所說，很危險，要出事了。

在這種場合裡，太冷靜就沒意思，她總是玩不起來，就因為心裡面太冷靜了，冷冷靜靜觀察周圍的一切，像間諜或者自認為是先知？好沒意思！她因此得到什麼了？她忽然有點想哭，一仰臉把剩下的酒喝得一滴不剩，然後把空酒杯放到桌上，大聲說：「再來一杯！」

「We'll meet, I know we'll meet beyond the shore」Bobby Darin 快要唱完了，她無端的又一陣傷心。身邊兩個男生騰出多一點空位給她，並且另外傳給她一杯，是他們喝剩的半杯威士忌加蘇打水加白蘭地加香檳加不知什麼——這次她只啜了一口，沒敢再啜第二口，手裡的酒已經被別人搶了去。

她一扶一拐到另一邊桌上拎起半條義大利香腸吃，感到油膩，再吃一片火雞肉，兩個男生正把幾片火雞肉在桌上丟來丟去玩起來，「你是火雞！」一個醉眼惺忪的說。

「我是孔雀！你是火雞！」另一個更醉，把一片火雞肉丟過去。

「你是火雞！」又一片火雞肉飛出去。

「我是孔雀！」火雞肉飛過來。

「你是火雞！」火雞肉再飛出去，加入幾個人玩起來。

廖勝美跟著四周的人笑，她沒有見到其他的東方女生，下午那個香港女生也不在，膽子真小啊，太過分的保護自己了吧？她又過去端一杯酒，調酒的男生說這種長島雞尾酒很有後勁，「啊，是嗎？」她笑著，做出老學長的姿態到牆邊一把椅子上坐下，地上橫七豎八醉倒好多人。雞尾酒甜膩濃烈十分好喝，她克制地一口一口小心地喝，還是連喝了兩杯，忽然感到活得好輕鬆，心裡面什麼壓力也沒有了。周圍的喧鬧聲跟著靜止下來，靜悄悄的、靜悄悄的，像雨後靜悄悄的三合院，只剩下雨珠從屋簷跌碎在石階上的聲音。

她看到每一間宿舍的門都大敞著，她想躺一會，搖搖晃晃尋過去，裡面黑影幢幢，鼾聲醉語間夾雜奇異的、她無法分辨的什麼聲音，努力看去只覺兩眼昏黑地天旋地轉，找到下一間，地上伸過來一隻手試圖捉住她的腳踝，卻只捉到她小腿上的鋼架，她嚇一跳差點摔跤。

酒醒了一半退到下一間，地上照樣躺滿了人，靠窗的小床上卻只有一人躺著，她移過去坐到床沿，百葉窗的夾縫裡投射出月光，正好映照床頭酣睡的男性的臉，五官勻稱完美得像石雕，雙眼緊閉、呼吸沉重的不知正進入第幾個醉夢裡？除了她的父兄，她從沒有這樣細看過一個異性，她近乎痴癲的伸手到那臉上撫摸起來，一顆心卻加速跳動，其猛烈使她禁不住哀叫，心跳至喉嚨，從她翕動的口腔裡跳出來。

「是妳嗎？」她的手被拉住，她驚慌的順勢躺下，終於面對面，廖勝美記得見過這個好像是大二的白人男生，好像屬於文學院，可是外表看來更像運動員，她自卑地撇開臉，深恐被認出，心驚肉跳的把頭臉整個埋入為她張開的臂彎裡，「啊，是妳嗎？」男生又含糊的咕噥，一片混濁的酒氣和火熱的體溫，使她興奮得泫然欲泣，她顫抖的伸展兩臂緊緊挾抱住眼前的男生。

次日醒來，宿舍裡猶自昏昏的半明半暗，廖勝美見男生裸身背對她躺著，她自己的身體則裹在一條大毛巾裡，屋裡另一面的大沙發上蜷縮著一個光膀子的棕髮男生，地上橫七豎八也睡了一地的男女。她因為兩隻小腿整夜戴著鋼架以致移動不得，好不容易才坐起來，用兩手不斷搓揉麻木僵硬的肌肉。這一連串動作喚醒宿醉未醒的男生，等他一看清眼前的局面，喉嚨裡吼叫一聲連爬帶滾的下床，抄起一件衣服遮掩下體，一路跌跌撞撞的狂喊著，像重創的野獸，因為巨痛狂喊著，奔過走廊，狂奔入破曉的校園裡。

男生當時就休學回他的家鄉，後來轉到一個小學院就讀。廖勝美的肚子漸漸大起來，她母親來看她，以為天生命苦的女兒得了怪病，焦急的說：「我們去醫院做全身檢查，不論得什麼再麻煩的病都要治好。」

「什麼病呀病的？誰跟妳我們我們！」廖勝美惡聲惡氣的回嘴。

她母親不知所以的呆望她，母女在狹窄的房間裡沉默對坐，廖勝美終於說：「我懷baby了，我要把他生下來。」

她母親沒有覺悟出來，微微笑著。

「妳和阿爹要為我準備一筆錢，我要把小孩生下來。」

她母親驚訝得說不出話，廖勝美接著再吩咐：「頭三年妳要辭掉車衣廠的工作，幫我帶小孩。」

如此，毋庸父母費心的，一切都在她的安排下進行。她在第二年生下一個金髮男孩，而且沒有耽擱地拿到博士學位。找工作的期間，常見她推著嬰兒車逛街，也在教堂的水池旁邊曬太陽。她不久在一個人文基金會找到工作，憑著高學歷和始終不斷的努力，迅速升遷。她的雙腿因長年治療，終於可以拆掉鋼架，雖然她還是一顛一拐的在走路，卻像獲得新生一般，感到從未有過的自由。她常常帶著兒子國內國外到處旅行，當然，難免要回答父親在哪裡的問題？這時她會牽著兒子的小手，到十字架前虔敬的跪下，答案早就準備好的，「兒子，你是通過上帝的恩惠賜給我的，我雖然卑微，你卻純潔得像一個聖嬰。」

現在，她是三個孫子女的阿婆，她的兒子遺傳她的睿智和方頭大臉的長相，加上運動員的體型，很有大丈夫的架式。做兒子的常在週末帶著妻子和孩子們來陪伴廖勝美，廖勝美也努力翻閱食譜，為兒孫們燒家鄉菜，他們帶來的歡聲笑語，充滿在她三房一廳的公寓裡。她對生活心滿意足。有些人認定她得來不易的幸福，是她一手設計的，其實，她真沒有想到那一次，對多數人只是又一次的腐敗墮落，對她卻是一個奇蹟的那一次，她把握住機會，為自己創造了一個，即使健全美貌的女子，也未必擁有的美好人生。她在那一次改變了自己的命運。

曾發表於臺灣《聯合報》副刊

楊慰親

一九三九年生於上海，成長於臺灣。美碧寶德大學圖書館系碩士，喬治亞州立大學教育系結業。曾任大學圖書館員、中文教師等職。應薇薇夫人邀約為《世界日報》家園版寫「異國感懷」專欄約十年。著作有散文集：《異國感懷》、《樹上的小木屋》、《珍妮的憂鬱》；小說《人間有夢》、《不平行的愛》；傳記《電學之父——法拉第》。

答案

這不是溫愉第一次看見瑪麗亞。但是身著黑色洋裝，面帶哀戚的她，看起來好像是換了一個人。那個不修邊幅經常繳不出房租的女人，怎麼一下變得端莊高雅起來？

來參加鄭維誠喪禮的人很多，除了中國人，還有一些洋人。多少年來，溫愉一直在學校教書，出入不過實驗室、課堂。但鄭維誠換過好幾個工作，喜歡交朋友，人緣又好，近幾年做房地產生意，說得上相識滿天下。但擁擠的人群中，不知為什麼，只有瑪麗亞的身影最吸引溫愉。

瑪麗亞先在靈前默禱，雙手在胸前畫十，然後走到溫愉的面前恭敬地說：「我真不知該說什麼，鄭先生是這麼一個好人，我真是很難過、難過。」她的英文帶有濃重的西班牙口音，到了最後，聲音幾乎有些顫抖。然後她微微把頭低下，轉身離開。

每一個人都是這麼輕聲細語，好像生怕驚嚇了溫愉。本來就是，鄭維誠不滿六十歲，依然壯年。當初因為他專長的核能發電受到社會排斥，事業上遇到很多挫折，但在逆境中他總能沉著應對，兩次失業還能自嘲地說：「現在是女主外，男主內。」

直到十年前轉做房地產生意，一切驟然改觀。迷上了高爾夫球後，更是意氣風發。有時看溫愉趕寫論文忙到半夜，就提議早點退休。「孩子大了，生活無虞，我們也該輕鬆一點了，何必老是這麼賣命。」

可不是，這些年先是溫愉工作上無比的壓力，然後是鄭維誠事業上許多的挫折。可是任何困難都沒有把他們難倒，因為他們共同建立了一個溫暖的家，永遠無形地支持著他們。但經過這些年的風雨，現在維誠覺得生活需要有些改變，也該是件很合理的事。

維誠決定了，就不再回頭，他是那種說到做到的人。很快地他就開始處理自己的產業，雖然沒來得及全部脫手，卻無心地逃過了房地產泡沫。

這時溫愉卻發現自己除了工作，她幾乎沒有其他的嗜好，驟然退休，如何處理自己的生活？況且她還有些未了的責任。一猶豫就這麼拖了下來。但她怎麼也想不到，一起車禍，竟把鄭維誠旅遊、打球、學烹飪的輕鬆退休夢，一下子打得無影無蹤。

「媽，我們過去吧！」女兒凱莉輕輕地說，凱莉是個堅強的孩子，這幾天幸虧有她張羅，否則溫愉真不知怎麼辦。弟弟凱文到底小幾歲，還在一旁默默飲泣。

四個身著黑色西裝的人過來把棺木推到另一個大廳。

大廳中擠滿了人，幾乎所有的人都穿黑的，烏鴉鴉的一片，即使四面八方有無數的花圈，朵朵花兒鮮豔，也驅散不了這無邊的沉重。溫愉木然地向四周掃視了一下，發現許多目光也正從各處直射過來。

除了前兩排的家人親戚，幾個親近的老朋友，其他多半是似曾相識。溫愉對維誠的朋友都不太熟悉，好像也沒有想到要去熟悉他們。忽然她瞥見瑪麗亞坐在很後面，正睜著眼睛向這邊張望。瑪麗亞跟自己根本生存在兩個不同世界，她為什麼會出現？他跟維誠的關係又是什麼？溫愉忽然有些困惑，這個多年來她跟維誠辛苦建立的家，難道並不如想像的那麼堅實？

「維誠是家裡的老么，最得兩老寵愛，他聰明善良，興趣廣，朋友多，就是不喜歡用心念書。」是大哥鄭維勤在講臺上說話，「我出國後，幾乎每隔幾封家書，父母親就會催我想法子把他弄到美國來，因為對他考大學，實在都沒有信心……誰知道，高三那年，隔壁搬來一家姓溫的鄰居，溫家有個女兒剛上高中，漂亮文靜，成績出類拔萃。兩家近鄰相處和睦，孩子成了朋友……自從溫愉出現後，維誠好像變了一個人，忽然開始用功，一發憤，竟然考上了臺大，讓我們全家傻眼……」

臺下激起一片笑聲。

「維誠是永遠的樂天派，同學有事找他，從不拒絕，就是有了女朋友，也不例外。當然這都因為愉嫂大度，這麼多年，大家交往不斷，任何時候聚會，還是當年的哥兒們……」維誠的同學王達文從紐約趕來。

「我們同事多年，經常一塊兒吃中飯，他講究吃，也懂得吃。我永遠記得，那次一同去工地出差，開了五六個鐘頭，我早就餓了，放下行李，就要去旁邊的麥當勞。維誠說什麼都不同意，結果我們又開了最少半個多小時的車，才找到一家像樣的餐館，從湯、沙拉到甜點，一道一道，吃完才對他佩服得五體投地，慶幸沒去麥當勞。從那時起，吃東西我跟他走，……」維誠的同事好朋友朱默，說到這兒，忽然聲音變得有些沙啞。「他說退休後要學烹飪，我們還在等他的拿手菜……」

溫愉不善廚藝，但也不挑剔。維誠剛好相反，廚房像個實驗室，吃到或想到什麼好吃的，就想自己做。下廚是他生活中的大事，不管成功與否，全家都要品嘗，集體檢討，還要每個人提意見，務求改進。孩子們要吃什麼，從來不找溫愉，一定找爸爸。

「兩年前，迪克特街那座樓出售的時候，附近迷爾悟路上有幾棟房子也可以一併賣掉。可是買主計畫改建，要房客立刻搬出去，有幾家情況比較困難，維誠要求買主多給這些人一些時間，對方不答應。他乾脆就不賣了，誰知道，沒多久，房地產泡沫，想賣也賣不掉。但鄭先生說他不後悔，做人總要有點人情味……剛進來的時候，碰見一位叫瑪麗亞的女士，就是迷爾悟路上的房客。她說這兩年，做個單親媽媽，多虧鄭先生照顧，不然她一家就會流落街頭……」于漢生是維誠的助理也是事業上的夥伴，說到這裡忽然停了下來，向人群中張望，「我剛剛還看見瑪麗亞……」

瑪麗亞這幾個字不知為何這時忽然像一支冷箭，向溫愉背後射來，使她不自主地全身顫抖了一下。可不是嗎，最近維誠最常提起的名字也是瑪麗亞，「這些從南美來的移民其實很像中國人，吃苦耐勞，重視家庭，唯一不同的是他們都比較窮，又不像我們重視教育……」

記不清從什麼時候開始，維誠去迷爾悟路的次數頻繁起來了。溫愉弄不清，也沒有多想，她很少過問這些事。那幾棟房子原本老舊，常需要修補，以前他都是找工人去做，現在卻經常事必躬親，是因為生活忽然清閒了，還是有其他的原因？前幾天，維誠好像還提到要給瑪麗亞的兒子補習功課，「這個時代，不受教育，就要窮困一輩子，翻身的機會都沒有。」哪個房東會管到房客孩子的事？

維誠的車禍剛好就在迷爾悟路附近！溫愉身子變得冰涼，腦子一片混沌。從十六歲起，溫愉便是由衷地傾慕維誠，他活潑開朗，瀟灑不羈，想做什麼就做什麼，他的世界是那麼寬闊自在。溫愉內向，是維誠給她一個更廣闊的天地，給她的生命增加了許多色彩。可是……

不知過了多久，喪禮結束了。外面陽光普照，但溫愉的心卻是像冰一樣的寒冷，女兒把黑眼鏡遞給她，溫愉戴上，忽然她覺得自己的生命就這麼一下子黯淡了，從十六歲起維誠便是她生活的指南，她很自然地跟著他，一跟就是幾十年，他怎麼能就這麼走了？這是怎麼一回事？誰能給她一個答案？

終於一切都過去了，親戚朋友也散了。坐在自家廚房的餐桌前，溫愉可以感覺到兩個孩子的不安。溫愉知道自己該鎮定，但四周卻是一片迷茫，地心的吸力像是消失了，整個人像在空中飄浮。

凱文倒了一杯水，放在她的旁邊。凱莉端了一碗粥放在溫愉的面前，「喝碗粥吧，朱媽媽煮的，她特別囑咐要妳今晚一定要吃點東西……」

「爸爸說朱媽媽煮的粥最香……」凱文一旁勸，一邊把調羹放在溫愉的手上。

溫愉喝了一口粥，擠出一絲微笑，望著兩個面帶憂鬱的姐弟，「謝謝你們……」她用調羹在碗裡不停地攪著，望著稀飯出神，忽然抬頭對著兩個孩子說：「爸爸快樂嗎？他……」

沒等她說完，凱莉搶著說：「他當然快樂，尤其這幾年他每天都很快樂，妳不是說爸爸是個最會自得其樂的人！」

「爸爸說過他最幸運，家裡有個能幹的太太，又有兒有女……」

「是嗎？是嗎？……這麼多年，我從來沒有認真為他做過一頓飯，煮過一碗粥……」

溫愉忽然推開飯碗，撲在桌上放聲哭了起來。

融融

著作：長篇小說：《素素的美國戀情》、《夫妻筆記》、《來自美國的遺書》、《折翼人》，前兩部已由中國青年出版社和世界知識出版社出版。散文集：《吃一道美國風情菜》、《感恩情歌》、《開房車走北美——北美野生圈紀實》。二○○三年起為星島日報專欄作家、廈門日報雙語專欄作家。文學評論發表於大陸學術刊物。小說、散文、隨筆發表於北美和大陸報刊。

化妝間

門是光控的，在她身後自動關閉，關得神不知鬼不覺。就在這一剎那，威妮眼睛一黑，失盲失聰，突然墜入了萬丈深淵。

來參觀這個公寓的時候，威妮像其他人一樣，在化妝室的外面探了探頭，好像這間房可有可無，一牆之隔的洗手間裡有水池有鏡子，化妝間顯得有點畫蛇添足。

說來挺奇怪，威妮不愛化妝。她的母親皮膚過敏，塗任何東西包括護膚霜都要出水泡。威妮也怕出水泡，雖然她從來沒有出過水泡，也從來沒有見過母親臉上的水泡。

但是水泡意味著鮮血淋淋，別說慘不忍睹，就是想起來，她都不禁一陣哆嗦。威妮愛看母親的臉，素素淨淨的，眼角上有細細的皺紋，臉頰上有柔軟的絨毛。母親五官很端正，即使到了晚年，不施粉黛的皮膚很乾燥，臉上幾乎布滿皺紋，她仍舊喜歡。這些皺紋在她的眼睛裡，好像是蘊藏了許多秘密的線索，其中的故事只有她能夠讀懂。對於其他女人臉上的大紫大紅，她覺得膚淺醜陋，不堪入目。

小時候，有個阿姨抱著她親了一下，她用小手指一抹，看到指尖紅了，嚇得哭起來。母親趕緊用面紙蘸著她的眼淚把臉上的紅唇印給擦乾淨，她才安定下來。上中學的時候，有個女孩子送她一支唇膏，悄悄地告訴她，如果嘴上塗出紅寶石的光彩，男孩子就會喜歡她。她躲到廁所裡，膽戰心驚地打開蓋子，對著鏡子塗了一下，鏡子裡的嘴唇立刻出血了，唇膏像一條猩紅的舌頭被扔得老遠。她不停地往水池裡嘔吐，把午餐吐個精光。

後來她的胸部臀部都出現了變化，下身開始定期出血。女人的身體曲線彷彿和化妝品是一對雙胞胎。女同學女朋友的臉越塗越厚，威妮和她們的關係越來越遠。她的世界裡只有母親和自己。

幾個月前，母親去世了。追悼會上，母親躺著，雙目緊閉。威妮見到她的時候，驚嚇得哭不出聲來。母親臉上的皺紋消失了，臉頰紅潤，嘴唇上閃爍著紅寶石的光彩。威妮撲上去，想用袖口去擦母親的臉，一邊大喊，水泡！水泡！救人啊，救救我媽媽！

她被擋住了。她的手不能動彈，她的腳在空中亂踢。她怎麼也掙脫不了。母親就在前面，無法接近。威妮大病一場，臥床好久，至今還沒有完全康復。

母親走了，留下那張彩色的臉，總是在眼前晃來晃去。睡下的時候，母親的眼睛睜開了，眼圈被塗得黑黑的，像巫婆一樣，極其可怕。一覺醒來，母親馬上垂下眼簾，假裝睡著了，如女神一般，極其祥和。孤零零住在大房子裡，她感到死氣沉沉的是自己，簡直活得像骨董一樣。母親的臉反而越來越年輕越來越豔麗。

她把房子賣了。

來看這個公寓之前，她已經看了無數地方，好像都是看著玩的，用看房子來打發多餘的時間。一個多餘的人在多餘的時間裡發現一個多餘的化妝間。偶然的巧合給了她很大刺激。化妝間裡沒有窗，四面都是鏡子。有的鏡子固定在牆上，有的裝在化妝間的門上。上下左右都是燈，一打開，亮得耀眼，甚過白晝。威妮只在門口瞥了一眼，漫不經心地從眼角掃過去，卻看到了隱藏在鏡子裡的妖精。妖精沒有身體，只有一張蒼白的臉。妖精沒有眼睛，只有兩個黑洞。她不由地一陣哆嗦，趕快用手蒙住眼睛。但是，她的腿卻失去了控制。果然，當她踏進化妝間以後，意想不到的事情發生了。門是光控的，在她身後自動關閉，關得神不知鬼不覺。就在這一剎那，威妮眼睛一黑，失盲失聰，突然墜入了萬丈深淵。

母親的靈柩就是這樣往下沉的。往下沉，往下沉，沉到底部，她發現睡在裡面的是自己。層層恐懼壓迫她，把身體的各個部位壓得四分五裂。胳膊和大腿，肩膀和胸部都被肢解，最後只剩下一個腦袋，她整個地縮在一個小如湯碗的腦袋裡。腦袋還有感覺，感覺空空如也，好像一切都不存在，過去的歲月都化成灰燼。腦袋裡有兩張臉，一張彩色的，一張黑白的，母親和自己，就像兩股輕煙互相交織。輕煙從遙遠的一個點飄過來，扭扭曲曲，凝成一股白色的氣流。氣流竄來竄去，尋找她的身體，東一塊，西一塊，一塊一塊撿回來。她看見一個手指頭，貼到電燈開關上，按了一下，頓時，漆黑的墳墓變得金碧輝煌，好像進入天堂。

哈哈，她對著鏡子笑了。哈哈，哈哈！鏡子也笑了，前後左右都是笑臉，笑聲像漩渦似地繞著她旋轉。很久很久沒有笑容了，無悲傷無興奮，無痛苦無幸福，沒有感覺地活著。看上去像常人一樣，按時上班按時回家，按時吃喝按時上床。只有她自己知道，活著和死去沒有差別。幾分鐘的地獄和天堂，從她身體裡大進大出。

哈哈，哈哈！皮膚肌肉都在笑，每根神經都笑了，威妮全身顫抖手舞足蹈，從化妝間這頭跳到那頭。體溫開始升高，皮膚開始出汗，血液開始奔騰，她的胸部聳立起來，下身脹熱潮濕……天堂裡的威妮赤身裸體一絲不掛，燈光像太陽一樣，柔情蜜意，把她抱在懷裡。威妮醉意濃濃，對著鏡子擠眉弄眼，火苗從眼睛裡竄出來，燒得空氣通紅滾燙。威妮把自己貼上鏡子，嘴對嘴吻一吻，臉貼臉親一親，身體擦身體，上下移動。第一次和自己做愛，痛快極了。她狠狠地撞上去，撞上去……

醒來時，威妮發現自己躺在化妝間的地毯上。

她買下了這個公寓。

原載《世界日報》〈小說世界〉，二〇〇四年九月二十七日

余國英

祖籍江蘇，生於湖南，童年在重慶，少年在臺灣。在臺北讀大學，在美新澤西州進研究所，在紐約長島工作。一九九二年，以〈船〉一文獲聯合文學新人獎，同年，皇冠登出《家有六千金》獲讀者好評。在佛州退休，專心寫作。一九九九年以《紐約家庭洋過招》獲世界華文優秀小說獎，二〇〇七年獲天津老年文學一等獎。全美華文作家聯誼會副會長，美國文摘雜誌編輯顧問，曾任二〇〇四至二〇〇六海外華文女作家協會祕書長。

繫鞋帶

電話鈴響，文采正坐在電腦前面趕稿子，響了很久，她才伸手去接。

「妳知道妳家老東西前天下午在哪裡嗎？」對方並不打招呼，劈口這樣問她。

「麥克？前天下午跟老林去喝酒了！」文采不知他為什麼要問，更不知自己為什麼要回答這種不禮貌的問話。

「喝酒？跟老林？見他媽的大頭鬼！那老東西成天在跳蚤市場鬼混，與那騷貨當著眾人……，告訴妳，他們……」原來是小江，小江口中的騷貨自然是與他離婚不久，把他趕出門去的大陸妹李春花了，這位李春花好像到麥家來過，開了一輛全新的銀色麵包車，麥克曾經邀她上船出海去釣過魚。

「這騷貨一拿到綠卡，就嫌我沒錢，跟我離婚，現在釣上了闊佬……」小江的聲音越來越含混不清。麥克好像提過小江現在手頭沒錢，只好住在向老林租來的移動車屋中。

「小江，你喝醉了！」文采很嚴肅地輕斥道。

「麥太太，我是人醉心中醒，妳家老東西昨晚回家了嗎？妳怎麼不自己親眼去看看？」他大著舌頭說話。

放下話筒，看見電腦螢幕的角落上寫著AM五點三十九分，抬眼一看，窗外還是灰暗暗的，文采再也寫不下去了。

她站身起來打算上廁所，走到半途，突然覺得偌大房子內灰濛濛、靜悄悄地，一點聲音都沒有。

匆匆下了樓，推開客房門，啪地扭亮電燈一看，他果然並不在裡面！

不是說為了讓她專心寫作，退休後才搬到樓下客房去睡的嗎？她的心中打了一個大問號。

飛奔到車房，開燈一看，真的讓她傻眼了！車房一半是空的，只有她的那輛車孤零零地停在車房中。

怎麼可能?!

文采又奔回客房去查看，只見房內極其零亂，不但小床沒有鋪好，房間中央還有一個裝雜物的舊箱子，箱蓋還沒有蓋好，是她上個月由壁櫥內拖出來，打算把一些舊衣舊鞋整理整理，送到慈善救濟中心的。現在，她走過去把這箱蓋掀開，在很多舊衣服的最上面，斜斜地躺著一雙紅色的女高跟鞋，對了，那天就是因為不能決定要不要將這雙高跟鞋送出去，才把整理這件事擱置了下來，後來被催著趕稿的電話打斷，竟將這箱子給忘了。自從退休以來，也沒有什麼重要場合必須盛裝，穿鞋完全以舒適為主，實在沒有留它的必要，但是這雙鞋還沒有太舊，而且曾經是她最心愛的，怎麼捨得丟掉呢？

文采將鞋由箱內取出，把自己的腳慢慢地套進鞋去。還是三十年前的事罷？他們在紐約街上走，互相談著自己的理想，那天，年輕的她穿了一雙紅色時髦的名牌高跟鞋，麥克看見綁在腳踝上的細鞋帶子由她光滑的小腿上滑了下來，就一把抱住她，把她放在植物園外的圍牆上坐好，然後自己蹲下來，慢慢很用心地替她把鞋帶綁好，由這件事可見，當他願意的時候，麥克還是會很細心、很多情的。

可惜啊，最近這三十年，他再也不曾替她繫過鞋帶，至少，在她的記憶中找不到了。

麥克現在在哪裡呢？文采綁好舊鞋上的鞋帶，又奔回車房，跳進自己的車內。

她忘了開車燈，就把汽車開上了車道，不由自主地向跳蚤市場的方向開過去，車上的後視鏡照出身後車房內的電燈還亮著，車房的門提上沒有放下來，像隻張開口的怪獸。

她甩手把車房門的遙控器丟到後座，管不了那麼多了！

到了跳蚤市場，天邊漸漸變成魚肚白色，文采一眼就看見麥克的高級賓士車停在攤販停車處，他的車很好認，銀色大型的豪華車，後面有一個鋼球突出來，是為了接駁自己私人遊船用的，春花用來運貨的銀色麵包車，正並排偎依在他的汽車旁邊，兩輛車一般大小，一樣地閃閃發出銀色的亮光。

文采把自己的車子停在樹下，然後坐在車中，遠遠地看著。

正在此時，儲物室的門被一男一女由裡面推開，兩人有說有笑地搬了東西出來。

文采幾乎要失聲喊出來，看這男人成熟的身形，不就是她的丈夫麥克嗎？

「沒有廉恥的野女人……！」想到這裡，文采怒極，一顆心不由自主驚天動地地跳個不停，一時衝動，打開自己的車門，大踏步地走出車來。

只見女的由箱中陸續取出貨品，遞給站在椅子上的男人，他取過來，一一替她掛在攤位上面天花板的勾子上，彎腰接貨的時候，他的面孔衝著東方，一點沒錯，果然就是麥克！

以前，他也曾對文采笑得這麼甜蜜過，最近，他什麼時候這麼高興過呢？

文采才走到一半，腳步突然放慢。

清晨的第一線陽光，照著這男人的高級運動鞋，皮製的鞋帶鬆了，春花停下手中的工作，跪了下來，溫柔地替麥克把鞋帶繫好後，還歪過頭來嬌嗔地說些什麼，大概是欣賞自己的傑作罷。

只見麥克用手把她拉起來，深情地吻她，那女人也仰著頭，開心地笑著。

文采想立刻衝上去，衝上去做什麼？李春花年輕力壯，打起架來自己絕對處於劣勢，這種情況之下，麥克極有可能與春花聯手一起來對付她，文采豈不是自暴其短，自取其辱嗎？何況，這不是表明自己知道兩人之間的私情了嗎？萬一麥克來個破罐子破摔，公開要求離婚呢？

文采久久不能再多跨出一步。

雖然她與麥克早已貌合神離，但是，丈夫被人家搶去，多令人不甘心，何況還是個在跳蚤市場上做生意的女人！無論如何，這口氣一定要出！不是說薑是老的辣嗎？

她這邊正在胡思亂想，那邊兩人相擁著又返回儲物室。

一切要從長計議！主意已定，文采輕手輕腳，也連忙退返自己車中。

肚子很脹，她需要上廁所，跳蚤市場的廁所不夠乾淨，她決定要強忍一下，火速回到家中再說。

爾雅

本名張曉敏。長在四川雅安青衣江邊，而知水之柔；嫁入成都浣花溪畔，而知詩之貴。隨機緣而來美，相其夫，教其子，有志創業；憑雅興而動筆，抒其情，述其志，無意成名。散文詩歌早有發表，若干選集也曾收錄。著有散文集《青衣江的女兒》，編有文論集《程寶林詩文論》。

美國式離婚

她和他相遇，相識於日本。

那時，廣場上的鴿群正優閒地從她手心啄食，而他的肩上則一邊站了一隻鴿子，像是他的寵物，他一邊走一邊與鴿們分享他手裡的麵包。

這個健談的中年美國男人從美國來旅遊，這個活潑年輕的中國女人從中國來公務出差。他們開始搭訕，聊天，問候，留下美好印象，分手時互留了電郵地址。

兩年的網戀。其間，她離了婚；其間，他一直等她，到中國去找她……

有情人終成眷屬。她終於來了美國，與他結婚，開始了甜蜜的新婚生活。

他是美國收入頗豐的心理醫生，她曾是中國成功的商界白領女士，就像一棵樹被連根拔起，移栽到美國，半年了，她找不到工作，每天在家為他做飯，洗衣，管家，閒時去健身房游泳，跑步機上跑步。

這與他心目中的她差距太遠了：原來能幹的白領麗人怎麼變成了只知油鹽的家庭婦女？

他開始抱怨：可能把妳弄來美國真的是一個錯誤，妳的天地應該在中國，那邊更適合妳，看來是否應該把妳送回去？

憑藉她的聰慧和以往工作經驗，她終於找到了一家日本公司的辦公室工作。並很快得到上司及同事讚賞。

新的問題又來了，他說：妳看嘛，我們兩個除了吃飯睡覺，都沒有其他的交流，我喜歡的文學、音樂、攝影、旅遊……妳都沒辦法與我分享。

她說：我已越來越不年輕，我要我們的孩子。可是他不肯要，他已有一個上大學的女兒，他不願生活重新再來；她說：我在美國無親無故，上無片瓦，下無寸土，我們應該買房子。可是他不肯買，他的房子十年前離婚時被前妻拿走了，直到現在每個月還要供給沒工作的前妻不菲的生活費，令他心有餘悸。

結婚一年半，他們開始協議離婚，離婚手續約需半年。他答應給她一筆不小的離婚費，其間也抱怨：為什麼她們都把我當銀行呢？可是沒辦法，美國就是這樣保護婦女兒童權益的。

每天早晨起來，上班之前，他會把準備好的英文新單詞交給她，晚上回來再考她的運用，這個習慣已保持了一年多；他依然每天與她通話多次，噓寒問暖，隨時糾正她的措詞與發音；照例時常買給她衣物首飾；照例時常感嘆讚美：Dear, I love you. You are so beautiful!

她照例會給他準備早餐以及午餐的便當。晚餐時，會像照顧小孩一樣，為他剃除肉上的骨頭，剝掉蝦殼（美國人大都不會吃帶骨帶皮帶殼的食物），餵到他嘴裡。

兩個人總是同進同出，從不把另一人單獨留在家裡。人前人後都是頭挨頭，肩擁肩，一副親熱無比樣。哪裡像是要離婚？簡直就是一對恩愛夫妻。

她公司的另一白人男子，在她上班第一天就喜歡上了她，聽說她要離婚，高興得不得了。他們開始秘密交往，開始墜入情網……

被他察覺了。他像一個私人偵探一樣，居然找到了那人的住址、工作地點、年齡及經濟狀況……還不辭辛勞的開車去別人家附近實地考察了一番。

他很生氣說：既然我們還住在一起，妳就不應該和他交往。而且他不應該是妳要找的人，他不適合妳！

妳應該找一個中國人，這樣你們才容易交流，不會像我們一樣有語言文化上的障礙；他應該比我年輕比我英俊；他的經濟收入也不應該比我差太多……

他像一個老父親操心待嫁的女兒，一樣樣道來。

下月，她的母親要來美國探親。當初母親為她這個小女兒操碎了心，堅決反對她嫁入美國。

為了讓母親放心，他們一致決定瞞著母親離婚之事，她答應暫不與那人交往，繼續扮演一對恩愛夫妻。

這對他，對她，都不難。他們本來就是一對恩愛夫妻。唯一讓人擔心的是：離婚後，他們真的能彼此習慣適應嗎？

母親來了，他們在附近臨時租了公寓，把自己的公寓讓母親住，平時母親在家幫他們做飯，心疼女兒的媽媽每天做好吃的飯菜給女兒女婿吃，雖語言不通，但女婿也鞍前馬後親熱地待媽媽，週末載媽媽外出遊玩吃飯。母親看到女婿這麼體貼殷勤懂事，以往對女兒的擔心竟一掃而光，認為女兒找到了可託付終身的人，一個月後探親結束滿意回到中國。

半年的時間過得很快，他們的婚姻也走到了盡頭。歷時兩年的異國婚姻，她把自己從中國人嫁成了美國人（剛拿到美國正式綠卡），嫁成了相對的有錢人（有一筆不菲的離婚費）。

前夫在同一棟公寓正對她的樓上另租了一間公寓，正在申請去歐洲工作的機會。他祖籍羅馬尼亞，這個猶太裔美國人一直對歐洲的藝術、歐洲的文化、歐洲的生活方式充滿了嚮往。閒來他們也相約遊玩或共進晚餐，相處甚好，也不再為彼此分歧而吵鬧，比婚姻中還多了一份輕鬆一份自在一份關切。

她告訴他當初在她婚姻中熱烈追求她的同事，現在剛離婚，需要一段自由的時間調整自己，不能馬上和他確定戀愛關係。奇怪的是同事馬上冷卻下來，說既然妳要自由那妳就先自由去吧。前夫本就不贊成他們交往，現在正好積極在網上幫她物色對象。

他找到了一個祖籍中國的上海人，從事高科技工作，各方面符合他的理想，一個週末晚上他慫恿安排她去約會，她踐約開車去了舊金山一間華人餐館，對方很客氣熱情，點了一桌她愛吃的菜，就著對方在餐桌上的夸夸其談她飽餐了一頓。回去後前夫熱切地問她感覺怎樣？答曰沒感覺。前夫說反正妳也不吃虧，免費吃了一頓好飯。

繼續約會，有個從中國來美投資房地產的有錢人喜歡上了她，約會幾次後提出到她公寓看看。她約了他到公寓晚餐，有錢人環顧她一室一廳房間後表示不滿，批評她不懂勤儉節約，一個人沒必要住這麼大的房子嘛，一間房足矣。她詫異，心想自己還沒和他好到談婚論嫁，這人好像管太多了。

在網上認識一美國中部的美籍華人，高個好脾氣，相聊甚歡。對方提出臨近的感恩節飛來看她，有必要的話就在這邊另找工作，和她在一起。她開車去機場接他，安排他住到自己的單身公寓，自己借住到樓上前夫公寓。可是在網上聊得投機的人見了面卻無話可說陌若路人。在一起真是彆扭難受，她不得不提出請他提前離開的要求，這位紳士也沒難為她改機票提前走了，回去後也向她說明，雖然自尊心大受打擊但還是尊重她的意見，在網上繼續交往以觀後效。

一次偶然的機會，她終於找到了自己的白馬王子。當她見到這個瑞士人的那刻眼睛一亮，感覺正是自己小女孩時心目中勾畫的形象：高鼻樑湛藍眼睛英俊挺拔……前夫只是把她帶到美國來，並不是她的白馬王子。皇天不負有心人，前夫果然找到一份在德國的工作，去實現他的歐洲夢了。一切都是冥冥中的天意，前夫帶她來美國又離婚，好像就為了讓她與他相遇相知相戀……

他們有好多共同的愛好：騎自行車、打羽毛球、滑冰、聽音樂會、喝咖啡……每到週末，他們就迫不及待地在一起，甚至不到週末一方都要開一小時多的車程約會晚餐。近一年了，雙方好到難捨難分。

可是月有陰晴圓缺人有悲歡離合。瑞士人不能與她結婚，因為他還在婚姻中。據說瑞士人的妻子是日本裔，多年來夫妻關係淡漠礙於孩子尚小未離婚，現在人到中年，在婚姻中掙扎徘徊後正準備離婚，妻子卻突然病了且病得不輕。瑞士人是個虔誠基督教徒，他記得當初婚禮上手按聖經說過的話：我愛妳，無論貧窮，無論疾病……而且兩個月後瑞士人的美國工作簽證就到期了，若公司辦不來綠卡就面臨離開美國的問題。

她陷入迷茫……不知命運之舟將把她的愛情帶向哪裡？

張慈

畢業於雲南大學中文系漢語言文學專業。一九九六年出版長篇小說《浪跡美國》，一九九八年出版紀實報告文學《美國女人》，二〇一一年出版《從雲南到加州我的西遊記》。曾獲「漢新文學」短篇小說一等獎，詩歌二等獎。現為「美華文學」雜誌社社長、英文和中文報紙自由撰稿人。

打鳥

鷹回來的第二天，見到了濤。濤電話鷹，說要到她這邊來「打鳥」。鷹天真得很，說他：你竟敢幹這種傷天害理的事兒！濤逗她：我打野生鳥給妳吃。下上二兩二鍋頭，好吃得很。

啊呀啊，她叫。

逗妳的。我是專門給鳥拍片子，我們北方人把這叫打鳥。誰敢真打呀，怕不被環保人士給吃了。鷹說：「我不在本地，我在紐約。」他就問她怎麼會在紐約？她說公司有個會。

他又問她，到北灣那邊的野生鳥保護區怎麼走？她說出高速公路後向北六英里，他說到底是向南還是向北？她說向北，加了一句：「我過去帶你去過，你忘了？」

他說：「不記得了，真不記得了。」然後就掛了。

鷹講完電話後，突然發現沒什麼事情好做。她在一家很小的，也很少有人聽說的化學公司做事。工作上的事情都在上午辦完了。她衣也齊，妝也好，坐在家裡，時間支離破碎的，她邊揉胸邊看鏡子，專心不了任何事情，心有點痛，一旦他出現，這感覺就來了。春陽灑在後院，使她更是落寞。他們雖只見過幾面，但想念卻橫跨重隔他們的東西海岸長空，那念頭一直存在著。性情有差別，兩顆心卻真實地燃燒過。後來濤從東部的美林證券公司調過來，家也搬到了灣區，兩人卻不再來往了。男女能有幾面之緣，已算不易。在鷹的印象中，濤性情溫和，舉止穩重，是正派之人。在這個情慾事情上與她「糾纏」不休，蓋因她對他的親熱之舉在他心中分量太重之故。他一直說：妳千萬不要得意，我一直視妳為女人中的女人。

默想了半天，她決心給他打電話。他手機似乎拿在手上的，一響他就接了。他大聲說道：「哈囉？」鷹說：「我實際上在帕鎮，昨天夜裡已經從紐約回來了。」他說：「那妳為什麼要說不在呢？」「我……」

實際上，紐約是她喜歡的美國城市。大蘋果有一種到美國來的寄託和希望。那個城市有許許多多跟她一樣的靈魂，至今她也不知道為啥只要一提紐約她必扯謊。可能是她在他開口之前，不知道他要過來，以為是找她電話聊聊天；可能是她正好可以炫耀一下，告訴他，她在紐約呢。在他過去工作的地方呢。可能是她想吹噓一下，自己也到百老匯街美林門口銅牛那兒了。結果沒想到他人在路上，已經快到帕鎮了。

不過，鷹發現，情人之間跟朋友之間不一樣，跟朋友，撒了謊，真會慚愧，下不了臺。可情侶之間，扯謊簡直就是一種樂趣，折磨也一樣。

總之，她跟他講她十五分鐘就到。

鷹在大太陽下，開著車，握方向盤的手，戴著一個淺紅色玻璃櫻桃珠穿成的手鍊，穿著黑裙子，高跟鞋，頭髮揪成一把捲在腦袋後，穿過小鎮，到了北郊。風大起來，呼呼地吹，樹也高了，車少了，人沒了，她開始有感覺了：只要到這一片荒野來，她就會想到他；一想到他，就會聯想到這片荒野。它是美國本地區野生保護地，有多種野鳥和水生植物、沼澤地，水是從太平洋進來的灣區之水，有海鹽，有發黃的草和走路像人一樣直立的一種鳥。還有一種尾巴高翹，詭異漂亮的雉鳥，多年前有一次從她面前一閃而過。

更奇的，是水岸上有幾條電線，鳥總是站在電線上，如同音符一般。

這次鷹帶了相機。她也想拍鳥，還有野生環境、美景。此時，她看見了飛機，很小的飛機，是他們本地一個小型機場的飛機在降落。北郊這兒有機場和高爾夫球場。她經過了高爾夫球場，記得有幾個國內的朋友在此地的俱樂部開過一次派對，「君何律師事務所」開張那天，她在這個高爾夫球場見到十五年沒見的老同學，北大法律系XX級的雫先，他也認識濤，濤那時住研究生院。說起濤來，雫先就說：濤當年英俊的模子還在，只是現在是畫了中年妝的濤。那天說了那麼多話，只有這句話被鷹記住了。

接近，接近，接近，經過鴨子潭，水很豐沛，乾淨，發亮。她的孩子小時候，她常常會來。帶上麵包，領他們來這個鴨子潭餵鴨子。兩個兒子，兩歲之差。每次去學校接兒子，都是她最快樂的時光。但一接到車上，就開始嫌他們鬧煩。他們會不停地問：媽咪，妳帶吃的了嗎？我們餓死了！她就會不耐煩地講：昨天不是才餵過你們嗎？今早不是才吃過嗎？兒子就叫：要吃要吃要吃。一聽這聲音，她就立刻想要變成鳥，飛到聽不到人的聲音的地方去。現在，兒子一個在柏克萊大學，一個在帕鎮高中。她自由了，也失落了。挺感傷的，觸景生情。過了鴨子潭，見騎自行車的人在路上，她得小心開車，很容易撞倒他們。騎車的人太信任開車的人了，實際上呢，碰上她這種春心蕩漾的司機，很可能會走神的。很可能的，她想。又過了一座小木橋，她就見到了他電話中提到的那個停車場。停車場的西邊，有一個水潭，潭中央有凸起來的一片泥島，大片的鳥群，歇落上面。潭面並不開闊，有野草叢，野花環繞著水潭。她看見他了，她離他很遠。濤，小小的一個身影站在水邊，站在一架照相機後面，在拍鳥。她拿出傻瓜相機，拍了他的遠景。一共拍了三張。

鷹進停車場停了車。然後，走出了車。大風吹，頭髮亂，跌跌撞撞她走近水潭。她走下野花草地，叢生黴菌的潭泥地邊……下坡，她和他都暴露在開闊地方了，他沒看見她，她又用傻瓜相機拍他，叫了一聲：你回過頭來！

他一回頭，鷹立刻按了快門。他呢，看見她，立刻不拍鳥了，將相機掉轉過來，拍她。她呢，當然是很高興的，扭扭捏捏，故做姿態向著他的方向走去，他還在不停地拍，她就不停地扭捏……天水土人鳥蟲蛇，都在她這一條道上，走一圈啥都碰上了，有激情支撐，她一點不害怕，盡情地高興，忘我地走著，走到了離他幾步遠的小坡上。

終於走到了他身邊，靠上去，臉擱在他的脖子上，他左手扶相機，右手立刻把她摟著，她呢，立刻將太陽眼鏡拿掉，擦眼淚。

事後她想，他們十二年沒接觸到對方身體了，為什麼一見面毫無隔閡？親密如前？是大自然嗎？是天生的人性嗎？因為他們身在大自然懷抱當中，他們的人性和動物性都是自然的，裸露的，不在理性當中的。他們坐在水邊一張長木頭椅子上，卿卿我我，說來講去，親親嘴，放肆如像兩個少男少女。他一摸她的腰，她就很不好意思地說：對不起我長胖了！他就說：胖了好，胖了好，我喜歡妳胖一點，哈哈哈。她心裡笑開了，這個回答讓她放心了。

他讓她坐著，他到遠處去給她拍照片。她呢，很高興啊。她從地上摘了幾朵小黃野花，戴在自己頭髮上，望著天空。淡紅的空氣，鳥聲，會面的情緒，這幾分鐘她真快樂。一樣的日子，卻看見海水之外的野生外賽區，有了情人的觀注，她知道他在鏡頭後面看著自己。她獲得了一個特殊的日子，被愛，所有女人都要的時間。他年輕的樣子在腦子裡出現，與此刻孄美。熟悉的環境和鳥聲把她帶上了沼澤荒原，天寬地闊，神馳心遠，心中蕩漾著無邊無際的快樂。

他拍完後，走過來回放照片給她看。可是陽光太強了，看不清楚。無所謂，就是拍一下，玩一次，照不下來無所謂，照醜了也無所謂，照更美了更無所謂，好玩就好了，她想。

他說他已經在這裡拍了一小時了。他們就換到了公路對面一個水潭邊去，Bay Shore這裡的各種鳥類也好福氣，懶洋洋的與人和平共處，在美國，動物保護法很健全的，飛鳥是攝影師樂此不疲的捕捉點——有一位美國攝影師站在那裡拍鳥，那個美國人，用的打鳥相機，跟濤用的打鳥相機一模一樣，是淺白灰色的。美國人在專注地給鳥拍照。她手一指：那些是什麼鳥？

那是老賊啊，Common Snipe，牠們喜歡群飛。要捕拍飛起來的鳥很不容易。拍到了，就得到了。

她看他僅一瞬，就知道了要有賞鳥專長的人才有打鳥的嗜好。

鷹則喜歡看大飛機在天空飛行，美國各航空公司的飛機就像灣區的鳥，飛著可好看了。只聽飛機起飛，只聽飛機飛行的聲音，她就能報出航空公司的名字，她有這觀察航空現象的嗜好。機身漆有藍白紅線條酷似美國國旗的，是美國航空公司飛機ＡＡ；藍尾巴白身子的是聯合航空公司的飛機；藍背紅腹的是西南航空公司飛機等。大鳥好看！

兩個愛好天空飛行物的人，有了婚外戀。一種膽大和熱愛自由的男女才擁有的東西。

他們慢慢移動到灣邊一棟灰色房子的背後去，那兒有一條長達近半英里的木橋，通入沼澤荒原，遠方是巨大的高壓電架，一座連一座，直達舊金山方向。

木橋在鷹的印象中，是紅色的，十二年前，她帶他來過。那時的情還在，行蹤也依依在目，她和他都穿著白襯衣，他是在上班時間來看她，她剛剛離開一家猶太人開辦的公司的工作，拿到一家小化學公司的招聘通知。她正是在喜歡穿白色的年代，手上還戴了婚戒，是細金環，戴在她左手的無名指上，那裡有一根筋，通向女人的心臟，金環就是要箍住她們的心，不讓她們出軌的；他戴的是寬金環，戴在他右手的無名指上，那裡也箍住了一根筋，通向男人的心臟。事後她想，他們為什麼出牆出軌？他們都是中國人，鷹卻嫁了一個西洋男子，美國人，他卻娶了一個東洋女子，日本人，他們也許在家裡有婚姻文化，但卻沒有靈魂中所需要的某種東西。反正，他們都戴著婚戒，卻屬於不同的別人。

十二年前，他們站在橋頭，擠窄，他們耐心等著迎面走過來的一對黑人，要等這對黑人男女走過去，他們才能向橋上走。等這對黑人走近，她才看清他們。他們是一對五十出頭的人，穿戴整齊，面目端美，很高級的香水飄到她鼻孔裡……黑女人看了他們一眼，熱情地說：唉呀，你們是一對多麼相配的DOVE（愛鳥）！

這話震撼了鷹的心，她的心臟咚咚直跳。他本來是嚴肅的，此刻，他也笑了。他們同時笑著對兩位黑人情人說：謝謝！

那句話一直在她心中，令她長久回味，她常常想起那兩個黑人，高大英俊的黑種男人，和高大健美的黑種女人，都是一種愛情。他們就是我們，我們就是他們，都在婚姻之外尋找刺激和另一種愛。

那圖像令她回味了十幾年。黑女人真有智慧，誇讚了他們，一對中國情侶，實際上是在講她自己和她的男友。通過她的話語，她也了解自己和濤的確是很可愛的一對男女，黑女人眼中映照了他們：中等個子的有透明皮膚的黃種人。

此刻他們又站在這座橋上。兩人手上的戒指都消失了。我們並沒有離婚，他因為做心臟搭橋手術，人瘦了，不戴了；她因為去游泳，戒指掉了也不知道，後來也沒有再買。婚姻已經不重要了，他們都知道了人生的答案。鷹已不是一個年輕的女人，女人靠身體說話，她剩下的僅是些感傷了，手上皮膚皺巴巴，臉上也像水果糖紙被打開，兩眼的眼角都是皺摺。他僅是一個工程師，有點攝影愛好。而且他老了，做了心臟搭橋手術，瘦太多了，從兩百零八磅，掉到了一百八十磅。他英俊的面孔已經換上了老人相，摟她的手也不夠有力了。她在橋上走，被風吹得流了點鼻涕。他停下來，給她拍照。她有一些緊張，怕自己也老得要命，在鏡頭裡盡顯無疑。可這只是一瞬之念，她很快就不在意了，十二年，她經歷了多少東西，怎可能還在乎年齡？她是自然的，臉是，心也是，身體也是，周遭環境也是。她看見水中密密麻麻的比管草，還有繡色的根鬚，她就照他說的，保持著身體面朝太陽光，他好看見她的臉，拍照的時候，這很重要。她突然想起了媽媽，明天就是母親節了，媽媽如果像她這樣，勇敢地偷情，有男人疼愛，給妳照相，也許她會開闊一些，不至於成年累月想念爸，那個對她不好的壞男人。媽媽的自尊一直就處在陰影下，媽媽的情感直不起腰來，卑賤，媽媽不像她這樣有能力自我歡樂。媽媽的眼睛在她記憶深處發亮，使她更加想念媽媽。媽媽高高瘦瘦，能歌善舞，年輕時自得其樂，卻沒有偷情的機會。

她此刻也沒有機會，只是見面產生的短暫歡樂而已。性慾已經不重要了。她望著天，這幾分鐘她非常迷惑。

濤在遠處，叫她：別愣了，趕快過來吧。他等她走過去，一起向橋的深處走去。

在橋的盡頭，他們坐下，卿卿我我，身體的味道提醒過去。她摸到了他硬起來的鳥，她很喜歡，但他說，妳喜歡我，因為我投入，因為我愛妳。因為……他說他以前有兩三個情人，但很久沒有聯繫了。她知道他在吹噓，那就吹吧。就算是真的，也無所謂。因為此刻是他跟她在一起，就算他跟別的女人也有一腿，她也無所謂了。她的智慧，跟十二年前不一樣了。那時So Intense，要是他跟她講他有幾個情人，那她還不把他給撕了，吃了！他也進步了，在老男人年紀才這麼敢講話，也就是顯顯威風而已。沒戲了。真的沒了，過去是愛，現在是過嘴癮。

她迎面坐在他腿上，摟住他脖子，親吻他的眼，他的眉，他的嘴唇。他真高興。但他很擔心，他說：妳知道嗎，我現在是灣區打鳥沙龍的組長，很多人認識我，他們都在這一帶打鳥。他回頭看看，四野無人，沒有他想像中的「打鳥沙龍」會員。

風越來越大，他們越來越冷，時間過去很久了，加上他很擔心她的腿不小心會碰翻他昂貴的打鳥相機，於是兩人就離開了橋頭。

風吹得他們頭髮亂糟糟，臉色發黑，等進到那座木頭蓋成的房子，方才知道是一座小型的野生鳥類博物館。她去上了廁所，他到處看看圖片，標本。出門時，迎面走來了一對南美洲年輕愛侶，女人身穿淺灰而帶紫紅色的連衣裙，貼身地裹著她豐滿的身體。她的男友邊走邊跟她接吻，女人走近他們時，鷹看見了她的雙眼，深黑水靈，充滿笑意和友善。她真想說一聲：唉呀，你們是一對多麼相配的DOVE！

但她終究沒說，她終究是中國人，很內斂，很害羞。說不出口。

再往前走，迎面來了一對花白頭髮的黑人老夫妻。男的坐在輪椅上，女的推著輪椅上的他。不可思議啊，只看了一眼，鷹就認出他們竟是十二年前的那一對黑人情侶。

是的，應該是十二年之前。這兩對黑人和黃種人有十二年沒見了。不敢相信似的，鷹戰戰兢兢地往路邊靠，看著他們。大約離她十來步路的砂石土路上，他們曾見過的那一對情人，正迎面走過來。她彎著腰，很有耐心地指指點點，跟他講話。他坐在輪椅上，流著口水，鼻涕，知道她正在講話，可他沒反應。他的神情似乎是一個迷路人。他迷惑地皺著眉頭，頭低垂在胸上。他身上的西裝不見了，穿著黑人老頭兒的寬鬆棉襖，肚子也大了，掛了個水袋子在肚子上。鷹無法想像十二年前那一次的經歷，她對比著，非常感傷，一下子就癟了嘴。那一次他們僅是擦身而過，男人英氣逼人。這一次他卻是坐在一個輪椅上，任由鷹打量著。這對黑人像一對陌生人，他們沒有認出鷹，也沒有認出濤。而鷹認出了他們，連濤，似乎也認出他們來了。

他們彼此沒有講話，更沒有接觸，中間隔著馬路。

就在彼此要走過去了，鷹突如其來地對這一對年老的黑人愛侶說道：「你們是一對多美的 DOVE 啊。」

春風驟起鳥兒散，生死悠然天地間。

年老的黑美人沒有聽見鷹說的話。

濤啊，這隻黃種 DOVE 鳥聳聳黑翅膀，把他的母鷹摟過去，緊緊摟著她。就在這一瞬間，鷹看見了驚鴻一瞥的美洲麻鷺（American Bittern）一閃而過。清清楚楚，牠的尾巴高翹，詭異漂亮。就像很多年前一樣，從她面前掠過，躲進了蘆葦叢，消失了。

寫於二〇一〇年帕洛阿圖

杜丹莉

筆名丹黎。生長在臺灣臺北，輔仁大學圖書管理系畢業。現居美國聖地牙哥。喜歡閱讀、觀影、賞劇、旅遊、海邊散步、發呆做夢、與友閒談、品嘗美食。信仰上帝，對生活充滿感恩。著有散文集《憂傷時買一束花》。文章常見於北美《世界日報》。曾任聖地牙哥中華藝術文化學會會長。現為聖地牙哥婦女聯盟理事。

電腦紅娘

先生將車停在旅館門口，要我進大廳去找福瓦和安娜。我匆匆下車，眼睛四處張望，想起了三年前我們第一次見面的光景……

福瓦是先生在參加一次學術性會議時認識的，原籍義大利，比先生年紀小一些。他們是同行，後來常在開會時碰到，也許是有緣吧，彼此成了朋友。大約十年前，福瓦工作的公司經營不善，老闆想要結束營業或是將公司賣掉，福瓦考慮了很久，也徵詢過先生的意見，後來和兩個同事，向銀行貸款，將公司買下，從此沒日沒夜的打拚。先生對福瓦的公司產品很為看好，加上福瓦很努力，待員工也好，上下齊心，公司業務蒸蒸日上。只是福瓦以公司為家，工作太忙，自己的終身大事一直沒著落，四十好幾了，還是單身。三年多前，他來聖地牙哥開會，打電話給先生，說剛結了婚，會帶太太一起來，太太是中國人，要和我們聚聚吃個飯。

那也是我第一次見到福瓦和安娜。兩個人都福福泰泰的，手牽著手，笑瞇瞇的一團和氣。我們帶他們去「老城」的一家義大利餐館，那兒的shrimp scampi是有名的，蝦嫩汁鮮，我們坐在餐館外面的露天院座，身旁有暖爐，樹上有閃爍的小燈一明一滅，大家興致都好，聊得很開心。

「福瓦，你什麼時候結的婚？也沒通知我們一聲？」先生發了問。

福瓦看了安娜一眼，喜孜孜的。「我們從認識到結婚沒有幾個月，大家年紀都不小了，覺得看對了眼，可以過一輩子，就決定結婚了。」

「我已經三十八歲了，每天上班、下班，也碰不到什麼好對象，還以為這輩子不會結婚了，直到遇見福瓦，這大概就是我們中國人說的前生註定吧！」一直說英文的安娜忽然用中文對我講了起來。

「你們怎麼認識的？」趁著福瓦在和先生聊，我把握機會。

「電腦約會呀！」安娜又開始用英文說：「福瓦，告訴他們我們的羅曼史。」一個好可愛、爽朗的女子。

世界華文女作家選集

「我工作太忙，根本沒時間去交女朋友，我媽媽一直催，我自己也覺得該成家了，但是去哪兒找？朋友介紹我一個電腦交友網站，說是很可靠，但也滿貴的，要三千塊，他們先讓你填一大堆表格，還要做信用調查，目的是要幫你找一個和你非常相配的人來約會……」福瓦老老實實地說著。

「我呢，根本不信這一套。」安娜接著說：「但是我的一個好朋友，就是在這個網站上認識了她的先生，看我老大不小了，大力向我推薦，我被她搞得好煩，就推說太貴了，負擔不起，誰想到她去幫我講價，只要一千塊（福瓦，你被敲詐了，她對福瓦做了一個鬼臉），還說要替我付，我只好半推半就，加入啦！」

「電腦這個紅娘，還真會選，我們一開始是通email，就覺得很談得來，後來打電話，再見了面，真是相見恨晚。」

「交往了一陣子，彼此都覺得就是對方了。我想盡快安定下來，開始打電話到Dallas幾個大飯店去問，有一家剛好還有一個週末有空檔，我就向安娜求婚啦，婚禮包給飯店，也滿隆重的，安娜現在辭職在家，常常跟著我到處談生意，拜訪客戶，順便兼蜜月旅行，有一個伴真是比一個人強太多了。」

「我只有一個媽在瀋陽，我打算把她接來，福瓦也想把他母親接來，兩個老太太可以互相做伴，中文對義大利文，雞同鴨講，哈哈。」安娜笑的好開心。

想得正出神，不防有人拍了我一下，轉頭一看，一對璧人站在我旁邊。「福瓦？安娜？」

「不認識我們啦？」安娜那爽朗的笑聲一點也沒變。

「你們怎麼變得那麼年輕英俊又美麗？」我有點結巴的問。

「沒什麼啦，福瓦瘦了六十磅，我瘦了三十磅，不再是胖哥胖姐了，妳先生呢？」

「在車上等你們呢，先上車再聊吧。」我注意到先生看到他們的表情，和我差不多一樣吃驚。我們帶他們到了 Down town 一家新開的日本館子。坐定下來，福瓦立刻說：「今天我請客，請不必客氣，也不必替我省錢，我剛剛把公司賣掉了。」

「Wow，恭喜，恭喜，你終於下定決心啦！」先生笑著說，他曾經和我提過，很多人想買福瓦的公司，出價三、四千萬呢。

「是呀，去年初我身體變得很差，高血壓、高膽固醇、高血脂，動一下就很累，醫生警告我再這樣下去，後果不堪設想。勒令我減肥，我也下了決心，加上安娜的幫助，我們一起減，少吃多運動，一年下來，我減了六十磅，安娜減了三十磅，連醫生都不敢相信我們的決心與毅力。」福瓦有些得意的說。他的五官本來就長得不錯，以前胖胖的不覺得，現在瘦了下來，真挺英俊的。安娜也不遑多讓，頭髮剪得時髦俏麗，臉變成了瓜子臉，身材瘦了下去，凹凸有致。

「真不簡單吔，我們都是好吃的人，看到東西不能吃，多受罪呀，後來家裡盡量不放會發胖的食物，全是些沙拉、麥片、水果，偶爾打個牙祭，也是吃幾口就得打住，餓了幾個月，胃似乎變小了，也習慣了，好在兩個人一起減，彼此打氣，就這樣過來了。」

「我們還開始打網球，福瓦本來就是網球健將，只是因為忙，很少打，後來為了身體，又拾起球拍，還教會我打，我挺有慧根的，現在跟他對打，沒太大的輸贏呢。」安娜得意地說。

「我們現在很喜歡吃日本菜，清淡又好吃。」福瓦很內行的點了海鮮沙拉、生魚片、各種壽司、烤魚下巴、茶碗蒸。

「不要點太多。」我得客氣一下。

「記住呀，別替我省錢。」福瓦對我眨眨眼。

「我們其實對生活的要求不多，以前不想賣公司，是因為有那麼多員工在替我工作，他們有家小，賣了他們怎麼辦？但是因為身體不好，安娜和我也想要有小孩，不能再那麼拚命了，剛好這個買主答應我不裁員，價錢也不錯，我就決定賣了。」福瓦是個好心的老闆，好心有好報。

「是呀，我跟福瓦講，我一向在Wal-Mart買東西，衣服最好的也不過Macy's了，有錢沒錢一樣過日子，身體才是最重要的。」

「我們現在很滿足了，蓋了一棟大房子，有個東廂和西廂，兩個媽媽都接了來，各住一邊，我和福瓦住中間，一個房子裝有三個衛星電視，我媽看中文臺，婆婆看義大利臺，我們看英文臺，有趣極了。吃東西也好玩，我媽要煮中國菜給我吃；婆婆要煮義大利菜給福瓦吃；福瓦說他只吃我煮的，三個女人在廚房團團轉，地中海食物要一大堆新鮮蔬菜、香料、起士；中國菜醬油、豆腐、蔥薑蒜。我好像天天跑市場。」

安娜把複雜的婆媳，親家關係講的輕描淡寫，眉飛色舞的，實際相處在一起，這其中需多少智慧。我倒是有些羡慕他們，不是公司賣了錢，而是兩人可以和兩個媽媽住在一起，這在一般中國家庭也不多見的。

「你們知道和兩個媽媽住又沒有小孩壓力有多大嗎？她們成天問什麼時候可以抱孫子，又說最好可以生一對雙胞胎，一人帶一個。天呀，我連一個都生不出來呢，這現在可是我們的最高指標了。要朝這方向趕緊努力。」福瓦在旁邊也用力的點點頭。

在旅館門口揮別福瓦與安娜。我望著他們的背影，覺得他們真是天造地設的一對。在這個人際關係疏離的時代，很多優秀、忙碌的男女們不知去哪兒尋找對象，電腦網路無遠弗屆，使用在線約會，如果幸運，像福瓦和安娜，紅線牽的是頗理想的。不過婚後的經營，是需要彼此的忍讓與遷就才會持久，福瓦與安娜是幸運的，也維護、珍惜他們所擁有的。當然，也有很多網路的約會不但不成功，有些還產生了可怕的後果。在這取捨拿捏之間，總還是得靠那麼一點點命運的安排吧。

「電腦紅娘一線牽，願天下有緣人終成眷屬。」

（寄自聖地牙哥）

孟絲

本名薛興霞，臺灣師範大學英語系學士。美國匹茲堡大學圖書館碩士。定居新澤西，任職美國公共圖書館系統資深負責人多年。新澤西書友會創辦人。中短篇小說、散文、雜文、報導文學，及傳記等散見海內外各報章雜誌及網路。出版小說集數部。現為《漢新月刊》寫專欄；主持《新州週報》專欄，為《好讀網》專欄作家之一。

單身漢酒會

那夜，哥兒們為他舉辦了一場單身漢酒會。這是美國流行多年的習俗。單身漢裡，當親密的朋友要結婚的前幾天，大夥兒聚在一起狠狠地喝個夠。假如酒量不行，淺嘗即止或是不勝酒力，那可不是什麼光彩的事，最好別對人提起。能大口喝酒，大聲說俏皮話，大大方方對付過去，才不失好漢本色。

那天是星期六，快到黃昏的時候，大夥兒齊集到阿明居住的曼哈頓公寓。那是西六十七街附近，大約第六樓。阿明那小子好命，公寓大樓是當年老父買來投資用，總共有十二個單元，如今房價翻滾十多倍，由阿明經營管理，自己單住一個雙臥一廳單元，其餘出租，由於地段好，公寓十分搶手。那晚大家先到他公寓聚齊，桌上放滿零星餐前小點，臘腸、火腿丁、餅乾、芹菜胡蘿蔔起士之類。他把玻璃架上幾瓶烈酒，伏特加、白蘭地、馬丁尼、琴酒之類，用來為先到的人調製了些各自愛喝的名堂，瑪格麗特、血腥瑪麗、馬丁尼加冰塊、老傳統之類，每人先喝一兩杯。阿明當年學過調酒，對調酒有一套看家本領，讓各人喝起來有滋有味。

等大家到齊，一共十二個人，他們戲稱自己是「骯髒的一打」。大約夜晚九點了吧？大夥兒順著大街往東走，大約三條街之遙，有個小小夜總會，以西班牙的「巴塞隆納」命名。那兒充滿南美氣氛，浪漫而神秘。酒吧裡有健美開朗的巴西女郎做酒保，而侍應生更是清一色美女。這兒的食物既好吃又不貴，顧客多半是常客，大半是在華爾街幾家大證券公司或金融界常見的熟面孔，見面總像似曾相識，這兒大約可以容納近百人。

夜晚十一時，小舞場裡有特別表演，那是許多人喜歡看的阿根廷探戈。兩位男女舞者額頭緊緊相貼，腰部扭動頻繁，雙腿弧度大，舞步非常誇張。有個雙腿修長，泛著古銅色美腿的美人兒，在小小的舞池裡，妖嬈地跳此種親密而浪漫的舞步，令不少觀眾看得著迷。客人如果琢磨著，自己舞功過得去，去邀請這位美人兒跳舞，多半不會被拒絕。大夥兒的桌子離舞池很近，美人兒的美腿有兩次幾乎勾到了夥伴的大腿。哥兒們誇張地發出怪叫。

空氣裡跳躍著俏皮清亮的音符，充滿熱帶情調。哥兒們常喜歡來這兒消磨週末。他們平常大都是星期五的夜晚，下班以後來這兒消磨光陰，這次為慶祝他即將舉行的婚禮，特地改到星期六，大家來此，決定狠狠地來個不醉不休。各人開懷喝個痛快。「骯髒的一打」很快就要少了一個核心分子。他們議論著是不是要招個遞補來。有人說，他們這個單身貴族的圈子門檻很高，條件嚴格，必須這樣，必須那樣，他們一如往常，耍寶嘻笑，胡言亂語，東拉西扯。整整一個星期的緊張忙碌與壓力就在這樣嘻嘻哈哈的氛圍裡，消散得無影無蹤。大夥兒那晚確是喝得盡興，告別的時候，已是凌晨二時。

從曼哈頓南端荷蘭隧道出城，雖已夜半，卻仍然是車流如海浪，一輛又一輛，誰也不讓誰。好不容易上了新澤西超級公路，車浪仍未稍減，嘩嘩嘩嘩地川流不息，你爭我奪，運貨卡車尤其瘋狂。他是開車能手，這樣的車浪本也難不倒他。只是今晚酒喝得不少，胸中有些鬱悶。他把車窗打開，冷風有些凌厲刺骨，急忙又把車窗關上。此時手機響起，是她，是玫，她在擔心，這樣晚了怎麼還沒回到家。他答說正從十三號入口進入超級公路，車不少，但叫她不要擔心。

這時一輛跑車以每小時八十哩的車速急駛而來，乖乖，他急速往慢車道讓去，不行，這車也往同一車道衝撞過來。難道這人喝醉了？他趕緊往快車道加速駛去，這人也急追過來。他立刻加快速度，決定甩開這個醉漢，也許車速已經超過八十？好傢伙，這輛小跑車速度也格外加快，也許到了九十？看來今夜老兄要在此上演警匪追車鏡頭？看我能不能超過你去？他猛地用力狠踩油門，車子幾乎騰空而去。同一時間，面前那輛跑車好像也騰空駕起。「不能再跟妳講話，麻煩來了！」他拋下手機。

那是玫聽到他的最後一句話。車速極高極快的兩輛車，也許車速已達一百？剎那間，瘋狂飛奔的兩輛車，在超速公路上狠狠相撞，轟地一聲巨響，油箱著火爆炸！兩輛車頭頓時燃燒起來，紅色火焰將附近夜空照得通亮，而轟轟的爆炸聲令人恍若處身戰場。手機中傳來劈里啪啦的爆炸聲，而後便是一片死寂。玫死命握住手機，在另一端嘶喊嚎叫，「喂喂……喂」像神志不清的瘋婦，卻什麼也聽不見了。

現場亂成一片。警車和救火車分別從公路入口瘋狂地嘶喊吼叫而來，車頂閃耀的紅色燈光閃得令人心驚肉跳。原本嘩嘩如海浪般的車陣，刷地靜止下來，人們似乎突然清醒，靜靜地觀望著路邊剛發生的大車禍。臉上呈現的全是兔死狐悲，全是脣亡齒寒，全是無限的惋嘆與無奈。交通部年底的車禍統計數字上又將增加兩名生客。

半年前，那是個星期六的清晨，他將那粒閃著晶瑩鑽石光亮的戒指套在她的左手食指上。兩人是那樣的快樂。他們決定感恩節的時候舉行婚禮，就在他們喜愛的白色教堂裡。他的爸媽經營了一家大型中式餐館，就在大學城附近，很受顧客喜愛，生意非常興隆。

爸爸的最愛是京戲，年輕的時候為討生活在海邊觀光城開了家小飯館，專賣洋人喜歡的春捲、鍋貼、炒飯、炒麵之類，許多年下來，倒是存了一些錢。既然兒子讀的是極知名的大學，一家人在當地餐館界的人際關係很好。大學附近剛好有個改建的商場，指明要具規模而經驗豐富的中餐館投資。爸爸覺得這是個好機會，經過仔細勘察研究，決定這樣的投資更有利。何況和愛子可以靠得更近一些，見面的機會會多很多。

爸爸決定把餐館的投資當成一番事業來經營，投入大筆資本，把餐館裝修得富麗堂皇，極具品味。把餐館和自己的業餘興趣合而為一。餐館取名為「戲迷屋」。他的戲迷朋友們可樂了。開張的那天，真是喜氣洋洋，整整好幾十桌全坐得滿滿的，不僅親朋好友全部到齊，當地政要包括市長、議會議員議長、中學校長和中英媒體，也都來此致詞祝賀。有一家有線電視臺，還特地來餐館製作節目。當天水銀燈在大廳裡閃呀閃個不停，爸爸可真是出盡了風頭。後來還粉墨登場，唱了一齣《空城計》。讓老爸和他的戲迷朋友們對這次經驗不知津津樂道了多久。

星期天的下午，總有不少同好到「戲迷屋」去練戲，那兒有一間專門練戲的房間，裡面放了各種樂器，鼓、鑼、胡琴、鈸……牆上還掛著各樣京戲臉譜和名角劇照。爸爸是這個業餘劇團的大忙人，大家都尊稱他為團長。票友們每次選些愛唱的戲目練唱。〈蘇三起解〉、〈坐宮〉、〈汾河灣〉、〈法門寺〉、〈四郎探母〉、〈卓文君〉、〈空城計〉。偶爾有京戲名角從紐約過往，常被拉到「戲迷屋」來驚鴻一瞥，示範一番。而後，便是票友們在「戲迷屋」的豪華餐廳裡宴請這些過客。為名角的光臨，整整興奮好多天，爸爸的日子過得美好而熱鬧。

他自己原本在紐約華爾街一家公司上班，爸爸的「戲迷屋」經營得十分熱鬧，規模也越來越大。爸爸說他自己越來越愛京戲，他已經大把年紀，血壓高，心臟有些毛病，對餐館業務的經營已有些力不從心。做為兒子的他必須幫老爸一把。就那樣，他先是半職，漸漸就成了「戲迷屋」的主要經營人。玫是大學研究所的博士候選人，專讀宋史，論文題目是〈宋代詩人蘇東坡的政治生涯〉。三年前來自上海，除了獎學金外，她抽空到「戲迷屋」來兼差。她伶俐嫵媚，是個細心而又責任心極重的人。淡淡的書卷氣，卻也有著經營業務的精明幹練，令接近她的人對她有種難言的喜愛。自從她來臨以後，他再也不幽魂似的到處亂跑，只偶爾紐約的老朋友們來電話相約，才開飛車趕去。就那樣，她和他相識相戀。

那是一座白色教堂，坐落在校園靠近納塞街的地方。納塞街是大學城裡最熱鬧最繁華的街道，人們稱這兒為大學城的黃金地段，這兒有許多可愛的店舖。以賣軟餅和義大利香腸而聞名的J.P.店，是個有好幾十年歷史的小吃店，冬天的黎明總在冷冷的空氣裡散發出咖啡甜餅與煎香腸的香味，令飢腸轆轆的行路人十分嘴饞。而它便斜對著這個教堂。和玫相識以來，兩人常常去那兒早餐。透過那半透明的彩色玻璃窗，他們共同遙望著那座莊嚴美麗的白色教堂，四根希臘古典圓柱，把那花崗石階梯陪襯得格外寬闊雄渾。大雁在附近草地上暫歇，年輕人背著書包，騎著自行車輕快地自教堂邊飛馳而過。多麼美好的清晨，一年多來他們的黎明多半那樣度過。終於，他們決定了婚期和舉行婚禮的教堂。就是這兒，這座莊嚴而美麗的白色教堂。

昨夜，在萬車奔騰的高速公路上，他和他所駕駛的那輛寶馬，在剎那間爆炸，燃燒，在夜空裡化為灰燼，連鐵鑄的引擎都熔化彎曲，那是何等強烈的火力啊？那是本州最老卻最常用的高速公路。它介於紐約與費城之間，是聯繫南北兩端唯一的超級大道。貨運十八輪大貨櫃卡車、運載原油石油的霸王車、帶著灰狗標誌的長途客車、奔往賭城的摩登客車，全是這條南北通道上的爭道客。而個人駕駛的私家車，五花八門，就格外紛紛亂亂，無時無休地在同一條公路上奔騰流竄，也不知這些人竟日裡究竟在忙碌些什麼。大家對於這條高速公路都以為十分熟悉，有時卻又十分陌生。

那是個寒冷的星期天，十一月底，人們剛過完感恩節。空氣裡已響起噹噹的金戈鈴，忙碌的店家也迫不及待的推出各樣聖誕季節的裝飾品。松枝上滿是晶瑩的金銀與彩色鮮豔的小燈泡，無日無夜地在各處閃亮。納塞街頭顯得比平日更燦爛更光亮。但那天的天幕卻十分低沉，像鉛，壓得人們難以呼吸。街頭的行人稀稀落落。冷風夾著細雨，給路人帶來的是穿透骨髓的寒意。大家都往那棟莊嚴巍峨的白色教堂悄悄走去。團團的黑色衣著，將教堂襯映得格外慘白。哀戚的氛圍籠罩環繞住整棟大教堂，他們是來哀悼一個早逝的生命。

玫獨坐在最前排。旁邊是他的爸媽。爸爸在一夜間突然老去，完全沒有了昔日氣勢萬千的風采。而原就玲瓏嬌小的媽媽，如今真成了紙人般嬌弱，幾乎沒法單獨站起來。他這場意外，帶走了他們的未來和希望。白髮人送黑髮人！世間沒有比這更可悲的事了。而坐在她身後的，是他那批哥兒們，全帶著一張張慘白的面孔，和裹在黑惘惘的西裝裡的身軀，氾濫出一股濃重而永世化解不開的悲哀。

她的淚水似乎枯竭。她怔怔地望著他那張充滿笑意的特大半身照，昨天，他不還是活崩亂跳？如今！竟已化為虛幻。單身漢酒會！美國這不成文卻流行了將近兩百年的舊傳統，她曾經強烈反對他去赴約，他笑說這是最後一次，他可不能讓哥兒們取笑他一輩子。難道她曾有預感？相信他這一去將是永別？相處這樣久，這是她第一次也是最後一次和他意見相異。單身漢酒會，如此無聊的傳統，她今生是無論如何也沒法對它饒恕的。

於新澤西州，西溫沙市。原載《彼岸雜誌》二〇〇四年七月

二〇一二年一月三十一日定稿

陳永秀

上海出生，隨父母至臺灣。成功大學化工系畢業，美國伊利諾大學的化學碩士。閒暇時寫寫畫畫，替臺灣教育部編的中華叢書寫畫了《貓咪的歌》、《雪花飄》、《蘑菇鄉》、《麵人的故事》，在香港出版《大白歷險記》。近年經由簡宛替臺灣三民書局邀稿，寫了塞尚、盧梭、柴可夫斯基、馬可波羅的傳記。和田原合作寫與藝術有關的《飯牛畫石和磊磊石》。

四千金

從臺灣到玉米田環繞的伊州香檳城，佩君一路換機候機誤機轉機，旅途淨是些不順心的事，但為了參加女兒的博士畢業大典，這點小折騰實在不算什麼。雖疲勞，她仍興匆匆的，坐在家長席上左顧右盼。遠遠一大群穿著道袍的年輕畢業生正等待出場。

過了這一關，年輕人就要走進社會，前途叵測。「琦琦，琦琦，我希望妳將來的路比媽媽的平坦。」佩君心中默默念著。

她為他留出旁邊的空位子，他或許會來，但多半不會。過去，她形單影隻慣了，只是今天這個大日子，她非常希望他破例前來祝賀女兒。佩君通常不知道他在哪裡，狡兔有三窟，他的窟更多，她只好在每個窟留言，並不抱太大希望。所以當他向著她走過來時，她差點跌破眼鏡。他仍是一貫地面無太多表情，漫不經心說：「沒想到小琳那麼聰明，拿到博士學位。」

「不是小琳，是琦琦。」

「哦，老三。」

「不，是老二。」

他摸摸頭，「真是一把年紀，女兒怎排行都記不得了。」

她心中想：「你可從來沒搞清楚。」一絲遺憾剛萌芽就被眼前的畢業生行列打斷。

「哈哈，她像是唯一的女生呢！」老爸滿布皺紋的臉上露出罕見的笑容。「這年頭，女孩兒也可以在科學工程上出人頭地，沒想到沒想到。」

「是電機工程。」佩君糾正他。

「她一直書念得很好嗎？從我這兒遺傳的吧！」他大言不慚，一向沒把佩君放在眼裡，這回又逮到一個可以藐視她的機會。

她從來不同他爭這口氣，對這位大得可以做她父親的不講理的人，她沒有埋怨，只有感激。不是他，她早已不在這人世間了，又哪來這四個可愛的女兒呢？

二十世紀的婚姻應該從愛開始，但他們的婚姻卻是一場交易。

佩君有一張白白淨淨的圓臉，大眼充滿智慧。因是父母的掌上明珠，自幼嬌生慣養，同學讓她五分，愛她五分。畢業後正預備發揮所學，卻被一種怪病纏上身。西醫找不出病因，中醫診斷後，她成了藥罐子。一天又一天，她病懨懨地，越來越衰弱。西醫搖搖頭，中醫也束手無策，他們都默認，佩君在世的日子不會太久。父母為這壞消息傷透了心，求救無門，只有退而求其次，聽信一位鄰居的話，給女兒找個人嫁，沖沖喜，即使是迷信，卻也只有信其為真。

父親大傷腦筋，何方人士會願意娶個來日無多的病太太。真是柳暗花明，他想起一位人來，此人就在他研究院工作，美國回臺的博士，人很能幹，其貌卻不揚，年紀更不輕。同事堅持叫他老馬，因他臉特長。三年前老馬從美國回來找伴兒，起先挑肥揀瘦，極盡挑剔之能事。後來女的個個嫌他自視過高，拒絕同他來往，所以至今仍孤家寡人，落落寡歡。

父親同老馬商量：「你娶我的女兒，她可能只活一年，也可能長些，她離開後，你成了鰥夫，就會有人因同情你這鰥夫無助而嫁給你。」老馬並不太看好這可能性，但同事有難，理當拔刀相助，義不容辭。這婚禮，就在死神的陰影下簡單地完成。她穿件灰色洋裝，他打了條藍色領帶。他們都沒有正眼看對方一眼，她只模糊感到對方臉特別長，年紀似乎和父親相仿。她對生命已沒有指望，父親如此安排，純是出於無奈。

她懷孕了，大家都沒想到，都十分驚訝。醫生說不可不可，妳這弱身子生孩子太冒險，難保母子平安。她堅持要生下這孩子，如果救不了她，一定要救孩子。她要為他生下一個兒子，才死無遺憾。

老馬的的確確想要兒子，想得快發瘋了。當年他母親生下第五個女兒時，父親氣得想去當和尚，總算生下他，全家才鬆了一大口氣，可以想像他多麼被寵，寵成他唯我獨尊，男人至上的個性。既然這奄奄一息的太太懷了孕，他當然要一個兒子。但當醫生宣布佩君生下的是女孩子時，他連女兒的小臉蛋都懶得看，二話不說，急忙走出醫院。

女兒的來臨帶給佩君極大的喜悅，為這可愛的小人兒，她一定得活下去，死神祢且靠邊站，別來惹我。她臉上有了光彩，身體逐漸硬朗，醫生簡直不敢相信自己的眼睛，父母高興得合不攏嘴。她決心要為這救命恩人生個兒子，接連三次懷孕，生下的清一色全是女兒。家有四千金，老馬退避實驗室，一有空就去美國或雲遊四方，佩君從不過問，也從不干涉，倒是他不時用電子郵件同她保持聯絡，才不至音訊全無。他偶爾回臺灣的家，也獨居一室，從不同女兒們打交道，女兒看他像陌生人，敬而遠之。

四千金在媽媽悉心照顧下，一天天成長，大學畢業後，不是去美國深造就是留在臺灣大學的研究所。佩君總不忘用電子郵件告訴他孩子的近況，他匆匆過目，卻從不放在心上。所以當他在女兒的畢業典禮上出現時，連女兒都大吃一驚：「爸爸，你居然來了！」還親熱地跑過來。

「爸爸，爸爸……」叫得他好窩心，卻也使他舌頭打了結，不知該說什麼好。他覺得眼眶熱熱的，心中根深柢固的觀念在女兒面前迅速瓦解，「其實女兒和兒子，都一樣，都一樣。」他喃喃地說給自己聽。

當佩君在他耳邊說：「下星期六，一萍在紐約有個演唱會，你能去嗎？」

「能，」他不假思索回得很乾脆：「是老大吧。」

「不，是老么。」

陳玉琳

祖籍浙江餘姚，一九五二年出生於臺灣。國立臺灣師範大學國文系畢業，曾任高中教師，移居美國後從商。業餘愛好寫作，一九九六年加入北德州文友社，二〇一二年當選為社長。二〇一〇年加入海外華文女作家協會。常有散文遊記與家居舒懷之作發表於《達拉斯華文報》與《世界日報》，作品有《靜墨齋文集》等。如今生活重心更專注於寫作，計畫明年再出專集。

阿花

南臺灣的七月天真是酷熱難當，毛妹與姊姊巧玲在搖頭奶奶的雜貨店前打瞌睡。巧玲靠在門柱旁，毛妹坐在小木凳上將頭枕在姊姊的腿上，滿身滿臉的痱子使她睡得並不安穩，小胖手不停的抓癢癢，惹得姊姊也不得好睡，忙著替她擦汗抓癢。

這對小姊妹的媽已離開她們多年了，全靠街坊們熱心，替她們的父親照看這對苦命姊妹花。搖頭奶奶今天特別開心，叫醒巧玲說：「別睡了，新娘子快到啦！」巧玲揉著睡眼看著毛妹，本不想起身，但想到新娘子，心頭不免一震，有喜糖耶！推推酣睡的毛妹，毛妹睡意仍濃，咧著嘴要哭，右臉頰上的睡痕顯得更紅了。

巧玲哄著妹妹說：「不哭！姊給妳找糖。」巧玲知道現在還不是分喜糖的時候，只得吃力的背起胖毛妹，讓她別哭，同時也為躲開鞭炮，她剛才打瞌睡的門柱上，已高掛著長串紅鞭炮。她喜歡看新娘但卻怕鞭炮，瘦小的身軀馱著妹妹就往後躲。

喜車進入巷口，她才看清楚搖頭奶奶今天的裝扮比往日亮麗。巧玲聽爸爸說過，搖頭奶奶不到三十歲就守寡，今天要娶媳婦的兒子是她守寡後從二房那過繼來的。眼看兒子快四十歲還沒成親，費好大勁找到這女孩，據說兩人相差十幾歲。

「聽說這女孩是養女。」這是隔壁張嬸的聲音，原來不一會功夫，搖頭奶奶家前的空地已站滿看熱鬧的鄰居。

「她養母還算有良心，沒把她賣去當酒家女。」巧玲身後又傳來一聲議論。

新娘子被扶下車，新郎喜孜孜的攙著她被一群人簇擁進屋，巧玲終於被擠到放喜糖的桌邊，順手抓了一把放進兜裡，那一刻她真痛恨自己手太小，再抓上一把是為了妹妹，這是她一下午的盼望，終於如願。「不要擠！不要擠！」她背著毛妹離開燠熱又水泄不通的堂屋，其實抓糖果比看新娘重要，她知道天天在這間雜貨店玩，看新娘的機會比別人多……

「少吃點，馬上要吃飯了。」爸爸邊忙廚房的事邊提醒這兩姊妹，但巧玲實在聽不進這些話，以往難得吃到的圓圓糖，沒有五彩糖紙包裹已十分誘人，如今面對這些好看又好吃的高級糖，要停止吃它們真難。但突然她心中閃出另一人影梅子姊姊，如果她在，一定會教巧玲用糖紙為娃娃摺衣服，現在她握著這些糖紙不知該如何？

梅子姊姊常說：「巧玲！玩紙娃娃要常換衣服才有趣。」自從梅子姊姊到臺北念大學後，巧玲鞋盒中紙娃娃就不再有新衣可換，今天看到五彩糖紙，想起梅子姊姊心中格外落寞。毛妹比她小五歲，平日常哭鬧給她添麻煩，只有和大姊姊們玩才有意思，想著想著直到毛妹跑來叫她吃飯，她才回過神來。

「巧玲啊！帶小嬸嬸去市場逛逛。」搖頭奶奶對她說著，並塞一捲紙鈔給新媳婦。巧玲心想，看來張嬸說的沒錯，小嬸嬸懷孕了，做婆婆的才會由著她上街買零食。其實小嬸嬸只比巧玲大十歲左右，卻即將升格做媽媽了。「看著她，不准她買不乾淨的東西。」巧玲忽然覺得小嬸嬸好可憐，不如她活得自在。

小嬸嬸的臉色慘白，搖頭奶奶的臉色鐵青，這幾天巧玲在雜貨店中不敢頑皮，她嗅得出這家人的氣氛不太對勁。巷口的三姑六婆們說新媳婦流產了，巧玲只聽見搖頭奶奶不斷嘆息，對屋裡的小嬸嬸說：「好好躺著，看妳以後走路還會不會小心點。」原來小嬸嬸是摔跤摔掉了孩子。

大半年過去了，天氣越來越熱，搖頭奶奶店裡的愛玉冰一天要賣好幾盆，但她的臉卻陰沉如臘月冰霜。「聽說她洗完衣服站起來就出血了。」「我看她夫妻倆的血不配；才會懷一個流一個。」「唉！阿花真命苦啊！她婆婆不會再疼她了。」原來小嬸嬸叫阿花。

再見到小嬸嬸時她頭上綁著圍巾，身上發出一股酸臭味，拿著一個瓷杯對巧玲說：「我吃不下，妳幫我吃好嗎？」巧玲搖瑤頭，因為巷口的三姑六婆們說小嬸嬸身上有不潔物，不要靠近她，巧玲覺得小嬸嬸好可憐，除自己外沒人願正眼看她。

又過了一陣子，聽說小嬸嬸再度懷孕，但不久又傳來壞消息。「妳這死阿花，我們那裡對不起妳，妳的肚子怎麼這麼不爭氣，懷一個掉一個。」搖頭奶奶罵人的聲調尖銳，頭也搖得更頻繁了。巧玲聽爸爸說搖頭奶奶從守寡後就得了搖頭的怪病，如今媳婦接連流產，她的怪病就更嚴重了。

那陣子的小嬸嬸實在可憐，一人怯生生坐在院子發呆，唯一疼她的老公也只敢以關愛眼神望著她，彷彿與妻子太親近就對不起老娘。小嬸嬸有隻耳朵聾了，聽人說話時總露出吃力的表情，將另隻耳朵往上仰，希望聽進所有的聲音，但這次她完全自我封閉，不再關心身邊任何事，這使她老公也慌了神。

「哎呀！聽說阿花又懷上了。」「是嗎？難怪這陣子盧奶奶臉色好多啦！」巷子裡這幾天最熱門的話題就是小嬸嬸的肚子。搖頭奶奶這次下了決心，讓媳婦躺在床上養胎，並叫回遠嫁到臺北的親生女兒來伺候大嫂。巧玲覺得日子好無聊，以往還可和小嬸嬸玩，現在她被關在屋內，自己彷彿掉了魂。好在梅子姊姊回來了，但現在的她不太愛理巧玲，聽說她畢業後在美國公司上班，薪水以美金計算，人也就變得嬌貴了。「大姊！幫我洗衣服，我好忙。」巧玲在門外聽到這聲音，就知道找梅子姊姊畫娃娃玩的希望又落空了。只得巴望小嬸嬸趕快恢復正常生活，她也好有個伴……

小嬸嬸終於可起身了，「小心點！慢慢走。」「我知道。」隨著小嬸嬸一天天隆起的肚子，搖頭奶奶的叮嚀與媳婦的回答，就成為雜貨店裡最響亮的對話。「巧玲啊！幫妳小嬸嬸去拿個枕頭過來。」「巧玲啊！再幫妳小嬸嬸倒杯水。」巧玲很樂意被如此使喚，因為這表示小嬸嬸不必再受氣了，其實，打從一開始，巧玲就是向著小嬸嬸的。

「阿花的肚子爭氣啊！流了三胎後，一生就生個大胖兒子。」「盧先生，恭喜你啊！」這兩天整條巷子裡的女人們，若不談論阿花平安產子的消息，就顯得落伍了。盧叔叔成為眾人祝賀的對象，樂得合不攏嘴，巧玲也跟著瞎忙，一會兒跑市場，一會兒幫忙端茶送湯。做婆婆的不知如何表達自己的歡心？在巧玲看來她只是在盡量彌補之前的虧待。

「巧玲！陪小嬸嬸去看電影。」搖頭奶奶是很會打算盤的，巧玲還不用買票，一張電影票兩人一起進去看，真划算。小嬸嬸沒念過書，看不懂電影，只會不斷的問：「這是好人還是壞人？」巧玲看得入迷，還要小聲講解，儘管如此她還是很樂意陪小嬸嬸看電影……只是她覺得小嬸嬸這個母親做得好輕鬆，搖頭奶奶負責照顧孫子還要做飯，但總不忘對鄰居解釋：「我媳婦年輕，不會帶孩子。」

「阿花又懷孕啦！」搖頭奶奶一手推著孫子的小搖椅，一手為孫子搧扇子，嘴裡不停的向店裡的客人說著。小嬸嬸在廚房忙做菜，她婆婆終於開始教她做家鄉菜，這顯示她在盧家的地位提升了。巧玲發覺自小嬸嬸生兒子後，她的日子完全變了，如今懷了老二，她在夫家地位更穩固。

這胎懷得順利生得也順利，一個嬌滴滴的女兒出生後，小嬸嬸儼然穩坐女主人大位，平日以照顧生意與料理家事為主，說話聲音也越來越大。搖頭奶奶忙著帶孫兒孫女，一年四季在店前的圍牆邊曬菜乾、醃泡菜、衲鞋底，忙得不亦樂乎。小嬸嬸很快又生了老三，說也奇怪；經歷三次流產後她越生越順利，又是一個大胖兒子，搖頭奶奶樂得逢人便說：「阿花真能生養啊！我孫兒孫女都有了。」完全不計較她以前不斷流產的往事。

面臨升學，巧玲的課業壓力越來越重，好久沒來和小嬸嬸玩。自從她生老四後，日子更加忙碌，現在的她，是家中的發號施令者，四胎為盧家生了三男一女，她成了盧家的功臣。如今，任誰也看不出數年前她的落魄。「阿母！這些給妳帶回家。」她大聲的提醒養母別忘記將一些雜貨帶回家，都是她為弟妹準備的。「家裡還需要什麼？一定要告訴我。」小嬸嬸的作風已十分幹練。上次巧玲去雜貨店玩，正好遇見小嬸嬸的養母來看外孫，她的臉上總塗著厚厚的白粉，搖頭奶奶笑她像日本藝妓，但巧玲心裡對她充滿好感，因為她善待這位養女。

巧玲常想，這些年她和小嬸嬸越來越親，她逐漸長大已學會觀察人，只覺得小嬸嬸適應能力很強，在陌生環境中她曾受挫受困甚至羞辱，但她沒倒下，現在她在這環境中紮根站穩，她的韌性令巧玲佩服，只覺得那是書本中學不到的。

巧玲記得她爸爸曾說過：「阿花這名字真土，但她的學名叫秋吟，多雅致。」巧玲心想，這麼好聽的名字，應該是為上學準備的吧？巧玲想起受過高等教育的梅子姊姊，她結婚了，嫁給她的美國老闆，那個和她父親差不多年齡的人，如果讀書的結果只會使人更看中金錢，巧玲覺得她會比較喜歡沒念過書的小嬸嬸，特別喜歡她的單純。

「我們要搬家了。」盧叔叔來向巧玲的爸爸辭行，其實他們沒搬多遠。結束了雜貨店的生意，小嬸嬸的生活裡多出許多時間，她學會賺外快，織毛衣縫手套樣樣都精，做得既快又好，她家客廳牆上掛了個小黑板，密密麻麻寫滿阿拉伯數字，原來在經營雜貨店時，盧叔叔曾教小嬸嬸數數記帳，現在對她賺外快大有幫助。

巧玲大學畢業後在北部工作，一年難得回一趟家，過年那陣子她回家，先跑去看小嬸嬸，「巧玲啊！陪我去工地。」原來她訂了預售屋。「這是我為阿仁準備的。」阿仁是她的大兒子，巧玲記得阿仁似乎是小嬸嬸命運中的福星，他的誕生停止了母親的厄運。每當搖頭奶奶推這寶貝孫外出時，巷口的三姑六婆總不忘發表意見：「這是阿花的兒子啊！真看不出，長得很俊哦！」「盧奶奶，妳這媳婦不出色，這孫子可替妳長臉啦！」這些長舌婦的議論是傷不了小嬸嬸的，她總是面無表情的看待別人的評論。

如今的阿仁才上高中，母親就急著為他購屋，他模樣雖俊但身子單薄，又深得老祖母疼愛，小嬸嬸用私房錢為他置產，誰也沒異議。阿仁的妹妹功課好，兩個弟弟身體好，他們的未來都不用小嬸嬸操心。「這間靠邊光線好，我多花了兩萬塊。」「妳哪來這麼多錢？」「縫手套啊！」巧玲與小嬸嬸的對話，包含著令人難以置信的生活哲學。當年受盡欺侮的小媳婦，如今總攬家中財務大權，她是怎麼做到的？巧玲真有些自嘆不如。

回臺北後不久，巧玲接到父親的來信，搖頭奶奶病了，是直腸癌，已送到臺北去開刀。醫院離巧玲辦公室不遠，巧玲經常去探望，手術結束醫生為她做人工肛門。回到南部，搖頭奶奶脾氣越來越壞，小嬸嬸總是逆來順受。「死阿花，要餓死我啊！」巧玲的父親每天去看望老鄰居，為小嬸嬸所受的待遇嘆息，但她本人並不以此為苦。巧玲聽父親在電話中的敘述後，腦中浮現小嬸嬸的影像，如走馬燈似的轉動著，但好像沒有一張面容是愁苦的。搖頭奶奶過世了，小嬸嬸的苦難結束後，她的日子依舊平淡，家中一分子的逝去，並沒影響她任何情緒，巧玲心想，她是否沒有情緒還是不懂得表達情緒？

巧玲結婚後回到南部工作，請小嬸嬸替她照顧兒子。一晃三年過去了，巧玲決定要送孩子去念幼兒園，這件事沒先和小嬸嬸商量，直到孩子不再送去後才告訴她，她真氣了，將所有東西送回巧玲家，說道：「妳不要再來找我。」巧玲自知理虧，夫妻二人登門道歉，小嬸嬸噘著嘴一副不肯罷休的模樣，最後巧玲說道：「我負責再為妳介紹一個小寶寶。」小嬸嬸噘著的嘴型變得圓滿些了，半信半疑的說道：「不許騙我哦！不然我真的不再理妳了。」

不久巧玲真的為小嬸嬸找到一位半歲大女娃，這娃很嬌氣，令小嬸嬸很費心。巧玲打過幾個電話去詢問，小嬸嬸在電話那端很自信的說著：「放心哪！這小丫頭和我玩熟了，現在好帶多了。」巧玲聽後安心不少，她覺得小嬸嬸身上有股勁兒，她從不為生活瑣事發愁，有時巧玲覺得自己十幾年的書都白讀了，解決生活困境的能力她不如小嬸嬸，譬如她正面臨的婚姻困境。

「我要把小丫頭送回給她娘了。」大約兩年後的一個夏夜，此時的巧玲已離婚，獨自扶養小女兒，接到小嬸嬸的電話，巧玲急忙問道：「發生什麼事了？」小嬸嬸笑著說：「阿仁要結婚了，我要忙一陣子。」巧玲懸著的心終於放下。

「阿花！恭喜妳當婆婆了。」替兒子辦喜事那天，老鄰居都來賀喜：「新娘子好漂亮。」不斷的讚美與道賀聲，使小嬸嬸感到快樂極了。其實新娘子已懷孕，沒多久就替小嬸嬸生了個孫女，孩子滿月後，媳婦麗美在工廠找到工作，兒子也順利當上警察，雖然小嬸嬸早已替他們買好房子，但他們仍與兩老同住……小嬸嬸每天推著孫女買菜，逛街，臉上堆滿笑容，逢人便問道：「看我孫女漂亮嗎？」巧玲知道這是她此生最快樂的時光。

沒多久麗美又懷孕了，但一個暴風雨的夏夜，小嬸嬸打電話給巧玲，哭著說：「阿仁病了，在警局做早操時暈倒，檢查結果是肝癌，要瞞著麗美，因為她懷著身孕。」這些年巧玲已習慣分擔小嬸嬸家中的一切，無論喜事或煩惱，小嬸嬸總先告訴她，如今將面臨喪子之痛，小嬸嬸完全垮了。

巧玲趕回去看小嬸嬸時，她已瘦了一大圈，瞞著兒子媳婦的日子不好過，見到巧玲小嬸嬸一頭哭倒在她懷中。阿仁走得很快，快得就像他活在世上的歲月，只有短短二十九個寒暑。

不久巧玲再婚移民美國，每遇暴風雨的夜晚，她總特別想念小嬸嬸。打電話和她聊聊；她說：「麗美很乖，守著一對女兒，不打算再嫁，可憐啊！她才二十六歲。」一晃十多年過去了，如今的小嬸嬸獨居在大樓中，麗美已帶著孩子搬出去住。巧玲回國探親，順便去看小嬸嬸，她沒先通知，所以撲個空。在回程中，她滿腦子都是小嬸嬸的影子，這位可敬的婦人，從不向生活妥協。

二〇一二年二月十七日完稿於達拉斯

龔則韞

祖籍福建省晉江縣，生在臺灣，長在臺灣。美國柏克萊加州大學環境衛生科學與毒理學博士。現任美國防醫科大學醫科和輻射生物科終身職正教授及混傷部主任。獲「輔仁大學校友學術傑出獎」、「美國防陸軍部科研成果獎」等多項獎章，擁有三項發明專利。業餘喜寫作、音樂、戲劇及拉大提琴。共發表六本中文書。

玫瑰項鍊

女兒從紐約回來看她，皎白如月的頸子帶著秀氣的白金項鍊，墜子是一朵白金玫瑰，襯得女兒的臉龐清純，散發高貴的氣質。熟睡的女兒就躺在她身邊，享受母女相依的無間親密。東方天際的魚肚白天光剛從敞開的窗口闖進臥室，她就醒了過來。

她雖然半躺在床上養病，但是沒閒著，床上攤了許多資料報表，腿上還有一個筆記型電腦。她眼睛看著螢幕，手指不斷地敲著鍵盤，趕著一份財務報告。儘管她有力不從心的感覺，但是專心工作卻可以幫助她暫時忘掉生病的苦惱，也幫助她聞到深藏心底那朵玫瑰的芬芳！

以前，每次打開案頭的首飾箱，在眾多的首飾中，懸掛著的玫瑰項鍊即會映入眼簾，發出銀白的光彩，對著她一閃一閃地眨眼睛。女兒若恰在旁邊看見，一定伸手取下來，摸一摸，戴一戴，似乎透著憧憬！女兒知道它背後的故事。

那年是小學六年級，她的班導師每天上課都要提一遍：

「我以前有一個學生叫宏浩，他可真聰明，很能觸類旁通，總是考第一名，假如不是保送初中的話，他去參加聯考，一定是狀元。」

她的這位導師一生從事春風化雨的工作，桃李滿天下，散布天涯海角的桃李都耳熟這個名字。

她生性害羞，很怕面對陌生人，更因六年中學讀的是女校，校方管理嚴厲，若被發現有與別校男生來往之事，均以記過處分，並在公告欄裡公布，以昭示全校。男生是記過處分的代名詞。這個禁忌變成習慣，上了大學，她還是不敢跟男生說話，也不敢看男生，彷彿他們是吃人的老虎，若看一眼，準會有禍事臨頭。

就在讀大學一年級的下學期，J大學的電子計算機系的男生來邀她們班的女生去爬觀音山。在同學的慫恿之下，她也加入爬山之遊，她小心的看著山路，目不轉睛，一心一意的爬山。太陽很大，陽光很烈，她一面揮汗如雨，一面想著微積分作業還沒寫，作文也沒動筆，回去後得快馬加鞭。想著……想著……走在前面的男生突然對著後面大叫：

「宏浩……」

聽到這個化做灰都會認得的名字，她驚訝的立即聞聲回頭看，卻因人潮擁擠，縱然眾裡尋他千百度，仍然茫然。

下山後，大家一起等公車回家，她顧不到害羞了，決定抓住先前大叫宏浩的那個男生問：

「誰是宏浩？」

他驚訝的看著她：「妳找他做什麼？」

他的眼裡充滿疑問，還有一點不滿，好像是說妳不問我的名字，卻向我打聽他，太不夠意思了。

她只好說：「我很多年以前就聽過這個名字，卻從來沒見過他。」

這個高大俊挺的男生立刻換了和藹的語氣：「哦，他是我們的小博士！」

他一轉頭，大叫：「宏浩，你過來，這裡有人找你。」

她心跳得厲害，這個名字的主人就要出現了，她要說什麼？還沒想好答案，一個戴黑框眼鏡的小男生已來到眼前。她的心幾乎跳出口，一句話都說不出來，更不敢抬頭看他，大男生對他指指她，她還是手足無措。

「我是宏浩。」小男生只好先說。

她點點頭。

「妳找我有事？」小男生說。

她搖搖頭。

大男生替她說話了：「她說很多年前就聽過你的名字，卻從來沒見過你。」

「妳在哪裡聽過我的？」小男生茫然地又問。

「老師！」她頭也沒抬的說。

小男生更是滿頭霧水的問：「哪個老師？」

「小學老師！」她低聲的回答。

公車來了，大家都要散了，小男生趕快問：「妳叫什麼名字？」

她猶豫著，旁邊的阿珊立刻替她回答了。

就這麼天下無巧不成書的微妙巧合，拉開了日後一月一信的序幕。他的字方方正正，很大很硬，像隸書的字體，內容是經國方略、濟世救民、未來計畫、短程目標、長程理想，字裡行間充分流露坦蕩蕩的正氣，是一位謙謙君子。他說他要做陳嘉庚、蔣伯芩、李嘉誠，科學是國家的未來，他要提倡科學，要獻身科學，要以科學研究為一生的職志！他要為知識而知識，為真理而真理！

她曾經在信裡編了一段故事，說她愛上了一個男孩，但是父母反對，問他怎麼辦？他回信鼓勵她要堅持立場，不要輕易放棄。這樣的回音令她頹然，從此不提該事，他也不再過問。

這份淡如水的君子之交持續至她大學畢業，他也從研究所畢業了。她寫信告訴他要出國了，他並無表示任何情緒上的波動。就在她出國的前夕，他第一次到家裡來看她，在她父母面前交給她這一條玫瑰項鍊做紀念。

世界華文女作家選集

她心裡仍然有所期待，於是鄭重的將這條項鍊收進行囊裡，陪她關山千里行，素箋由北竹線改成中美線，在太平洋上飛越了好一陣，也許是時空太遙遠，也許是他堅持在臺灣建立他的事業，也許她固執的要在美國追夢，他從來沒有對她有任何感情的表露，他更從來不提這條項鍊的意義。女性的矜持使她不願意多問，她只能假設他當初送她這條項鍊單純得根本就是一個禮物而已。

不知誰先封了筆，六年如一日的魚雁不再往返，從此沉澱淨化，變成留在腦海中的某一記憶，玫瑰項鍊變成是記憶的圖騰，片片玫瑰花瓣上都載滿了她年輕的思想、理想、夢想、幻想！時間一刀一劃的雕刻出春花秋月與驚濤駭浪的足跡，還有她臉上的皺紋和頭上的銀髮。項鍊的光彩，隨著歲月，越來越奪目，好像會說話的精靈，就像酒，易醉人，促使人遺忘，但它也是記憶的復原者、時間的保留者、年代的發言者、品嘗酒的是古年代舊歷史促成的成熟。這條項鍊何嘗不是從青澀歲月走來的化身，串著許多個鳥語花香的春天、暑氣澎湃的夏天、金風送爽的秋天、白雪皚皚的冬天。酒是越陳越醇，記憶是越古越美，這玫瑰項鍊是酒，是記憶。

她嫁給了她研究所的同學保羅，他瘦小的個兒及臉上的有框眼鏡有些像宏浩。保羅總說她是他的「寶貝兒」，用國語發音的說，還是她教他說的。但是保羅只知道中國功夫的李小龍，甭說用筷子吃中國飯夾中國菜了，連中國城都沒去過。但是保羅非常愛她，事事都為她先想好，連遺囑都早早寫好，收在保險箱裡。每天早上都先煮好兩杯咖啡，兩份吐司早點，等著她起床，一起吃完後，才各自出門上班去。

女兒四歲時，保羅在一次重感冒下，意外的魂歸西天。雖然保羅留給她們母女豐厚的人壽保險金，經濟完全有保障，但是她精神上仍然大受打擊，幾乎一蹶不振，看著那麼年幼的女兒，只好打起精神，一個人拉拔大女兒。幸虧女兒很體諒守寡的她，一直很聽話上進，常陪她手工縫製美式百衲被，烘烤土陶，聽她說往事，一塊兒出去旅行，陪她度過無數寂寞的夜晚。

女兒十八歲時，她將玫瑰項鍊送給了女兒，希望女兒會認識一位謙謙君子。上大學後的女兒，沒多久就認識了專攻數學的克里夫，鬈鬈的紅頭髮，大大的綠眼睛，配上一個修長的體格。除了看伏爾泰與盧梭的書之外，喜歡在網路上讀《紅樓夢》與《水滸傳》，動不動還會背誦《悲慘世界》的句子。克里夫與女兒交往了六年，感情像落磯山脈，千年不移，終於走到紅地毯的那一端。

她，孑然一身，無牽無掛，心底的玫瑰卻越來越玲瓏剔透，純潔無瑕，輝映著理想主義的崇高、肯定與敬畏，都是曾經跟宏浩說過的話，她無法知道宏浩是否都記得。這個曾經一度共同的理想卻變成支撐她活下去的動力。

不知何時睡在身旁的女兒醒了，看見媽媽注視著她頸子上的項鍊，就說：「媽咪，我告訴妳一件怪事，前天晚上我的一個女同事安娜請我們去家裡吃飯，安娜的爸爸從加州來小住，安娜的爸爸一直看我的玫瑰項鍊。飯後，他悄悄問我這是哪兒來的？我說是媽咪給的，他又問媽咪叫什麼名字？我告訴他了，他很驚訝的說沒想到還會重見故物，他當初陪他的好朋友宏浩去購買，挑了很久才買好的。他說這是一條訂親項鍊，宏浩希望妳媽咪讀完學位會回國工作，宏浩不能出國，因為他的母親在他很小時就過世，而他爸爸一生未再婚，他要陪父親，奉養父親。宏浩的兩個妹妹也都結婚生子住附近，常回家看父親，很孝順。」

她熱心的問：「妳有沒有問他，宏浩現在如何了嗎？」

女兒回答：「我當然知道妳會想知道，所以我就問了。安娜爸爸說宏浩一直在J大學裡教書，太太是從美國回去的留學生，也在同一個大學裡教書，他們的兩個兒子都在密蘇里州留學。安娜爸爸還說希望能跟妳通電話，我說我必須先得到妳的同意才能給他妳的電話號碼。媽咪，妳說呢？」

她想了一會兒，說：「我想就不必了，都已經是過去的事了。」

女兒只能回來陪她一個週末就回紐約去了，年輕人要上班為工作拚命，這是天經地義的事，她當然支持，還有得顧著女婿克里夫的感覺，她當然明白婚姻裡的大小事物都要時間與感情的培育關注，她不給女兒壓力。女兒說她星期五再搭特快火車來看她。

她安心在家養病，她無論如何要恢復健康，然後活得長長久久，繼續不斷吐露著玫瑰的芬芳！

女兒天天來電話，甜甜的問她覺得如何？她覺得體力不支的感覺越來越少，她想下星期一可以去公司上班了。

星期五晚上，女兒回來了，又親親熱熱的睡在媽咪身邊，睜著一對棕色大眼睛，抓著媽咪的手臂，說：「安娜又請我們去吃晚飯，安娜的爸爸說他比宏浩先認識妳，是他把宏浩叫過來的。」

她想起來那個俊挺的大個兒，不禁莞爾：「是他，真巧啊！」

女兒又說：「安娜爸爸按捺不住跟妳聯繫的意願，他希望能打電話給妳或通電郵。」她無可無不可的說：「那就給他我的電郵地址吧！妳跟他說，他得在電郵裡自我介紹，我連他姓啥叫啥都不知道。哦，對了，安娜的媽咪呢？」

女兒說：「安娜的媽咪好幾年前車禍死了，好可憐哪！安娜和哥哥是爸爸養大的，安娜爸爸怕後母虐待孩子，不敢再婚。媽咪，我下週末就不回來了，我和克里夫要去參加凱爾的婚禮。」

她說：「那個小提琴手也要結婚了，真好啊！」她認識女兒的大部分來往的同學朋友。她也獲悉米雪兒的父母不願意女兒嫁給一個音樂家，怕女兒日後經濟嚴峻窘迫。

女兒說：「是啊，米雪兒的父母最後還是答應了，他們對彼此都痴情，所以兩個音樂家結婚，婚禮會充滿音樂。米雪兒請了琳達彈鋼琴，克里夫會在臺前拉小提琴迎接他的新娘。妳可以想像婚禮會很美的。」女兒認為她的朋友同學都是最棒的，總是讚美不斷。

女兒的手機響了，克里夫來電，小夫妻倆說話甜蜜，蜜糖的稱呼像爆米花，當年保羅叫她「寶貝兒」的聲音又在耳邊響起……回憶像醇酒，香氣四溢，她沉浸在栩栩如生的往事篇章片段，有保羅……也有宏浩……

女兒回紐約後，她開始回去上班，忙來忙去，早已忘了安娜爸爸的事。三天後，她接到一封電郵，是安娜爸爸來的，還傳來了一張獨照。是的，還是當年的那個樣子，白襯衫黑西裝褲，簡單成熟穩重，頭髮已是銀白，卻是梳得一絲不苟。五十出頭的人看起來生機蓬勃，像一個蓄滿電力的Power Box，隨時可以啟動。她終於知道他叫慕恆。

慕恆剛來的電郵內容是簡單的寒暄，說他休假完畢，回去洛杉磯了。漸漸地談起宏浩的過去與現在，她帶著興趣讀著。一個月後，慕恆突然來了一個電郵，說他已無法不做一個大告白，他說他對她是一見鍾情，但是宏浩愛她，他們來往的信件，宏浩都與他分享，他們是鐵哥們，所以他只能隱藏自己的感情。後來去買項鍊時，他出了一半的錢，因為太貴了，他們倆合起來一個月的研究生費再加上個人的積蓄才足夠付錢。他祝福宏浩能贏得美人歸。可惜的是美人沒有學成回國，英雄又必須把守家門孝敬父親。從此宏浩獨自走向自己的理想世界。慕恆出國時，不好意思向宏浩索取她的聯絡地址，又不知何處去打聽。所以這次意外的聯繫上，令他很開心，也給他帶來了希望。

慕恆的話雖令她吃驚，不過，她終於明白當年是宏浩有意終止通信，也終止了那個遙遙無期的美夢。宏浩更不知道那個美夢一直撐著她活到現在。她沒有立刻回慕恆的信，她思考了很久，慕恆與宏浩至今仍是鐵哥們。

若接受慕恆的感情，慕恆與宏浩見面時會尷尬，反而傷了他們幾十年的好交情。

若她因為慕恆而再見宏浩，也許葬送了「窈窕淑女，君子好逑」的好印象。她與慕恆沒有年輕人的凌雲壯志也沒有共同的理想，她懷疑如此沒有實體的感情也能海枯石爛天長地久嗎？

她反覆深思，昨日已如流水兮，逝去不復返矣，決定遠瞻未來的燦爛或淡泊，生命該是遠眺，雖然是站在回憶的巨石上乎！

一星期後，她回慕恆的信中，謝謝他當年出了一半的錢！只說美麗的玫瑰項鍊戴在女兒的身上，與女兒年輕生命力相輝映，發揚光大愛與孝順的傳承！女兒會因此更幸福。她把玫瑰項鍊傳給了女兒，女兒會傳給她的女兒，玫瑰項鍊的日子綿長久遠，就像亞馬遜河。

她注視著電腦螢幕，撩撥著鍵盤，裡面幽幽的倒影，如夢如幻，含著脈脈深情，有保羅的，有宏浩的，有女兒的，都透著深深的愛，她要延伸這個愛，為全世界戰火地震中的苦難生命，為這些不幸的蒼生祈長禱，願苦楚的眼淚終能澆灌出靈的玫瑰……

二〇一〇年六月六日完稿

趙海霞

祖籍河南，銘傳大學會統系畢業。美國華盛頓大學文學小說創作研究。曾任職美國西雅圖市政府會計專員二十二年、西雅圖華文報專欄作家、世界華人作家協會西雅圖區代表。曾任新北市小學義務英語教學指導教師。著作：《老中老美大不同》（臺灣新聞局甄選為青少年最佳課外讀物）、《老中老美喜相逢》、《不一樣的心情》。

擦身而過

正逢留美熱潮的那個年代，赴美深造是臺灣大學畢業生的一項殊榮與夢想。沈毅和潘妤是班上大家公認最理想的一對。

大學畢業的那天，潘妤滿面笑容地對沈毅說：「等你服過兵役後，我們就立即到美國去留學，等學業完成之後，我們可以在那成家立業了。」

沈毅興奮地親了一下潘妤的臉頰說：「太棒了！妳的想法就是我的想法，我舉雙手贊成！」

兩個無憂無慮的快樂年輕人高興地擁抱在一起，他們又是笑又是鬧地談論並幻想著那即將到來的美好未來。

待沈毅兵役屆滿後，他與潘妤已順利申請到美國東部的同一所大學。在豔陽高照的六月天，他們滿載著親朋好友的祝福與歡送之下，依依不捨地向大家揮手告別，雙雙搭上赴美的班機。

沈毅和潘妤終於興奮地踏上了美國的國土，異國周遭的一切都充滿了新奇，讓人目不暇給；直到學校開學後，繁重的課業已壓得他們透不過氣來，除了應付學校的課業之外，潘妤還盡力幫沈毅處理生活上的一些煩瑣事務，潘妤任勞任怨，誠心誠意地在為他們的未來努力打拚。

兩年後，沈毅和潘妤總算苦學有成，獲得碩士的學位，他們很快都找到了工作，接著又換了部新車，兩人正式結婚並遷入了新居。一切都依照他們當初的計畫進行著。

潘妤活潑外向的個性與積極努力的進取精神，無論在生活與工作上，她都能得心應手，頗受上司的賞識，潘妤心滿意足她目前的工作與生活。

然而沈毅較木訥且內向的個性，在辦公室裡，他與同仁經常會有些歧見與摩擦發生，沈毅認為自己是大才小用，甚至還受到種族的歧視與不公平的待遇，他積壓著滿腹牢騷與憤憤不平。

自兩個女兒出生後，潘妤把所有的心思都放在孩子的身上，沈毅常有被妻子冷落的感覺，他對妻子不滿，妻子對他也頗感失望，兩人常因一些雞毛蒜皮的小事而爭吵不休，他們之間的隔閡也日漸加深，彼此越來越不能相容。

沈毅一直吵著要辭去目前的工作，帶著妻女回臺灣發展，沈毅對妻子說：「我獲有美國大學經濟碩士的學位，何苦非要戰戰兢兢地留在別人的國家討生活呢？」

潘妤十分不以為然地拉長了臉對丈夫說：「你的同學，還有那麼多的華人，他們都能在美國安心地生活下去，為什麼惟獨你不行呢？」

沈毅鼓起兩眼大聲回說：「我可不願在這白人至上的美國社會做一輩子的二等公民，受人歧視。」

潘妤搖了搖頭對沈毅說：「事情並沒有你說的那麼嚴重，是你自己的個性太過敏感。再說為了兩個孩子的未來，我們也應該繼續留在美國。」

潘妤接著又說：「就算是生活在自己的國家，一樣會有其他的不同歧視問題存在。物競天擇，適者生存，這本就是一個弱肉強食的世界。」

沈毅面有不悅地回說：「我已經受夠了！我們這樣一直吵鬧下去也不是個辦法。何不先讓我一個人回臺灣，等工作及住處一切都弄妥當後，妳與孩子們再回來。」

事到如今，潘妤明知說服不了丈夫，她無奈地嘆了口氣說：「既然你一意孤行，非要回臺灣去發展，我也強留不住你。」

潘妤也深知夫妻遠隔重洋，兩地分離久了，這種婚姻是很容易亮起紅燈的，但她心存些許僥倖的想法：「也許沈毅會不適應臺灣的生活，再次返美，他就會心甘情願地留下來。」這只是潘妤一時的鴕鳥心態吧！

當沈毅束裝回國後，正值臺灣經濟起飛之時，那時候的歸國學人頗受社會各界的延攬與重視。他很快就在一家美商公司擔任重要職位。

沈毅的事業蒸蒸日上，他每天忙得真希望一天能有四十八個小時，而沈毅的心中卻是充滿了自信與遠大的抱負。

有一次，沈毅自鳴得意地在越洋長途電話中對妻子說：「我決定回到臺灣發展，這是我一生中所做最明智的抉擇。」

也許這個說法僅是針對沈毅個人而言吧！

對一個事業有成，夫妻兩地分離的中年男子來說，他的感情是禁不起時空考驗的。在回國後的第三年，沈毅已結新歡，他向潘妤正式提出離婚要求。

當沈毅決定要回臺發展，潘妤知道他們的婚姻可能會有出現裂痕的一天。她雖已有些許心理準備而不至於過度地震撼驚慌，但丈夫移情別戀，離棄了她，再堅強的女性都難以承受住丈夫背叛的打擊。

在潘妤剛離婚的那段日子，她心灰意冷，了無生趣，每天如行屍走肉般地生活著。

那天，在辦公室，潘妤因身體不適，提早回家，一走進浴室，她目睹大女兒正趴跪在滿地是水的抽水馬桶前，認真地刷洗馬桶，她驚愕不已地張大了口，心中暗叫道：「天啊！這本該是我這個做母親的職務。」

這些日子裡，潘妤一直沉陷在自哀自怨的感情傷痛裡，她已經好久不曾清掃過浴室了。

潘妤滿心的刺痛與愧疚，她連忙扶起一臉汗珠與水珠的女兒，潘妤心疼地用手撫摸著女兒幼嫩的小手說：「這種事還是讓媽媽來做。」

女兒笑嘻嘻地說：「沒關係，我已經長大，可以幫忙媽媽做家事了。」

聽到貼心的女兒這麼地一說，潘妤更是心如刀割般地難過與羞愧，她緊緊抱住女兒，眼眶中已滿是淚水。當即，潘妤心中暗自發誓：「我一定要為兩個女兒好好地生活下去，而且我還要活得比以前更好。」

離鄉背井生活在美國，單親媽媽的日子更是艱澀辛勞的，一個人必須要母兼父職，加上工作與生活上的壓力，讓潘妤也會有承受不住或情緒低落的時候。她也曾試圖像辦公室的美國同事一樣，週末到酒吧去把酒言歡，結果不但無濟於事，而且讓她倍加感到格格不入與更深的寂寞。

偶爾潘妤會在夜深人靜時，獨自躺在床上偷偷飲泣。唯有當兩個孩子都不在家時，她才敢放聲地好好大哭一場，痛苦與哭泣過後，淚水洗滌了她心中的痛苦憂傷與怨懟忿恨，讓潘妤又一次更加堅強地去面對現實的生活。

那年潘妤四十歲，她在公司的年會上認識了三十七歲的大偉，他棕色的鬈曲短髮，藍眼珠，中等個，是一位熱愛中國文化的美國人，潘妤與他交往了一年多後，大偉慎重其事地向潘妤求婚，她確實很喜歡大偉，他將會是一個可以託付終身的好伴侶。

平日，大偉與潘妤兩個女兒之間的互動也很不錯，她們也喜歡大偉，然而當他們論及婚嫁時，她們的反應卻極為負面。

「我們怎麼可以認洋人做爸爸呢？」兩個女兒十分不屑與激烈地反對說。

大女兒甚至威脅母親說：「妳結婚那天，我就帶著妹妹一起離家出走。」

潘妤的心裡明白，兩個女兒是不願讓她們的愛被外人分割，青少年時期的孩子是格外自私且具占有性，尤其是她們對父母的要求更是狹窄而嚴苛的。

潘妤心知肚明她與大偉的婚姻是不會受到孩子們的諒解與祝福的。

潘妤必須放棄自己的選擇，她十分難過地對大偉說：「我比你大三歲，我們真的不合適。」

「我認為只要我們相愛，年齡絕對不是問題。」大偉用誠懇堅定的表情對潘妤說。

「請你原諒我！為了孩子，我不能嫁給你。」潘妤十分傷痛地對大偉解釋說。

「孩子會長大的，她們不可能陪伴妳一輩子。妳應該好好為自己的未來想一想。」大偉相當不以為然的對潘妤說。

「我的兩個女兒比我自己的未來更為重要。」潘妤鐵了心對大偉說。

大偉默默不語，他對潘妤聳了聳肩，雙手一攤，一副無可奈何的模樣黯然離去。

潘妤深知，答應嫁給大偉，就等於她將會失去兩個女兒，這是她絕對無法承受的事，畢竟有著中國傳統思想的潘妤，血濃於水的親子關係要重於一切。她沉痛地捨棄了本可以屬於她的那份纏綿悱惻的愛情與幸福。

與大偉分手後，潘妤痛苦傷心了好長一段日子，她唯有藉由忙碌來填滿生活中的每一個細小縫隙，日子也就這麼昏昏沉沉，一天天地過下去。兩個女兒對她更加體貼、孝順，尤其是大女兒特別懂事，在潘妤心情低迷的日子裡，大女兒像個小媽媽似的照顧她，說：「我和妹妹都會用功讀書，將來我們會贍養照顧妳的。」

女兒的一片孝心讓潘妤覺得自己的犧牲是有代價的。有時候，特別是在放長假的週末，兩個孩子各自忙自己的事，她獨守著這空蕩蕩的家，周遭一片寂靜，她偶爾又會憶起唐朝王昌齡那首詩：「閨中少婦不知愁，春日凝妝上翠樓。忽見陌頭楊柳色，悔教夫婿覓封侯。」這首詩依然會觸及她內心最細微敏感的神經。

有時潘妤也會想起大偉對她的好，那些甜蜜的往事，依然讓她的心微感刺痛，畢竟那刻骨銘心的愛情是孩子們所不能體會的，也並非是她們的孝心所能給予或取代的。

去年小慧母親八十壽慶時，潘妤初次見到賀宏達，中等身材，一般人的平常相貌，他並沒有給潘妤留下什麼特別的印象。

那天，潘妤的車正好進場保養，事先說好了小慧送她回家，結果小慧臨時安排了她表哥賀宏達開車送潘妤回家。

一路上，賀宏達刻意說了幾個笑話，聽他自說自笑的，潘妤也有些不好意思勉強地附和著笑了笑。

等車開到潘妤住所時，他停下了車，略為遲疑了一會才問潘妤說：「我是否有榮幸邀請妳後天和我一起用午餐？」

「不行！」潘妤在毫無一點心理準備下，她不加思索的立即說。

潘妤的話才剛一出口，她就有些後悔自己回答得太過直率魯莽。

此刻，賀宏達面部的表情顯得十分尷尬，為掩飾內心的不安，他重重的吸了一大口氣，然後又輕微地清了清喉嚨卻不知應該再說些什麼了，兩人沉默了片刻，他的眼神中有著失望與無奈。

「希望我的邀約沒有冒犯妳。」賀宏達有些不好意思地笑了笑，並禮貌大方地對潘妤說。

為使當時的場面不致太過僵持，潘妤盡量裝得很自然，禮貌性地順勢問道：「若飯局延後兩個星期可以嗎？」她本以為他會藉此給自己找個臺階下。

「當然行啦！」出乎意料之外，賀宏達竟毫不加思索，興奮得像個孩子似的立即回答說。

他的臉頰即刻又光彩紅潤了起來，他坦誠無偽的真性情，使潘妤對他心生好感。

那天，小慧來找潘妤，她表情很奇怪地突然問潘妤說：「妳還記得我們考大學的那年暑假，妳來我家讀書，走到我家巷口時，妳不小心把手上的書掉了一地，有個路過的大男生還替妳把地上的書撿起來的事呢？」

「我記得是有這麼一回事，這件事還是我告訴妳的啊！」

「當年那個幫妳撿起書來的男生，他就是我表哥賀宏達。他一直想要我介紹的女朋友就是妳。」小慧鼓足勇氣的對潘妤說。

小慧嚥了一下口水，她開始像在講故事似的說：「我從小就很崇拜我的表哥，中學時我就一直暗戀著他。後來他竟然要我給他介紹女朋友，我聽了之後很傷心，氣得不理他了，很快我的表哥就出國留學了。」

「原本如此！」潘妤喃喃自語，然後她笑著對小慧說：「幾十年前的往事，妳還提它做什麼呢？」

小慧面有難色地說：「當年是因我的私心，而讓妳與我表哥的好姻緣擦身而過。這次我再也不能坐視不管了。」

「感情的事不能強求，有緣人千里來相會，無緣人面對不相視。一切還是順其自然的好。」潘妤表示感謝地輕拍小慧的肩膀說。

潘妤的兩個女兒都很上進，她們的志氣是不讓鬚眉的，都想為單親辛勞的母親好好爭口氣。學醫的大女兒去年結了婚就與醫生夫婿搬到美東去行醫。念法律的小女兒一直住在學校，她很快就要畢業當律師了。兩個女兒都各自忙於自己的事業或學業，她們都希望媽媽能盡快再結婚，找個老伴，攜手安度晚年。

潘妤四十歲正想嫁人時，孩子卻百般阻撓，如今她們都成年了，這時才想到該給媽媽找個老伴，安享餘年。

人並非是一個會滾的皮球，有人需要時就被緊緊地抓住不放，不需要時才又趕快把它扔出手，傳遞給別人。

潘妤自知已不再年輕，更何況歲月對女人特別無情。愛情在她這個年歲就彷彿是高掛在天空中閃爍的星星，望著它閃閃發光，不再有想去摘取下來的衝動與幻想。

星期六的中午，賀宏達約潘妤在一家西餐廳見面，他將一個包裝精美的方形盒子交到潘好的手上。

「我不能收你的禮物。」潘好急忙把禮物退還給賀宏達說。

「妳先打開來看了再說。」賀宏達不慌不忙的微笑著對潘好說。

潘好這才用手將包裝盒打開，原來是一個筆盒，揭開筆盒，筆盒中是一枝用過的普通黃色鉛筆。

潘好心中暗自說：「這算那門子的禮物。」

賀宏達已經看出潘好的心思，他立即對潘好說：「妳把筆拿起來仔細看看就會發現它的珍貴之處了。」

潘好拿起了鉛筆看了看，只見她的臉頰一陣陣的泛紅，她微抖的手拿著這枝刻有她英文名字縮寫的鉛筆。

「你怎麼會有這枝筆呢？」她情緒有些激動地問賀宏達。

「當年在小慧家的巷口，妳的書掉了一地，我後來發現有一枝鉛筆滾到路邊，我正要拿筆還妳，妳已匆匆地走進小慧家門，所以我才知道妳是我表妹的同學。」

賀宏達又接著說：「十年前，我母親搬到安老院後，在整理她房間時發現這枝鉛筆，母親把我年輕時所珍藏的一些東西都留了下來。我認為在冥冥之中好像是有根線牽引著我們，如今能在異國重逢，我們怎能不珍惜這份難得的情緣呢？」

他一面說一面用真摯深情的雙眼望著潘好，她的眼閃著淚光，臉上露出了溫馨甜美的幸福微笑。

其實這枝鉛筆上的英文名字縮寫是潘妤的初戀情人所刻的，他們曾經是戀愛四年的大學同班同學、好情人、好伴侶，最後他們還是離婚了。

潘妤心想，也許當年她不堅持己見非要留在美國，她可能不會離婚，她所做的這個抉擇究竟是對？還是錯呢？在不同的人生階段裡，過去所做的任何一項抉擇都是木已成舟，永遠也無法再回頭了。

潘妤不敢相信，她的生命竟是如此戲劇化，這個曾經與她「擦身而過」的男人，竟在數十年後，他又再度出現在她的生命中。

小郎

原名郎太碧，祖籍重慶市，曾在軍中管理圖書和工廠任業務主管，直到退休。曾任北美洛城作協祕書長，現為該會理事。美國德維文學協會、海外華文女作家協會永久會員。一九九〇年移民定居洛杉磯，五十多歲後開始寫作，作品散見各大華文報刊。已出版《三代美洲移民剪影》、小說集《情緣聊齋》兩種書。

女人淚

明媚的春天，陽光燦爛，空氣新鮮、清爽，大地百花盛開，五彩繽紛，芳草如茵，林木青翠。在這春天的大好時節，汪浩利用春假，帶著妻子、兒女，再次暢遊風光旖旎的夏威夷，慶祝結婚二十五週年。

假日旅館舒適方便，第一天，首先舉行慶祝活動。第一個節目是小女兒玲達給爸爸媽媽獻花；第二個節目是兩個兒子為父母獻祝詞；接著是汪浩給妻子贈送禮物。

汪浩慎重其事的從上衣口袋裡，拿出那只精美的絲絨禮盒，內中的飾物一眼就可看出，一定很珍貴。

汪浩輕輕地矇住妻子的眼睛，說道：「阿前，妳猜，是什麼？」

「數不清你送給我多少禮物了，我什麼都不缺，真的猜不著。現在我們年紀都不小啦！孩子也成年了，愛，擺在心中吧！這送禮的節目，從明年開始，就免了好不好？」

「說什麼免了，心愛沒有行動表示，妳怎麼知道？結婚是我們兩人的事，取消制度，得兩人舉手通過才行。實話對妳說吧，明年的禮物都準備好了，只是日曆沒有翻到那一天之前，絕對保密，到時候才給妳一個驚喜。」

「舉手！一比一，永遠無法通過的，算我服了你……」文前臉上漾開了滿足而甜蜜的微笑。

文前小心的打開絲絨禮盒。

「哇！好棒啊！」幾乎是同時三個小孩都高興得拍手大讚。

那是一條墜著「祖母綠」翡翠的項鍊，綠色的翡翠中，嵌著一個觀音像，真的美呆了。

「浩，這麼高級、漂亮的項鍊，又讓你破費了！」

「我的好太太，說啥破費！如果能把心取出來，我也樂意送給妳！」汪浩蜜糖般的話語，讓文前彷彿回到了新婚之日。

「浩，謝謝你，給了我這麼多愛。」文前覺得太幸福了，控制不住自己的感情，當著兒女的面，倒在丈夫的懷裡。

「夫妻之間，別說客氣話了，我娶了妳，這輩子才有如此好的福氣。愛，是永恆的。」當著兒女的面，汪浩給妻子一個甜甜的長吻。

結婚紀念日的下一個節目是父母對兒女的訓話。

文前說：「艾力斯、艾倫，你們兩個馬上就要踏入社會了，對事業的盡心盡責，將來對妻子的鍾愛，要學習你們的父親。我和他共同生活了二十五年，他真的是個無可挑剔的好丈夫、好父親、好企業家。」

兩個兒子連聲說：「是。」

汪浩接著對女兒說：「玲達，妳是在全家人的寵愛中長大的。現在高中快畢業了，將來事業上，要學妳媽媽做女強人；在家裡，我看能學到妳媽的一半，做賢妻良母就不錯了。」

玲達撒嬌道：「爸，我才不學媽媽呢！以後選擇男朋友，不要他送禮，而要他做飯。」

「妳這張八哥嘴，總是拿老爸開涮，今天是爸媽的大喜日子，也不放過，養女兒有啥意思啊！」

文前接話說：「好了、好了，都是你慣的。女兒反正是人家的人，隨女婿去管吧！」

「媽，妳也損我。」玲達嘟起小嘴撒嬌。

「我的寶貝女兒，有老爹護著，當媽的哪裡敢損你這掌上明珠，只是到時候有了丈夫不認娘，哪裡捨得讓他去煮飯……」

慶祝活動的最後一項是切蛋糕。蛋糕上二十五根蠟燭，二十五朵紅花環繞，中間是「白頭偕老」四個大字。二十五根蠟燭一齊點燃，汪浩夫妻合力切蛋糕。

全家人吃著、說著、笑著，孩子們還將蛋糕分送給同樓的遊客和旅館的工作人員。

接下來是暢遊三島，一星期慶祝活動結束了，真是溫馨和有意義。

汪浩說，下一年的慶祝活動計畫在北京舉行，準備請些客人，要辦得熱鬧些。

可是第二十六個結婚紀念日還未到來之前，這個家發生了大地震。家庭的頂樑柱、公司的總經理、孩子的好父親、文前的好丈夫，肺癌已到了末期。不但全家人憂心忡忡奔走在醫院；公司的同仁也捨不得仁慈、寬厚的老闆被病魔奪走生命，每個員工都抽時間到醫院探望。

連續在醫院陪伴兩個多月的文前，望著心愛的丈夫一天天接近死神，受不了精神和體力雙重高壓，身子已瘦了一大圈，本來顯得比實際年齡年輕很多的臉，也老了一輪，簡直自己都快病倒了。

那天中午，也許是止痛針的作用，汪浩睡著了。文前把丈夫託付給護士，連忙回家梳洗一下。返回時聽到有人在和丈夫說話，開始她以為是醫護人員在工作，進而聽到抽泣，她下意識的住了腳，停在門外。

「浩，我不求名分，只求你在離開我們之前，讓孩子叫一聲爸爸。」

「雲雲，我對不起妳和孩子。真沒想到，會這麼快拋下妳們母女。原諒我現在什麼都不能做了，到了這一步，我不能在兒女們和文前面前撕破臉。無法給妳名分，連錢也沒辦法給妳們一點，還是不讓雪妮知道她的身世好些。妳還年輕，又這樣漂亮和有才幹，會找到比我更愛妳的人，忘了我吧……」汪浩斷斷續續的說。

我的天，梅雲不就是自己好朋友的女兒，公司裡自己最信任的祕書嗎！孩子?!他們都有孩子了，什麼時候開始勾搭上的呢？難怪那個叫梅雲阿姨的雪妮，看上去好眼熟，原來是像汪浩！我為什麼傻到這種地步呢！天天周旋在這兩人之間，竟一點也沒察覺……

為什麼？為什麼？？？……一連串的問號擠破了文前的腦門。她本想衝進病房和這個不要臉的女人大鬧一場。可是理智告訴她不能這樣做，如果鬧開了就是承認了他們，怎麼收拾呢！

晴天的驚雷，一下子擊倒了這位八面玲瓏的女當家。她踉蹌了幾下，差點昏倒。最後，拿出吃奶的力氣，扶著牆壁，拖著像鉛塊似的腳，向停車場走去。

平時走這段路，不過五、六分鐘，今天，她走了半個多小時，最後，像一團爛泥似的癱倒在車座上。

昏昏沉沉，也不知過了多久。大兒子艾力斯找到她的時候，已是下午四點了。

汪浩走了，他沒有和文前說再見。她心目中那個忠誠、深愛自己的好丈夫、事業的好夥伴、文家繼承事業的可靠女婿，原來竟是一個道貌岸然、在外金屋藏嬌的偽君子。文前是為失去口口聲聲愛自己勝過他眼睛的丈夫悲哀；還是為自己受騙到如此可怕的程度而傷心呢！只能打掉門牙往肚子裡吞了。人死已帶走了一切，連吵一架的機會都沒有了，只能吞下這碩大的苦果，強打起精神，為混蛋丈夫辦喪事。

尾聲

三個月後，梅雲發現自己工資袋裡多了不少錢，連忙問：「董事長，會計是不是點錯數了，怎麼會有這許多錢？」

文前說：「沒錯，從這個月起，你加薪水了。一個單身女子，工資不多，還要為別人撫養孩子，不容易。妳在公司服務多年了，知道妳有實際困難，應該給妳一點照顧。」

說完了這些話，文前埋下頭，擦著滿臉奔流的淚水；梅雲則跑到洗手間，哭成了淚人。

二〇一二年二月改寫

呂紅

旅美作家，現任《紅杉林》雜誌總編。著有長篇小說《美國情人》、傳記《智者的博弈》、散文集《女人的白宮》、小說集《午夜蘭桂坊》、《紅顏滄桑》等。入選《美文》、《北美新移民小說精選》、《世界華語文學作品精選》、《北美作家散文精選》、《二〇一〇年散文作品精選》等。主編《女人的天涯》等書。獲海內外多項文學獎。

那年春天

那年的春天來得特別早，似乎迫不及待，就巴不得把那些賴在床上冬眠的人從被窩中拉出來，讓人嗅到冰雪解凍的氣息、和風一起舞蹈去！

一月份才過了元旦節，緊接著馬年就探過頭來。竹箐怎麼也沒想到馬頭一探就有了舊日不曾有的改變，倒似把些舊年淤積的晦氣沖淡了。

談談妳這次春節出去的必要性吧。

男人一張嘴就露出領導召開會議時正襟危坐正經八百的味道——就像他常把流行歌曲唱成了京劇樣板戲的味道一樣。他生得儀表堂堂，個兒也很標準，只要稍微收拾一下刮刮頭臉，無論近看遠看，在男人中都算得上是很醒目出眾的。

必要性？竹箐微微嘟起了嘴。這個必要性嘛……怎麼說呢？反正就是要去，不去不行。她早已厭倦了春節走親串友到處拜年的慣例，老一套了！想想人生總是一年又一年的重複，幾乎很少有哪一日子留下痕跡的，統統遺忘在重複中。太陽每天在升起，人過得沒趣沒勁，就看不到太陽。機械麻木，有時絕望得想自殺，甚至有地球將毀的末日感覺。再一聽上面說叫老百姓過緊日子過革命化的春節就更覺得沒勁了。

朋友瀟瀟說，妳來北方和我一起過吧，乾脆，我們都不要老公！想到這句，竹箐不禁莞爾一笑。這個必要性嘛，怎麼說呢？她細聲細氣地咕噥了半句，吞嚥了一下乾澀的喉嚨，把後半句擱回肚裡。

妳們是不是有什麼鬼名堂呵？男人眼底已睃到女人欲語還休的閃爍神情。他話裡有話，刺探性地問。其實他未必就真的在意，捨不得她，恰恰相反，一看見她伏在那兒不動，整天整夜寫那些永遠也寫不完的狗屁文章就心煩。一個勁地催怎麼還不快點走呵？

我明天就走，竹箐半真半假地回他一句。可這會兒，他又盤問說是搞什麼「鬼名堂」？猜忌、狐疑，漸漸像蟲子般地爬滿結著蜘蛛網的家居日子的塵封死角。不過，男人問是問說是說，仍幫女人把旅行袋架在自行車後架上，送她出門。

奇怪的是，這一除夕前離家出行彷彿犯了什麼大忌，一路上已不止三個以上的人臉上露出驚詫莫名的表情。路過大哥家門口，竹箐順便給車胎充個氣。打被窩裡扯下蒙頭大睡的老兄，睜開惺忪矇朧的睡眼問：出了什麼事啊？

咯咯咯，竹箐樂不可支，好一陣大笑：你發什麼癔怔啊？難道非得出了事，才要春節出門嗎？

臘月二十九的車廂裡幾乎沒有什麼人，該回家的人早就置辦了年貨匆匆趕回家鄉去與家小團聚了。竹箐一人伸臂伸腿舒展身體平躺在一條長椅上，獨自享受這份難得的旅途清靜。

車廂裡很靜。唯有咣鐺咣鐺車輪扎著路軌的單調聲音，一點點噬咬著她敏感的神經。就像是不肯休眠的記憶。那總也抹不去的，從身後靜靜走過的腳步聲……那是個陰沉沉的下午，在去書店的半路中，猝不及防，她自行車鏈條突然掉了。鏈條太長，動不動就脫落。好幾次差點沒讓她從車座上摔下來。唉，真麻煩！她趕緊跳下車，蹲下身子，像個修理工似的，拖著沉甸甸的鏈條將車輪轉了幾圈，弄得滿手油污。

待站起身時她才發現，馬路上走著一群神情肅穆的年輕學生。令人隱隱約約感覺到了不尋常的情緒，沉默中爆發的前兆！正是落櫻時節，大學校園裡，鋪天蓋地的輓聯悼詞讓人胸口發痛、眼角發脹；每個人眼裡紅紅的，燃燒著淚水浸泡的火焰……悼念儀式上，整個露天電影場的人都齊刷刷的跪下去了。那一刻，她受到強烈的震撼，淚水遽然地溢出眼眶。當時她還沒有來得及進入場內，在半人高的圍牆外旁觀。不知怎麼，忽然聯想起法國大作家雨果作品中的一幕，當人群沸騰湧向街頭的時候，一文弱書生對拉他入夥的漢子擺手推卻——不不，我只是個旁觀者和記錄者。歷史，需要我這樣做。正胡思亂想，她恍惚看到有熟悉的身影一晃，旋即消隱。

竹箐被部門頭兒找去談話，幾乎談了整整一個下午，說有人看見她參加悼念活動了。她說自己只是去拍了張照片。頭兒說，妳不該在那個時候、出現在那樣的場合。如果不是我保了妳，沒往上報，還不定會招什麼麻煩呢！萬一有人來查什麼，就說都沒進去，有個別人進去，也是為了拉人出來。最後還有一句叮囑：以後思想上要有個弦，自己想問題或者在家談什麼都可以，千萬別貿然行動。記住呵！

那一晚她幾乎沒有睡著，紊亂的思緒，夾雜飄忽的靈感，隨著列車運行緩緩向北，向北……凌晨到站。一出站口，哇，好冷！忽然發現手腳已經不是自己的了，絲毫沒有感覺，快凍掉了。正發愁，一個熟悉的聲音在呼喚她，一雙溫暖的大手接過行李，她抬頭一看，啊，竟是瀟瀟的父親。原來，瀟瀟和她同車，在臥鋪車廂。她和她相互找來找去。不約而同，卻在老人的招呼下，站口碰到一塊兒。

頭髮太長難吹出髮型來，妳想吹什麼樣子？理髮的大嫂問。噢，妳自己不知道啊？那，我就試著吹吹看。

竹箐做了個無所謂的表情。任其左右擺弄，鏡子裡，左邊吹的感覺很一般，就試著往右邊一梳理，鬆鬆的波浪翻鬈，襯托出光潔明亮的臉頰，嘿，效果出來了。瀟瀟拍手笑道，像個好萊塢明星！理髮大嫂也笑，說人模樣生得好，髮型美才出得來。我看呀，你倆面相都生得不錯。大嫂很會看人說話，讓進來的顧客都樂滋滋的癟了荷包出店門。

大年三十，趕在年夜飯前收拾得面目一新。猶如在庭院中擱上幾許盆景點綴，添些氣氛。

除夕夜，依舊一家老少看電視——春節晚會。熱火盆上燒著幾個紅番薯，薯香一絲絲飄散，屋裡瀰漫著一股子暖意。家人團團圍在一起，守著電視吃吃瓜子糖果，聊天，時間不覺地過了。聯歡節目依舊持續到零時，依舊是敲響了新年的鐘聲，屋外，爆竹響了幾聲，稀稀落落，就散了。

夜，靜如一潭深水。並頭躺在鬆軟的被窩裡，竹箐和瀟瀟聊了很久，總像是有很多鬱結的心事要找到出口似的。一對荳蔻年華耳鬢廝磨的患難密友，從前口香糖似的黏在一起。還說將來不結婚，就住在一起。而今各有家小，天各一方。總覺得缺了什麼，激情？幻想？還是動力？在內囿的圈裡東碰西撞，好像男人千百年來給妳劃的圈兒都不該跑到圈外去一樣。古往今來，命運多舛為英才？傷逝。溺水者抓不住愛情稻草。也難怪，幸福的女人就清淺；痛苦為女人身上永不癒合的傷口。人總是期待前面什麼地方出現奇蹟，奇蹟沒有出現，就永遠在邊緣游走、在夾縫中掙扎，找不到心靈歸宿……

幽暗中，竹箐唉地長嘆一聲，忽聽瀟瀟連打了兩個哈欠說，一切都是命，誰又奈何得了？睡吧，再不睡天就亮了。竹箐不語，腦子發沉，但就是睡不了。神經衰弱快一年，看了好多中醫，服了不少的藥都沒見好。反而越來越嚴重。她久久盯著勾花的白色窗簾，直到窗外的微光已經把窗簾照得隱隱約約透亮了，才迷迷糊糊睡去。

沒過一會兒，誰家的雞在鳴叫，接著，一隻公雞也在晨光中響亮的扯起脖子叫了。

等待總是顯得漫長。大年初二。院門外，攏著袖子的竹箐和瀟瀟在等誰，許是「等待戈多」吧？不時地，在雪地上跺跺被凍得毫無知覺的腳。零下十幾度的臘月天，哈氣成冰，西北風像冰刀一般，刮得臉生痛。沒過一會兒，兩人就都挺不住了。拚命地跺腳搓手。

兆零打完電話，從黑漆漆的門洞裡出來，那種神神秘秘心照不宣的樣子，使人覺得她們像幾個同謀——正在誘惑一位德高望重或者說即使品行端正但仍受到夫人嚴密監視的男人，犯一回「風流罪」。一想到這，於是無端地就有些興奮。兆零神情詭秘，說電話一開始是王夫人接的，盤問一番，我告訴說文聯有點事，這才放主席老王出來。那麼妳們稍候片刻，就會來的。我在電話中跟老王說，妳認識他。他想了半天怎麼也想不起在什麼地方見過。

聽兆零描述，竹箐想像著老王文謅謅的樣子，戴一副高度近視眼鏡，什麼事都有條不紊，包括尋找記憶，哪怕只是在想像中存放於大腦的某一角落。

望著黃昏裡漸漸飛舞的小雪，竹箐有點走神。兆零說我去接他一下，怕地滑，他又感冒了，畢竟年長些，我還是接接他好。說著人就不見了。

恰巧，這時候有一個東張西望的男人過來。

是他嗎？瀟瀟悄聲問竹箐。一見那人其貌不揚老態龍鍾的樣子，竹箐立刻連聲說NO，NO，怎麼可能？要等的是一頗具學者風度、書卷氣很濃的名作家呵！

沒一會兒就看見一中年男人，在溜滑的雪地上邁著小心翼翼的步態不慌不忙地走來，同時眼神也朝向這邊。竹箐快步迎向前，大大方方伸出手，微笑道，是王老師吧？我是竹箐。問好，相握。他疑惑的表情沒有完全抹去，但報以熱情彬彬有禮。

她微笑的樣子留給他一個謎語。索性讓他猜測。她想，他怎麼可能在各種會議穿梭不停的人流裡尋索到那一面，而且又是極為短暫的一瞥呢？

好多年前在一個會議賓館。竹箐是初次參加那樣大型的學術會議。晚餐時，他好像因為什麼事去晚了。餐廳空蕩蕩幾乎沒有人，主食和菜餚也都剩得不多了。竹箐和文友在進餐。文友起身做了個相互介紹。拘謹的她，連最起碼的社交禮節都不會，手都沒伸出去和人家握。情況稍微有點尷尬。事後還被友人火力十足猛批一頓——妳古板萎縮，小家子氣，哪裡像個現代人喲！臉立刻熱起來。她趕緊去了洗手間。從鏡子裡，頭一次像看一個不認識的人一樣看自己。窩囊，彆扭。活著，究竟是瀟灑好還是古板好？她曾經傻不拉嘰像是沒出校門的小女生問電影裡誰是好人誰是壞人一樣追問。明知大家都作繭自縛，也還是不能咬破繭子高飛。人生燦爛也就是這短暫一瞬，幹嘛不抓住？有人說。可又為什麼要抓住？你是太貧瘠還是太奢侈？有什麼精神空白還是需求太高而失望太多就像是千瘡百孔的蜂窩？也許你不敢面對自我？害怕後果？明知捕風捉影無中生有都能讓你洗刷不清，你又何必在意哪個嚼舌頭？又何必為庸人之見煩擾呢？潛意識搖搖欲墜，理性卻頑固堅守裝聾作啞裝愚守憨垂死掙扎；彷彿那是你的堡壘你的外殼你軟弱的內心庇護所？在這狹小空間你想避開都不成，除非你遠離人群或者你變得不是你。算了，別分析了，跟著感覺走吧！

一個小雪霏霏的黃昏，幾位男女在雪地裡漫遊。沿著北風呼嘯的街道四處尋找餐館和舞廳，尋找一個有熱茶和音樂的地方……當時人心尚未從一場突如其來的創痛中平復，滿街不是飄著輕快的〈兩隻蝴蝶〉和〈老鼠愛大米〉，而是悲悲切切的〈相見時難別亦難〉。城市肺部猶如感染了病菌，樓牆、街巷、橋樑，綽綽人影像碎白的落英。空氣裡溶解著眼淚的鹹味。抑鬱卻有些盡力掩飾的平靜。瞭鐐的舞蹈依然淒美……

回程旅途中，她感覺到火車外寂靜的月色，又體驗到那一刻遽逝的孤獨。旋飛的漠野在眼簾裡如一幅幅水墨。道路和樹林在寒夜裡隱約如夢。深刻的宇宙僅用稀疏的星子標榜個性。指節輕敲水氣蒸騰的玻璃——夢境在過客手中遠去，車輪飛旋似花朵，穿行在隧道中。

意識流又不自覺滑向久遠……夜深，除了細碎的樹葉響，病房靜寂無聲。小衛生員還沒睡，望著窗外月亮發呆。又「不務正業」地寫寫畫畫，悄悄地用筆名投稿。一天，教導員突然叫住她，遞給她一封郵件，一見那上面的筆名她臉就紅了。郵件顯然已被人拆開。教導員只是淡淡地說，以後不要用醫囑單寫稿。輕輕一句，就讓她窘得恨不得找個地縫鑽進去。筆名從此也被廢除。青澀年華，筆名的意義和後來時興的網名兼有遮蔽包裝色彩似不同……

在各式各樣、厚薄不一的筆記本上，她密密麻麻信手塗鴉了許多文字，一些類似詩歌散文的東西；另外還有不少心血來潮的產物，近百篇小說的開頭，二三十篇小說的半成品——那些文字永遠藏在抽屜深處，不知埋到何年何月？是否終有一天會像田間的青青野草，綻放出細小幽香的花瓣來？

兩個星期的週末都在弄那篇不成型的玩意兒。她想：小說，不就是揀些別人感興趣的人和事說一說嗎？一家刊物編輯偏要緊張兮兮，將主題改成迎合某種現實的東西。把尖銳處磨去、再加些枕頭拳頭之類的調料，去迎合大眾胃口……她煩了，索性把稿子往抽屜裡一塞，週末睡了差不多一整天。

她一想無論怎樣嘔心瀝血的稿件，都會被刪改得面目全非的，勁頭忽地就沒了。

多年過去，透過時空她仍能回望那除夕一家老小火盆前的守歲，和密友夜深無眠的長談，隱隱約約望著鏤花窗簾漸漸發白的情景……而今已做了刊物編輯的竹箐，頭髮剪短，神情裡多了些滄桑之後的淡泊。

打電話給北方作家老王，說起約稿的事，順便也關心了一下他的近況。原來三年前他就已經離婚，顛沛流離至今還沒有找到新的圍城。而兆零，看起來本分得近乎木訥的男人，居然也衝破圍城離婚了。但他很快就進入一個新的圍城。老王又說，我們在一個城市兩年都沒見面，聽了還挺吃驚。不過倒是沒見過他新夫人啥模樣。竹箐笑了一下，說，我連他舊夫人都沒見過呢！

竹箐瀟瀟們依舊在圍城中安然無恙的苟活。城市鱗次櫛比的陰影，定格在深邃夜空下。唯有腳步，每一下都沉重地磕碰在水泥路面上……她一直沒能徹底弄清楚自己在尋找什麼？戈多是等不來的。怎麼找都找不到；當你以為找到的時候其實不過是睡夢中的幻覺吧？這世界變化太快，旋轉木馬一般，眼花撩亂又無所適從。迷濛的奢想，像一樹迷亂的桃花，在掀起的風塵中泛出奇光異彩。在季節的最後一天，終於被摧毀了，化作塵埃消逝了。唯星球軌跡仍如常，顯現出黑與白，晝與夜。

那年春天，竹箐收到一本從遠方郵寄的新著。潔白光滑的扉頁上，一行字跡飄逸瀟灑，題著：願生活之樹長青。

林燁

農民的女兒，出生在中國湖南天門山下。吸天地之靈氣、日月之精華長大成人。自幼酷愛讀書寫作，但命運不濟，養老撫幼疲於奔命，九死一生，無緣筆墨。本世紀初移民美國加州開始寫作。著力用睿智的目光、平和的心態、白描的手法剖析人性。出版的作品有《武陵之花》、《新拍案驚奇》、《跳馬車舞的姑娘們》等。

秀秀

秀秀的尊姓大名叫田文秀，她為人隨和，總是說：「就叫我秀秀吧。」久而久之，秀秀喊出了名，尊姓大名倒沒有幾個人知道。她是中國江蘇金華人，是通過網上徵婚嫁給加州矽谷灣區的一位網路工程師彼得金的。彼得金，韓國人，留學來美國，讀完書就在美國就業移民。秀秀剛來灣區時臉總是紅撲撲的，一對不深不淺的酒窩，再加上那酒窩裡流淌出來的微笑，陌生人都愛和她搭訕說幾句話；熟悉的人就更不用說了。她雖然不算美人之類的女人，但長得還算勻稱，不高不矮，不胖不瘦。待人接物很隨和，大家都愛接近她。

不是高級知識分子，但也上過家政大專。夫君就是看重她的為人和這個專業，才和她異國喜結連理。加上她結婚後連生了三個大胖小子，取名大木金，大林金，大森金。所以秀秀自打結婚來美就做了專職媽媽。夫妻恩愛有加，孝敬公婆，相夫教子，操持家務，日子過得其樂融融。

但是天有不測風雲，人有旦夕禍福。就在大木進高中的那年彼得金因去國外處理業務遇到空難不幸去世。留下秀秀和老小：公公、婆婆、秀秀的母親和三個未成年的孩子。對秀秀來說猶如青天霹靂，昔日的恩恩愛愛，甜甜蜜蜜一下子沒有影蹤了，老老小小都沉浸於無限悲痛之中。秀秀日夜痴痴呆呆地淌著眼淚，老人們不吃不喝的躺在床上哭泣。三個孩子倒是在悲痛中仍然堅持著上學。大木是個懂事的孩子，他管著兩個弟弟的早餐，帶著他們去上學。三個孩子還利用課餘時間給爸爸在客廳裡布置了一個靈位。

秀秀的媽媽七天後走進女兒的臥房對女兒說：「秀秀啊，人死不能復生，現在我們一家七口人，妳就是頂樑柱了。妳要盡快地從悲痛中振作起來，要解決我們一家人以後的生計問題。」

「媽，這兩天我也在想這個問題，自打來美國後我沒有出去工作過，我文化不高，且無專長。偏偏碰上這經濟危機時期，好多高學歷的人都被裁員了，出去找份適合我做的工作比登天還難啊。」

「秀秀，我倒想到一個事，我們可以試著做做看。」

「媽，妳說說，我看看能不能做。」

「我們家在金華的時候不是做肉粽賣嗎，小本經營，雖本小利小，但維持一個家庭的生計還是可以的。來美國後我每年都做幾次送給自己的老鄉吃，大家都很愛吃，這兒的華人多，我想一定有市場。」

「媽，那我們就打聽哪兒有店面出租，可以做著試試。」

「我看先不要租店面，就在家裡先做著試試，我先做，妳去推銷。等有了一定量的業務後再租店面，這樣就能減少投資，把彼得留下的錢節省著用。」「好吧，那我們就做著試試吧。」

秀秀跑推銷的第一天就收穫不小，她去了附近的三家亞洲人的食品超市，四家亞洲人的餐館，都答應給她銷售。她去超市買了糯米、五花肉、香菇、豆乾等，還買了五味的調料。回到家就開始和媽媽做起肉粽來了。她和媽媽花了三天的時間，做完了三百個肉粽的生意，賺得毛利九十一塊錢。秀秀從這三百個粽子身上看到了老小的生計，看到了將來兒子們的前程。她把製作粽子的事交給了媽媽和公公婆婆，專門跑推銷和採買。不久大木、大林、大森也加入了推銷的行列。他們向同學、同學的家長推銷，推銷的數量還十分可觀。

秀秀在電腦裡找到了很多粽子製造的方法，她的粽子越做越好，品種越做越多，什麼火腿粽、叉燒粽、紅燒粽、排骨粽、蛋黃肉粽、蘑菇雞肉粽、孜然豬肉粽、咖喱肉粽、蕨筍粽、薺菜粽等應有盡有。銷售量與日俱增，家裡的廚房已經不能滿足銷售的需要，只能做新品種試驗室了。秀秀與老人們商量在中國城租了店面，還請了幾個年輕人製作、跑堂。彼得的爸爸媽媽還做出了可口的韓國泡菜。新開張的肉粽店門庭若市，幾張桌子總是坐得滿滿的，還有人站著排隊。食客們買幾個肉粽，就著韓國的泡菜，吃得津津有味。吃飽了，還要買上幾個提在手中帶走。秀秀的臉上愁容盡掃，昔日的笑容又回到了臉上，她那甜甜的面容多了幾分成熟，多了幾分堅毅。她果斷地在美國其他幾個華人多的城市裡開設了秀秀肉粽分店。她在彼得金的遺像右邊立了面鏡子，她坐在鏡子前，鏡子裡的她就好像與彼得坐在一起，她經常和彼得說說話，兒子的進步、生意的成功，她總是講給彼得聽。

光陰荏苒，五年過去了，秀秀肉粽有了自己的招牌，有了註冊商標，那些有精美包裝的秀秀肉粽、秀秀泡菜走進了很多超市，走進了千家萬戶。秀秀已經擁有二十幾家分店和三家制製泡菜的工廠。她的企業已經是一個中型的食品公司了。好多高科技公司的倒閉，給秀秀招攬優秀的員工提供了千載難逢的機遇。她的旗下不乏高學歷的人才，給她的食品公司的經營管理、質量管理、產品開發提供了優越的條件。秀秀甜甜的面容整天都笑瞇瞇的，笑容裡多了幾分自信，多了幾分滄桑。她和彼得說話的時候，發覺自己眉頭上已經有了淺淺的抬頭皺紋，眼角已經有了輻射的魚尾紋。她感慨地對彼得說：「彼得啊，你在生的時候常說會和我一起慢慢地變老，可是你還沒開始變老的時候就走了，你看，我臉上有了皺紋，兩鬢有了銀絲，你卻還是那麼年輕，那麼英俊，……」

又十多年過去了，秀秀的三個兒子都長大成人，成家立業了。在秀秀食品集團成立十週年之時，秀秀帶全家和員工們一起舉行了盛大的慶祝活動。員工們散去後，秀秀全家圍坐在自家的餐桌上，她望著自己的長輩和兒孫們百感交集。她和三位老人為兒孫們擺好了膳食。秀秀的公公對大家說：「我們都站起來，面對彼得金默哀一分鐘。」這是全家團聚的一種儀式，一種慣例。一分鐘後大家都坐下了，大家都剝開粽葉，打開泡菜盒子，津津有味地吃著肉粽就泡菜。趁大家吃粽子就泡菜的時候，秀秀問大家：「兒、媳們、孫子們，粽子和泡菜好吃嗎？」

大媳婦說：「婆婆的肉粽油而不膩，香而不郁，軟而不爛，確實是食中上品。可惜我那舞蹈演員的職業，不允許我盡情地享用。我知道這吃粽子的意義何在，大木不止一次地告訴我，那是公公空難後我們全家的生計所在，我冒著長胖的危險，吃粽子就泡菜，牢記我們家的根本。」打開的粽子她只吃了一口就被大木搶去了。

坐在大木旁邊的男孩說：「爸爸，你怎麼欺負媽媽呀？」說著他把爸爸搶來的粽子夾回到媽媽的碗裡。大木夫妻弄得哭笑不得。兒子偏著頭看著她說：「媽媽，爸爸欺負妳，我給妳拿回來了，妳怎麼不說謝謝啊？」

二媳婦說：「有位名人說忘記過去就意味著背叛，我和大林經常到我們的公司所在地肉粽連鎖店吃粽子和泡菜。大林常說是肉粽和泡菜造就了他們弟兄三人。我和大林敬爺爺奶奶姥姥媽媽一杯酒，為老人們健康長壽乾杯。」大家舉起手中的高腳杯一飲而盡。

三媳婦挺著大肚子說：「長輩們把我們拉拔大不容易，在這美國創業更不易，感恩長輩們的辛勞，我們一定努力，把長輩們的產業發揚光大。」她與大森拿起粽子大口大口地吃起來。

夜深人靜，家中老小都歇息了。秀秀來到了彼得的靈位前，她看到鏡子裡的她已經是滿頭的白髮，臉上的皺紋已經是溝壑縱橫。她無限感慨地對彼得說：「彼得啊，我已經是一個老太婆了，可是，你比大木都還年輕，你可還在奈何橋上等著我？當我來到奈何橋上的時候，你可還能認得我這個老太婆？還認得你當年愛得死去活來的秀秀？我是一定認得你的，聽哲人說人的靈魂是不老的。你猜我們見面後我第一句話會對你說什麼？我第一句話會對你說，我這一輩子沒有白活。」

伊犁

原籍浙江溫州，在香港完成中小學教育，一九六七年遠赴巴黎，次年往英國修讀護理。一九七三年移居美國，進波士頓麻州大學修讀英文系。自一九七七年起定居南加州。作品題材廣泛，反映華裔移民在美國社會生存的掙扎與心態、中西文化的衝突等。曾出版《十萬美金》、《殺嬰》、《美金的代價》等多部小說與散文集。

母女情緣

她常常覺得遺憾的事是從小不在爸媽的身邊長大，與他們沒有親密感。一個人年紀大了，特別渴望有親人的慰問與照顧，常常看到或讀到母女情深的故事，只能暗暗羨慕。她過去每次去看父母時，總是拙於辭令，講不出好聽的，或會贏得老人家歡心的話。從小她在鄉下長大，沒有學會應對，更沒有急智。她十歲時去香港，「沉默好學」常常是老師期終對她的評語。也許不會用語言表達，她才愛上寫作，用筆在紙上寫，如蠶蛾吐絲，她可以慢慢表達所思所想。她爸媽後來知道她愛寫作，對她並不看好，他們看過她出的書，但是不會閱讀，爸爸只讀過兩年私塾，媽媽沒有上過學。

想不到她與她女兒小玲的關係在三十年後，也重複了上一代的腳印。一個人對語言的表達能力是基因造成的嗎？小玲在美國出生，從小也不愛講話，別的小女孩在媽媽身邊整天會嘰嘰咕咕，會撒嬌，小玲很少。小玲也不愛表現自我，對於唱歌跳舞從小沒有興趣，她鼓勵過她去學跳芭蕾舞，或學體操，小玲一開始就沒有興趣，結果當然沒有學。倒是她很喜歡學鋼琴，看見她哥哥彈琴，她五歲便迫不及待地要學。她也愛畫畫，從小拿起筆來就會畫，線條很俐落，用的色彩亮麗調和，過什麼節日便會收到她畫的卡片。她的手很巧，喜歡做手工，摺紙等等。小玲小時候一直在她身邊長大，她為了孩子，只做部分時間工作，小玲兄妹放學後她去接，回家照顧他們的飲食，看管他們做功課，也讓他們懂得讀書與做好課業的重要。送他們上鋼琴課、打球、參加活動等等，她從不缺席。兒子是個很理性的孩子，行為都符合了父母的理想。小玲比他少六歲，哥哥離去對她打擊很大，他們因此買了一隻女兒心愛的白兔給她做伴。有六年時間小玲顯得孤獨，在青少年期間，她倒也平安的走過。事後看來，那幾年母女交流不多，小玲有心事也沒有表露，有時她顯得不耐煩。她對自己的女兒覺得越來越難理解，都說青少年的變化很大，脾氣像刺蝟，心想小玲的表現也很平常吧。

小玲讀書成績一向很好，高中各科全拿A，上大學進了理工學院時被很多人羨慕。其實她也可以選其他大學，她父親在理工學院當教授，起先她以為女兒一定不會選，結果她選了，還聽她爸爸的建議主修化學。小玲從小安靜，除了上學以外，沒有很多課後活動，朋友不多，平常來往的只有幾個女同學，都是不很外向的類型。高中時她最多是週末去看電影或吃飯，似乎沒有一個男生來過電話找她，她也從沒提過男生的名字。這樣一個純潔無瑕的女孩，怎會讓父母擔心呢？她也不必像其他很多媽媽，整天充滿危機感，怕女兒出事，每晚檢查書包，小玲對男生似乎還沒有開竅呢。

小玲的行為倒是讓她想起自己年輕時候，很害羞，不愛講話，除了校服，裙子也不多穿。可是她那時的情形不一樣啊，她十歲去香港時，廣東話不會講，英語沒讀過，家境不好，住得環境侷促，一直有自卑感，很少交朋友。小玲在美國擁有很好的讀書環境，從小過著安定充裕的生活，父母對待兒女平等，只期望他們將來會在專業領域發展所長。

小玲讀大學的第一年，首次在學校演出室內音樂（chamber music），她穿了紅毛衣黑長裙，彈了兩首曲子，其中一首是跟一位小個子的男生合奏。記得坐在聽眾當中，她對學生們的出色表演非常高興，原來不少讀理工的學生在音樂方面很有天分。會後在場外有飲料與餅乾招待，她很高興地向小玲道賀，那個小男生也在，小玲說：這是康。她說：很高興認識你，你們彈得真好。小男生說：不行，練得不夠。他看來像十四五歲，可能是提早上大學的天才兒童吧。後來回想，小玲為什麼不跟別的男生合奏呢？而且打死她也不會相信，他將來會是小玲的丈夫。這人個頭只到小玲的耳朵，外表又瘦又小，如發育不良。

週末他們有時會邀請小玲的一些同學一起吃飯，一般都是女生，康也常來。他很沉默，別的同學在說笑時，他一般會在玩遊戲機，兩隻手忙得很呢。同學們來了幾次熟了後便會講一些學校或家裡的事，只知道康是夏威夷來的日裔。小玲一般只是週末回來吃一頓飯，聽說理工學院學生功課很忙，週末也常要跟同學做功課。當初小玲要求四年都住校，而且讓她開車。她也覺得應該讓小玲獨立。小玲很少麻煩她，也不多談生活細節，每次問，她只是很簡短地回答，她在第二年與三位女生搬到校外一間小屋居住，還學會自己燒飯。

「爸媽，我決定不去研究院了，我不知道自己的興趣。」小玲在電子郵件上寫了這一句，那是大學第四年的春天，本來小玲畢業前已申請了研究院讀地球環境工程，她卻遽然決定不去。他們覺得很驚訝，也可惜小玲輕易放棄。小玲決定後，便逃避他們，電子郵件不回，電話不接，週末她不回家。女大不中留，他們被蒙蔽幾個星期後，才發現幕後操手便是那個小不點的康。她真是小看他了，小玲對他言聽計從。父母多年養大了她，她一點也不顧他們的感受。她身為母親感覺全盤皆輸，到底自己在哪裡做錯了？六月畢業典禮以後，小玲沒有徵求他們同意，便要跟他去夏威夷，說要去那裡找工作！他們竟然無力回天，曾經考慮要不要強留下她，或把她關鎖起來。可是她的心已隨他去了，留下她有用嗎？他們更不想弄一齣羅密歐與茱麗葉的愛情悲劇。

那年她在香港高中畢業，跟著父母去了巴黎。她早上在語言學校學法語，下午在溫州人開的皮貨工廠做一些小工，覺得生活灰暗，前途茫茫。父母都在同鄉人的圈內找到工作，戰戰兢兢地過日子。一年後她決定去英國讀護理。怕父母不准，提心吊膽地在暗中申請，又在朋友的幫忙下拿到英國的簽證，她覺得必須離開巴黎。尤其同鄉人思想都很落伍，有人替她做媒，父母更希望她早日嫁人。

「爸媽，我要去英國讀護理，已申請了醫院。」她找到父親的休假日，晚飯後便公然攤牌。一下子覺得自己長大了，說話理直氣壯，不知勇氣從何而來。她覺得父母不再可怕，為了未來前途，追求理想，她必須離家出走。學護理可以讓她自立，畢業後有一技之長，可以去美國、加拿大、澳洲等英語國家工作。家令她窒息，在巴黎沒有前途，父母古老的觀念讓她很反感。

「妳和阿強的事呢？我們如何跟四嬸回話？」她母親紅著眼睛說，居然先想到這件事。她覺得好笑，他們要把她嫁出去，是想找一個靠山。同鄉的媒人不少，要給她介紹對象，她以為推掉便可，原來還留著一條尾巴呢。那個阿強，個子小小的，三十也有了，她跟他單獨出去過一次。他請她吃龍蝦、蝸牛，一頓飯只會吹自家的皮貨店如何賺錢，在巴黎如何吃得開。

「我才不嫁給他呢。」她低聲說：「你們放心吧，我去英國醫院每個月都給津貼，不用你們出錢。」

母親委屈地看著她，眼淚就在鼻樑兩旁留下。她從來沒看過母親流淚，一向以為她很冷酷。

「真是個不孝的女兒，整天跟我們開倒車！別人家的兒女都會幫父母。做看護給病人把屎把尿，有什麼好？」父親氣憤極了。

她離開的清晨，是十二月底，冷颼颼的雪風，穿過她單薄的尼龍大衣，牙關打抖，趕緊把圍巾拉緊，一隻手提著一只大箱，另一邊的肩上掛著一個背包。母親黯然看她走下樓梯，父親已上班。她忍住淚水，這一刻她不能回頭，她要堅強，決不後悔。

後來她在英國去醫院見護士長，幸運被接受為學生護士。那年她才十九歲，沒有自信，只是心中害怕會掉進泥潭出不來。憑著一點點叛逆個性，從此走出了家門。

如今小玲以同樣方法離開，她的心境是否像做母親的她？女生外向，她們都迫不及待地尋找自己的路，似乎只有離家才能成長。她後來在醫院休假期間回去巴黎看父母，也被他們接受，不再抱怨她了。畢業後她來美國，工作結婚定居，一切順理成章。她父母退休後也去了加拿大，跟隨她的哥哥定居加國。如今父親已去世，母親獨自住在多倫多的一間老人院，她每週打電話問幾句溫暖，可惜母親因為帕金森病而失語了，母女間的話就更短了。

小玲三年前跟康在夏威夷結婚了，身為父母，他們也很得體地去參加婚禮。如今每年聖誕節與新年，他們都歡迎小夫妻回來，大家也能和睦相處。母女之間再也不提過去的事，一家團圓了無遺憾。小玲兩年前居然進了廚藝學校，食物的色香甜辣豐富了味覺神經，菜式的多樣變化滿足她的藝術創造慾望。她想起父親過去的職業，一向被視作苦差的廚師，工作時間長，體力消耗大，常聽說他晚上手腳會抽筋。如今小玲看上這個行業，時代不同了，聽說目前很多年輕人都想學廚藝。小玲過去在家很愛看電視上的烹飪節目，也許她早就有興趣。如同她父母不贊同她做護士，她也對小玲學廚藝有保留。小玲沒有依照他們的願望去讀研究院，成不了化學家或工程師，希望她有一天會找到自己喜歡的職業！

世界各地區華文文學創作剪輯

漂鳥的心靈筆記

——加拿大華文女作家選集《漂鳥》的閱讀報告及其他

趙淑敏①

一

昔往還在臺北的時候，偶爾受邀做一些讀書報告，一位知我性情的文友笑著提醒：「何必那麼頂真，不過是文藝花籃而已！」這話近乎汙辱，很刺激我，暗下決心，無論以站在講臺上的身分，還是創作者的角色，我都必須自我尊重，不可以做文藝花籃的致送者；沒有真正的感動可以不寫，不管是論評、析介、推薦都不可以僅為純粹應酬之作。這次，我還是不送文藝花籃！

逾三十年了，不曾或忘，前輩諍友的文學與藝術評論家顧獻樑教授在我耳邊諄諄叮嚀的那句話。應該是一九七八或是一九七九年，反正在那次公共汽車的巧遇之後不許久，他就去世了。他上了公車正巧我身旁有空位，就坐了下來，搖晃的車行中，我們忘掉周遭有人，開起了「座談會」，談到我的第五本書將要面世了，他收起了淡淡然從美學觀點議論某些文章的淺笑，忽然正色附耳低聲說：「你已是作家，不要讓人叫你『女』作家！」

這說法讓我為之震撼，一時語塞，不知如何應對，但也立刻明白了他的用意。我沒有生氣，馬上聯想到當時很多人談到女性作家作品輕蔑的態度，也許是積非成是，其實在那個年代，已不該有女性作家作品是第二等人所寫的第二等作品的印象：文字少特色；內容大多數都是身邊瑣事、雞毛蒜皮；再不就無病呻吟，或是坐井觀天的奇情故事，寫作不過是茶餘飯後的消遣罷了。當時對顧先生我未反駁，因為雖不是全面的事實，也有某程度的真實；況且他出自善意，警惕後進要努力，不要掉入那樣的窠臼。不過，縱然沒生氣，心裡還是不舒服，至少很想頂撞他一句：「男人不是也常寫他們的身邊瑣事，女人為何不能寫，看怎麼寫就是了。」

顧先生去世三十一年了，這句話還常常在我心裡迴盪，對我影響很大，曾經矯枉過正對抗自己，但逐漸成長成熟，有了新的頓悟，創作散文撰寫專欄，已不再刻意挑戰「大丈夫文章」，同樣一枝筆原可構成多種不同型的文篇；正如我最初的想法，題材與素材怎樣選取，不是問題，端看怎麼去寫，要經營出什麼樣的意境。其實矯枉過正也是一種自我拘囿的沒出息，幸虧還能及時反省。當去除了心中罣礙，隨心所欲驅筆馳騁的時候，才得真正享受創作的自由與暢快。

在拿到加拿大華文女作家選集《漂鳥》之前，心裡也曾犯過嘀咕，很怕陷入進退兩難的窘境。因為到今天為止，所接觸過的某些女性寫作者的文集，偶然還會出現顧先生所不以為然的樣貌，甚至其中有少部分還停留在試筆習作的階段；縱有通順流暢的文字（僅為作家最基本的能力），離成熟還有段距離。那時要秉筆直書豈不是困難，若不想作壞人，就得作違心之論？不願！收到書之後，放心了。並非因為出版者是曾為我出版第一本書的老字號臺灣「商務印書館」，而是發現它是一冊還蠻具水準的選集。這本四百零九頁的書，前半部為散文，後半部是小說，三十一篇散文十九篇小說，縱非字字珠璣，水準稱得上整齊，有些篇章甚至可以說是精品。雖然如徐學清在前言中所說：「這部集子在很大篇幅上表達了女作家對女性問題、女性的獨立意識、女性與男人之間的關係的見識。」所關心所思考的還是老問題，但這些作家視野已放寬擴大，思緒深潛細流，常有意外的創造。他們不但仍保有女性的特質，也能在俗世生活基礎上呈現個性、文字功力，形成各自的風格，更極具加拿大社會影響的特色，跟其他地區華人的思維已有其不同；除了海外華人的共相，亦顯現了漂流的心靈，已在母土之外，於加拿大扎下根基的印記。

二

我不願給散文分類，何者為敘事，何者為抒情，何者為析理，何者為記述……分得清楚嗎？創作都從感情出發，即或理析人間百相，也無法把作者自己從作品中抽離。敘事的時候究竟非新聞報導，抒情的成分會有相當的濃度；書寫自然時也會跟個人的感受有所呼應。《漂鳥》三十一篇散文中有一部分是以「遊記」為體裁的。很想說，有人習慣把遊記從散文世界硬生生分離出去，獨成一系，實在是說不通的。因為遊記須在散文的基礎上揮灑，假如描寫湖光山色沒有美文的詞藻營造、藝術的結構布局；敘述旅遊過程的內容，沒有人文的關懷、知識經驗的激盪、視野拓展的感悟、人人之間互動的回應，那無異於旅遊指南，已不屬文學的範疇。

粗粗統計了一下，純然以遊記型態呈現的文字，有海倫的〈神祕駭人的埃及之旅〉、為力的〈北方之旅——訪印地安居住地〉、諾拉的〈Aloha！夏威夷〉、劉慧心的〈駕車自由行〉、曹小莉的〈義大利的吉普賽扒手〉、雪犁的〈牛舌鎮之秋〉六篇。海倫筆下遊埃及沒有騎駱駝，卻寫了少有人關注到的活人住在死人城，以古墓園為家的貧窮族群，這就是發自人性的悲憫。為力去印地安人的居住地，他不光買回一些有趣的紀念品，也註記了他為印地安婦人博大寬厚的心懷的感動。曹小莉的文章很傳神，驗證了我三十餘年前的經驗，似乎美麗的吉普賽女人永遠不老，會帶著又俊又髒的娃娃們，穿街走巷尋找可包圍的對象，發揮「文搶」的特技。

散文創作常從個人的生活出發，原志的〈與女權活躍分子們相處的日子〉、寄北的〈丈夫有了外遇以後〉、雷蒙的〈溫哥華手記〉、李靜明的〈一百個月餅〉、馬紹嫻的〈老年攝影快樂多〉、鄭羽書的〈孩子，你又闖禍了〉、施淑儀的〈自在飛花輕似夢——與葉嘉瑩教授賞花〉、溫安娜的〈撒絲基亞，撒絲基亞〉、林婷婷的〈保姆〉、鍾麗珠的〈追夢〉、劉蕊的〈悠悠白石鎮〉、陳華英的〈美好的故事〉、西岸海豚的〈當溫州人遭遇猶太人〉、黃綿的〈楓葉又紅了〉、黃玉娟的〈隨意小札〉、王平的〈閬苑祖屋〉、宇秀的〈滿街牙套〉，都是以加國生活為基調，用不同的手法，細訴移株的女子，在扎根的過程中經驗的情動和感懷，激越、迷茫、恬淡、苦澀、愉悅、豁達、怡趣、柔情似水、理性分析或冷靜批判。甚多佳句常引人會心的莞爾，比如寄北文內的一句話「丈夫海歸，在『小祕』們的醬缸裡變了顏色」，短短的一句把他的遭遇與心境，以及那個社會環境的現狀，很形象化地描繪出來。林婷婷與王平的文章在結構上加重力道表達他們的情感與意境，林文用層遞的筆法把欲為文化文學保姆的鵠的放在人生大事最高點。王平則將嘉陵江岸的祖屋，與溫哥華的大屋相連地思，寫，加國的新家有一天會成為新的祖屋吧？鍾麗珠的文章中的外一章〈冬天裡的春天〉特別值得一提，寫不再輕狂的兩老「脫序」的興好與行動，恰似《詩經》上「執子之手，與子偕老」的境界，極具黃昏歲月裡浪漫的恬靜之美，頗見功力。

葉嘉瑩與慶慶的文內都有大量的中國詩詞，不過運筆的方式不同。葉嘉瑩教授係前輩，他曾帶領許多學子走入古典詩詞的開悟天地，知多於情。他寫的〈說李清照詞二闋〉有他學術領域之作的分析與卓見，但仍以散文筆法為之，未以純然冷硬中性的語言著墨，這也是使文學論著能讓更多人接近的方法，不打一般讀者的殺威棒。他說：「李清照的出現，則似乎乃是中國婦女文學史中，第一個具有想要以創作來肯定自己，而且更有著想要與男性作者一爭短長之意念的女性作者。」我完全同意，前年我寫〈跨越，女性書寫的往世今生〉時，一再在資料中發現李的這樣的意向。於此要說，特別欣賞慶慶的〈告別即是相會〉，我願承認是我的偏愛，但也不全是因個人主觀的偏好，確然值得讀之再三。這樣詞字語句創新充滿靈性，而又徵引中西文學精髓來詮釋思念，望而不見，念而不見的美感，如此情知細膩交融的創作，深得我心，也符合很多文學人鄙薄圓滿到極致「相見歡」大團圓的境景，寧讓距離和牽掛造成一些兒缺陷，稍惆悵，略遺憾，使純情在思念中永生。那樣的意境不僅存在於審美之中，也潛埋在某些人心之深處，不分男女。

梁麗芳的〈祖父的餐館〉是遊記嗎？不是！雖然他是去造訪一個多年前住過的小鎮，

他找到了祖父經營的小飯館，已六次易主，但還存在，於是童年的故事影集與祖父聲容笑貌在腦海倒帶重演一遍，沒有太用力，卻將歲月悠悠的滄桑感濃濃地傳達給讀者。黎娉兒的〈霜葉紅於二月花〉書寫的是面對株株生命樹的思感，他也想化作一棵紅楓樹，永遠可以和代代子孫相守。汪文勤的〈會唱歌的土豆〉寫的是土豆的性、行、與生命力，其實也在寫人，質樸地，樂觀地，發揮其能量，當一個會沙啞著嗓子唱人生之歌的土豆，很能鼓舞人。江嵐的〈味道的珠鍊〉，以心絲串起記憶的彩珠，串成有香味的美麗鄉愁。我猶為文學少年的時候，就知王潔心的名字，他的〈詩意〉筆觸淡雅清麗，有傳統閨秀文學的氣質。孔書玉的〈像詩歌一樣飛翔〉似乎在說理，但強調對人對己所保有一些品質存在，就可化作翅膀，讓我們像詩歌一樣飛起來。

三

小說共十九篇，當然都是短篇小說。兩位資深作家葛逸凡的〈醜女奔月〉和阿木的〈一個士兵之死〉。兩人的筆法很傳統，葛逸凡寫醜女終得情歸知己，故事發展有其單純的理想性。阿木的〈一個士兵之死〉是出征阿富汗將士的悲歌，沉沉的慢板，低吟出家庭破碎，希望破滅，戰爭真的無情，沒有用特殊的技巧，僅是直敘，寫出了悲憫。

眾女士筆下最多的還是男女與夫妻間的問題。移根加國以後，不只是適應生活過程的衝擊，還有客觀環境的改變、角色的更易、個人條件與際遇的擺弄，讓追求美好生活移居異國，原來相愛或者不很愛卻準備同心相依的兩人，由情濃到厭煩；也努力調整過，最後放大的則是那份不能忍耐，於是情絕分手，或者無奈抑鬱地妥協。可能這個題材大家最熟悉，對周遭的人得以近距離地觀察、感覺，甚至如同身受的體驗與思考，所以寫得最見生動。很多變的因素在原鄉不是不會發生，但到了國外彷彿就更難解決。本來男女相合，於致命的吸引力之外，對眼對味，不必有理由；要分則理由各個不同，方式各異，總會找一個自我交代的理由，這些小說人物的生活故事與模式、人性與現象的切片，就形成這些小說的素材與內容。

如安琪的〈回家〉，是那最後認清環境與個人條件，海歸不成的丈夫，終於跟自己妥協回了家，在無奈之中算的是圓滿吧！李彥的〈白喜〉寫的是老裴的去世，心情性格不協的妻子似乎是發了一筆小財。而對於老裴的終於解脫，竟有人認為他死得好，如此怎不算得是喜?!沈可全的〈婚惑〉、曾小文的〈氣味〉、涯方的〈瓶〉、秋萌的〈遲來的醒悟〉、張翎的〈母親〉都是熟筆的作品。曾的〈氣味〉對人性切得很深，有其獨到的剖析。涯方以一個花瓶為見事的觀點人物，寫相愛相依的兩人如何在現實的考驗下終至乖分，手法不落俗套。而張翎寫小夫婦之間插入了一個媽媽的隱形的摩擦，很自然似乎也必然。都是善良的人，誰都沒錯，誰都在忍耐，不寫衝突而有衝突，不寫痛苦而有痛苦，只是順手描寫，讓讀者自己從中結構出很多動畫與情節，這是張翎一向的風格；當然若談小說的大氣，還是她的長篇。我曾將〈溫州女人〉與〈金山〉列在文學班學員的閱讀名單中。

小說是人的藝術，人間世所能發生的人與人各種關係必然都是小說的素材，親情與親子關係當然也是。杜杜的〈腳甲〉寫的是丈夫為妻子，女兒為母親修腳趾甲，因年程與時空轉換而產生的改變和心理變化。朱小燕的〈哭泣的小蜜麗〉以第一人稱自知觀點，把一個老祖母將住養老院的自然豁達，追求自主、自由、自重的心態，描寫得很真很細，也淡筆描出傳統與現代思維的分野。申慧輝的〈風箏〉也屬於這一類屬。於此，要表示一點淺見，想大膽不避諱地說，我主張把吉羽的〈小鎮故事〉與孫白梅的〈情同手足〉歸入散文的類屬。散文裡也會有故事但與小說表現的筆觸不同，小說倒不一定都有故事，有時僅以人物的塑造現出主題，如陳麗芬的〈尋夢園之軍墾農場〉就是這樣的。陳蘇雲的〈原色〉、趙廉的〈水土〉、詩恆的〈臨別禮物〉都是這樣的。張金川的〈袞娣的週末〉也是這樣的作品，還頗有「小小說」的味道，但是如果要寫成微型小說，再多一點技巧，就可更生動些。

四

出一冊選集很不容易，在選稿的考量中，有時還會涉及到人際關係，甚至打擊到初學者的信心。在海外從事為文學培根的工作者，絕對要有鼓勵的心與足夠的抗壓性。這冊書不是皆大歡喜的「文集」而是「選集」，編輯人一定跟自己也鬥爭過數個回合，才決定何者輯入何者放棄，這是不得不為之的苦差，應向編書的人致敬。但是也想過，如果能把具才情、有意願的寫作人變成真正的作家，那應是比出書更有成就的功德。當然，也得付出更多的耐心與努力！

①作者小傳，見本書一二一頁。

陳瑞琳

旅美作家。美國休士頓《新華人報》社長，海外新移民國際筆會會長。多年來致力於散文創作及海外文學評論。出版有《域外散文三部曲》及評論專著，多次榮獲北美及全球徵文大獎。

長袖善舞縛蒼龍

——當代海外華文女作家散文管窺

文學，對於女性有血脈天然的誘惑。中國的早期，女性被迫遠離文化的中心，偶爾的閃光創作也只能是個人生存空間的私密表達。直到「五四」，女性作家堂而皇之登上文學舞臺，但在數量比例上依然是寥若星辰。一九四九年後，漢語言文學迅速向港臺分流，並隨之延伸海外。大陸本土始二十年，創作環境風霜嚴峻，女性作家多噤於情感表達。反觀港臺作家，則迅速接壤西方，精神趨於解放，女性作家應運崛起。及待大陸「文革」結束，文學重返「人」的母題，女性作家忽如颶風雲湧，成顯赫方陣。到了海外華文壇，承接歷史長河的漫漫涓流，各路筆耕者策馬相聚，層林盡染，花色相融，蔚然綠洲之上，竟以女作家為盛。

解析當今海外文壇的「紅樓」現象，一來女性生來敏感多情，渴望傾訴；二來女人在海外生計的壓迫相對比男人少，於是，春江水暖，女人先「知」，也由此，一代「文學女人」在海外應運而生。

女人愛小說，心裡更愛散文。「散文」乃中國文學之正宗，能夠「為文」方為「文人」。尤其在海外，「副刊文學」為主要園地，遂給散文的生長以沃土，不僅造就「文學輕騎兵」，更成為女作家長袖善舞的疆場。

域外寫作，最可貴是無需「載道」，作者的心靈得到充分自由的表達，作家因此可坦然觀照外部世界並發掘內心情感的寶藏，再加上各種異質文化的碰撞，從而將創作意識的個體空間無限拓展。如果說男性作家多喜歡以政治視角來敘述、反映社會、道德、文化等宏大題材的話，那麼女性則更傾向於「自我」的修為，即用自己的語言表達「個體」與「外部世界」的關係，由此而形成的散文風格不僅在題材上隨自己心靈所欲，而且在筆法上也姿態萬千。

縱觀近年來活躍在海外的華文女作家，突出的一個創作母題就是各國「文化之旅」的反思。因為她們有條件行走在世界的角落，能夠寫出不尋常的風景故事。

李黎，一個喜歡風的女人，多年前就聆聽她關於「旅人」的感悟，至今難忘的一句格言就是「旅行不同於旅遊」。這位當年的「保釣」新銳作家，風雲散後，豪情轉化為腳步，開始了興致勃勃的遊走。正如她在〈像我這樣的一個旅人〉中寫道：「中年後最大的奢侈，是一再重去尋訪同一個地方，就像一再重讀同一本書。」然而「真正牽動我心的不一定是一處地方，而是一個個閃現的意象，甚至不一定是視覺的：像威尼斯夜晚運河的水輕輕拍打小舟的聲音和流水的氣味，青海高原上一個藏族女孩嫣紅的笑靨，敦煌莫高窟裡一尊佛像面容上的柔光，印度女子身穿的紗麗明豔眩人的色彩，西班牙南方小鎮上晌午時的鐘聲，深秋的挪威海風獵獵刷過髮間的冷冽，和京都的春雨淋在髮梢上的溫柔……」她的精闢結論是「當一個人到過夠多的地方之後，才會煉出一雙眼睛，看得見自己家中的寶藏在哪裡」。

張讓，一位在寫作上絕不「讓」鬚眉的作家，多次榮獲臺灣各類文學大獎，善思的鋒芒寒光冷冽且飛翔無界。她寫〈有一種自由叫想像的自由〉，將旅行文學的現實目標進而升騰為「浪遊文學」的激情夢想。文中援引傑克・克魯瓦克再版的名作《在路上》，說的是美國六〇年代的年輕人跳出現實、集體沉於夢中而引發出的浪遊文學的精神特質：那種天真無忌的野性和活力，遊蕩天涯並放浪形骸。作者由一本書思考一類文學，思考一個時代的悸動，一個國家的內心演變。

嚴歌苓，一個全身心愛文字的女人，奇崛詭譎的小說總是充滿了對「弱者」的人性關懷，承襲在散文〈行路難〉裡，寫的雖是「旅行文學」的範疇，其精神的內涵依然是悲天憫人的情懷。作者旅居尼日利亞，特別描述了這個非洲的首都城市最常見的交通工具「奧卡達」的人生圖景：「奧卡達在大街小巷遊串，招手即停，迅速賊快，生死由天。我從來統計不出每天奧卡達的交通事故率，因為媒體放眼大事，民間對生命似乎也看得很開，乘奧卡達喪生的危險和瘧疾、愛滋、上層社會的壓榨、警察的誤殺相比，應該算是最小的。」正是什麼樣的國家就有什麼樣的交通，奧卡達上的奇異風景，窺見的是一個國家和它的子民。

旅行文學的高難是地方風土的採掘。日本作家華純，這個出生在海邊的女子，如今的表情裡雖然深深地浸染了東瀛女子的清婉，但心底裡依舊是黃河落日的豪放胸懷。她的文字長於鑽探，在風土文化的美學寶藏裡總有驚人的發現。〈奧多摩教你忘記東京〉寫得就是東京人心目中的「桃花源」：「那裡除了美景，更有美酒。清泉釀造的澤乃井酒，不僅是酒，更是民族文化的見證：每瓶酒都帶有性別，有的像男人一樣剛烈不拘，有的像女人柔腸纏綿，所以叫做辛口、濃醇、甘口、淡麗啦什麼的，恐怕喝了男人的酒，骨子裡都會燃燒起一種放浪形骸的慾望。」作者將兩個女人山中賞酒的氣象描述得實在令人心動，但最終禮讚的還是中國文化的源流。

荷蘭作家林湄，近年以小說《天望》引文壇注目，散文〈他為你點亮更高處的燈〉卻是旅行文化的佳作。文章寫的是德國的名城魏瑪，作者有幸走進了歌德的家園，感受他當年的沉思、讀書、創作，一部《浮士德》，整整歷練了六十年！然而，作者發現：偉大高貴的靈魂總是與痛苦相伴，歌德在他七十五歲時說自己一生真正快樂的日子還不到二十五天。作者更深的感動是歌德的棺木與席勒並放，同代的詩人作家生前死後竟是如此親密，那是一個多麼令人懷念的時代。作者由此發出的感嘆是「社會的進步和發展並沒有令人類的情感世界變得更為美好和潔淨，相反地，越來越多的人將靈魂抵押給財權色了。」

章緣的〈當張愛玲的鄰居〉，寫的則是中國本土的「文化之旅」。章緣，來自臺大中文系的敏感女生，性格裡又帶著幾分戲劇人的好奇和冒險。在她的「上海灘」故事裡，必然要與張愛玲相遇，必然會在某一天走進愛丁頓公寓，那個曾經誕生過《傾城之戀》、《金鎖記》，也曾經見證過一個女人的情感高峰的公寓。文章的奇妙是先看故居，然後是想租再到想買，結局則是一場夢的懷想：「住在她曾經住的公寓的樓下，我會離她比較近，沾一點張愛玲的傳奇，混入我的上海記憶。如果在那昏暗的房子裡打瞌睡，肯定會有夢，關於張愛玲……」文章帶來的那份悸動已足以彌補了落空中的一絲惋惜。

除了「旅行文學」的文化時空，海外女作家的另一個創作母題就是人生旅程的幡然回憶。回憶，本就是孕育文學的母巢。資深老作家陳若曦，早年從臺灣到美國，再從美國到大陸，又從大陸到香港，直至再返西方，再回臺灣，人生之途可謂斑駁陸離，其中的體味也是五味俱全。她的〈曼荷蓮的女生〉，寫的卻是一九六二年發生在美國曼荷蓮女子學院的青春故事。憶的雖是前塵舊事，諸如無人查夜的自由，旅店夥計的零用錢，雅典姑娘薇姬從希臘主廚那兒走私的消夜，抗議牛肉少過豬肉的罷食，品嘗「冬天來了，春天的腳步已不遠」的企盼心情，「盲目的約會」等等，朝花夕拾，作者感嘆的是自己最懷戀的歲月，更是時代的變遷。

張翎，一個從溫州小城一路走到北美大都會的南國淑女，深受西方文學的浸染卻堅守著一副婉約派的傳統筆法，頻頻獲獎的小說多是寫歷史風雲裡的風月故事。她的散文，亦是心平氣和地淡筆寫來，卻是讓人絲絲震撼。作品〈雜憶洗澡〉，憶的是浙南小城人洗澡的舊景：男人們「在赤裸相呈的那一刻，一切等級界限突然含混不清起來。」女人們則「門好門窗，關了燈，才敢小心翼翼地褪下衣服，坐在板凳上擦洗身子。」作品寫的是洗澡，背景上卻是「意想不到的變遷。有些一直在臺上的人突然下臺去了，又有些一直在臺下的人突然上臺來了。當北方的來風帶著一些讓人興奮的信息一次又一次地拂過小城的街面時，小城的人才漸漸明白太平世道已經到來。」作者最後的落筆是「暖暖地洗去了一身隔洋的塵土，便知道我真是回家了。」

「回憶」固然心醉，「愛情」的探索才是所有「文學女人」的魂夢所牽。趙淑俠，旅居歐洲三十餘年，小說《我們的歌》傾心傳導的就是那份掙扎中的愛情。新作〈咬破那個繭〉，更是將愛情的真諦縷縷道來：「一段美麗戀情的誕生，並不意味著必定天長地久，凡能生者皆能滅，是宇宙間的恆久現象。惟由情生到情滅，經過的往往是崎嶇難越的荊棘道，特別是愛情破滅後的蒼涼局面，常令平日表現得意志堅強的人亦無力面對。」文章最終要說的正是女人如何從「情」的困境中自立。因為所謂的「政治的解放」、「經濟的獨立」，對於女人都不難，難得的卻是走不出這「情困」的繭，「只有咬破那堅硬的障壁，重塑自己獨立的生命，才是解脫之坦途」。

呂紅，徘徊在美西海岸的一彎冷月，喜歡在小說世界裡尋找著女性命運的情感方舟。其散文〈女人的白宮〉，寫的是俄州波特蘭白宮的一個沒有噪音喧嘩的夢一樣的夜晚，讓人時光倒流，幽情如夢。作者的綿綿思緒依舊是圍繞著女人的生命：「這個世界不光有男性那粗礪、堅硬的爭鬥，還有女性那纖柔細膩、充滿彈性與質感的聲音於無聲處存在。女人深長而痛楚的生命體驗，對於愛與善與美的呼喚的焦灼——不是異想天開，女人若多一點機會參與社會，那麼世界是否會變得更人性、更美好一點呢？」

海外女作家，絢爛的文字不僅有靈性之花，也有理性思考的智慧之樹。呂大明，遊學歐洲多年的資深作家，深悟東西文化，兼有哲人的眼光和詩人的情懷。她的〈時間的傷痕〉，精闢優美如「悼古」，說那是「時間的舞者」，「在夜鶯清唱的花園裡漫舞，腳踏在希臘神殿的斷垣殘壁間……」，「在記憶的古園裡，時間的鐘擺緩緩倒轉……」，文字的意象重疊交錯，濃烈的思緒幾乎有些化不開。

叢甦，臺灣現代文學浪潮孕育出的後繼名家，醒世的目光裡總是含著善思的冷峻。她的〈迷海與海謎〉，寫的是海的意象，陪襯的則是自己的記憶。童年的她向海叩問：「這就是海？它是什麼？它怎麼不累？怎麼老愛翻滾不停，它著急著什麼？那波波層層的滾浪下蘊藏著什麼？」及長，「去親近大海與海灘也只為了那偷窺天堂的瞬間。」然而終於發現：「海的性格像是一個善變難測的情人，它是既美麗又醜惡，既溫柔又殘酷，既可親又可怖。既象徵著生命，也意味著死亡，既是活力，也是毀滅。」作者由此而明白：人類渴望了解海，但終於海是不可征服的，因為它是自然。

同樣是「生命的移植」，來自大陸背景的海外作家顯然更易於表現自身經歷的坎坷，如顧月華的〈靈魂歸宿〉。作者來自上海，歷經了多年政治風暴的滄桑，而今怡然的移民生活，最後的心靈渴望還是歸鄉。遊子的心，因為有故鄉的依托才踏實，因為有遠方孝心的兒子才美滿。兒子送來故鄉的鑰匙，房子並不新奇，新奇的是母子倆所共同經歷的艱辛歲月。

臺灣背景成長的文學女人，筆下則少見慘痛的記憶，更擅長的描寫多凝聚在人文的關懷和文化的傳播。喻麗清，北美華文壇的散文名家，人如其名，帶著出生地西子湖畔的清麗之氣。作品〈那瓦荷之夢〉，說的是美國的一對大學教授的中國夫妻，甘願放棄教職，去為那瓦荷部落的印第安孩子教書的故事。作者親臨其境，為那兩個中國人感動，感動那「火柴」畫在印第安人的荒原上，光亮雖弱，但那種韌性、那種包容力、那種隨遇而安、那種無私的愛，令人倍加感佩。

吳玲瑤，當代海外華文壇的幽默獨秀，多年「執筆賣笑」，渴望「笑裡藏道」，她以《女人的幽默》以及《生活麻辣燙》等四十九部幽默文集風靡在海峽兩岸。中國人歷來少幽默，女人更無從笑起。「五四」後雖有林語堂、梁實秋倡導「幽默」，卻怎奈烽火年代無人善解。進入當代文壇，作家層層輩出，或吶喊，或低吟，多掙扎在現實苦痛中不得超越。卻未料在海外誕生了一位笑看人生百態的喜劇作家，且還是女性！吳玲瑤開口或下筆，皆喜妙語，像是一個積澱了多年的烹調大師，將色、香、味逗人的一盤盤人生佳餚不間歇地端給你看，直看得眼珠流淚，笑到衣帶漸寬。作品〈減肥專家〉，說的是洋妞莉莎在減肥路上的坎坷經歷，典型的吳玲瑤式「幽默」：溫厚婉諷，精彩細節畫龍點睛，醒世的笑談中卻飽含著對生命冷暖的深深眷愛。

「走馬」海外女作家的道道風景線，看她們從「文化之旅」的斑斑屐痕到人生旅程的時空翻轉，從愛情之窟的苦苦探索到哲理之樹的悠悠思辨，從博大的人文關懷到幽默的智慧之光，各自表達的「母題」雖有不同，但突出的一個特點都是有意識地堅守了自己獨立人格的美學追求。

原載《世界日報》小說世界，二〇〇九年二月十二日至二月十八日

王雙秀

臺灣出生。文化大學德文系畢，曾任德文系助教，於一九七七年底留學德國，漢堡大學西洋藝術史博士班。一九九六至二〇〇二屆「歐華作協」祕書長。喜作散文、雜文與學術評論文類，之前常在中央、中華、新生、歐洲等報發表散文、雜文、藝術評論文章。《漢堡散記》一九九八年由世華作家出版社出版。二〇〇〇年來間斷著力網路書寫，目前歸檔整理中。

麥勝梅（見六十六頁）

承傳與開展

——海外華文女作家協會歐華會員創作概略

一、趙淑俠是半部歐洲華文文學史

趙淑俠大姊有「文壇老將」、「文壇大姊」之美稱，親身參與歐洲華文文學近五十年，從播種灌溉到喜悅收成，大小事務，幾乎都曾參與。她說：「在半世紀中，歐洲華文文壇的興衰順逆，從無到有，至今天的豐茂欣榮平穩發展，經過了滄海桑田的漫長歷史①。」

近半世紀的親眼目睹和親身參與的經驗，主觀的評斷，客觀的論述，皆出於第一手資料。在〈走過文學的宇宙洪荒——析談半世紀來歐洲華文文學的發展〉一文中，以多元伸展面向推演歐洲華文文學的發展，內容包括：海外華文文學的界定，初識歐洲華文文壇，歐華文壇的拓荒者，歐洲作家的發表園地，歐洲華文作家協會的成立，歐華會員的書寫特色，歐洲的新移民文學，趙淑俠在歐洲華文文學中的定位，展望歐洲華文文學的未來等多項欄目……

在該文中她說：「海外華文文學是當今中國文學裡的一個文類，兩岸三地的文學研究學者，都對這個題目投注以關切，其中尤以中國大陸最為積極，多所大學裡設有海外華文文學研究的專責部門，把海外華文文學當成一項文學專門課題來探討鑽研。但海外華文文學如何誕生，從何而來，往何處去？其內容都包括些什麼？至今仍是各家自有論斷，說法不一②。」

二、呂大明的心路與筆跡：從《這一代的弦音》到《世紀愛情》

一九七五年呂大明隨夫負笈英國，先後出版了《大地頌》、《英倫隨筆》和《寫在秋風裡》。一九九一年出版的《來我家喝杯茶》文集，廣受一般讀者喜愛，在〈絕美三帖〉一文中寫：「當月光透過杉樹撒下一地銀輝，也是無聲無息飄落的雪花，我就像佛羅斯特

〈雪花〉中那位詩人，走在鐵杉樹下，讓月光撒滿我一身，就如一隻停在枝頭的鳥兒在我身上撒下雪花片片，我也為了這麼丁點兒的繽紛，心情就不再愁悶。」

呂大明的《流過記憶》文集中，說出了她在異鄉中常常自覺或不自覺地在周遭尋找心靈的饗宴。秋天到了，她在別人忙著出遠門度假時，選擇了留在巴黎郊區觀賞秋天的景色。

呂大明的抒情小品不但寫得出色，而寫旅行文章也格外動人，她曾走遍倫敦大街小巷，也曾踟躕於大英博物館或倫敦國家畫廊，泰晤士河畔更是她午後漫步的好地方。後來她居在法國二十多年，人們一提到巴黎，隨之而來就是與福樓拜、史坦達爾、雨果的對話。然而，她卻謙虛地表示她寫遊記是受到徐鍾珮女士《多少英倫舊事》所啟發的。

三、《浮生悠悠》說丘彥明

丘彥明在〈旅居歐洲創作的心路歷程〉一文中說，生活方式、環境與創作的呈現，對她而言有明顯不可分割的關聯性。

趙淑俠談起丘彥明的作品，認為必得先說一點她的生活：「丘彥明夫婦都愛田園生活，他們選擇住在離城不遠的鄉村，還租了一塊地，當丈夫唐效去上班時，丘彥明常常在田裡耕耘種植，播種、施肥、灌溉、除雜草，看天、看牛、看風景……時時感覺自己與土地、與天地萬物間的微妙關係：感到很甜蜜很幸福。何況還能不時的享受收成的樂趣[3]。」

她的許多作品，獲得重要的獎項：《浮生悠悠》一書，同時獲得聯合報讀書人文學類年度十大好書獎、中國時報開卷文學類年度十大好書獎、教育部推薦優良圖書。並入選二〇〇八年中國大陸「人民網讀書頻道」、「三十年中國最具影響力的三百本書」。

丘彥明除自創外，也與先生唐效合譯多本西方名人傳記，如：《瑪麗•居禮》、《蒙特梭利》、《泰瑞莎》、《海倫凱勒》、《聖雄甘地》。她是一位勤奮多才，表現得最優秀的新移民文學作家，趙淑俠說。而就譯述的書選內容觀之，二十年來雖住歐洲，但因臺灣、香港、中國大陸都有親友，近十年來每年也都會飛臺灣、中國大陸至少各一次，眼見兩岸三地的社會變遷，特別是大陸快速的自由開放、經濟起飛對整個世界包括歐洲大陸造成頗多影響，專欄書寫的角度，即令是個人生活自然而然也就較偏向於文化的觀察與省思④。

四、池元蓮要求自己不斷創新

池元蓮是一位用雙語創作的女作家，早在一九七〇年代已開始從事英文寫作，那時她還沒有想到，有一天會用華文寫作。在她所出版的英文著作中，以一九七五年在紐約出版的長篇小說《A Shadow of Spring》，該書被美國的印第安納州立大學（University of Indiana）選收為學生的現代文學讀本。

一九九〇年，在她年逢天命之際，開始用華文寫作，而且一路寫來，頗有得心應手之感。著有《歐洲另類風情——北歐五國》、《北歐繽紛》和《鑽石人生》（與新加坡的張露合著）。

二〇〇〇年，池元蓮接到阮芳賦教授（第一個獲得性學領域哲學博士學位的美籍華裔學者）的邀請，為他所創立的「性學文庫」寫一系列的書。她的《中學生性教育：家長讀本》、《兩性風暴》、《性革命的新浪潮：北歐性現狀記實》、《多元的女性》、《性、愛、婚全面剖析》都屬於這一系列。

池元蓮性的書寫是一個成功的例子，她的幾本書都以散文型式寫出，詞優美而平實，都很暢銷。尤其是《兩性風暴》，最受讀者歡迎。目前池元蓮已經計畫要朝新方向發展，她要寫一本類似充滿幻想的西洋聊齋誌異故事，而且故事發生地已擬定在歐洲[5]。

五、楊翠屏博士的一張成績單

法國會員楊翠屏給人的感覺是既能書寫同時也是翻譯能手，她曾翻譯過二十世紀法國文學巨擘評論《見證》、《西蒙波娃回憶錄》和《第二性：正當的主張與邁向解放》，其中《第二性》獲得「聯合報讀書人一九九二年非文學類最佳書獎」。

楊翠屏雖然取得巴黎第七大學文學博士學位，但在大學念的卻是政大外交系，嚴格來說，她的寫作類別較偏向於學術論述方面。從楊翠屏的書寫可看出她興趣廣泛，閱讀書籍概括文學、社會學、心理學、歷史、醫學、傳記……等方面。

下面簡介楊翠屏五本著作：

《看婚姻如何影響女人》（方智），剖析因生理因素男女在婚姻市場極不平等，男人的社經地位、女人的青春美貌比較是王牌。基於女性嚮往「高攀」、不願「下嫁」心理，下層階級的男性較難找到結婚對象。

《活得更快樂》一書，一九九八年臺北市政府新聞處推介為優良讀物。作者在法國及臺灣作過調查，探討、歸納出幸福的定義。幸福是一種主觀意識，認識自己，追求理想，訂下人生目標，比較會活得更快樂。

《名女作家的背後：八位英語系經典女作家小傳》，敘述女作家的家庭環境及寫作的心路歷程。

撰寫《誰說法國只有浪漫》時，楊翠屏以旅居法國三十年的經驗，打破中國人對法國的浪漫迷思，道出法國社會也是問題重重。

《忘了我是誰：阿茲海默症的世紀危機》。此書榮獲二〇一一年僑聯海外華文著述獎學術論著社會人文科學類第二名，金石堂網路書店印刻出版每月首推長踞十七個月。

楊翠屏也寫散文和微型小說，文章散見歐華作協文庫《對窗六百八十格》、《歐洲不再是傳說》、《東張西望看歐洲家庭教育》、《迤邐文林二十年》及《全球華文女作家散文選》……等書。

六、豐富和充實的人生是黃雨欣寫作的源泉

黃雨欣的寫作基調彷彿是隨心所欲，散文內容多為平時所聞所見所感，至於小說，借她自己的話說：「靈感是被身邊有太多的真實事件所觸發，不寫出來就有要被憋瘋的感覺，中國人在國外生活太不容易了，每個人就是一本厚重的小說。」

黃雨欣寫小說筆調鋒利，揮灑自如，豪爽而無絲毫閨秀氣。她的小說不悲也不喜，而是無奈。特別是中篇小說《異鄉無奈客》，把當今一些「生命探險家」的欲念，茫然，焦慮與無奈寫得很透。希望黃雨欣繼續寫小說，她會成為一個小說家⑥。

除了寫，她也編；第一本歐洲華文作家協會會員的小小說集《對窗六百八十格——歐洲華文作家微型小說選》主編之一⑦。

黃雨欣說她自己：是屬於經歷和精力都很豐富的人，從二十六歲起就浪跡世界漫步人生，筆下的人物都是實實在在發生在身邊的，見得太多根本用不著虛構故事了，因為現實生活遠比小說更豐富更精彩，而且還要更加出人意料，所以，我的文章不管是散文還是小說都是緣於勤快隨手記錄下來的對生活感悟，作為小說的寫作，不過是在結構上略有匠心⑧。

走過棄文從醫，棄醫從理，又棄理從文，兜了一大圈又回到文學原地的黃雨欣，目前，寫作雖然是她的主要生活內容之一，而豐富和充實的人生是黃雨欣寫作的源泉⑨。

七、王雙秀光影中的追尋

一九九六年至二〇〇二年間是王雙秀的文化活動製作與報導時期，內容含跨文學會社的活動，漢堡僑社的藝文活動，德國地方的中華文化活動展演等等，是記錄與見證。累積文字達十多萬字之譜，計畫出版中。

曾經在一九九八年出了一本《漢堡散記》之後便不再熱衷於出書，而專注於網路文學。一九九九至二〇一一年間的網路書寫主題內容繁雜：如《繡蒔地圖日記練習本》、《P

ＩＳＡ測試公布之後德國對於教育問題的反思》、《建立防災重於救災的觀念系列》，近年著墨最多的是綠能紅星《推展風力發電產業》的介紹，這似乎又與文學搭不上什麼關係了，另外散文雜文等，累積有六七十萬字。

王雙秀認為，雖然近年進入佛教經典初試的她，思路在空與有之間徘迴震盪，佛典研讀中，不斷帶來剎那的驚詫與對生命可以開展之寬度的體驗與認識，在其中獲得了莫大的喜悅與安頓。

八、麥勝梅的眼下風景

寫作在麥勝梅來說是一種個人透過生活體驗、閱讀認知和不斷地追尋人生意義的感情表現。在書寫世界裡，儘管關在斗室中，很多時候卻有海闊天空的感覺，周遭有用不盡的題材，每位執筆人似乎都有自己的落筆處和私房的架構。

在歐協大家庭的培養下，麥勝梅做起編務來，二○○二年和前歐協作協祕書長王雙秀合編《文學遊》、二○○四年主編《歐洲華文作家文選》、二○○八年與前聯合文學雜誌總編輯丘彥明合編《在歐洲天空下》、二○一○年再次和王雙秀合編《歐洲不再是傳說》，前後一共編輯了四本刊物，雖然如此，麥勝梅仍然感到站在剛起步點，充滿夢想和挑戰。

麥勝梅喜歡旅遊，旅遊宛若她生活中的養分，她深信不管走到哪兒，腳下那塊土地總有一段故事可以敘述的。她醉心於旅遊文學，正如在她《旅遊寫作經驗談》文中稱，旅遊文學是一種生活的體驗，一種思維的鍛鍊，是一種開拓心靈的文學作品。只要一天還能執筆她還願意寫遊記，她計畫盡快在今年把多年來累積實地旅行心得集成個人旅遊專集。

九、郭鳳西創作概況

郭鳳西自一九九八年以來，出版了《旅比書簡》、《歐洲剪影》、《黃金年代的震撼歲月》《牽手天下行》，並曾得中央日報創作獎。

「海外文學」用郭鳳西的話說，就是以中文「寫下不同國家的不同故事的文學」，在國外寫作的體裁比較多，不同的生活、人情、社會、習慣、語言、想法都是創作的題材，環境及對中文的熱忱造就出一群海外獨創一格的創作者。

十、張琴的文學空間

張琴是四川人，有人說，她的作品應該有較濃重的川味，但事實上，張琴雖出生四川卻長在中原，九〇年代後期移居西班牙，她作品的背景時常在變化，「有四川的，有外省的，有國內的，也有國外的」，書寫背景沒有受到區域限制，在文學創作上應該是融合了地球村人的人文情懷。

她作品很豐碩：計有《地中海的夢》、《異情綺夢》、《浪跡塵寰》、《田園牧歌》（世界知識出版社）；《落音滿地，我哭了》（瀋陽出版社）和《北京香山腳下旗人命運》（臺灣秀威出版）等散文和小說集，其中《田園牧歌》是中西文版的，《天韻》是西語版本的（西班牙國際書號）；詩集《天籟琴瑟》。

值得一提是發表在《今日中國》西語版的《西班牙副首相羅德里戈・拉托・費加雷多》和《西方看中國和中國人》等人物專訪集頗獲好評，此外，還有與米格爾張合著的《中國文學在西班牙》、《中西文化差異》被稱為張琴代表作。

張琴勤於文耕，移居西班牙後，曾獲歐洲華人作家西班牙賽區徵文首獎。法國《歐洲時報》徵文三等獎；西班牙《華新報》徵文二等獎。二〇一〇年獲得「汪曾琪微型小說獎」，二〇一一年世界華文「大禮堂懷舊徵文」三等獎。在她的紀實文學《地中海的夢》、《異情綺夢》，還有多本散文集裡，讀者可以讀到張琴對西班牙華人社會、華人的書寫乃至對異國風土人情的隨筆。[10]

十一、風雨追阻中自學成才的漢堡藝術家譚綠屏

一九八四年出國前譚綠屏還是一位在江蘇省旅遊品銷售公司外賓部工作的現場畫師。到了一九九〇年，像奇蹟般她的第三篇作品就榮獲臺灣《中央日報》文學獎；之後，她越寫越順手，二〇〇二年出版了文集《揚子江的魚，易北河的水》。

譚綠屏的書寫很精練，無論是寫散文或微型小說都極為出色。二〇一一年獲美國文心社、新疆電子音像出版社主辦海內外《當代華文愛情散文大典》二等獎；微型小說《天上多一顆我畫的星——畫之殤》獲第九屆中國全國微型小說年度評選三等獎。

譚綠屏現為德中文化交流協會會長，南京市美協、江蘇省花鳥畫研究會海外會員，世界微型小說研究會歐洲理事。

結言

二十一世紀的歐洲華文文學已踏入一個成熟階段。生活在高度發展的國度中，海外歐華女作家是用靈性之眼看世界，串起細瑣繽紛的物事與個人情愫，結合東西文化，在文學上另闢女性感知的文體。

總括來說，大多數的歐華女作家是自由撰稿人，寫作、發表和出書完全是由自己規畫和選擇；在寫作的題材方面顛覆了以往多愁善感的文學情懷，關注所居地的優秀文化，觀賞大自然的奇妙，遠離了的鄉愁，謹以精練札實、不譁眾取寵的文采，勾勒出女性作家發展脈絡。

二〇一二年三月十四日完稿

①取自〈披荊斬棘，從無到有——析談半世紀來歐洲華文文學的發展〉原載於中國大陸《華文文學》二〇一一年第二期（四月號）

②取自〈走過文學的宇宙洪荒——析談半世紀來歐洲華文文學的發展〉。

③取自〈披荊斬棘，從無到有——析談半世紀來歐洲華文文學的發展〉原載於中國大陸《華文文學》二〇一一年第二期（四月號）。

④取自丘彥明〈旅居歐洲創作的心路歷程〉二〇一一年九月。
⑤取自〈披荊斬棘，從無到有——析談半世紀來歐洲華文文學的發展〉。
⑥取自〈披荊斬棘，從無到有——析談半世紀來歐洲華文文學的發展〉。
⑦取自一個畫面http：//www.chinawriter.com.cn，二〇一一年八月三日十點十五，作者：陳春水
德國黃雨欣論。
⑧取自陳勇〈多面人生——德國黃雨欣訪談錄〉（網路資料）
⑨取自陳勇〈多面人生——德國黃雨欣訪談錄〉（網路資料）
⑩取自凌鼎年〈在西班牙彈奏文學之琴的張琴（代序）〉

藤田梨那

生於中國天津。一九八〇年留學日本，研究日本文學。畢業於二松學舍大學（Nisyogakusya University），文學博士。碩士論文：〈夏目漱石的漢詩研究〉，博士論文：〈魯迅與漱石的比較文學研究〉、〈尋找與解讀司馬桑敦〉。現任日本國士館大學（Kokushikan University）中文系教授、主任。日本郭沫若研究會副會長，國際郭沫若學會會長。

日本華人文學的現狀

一、「在日華人文學」的基本概念

上一個世紀末，世界華文研究進入了廣泛和豐富的階段，文化交流全球化也成為華文文學及研究的宏大背景。相對之下，日本的華文文學長期以來一直處在弱勢和周邊狀態。八〇年代後大批中國人東渡日本，在經濟、貿易、文化、教育、科學研究等各個領域伸展他們的能力並開始獲得確實的立腳之地，形成龐大的「新華僑」勢力，在這樣的背景下，華人的寫作與對其研究已經具有登上文學領域的充分實力和資格。

在此首先應確認所謂「在日華人文學」的概念。作為主流勢力如大陸及北美的華文文學研究界均以作者、題材、創作用語為基本界定因素，特別重視創作用語。但日本華人創作的情況略有不同，在日華人的文學創作除了中文寫作外，自五〇年代至今一直都有日文寫作，而且這些日文作品在日本主流社會一直占有較高的地位。如廖赤陽在《日華文學：一座漂泊中的孤島》①中所指出的：「比較世界各國的華僑、華人文學，我們至少可以確認兩個現象。其一、日華文學無論是在中國的主流社會還是在日本的主流社會，均在純文學的領域達到過頂峰。其二、嫻熟地駕馭日文寫作，並且產生出在當地主流社會形成普遍影響的諸多日語作家與作品。」

筆者重視長期在日生活或具有永居性質的華人及二世、三世華人這一要素，將「在日華人文學」界定為這樣具有中國血統的在日華人的文學作品，題材包括小說、詩歌、文學性散文、紀行文等。語言包括中文和日文。

二、二戰前後時期在日華人文學創作

這個時期以及前一個時期的文學創作主要以留學生的寫作為主，如郭沫若在一九二〇年代創作的《女神》，為中國現代詩歌開拓了新的天地。九州博多海灣孕育了詩人郭沫若；郭沫若、郁達夫、張資平等留日青年組建的「創造社」可以說是在日本最早出現的一個文藝結社。郁達夫的《沉淪》、《銀灰色的死》等作品多受了當時日本流行的私小說的影響。陶晶孫在日本的文學創作涉及的時間較長，留學時期他寫了《木犀》、《兩姑娘》、《理學士》、《特選留學生》、《音樂會小曲》、《淡水河心中》等小說，描寫了在日留學的艱苦而又唯美的生活。這個時期的特點在於留學生們通過日本吸收西方文化和文學，經歷日本文化和西方文化的洗禮。在自我意識的開蒙上無疑接受了經由日本的刺激與啟迪。他們的作品都帶有邊緣和多元性質，給中國帶來了西方和日本的現代文學的氣息。一九九九年上海文藝出版社出版《中國留學生文學大系》中《近現代小說卷》中收集了二〇年代、三〇年代留學日本的留學生們的作品。

另外一個特點是在日華人的雙語寫作從這個時期已經開始。陶晶孫戰後的作品大部分都是用日語創作的。二戰後，由大陸、臺灣移居到日本的華人以及在日華人的二世、三世中有不少人開始用日語寫作，如陶晶孫、司馬桑敦、邱永漢、陳舜臣等。陳舜臣是戰後在日華人作家中作品最多，在日本社會影響最大的一位作家。做為華僑二世，陳舜臣自幼受著日本式的教育，在日本經歷了第二次世界大戰。戰後他的第一部小說《枯草之根》獲得了江戶川亂步獎，繼之有《三色之家》、《弓屋》、《憤怒的菩薩》、《割草》等一系列推理小說問世，受到日本讀者的歡迎，先後獲直木獎、日本推理作家協會獎。後又發表《小說十八史略》、《太平天國》、《鴉片戰爭》、《山河在》等一系列長篇中國歷史小說，被榮稱為代表當代日本的歷史小說作家。他的作品均用日語書寫，在日本擁有廣大的讀者群。但其所立足的仍然是中國文化，廣涉歷史與在海外漂泊的經歷成為他創作的主題。

三、八〇年代後的文學創作

八〇年代以後的日本華人文學又稱新華僑文學，擔當新華僑文學的主將大多是八〇年後來日的華人。前述新華僑與老華僑有一些不同性質，除此之外在出國的動機上新華僑也與老華僑有所不同。在他們，逃避戰亂已是過去的歷史，除了一部分政治運動家外，他們大多是為了找到更能提高和發揮自己能力的機會，在日本留學後不回國，而是在日本的中等或大型企業就職，或是自己開公司創事業。他們的精神要比老華僑更自由，更容易適應各種文化環境。新華僑文學先以留學生文學開端，如張石《東京傷逝》、《因陀羅之网》、《三姐弟》，王敏《留日散記》，唐亞明《東京漫步》、《翡翠露》，林惠子《東京私人檔案——一個中國人眼中的日本人》、《東京：一個荒唐的夢》等。一九九九年上海文藝出版社出版《中國留學生文學大系》中《當代小說日本大洋洲卷》中收集了這個時代十四名留學生的作品。

自八〇年代後期開始出現華人報刊，如《留學生新聞》（一九八八年），《中文導報》、《東方時報》、《日中新聞》、《日本新華僑報》、《中日新報》等，報刊雜誌的大量刊行，給文學創作提供了發表的機會，促進更多的作品的產出。留學生文學主要以記述或描寫艱苦奮鬥的留學生活為主，一種向前奮進，拒絕誘惑，報國負重的留學生形象描繪成為留學生文學的主要模式。

二十世紀末到二十一世紀初華人文學已經由留學生文學的習作階段向純文藝的方向邁

進。作者層大多經過艱苦的留學生活的洗禮，在日本建立了自己的生活基盤，具有一定的社會經驗的中年人。如毛丹青的《感悟日本》（にっぽんむしの目紀行），林祁的《感性日本》，華純的《沙漠風雲》、《絲的誘惑》，李長聲的《哈，日本》，楊逸的《小王》（ワワちゃん）等，都是近年來較優秀的作品，其中楊逸於二〇〇七年憑處女作《小王》在第一〇五屆文學界新人賞獲獎及第一三八屆芥川獎提名；二〇〇八年則憑《浸著時光的早晨》（時が滲む朝）一書獲得第一三九屆芥川獎。她是首位獲得芥川獎的中國籍人士，也是首位不以日語為母語而獲得日本文學獎的作家。她的日語創作已在日本社會博得了相當的讀者群。他們的創作可謂近年來在日華人文學的可觀的業績。作品在技巧上、創意上、主題意識上、涉及範圍上都較前期留學生文學有了大幅度的提高。在此舉幾部作品，進行具體的分析。

(一)深入日本社會，審視異土文化——華純的散文《絲的誘惑》

華純一九八六年留學日本，就學於東京大學社會教育研究院。畢業後曾在日本民間環保機構、日本國會議院事務所工作，近年來致力於國際文化交流和環保運動，以地球人視野關注自然生態和環境保護。她於一九九九年開始寫作，長篇小說《沙漠風雲》以及其他中短篇小說都達到一定水平。同時，在散文方面也創作了優秀的作品，《絲的誘惑》（二〇〇九年）便是她幾年來散文創作的集大成。本書由文匯出版社出版，二〇〇九年獲全球中山杯華文文學優秀作品獎。

中國人在二十世紀初涉足日本初期便有不少介紹日本社會與文化的作品，其中尤以周作人的《日本的衣食住》（一九三五年）最為著名。周作人以中國人文的銳眼曾具體觀察日本人的日常生活，讚美日本的自然風草。他曾指出：「我們在日本的感覺，一半是異域，一半卻是古昔，而這古昔仍是健全地活在異域的。」周作人所指的「古昔」是中國的古典文明與文化。這正印證了文明經過時代長河的洗蕩往往最終被保留在周邊區域這一事實。問題是原來屬於主流的「古昔」在周邊區域以怎樣的形式與意義存在著，它的延存或變形又基於怎樣的文化要素。幾十年來中國人如洪水般地湧向日本，他們對這塊土地感受到了很多與自己相同的和不同的，喜歡的和反感的，認同的和不認同的，然而從人類文明流動史的宏觀角度理解日本文化的人其實為數並不多。周作人對日本的理解可謂這為數不多當中的典型範例。現在我們又可以在華純的《絲的誘惑》中看到新的一代中國知識人對日本文化的深層接近。

《絲的誘惑》正像它的副標題所示「在日本俯拾文明符號」，提示了作者觀察日本的角度，審視日本人的審美觀和精神空間。

其開首第一篇是〈白色戀人從天而降〉。「白色戀人」是馳名日本的北海道巧克力夾心餅乾的名字，但其意向來源於北海道漫天的白雪。作者涉足北海道體驗當地自然環境，介紹白雪這一自然景致給北海道帶來馳名糕點、冰雪祭、雪燈節、滑雪、東洋第一湯的溫泉等等。作者還介紹了滑雪作為體育運動在日本誕生的歷史等。

從第一篇開首，這裡展開的是作者對自然環境與文化默契相關的唇齒關係，文化發展與文化交流的既細緻又宏觀的審視，從自然風土到文化，再由文化到環境保護，具有循環性的文化關懷態度在這裡表現得十分清楚。

對日本的櫻花，很多中國人作過描寫，魯迅筆下的櫻花只帶來對清國留學生的諷刺，郭沫若曾嘲笑日本人在櫻花下酒醉失態的夷風②，司馬桑敦從櫻花讀出日本人「那種應變與堅忍的哲學」，頗窺見了日本人的精神世界。而華純卻讓她筆下的櫻花連接了日本人的物悲情緒，從審美的角度挑露出日本文化的核心部分。

介紹日本養蠶織絲歷史的《絲的誘惑》以及與此話題有關的一系列文章《許福的傳說》、《日本近代鼎盛時期的生絲出口商標》、《喜多川歌磨的浮世繪》、《蠶四眠的傳說》，從日本近現代製絲業的興衰起伏說起，追溯養蠶製絲由中國傳入日本的歷史，進而介紹江戶時代描繪蠶姬美女的風俗畫。通過日本古今史料及親自採訪，不僅愈加感覺到日本的養蠶製絲在方法上與中國相同之處，同時也摸索到養蠶製絲扎根與日本的因素，那就是日本的風土及日本民族細膩的審美觀。

作者幾次提到風土，這一點與司馬桑敦頗有共同之處，即他們刻意將日本文化放在日本這塊土地上來理解，這個視角與日本哲學家和哲學家由歐洲反觀日本文化的《風土論》（一九三五年）不約而同。因此又必然導致作者的注意點最終落在精神與思想的核心上，華純在這部厚重的作品結尾處寫道：「日本人的文化原點，為什麼到了神道和佛教交融之處，會發生許多曖昧的特徵？神是如此之多，之繁瑣，不分國籍，不分人種。他們的核心思想到底是甚麼？」由此可知作者已涉入民族與民族最難溝通的民族文化的心臟部位。

㈡反思與展望的文學創作——楊逸的小說世界

楊逸一九八七年留學日本，進入二十一世紀開始用日語寫作，二〇〇七年小說《小王》獲第一〇五屆文學界新人賞獎。二〇〇八年則憑《浸著時光的早晨》（時が滲む朝）一書獲得第一三九屆芥川獎。楊逸的作品大多以留學生為主人公，描寫留學生生活，包括艱苦求學，對異文化所感受的困惑，戀愛體驗等。楊逸的作品之所以在日本較有人氣，主要因為她的作品包含了對改革開放前的中國庶民生活的回想，介紹了樸素的中國文化包括飲食、農村生活、文革體驗、民主主義運動等。如《美味しい中國》和《浸著時光的早晨》，這些作品中有作者幼小時代所嘗受的辛酸苦辣，也有一縷對過往的鄉愁，這些樸素的內容刺激了日本讀者對中國的興趣和對「古昔」的懷念。日本人還比較關心中國的民主主義的發展趨勢，六四運動後，大陸及歐美中國作家中早有一些中文作品出現，但日語寫作可以說楊逸的《浸著時光的早晨》是第一部作品，所以這部作品博得了日本文學界和讀者群的評價。

《浸著時光的早晨》寫在黃土高原長大的青年梁浩遠考上大學後經歷了六四運動，嘗受民主運動的失敗，在失意中移居日本的一系列人生經歷。在民主運動中他心裡充滿了「我愛中國」的熱情，周圍也是愛中國、愛民主的同志們，但事隔幾年後那些曾經堅強自信的同志們有的搖身一變站到政府立場去了，如袁利；有的逃到海外變成破落文人，如甘先生。但這些同志們的心裡有的仍是對祖國的歸屬意識，梁浩遠目睹眼前不斷流變的人生，時時感到不知所措，但每到這一步他所賴以解救自己的也是他的歸屬意識。他的歸屬意識主要表現在父親的象徵意義上，梁浩遠對父親的聯想像一條線從頭到尾貫穿整個作品。

一九八八年參加高考的梁浩遠在考場上感覺到父親的視線，意識到父親對他的期待。父親的存在在每一個關鍵時刻、困惑的時刻都會出現在梁浩遠眼前。六四運動失敗，梁浩遠因飲酒吵架被捕，又被開除學籍，在他後悔苦悶的時候，父親來探望他，父親只說了一句話：「這對你是一個教訓，不要輸給自己。」父親的鼓勵使梁浩遠再一次鼓起勇氣，東渡日本，開始了新的生活。在兒子誕生時梁浩遠寫信請父親給兒子取名，父親為孫子命名「民生」，取自孫文的三民主義，梁浩遠從父親的信封上嗅到了黃土高原的土味。當梁浩遠發現同志袁利對香港歸還中國的態度暴變，痛感革命家的孤獨，被失敗感壓得喘不過氣時不知不覺地抓起電話，給父親打了國際電話。對放聲大哭的梁浩遠，父親在電話裡鼓勵說：「好，哭吧。明天早上早早起來，去看看太陽，一定能看到彩虹的。」在作品中父親的出現不只表現親情的溫暖，更重要的是父親標誌著一種文化歸屬的原點。當人彷徨於人生的十字街頭時，追尋自己的原點就成為尋找前進方向的必要手續和工程，楊逸作品中最重要的就是這個歸屬意識的反芻。作品結尾處作者讓梁浩遠與他的女兒作了意味深長的對話。

女兒櫻：中國是什麼地方？

梁浩遠：是爸爸的故鄉。

女兒櫻：爸爸的故鄉？故鄉是什麼？

梁浩遠：故鄉是自己出生的地方，也是死的地方。是爸爸，媽媽和兄弟在一起的，溫暖的家。（筆者譯）

父親？自己的原點——故鄉，這正是作者的意識一直縈繞的一個回歸性的問題。但這個問題在文化交流全球化的當今已不是一個簡單的、直向性的問題了。譬如，作者在這裡強調「梁浩遠用日語回答」，梁浩遠雖念念不忘自己的故鄉，但他的孩子生在日本，取名「櫻」，他的家在日本，對在日華人的第二代、第三代來說，「故鄉」已不是一個單純的問題。這裡已經點出了跨國度、跨文化、跨語言的時代生存的模式及課題。作者對這個問題沒有作回答，也不可能作，只是提出問題，讓讀者去思考。

㈢環保文學的出現——華純的小說《沙漠風雲》

自二十世紀後半葉起，先進國家的工業發展給自然環境帶來了各種各樣的汙染和災害，為全人類敲起了環境保護的警鐘。華純對環境保護問題非常關心。在中國生活時她曾到延邊地區插過隊，留日後進入一家環保機構就職，期間她走訪中國庫布齊沙漠，親眼目睹了中國西北部地區沙漠侵蝕的嚴重狀況。中東波斯灣戰爭爆發後，她又到非洲去，深入中東戰區和埃及蓋塔賴窪地，對非洲的環境問題有了具體的了解。之後組建了一個叫「地球人」的公司，不斷關注環境保護問題。她認識了日本治沙專家遠山正瑛教授，對他致力於中國內蒙古沙漠治理工作的熱情所感動，幾次採訪了遠山教授。一九九八年由作家出版社出版的華純第一部小說《沙漠風雲》就是以環保為主題的作品。二〇〇三年獲中國首屆環境文學優秀作品獎。

《沙漠風雲》的環保主題具體涉及了日本、中國、俄羅斯、非洲Z國、美國等，登場人物來自這些國家，但主要以在日中國女青年趙妮為牽線人物，帶動整個故事情節的運轉。這部長篇小說以日本大和建設公司總裁、地球聯合中心創建人木村幸治提出的改造非洲撒哈拉沙漠的「二〇一〇規畫」，以及遠藤正彥治理內蒙古庫布齊沙漠活動，這樣兩個環境改造活動為整個作品情節展開的兩個基軸。兩個環境改造活動同時呼應了九〇年代日本政府在ODA政策上提出的「充實地球環境保護方面的研究項目」，但木村幸治的「二〇一〇規畫」背後隱藏了他與非洲Z國王子互相勾結，企圖開發礦石採掘，建立木村王國的計畫。而遠藤正彥卻踏遍河西走廊，調查沙漠擴張的情況，一心一意地推進他的治沙工作。

作品涉及了一九七〇年代日本水俣地區的環境汙染問題，非洲撒哈拉沙漠問題，中國河西走廊沙漠問題。介紹了一九九〇年開始的世界「地球節」的環保活動；還介紹了日本民間非盈利團體NGO為地球環境保護事業付出的辛勤努力。由於環保問題關聯到國家及社會各階層的連接，該作品的情節展開涉及了政治方面及日本政府，自民黨的環保策略；經濟方面涉及日本經濟從泡沫上漲期到泡沫破滅期的大動盪。還有經濟界對政治界的侵蝕、賄賂。經濟界的爾虞我詐以木村與非洲Z國王子汪扎爾為代表，他們為了各自的利益互相欺騙，木村為了討好王子汪扎爾，把自己的情人凱蒂借給王子，結果王子將愛滋病傳給凱蒂，他自己也死於愛滋病。作者以此反諷了當下拜金、淫蕩的社會現實。同時作品中還包含了日本殘留孤兒的問題，趙妮的姊姊趙滿是日本人的孩子，在二戰後她的父母在混亂中不得不把自己的孩子託給中國朋友，趙滿的本名叫木村滿子，她就是木村幸治的妹妹。這些錯綜的情節讓作品形成多層構造，每層構造都互相關聯。

作者借故事中人物龐彬的演講表示：「不管是中國人，還是日本人，我們共同付出血汗和努力，必將在庫布其沙漠建起地球的一個綠色手碑。中日之間，不再為了索取，不再有戰爭的威脅，而是立於和平友好和維護地球環境的立場，譜寫著人類歷史的新篇章。我相信，兩國人民友情一定會在庫布齊沙漠無數的新成長的生命中得到永久的延續和發展。」展現了作者對環境保護的全球性觀念，超越歷史和政治意識的侷限，從人類與地球的角度認識問題，這正是當今全世界的人們所需要的視野。

一個世紀以來，日本華人文學經歷了幾次戰爭的動蕩，創作出多種形式的文學作品，上面具体分析的幾部作品只不過是其中的一小部分。但這些作品已經為我們展示了日本華人文學的多元視野，多重內涵和一定的文學水平，以及作家對中華文化的重新認識和對異文化的審視。日本華人文學以其邊緣特質，反而獲得更自由、更廣大的書寫空間，可以從大陸作家所沒有的角度去審視日本人的審美觀、生死觀等，開拓認識異文化的可能性。日本在節約能源，環境保護問題上列在世界前衛，環保文學的出現又給日本華人文學發展展示了新的空間。中文和日文的雙語寫作必然會開發更大範圍的讀者群，擴大華人文學的影響。在眾多的日本華人文學作品中，出現了不少具有一定水平和文學價值的作品。日本華人文學背負民族文化的歷史，昂首面向世界，在不同文化、不同語境中大膽地尋找人類相互認同、共同生存的可能性，開創跨國度的文學天地。

日本華人文學雖然已有幾十年的歷史，但對它的研究和估價工作才剛剛開始。筆者認為這項工作是海外華人文學研究範疇中不可缺少的一個部分，今後有待更大規模的、深入的推進。

①《日華文學：一座漂泊中的孤島》：廖赤陽：日本武藏美術大學教授、王維：日本香川大學副教授，二〇〇三年三月十四日合寫並發表的論文。

②《櫻花書簡》本書選編了郭沫若一九一三～一九二三年間的十年家書共六十六封，四川人民出版社出版，一九八一年。

掌聲將再次響起

——我對馬華文學的展望

愛薇①

老話常說：有海水的地方，必有華人的足跡！

我國每兩年一次的文學盛會——「花蹤文學獎」②口號是：

「海水到處有華人，華人到處有花蹤！」

這兩幅對聯可謂異曲同工。據知目前分布於世界五大洲的華人，約有六千多萬人，大部分集中於東南亞一帶，尤以馬來西亞、新加坡、印尼、泰國和菲律賓的華人為最多。

華人要讀華文書

在這些國家的華人，依然保留了濃厚的中華文化的傳統，如節日、禮儀、烹飪、中醫藥、傳宗接代的傳統等。特別是對教育的重視，都深得其他民族的感佩。在新馬兩地華人之間，流傳著這麼一句激勵人心的話：再窮，也不能窮教育，特別是對母語——華文的學習。

被馬來西亞華人喻為「族魂」的林連玉先生③為了維護華人學習母語的權利，享有自由學習和爭取應有的公平地位，結果被執政當局視為眼中釘，不但吊銷了他的教師工作准證，最後連公民權也被褫奪了。可是，一生以「橫揮鐵腕披龍甲，怒奮空拳搏虎頭」自勵的林連玉先生，為了華人後代子孫，卻表現了「威武不能屈」的錚錚鐵骨，並且向廣大華人社會發出慷慨的呼籲：

「我們的文化，便是我們民族的靈魂。」

「華人要讀華文書，認識華文字。」

一百八十多年來，華文教育歷經風霜、阻撓和摧殘，為了讓華文能夠在這片土地開花、生根，許許多多高瞻遠矚的先賢堅持信念，據理力爭，華文才能延續到今天。因此，我們可以自豪地說，在東南亞國家中，除了中國、臺灣外，馬來西亞的華文教育可以說保留得最為完整，從幼稚園到小學、中學和大專院校。

目前馬來西亞人口共有兩千八百多萬人，華人占了百分之二十三點七，不到七百萬，可是，我們卻擁有一千兩百所系統完整的華文小學，六十所獨立中學④。除了國語（馬來文）和英文科目外，其他的都以華文教授。

華文教育與華文文學

華文教育與華文文學是息息相關的。換句話說，華文不興，華文文學也會受到一定的抑制，前面提到的幾個東南亞國家就是一個活生生的例子，例如：印尼，多年前由於華人遭受敵視和壓制，不但發生不幸的排華事件，連華文也一併在禁止之列，華文學校被勒令關閉，華文書籍和報刊也無法公開傳播，令人感到欣慰的是，近些年來由於客觀環境的改變，華文才逐漸放寬管制，人們才被允許自由地、公開地學習。所以，談論馬華文學，必先關注華文教育。

馬華文學、新馬文學、新華文學到底又是怎麼一回事？也許有人會因此感到混淆，現在不妨借用新加坡著名文學史家方修先生的註解是：

「如果是一九六五年以前的稱為『馬華』，如《馬華新文學史稿》《戰後馬華文學史初稿》；如果是一九六五年以後的（即新加坡脫離馬來西亞成為獨立國家），就成為『新馬』，如《新馬文學史論集》，要是內容僅限於新加坡一地的，就叫『新華』，如《新華文壇二十五年概述》等。」

不過，現在的「馬華文學」，通指的就是馬來西亞的華文文學。

僑民文學與馬華文學

談起馬華文學，一般上將之分為戰前與戰後兩個階段。

戰前的馬華文學被稱為僑民文學。主要是因為當時在東南亞各國的華文作家，無論是當地出生的，還是從中國大陸南來的，都以僑民自居。——在各國獲得獨立之後，特別是五〇年代雙重國籍問題得到解決之後，當地的華僑就加入所在國的國籍，從此，他們便由華僑身分，改稱為華人或華裔。

於是，其後的華文文學，就不再是中國文學的一部分，而成為各國民族文學的一部分。戰前僑民的華文文學與戰後華人的華文文學是兩種不同性質的文學，但無可否認的，二者之間，的確有著深厚的歷史淵源關係，無法一刀切之。廈大教授周寧也清楚地闡明了這一點。他說：

「東南亞華文文學⑤，除新加坡之外，它們都是所在國少數民族語種的文學，其創作群與讀者群處於半獨立狀態，對中心區域具有某種依附性。但是這種依附性隨著創作的發展、風格的形成、區域市場的建設，正在逐漸減少，其中最有標誌性意義的是『馬華文學獨特性』的提出。如今，東南亞華文文學正在逐漸形成另一個中心。」

馬華文學發軔於中國五四新文化運動，迄今已逾百年。

「遠在一九四七年，馬華文學曾經爆發了一場有關『馬華文藝獨特性』的論爭。這場論爭結果，使所有的作家，不論是來自中國的，或是土生土長的，都明確和認同了這樣的觀點：新馬華文文學不應是中國文學的支流和附庸，而應是真正的新馬華文文學；不應以中國社會為主要的描寫對象，而應反映當時當地的生活，不應亦步亦趨於中國文學，而應具有自己的獨特性，走自己獨立發展的道路⑥。」無疑的，這段話明確而公允地將馬華文學解脫自「中國文學支流」，而成為一個獨立的個體。

先天不足，後天失調的馬華文學

新馬地區一直是東南亞華文文學發展得最好的地區。相信這與前述華人對母語——華文教育的堅持與使用有關。但這並不意味著馬華文學一直以來就「一路順風」。

縱觀過去數十年，馬華文學可以說是在「先天不足，後天失調」下發生和發展的。我個人認為這是與我們這個當地社會體系有著不可分割的關係，最為關鍵的原因，莫過於馬華文學至今仍被摒棄於主流文化（國家文學）之外，而華語也不是官方語言。

文學藝術，固然是表現一定的區域，一定的民族和生活，但是，它也可以廣泛地被接受、理解和欣賞。

八〇年代初，我參加了一項由國內著名華人企業，海鷗公司所主辦的文學活動：「祝福大地之夜」，那是為了慶賀我國一位著名馬來詩人，因仄烏士曼・阿旺榮獲「國家文學鬥士獎」。詩人是位廣受我國三大民族（馬來人、華人和印度人）文化界所敬仰的文學家，他理解華人的感受，他的肺腑之言，通過詩歌，表露無遺。座上賓的我不禁心裡在想：其實馬華文學界也有數十年如一日，默默耕耘的文藝創作者，他們什麼時候也能像這位詩人，不分種族，不分膚色來向他們表達敬意呢？

我也常在自問，馬華文藝工作者為何不能像其他國家的作家，甚至像我國的馬來作家，受到政府與社會人士的尊重呢？有人認為，那是因為華人社會向來推崇功利至上，過於現實。對某些人來說，作家，又有什麼了不起？沒名沒利，更談不上地位！也許有人會反駁說，你錯了，中國的郭敬明、余秋雨、楊紅櫻等，不都是千萬身家嗎？但試問中國又有多少個千萬身家的作家呢？再說他們也不全是靠個人寫作而致富的。

不論如何，身為一位作家，妄自菲薄固然沒有必要，妄自尊大更是不當，我想最好的辦法就是切切實實、誠誠懇懇地寫、寫——作品，就是一個作家最好的名片。

《當代馬華作家百人傳》

二〇〇六年，馬來西亞華文作家協會曾經出版了一部《當代馬華作家百人傳》。其實，馬華作家何止百人之多？也許是由於篇幅關係，無法一一羅列在內。我稍微整理一下，根據錄取的百人作家中，屬於前輩級的，有方北方、韋暈、原上草外，還有張一倩、姚拓、溫梓川、逍遙天、翠園、李冰人等（均已作古）。

相對的，中老年（六十或以上）的這支隊伍算來還真不少，據我所知，目前勤於筆耕，或處於半退休狀態的，北馬有溫祥英、何乃健、陳政欣、沙河、冰谷、蘇清強、駝鈴、雅波、菊凡、方成、謝川成、葉蕾、章欽等。

南馬則有潘雨桐、馬漢、馬侖、年紅、沙禽、高秀、梁志慶、彼岸、洪祖秋、小曼、鄭良樹、葉斌、筆抗、靈子等。

至於中馬則有張木欽、甄供、張景雲、愛薇、江上舟、李憶莙、孟沙、唐珉、李宗舜、溫任平、曾沛、陳雪風、張子深等；東馬的作家不少，但由於手頭資料有限，據個人所知仍然勤於創作的有吳岸、田思、梁放、藍波、田農、煜煜等。

其實，最為活躍的，當推中生代（四十歲以上）了，馬華文學也因為這些「活水」而顯得鬱鬱蔥蔥，青翠茁壯。其中不少作品還頻頻在海外得獎，受到肯定。這批隊伍，可以說最為壯大。

信手拈來，就是一串長長的名單：他們是：陳蝶、潘碧華、孫彥莊、黎紫書、陳強華、傅承得、晨硯、朵拉、方昂、方路、邡眉、艾斯、舒穎、李國七、李天葆、林艾霖、林金城、劉育龍、呂育陶、曾翎龍、翁弦尉、許友彬、葉寧、葉秋紅、張錦忠、鄭秋萍、張依蘋、鄭秋萍鄭秋霞姊妹、洪泉、蔡淡、周錦聰、莊若、莊華興、鄭丁賢、許裕全、歐陽文風、黃俊麟、周若鵬周若濤兄弟、陳紹安、釋繼程法師、梁靖芬、許通元、鍾怡雯、陳大為、黃錦樹、林春美、伍燕翎、蘇燕婷、歐陽林、廖宏強等等。

在這許多中青年作者當中，好些還是科班（中文系）出身的。（馬來亞大學之前是我國唯一設有中文系的大學，多年前增添了一所，即拉曼大學）或負笈臺灣、中國的大學中文系，為馬華文學增添了一批生力軍，培養了不少新銳的作家，如潘碧華、何國忠⑦、郭蓮花、孫彥莊、林幸謙、禤素萊、許友斌等。

雖然，其中也有一部分念的不是中文系，但在興趣使然下，創作也成了他們業余的愛好，例如學醫的歐陽林和廖宏強醫生等。

校園文學的助力

馬來西亞新生代的湧現，得力於兩大因素，即中學時的華文學會參與，以及大學「大專文學獎⑧」的肯定。南方學院院長，也是第一屆大專文學獎的籌委主席祝家華博士說過：

「大專文學獎能否為馬華文學帶來新的衝擊，就得看今後這項文學獎能否繼續舉辦、得到大專學生的認同、社會人士的支持，尤其是文化界的關懷，進而樹立其形象⑨。」

大專文學獎目前已經進入第十八屆，從而消除了當年這位籌委主席的顧慮和擔憂。由於這份因緣，讓這些得獎的大專生產生了「戀戀文學」而不能自己。

馬華作家兼馬大中文系講師，潘碧華博士在她的論文中提到：

「八〇年代的大專生作者挑戰現實敏感的努力是多方面的，他們搞文學活動、出書、也搞文友會，以尋求從『敏感』網罩中突圍而出，以期留下時代的印記[10]。」

前面說過，在東南亞國家中，馬來西亞擁有最完整的華文教育，除了六年的小學之外，還有六十所在政府教育體系之外的獨立中學，（部分政府中學每週有一百二十分鐘和一百八十分鐘的課外華文學習）以及鼎立於中南北三所以華文為主的學院，即南方學院、新紀元學院和韓江學院。

因此，在這批青年作家群中，當他們在學生時代就已經是校園文學好手，從事各種文藝活動，走出校門之後，創作的餘溫猶在。

然而，也許正如鍾怡雯在《馬華校園散文的文學史意義》所剖析的：

「八〇、九〇年代結伴寫作的校園寫手，一旦離開校園，大多由於現實生活，出現極高的夭折率，如今仍在持續創作的校園寫手，如何國忠、潘碧華、孫彥莊、郭蓮花、林春美等，大部分仍留在校園任教。當年保護他們的象牙塔，現在依然是棲身之所，只是他們已經更換舞臺，成為業師。

從馬華文學史角度來看，文學烏托邦是一個必要的中途站。然而，那個中途站，會不會是終點？」

鍾怡雯的這些話，不禁引起了我的共鳴。記得十二年前，我主編了一本文集：《沒有畢業典禮的大學》，廣邀一批當年曾經是校園寫手「拔筆相助」，這些曾經在國內外大專畢業，當年都是各種文藝活動的活躍分子，畢業之後，經已在社會上翻滾數年的年輕朋友，毫不諱言的對我表示：文學的夢，已經離我們越來越遠，現在最現實的，是生活問題（尤其是經濟問題）。這不由得讓我們擔憂起馬華文學的接班人問題。

對我個人而言，感慨是有的，但絕不悲觀。正所謂「江山代有人才出，世上新人換舊人。」我的華文老師，故前輩作家，方北方曾經在二十多年前的一項表揚他的文學活動時說：

「我對馬華文藝不感悲觀。雖然華文在新馬一代遇上程度低的『困境』，但在華文方塊字作為世界四分之一人口應用的語文與文化，看起來是不會消沉，因而馬華文藝在十年之後，必有另一個高潮而大放光明⑪。」

結語

馬華文學明天會更好嗎？

相信這是許多人關心的問題。在多媒體日新月異的今天，人人幾乎都可以實現「作家」夢。不少年輕人在張愛玲的「成名要趁早」的感召和激勵下，加上如今有了網路這個平臺，只要想寫、勤寫、敢寫，再也毋須寒窗苦讀多年，說不準哪天一夕之間就能「天下知」，揚名海內外。

不過，馬華資深作家，溫祥英卻有這樣的感嘆，他說：

「馬華文藝的前途維繫在三個主要的要素：作者、讀者、出版商。——馬華文藝正墮入一個惡性循環的圈套裡，不能自拔——不夠水準的作品讀者不感興趣，讀者不感興趣引致出版商的不敢投資引致作品的不夠水準。這樣惡性循環下去，最後馬華文藝將面臨滅亡，不存在於報紙副刊上，不存在於文藝雜誌上，僅存於幾位文藝的愛好者中……[12]」

無論如何，作為馬華文學工作者，我還是樂觀看待馬華文學的未來。雖然現在的政府中學生參加政府聯考時，選擇華文一科的意願越來越低，對課外讀物也興趣乏乏，熱衷於網路上的交流、老師也感嘆作文水準每況愈下，令人擔憂。不過，我們對新一代的作者還是抱有極大的期許，在個人視野和社會條件改善下，他們具有很大的發揮才華的空間。

「在面對全球化的浪潮中，東南亞的華文文學將更加面向世界和面向國內的各民族。在新的歷史條件下，東南亞華文文學看來將在共性中更加突出個性，在內容和形式上力求有所創新，使創作的作品更加異彩紛呈，更富有本國的民族特色[13]。」願與所有馬華作家共勉。

此外，我還有個小小的願望，希望那些篳路藍縷的馬華前輩、資深作家的生平、作品，有關方面可以做有系統的整理、評析、匯印成冊或製成電子書，供人借閱、參考。（值得一提的是，新山的南方學院附設的馬華文學館，多年前已經開始在進行這方面的工作了。）

最後我要說的是，從事文藝工作，並不像其他行業，可以立竿見影，一蹴而就，而是必須持之有恆，堅定信心，更重要的是，要耐得起孤獨、寂寞!!

①作者小傳，見本書七十九頁。

②「花蹤文學獎」由星洲日報主辦，每兩年一次，今年已經進入第十一屆。

③林連玉先生（一九〇一～一九八五），前馬來西亞華校教總主席，偉大的教育家、社會活動家。原為普通教師，第二次世界大戰後，在時代的召喚下，投身社會改革運動。主張國家獨立、民族平等，一九六一年因為反對政府強迫華文中學改制，被褫奪公民權和吊銷教師註冊准證。

④獨立中學，即六〇年代一些政府華文中學不接受改制而成為私立中學，那是政府教育體制以外的華文中學，每年不敷千萬令吉的經常開銷，都由華人社會及民間團體共同負擔。其所主辦的統考文憑，廣受世界一百多個國家的大學所承認，但卻不獲本國政府認同。

⑤引自《東南亞華文新文學研究：問題與意義》。

⑥引述自《世界四大文化和東南亞文學》〈東南亞華文文學的興起〉——經濟日報出版。

⑦何國忠，馬大前講師，現從政。既是國會議員，也是高教部副部長。

⑧第一屆大專文學獎是由馬來西亞理科大學於一九九五年八月二十一日創辦，現已進入第十八屆。

⑨引自祝家華的《學術文化的回喚與建設》一文。

⑩引自《回首八十載，走向新世紀》潘碧華論文集中的一篇〈彈撥一根現實敏感的弦〉。——馬來西亞堂聯出版。

⑪這是作家協會為了表揚三位資深作家而舉行的《源頭活水之夜》，方老致辭時的講話。
⑫引自溫祥英著作：《半閑文藝》之〈馬華文藝的危機〉——蕉風月刊出版。
⑬引述自《世界四大文化和東南亞文學》〈東南亞華文文學的興起〉——經濟日報出版。

蕉林椰園，萬象繽紛

——《歸雁——東南亞華文女作家選集》編輯手記

劉慧琴①

上大學時學的是英國文學，大學畢業以後，做了二十多年編輯，還是在西方文學圈裡打轉。移民加拿大後，為了生存，轉換了職業，但並沒有脫離文學圈子，近十年編了六、七部文集，也是和北美有關。由菲律賓移民來北美的林婷婷邀我共同主編《歸雁——東南亞華文女作家選集》，面對東南亞各國的來稿使我有一種忽逢桃花林，芳草鮮美，落英繽紛之感，和北美的華文文學比較，另是一番景色。

著名詩人瘂弦在〈從歷史發展條件看華文文壇成為世界最大文壇之可能性〉一文中，從歷史角度，對東南亞華文文學與大陸文藝界的淵源有很好的闡述。他指出「第二次世界大戰前後，東南亞各國的星華（新加坡）、馬華（馬來西亞）、菲華（菲律賓）、印華（印尼）、泰華（泰國）、越華（越南）文壇如雨後春筍相繼誕生，由於此一地區距祖國較近，與大陸文藝界淵源深厚，生活在本土的作家也有很多遠赴南洋，或創辦報紙，或主辦刊物，如郁達夫、胡愈之在新加坡，巴人（王任叔）在印尼，都留下了可觀的文學業績，影響深遠。這種互通聲氣的雙向交流，使海外文壇與本土文壇形神相通，創造了同其血緣卻各具風格的文學風貌，而海外華文文學的特殊情調與異國風味，也豐富了中國原鄉文學的內涵。」

東南亞地區是海外華文文學發展最早的地區之一，當其他地區的華文文學還處於墾荒階段時，東南亞華文文學已形成氣候。當其他地區的華文作家大都還是新移民時，這裡的大部分作家要不是幼小時隨父母移居，就是移民的第二代或是第三代。她們與南洋的本土文化有著自然的連接與情感，在她們的筆下，呈現出濃郁的南洋生活氣息。她們的文學作品既是所在國文學的一部分也是華文文學繁茂的枝幹，具有跨文化跨疆域的特徵。

陳鵬翔教授在《歸雁》一書的序言提出了「在東北亞甚至東南亞某些地區儒家思想可說影響深遠，可說華人集體生活中的無意識」，陳鵬翔的「華人集體生活中的無意識」這一說法是對中華文化得以隨著華人遷移，在散居世界各地時，也將中華文化的儒家思想向世界傳播，使中華文化得以在海外延續、發揚光大的最恰當的註解。而這種無意識的保存今日已成了有意識的傳播與延續，這一情況在東南亞尤為顯著。恐怕在世界上沒有哪一個地區的華文教育能像東南亞地區那樣幾代人鍥而不捨地建立起由小學到中學如此完備的教育系統。我曾做了一個粗略的統計。僅就《歸雁》的六十八位作者而言，從事華文教育和傳媒工作的占了三分之二。

在《歸雁》一書中，泰國作者吳文君在〈「荒屋學堂」出來的漢語老師〉中提到她的父親常常語重心長地對他們八個兄弟姊妹說：「我們是炎黃子孫，雖然遠離家鄉，但祖宗幾千年傳下來的語言文化總不能忘掉啊！」認不了幾個字的農民卻在「無意識」中成了中華文化的傳播者，激勵著作者從簡陋的荒屋學堂走出來，一步步地成為當代文學的碩士，自覺地成為傳播漢文化的漢語老師。

馬來西亞青年作家黎紫書的〈字與塚〉，從另一個角度，追述了直至八〇年代初尚在應用的活字排版。當時在中港臺使用的鉛字，用完一次就回爐重鑄。但在海外華文印刷用的鉛字因購自港臺，來之不易，用完後要放回字盤。〈字與塚〉中那個十五、六歲的「小女孩像個牧人，讓迷失了的鉛字逐一歸位，這世間上所有尚未成書的書都在我的指間，像無數成熟的精魂在輪候屬於它們的肉身，那字塚裡無所不有，每一個文字都遠比一座圖書館浩瀚，它們加起來也隱含了上蒼記錄造物的所有卷宗。我的掌心，有一個漸漸生成的宇宙。」筆者在移民加拿大的初期，曾在華人創辦的報社當過排字工，這篇文章將筆者拉回到往事的記憶中，黎紫書的命題〈字與塚〉其寓意是雙重的，用於活體排版字塚已成為歷史，但卻是一段不該被遺忘的歷史，它記錄了鉛字曾有過的作用和輝煌，特別是在海外。那些小小的鉛字對一個充滿好奇心的小女孩的誘惑，也許正是這漢文字的鉛字引導這小女孩認識了漢文化，踏上了華文文學創作之路。

緬甸段春青的〈我的緬華情〉敘述了在排華的年代，華報被迫停刊，喜歡寫作的老人停筆棄筆，並且悄悄從人間消失，可如今，土生的一代如作者，懂華文的孩子何止一萬個，作者相信緬甸華文文學總會再有絢麗璀璨的一天。

菲律賓的李惠秀幾十年來從事華文教育工作，永樂多斯在漢語教學上取得了驕人的成績。小華、陳若莉、楊美瓊、靖竹、黃梅、董君君、林婷婷、王錦華這一代人為菲律賓華文文壇的開發立下了汗馬功勞。菲律賓隨著中國大陸經濟的崛起，華文教育已經越出了華人的範疇，寧冷（菲律賓）的〈迷思〉，寫了菲律賓學童學習漢語的成就。馬來西亞孫彥莊的〈三尺講壇〉、潘碧華的〈怕見老師〉、柏一的〈寧大冬夏情〉、張依蘋的〈作為路人乙〉都在從不同的角度以文學的語言闡述她們所從事的華文教育。顯而易見，新的一代，無論從其本身的學術造詣或是文學修養已超越前人，底蘊深厚的華文教育帶來了文學的繁榮。這樣看來，東南亞華文文學成為世界華文文學枝繁葉茂的部分也是必然的。

東南亞的女性文學在上一世紀七、八〇年代開始發展迅速，以馬來西亞為最，其次是菲律賓、新加坡、泰國，但印尼、緬甸、汶萊、越南在這次《歸雁》的徵文中也有出現。作者大都為土生或幼年隨家人移居，她們作品的一個特點是跨文化的融合，對當地習俗的認同。心楓回菲律賓為母親祝壽，過關時女檢察官問：

「哦，回家啊？」「帶了什麼禮物？有我的嗎？」

「當然有。」……我趕緊回應，順手塞了兩張紅色鈔票給她。

那是年輕時自己不可能做的事，年歲增長，看很多事物的角度和感受不一樣了。現在眼裡，她就像是娘家裡的人，對自家人的要求，都會多幾分擔待和寬容。

這個「多幾分擔待和寬容」完成了作者從過客到定居者身分的轉換。

新加坡蓉子的〈榴槤情結〉，不滿千字的散文，卻將一個過客身分轉換寫得淋漓盡致。

「當年首回吃榴槤……猶是三尺小童，聽得人們說：你敢吃榴槤就能留得下來，而今驀然回首，驚愕！誰染了我半頭白髮？」

文集中以散文居多，有很多散文文字飄逸，濃濃的南洋風情撲面而來，朵拉的〈回鄉的異鄉人〉感情細膩，她本人又是一位畫家，文中有畫，有濃濃的南洋暖色的色彩，文中幾次提到海，提到夕陽，「十五歲看海邊的夕陽，和五十歲在海邊看夕陽，眼睛所見皆為酡紅的光彩，明亮的金黃，燃燒的紅霞……夕陽濃稠的金光瞬息間滅去，黑暗迅速地從天空落到海裡，茫茫夜色的堤邊身影模糊，回鄉的人惆悵地佇在鹹鹹的海風中，對岸和天空一起開始閃爍著深淺細碎流麗微光，在外漂泊多年以後，漸漸衰老的家園近了，而我果真回得來嗎？」以景、以海、以夕陽襯托出回鄉人對於生於斯長於斯的南國的依戀、鄉情。

朵拉又引用了佛家的「境由心造」才是生活的真相，既如此，又何必在意是歸人還是鄉人。朵拉的文筆流暢而含蓄，留給讀者以回味和想像的空間。

馬來西亞另一位生長於馬六甲的夏蔓蔓在〈南洋瑣夢〉也寫道：「我的南洋，本是個實實在在，馥郁寧和的夏香夢。」因為她生長的地方，業已成了她生命中的一個組成部分，喜歡它的程度就遠遠超過厭惡它不完善的地方了。

菲律賓謝馨的〈中國古代文物珍品觀賞〉和莊良有的〈小文蕊〉都提到帶孫女去參觀中國文物展，卻已不單是文物的觀賞，也包含著給出生、生長在海外的一代以中華文化傳承的啟迪。

六十八篇作品涵蓋的生活面很廣，有感念先輩創業的艱辛，有寫的是女性的家庭生活、身邊瑣事，卻融合著故土和新土的種種風情、理念、價值觀和人生百態。愛薇〈母親的髮髻〉裡父母一生相敬如賓和尤今的與〈一個我不想嫁的男人〉婦唱夫隨，風調雨順地過了一年又一年，三十多年的歲月竟沒有一天虛度，豈不叫如今視婚姻如兒戲的年輕人羨煞愧煞。尤今創作等身，除了勤奮、天賦和那「汩汩、汩汩地流在血管裡液體的方塊字」外，她的成就又豈少得了那個她不想嫁的男人。

康琪姐的〈么叔搬家〉，侄子原是要給么叔買個公寓，安置好么叔的生活，將來找個好妻子。沒想到搬家那天，么叔卻帶來他的妻子——那個原來照顧么叔母子生活的菲傭以及她和前夫生的兩個孩子。么叔寧可回到憋屈的小屋也不肯放棄照顧過他母子的妻子。他的真情終令侄子們讓步，也讓讀者動容。而泰國詩雨〈扒手〉裡那個拋妻棄子，將為了生計不得已當扒手的兒子抓住，還惡狠狠地數落孩子的父母沒有教育好孩子，直到前妻的出現……，小說戛然而止。人性、普世價值留待讀者去沉思、回味。

汶萊一凡的〈悠哉　此行〉寫的是一次悠閒的家庭旅行，沒有觀景尋古的讚歎，只是全家人在西澳柏斯湖邊租的房子過了舒適歡樂悠閒的十天。引出龍應台在《目送》裡的一段話：

「所謂父女母子一場，只不過意味著，你和他的緣分就是今生今世不斷地在目送他的背影漸行漸遠。你站在小路的這一端，看著他逐漸消失在小路轉彎的地方，而且，他用背影默默告訴你：不必追。」

這是作者在悠閒慵懶的團聚中，悟出親情的珍貴，珍惜在一起的每一分每一刻，莫待他日只可成追憶，只是當時卻茫然。

新加坡著名作家孫愛玲的小說寫的都是女性的生活和命運，其作品中的主人翁在生活的磨難前，都表現了強者的性格，顯示了新一代女性高度的自主意識。〈玉無緣〉是她一篇小說的節選，只是讓讀者一睹她的寫作風采，小說中的女主角玉逍遙瀟灑，沒有小女兒態，顯示了不拘泥世俗的羈絆，有自己的行事風格。

越南姚念慈的〈生命不會有Take Two〉是越南唯一入選的來稿，但寫法獨特，似真似幻，靈魂與肉身的分離，使虛幻中周志彬認識到親情的可貴，生命的可貴，珍惜生命是作者要傳達給讀者的信息。

印尼蘇淑英的〈不可思議〉裡的花會圖猜對於很多讀者可能都不了解，這是一種在民初尚流行在廣東鄉間的一種賭博形式，現在可能已消失，賭博固然不可取，就像新加坡艾禺寫的〈那一盞天燈〉裡的祈福的孔明燈，要說「禮失求諸野」似乎太沉重，但有些中華習俗卻是在海外保留了下來，為民俗史留下了追蹤的痕跡。

泰國吳小菡的〈山上那個女人〉揭開了泰北清萊美斯樂高山上隱藏著一段與中國人命運攸關的歷史，那裡居住著藏匿半個多世紀的一批抗日戰爭中遠赴緬甸作戰的中國遠征軍和他們的後裔，他們已幾乎被世人遺忘，這段歷史令人心酸，而「山上那個女人」——遠征軍段希文將軍的兒媳「曾姐」卻更令人敬佩。曾姐為愛不惜拋棄臺灣舒適的生活，不顧父母反對來到這個貧窮的山上人家，在十幾年的奮鬥，生活漸入佳境時，她的丈夫卻投入另一個女人的懷抱。但她沒有向命運低頭，她堅強地獨自經營買賣，把三個孩子培養成人，送進曼谷的大學，她說：「當婚姻不再完美的時候，我們女人要調整心態，我們可以讓自己的人生完美，可以讓自己的人格完美。」她對愛沒有絕望，她還在追求愛。

晴竹〈老厝〉裡的阿光伯不僅是去南洋那一代老華僑，也是北美金山伯一代人的寫照，家鄉、親人是他們永遠的牽掛，具有普遍的典型意義。小華的〈蔗園中的白屋〉讓我們隨作者遊歷了一次菲律賓糖王阿枯尼亞律師藝術精品收藏頗豐的白屋，也領略一下菲律賓上層生活的豪華。

有人說，編輯是為她人作嫁衣裳，六十八篇佳作，主題不同，即使主題相同，但角度、層次又各有不同，就像百花園中盛開的百花自有各自的婀娜妖嬈。我雖未到過南洋，卻已感到習習熏風，聽到拍岸的海濤聲，熱情的南洋人的笑語聲透過紙背和我絮語。謝謝你們！親愛的作者，你們讓我享受了一次文學的饗宴，相信讀者會喜歡林婷婷和我用你們花團錦繡的佳作編織的這件嫁衣——《歸雁——東南亞華文女作家選集》。

二〇一二年三月二十四日於美國加州聖莫尼卡

---

①作者小傳，見本書三十二頁。

離離原上草，春風吹又生

王詠虹　劉慧琴

「海外華文女作家協會」，是由海外愛好文學並已經出版過著作的華文女作家們組成。自陳若曦會長一九八九年創會至今，已經有二十四年的歷史了。本屆，即第十二屆理事會由我們加拿大團隊接棒，筆者因此有幸參與主編我們的會員選集《芳草萋萋》的義務工作。

本屆雙年會和會員選集的主題是「女性意識」。我們認為，當今的女性意識，早已遠不止是與男性爭平等的問題了，而是注重於女性內心世界和意識形態的昇華，更注重以客觀平和的女性視角，來觀察、思索和描述當今科技信息高度發達，各國政治經濟「你中有我，我中有你」，正在逐步變成「地球村」的世界，更深刻地反映這個時代的人文變遷。

在海外華文女作家協會最新出版的文集《芳草萋萋——世界華文女作家選集》裡，我們不僅看到了海外華文女作家們嫻熟的寫作技藝，更體驗到了她們心理素質的昇華。欣喜「芳草」中淩然盛開的奇花異葩，不再侷限於追述海外生活的所見所聞，而是千姿百態，閃爍著普愛和人性的光輝，富含生活哲理，足以饗讀者。

細細品味《芳草萋萋》短小精幹，文采洋溢的散文，既會有一抹風情繞心頭的惆悵孤獨，華貴神秘之感；也會感受人生那沁人肺腑，舒適坦蕩的恬淡之情。選集中在探討女性意識主題的散文作品中，陳謙的「女性感言」，非常精彩深刻地描述了海外華裔女性內心深處矛盾複雜的女性意識：「在我自幼所受的教育裡，我一直被鼓勵著要認同女人與男人的平等。今天想來，那其實上是一種被絕對化、抽象化了的平等，一種現實裡永遠不會存在的、物理意義上的平等。」

荊棘在〈女人要的是什麼？〉一文裡筆鋒犀利且風趣，「這話問得奇怪。為什麼不問男人要的是什麼？或者直接來問我們女人，看我們要的是什麼呢？問這句話的本身就表示對女性不了解。」用她的文章駁斥男性學者老夫子所宣揚「成熟女人要的是『閑小鄧驢潘』」的令人哭笑不得的自以為是。在探討女性婚姻愛情主題的作品中，郁乃的〈對手〉寫得精彩深刻：「我真的渴望對手，渴望有一場生命中的對陣……我是為對手相遇而來而生而死。我更渴望你贏我，我輸你，心甘情願的輸贏。」作者以精確撼人的文筆，吶喊出知識女性靈魂深處對戀人的理念與渴求。

施瑋的〈女人與陽光〉更是精妙地寫道：「女人最被感動的常常不是那個愛自己的人，而是自己付出的愛。這愛裡的酸甜苦辣，那樣地細微真實，以至所愛的事物竟恍惚起來」「……不知為何，人接受愛的能力都弱得很，且迅疾地衰退著。巨大的渴望伴隨著巨大的軟弱，於是，孤獨就成了需要愛的人普遍的生存狀態。」作者對女性心態哲理性的描述如此淋漓盡致，令人拍案叫絕！

在描寫母愛和女性友愛主題的作品中，簡宛的〈母親何價？〉指出：「這是一個見仁見智的問題，也可能永遠沒有解答。因為有些東西不是金錢能買到，而要討論價格，不免就要論斤稱兩。情深義重的母愛，是否能用升量斗衡？」雲霞〈母親的一生〉，瓊安〈披上時代的征衣〉，任安蓀〈第九十個生日〉，麥勝梅〈閔傷〉等文，都深情地描述了母愛的主題。趙淑俠的〈風雪故人來——喜見龍應台〉，王世清〈我和大姊〉，作家濮青〈千樹梨花一夕開　夜思三毛〉以及劉慧琴的〈蝴蝶晚年說往事〉等文，則描寫了女性之間的真摯友情。

在描寫女性對美的追求主題的作品中，莫非在其〈絕色〉一文中直言：「在求美的世界中，沒有主人，只有奴隸。……而文學中的，生活中的美，才是絕對的美。」趙淑敏在〈何必ＬＶ〉中笑談：「我以為，若找到自己的定位，不需要用ＬＶ來顯現品味，榮耀自己。」我們的幽默大師吳玲瑤在她的〈姐姐妹妹有信心〉和〈明天會更老〉中調侃：「女人要人老心不老，皺紋長在臉上，不長在心上。」梓櫻在〈女人四十一枝花〉中寫道：「從現在起，從今天起，每天開心地、健康地綻放你的笑臉，你——就是一枝花。」廖書蘭〈生命的延長線〉、劉渝〈婆婆的信〉等文寫出了母親和祖母對下一代的深愛和寄望。謝馨七百字的短文〈女紅〉是在網路上被大家傳來傳去的精煉好文。顧月華的〈粽子〉等文，也都細膩地描述了溫馨愜意的女性特有的生活情趣。

我們的會員中有不少在西方居住國具有很高的文學學識和造詣，已經完全融入了西方的文化界。她們向讀者深入淺出地介紹了一些西方女性藝術家及文學現象。卓慧臻〈跨越電影類型鴻溝〉介紹了西方出色的女性導演們，特別是奪得二〇一〇年奧斯卡金像獎「最佳影片獎」、「最佳導演獎」等六大獎項的電影《拆彈部隊》女導演凱薩琳・畢格羅和她的作品。在西方電影界，女導演獲此殊榮是史無前例的。

周密〈讓女人坐上歷史的餐桌〉，精彩地描述了美國藝術家朱蒂・芝加哥（Judy Chicago，1939）如何匠心獨具地紀念自古以來對人類文學歷史和社會有貢獻的西方女性們。申慧輝〈灰姑娘，女性形象的永恆原型〉探討了「灰姑娘」這個有普遍意義的女性原型形象在文學中的女性及其社會意義；張純瑛〈女人皆如此？〉則對東、西方古典文學和劇作在女性貞操觀方面的異同，進行了探討。

沈悅在〈輪到我吹口哨〉中，一掃病人面對絕症時的悲苦心態，描述了作者在如何對待自身復發的癌症時，從樂觀的西方女病友中汲取精神力量，主動擔負起鼓勵病友們樂觀戰勝病魔的信心之角色，令人笑中淚流。

婚姻愛情題材，總是女作家們最關注的小說主題。本集收入的小說，在描寫婚外戀尷尬的故事中，有其特殊而深刻的悲劇意識。張翎的〈毛頭與瓶〉，款款地述說了女人愛得深，恨得切，毀人之愛的惡毒嫉妒，同時也描繪出女主人公被內心深處的普愛善良所戰勝，而最終「愛人之愛」的心理心態的轉變。小說筆調娓娓細膩，深沉隱諱，頗為感人。小郎的〈女人淚〉，是一個極普通的「小秘婚外戀」的故事，而在三角戀中男主角去世後的終局，卻令人意外地道出了妻子和「小三」這本該勢不兩立的女性之間的女人特有的痛楚憐惜，超常的理解和善良慷慨的高尚情操。

周典樂〈咖啡上的火焰〉和趙淑敏的〈白手套〉等小說，細膩生動地描繪了女性在職業道德、倫理觀念與生存之間的靈與肉的掙扎；楊慰親的〈答案〉，寫出了賢妻在丈夫過世後才發現其另有所愛的遲來的醒悟、愧疚和痛悔；余國英的〈繫鞋帶〉，描述了忙於事業的妻子在丟失了老公的摯愛後，冷靜而理智地對待這一打擊。王渝的〈朋友的丈夫〉，渲染了雖身在海外開放的社會，仍受中華文化摯守婚姻不受誘惑的傳統，結局卻筆鋒一轉，令人啼笑皆非。與其相對，張慈的〈打鳥〉，以嫻熟清麗的筆調，放情地寫出了受西方開放文化影響，在優美大自然中盡享婚外戀的愉悅。

值得注意的是，阮嘉玲的〈醜妻子與美丈夫〉、張琴的〈「狐狸」與「小象」的戀情〉以及陳永秀的〈四千金〉等文，都從男性的敘述角度，描寫了男人的愛情心理。探討華裔男性如何不堪中國千年倫理的重負，令他們割捨對真愛的追求，甚至放棄了對女兒們的父愛。

陳若曦〈媽媽的原罪〉，融融的〈化妝間〉等小說，非常深刻而生動地挖掘了代表舊傳統文化的母親們，如何有意無意地壓抑、束縛和扼殺了女兒們的女人本性，以致困惑壓抑了女兒們追求婚姻與愛情的正常生活。莫非〈暗室中的女孩〉以其新奇的手法，隱諱悽楚的筆調，描述了被蹂躪的女孩迷茫屈辱的心理，深刻地譴責了其父母的罪與醜，以及母親的不可推卸的婦女責任。

丘彥明的〈孤女淑英與阿珍〉描述了非法移民女性在海外的悲慘遭遇，瑞瑤的〈夕陽情無限〉，趙海霞的〈擦身而過〉等小說，寫出了身處異國的戀人們的深愛與無奈。陳漱意的〈校園緋聞〉非常別緻地寫出了在美國大學的殘障華裔女性的勇敢和智慧。章緣〈如果有光〉，精彩地描述了盲人按摩青年的邊緣生活心態，與被按摩女子的相憐生情的故事。王克難〈九號公路的小狐狸〉、李安的〈女兒的冠軍夢〉和海倫的〈醜小鴨的婚禮〉

等小說，描述了海外新移民下一代的生活遭遇。韓秀〈上校的女兒〉、爾雅〈美國式離婚〉、黃鶴峰〈沒有婚禮的婚姻〉、吳唯唯〈毒氣室〉等小說，真實生動地反映了西方獨特的文化和生活價值觀。華純〈女人的「花鳥風月」〉，則幽深細膩地寫出了海外女性們在國際文化藝術交流中的心靈和藝術昇華。

《芳草萋萋》收集了二十多個國家一百零多位會員的作品。在〈世界各地區華文文學創作剪輯〉的欄目中，採選了評介海外世界各國華文文學創作成就和發展趨勢的文章。當今的海外華文文學創作，已融為作者居住國文學的一部分。由於作者們所處的國家和地區不同，在題材的表述，創作的構思，和藝術手法的運用方面，都或多或少受到了當地文化的影響，帶有濃郁的異國風情。這種根植中華文化與異域文化嫁接相融所產生的效應，衝擊了華文文學的創作，開拓了作家群的視野和思路。在世界日益走向地球村的新趨勢下，彰顯出海外華文作品與故土文學的異同，以及與居住國文學的融合、借鑒等方面的探索和思考。

《芳草萋萋》文集，正如曉亞在散文〈看雲的日子〉中精彩的描述：「看雲的姿態未變，心態在時間及種種歲月行旅的發酵下已起了化學變化，少了些童稚的純真，多了些成熟的了然，但歡喜讚歎的心卻總是在的。呼嘯而過的日子，從不曾真正離去，只是換種風情繼續在天涯響遏行雲，見證一切。」

海外華文女作家們，猶如沐浴著豔陽煦風的芳草，綠茵茵根連根遍佈天涯。嫩弱而隨緣漂泊，細小的葉脈濃密端莊優雅；承受著他鄉的風雪冰霜，吸吮著異國的文采精華。遠離故土的芳草在痛苦中孕育幸福的新芽；肢體纖纖細細，無限柔弱卻又堅韌無比！只需星星之火便可燎原，重殘踐踏，無礙芳草萋萋天涯！

二〇一二年五月十六日於溫哥華

新萬有文庫

芳草萋萋——世界華文女作家選集

作者◆林婷婷・劉慧琴・王詠虹主編
策畫◆海外華文女作家協會
發行人◆施嘉明
總編輯◆方鵬程
主編◆葉幗英
責任編輯◆徐平
美術設計◆吳郁婷

出版發行：臺灣商務印書館股份有限公司
臺北市重慶南路一段三十七號
電話：(02)2371-3712
讀者服務專線：0800056196
郵撥：0000165-1
網路書店：www.cptw.com.tw
E-mail：ecptw@cptw.com.tw
網址：www.cptw.com.tw

局版北市業字第 993 號
初版一刷：2012 年 9 月
定價：新台幣 650 元

ISBN 978-957-05-2738-4

芳草萋萋：世界華文女作家選集 ／ 林婷婷・劉慧琴・王詠虹主編. -- 初版. -- 臺北市：臺灣商務，2012. 09
面 ； 公分. --（新萬有文庫）

ISBN 978-957-05-2738-4（平裝）

839.9　　101014753

讀者回函卡

感謝您對本館的支持，為加強對您的服務，請填妥此卡，免付郵資寄回，可隨時收到本館最新出版訊息，及享受各種優惠。

- 姓名：________________　性別：□ 男　□ 女
- 出生日期：________年________月________日
- 職業：□學生　□公務（含軍警）□家管　□服務　□金融　□製造
  □資訊　□大眾傳播　□自由業　□農漁牧　□退休　□其他
- 學歷：□高中以下（含高中）□大專　□研究所（含以上）
- 地址：________________________________
  ____
- 電話：(H) ________________ (O) ________________
- E-mail：________________________________
- 購買書名：________________________________
- 您從何處得知本書？
  □網路　□DM廣告　□報紙廣告　□報紙專欄　□傳單
  □書店　□親友介紹　□電視廣播　□雜誌廣告　□其他
- 您喜歡閱讀哪一類別的書籍？
  □哲學・宗教　□藝術・心靈　□人文・科普　□商業・投資
  □社會・文化　□親子・學習　□生活・休閒　□醫學・養生
  □文學・小說　□歷史・傳記
- 您對本書的意見？（A/滿意　B/尚可　C/須改進）
  內容________編輯________校對________翻譯________
  封面設計________價格________其他________
- 您的建議：________________________________

※ 歡迎您隨時至本館網路書店發表書評及留下任何意見

臺灣商務印書館 The Commercial Press, Ltd.
台北市100重慶南路一段三十七號　電話：(02)23115538
讀者服務專線：0800056196　傳真：(02)23710274
郵撥：0000165-1號　E-mail：ecptw@cptw.com.tw
網路書店網址：http://www.cptw.com.tw　部落格：http://blog.yam.com/ecptw
臉書：http://facebook.com/ecptw